SUSAN ELIZABETH PHILLIPS

Dieser Mann macht mich verrückt!

Susan Elizabeth Phillips

Dieser Mann macht mich verrückt!

Roman

Deutsch von Dr. Eva Malsch

blanvalet

Die Originalausgabe erschien 2007 unter dem Titel
»Natural Born Charmer«
bei William Morrow, HarperCollins Publishers, Inc., New York.

Penguin Random House Verlagsgruppe FSC® N001967

1. Auflage
Copyright der Originalausgabe © 2007 by Susan Elizabeth Phillips
Copyright der deutschsprachigen Ausgabe © 2007
by Blanvalet, in der Penguin Random House Verlagsgruppe GmbH,
Neumarkter Straße 28, 81673 München
Umschlaggestaltung und -motiv: www.buerosued.de
LH · Herstellung: DiMo
Satz, Druck und Bindung: GGP Media GmbH, Pößneck
Printed in Germany
ISBN: 978-3-7341-1200-3

www.blanvalet.de

Für Liam, einen geborenen Charmeur,
falls es jemals einen gegeben hat.

1

Sicher passierte es nicht jeden Tag, dass man einen kopflosen Biber am Rand der Colorado-Road entlangtapsen sah, nicht einmal in Dean Robillards für alles offene Welt. »Was zum Geier ...« Verwirrt trat er auf die Bremse seines brandneuen Aston Martin Vanquish und hielt direkt vor der merkwürdigen Gestalt.

Sie marschierte weiter, der große flache Schwanz wippte im Kies, die kleine spitze Nase zeigte nach oben. Irgendwie wirkte der Biber ziemlich angefressen. Es musste ein Biberweibchen sein, denn statt eines Biberkopfes sah er strähniges dunkles Haar, zu einem kurzen, zerzausten Pferdeschwanz zusammengebunden. Von seiner eigenen deprimierenden Gesellschaft genervt, hatte er ohnehin auf ein bisschen Abwechslung gehofft. Also öffnete er den Wagenschlag und stieg aus.

Zuerst tauchten seine neuen Dolce-&-Gabanna-Stiefel auf, gefolgt vom eins neunzig langen Rest, der aus gestählten Muskeln und rasiermesserscharfen Reflexen bestand und traumhaft aussah. Zumindest behauptete das sein Presseagent oft und gern, und er musste dem zustimmen – obwohl Dean längst nicht so eitel war, wie er den Leuten weismachte. Wenn er diese oberflächliche Attitüde und eine gewisse Arroganz betonte, kamen sie nicht näher an ihn ran, als er wollte.

»Eh, Ma'am – brauchen Sie Hilfe?«

Die Pfoten verlangsamten ihren rasanten Rhythmus nicht. »Haben Sie eine Waffe?«

»Nicht bei mir.«

»Dann nützen Sie mir nichts«, erwiderte sie, stapfte weiter. Er grinste.

Dank seiner überdurchschnittlich langen Beine fiel es ihm leicht, ihre wesentlich kürzeren, dicht behaarten einzuholen. »Schöner Tag heute«, meinte er. »Etwas wärmer, als ich's im Mai gewöhnt bin. Aber darüber beklage ich mich nicht.«

Sie richtete ein Brombeeraugenpaar auf ihn, einer ihrer wenigen runden Gesichtszüge. Insgesamt erschien sie ihm eher eckig oder fein gezeichnet, von den markanten Wangenknochen und der zierlichen Stupsnase bis zum spitzen Kinn, mit dem man Glas zerschneiden könnte. Was den Mund anging – da wurde es noch interessanter. Ein ausgeprägter Bogen markierte die Mitte der vollen Oberlippe. Die noch viel üppigere Unterlippe erweckte den beunruhigenden Eindruck, dieses Bibermädchen wäre einem extravaganten, nicht jugendfreien Kinderreim entsprungen.

»Oh, ein Schauspieler«, bemerkte sie spöttisch. »Wie immer habe ich Pech.«

»Wieso glauben Sie, ich wäre ein Schauspieler?«

»Weil Sie hübscher sind als meine Freundinnen.«

»Mein Fluch.«

»Sie sehen gar nicht verlegen aus.«

»Manche Dinge, die man nicht ändern kann, muss man akzeptieren.«

»O Mann ...«, stöhnte sie angewidert.

»Ich heiße Heath«, sagte er, während sie ihre Schritte noch beschleunigte. »Heath Champion.«

»Klingt falsch.«

Das war's auch, aber nicht in dem Sinn, den sie meinte.

»Wozu brauchen Sie eine Waffe?«

»Um einen ehemaligen Liebhaber zu ermorden.«

»Ist das der Kerl, der Ihre Garderobe ausgesucht hat?«

Erbost fuhr sie zu ihm herum. Der Biberschwanz klatschte gegen seine Beine. »Hauen Sie ab, okay?«

»Soll ich den ganzen Spaß verpassen?«

Sie schaute zu seinem Sportwagen zurück, einem mitternachtsschwarzen Aston Vanquish S mit einem V-12-Motor. Dafür hatte er ein paar hunderttausend Dollar bezahlt, was sein Konto nicht sonderlich belastete. Ein aufstrebender Quarterback bei den Chicago Stars musste nun wirklich nicht jeden Cent umdrehen.

Beinahe stach sie sich mit einer spitzen Pfote, die anscheinend nicht abnehmbar war, ein Auge aus, als sie eine verschwitzte Haarsträhne aus ihrem Gesicht wischte. »Könnten Sie mich wohin fahren?«

»Werden Sie an meiner Polsterung nagen?«

»Ersparen Sie mir Ihre blöden Witze.«

»Entschuldigung …« Zum ersten Mal freute er sich, dass er von der Autobahn abgebogen war. Er zeigte auf das Vehikel. »Hüpfen Sie rein.«

Obwohl das ihre eigene Idee gewesen war, zögerte sie. Schließlich tappte sie hinter ihm her, und er hielt ihr die Beifahrertür auf. Er hätte ihr helfen sollen. Stattdessen trat er zurück und genoss das Spektakel.

Vor allem lag es am Schwanz. Der war nämlich gefedert, und während sie sich auf den Beifahrersitz zu zwängen versuchte, schlug er immer wieder gegen ihren Kopf. Frustriert zerrte sie daran, um ihn abzureißen. Als das nicht klappte, trampelte sie darauf herum.

»Warum misshandeln Sie den armen alten Biber so brutal?«, fragte er und kratzte sich am Kinn.

»Jetzt reicht's!« Entschlossen marschierte sie weiter.

»Verzeihen Sie mir!«, rief er ihr nach. »Wegen solcher Kommentare haben die Frauen allen Respekt vor den Männern verloren. Ich schäme mich ... Kommen Sie, lassen Sie sich helfen!«

Er beobachtete, wie ihr Stolz gegen die Notwendigkeit kämpfte, und der Sieg der Notwendigkeit überraschte ihn nicht. Als sie zu ihm zurückkehrte, half er ihr, den Schwanz zusammenzufalten. Dann presste sie das widerspenstige Ding an die Brust und stieg ins Auto.

Wegen ihres voluminösen Outfits konnte sie nur auf einer Hinterbacke kauern. Um durch die Windschutzscheibe zu schauen, musste sie an dem Schwanz vorbeispähen.

Immer noch grinsend, setzte er sich ans Steuer. Der Biberanzug verströmte einen muffigen Geruch, der ihn an die Umkleidekabine in der Highschool erinnerte. Nachdem er das Fenster einen Spaltbreit geöffnet hatte, fragte er: »Wohin soll's gehen?«

»Etwa eine Meile weiter. Bei der Eternal Life Bible Church nach rechts.«

Unter dem dicken Fell schwitzte sie wie ein Football-Verteidiger, und Dean schaltete die Klimaanlage auf Hochtouren. »Gibt's in der Biberbranche Karrierechancen?«

Wie ihm ihr spöttischer Blick verriet, merkte sie, dass er sich auf ihre Kosten amüsierte. »Zuletzt habe ich PR für Bens Big Beaver Lumber Yard gemacht.«

»Meinen Sie wirklich – PR?«

»In letzter Zeit ist Ben's Holzhandel schlecht gegangen. Zumindest hat er mir das erzählt, ich kam erst vor neun

Tagen in die Stadt. Diese Straße führt nach Rawlins Creek und zu Bens Holzlager«, fügte sie hinzu und wies mit dem Kinn geradeaus. »Und der vierspurige Highway da hinten zum Home Depot, diesem Baumarkt.«

»Allmählich kenne ich mich aus.«

»Freut mich … Jedes Wochenende engagiert er jemanden, der mit einem Schild in der Hand am Highway steht und Kunden anlocken soll, ich war sein letztes naives Opfer.«

»Kein Wunder, wenn Sie neu in dieser Gegend sind …«

»Es ist ziemlich schwer, jemanden zu finden, der verzweifelt genug ist, um so was an zwei Wochenenden hintereinander zu machen.«

»Wo ist das Schild? Schon gut, wahrscheinlich haben Sie's zusammen mit Ihrem Kopf verloren.«

»Natürlich konnte ich nicht mit einem Biberkopf in die Stadt zurückgehen …«, erklärte sie betont langsam, als würde sie ihn für schwachsinnig halten.

Dean vermutete, sie würde auch das Biberkostüm nicht mehr tragen, wenn sie darunter etwas anhätte. »An der Highway-Ausfahrt habe ich kein geparktes Auto gesehen. Wie sind Sie dort hingekommen?«

»Zu dieser Stelle brachte mich Bens Frau, weil mein Camaro heute Morgen endgültig den Geist aufgegeben hatte. Nach einer Stunde wollte sie mich abholen. Aber sie tauchte nicht auf. Gerade überlegte ich, was ich tun sollte. Da brauste ein gewisser Dreckskerl in einem Ford Focus an mir vorbei, den ich teilweise bezahlt hatte.«

»Ihr Freund?«

»Mein Ex.«

»Oh, der Typ, den Sie gern ermorden würden.«

»Tun Sie einfach so, als würde ich Witze machen.« Sie

schaute an dem Biberschwanz vorbei. »Da ist die Kirche. Biegen Sie nach rechts.«

»Wenn ich Sie zum Tatort bringe – bin ich dann mitschuldig an Ihrem Verbrechen?«

»Wollen Sie das?«

»Klar, warum nicht?« Dean steuerte den Aston auf eine holprige Straße zwischen schäbigen Häusern im Ranch-Stil und verwilderten Gärten. Obwohl die kleine Stadt Rawlins Creek nur ungefähr zwanzig Meilen von Denver entfernt lag, bestand nicht die Gefahr, dass sie sich zu einem begehrten Wohngebiet entwickeln würde.

»Da, das grüne Haus mit dem Schild im Garten«, erklärte sie.

Dean bremste vor einer Stuckfassade. Zwischen sonnenblumenförmigen Windrädchen hielt ein Rentier aus Metall Wache. »Zimmer zu vermieten«, verkündete ein Schild. Ein schmutziger silberner Focus stand mit laufendem Motor auf der Zufahrt. An der Beifahrertür lehnte eine langbeinige Brünette und rauchte eine Zigarette. Als sie das schwarze Auto entdeckte, richtete sie sich auf.

»Das muss Sally sein«, zischte das Bibermädchen. »Montys neuestes blödes Suppenhuhn. Ich war ihre Vorgängerin.«

Sally war jung, schlank, vollbusig, mit üppigem Make-up. Daneben geriet die Biberlady mit dem schweißnassen Pferdeschwanz eindeutig ins Hintertreffen. Aber vielleicht machte ihre Ankunft in einem schicken Sportwagen, an der Seite eines attraktiven Mannes, einiges wett.

Durch die Windschutzscheibe beobachtete Dean einen langhaarigen Künstlertyp mit kleiner Drahtbrille, der aus dem Haus schlurfte. Vermutlich Monty. Er trug eine Cargo-Hose und ein Strickhemd, das wie die Handarbeit südamerikanischer Revolutionäre aussah, und er war älter als das Bibermädchen, vielleicht Mitte dreißig. Und viel älter als Sally, die höchstens neunzehn sein konnte.

Beim Anblick des Aston Vanquish blieb Monty abrupt stehen. Sally trat die Zigarette mit der Spitze einer rosa Sandalette aus und gaffte. Während Dean ausstieg und um die Motorhaube herumschlenderte, nahm er sich viel Zeit. Dann öffnete er die Beifahrertür und gab der Biberlady die Chance, ihr mörderisches Werk zu vollbringen.

Unglücklicherweise kam ihr der Schwanz in die Quere, als sie die Pfoten aus dem Auto schwang. Sie versuchte ihn beiseitezuschieben. Aber da faltete er sich auseinander und prallte gegen ihr Kinn. Wütend schlug sie danach, verlor das Gleichgewicht und fiel direkt vor Deans Füßen aufs Gesicht. Über ihrem Hintern schwankte der Schweif in der sanften Brise.

Monty starrte auf sie hinab. »Blue?«

»Ach, das ist Blue?«, fragte Sally. »Ist sie ein Clown oder was?«

»Bei unserer letzten Begegnung war sie noch keiner.« Monty wandte sich von Blue, die sich mühsam auf alle viere erhob, zu Dean. »Und wer sind Sie?«

Der Kerl sprach mit diesem affektierten High Society-Akzent, der immer wieder Deans Bedürfnis weckte, auf den Boden zu spucken. »Wer ich bin? Der mysteriöse Außerirdische. Von manchen geliebt, von vielen gefürchtet.«

Sekundenlang blinzelte Monty verwirrt. Während die Biberlady endlich aufstand, nahm sein Gesicht feindselige Züge an. »Wo ist sie, Blue? Was hast du damit gemacht?«

»Verlogener Hurensohn, heuchlerischer Möchtegernpoet!« Das schmale kleine Gesicht voller Schweißperlen,

unverhohlene Mordlust in den Augen, stapfte sie die ge-
kieste Zufahrt entlang.

»Ich habe nicht gelogen«, entgegnete er in einem herablassenden Ton, der sogar Dean auf die Palme brachte. Deshalb konnte er sich vorstellen, wie dem Bibermädchen zu-
mute war. »Niemals würde ich dich belügen. In meinem
Brief habe ich dir alles erklärt.«

»Den habe ich erst bekommen, nachdem ich drei Kunden abgewimmelt hatte und eintausenddreihundert Meilen weit durchs Land gefahren war. Sah ich den Mann
wieder, der mich zwei Monate lang angefleht hatte, hierherzukommen? Den Mann, der am Telefon wie ein Baby
heulte, mit Selbstmord drohte und behauptete, ich sei die
beste Freundin seines Lebens, die einzige Frau, der er jemals vertraut habe? O nein! Stattdessen fand ich einen
Brief von dem Mann, der beteuert hatte, ohne mich könne er nicht leben. Darin stand, er würde mich nicht mehr
brauchen, denn er habe sich in eine Neunzehnjährige verliebt. Außerdem empfahl er mir in diesem Brief, nicht *im
dunklen Abgrund einer verlassenen Frau* zu versinken.
Du warst sogar zu feige, um mir das ins Gesicht zu sagen!«

Die Stirn ernsthaft gerunzelt, trat Sally vor. »Weil Sie
eine Katastrophe sind, Blue.«

»Was? Sie kennen mich doch gar nicht!«

»Monty hat mir alles erzählt. Und das sage ich nicht,
weil ich ein mieses Biest bin, Sie brauchen wirklich eine
Therapie. Vielleicht könnte Ihnen die helfen, sich vom Erfolg Ihrer Mitmenschen nicht mehr so bedroht zu fühlen.«

Auf Blues Wangen erschienen feuerrote Flecken. »Wissen Sie, womit Monty seinen Lebensunterhalt verdient?
Indem er von einem Dichter-Slam zum anderen zockelt

und Seminararbeiten für College-Kids schreibt, die zu faul sind, das selber in die Hand zu nehmen!«

Sallys schuldbewusste Miene erregte Deans Verdacht, auf genau diese Weise hätte sie den Kerl kennen gelernt. Aber davon ließ sie sich nicht beirren. »Ja, Monty, du hast Recht – sie ist tatsächlich ätzend.«

Die Zähne zusammengebissen, richtete Blue ihren stechenden Blick wieder auf Monty. »Inzwischen bezeichnest du mich also als ätzend?«

»Nicht im Allgemeinen«, erwiderte er gönnerhaft, »nur was meinen kreativen Prozess betrifft.« Er schob seine Brille etwas höher. »Und jetzt sag mir, wo die Dylan-CD ist. Die hast du gefunden. Das weiß ich.«

»Wenn ich so ätzend bin – warum hast du dann kein einziges Gedicht geschrieben, seit du aus Seattle abgedampft bist? Wieso hast du dauernd verkündet, ich sei deine gottverdammte Inspiration?«

»Das waren Sie nur, bis er *mich* getroffen hat«, warf Sally ein. »Bis er sich in *mich* verliebt hat. Jetzt bin *ich* seine Muse.«

»Seit zwei Wochen!«

Sally zupfte am Träger ihres BHs. »Sobald das Herz eines Mannes seine Seelenverwandte findet, gib es keinen Zweifel.«

»Eher seine beschissene Wärmflasche.«

»Warum sind Sie so grausam, Blue?«, klagte Sally. »Sie wissen doch, dass es gerade Montys Verletzlichkeit ist, die seine dichterische Schaffenskraft fördert. Aber nur, solange er nicht *zu schmerzlich* verwundet wird. Deshalb versuchen Sie ihn zu kränken. Weil Sie ihn um seine Kreativität beneiden!«

Allmählich zerrte sie an Deans Nerven, er war nicht

überrascht, als Blue sie anfuhr: »Wenn Sie noch ein Wort sagen, knalle ich Ihnen eine vor den Latz. Das geht nur Monty und mich was an. Verstanden?«

Sally öffnete den Mund. Aber irgendwas in Blues Augen musste ihr zu denken geben, denn sie schloss ihn wieder. Zu schade. Es wäre amüsant gewesen, mit anzusehen, wie das Bibermädchen über sie herfiel. Obwohl sie, nach ihrem Körperbau zu schließen, regelmäßig im Fitnessstudio trainierte.

»Klar, jetzt regst du dich auf, Blue«, sagte Monty. »Trotzdem wirst du dich eines Tages für mich freuen.«

War der Typ wirklich so blöd? Interessiert beobachtete Dean, wie die Biberlady ihre Pfoten hob. »Ich werde mich *freuen?*«

»Schon gut, ich streite nicht mit dir«, entgegnete Monty hastig. »Dauernd fängst du Streit an.«

Sally nickte. »Stimmt, Blue.«

»Wie Recht ihr habt!« Ohne Vorwarnung flog das Bibermädchen durch die Luft, ein dumpfes Geräusch erklang, und Monty lag am Boden.

»*Was machst du? Hör auf! Lass mich los!*«, kreischte er wie ein kleines Mädchen.

Sally eilte ihm zu Hilfe. »Tun Sie ihm bloß nicht weh, Blue!«

Dean lehnte sich an den Aston und genoss die Show.

»O Gott, meine Brille!«, heulte Monty. »Pass auf meine Brille auf!«

»Gehen Sie von ihm runter!« Mit aller Kraft zog Sally an Blues Biberschwanz.

Offenbar wusste Monty nicht, ob er seine Eier oder die kostbare Brille retten sollte. »Bist du völlig übergeschnappt?«

»Nur weil du auf mich abgefärbt hast!«, fauchte Blue und versuchte ihn zu verprügeln. Ohne Erfolg. Zu tollpatschige Pfoten.

Sally besaß erstaunliche Muskeln. Während sie an dem Biberschwanz zerrte, bekam sie langsam Oberwasser. Aber so leicht gab Blue nicht auf. Jedenfalls nicht, bevor sie Blut sah. Solch ein faszinierendes Gerangel hatte Dean seit dem letzten entscheidenden Giant-Spiel in der vergangenen Saison nicht mehr gesehen.

»Um Himmels willen, du hast meine Brille zerbrochen!«, jammerte Monty und presste seine Hände aufs Gesicht.

»Erst die Brille, jetzt dein Kopf!« Entschlossen schwang das Bibermädchen die Pfoten.

Dean zuckte zusammen, und Monty erinnerte sich endlich an sein X-Chromosom. Mit Sallys Hilfe schob er Blue zur Seite und rappelte sich auf.

»Ich zeige dich an!«, schrie er. »Ich lasse dich verhaften!«

Das wollte sich Dean nicht länger anschauen, und so schlenderte er zum Mittelpunkt des Geschehens. Im Lauf der Jahre hatte er sich oft genug in Werbespots gesehen, er wusste, wie eindrucksvoll er wirkte, wenn er schlenderte. Dabei brachte er seinen großen, kräftigen Körper voll zur Geltung. Außerdem vermutete er, die Nachmittagssonne würde seinem blonden Haar imposante Glanzlichter verleihen. Bis zu seinem achtundzwanzigsten Geburtstag hatten gigantische Diamanten in seinen Ohrläppchen gesteckt. Jugendlicher Übermut. Jetzt trug er nur noch eine Uhr.

Trotz der zerbrochenen Brille sah Monty den Fremden auf sich zukommen und erbleichte. »Sie sind ein Zeuge«, wimmerte der sensible Dichter. »Was sie getan hat, wissen Sie.«

»Ich habe nur eins gesehen …«, begann Dean gedehnt. »Einen weiteren Grund, warum wir Sie nicht zu unserer Hochzeit einladen.« Er trat an die Seite der Biberlady, schlang einen Arm um ihre Schultern und schaute liebevoll in ihre kreisrunden verwirrten Augen. »Verzeih mir, meine Süße. Ich hätte dir glauben sollen, als du sagtest, dieser William Shakespeare verdient keine klärende Aussprache. Erinnere mich nächstes Mal an dein unfehlbares Urteilsvermögen. Allerdings musst du zugeben, dass du meinen Rat hättest befolgen und vorher dein Kostüm wechseln sollen. Schließlich gehen unsere fantastischen Sexspiele niemanden was an.«

Eigentlich sah Blue nicht aus, als wäre sie einfach zu verblüffen. Aber anscheinend hatte er es geschafft. Und da Monty sein Geld normalerweise mit Worten verdiente, wirkte sein Schweigen etwas befremdlich.

»Was, Sie wollen Blue heiraten?«, würgte die arme Sally mühsam hervor.

»Ja, das überrascht mich selbst.« Bescheiden zuckte Dean die Achseln. »Wer hätte gedacht, dass sie mich will?«

Also wirklich, was sollte man *dazu* sagen?

Als Monty wieder atmen konnte, begann er noch einmal wegen dieser CD zu lamentieren. Schließlich fand Dean heraus, dass es sich um einen wertvollen Livemitschnitt von Bob Dylans »Blood on the Tracks« handelte, den Monty versehentlich in Seattle zurückgelassen hatte. »Davon gibt's nur tausend Stück!«, jaulte er.

»Neunhundertneunundneunzig«, betonte das Bibermädchen. »Deine Kopie ist im Müll gelandet – eine Minute, nachdem ich deinen Brief gelesen habe.«

Danach war Monty ein gebrochener Mann. Trotzdem erlag Dean der Versuchung und drehte das Messer in der Wunde herum. Während der Poet und Sally in ihren Wagen stiegen, wandte er sich zur Biberlady und rief laut genug, so dass es die beiden hörten: »Komm, mein Engel. Fahren wir in die City und kaufen wir diesen zweikarätigen Diamanten, den du dir so sehnlich wünschst.«

Da hätte er schwören können, dass Monty winselte.

Allzu lange konnte das Bibermädchen nicht triumphieren. Sobald der Ford die Zufahrt hinuntergerollt war, schwang die Haustür auf, und eine dicke Frau mit gefärbtem schwarzen Haar, gemalten Augenbrauen und einem teigigen Gesicht trottete auf die Veranda. »Was ist da draußen los?«

Blue starrte der Staubwolke auf der Straße nach, und ihre Schultern sanken nach vorn. »Nur eine kleine häusliche Auseinandersetzung.«

Seufzend verschränkte die Frau ihre Arme vor dem überdimensionalen Busen. »Als ich Sie gesehen habe, ist mir sofort klar gewesen, mit Ihnen gibt's Ärger. Hätte ich Sie bloß nicht hier wohnen lassen ...« Eine Zeit lang zeterte sie weiter und lieferte Dean genug Informationen, dass er zwei und zwei zusammenzählte. Offenbar hatte Monty bis vor zehn Tagen in der Pension gewohnt, dann war er mit Sally verschwunden. Einen Tag später war die Biberlady eingetroffen, hatte den Laufpassbrief gefunden und beschlossen zu bleiben, um erst mal zu überlegen, was sie tun sollte.

Auf der Stirn der Pensionswirtin glänzten Schweißtropfen.

»Ich will Sie nicht in meinem Haus haben.«

Anscheinend war Blues Kampfgeist erloschen. »Okay, morgen ziehe ich aus.«

»Ich hoffe, Sie haben die zweiundachtzig Dollar, die Sie mir schulden.«

»Natürlich ...« Blue hob ruckartig den Kopf. Mit einem gemurmelten Fluch schob sie sich an der Vermieterin vorbei und rannte ins Haus.

Nun richtete die Frau ihre Aufmerksamkeit auf Dean und das Auto. Im Allgemeinen stand die Bevölkerung von Nordamerika Schlange, um seinen Hintern zu küssen. Aber diese Dame sah offenbar nur selten Football im TV. »Sind Sie ein Drogendealer? Wenn Sie in diesem Schlitten Drogen versteckt haben, rufe ich den Sheriff.«

»Nur Extra Strength Tylenol.« Und ein paar Röhrchen mit rezeptpflichtigen Schmerztabletten, die er nicht erwähnte.

»So ein Schlaukopf ...« Sie warf ihm einen düsteren Blick zu, dann kehrte sie ins Haus zurück. Bedauernd schaute er ihr nach. Jetzt war der Spaß vermutlich vorbei.

Er freute sich nicht auf die Weiterfahrt, obwohl er sich zu diesem Trip entschlossen hatte, um über ein paar Dinge nachzudenken. Hauptsächlich über das Ende einer erstaunlich langen Glückssträhne. Klar, er hatte ein paar Blessuren auf dem Football-Platz abgekriegt. Aber nichts Ernstes. Acht Jahre in der NFL, und kein einziger gebrochener Knöchel, keine ACL-Verletzung, kein Achillessehnenriss. Nicht einmal ein gebrochener Finger.

Damit war vor drei Monaten Schluss gewesen, im vierten Viertel in den AFC Divisional Play-offs gegen die Steelers. Da hatte er sich eine Schulter ausgekugelt und eine Gelenkpfannenläsion erlitten. Die Operation war erfolgreich verlaufen. Die eine oder andere Saison würde die

Schulter noch mitmachen. Aber sie war nicht mehr so gut wie neu. Und darin lag das Problem. Die ganze Zeit hatte er sich für unbesiegbar gehalten. Nur andere Spieler wurden verletzt. Nicht *er*. Zumindest nicht bis jetzt.

Auch in anderer Hinsicht hatte sein wundervolles Leben ein Ende gefunden. Unglücklicherweise hatte er angefangen, zu oft in Clubs herumzuhängen. Jungs, die er kaum kannte, zogen in seine Gästezimmer, nackte Frauen lagen bewusstlos in seiner Badewanne. Schließlich war er einfach losgefahren, ganz allein. Fünfzig Meilen vor Vegas hatte er entschieden, diese sündhafte Stadt wäre nicht der beste Ort, um einen klaren Kopf zu kriegen, und so war er nach Osten gefahren, nach Colorado.

Aber die Einsamkeit missfiel ihm. Statt neue Perspektiven zu entdeckten, versank er in Depressionen. Gewiss, das Abenteuer mit dem Bibermädchen hatte ihn abgelenkt und aufgeheitert. Aber jetzt war's leider vorbei.

Auf dem Weg zum Aston hörte er schrille Frauenstimmen. Dann flog die Haustür auf, ein Koffer fiel heraus und landete im Hof, wo er aufplatzte und seinen Inhalt verstreute – Jeans und Tops, ein violetter BH, orangegelbe Unterhöschen. Dann segelte ein marineblauer Seesack heraus. Und schließlich stolperte Blue auf die Veranda.

»Miese Schnorrerin!«, kreischte die Pensionswirtin, bevor sie die Tür zuknallte.

Blue musste sich an einem Eisenpfosten festhalten, damit sie nicht von der Veranda stürzte. Als sie ihr Gleichgewicht wiedergefunden hatte, schien sie nicht zu wissen, was sie tun sollte. Sie sank auf die oberste Stufe und vergrub den Kopf in den Pfoten.

Vorhin hatte sie erwähnt, ihr Auto würde streiken. Deshalb sah er gute Chancen, der Qual seiner eigenen lausigen Gesellschaft zu entrinnen. Wenigstens für eine kleine Weile. »Soll ich Sie wohin fahren?«, rief er.

Blue hob den Kopf, sichtlich erstaunt, weil er noch hier war. Dass eine Frau seine Existenz vergessen hatte, war ungewöhnlich und erhöhte sein Interesse.

Nach kurzem Zögern stand sie schwerfällig auf. »Okay.«

Er half ihr, die verstreuten Sachen einzusammeln, vor allem die empfindlichen Kleidungsstücke, die eine gewisse Fingerfertigkeit erforderten. Zum Beispiel die Höschen. Da er ein Connaisseur war, tippte er eher auf Wal-Mart als auf Agent Provocateur. Immerhin besaß sie ein paar hübsche Bikinis in bunten Farben mit dramatischen Mustern. Aber keine Tangas. Und – ziemlich verwirrend – keine Spitzendessous. Wegen ihrer fein gezeichneten Gesichtszüge – das verschwitzte Haar und den Biberpelz musste man sich wegdenken – sollte sie eigentlich zarte Spitze tragen.

»Nach dem Verhalten der Pensionswirtin zu schließen«, bemerkte er, während er den Koffer und den Seesack im Kofferraum des Astons verfrachtete, »konnten Sie die zweiundachtzig Dollar nicht zahlen.«

»Noch schlimmer. In dem Zimmer hatte ich zweihundert Dollar versteckt.«

»Also eine Pechsträhne.«

»Daran bin ich gewöhnt. Nicht nur Pech, sondern einfach Dummheit.« Sie drehte sich zum Haus um. »Dass Monty hierher zurückkommen würde, wusste ich, als ich die Dylan-CD unter dem Bett gefunden hatte. Aber statt mein Geld im Auto zu verstecken, legte ich es in die neue Ausgabe von *People*. Monty hasst *People*. Nach seiner Ansicht lesen das nur Vollidioten. Also dachte ich, mein Geld wäre in Sicherheit.«

Obwohl Dean nicht zu den regelmäßigen *People*-Lesern zählte, schuldete er dieser Zeitschrift eine gewisse Loyalität. Während eines Fotoshootings waren die Leute wirklich nett zu ihm gewesen.

»Ich nehme an, erst mal wollen Sie zu Bens Beaver Lumber Yard zurückfahren«, meinte er, nachdem er Blue auf den Beifahrersitz geholfen hatte. »Es sei denn, Sie versuchen einen neuen Modetrend zu lancieren.«

»Würden Sie Ihre Witzeleien bleiben lassen?« Offenbar hegte sie eine ausgeprägte Abneigung gegen ihn, und das fand er eigenartig, weil sie eine Frau war und er – nun, er war Dean Robillard. Sie warf einen Blick auf die Landkarte, die zwischen den Sitzen steckte. »Tennessee?«

»In der Nähe von Nashville habe ich ein Ferienhaus.« Letzte Woche hätte ihm der Klang dieser Worte noch gefallen. Jetzt war er sich nicht mehr so sicher. Wenn er auch in Chicago lebte, war er immer noch ein echter kalifornischer Junge, vom Scheitel bis zur Sohle.

»Sind Sie ein Country-Sänger?«

Darüber dachte er einige Sekunden lang nach. »Nein. Ihr erster Tipp war richtig, ich bin ein Filmstar.«

»Aber ich habe nie von Ihnen gehört.«

»Haben Sie den neuen Reese Witherspoon-Film gesehen?«

»Ja.«

»Da habe ich mitgemacht.«

»Ganz klar«, seufzte sie und lehnte ihren Kopf an die Nackenstütze. »Sie haben ein cooles Auto und sündhaft teure Klamotten. Mit mir geht's bergab. Jetzt habe ich mich auch noch mit einem Drogendealer eingelassen.«

»Unsinn, ich bin kein Drogendealer!«, stieß er entrüstet hervor.

»Ein Filmstar sind Sie auch nicht.«

»Reiten Sie nicht darauf herum! Um die Wahrheit zu gestehen, ich bin ein einigermaßen berühmtes Model. Und
ich will zum Film.«

»Sie sind schwul.« Keine Frage, sondern eine Feststellung. Die meisten Jungs hätten sich darüber geärgert. Aber
Dean hatte eine große Fangemeinde in der Schwulenszene,
und er wollte nicht über seine treuesten Anhänger lästern.

»Stimmt, aber ich habe mich noch nicht geoutet.«

Vielleicht hat es gewisse Vorteile, wenn man schwul ist,
dachte er. Nicht in der Realität. Das wollte er sich nicht
einmal vorstellen. Aber man konnte mit interessanten
Frauen rumhängen, ohne falsche Hoffnungen zu wecken.
In den letzten fünfzehn Jahren hatte er zu viele Energien
verschwendet, um Mädchen klarzumachen, dass sie nicht
als die Mütter seiner Kinder in die Weltgeschichte eingehen würden. Mit solchen Problemen mussten sich schwule
Jungs nicht herumschlagen. Sie konnten sich entspannen
und einfach nur Kumpels sein.

Er warf ihr einen kurzen Seitenblick zu. »Wenn sich
meine sexuelle Veranlagung herumspricht, ist meine Karriere ruiniert. Also wäre ich Ihnen dankbar, wenn Sie's für
sich behalten.«

»Als wäre das ein großes Geheimnis!« Blue verdrehte
die Augen und zog ihre schweißnassen Brauen hoch.
»Dass Sie schwul sind, habe ich schon nach fünf Sekunden
gemerkt.«

Zweifellos nahm sie ihn auf den Arm.

»Kann ich erst mal bei Ihnen bleiben?«, fragte sie und
nagte an ihrer Unterlippe.

»Lassen Sie Ihr Auto einfach stehen?«

»Es lohnt sich nicht, die alte Karre zu reparieren. Ben

soll sie abschleppen lassen. Weil der Biberkopf verschwunden ist, kriege ich wahrscheinlich kein Honorar. Also ist er mir was schuldig.«

Nachdenklich runzelte Dean die Stirn. Sally hatte Recht, das Bibermädchen war eine Katastrophe. Sein Lieblingsfrauentyp. Aber amüsant. »Versuchen wir's ein paar Stunden miteinander«, erwiderte er. »Mehr kann ich Ihnen nicht versprechen.«

Sie hielten vor einem Wellblechgebäude, das in geschmacklosem Türkis gestrichen war. An diesem Sonntagnachmittag standen nur zwei Vehikel auf dem Parkplatz des Holzlagers – ein verrosteter blauer Camaro und ein nagelneuer Pick-up. An der Ladentür hing ein Schild mit der Aufschrift »Geschlossen« an zwei Saugnäpfen, die es vor dem Wind schützten.

Stets ein Gentleman, half Dean der Biberlady aus dem Auto. »Passen Sie auf Ihren Schwanz auf.«

Nachdem sie ihn mit einem vernichtenden Blick bedacht hatte, schaffte sie es – mittlerweile geübt – , etwas anmutiger aus dem Wagen zu klettern. Dann stapfte sie zur Tür und stieß sie auf. Nur für wenige Sekunden sah er einen Mann mit breitem Brustkorb, der ein paar Ausstellungsstücke arrangierte.

Dean musterte die wenig eindrucksvolle Umgebung. Allzu lange dauerte es nicht, bis Blue mit einem Bündel Kleider über dem Arm zurückkam. »Bens Frau hat sich in die Hand geschnitten, er musste sie ins Krankenhaus bringen. Deshalb konnte sie mich nicht abholen. Leider komme ich nicht allein aus diesem Pelz raus.« Angewidert drehte sie sich zum Laden um. »Und ich lasse meinen Reißverschluss nicht von einem abnormen Sexprotz aufziehen.«

»Oh, ich helfe Ihnen sehr gern«, beteuerte Dean grinsend. Wer hätte geahnt, wie erfreulich sich ein alternativer Lebensstil auswirken konnte?

Er folgte ihr zur Seitenwand des Gebäudes, wo eine abblätternde Metalltür die verblichene Silhouette eines Bibers mit einer Haarschleife zeigte. In der Toilette gab es nur eine einzige Kabine, nicht besonders hygienisch, aber halbwegs akzeptabel, mit weißen Schlackensteinwänden und einem Spiegel voller Fliegendreckflecken über dem Waschbecken.

Als sie sich nach einer sauberen Ablage für ihre Kleider umsah, klappte er den Klodeckel nach unten und bedeckte ihn – aus Achtung vor seinen schwulen Brüdern – mit Papiertüchern.

Blue legte ihre Kleider darauf und wandte ihm den Rücken zu. »Da hinten ist der Reißverschluss.«

In diesem ungelüfteten Raum stank der Biberpelz noch heftiger als die Umkleidekabine neben dem Turnsaal der Highschool. Aber als Absolvent zahlloser Football-Trainingseinheiten (jeden Tag zwei) hatte er schon schlimmere Ausdünstungen gerochen. Viel schlimmere. Aus dem schweißnassen Pferdeschwanz hatten sich ein paar Strähnen gelöst, und er schob sie aus Blues milchweißem, von kaum sichtbaren blauen Adern durchzogenem Nacken. Dann wühlte er im dichten Fell, bis er den Reißverschluss fand.

Er wusste, wie man Frauen auszog. Das konnte er sehr gut, denn er hatte oft genug geübt. Aber der Reißverschluss blieb nach wenigen Minuten in den Biberhaaren hängen. Mühsam befreite er ihn. Bald verfing sich der Verschluss erneut im Fell.

So ging es weiter. Stopp und Go, Stopp und Go. Während sich der Pelz teilte, enthüllte er immer mehr milchweiße Haut, und Dean fühlte sich immer weniger wie ein Schwuler.

Um sich abzulenken, versuchte er Konversation zu machen. »Wie habe ich mich verraten? Wieso wussten Sie, dass ich eine Schwuchtel bin?«

»Sind Sie wirklich nicht beleidigt?«, fragte sie mit geheuchelter Sorge.

»Wenn Sie mir die Wahrheit sagen, würden Sie mich beruhigen.«

»Nun ja, Sie sind ziemlich fit. Aber das sind Designer-Muskeln. Die kriegt man nicht beim Dachdecken.«

»Viele Männer gehen ins Fitnessstudio«, erwiderte er und widerstand dem Impuls, auf ihre nackte Haut zu blasen.

»Ja, nur – welcher Hetero hat keine einzige Narbe am Kinn oder eine eingedellte Nase? Jede griechische Statue würde Sie um Ihr Profil beneiden.«

Damit hatte sie Recht. Deans Gesicht war erstaunlich unversehrt, im Gegensatz zu seiner Schulter.

»Und Ihr Haar. Dicht, glänzend, blond. Wie viele Pflegemittel haben Sie heute Morgen draufgeschüttet? Ach, nicht so wichtig, ich fühle mich nur ein bisschen unterlegen.«

An diesem Morgen hatte er nur ein Shampoo benutzt. Ein sehr gutes. Trotzdem war's nur ein Shampoo. »Das liegt am Schnitt.« Diesen fabelhaften Friseur hatte Oprah ihm empfohlen.

»Ihre Jeans haben Sie nicht bei The Gap gekauft.«

Korrekt.

»Außerdem tragen Sie Schwulenstiefel.«

»O nein, dafür habe ich eintausendzweihundert Dollar bezahlt.«

»Genau!«, rief sie triumphierend. »Welcher Hetero würde eintausendzweihundert Dollar für Stiefel ausgeben?«

Nicht einmal ihr idiotischer Kommentar über seine Stiefel kühlte ihn ab, denn jetzt war der Reißverschluss bis zu ihrer Taille geöffnet. Wie er erwartet hatte, trug sie keinen BH. Die zarten Knorpel ihrer Wirbelsäule zogen sich wie eine zierliche Perlenkette zum pelzigen V des Biberkostüms hinab, als würden sie von Bigfoot verschluckt, diesem großen, behaarten menschenähnlichen Wesen, das angeblich im Nordwesten der USA hauste. Dean musste seine ganze Selbstkontrolle aufbringen, um seine Hände nicht unter das Fell zu schieben und festzustellen, was Blue an der Vorderseite zu bieten hatte.

»Warum brauchen Sie so lang?«, fragte sie.

»Weil der Reißverschluss immer wieder hängen bleibt. Deshalb.« Deans Stimme klang leicht genervt. Leider waren seine Jeans nicht so geschnitten, dass er genug Platz darin gefunden hätte. Zumindest nicht in dieser speziellen Situation. »Wenn Sie's besser können, machen Sie's doch selber.«

»Hier ist es verdammt heiß.«

»Wem sagen Sie das?« Mit einem kräftigen Ruck erreichte er das Ende des Reißverschlusses und starrte sanft geschwungene, von einem schmalen, hellroten Gummizug umgebene Hüften an.

Blue drehte sich zu ihm um und hielt mit beiden Pfoten das Fell vor ihre Brüste. »Jetzt komme ich allein zurecht.«

»Oh, bitte! Als ob Sie mir irgendwas zeigen könnten, das ich gern sehen würde …«

Ihre Mundwinkel zuckten. Ob vor Belustigung oder Ärger, wusste er nicht. »Raus.«

Also gut, zumindest hatte er es versucht.

Bevor er die Toilette verließ, gab sie ihm einen Schlüssel und fragte nicht allzu höflich, ob er ein paar Sachen aus ihrem Auto holen würde. Er öffnete die verbeulte Klappe des Kofferraums und fand Milchflaschenkästen aus Plastik, mit Malutensilien gefüllt, mehrere Werkzeugkästen voller Farbflecken und eine große Segeltuchtasche. Während er das Zeug in seinen eigenen Wagen verfrachtete, kam der Typ zu ihm, der im Laden gearbeitet hatte, und inspizierte den Aston. Irgendein Instinkt verriet Dean, dass das der abartige Sexprotz war, der Blues Unmut erregt hatte.

»Oh, was für ein traumhafter Schlitten!«, meinte der Mann. »So einen habe ich mal in einem James Bond-Film gesehen.« Dann musterte er Dean. »Hol mich der Teufel! Dean Robillard! Was machen Sie denn in dieser Gegend?«

»Ich bin auf der Durchreise.«

»Verdammt will ich sein! Ben hätte Sheryl sagen müssen, sie soll ihren fetten Arsch selber in die Klinik fahren. Wenn ich ihm erzähle, Boo war hier …«

Diesen Spitznamen hatten sich Deans Teamkameraden im College ausgedacht wegen seiner Vorliebe für den Malibu Beach, der von den Einheimischen »Boo« genannt wurde.

»Ich habe das Foul in diesem Spiel gegen die Steelers gesehen. Wie geht's Ihrer Schulter?«

»Ganz gut«, murmelte Dean. Zweifellos würde er sich noch besser fühlen, wenn er eine Physiotherapie beginnen würde, statt durch die Gegend zu gondeln und in Selbstmitleid zu schwelgen.

Der Typ stellte sich als Glenn vor. Dann analysierte er die ganze Saison der Stars. Automatisch nickte Dean alle paar Sekunden und wünschte, die Biberlady würde sich beeilen. Aber es dauerte zehn volle Minuten, bis sie endlich auftauchte.

Mit zusammengekniffenen Augen betrachtete er ihre Garderobe. Das gab's einfach nicht. Rotkäppchen war von den Hell's Angels entführt worden.

Statt in einem Rüschenkleid mit rotem Häubchen und einem Korb voller Leckereien am Arm zu erscheinen, trug sie ein ausgebleichtes schwarzes Tanktop, ausgebeulte Jeans und die gigantischen schwarzen Arbeiterstiefel, die er in der Toilette gesehen, aber glücklicherweise vergessen hatte. Ohne Pelz und sehr zierlich, war sie etwa eins sechzig groß und so mager, wie er es sich vorgestellt hatte, was auch für die Brust galt. Gewiss, die war eindeutig weiblich gerundet, allerdings nicht der Rede wert. Offenbar hatte sie den Großteil der langen Zeit genutzt, um sich zu waschen, denn als sie näher kam, roch er kein muffiges Fell mehr, sondern Seifenduft. Das feuchte dunkle Haar klebte wie vergossene Tinte an ihrem Kopf. Kein Make-up. Nicht, dass sie's mit ihrem klaren hellen Teint brauchen würde. Trotzdem hätten ein bisschen Lippenstift und ein Hauch von Wimperntusche nicht geschadet.

»Den Kopf und das Schild findet ihr draußen bei der Highway-Ausfahrt«, erklärte sie und warf Glenn den Biberanzug zu. »Ich hab das Zeug hinter die Power Box gesteckt.«

»Was soll ich damit machen?«

»Sicher fällt Ihnen was ein.«

Dean riss die Beifahrertür auf, bevor sie den Mann ernsthaft ärgern konnte.

Glenn reichte ihm seine freie Hand. »War nett, mit Ihnen zu reden. Wenn ich Ben erzähle, dass Dean Robillard hier war!«

»Richten Sie ihm herzliche Grüße von mir aus.«

»Haben Sie mir nicht erzählt, sie würden Heath hei-ßen?«, fragte Blue, während er den Aston vom Parkplatz steuerte.

»Heath Champion ist mein Künstlername. In Wirklich-keit heiße ich Dean.«

»Und wieso kennt Glenn Ihren richtigen Namen?«

»Letztes Jahr trafen wir uns in einer Schwulenbar in Reno«, erwiderte er und setzte eine Prada-Pilotenbrille mit grünen Gläsern und Metallgestell auf.

»Glenn ist schwul?«

»Tun Sie bloß nicht so, als hätten Sie das nicht ge-wusst.«

Die Biberlady lachte heiser, und das klang unverkenn-bar boshaft, als würde sie sich über einen Witz amüsieren, den nur sie verstand. Dann erstarb das Gelächter. Bevor sie sich abwandte und aus dem Fenster starrte, las er Angst und Sorge in den Brombeeraugen, und er überlegte, ob ihr kesses Gehabe irgendwelche Geheimnisse verbarg.

2

Blue konzentrierte sich darauf, ihre Atemzüge zu zählen, und hoffte, das würde sie beruhigen. Aber die Panik verebbte nicht. Verstohlen musterte sie den attraktiven Mann an ihrer Seite. Erwartete er wirklich, sie würde ihm glauben, dass er schwul war? Klar, er trug diese Schwulenstiefel, und er sah verdammt gut aus. Trotzdem strahlte er genug heterosexuelle Megawatt-Ströme aus, um die ganze weibliche Bevölkerung dieses Landes zu entflammen. Was er zweifellos tat, seit er den mütterlichen Schoß verlassen, sein Spiegelbild in der Brille des Geburtshelfers erblickt und der Welt fröhlich zugewinkt hatte ...

Eigentlich hielt ich Montys Verrat für den schrecklichen Höhepunkt meines Lebens, das sich immer schneller zur Katastrophe entwickelt. Doch nun war sie Dean Robillards Gnade ausgeliefert. Niemals wäre sie ins Auto eines Profi-Footballspielers gestiegen, hätte sie ihn erkannt. Sein fast nackter, unglaublich muskulöser Körper prangte auf allen Plakatwänden und warb für End Zone, eine Herrenunterwäsche, mit dem denkwürdigen Slogan: »Bringen Sie Ihren Hintern in die richtige Zone.« Erst neulich hatte sie sein Bild in der *People*-Ausgabe mit den Porträts der fünfzig schönsten Menschen gesehen. Auf diesem Foto wanderte er in einem Smoking mit hochgekrempelten Ärmeln barfuß über einen Strand. Obwohl sie sich nicht erinnerte, für welches Team er spielte, stand jedenfalls fest: Er gehörte zur Kategorie der Männer, um die sie einen weiten Bogen machte. Nicht, dass ihr solche Typen ständig über den Weg liefen. Aber jetzt stand er zwischen ihr, einem Obdachlosenheim und einem Schild mit der Aufschrift: »Für ein Stück Brot male ich, was Sie wollen.«

Wie sie vor drei Tagen herausgefunden hatte, war ihr Sparkonto mit dem Achttausend-Dollar-Notgroschen ebenso leergeräumt worden wie das Girokonto. Nun hatte Monty noch ihre letzten zweihundert Dollar gestohlen. In ihrer Brieftasche steckten noch ganze acht Dollar. Sie besaß nicht einmal eine Kreditkarte, was ein schwerwiegendes Versäumnis war. Seit sie erwachsen war, hatte sie es geschafft, niemals mittel- und hilflos dazustehen. Bis jetzt.

»Warum sind Sie nach Rawlins Creek gefahren, Dean?« Blue versuchte den Eindruck zu erwecken, sie würde nur Konversation machen. In Wirklichkeit wollte sie Informationen sammeln, um festzustellen, woran sie mit ihm war.

»Weil ich ein Taco Bell-Schild gesehen habe. Leider ist mir bei der Begegnung mit Ihrem Liebhaber der Appetit vergangen.«

»Mit meinem *Ex*.«

»Das begreife ich nicht. Sobald ich den Kerl sah, wusste ich – das ist ein Loser. Hat Ihnen das keiner Ihrer Freunde in Seattle erklärt?«

»Ich war oft unterwegs.«

»Verdammt, danach hätten Sie jeden Fremden an einer x-beliebigen Tankstelle fragen können.«

»Hinterher ist man immer schlauer.«

Er warf ihr einen kurzen Blick zu. »Jetzt fangen Sie gleich zu weinen an, nicht wahr?«

Bis sie verstand, was er meinte, dauerte es eine Weile.

»Keine Bange, ich bin sehr tapfer«, erwiderte sie mit kaum merklichem Sarkasmus.

»Sie müssen mir nichts vormachen. Reden Sie sich alles von der Seele, das ist die beste Methode, ein gebrochenes Herz zu heilen.«

Nein, Monty hatte sie nur in Wut gebracht und ihr Herz ganz sicher nicht gebrochen. Aber er hatte ihre Konten nicht abgeräumt. Ihr Angriff auf ihn war eine Überreaktion gewesen. Das wusste sie. Schon zwei Wochen nach dem Anfang der Beziehung hatte sie gemerkt, dass sie seine Freundschaft vorziehen würde, und ihn von der Bettkante geschubst. Gewiss, sie teilten einige Interessen. Trotz seiner Egozentrik hatte sie seine Gesellschaft geschätzt. Sie waren zusammen ausgegangen, ins Kino und in Galerien, und einer hatte den anderen bei der Arbeit unterstützt. Obwohl sie seine Neigung zur Melodramatik kannte, hatten seine verzweifelten Anrufe aus Denver sie alarmiert.

»Ich habe ihn nicht geliebt«, sagte sie. »Von der Liebe halte ich nichts. Wir haben uns nur umeinander gekümmert. Und wenn er anrief, klang er immer schlimmer. Schließlich hatte ich Angst, er würde sich umbringen. Freunde sind mir wichtig. Deshalb konnte ich ihn nicht im Stich lassen.«

»Mir sind Freunde auch wichtig. Aber wenn einer Probleme hat, steige ich in ein Flugzeug, statt alle meine Sachen zu packen und umzuziehen.«

Seufzend zog Blue einen Gummiring aus einer Jeanstasche und band ihr Haar wieder zu einem zerzausten Pferdeschwanz zusammen. »Ich wollte ohnehin nicht mehr in Seattle bleiben, sondern woanders leben. Natürlich nicht in Rawlins Creek.«

Sie fuhren an einem Schild vorbei, das Schafe zum Verkauf anbot. In Gedanken zählte sie ihre besten Freunde auf und überlegte, wen sie anpumpen könnte. Bedauerlicherweise hatten sie alle was gemeinsam – gütige Herzen und kein Geld. Prinias Säugling war schwer krank, Mr. Grey kam mit den paar Dollars von der Sozialversicherung kaum über die Runden, Mai hatte sich noch immer nicht von dem Feuer erholt, bei dem ihr Studio zerstört worden war, und Tonya unternahm gerade einen Rucksacktrip durch Nepal. Also war sie auf das Mitgefühl eines Fremden angewiesen. Ihre Kindheit schien sich zu wiederholen. Und sie hasste diese viel zu vertraute Angst.

»Erzählen Sie mir was von sich, Bibermädchen.«

»Ich bin Blue.«

»Schätzchen, wenn ich Ihren fragwürdigen Geschmack hätte, was Männer angeht, würde ich sicher auch im Blues versinken.«

»Nein, ich heiße wirklich Blue. Blue Bailey.«

»Klingt irgendwie falsch.«

»Während meine Mutter meine Geburtsurkunde ausfüllte, war sie ein bisschen deprimiert. Ursprünglich wollte sie mich Harmony nennen. Aber da brach der Aufstand in Südafrika aus, in Angola war der Teufel los …« Sie zuckte die Achseln. »Da fand sie, auf dieser Welt wäre kein Platz für eine kleine Harmony.«

»Offenbar hatte Ihre Mutter ein ausgeprägtes soziales Gewissen.«

Blue lachte wehmütig. »O ja …« Das soziale Gewissen ihrer Mutter hatte die leeren Bankkonten verursacht.

Als er den Kopf nach hinten wandte, entdeckte sie ein winziges Loch in seinem Ohrläppchen. »Dieses Malzeug im Kofferraum … Hobby oder Beruf?«

»Mein Beruf. Ich porträtiere Kinder und Haustiere.«

»Ist es denn nicht schwierig, eine Klientel aufzubauen, wenn man ständig herumfährt?«

»Eigentlich nicht. Ich suche mir eine Gegend, wo betuchte Leute wohnen, und werfe Flugblätter, die mit einem meiner Bilder bedruckt sind, in die Briefkästen. Meistens klappt das ganz gut. Aber nicht in Städten wie Rawlins Creek. Da gibt's keine Luxusvillen.«

»Was das Biberkostüm erklärt. Übrigens, wie alt sind Sie?«

»Dreißig. Und – nein, ich lüge nicht. Für mein Aussehen kann ich nichts.«

»*Safe net.*«

Verwirrt zuckte Blue zusammen, als eine körperlose weibliche Stimme ertönte.

»*Ich melde mich nur, um zu fragen, ob Sie Hilfe brauchen*«, gurrte die Stimme, und Dean lenkte den Aston auf die langsame Fahrspur.

»Elaine?«

»*Nein, hier spricht Claire. Heute hat Elaine frei.*« Die Stimme drang aus den Lautsprechern des Autos.

»Hi, Claire. Mit Ihnen habe ich schon lange nicht mehr geplaudert.«

»*Ich musste meine Mom besuchen. Wie läuft's auf der Straße? Ist der Verkehr nett zu Ihnen?*«

»Keine Klagen.«

»*Falls Sie Richtung Chicago fahren, warum schauen Sie nicht in St. Louis vorbei? Ich habe ein paar Steaks in der Gefriertruhe. Mit Ihrem Namen drauf.*«

Dean klappte die Sonnenblende herunter. »Wie gut Sie zu mir sind, meine Süße, wie großzügig ...«

»*Für meinen liebsten Safe Net-Kunden ist mir nichts zu teuer.*«

Nachdem er die Verbindung unterbrochen hatte, verdrehte Blue die Augen. »Lassen Sie die Frauen Schlange stehen und verteilen Nummern? Welch eine Verschwendung ...«

Auf dieses Spiel ging er nicht ein. »Haben Sie nicht das Bedürfnis, sich irgendwo anzusiedeln?«

»Dafür ist die Welt zu groß, und ich habe noch viel zu wenig davon gesehen. Vielleicht werde ich sesshaft, wenn ich vierzig bin. Ihre Freundin hat Chicago erwähnt. Wollten Sie nicht nach Tennessee fahren?«

»Doch. Aber ich wohne in Chicago.«

Jetzt erinnerte sie sich, er spielte bei den Chicago Stars. Sehnsüchtig inspizierte sie das imposante Armaturenbrett des Sportwagens und den Schalthebel. »Ich würde gern mal fahren.«

»Für Sie wäre es völlig ungewohnt, ein Auto zu steuern, das nicht qualmt.« Er schaltete das Satellitenradio ein, eine Kombination aus altem Rock und neueren Songs ertönte.

Auf den nächsten Meilen lauschte sie der Musik und versuchte die Landschaft zu würdigen. Aber sie machte sich zu große Sorgen, und sie brauchte dringend eine Ablenkung. Sollte sie Dean ärgern und fragen, was er bei einem Mann am attraktivsten fand? Nein, es war vorteilhafter, wenn sie dieses Thema nicht überstrapazierte und das Schwulenmärchen aufrechterhielt. Trotzdem erlag sie der Anfechtung und schlug ihm vor, einen Sender mit Streisand-Songs zu suchen.

»Obwohl ich nicht unhöflich sein will – wir Jungs in der Schwulenszene haben diese alten Klischees langsam satt.«

Sie tat ihr Bestes, um Zerknirschung zu heucheln. »Tut mir leid.«

»Okay, ich nehme Ihre Entschuldigung an.«

Aus dem Radio tönte U2, dann Nirwana. Blue zwang sich, den Kopf im Takt zu bewegen, damit Dean nicht merkte, wie deprimiert sie war. Etwas später begleitete er Nickelback mit einem sanften, ziemlich eindrucksvollen Bariton, danach Coldplay bei »Speed of Sound«.

Als Jack Patriot »Why Not Smile?« intonierte, wechselte Dean den Sender.

»Stellen Sie das wieder ein!«, klagte sie. »Nur mit ›Why Not Smile?‹ habe ich mein letztes Highschool-Jahr verkraftet, ich liebe Jack Patriot.«

»Ich nicht.«

»Genauso gut könnten Sie behaupten, Sie würden Gott den Allmächtigen nicht lieben.«

»Jedem das seine.« Deans lässiger Charme verflog abrupt. Nun wirkte er unnahbar, fast beängstigend.

Nicht mehr der unbekümmerte Footballstar, der ein schwules Model mimte und von einer Filmkarriere träumte. Wahrscheinlich sah sie jetzt zum ersten Mal den Mann, der wirklich hinter der glamourösen Fassade steckte. Und das gefiel ihr nicht. Sie hielt ihn lieber für dumm und eitel. Aber nur Letzteres traf zu.

»Allmählich kriege ich Hunger.« Dean drückte auf einen Hebel in seinem Gehirn und verwandelte sich in die Persönlichkeit zurück, die er ihr zeigen wollte. »Hoffentlich macht's Ihnen nichts aus, wenn wir was in einem Drive-in kaufen. Sonst muss ich jemanden suchen, der auf mein Auto aufpasst.«

»Oh, Sie lassen es bewachen?«

»Der Anlasser ist computer-kodiert. Also kann's niemand stehlen. Aber dieser Aston erregt ein gewisses Aufsehen und manchmal vandalische Gelüste.«

»Ist das Leben nicht schon kompliziert genug? Selbst wenn Sie keinen Babysitter für Ihren Schlitten engagieren?«

»Leider ist ein eleganter Lebensstil mit harter Arbeit verbunden.« Dean drückte auf eine Taste am Armaturenbrett, und eine Frau namens Missy erklärte ihm, wie er das nächstgelegene Drive-in erreichte.

»Wie hat diese Missy Sie genannt?«, fragte Blue nach dem Ende des Gesprächs.

»Boo, das ist eine Kurzform von Malibu. Während ich in Südkalifornien aufwuchs, verbrachte ich viel Zeit am Strand. Deshalb verpassten mir ein paar Freunde diesen Namen.«

Ein typischer Spitzname für einen Footballstar, dachte sie. Deshalb hatten die *People*-Leute ihn am Strand fotografiert. Ihr Daumen wies auf die Taste am Armaturenbrett. »All diese Frauen, die Sie anbeten … Haben Sie keine Schuldgefühle, wenn Sie Ihre Verehrerinnen an der Nase herumführen?«

»Das versuche ich wettzumachen, indem ich mich als guter Freund erweise«, antwortete er und verzog keine Miene.

Zum Fenster gewandt, gab sie vor, die Landschaft zu betrachten. Bis jetzt hatte er noch nicht gedroht, er würde sie aus seinem Auto werfen. Das könnte er bald tun. Oder sie riss sich zusammen, damit er glaubte, es würde sich lohnen, sie mitzunehmen.

Dean bezahlte das Fast Food mit einem Zwanzig-Dollar-Schein und sagte dem Kid am Fenster, es sollte das Wechselgeld behalten. Am liebsten wäre Blue aus dem Auto gesprungen und hätte dem Jungen das Geld entrissen. Da sie

eine Zeitlang als Kellnerin gearbeitet hatte, fand sie groß-
zügige Trinkgelder okay, aber nicht solche Unsummen.

Weiter unten am Highway fanden sie einen Picknick-
platz, ein paar Tische unter Pappeln. Die Luft hatte sich
abgekühlt, und Blue suchte in ihrem Seesack nach einem
Sweatshirt, während Dean das Fast Food auspackte. Seit
dem letzten Abend hatte sie nichts mehr gegessen, und das
Aroma der Pommes frites ließ ihr das Wasser im Mund zu-
sammenlaufen.

»Essen fassen«, forderte er sie auf, als sie zu ihm zurückkam.

Sie hatte das Billigste aus dem Angebot des Drive-in bestellt. Nun legte sie zwei Dollar fünfunddreißig auf den
Tisch. »Das haben Sie für mich ausgegeben.«

Angewidert starrte er die Münzen an. »Unsinn, dazu
lade ich Sie ein.«

»Ich zahle immer für mich selber«, beharrte sie.

»Diesmal nicht.« Dean schob ihr das Geld hinüber.
»Revanchieren Sie sich mit einer hübschen Zeichnung.«

»Meine Zeichnungen sind mehr wert als zwei Dollar
fünfunddreißig.«

»Vergessen Sie das Benzin nicht.«

Vielleicht würde sie sein Wohlwollen doch noch errin-
gen. Sie beobachtete die Autos, die auf dem Highway vor-
beirasten, und genoss jede einzelne fettige Fritte, jeden Bissen ihres Hamburgers.

Nach einer Weile legte Dean seinen halb gegessenen
Burger beiseite und holte ein BlackBerry hervor. Mit ge-
runzelter Stirn checkte er seine E-Mails auf dem winzigen
Bildschirm.

»Ein alter Freund, der Sie nervt?«, erkundigte sie sich.

Sekundenlang schaute er sie verständnislos an, dann

schüttelte er den Kopf. »Die neue Haushälterin in meinem Haus in Tennessee. Die schickt mir meine E-Mails mit detaillierten Updates. Aber ganz egal, wann ich sie anrufe, ich kriege immer nur Voicemails. Mit dieser Frau habe ich noch nie gesprochen. Da stimmt was nicht.«

Blue konnte sich nicht vorstellen, ein Haus zu besitzen, geschweige denn, eine Haushälterin zu beschäftigen.

»Klar, meine Immobilienmaklerin hat geschworen, Mrs O'Hara sei großartig. Aber ich bin's leid, immer nur elektronisch mit ihr zu kommunizieren, und wünschte, sie würde wenigstens ein einziges Mal an das verdammte Telefon gehen.« Irritiert scrollte er seine Nachrichten herunter.

Blue wollte etwas mehr über ihn erfahren. »Wenn Sie in Chicago leben, warum haben Sie dann ein Haus in Tennessee gekauft?«

»Im letzten Sommer war ich mit ein paar Freunden dort. Eigentlich hatte ich was an der Westküste gesucht.« Dean legte das BlackBerry auf den Tisch. »Aber dann sah ich diese Farm und kaufte sie. Die liegt mitten im schönsten Tal, das Sie je gesehen haben. Ziemlich abgeschieden, genug Platz für Pferde. So was habe ich mir schon immer gewünscht. Einiges muss renoviert werden. Also hat die Immobilienmaklerin einen Bauunternehmer und diese Mrs O'Hara engagiert, die alles beaufsichtigt.«

»Wenn ich ein Haus hätte, würde ich es selber instand setzen.«

»Ich habe ihr Bilder gemailt und Farbproben geschickt. Außerdem hat sie einen fabelhaften Geschmack und eigene Ideen. Das klappt fantastisch.«

»Trotzdem, es ist nicht dasselbe, als wenn man selber dabei wäre.«

41

»Deshalb will ich sie ja mit einem Besuch überraschen.«
Dean öffnete noch eine E-Mail, zog die Brauen zusammen
und nahm sein Handy aus der Tasche. Sekunden später
hatte er sein Opfer in der Leitung. »Hi, Heathcliff, gerade
habe ich Ihre E-Mail gelesen. Über diesen Eau-de-Cologne-
Auftrag bin ich gar nicht glücklich. Nach End Zone hatte
ich gehofft, ich könnte solche Werbeverträge abbauen.«
Er stand von der Bank auf und wanderte davon. »Vielleicht Fitnessdrinks ...« Er verstummte und grinste. »So
viel? Verdammt, mein hübsches Gesicht ist eine echte
Bank.«

Was immer sein Gesprächspartner antworten mochte,
es musste Dean amüsieren, denn er brach in ein schallendes, sehr maskulines Gelächter aus.

»Jetzt muss ich Schluss machen«, sagte er und stellte einen Stiefel auf einen Baumstumpf. »Mein Friseur hasst es,
wenn er warten muss. Heute will er neue Glanzlichter in
mein schönes blondes Haar zaubern. Grüß die kleinen
Rotznasen von mir. Und sag deiner Frau, ich lade sie ein,
sobald ich wieder in der Stadt bin. Sie soll bei mir übernachten. Nur Annabelle und ich ...« Lachend drückte er
auf die Aus-Taste und steckte das Handy ein. »Das war
mein Agent.«

»Hätte ich bloß auch einen!«, seufzte Blue. »Nur damit
ich ein bisschen angeben könnte, wenn ich mit jemandem
rede. Aber ich glaube, ich bin nicht der Typ, für den sich
Agenten interessieren.

»Sicher haben Sie andere Qualitäten.«

»In rauen Mengen«, murmelte sie missmutig.

Wieder auf der Straße, steuerte Dean die Autobahn an.
Blue merkte, dass sie an ihrem Daumennagel kaute. Hastig faltete sie die Hände im Schoß. Er fuhr sehr schnell, nur

eine Hand am Lenkrad – genauso, wie sie es selber vorzog. »Wo soll ich Sie absetzen?«

Diese Frage hatte sie gefürchtet. »Unglücklicherweise gibt's keine größeren Städte zwischen Denver und Kansas City. Also wäre Kansas City okay.«

Er warf ihr einen kurzen Seitenblick zu, der besagte: *Wem wollen Sie was vormachen?* »Ehrlich gesagt, ich dachte eher an den nächsten Trucker-Stopp.«

Mühsam schluckte sie. »Da Sie offensichtlich ein geselliger Mensch sind, würden Sie sich langweilen – ganz allein. Ich könnte Sie unterhalten.«

Dean musterte ihre Brüste. »Und wie wollen Sie das anfangen?«

»Mit Ratespielen. Genau das Richtige für lange Autofahrten. Da kenne ich ein paar Dutzend.« Dean schnaufte, und sie fügte rasch hinzu: »Außerdem bin ich wahnsinnig amüsant. Und ich kann mich um Ihre Fans kümmern und Ihnen all die fiesen Frauen vom Leib halten.«

Seine graublauen Augen funkelten. Ob vor Ärger oder Belustigung, wusste sie nicht. »Also gut, ich denk drüber nach.«

Zu seiner Verblüffung saß die Biberlady immer noch im Aston, als er irgendwo im westlichen Kansas von der Autobahn abbog und ein Merry Time Inn ansteuerte. Auf dem Weg zum Parkplatz drosselte er das Tempo, da rührte sie sich. Während ihres Schlummers hatte er genug Zeit gefunden, um zu beobachten, wie ihre Atemzüge die Brüste unter dem Sweatshirt hoben und senkten. Die meisten Frauen, mit denen er zusammen gewesen war, hatten ihren Busen immer wieder zur vierfachen Größe aufgeplustert. Das tat Blue nicht. Er wusste, dass die meisten Männer große Brüste mochten. Verdammt, früher war er auch ganz scharf darauf gewesen. Aber Annabelle Granger Champion hatte ihm den Spaß daran verdorben. Vor einer halben Ewigkeit ...

»Jedes Mal, wenn ein Kerl wie du eine Frau mit künstlicher Körbchengröße E anstarrt, ermutigt er nette, unschuldige Mädchen mit perfekten, hübschen Brüsten dazu, sich unters Messer zu legen. Die Frauen sollten lieber ihren Horizont erweitern, nicht ihren Brustumfang.«

Deshalb hatte er sich persönlich für die Gefahren verantwortlich gefühlt, die durch Brustvergrößerungen entstanden. Annabelle war schrecklich rechthaberisch. Und sie nahm kein Blatt vor den Mund. Die einzige Frau, mit der er freundschaftliche Kontakte pflegte. Aber wegen ihrer Ehe mit Heath Champion, seinem blutsaugerischen Agenten, und der Geburt ihres zweiten Kindes fand sie nur noch selten Zeit für ihn.

An diesem Tag hatte er oft an Annabelle gedacht, vielleicht weil auch Blue zur Rechthaberei neigte. Sie schien sich nicht für ihn zu interessieren. Das fand er seltsam, die Gesellschaft einer Frau, die nicht auf ihn abfuhr. Natürlich, er hatte ihr erzählt, er sei schwul. Dass das nicht stimmte, hatte sie schon vor mindestens hundert Meilen herausgefunden. Aber sie beharrte auf diesem idiotischen Märchen. Obwohl sie nicht zur Kategorie Rotkäppchen gehörte.

Als sie das hell erleuchtete zweistöckige Hotel erblickte, erstarrte ihr gähnender, weit aufgerissener Mund. Im Verlauf der langen Fahrt hatte sie ihn oft genug geärgert. Trotzdem war er noch nicht bereit, ein paar hundert Dollar in ihre Hand zu drücken und sie wegzuschicken. Erstens sollte sie ihn um Geld bitten, zweitens war sie unterhaltsam. Und auf den letzten zweihundert Meilen hatte ihn ein Ständer geplagt.

»In diesen Hotels nehmen sie fast alle Kreditkarten«, bemerkte er, als sie auf dem Parkplatz angekommen waren.

Blues Lippen verkniffen sich. »Unglücklicherweise habe ich keine Kreditkarte.«

Welch eine Überraschung ...

»Vor ein paar Jahren habe ich mir dieses Privileg verscherzt«, gestand sie, »seither vertrauen mir die Leute nicht mehr.« Sie studierte das Merry Time Inn-Schild. »Was machen Sie mit Ihrem Auto?«

»Ich gebe einem Sicherheitsbeamten ein Trinkgeld, damit er drauf aufpasst.«

»Wie viel?«

»Warum wollen Sie das wissen?«

»Weil ich Künstlerin bin und mich für menschliche Verhaltensweisen interessiere.«

»Erst mal fünfzig Dollar, nehme ich an«, erklärte er und bog in eine Parklücke. »Und morgen früh noch mal fünfzig.«

»Wunderbar.« Blue hielt ihm eine Hand hin. »Soeben haben Sie mich engagiert.«

»Nein, Sie werden mein Auto heute Nacht *nicht* bewachen.«

In ihrem Hals bebten verkrampfte Muskeln. »Doch. Keine Bange. Ich habe einen sehr leichten Schlaf. Sobald sich jemand zu nahe heranwagt, wache ich auf.«

»Sie werden nicht im Auto schlafen.«

»Reden Sie mir bloß nicht ein, Sie wären einer dieser sexistischen Trottel, die dauernd behaupten, eine Frau könnte gewisse Jobs nicht genauso gut erledigen wie ein Mann.«

»Ich glaube, Sie können sich kein Hotelzimmer leisten.«
Dean stieg aus dem Aston. »Deshalb werde ich Sie einladen.«

Die spitze kleine Nase in der Luft, kletterte sie ebenfalls aus dem Wagen. »Ich brauche keine Einladung.«

»So?«

»Was ich brauche, ist ein Job. Erlauben Sie mir, Ihr Auto zu hüten.«

»Kommt gar nicht infrage.«

Er merkte ihr an, dass sie blitzschnell überlegte, wie sie ihn rumkriegen könnte. Besonders erstaunt war er nicht, als sie die Preisliste für ihre Porträts herunterrasselte. »Selbst wenn Sie die Kosten für ein Hotelzimmer und die Mahlzeiten abziehen«, fügte sie hinzu, »müssen Sie zugeben – von diesem Deal profitieren Sie. Morgen fange ich an, Sie zu skizzieren. Beim Frühstück.«

Das Letzte, was er sich wünschte, war ein weiteres Porträt. Und was er wirklich nötig hätte ... »Fangen Sie heute Abend an«, schlug er vor und öffnete den Kofferraum.

»Heute Abend? Es ist schon – ziemlich spät.«

»Erst neun vorbei.« In diesem Team konnte es nur einen einzigen Quarterback geben. Und das war *er*.

Während sie im Kofferraum wühlte, murmelte sie etwas Unverständliches vor sich hin. Dean nahm seinen Koffer und ihren marineblauen Seesack heraus. Dann griff sie an ihm vorbei und öffnete einen Werkzeugkasten, der ihre Mal- und Zeichenutensilien enthielt. Immer noch murmelnd, folgte sie ihm zum Hoteleingang. Nachdem er mit dem einzigen Pagen verhandelt und ihn beauftragt hatte, sein Auto zu bewachen, ging er zur Rezeption. Blue blieb an seiner Seite.

Nach der Livemusik zu schließen, die aus der Bar drang,

und den Einheimischen, die sich in der Halle herumtrieben, war das Merry Time am Samstagabend der angesagte Treffpunkt dieser kleinen Stadt. Er bemerkte die Köpfe, die sich in seine Richtung wandten. Manchmal überstand er ein oder zwei Tage, ohne erkannt zu werden. An diesem Abend nicht. Ein paar Leute gafften ungeniert. Zum Teufel mit diesen End Zone-Plakaten! Genervt stellte er die Koffer vor den Tresen der Rezeption.

Der Empfangschef, ein etwa zwanzigjähriger Typ aus dem Nahen Osten, der wie ein Gelehrter aussah, begrüßte ihn höflich, schien ihn aber nicht zu erkennen.

»Da kommen Ihre Fans«, verkündetet Blue, stieß ihn zwischen die Rippen und wies mit dem Kopf zur Bar. Als hätte er die Kerle nicht entdeckt, die auf ihn zukamen – beide in mittleren Jahren und übergewichtig. Der eine trug ein Hawaiihemd, das über seinem Bauch spannte, der andere Cowboystiefel und einen gezwirbelten Schnauzbart. »Höchste Zeit, dass ich zu arbeiten anfange«, meinte Blue lässig. »Ich kümmere mich drum.«

»Nein, das werden Sie nicht, ich ...«

»Hallo!« Das Hawaiihemd streckte seine Hand aus. »Verzeihen Sie die Störung, aber mein Kumpel Bowman und ich haben gewettet, dass Sie Dean Robillard sind.«

Ehe Dean antworten konnte, schob Blue ihren zarten Körper vor die ausgestreckte Hand und sprach die beiden in einem ausländischen Akzent an, der wie eine Kreuzung zwischen Serbokroatisch und Jiddisch klang. »Ach, diiieser Dean Robijaaa, seeehr berühmt in Amerika, nicht wahr? Mein aaarmer Mann ...«, jammerte sie und krallte ihre Finger in Deans Arm, »sein Englisch seeehr, seeehr schlecht. Das alles versteht er nicht. Aber mein Englisch seeehr, seeehr gut, nicht wahr? Überall, wo wir hingehen, glauben die Leute so wie Siiie, er wäre dieser Mann, dieser Dean Robijaaa. Aber mein Mann ist nicht berühmt in Amerika, nur seeehr berühmt in unserem Land. Ein seeehr berühmter – wie sagen Sie dazu? – Pornograph.«

Unwillkürlich zuckte Dean zusammen.

»Jaaa?« Blue runzelte die Stirn. »Habe ich das richtig gesagt? Mein Mann dreht gaaanz schmutzige Filme.«

Da er seine Identität ständig wechselte, verlor sogar er den Überblick. Trotzdem verdiente sie eine kleine Unterstützung bei ihrem schwierigen Job, wenn sie auch die falsche Methode gewählt hatte. Deshalb setzte er ein Grinsen auf und versuchte den Eindruck zu erwecken, er würde kein Wort Englisch verstehen.

Offenbar hatte sie die zwei Typen völlig verwirrt. Nun wussten sie nicht, wie sie reagieren sollten.

»Eh – nun ja – tut uns leid, wir dachten …«

»Schon guuut«, unterbrach sie das Hawaiihemd. »So was passiert immer wiiieder.«

Als sie die Flucht ergriffen, stolperten die beiden über ihre eigenen Füße.

Selbstgefällig wandte sie sich zu Dean. »Bin ich nicht wahnsinnig tüchtig? Trotz meiner jungen Jahre? Sind Sie nicht froh, dass ich bei Ihnen geblieben bin?«

Zumindest musste er ihre Kreativität anerkennen. Da er dem Empfangschef seine Visa Card zeigte, war Blues Versuch, seine Identität geheim zu halten, allerdings sinnlos. »Ich nehme Ihre beste Suite. Und ein kleines Zimmer beim Aufzug für meine durchgeknallte Begleiterin. Wenn das ein Problem ist, stecken Sie die Lady einfach in einen alten Kühlschrank.«

Das Merry Time Inn musste sein Personal großartig ausbilden, denn der Empfangschef zuckte kaum mit der

Wimper. »Bedauerlicherweise sind wir heute besetzt, Sir, und unsere Suite ist bereits vergeben.«

»Keine Suite?«, fragte Blue gedehnt. »Findet dieses Grauen denn niemals ein Ende?«

Unglücklich studierte der junge Mann den Bildschirm seines Computers. »Zu meinem tiefsten Bedauern haben wir nur noch zwei Zimmer frei. Das eine wird Sie halbwegs zufrieden stellen, Sir. Das andere wird gerade renoviert.«

»Oh, na ja, das wird der kleinen Lady nichts ausmachen. Sicher haben sie alle Blutflecken aus dem Teppichboden entfernen lassen. Außerdem – Pornostars können überall schlafen. Damit meine ich wirklich – *überall.*« Dean amüsierte sich köstlich.

Aber der Empfangschef war zu gut ausgebildet, um zu lächeln. »Selbstverständlich berechnen wir Ihnen nicht den vollen Preis.«

»Verlangen Sie das Doppelte.« Blue stützte sich auf den Tresen. »Sonst ist er beleidigt.«

Nachdem Dean dieser Farce Einhalt geboten hatte, gingen sie zum Lift. Die Türen schlossen sich, und Blue schaute ihn mit großen, unschuldigen Brombeeraugen an. »Also, diese Jungs, die wissen wollten, ob Sie Dean Robillard sind ...«

»Um die Wahrheit zu gestehen«, erwiderte er und drückte auf einen Liftknopf. »Ich spiele ein bisschen Profi-Football unter meinem richtigen Namen. Nur Teilzeit. Bis ich beim Film Karriere mache.«

»Wow!«, rief Blue und mimte maßlose Verblüffung. »Kann man auch als Teilzeitarbeiter Football spielen? Das wusste ich gar nicht.«

»Nichts für ungut, aber anscheinend verstehen Sie nicht viel vom Sport.«

»Trotzdem – ein Schwuler, der Football spielt …«

»Oh, in dieser Branche gibt's viele von unserer Sorte. Wahrscheinlich ein gutes Drittel in der NFL.« Nun erwartete er, sie würde diesen Schwachsinn beenden. Aber sie wollte weiterspielen.

»Und die Leute glauben, diese Athleten wären nicht *sensitiv*.«

»Ja, wie man sich täuschen kann …«

»Ihre Ohrläppchen sind gepierct.«

»Damals war ich noch jung.«

» Sie wollten mit Ihren Millionen protzen, nicht wahr?«

»Zwei Karat in jedem Ohr.«

»Erzählen Sie mir bloß nicht, die würden Sie nicht mehr tragen.«

»Nur wenn ich deprimiert bin und mich besser fühlen will.«

Die Lifttüren glitten auseinander, und sie gingen den Flur entlang zu ihren Zimmern. Für eine so kleine Person machte Blue ziemlich lange Schritte. An kampflustige Frauen war er nicht gewöhnt. Aber sie war ja auch kaum eine Frau, trotz der winzigen prallen Brüste und des hartnäckigen Ständers.

Die Zimmer lagen nebeneinander, und Dean öffnete die erste Tür. Sauber, aber ein bisschen verraucht, eindeutig nicht sein Stil.

Blue schob sich an ihm vorbei. »Normalerweise würde ich vorschlagen, eine Münze zu werfen. Aber da Sie die Rechnung zahlen, wäre das unfair.«

»Okay, wenn Sie drauf bestehen …«

Sie nahm ihm den Seesack aus der Hand und versperrte ihm den Weg ins Zimmer. »Bei Tageslicht arbeite ich am besten. Also warten wir bis Morgen.«

»Wenn ich's nicht besser wüsste, würde ich glauben, Sie hätten Angst vor mir und wollen deshalb nicht mit mir allein sein.«

»Jetzt haben Sie mich durchschaut. Was würde denn passieren, wenn ich mich versehentlich zwischen Ihrer Schönheit und einem Spiegel postiere? Womöglich werden Sie gewalttätig.«

Dean grinste. »In einer halben Stunde sehen wir uns wieder.«

Als er sein Zimmer betrat, schaltete er den Fernseher an. Die zweite Hälfte eines Bulls-Spiels flimmerte über den Bildschirm. Dann streifte er seine Stiefel von den Füßen und packte seine Sachen aus. Er besaß schon unzählige Gemälde, Zeichnungen und Fotos von sich selber – so viele, dass er gar nicht wusste, was er damit machen sollte. Aber darauf kam es nicht an. Er nahm ein Bier und eine Dose Erdnüsse aus der Minibar. Vor ein paar Jahren hatte Annabelle ihm vorgeschlagen, seiner Mutter ein paar von den Glamourfotos zu schicken, die man im Lauf der Jahre von ihm geknipst hatte. Aber er hatte erwidert, sie sollte sich gefälligst um ihren eigenen verdammten Kram kümmern. In *dieser* komplizierten Beziehung durfte niemand herumstochern.

In seinen Jeans und dem weißen Marc Jacob-Hemd mit dem aufgeknöpften Kragen, das ihm die PR-Typen des Designers vor zwei Wochen geschickt hatten, streckte er sich auf dem Bett aus. Die Bulls nahmen gerade eine Auszeit. Noch eine Nacht, noch ein Hotelzimmer. In Chicago besaß er zwei Eigentumswohnungen, die eine nicht weit vom See entfernt, die andere in der westlichen Vorstadt, nahe dem Hauptquartier der Stars, falls er mal keine Lust hatte, mit dem dichten Verkehr in der City zu kämpfen. Aber da er in den Schlafsälen diverser Internate aufgewachsen war, fühlte er sich nirgendwo *wirklich* zu Hause. *Danke, Mom.*

Die Farm in Tennessee hatte eine Geschichte und tief verwurzelte Traditionen. Alles, was ihm selber fehlte. Trotzdem verhielt er sich normalerweise nicht so impulsiv und überlegte jetzt, ob es richtig gewesen war, ein Anwesen zu kaufen, ohne Meer in unmittelbarer Nähe. Ein Haus, von hundert Morgen Land umgeben, suggerierte Beständigkeit, eine Stabilität, die er niemals erfahren hatte und für die er vielleicht auch gar nicht bereit war. Nun, es war nur ein Ferienhaus. Wenn es ihm nicht gefiel, konnte er es jederzeit verkaufen.

Nebenan rauschte Wasser. In der Spielpause brachte der Sender eine Vorschau auf eine Story über die Countrysängerin Marli Moffett, die ertrunken war. Dabei wurde Filmmaterial über Marli und Jackett Patriot gezeigt, die aus einer Hochzeitskapelle in Reno traten. Dean zückte die Fernbedienung und schaltete den Ton ab. Bald würde er die Biberlady nackt sehen. Darauf freute er sich. Mit einer Frau von diesem Kaliber hatte er sich noch nie amüsiert. Umso interessanter würden die nächsten Stunden verlaufen. Er schob eine Hand voll Erdnüsse in den Mund und sagte sich, dass er schon seit Jahren auf One-Night-Stands verzichtete. Der Gedanke, er könnte sich in eine männliche Version seiner Mutter verwandeln – einer Frau, die ständig gekokst, den Kerlen einen geblasen und darüber die Existenz ihres Sohnes vergessen hatte – war zu deprimierend. Deshalb beschränkte er sich auf kurzfristige Beziehungen, die nur ein paar Wochen dauerten, höchstens zwei Monate. Nun plante er gegen diese Regel zu verstoßen, die er seit zehn Jahren befolgte. Und er fühlte sich sogar großartig. Obwohl er der Biberlady erst an diesem

Tag begegnet war und sich unentwegt über sie ärgerte, hatten sie inzwischen eine richtige Beziehung, mit vergnüglichen Gesprächen, geteilten Mahlzeiten und einem ähnlichen Musikgeschmack. Noch wichtiger war, dass Blue für seine schrägen Scherze empfänglich war.

Gerade hatte das letzte Viertel des Bulls-Spiels begonnen, als es an der Verbindungstür klopfte. Diese Nacht musste er sofort in die richtigen Bahnen lenken, indem er ihr klarmachte, wer am Steuer saß. »Ich bin nackt!«, rief er.

»Wundervoll! Nackte Körper habe ich schon lange nicht mehr gezeichnet. Dieses Training kann ich gut gebrauchen.«

Offenbar ging sie ihm nicht auf den Leim. Grinsend stand er vom Bett auf. »Seien Sie mir nicht böse, aber ich würde es nicht ertragen, nackt vor einer Frau zu posieren.«

»Ich bin ein Profi. Wie ein Doktor. Wenn's Ihnen peinlich ist, können Sie Ihre Genitalien verhüllen.«

Seine *Genitalien*? Dean grinste noch breiter.

»Warten wir besser bis morgen, dann haben Sie genug Zeit, um sich an den Gedanken zu gewöhnen.«

Ende des Spiels. Er nahm einen Schluck Bier. »Schon gut, ich ziehe mich an.« Er öffnete die obersten Hemdknöpfe und beobachtete das unverdiente Glück des neuen Bulls-Verteidigers, der drei Fehlschüsse hintereinander durchgehen ließ. Dann schaltete er den Fernseher aus und öffnete die Tür.

3

Offensichtlich wirkte sich Blues Verachtung für modischen Schick auch auf ihr nächtliches Outfit aus. Zu einem kastanienbraunen Männer-T-Shirt trug sie eine verwaschene schwarze Jogginghose. Diese Kleidung war kein bisschen sexy. Abgesehen von den Geheimnissen, die sie verbarg ... Dean trat beiseite, um sie hereinzulassen. Statt nach einer Parfümfabrik roch sie nach Seife. Er ging zur Minibar. »Erst mal bringe ich Ihnen was zu trinken.«

»Oh, mein Gott!«, japste sie. »Wollen Sie da wirklich was rausnehmen?«

Automatisch spähte er zwischen seine Schenkel.

Aber Blue starrte die Minibar an. Sie stürmte an Dean vorbei und ergriff die Preisliste. »Schauen Sie sich das an! Zwei fünfzig für eine winzige Mineralwasserflasche. Und drei Dollar für ein Snickers.«

»Hier bezahlen Sie nicht nur den Schokoriegel«, betonte er, »sondern auch die Annehmlichkeit, ihn genau dann zu kriegen, wenn Sie ihn haben wollen.«

Sie hörte nicht zu, denn sie hatte die Erdnussdose auf dem Bett entdeckt. »Sieben Dollar. *Sieben Dollar!* Wie konnten Sie nur?«

»Brauchen Sie eine Papiertüte, um reinzupusten?«

»Schenken Sie der Hoteldirektion doch gleich Ihre Brieftasche!«

»Normalerweise würde ich das nicht erwähnen, aber ich bin steinreich.« Und das würde er bleiben – vorausgesetzt, die US-Wirtschaft brach nicht völlig zusammen. Als kleiner Junge hatte er von der staatlichen Kinderbeihilfe gelebt. Seit er erwachsen war, verdiente er sein Geld mit harter Arbeit, das gefiel ihm viel besser.

»Wie reich Sie sind, interessiert mich nicht. Sieben Dollar für eine Dose Erdnüsse, das ist *Wucher*.«

Anscheinend hatte Blue ernsthafte finanzielle Probleme. Nun, darum brauchte er sich nicht zu kümmern. »Wein oder Bier? Was darf's sein? Oder soll ich für Sie aussuchen? Ich mache so oder so eine Flasche auf.«

Die Nase immer noch über der Preisliste, fragte sie: »Geben Sie mir die sechs Dollar, und ich tu so, als würde ich Bier trinken.«

Dean packte ihre Schultern und schob sie beiseite, damit er an die Minibar herankam. »Ersparen Sie mir diese Leidensmiene.«

»Auf dieser Welt verhungern *Menschen*«, fauchte sie, hob ihren Skizzenblock auf und zog sich zum Sessel am anderen Ende des Raums zurück.

»Seien Sie keine schlechte Verliererin.«

Widerstrebend nahm sie das Bier entgegen. In diesem Zimmer gab es zum Glück nur einen Sessel, so hatte Dean einen guten Grund, um sich wieder auf dem Bett auszustrecken. »Drapieren Sie mich so, wie Sie wollen.« Er hoffte, sie würde ihn auffordern, sich auszuziehen. Das tat sie nicht.

»Machen Sie sich's einfach bequem.« Sie stellte das Bier auf den Teppich, legte einen Fußknöchel in ihrem burschikosen Stil übers Knie und balancierte den Skizzenblock auf der schäbigen schwarzen Jogginghose. Trotz der aggressiven Pose wirkte sie nervös. So weit, so gut.

Auf einen Ellbogen gestützt, öffnete er die restlichen Hemdknöpfe. Oft genug hatte er für geschmacklose End Zone-Fotos posiert, um zu wissen, was die Ladys anmachte. Aber er verstand noch immer nicht, warum sie so etwas Ödes seinen perfekten Effet-Schüssen vorzogen. Frauen ...

Eine tintenschwarze Strähne löste sich aus Blues stets derangiertem Pferdeschwanz und fiel auf ihren prägnanten Wangenknochen hinab, während sie ihre Aufmerksamkeit auf die künstlerische Arbeit richtete. Lässig ließ er das Hemd etwas weiter auseinandergleiten und entblößte die Brustmuskeln, die sich in seinem zehn Jahre langen harten Training entwickelt hatten. Aber die frischen Narben an seiner Schulter ließ er bedeckt. »Eigentlich bin ich gar nicht schwul.«

»O Schätzchen, Sie müssen mir nichts vormachen.«

»Um ehrlich zu sein ...« Er steckte einen Daumen in den Hosenbund seiner Jeans und zog sie etwas weiter nach unten. »Wenn ich mich in der Öffentlichkeit zeige, finde ich die Begleiterscheinungen des Ruhms manchmal verdammt lästig. Deshalb ergreife ich extreme Maßnahmen, wann immer ich meine Identität verschleiern möchte. Allerdings bin ich stets fair zu mir selber. Ich verliere niemals meine Würde. Zum Beispiel gehe ich nicht so weit, in das Kostüm eines Tieres zu steigen. Haben Sie da drüben genug Licht?«

Blues Bleistift kratzte über das Papier. »Sobald Sie dem richtigen Mann begegnen, werden Sie Ihre Veranlagung nicht mehr abstreiten. Wahre Liebe ist allmächtig.«

Also wollte sie das Spiel fortsetzen. Amüsiert wechselte er seine Taktik. »Haben Sie das mit Monty erlebt?«

»Wahre Liebe? Nein. Dafür fehlt mir ein gewisses Chromosom. Aber echte Freundschaft, ja. Würden Sie sich auf die andere Seite drehen?«

Damit er die Wand anstarrte? Ausgeschlossen. »Das geht nicht. Wegen meiner lädierten Hüfte. Dann war alles reiner Unsinn, was Monty über das Vertrauen und den dunklen Abgrund einer verlassenen Frau behauptet hat?«

»Hören Sie, Dr. Phil, ich versuche mich zu konzentrieren.«

»Also kein Unsinn.« Sie schaute ihn nicht an. »Was mich betrifft, ich habe mich ein halbes Dutzend Mal verliebt. Natürlich, bevor ich sechzehn war. Trotzdem ...«

»Seither muss es doch noch jemanden gegeben haben.«

»Okay, Sie haben mich durchschaut.« Dass er Annabelle nie geliebt hatte, machte sie ganz wahnsinnig. Dauernd betonte sie, sogar ihr Ehemann Heath – ein klarer Fall für den Psychiater – sei schon mal verliebt gewesen, bevor er sie kennen gelernt habe.

Blues Hand zuckte über das Papier. »Warum wollen Sie sich auf einer Farm in Tennessee niederlassen, wo doch die ganze Welt Ihr Spielplatz ist?«

»Langsam kriege ich einen Krampf. Darf ich mich strecken?« Ohne eine Antwort abzuwarten, schwangen die Beine über den Bettrand. Bevor er aufstand, nahm er sich viel Zeit. Dann reckte er sich nach oben, ließ seine Brustmuskulatur vibrieren und die Jeans hinabrutschen, um den Hosenbund seiner End Zone-Boxershorts zu enthüllen.

Die Augen der Biberlady klebten am Notizblock.

Vielleicht war es ein taktischer Fehler gewesen, Monty zu erwähnen. Aber er verstand einfach nicht, warum sich eine so charakterstarke Frau wie Blue mit einem solchen Trottel abgegeben hatte. Die Hände in die Hüften gestützt, spannte er den Brustkorb an, damit sein Hemd noch weiter auseinanderglitt. Jetzt kam er sich wie ein Stripper vor. Aber sie schaute endlich auf. Die Jeans entblößten noch ein wenig mehr von den grauen Boxershorts, der Skizzenblock fiel zu Boden. Als sie sich bückte, um ihn aufzuheben, prallte ihr Kinn gegen die Armstütze des Sessels. Offenbar brauchte sie noch etwas Zeit, um sich an den Gedanken zu gewöhnen, dass er alle ihre Biberteile erforschen würde.

»Nun werde ich mal duschen«, verkündete er, »und den Straßenstaub runterwaschen.«

Mit einer Hand zerrte sie den Skizzenblock auf ihren Schoß zurück, mit der anderen winkte sie Dean zu, um ihn zu verscheuchen.

Die Badezimmertür fiel ins Schloss. Stöhnend pflanzte Blue ihre Füße auf den Teppich. Hätte sie bloß eine Migräne vorgeschützt – oder Lepra – irgendwas, das sie daran gehindert hätte, dieses Zimmer zu betreten. Warum hatte kein nettes altes Rentnerehepaar an der Straße gehalten, um ihr zu helfen? Oder einer dieser süßen Künstlertypen, mit denen sie sich immer so gut verstand?

In der Dusche begann das Wasser zu rauschen, und Blue stellte sich vor, wie es über diesen werbewirksamen Körper rann. Den benutzte er wie eine Waffe. Und weil keine andere in der Nähe war, hatte er es auf *sie* abgesehen. Aber solche Männer durfte man nur aus sicherer Entfernung begehren.

Sie nahm einen Schluck aus ihrer Bierflasche. Dann sagte sie sich, dass Blue Bailey nicht davonlief. Niemals. Sie mochte labil aussehen. Als würde der leichteste Windhauch sie umblasen. Aber da, wo's wirklich zählte, war sie stark. Innen drin. Nur deshalb hatte sie die Wanderjahre ihrer Kindheit überlebt.

Was bedeutet das Glück eines kleinen Mädchens, und

wenn es noch so geliebt wird, verglichen mit dem Leben vieler zahlloser kleiner Mädchen, die von Bomben, Soldaten und Minen bedroht werden? Welch ein grauenhafter Tag. Alte Erinnerungen stiegen in ihr auf.

»*Blue, Tom und ich möchten mit dir reden.*«

So gut erinnerte sie sich an die eingesunkene karierte Couch in Olivias und Toms beengtem Apartment in San Francisco, an die Art, wie Olivia neben sich auf die Polsterung geklopft hatte. Für ihre acht Jahre war Blue klein gewesen, aber nicht klein genug, um auf Olivias Schoß zu sitzen. Also ließ sie sich neben ihr nieder. Auf der anderen Seite saß Tom und tätschelte Blues Knie. Diese beiden liebte sie mehr als sonst jemanden auf der Welt, ihre Mutter inklusive, die sie fast ein Jahr lang nicht gesehen hatte. Seit Blue sieben Jahre alt geworden war, wohnte sie bei Olivia und Tom. Und sie würde immer bei ihnen bleiben. Das hatten sie ihr versprochen.

Olivias hellbraunes Haar war zu einem Zopf geflochten, der am Rücken hinabhing, und sie roch nach Curry und Patschuli. Wenn sie töpferte, gab sie Blue weichen Lehm zum Spielen. Tom, ein großer, sanftmütiger Afro-Typ, schrieb Artikel für eine Underground-Zeitung. Manchmal ging er mit Blue in den Golden Gate Park und ließ sie auf seinen Schultern reiten. Wenn sie einen Alptraum hatte, kroch sie zu den beiden ins Bett und schlief ein, die Wange an Toms warmer Schulter, die Finger in Olivias langes Haar geschlungen.

»Weißt du noch, Punkin, wie wir dir von dem Baby erzählt haben, das in meiner Gebärmutter wächst?«, fragte Olivia.

Daran erinnerte sich Blue, sie hatten ihr Bilder in einem Buch gezeigt.

»Bald kommt dieses Baby zur Welt«, fuhr Olivia fort, »dann wird sich einiges ändern.«

Blue wollte nicht, dass sich irgendwas änderte. So wie jetzt sollte es immer sein. »Wird das Baby in meinem Zimmer schlafen?« Endlich hatte sie ein eigenes Zimmer bekommen. Es würde ihr gar nicht gefallen, wenn sie es mit jemandem teilen müsste.

Bevor Olivia antwortete, wechselte sie einen Blick mit Tom. »Nein, Punkin. Erinnerst du dich an Norris, die Lady, die uns letzten Monat besucht hat? Diese Weberin, die Gründerin von Artists for Peace? Sie erzählte uns von ihrem Haus in Albuquerque und Kyle, ihrem kleinen Jungen. Dann zeigten wir dir auf der Landkarte, wo New Mexico liegt. Weißt du noch, wie gern du Norris mochtest?«

Blue nickte in ahnungsloser Naivität.

»Stell dir vor, deine Mom, Tom und ich haben eine wundervolle Überraschung für dich. Von jetzt an wirst du bei Norris wohnen.«

Das verstand Blue nicht. Verwirrt starrte sie in die beiden Gesichter mit dem breiten, falschen Lächeln. Tom kratzte seine Brust durch sein Flanellhemd hindurch. Dann blinzelte er, als würde er gleich weinen. »Olivia und ich werden dich vermissen. Aber in Albuquerque gibt's einen Garten, wo du spielen kannst.«

Da wurde ihr alles klar. Sie begann zu würgen. »Nein! Ich will keinen Garten, ich will hierbleiben! Das habt ihr versprochen und gesagt, ich würde für immer hier leben!«

Olivia rannte mit ihr ins Bad.

Während Blue erbrach, hielt Olivia ihren Kopf fest. Zusammengesunken saß Tom auf dem Rand der alten Badewanne mit den vielen Sprüngen. »Wir wollten, dass du bei uns bleibst«, beteuerte er. »Aber das war, bevor wir von dem Baby wussten. Da wurde alles kompliziert, mit dem Geld und so ... In Norris' Haus wohnt ein Kind, mit dem du spielen kannst. Wird dir das nicht Spaß machen?«

»Auch hier werde ich ein Kind haben, mit dem ich spielen kann!«, schluchzte Blue. »Das Baby. Schickt mich nicht weg. Bitte! Ich werde ganz brav sein. Nie wieder werde ich euch ärgern!«

Da fingen alle zu weinen an. Aber letzten Endes stiegen Olivia und Tom mit ihr in den rostigen blauen Van, brachten sie nach Albuquerque und schlichen davon, ohne sich zu verabschieden.

Die große, dicke Norris zeigte Blue, wie man webte. Der neunjährige Kyle brachte ihr Kartenspiele bei und spielte Star Wars mit ihr. Ein Monat ging in den anderen über. Allmählich hörte Blue auf, an Tom und Olivia zu denken. Stattdessen begann sie Norris und Kyle zu lieben. Kyle war ihr geheimer Bruder, Norris ihre geheime Mutter. Für immer würde sie bei ihnen bleiben.

Dann kam Virginia Bailey, ihre richtige Mutter, aus Zentralamerika zurück und holte sie ab. Sie zogen nach Texas zu einer Gruppe aktivistischer Nonnen und verbrachten jede freie Minute miteinander. Zusammen mit ihrer Mutter las sie Bücher, arbeitete an Kunstprojekten mit, lernte Spanisch, und sie redeten über alles und jedes. Manchmal verstrich ein ganzer Tag, ohne dass sie an Norris und Kyle dachte. Von neuer Liebe zu ihrer warmherzigen Mutter erfüllt, war sie untröstlich, als Virginia zu neuen Ufern aufbrach.

Weil Norris wieder geheiratet hatte, konnte Blue nicht nach Albuquerque zurückkehren. Die Nonnen behielten sie bis zum Ende des Schuljahrs, und Blue übertrug ihre Liebe auf Sister Carolyn. Die fuhr mit Blue nach Oregon, wo Virginia ihr einen Platz bei einem Bio-Farmer namens Blossom verschafft hatte. Verzweifelt klammerte sich Blue an Sister Carolyn, und Blossom musste sie wegzerren, damit die Nonne davonfahren konnte.

Alles fing wieder von vorn an. Aber diesmal hielt sich Blue zurück und entwickelte keine tieferen Gefühle für Blossom. Als sie die Farm verlassen musste, fand sie den Abschied nicht mehr so schmerzlich. Von jetzt an passte sie besser auf. Wann immer sie zu neuen Leuten kam, versuchte sie ihr Herz zu verschließen. Bald litt sie kaum noch unter den Trennungen.

Mit schmalen Augen schaute sie zu dem Bett in Dean Robillards Hotelzimmer hinüber. Er war scharf auf sie. Und er erwartete, dass sie seine Wünsche erfüllte. Aber er wusste nichts von ihrer heftigen Abneigung gegen belanglose Beziehungen. Auf dem College hatte sie ihre Freundinnen beobachtet, die ganz verrückt nach »Sex and the City« gewesen waren. Sie schliefen mit jedem, der ihnen gefiel, und so oft sie wollten. Aber statt Energie daraus zu schöpfen, versanken sie in Depressionen.

In der Kindheit war Blues Herz oft genug gebrochen worden, von Menschen, die sie viel zu früh verlassen hatten. Die Liste ihrer kurzfristigen Beziehungen würde sie nicht verlängern. Wenn sie Monty nicht dazu zählte, was sie nicht tat, hatte sie sich nur mit zwei Liebhabern eingelassen, mit egoistischen Künstlern, die glücklich in ihrer Obhut gewesen waren. So hatte es viel besser funktioniert.

Der Knauf an der Badezimmertür drehte sich. Nun musste sie Dean ganz vorsichtig behandeln. Sonst würde sie am nächsten Morgen hier festsitzen, und das konnte sie sich nicht leisten. Unglücklicherweise gehörte taktvolles Verhalten nicht zu ihren Stärken.

Ein Handtuch, ziemlich tief unten um die Hüften geschlungen, schlenderte er aus dem Bad. Er glich einem römischen Gott, der inmitten einer Orgie kurz Luft schnappen wollte, während er wartete, bis die nächste Tempeljungfrau zu ihm geführt wurde. Dann trat er ins Licht, und Blues Finger krampften sich um den Skizzenblock. Nein, das war keine makellose, wie aus Marmor gemeißelte römische Gottheit. Er besaß den Körper eines Kriegers – kraftvoll gebaut, funktionsfähig, bereit zum Kampf.

Als er merkte, dass sie die dünnen Narben an seiner Schulter betrachtete, erklärte er: »Ein wütender gehörnter Ehemann.«

Das glaubte sie ihm keine Sekunde lang. »Ach ja, das Risiko gewisser Sünden …«

»Da wir gerade von Sünden reden …« Sein träges Lächeln triefte geradezu vor verführerischer Sinnlichkeit. »Soeben habe ich nachgedacht. Ein später Abend, zwei einsame Fremde, ein komfortables Bett … Warum sollen wir's nicht benutzen? Eine bessere Möglichkeit, uns zu amüsieren, fällt mir nicht ein.«

Statt etwas subtiler vorzugehen, stürmte er schnurstracks zur Ziellinie. Offenbar bildete er sich ein, sein attraktives Gesicht und sein athletischer Körper würden ihn zur Eroberung aller Frauen berechtigen. Aber für *diese* Frau galt das nicht. Er kam näher, und sie roch Seife und Sex. Sollte sie noch einmal auf seine schwule Veranlagung hinweisen? Vermutlich sinnlos, in einer so eindeutigen Situation. Sie konnte Kopfschmerzen vorschützen und aus dem Zimmer flüchten oder tun, was sie immer tat, und sich der Herausforderung stellen. Langsam stand sie auf.

»Also, wir gehen die Sache folgendermaßen an, Boo. Es stört Sie doch nicht, wenn ich Sie ›Boo‹ nenne?«

»Ehrlich gesagt …«

»Sie sind fantastisch, sexy und ein umwerfender Mus-kelprotz. Und charmanter, als es ein Mann sein dürfte. Ihr musikalischer Geschmack entspricht meinem, zumindest teilweise, Sie schwimmen im Geld – lauter Pluspunkte. Außerdem sind Sie clever. Glauben Sie bloß nicht, das wäre mir entgangen. Aber Sie törnen mich nicht an.«

Entgeistert zog er die Brauen zusammen. »Was, ich tör-ne Sie nicht an?«

»An Ihnen liegt's nicht.« Blue bemühte sich um einen entschuldigenden Ton. »Nur an mir.«

Maßlos verblüfft, blinzelte er. Zweifellos hatte er die Phrase »An Ihnen liegt's nicht, sondern an mir selber« selbst schon oft benutzt. Und jetzt staunte er, weil sie ihm ins Gesicht zurückgeschleudert wurde. »Sie machen Wit-ze, nicht wahr, Blue?«

»Um die reine Wahrheit zu gestehen, mit Losern wie Monty fühle ich mich wohler. Nicht, dass ich diesen Feh-ler noch einmal machen werde. Wenn ich mit Ihnen ins Bett gehe, und darüber habe ich lange und gründlich nach-gedacht …«

»Wir haben uns erst vor acht Stunden kennen gelernt.«

»Ich habe keine Titten, und ich bin nicht hübsch. Also wollen Sie's nur mit mir treiben, weil ich zufällig gerade verfügbar bin. Ich würde mich beschissen fühlen, der An-fang einer weiteren meiner zahllosen Talfahrten. Und offen gestanden, ich war schon oft genug in einer Klapsmühle.«

Irgendwie wirkte Deans Lächeln berechnend. »Sonst noch was?«

Blue ergriff ihren Skizzenblock und die Bierflasche. »Um es kurz und bündig auszudrücken, Sie wollen ange-betet werden. Und so was mache ich nicht.«

»Wer behauptet denn, Sie wären nicht hübsch?«

»Oh, das stört mich nicht. Ich besitze einen so starken Charakter, dass es arrogant, egozentrisch und raffgierig aussehen würde, wenn ich auch noch schön wäre. Um ehrlich zu sein, bis zu diesem Abend war das gar kein Thema. Nun ja, abgesehen von Jason Stanhope. Aber das war in der siebten Klasse.«

»Okay, ich verstehe«, meinte er sichtlich amüsiert.

So lässig wie nur möglich wanderte sie zur Verbindungstür und öffnete sie. »Sie sollten sich nicht so fühlen, als wären Sie mit knapper Not einer Revolverkugel entronnen.«

»Eigentlich fühle ich mich eher geil.«

»Deshalb gibt's in jedem Hotelzimmer Porno-Videos.« Hastig schloss sie die Tür hinter sich und holte zum ersten Mal seit langer Zeit wieder ganz tief Luft. Um Dean Robillard zu amüsieren und aus der Fassung zu bringen, musste man ihm immer einen Schritt voraus sein. Ob sie das bis Kansas City durchhalten würde, das war genauso ungewiss wie die Frage, was sie tun sollte, wenn sie dort ankam.

Anscheinend war die Biberlady erst spät ins Bett gegangen, denn am nächsten Morgen präsentierte sie ihm die fertige Skizze. Sie wartete bis zum ersten Stopp an einer Trucker-Station in Kansas, bevor sie ihm das vollendete Werk zeigte. Verdutzt starrte Dean das Porträt an. Kein Wunder, dass sie pleite war.

»Wenn ich mehr Zeit hätte« – Blue unterdrückte ein Gähnen –, »würde ich ein Aquarell malen.«

Da sie mit ihrem Bleistift schon genug Schaden angerichtet hatte, war's vielleicht ganz gut so. Klar, sie hatte

sein Gesicht gezeichnet, aber mit völlig falschen Zügen –
die Augen standen zu nah beisammen, der Haaransatz
war zu weit nach hinten gerutscht, und ein paar zusätzli-
che Pfunde verliehen ihm ein Doppelkinn. Am aller-
schlimmsten war, dass sie seine Nase verunstaltet hatte,
die jetzt wie zerquetscht aussah. Nur selten fehlten ihm die
Worte, aber beim Anblick dieses Porträts war er sprachlos.

Blue biss in ihren Donut mit Schokoladenglasur. »Faszinierend, nicht wahr? Wie leicht hättest du mit einem anderen Gesicht zur Welt kommen können, Dean ...« In still-
schweigendem Einvernehmen waren sie zu einer vertrauli-
cheren Anrede übergegangen.

Plötzlich ging ihm ein Licht auf. Das hatte sie absichtlich getan. Aber sie erschien ihm eher nachdenklich als
selbstgefällig. »Leider finde ich nur selten eine Gelegenheit, um ein bisschen zu experimentieren«, erklärte sie.
»Dafür warst du das ideale Objekt.«

»Oh, ich bin dir gern zu Diensten«, erwiderte er trocken.

»Natürlich habe ich noch eine andere Skizze angefer-
tigt.« Blue nahm ein zweites Blatt aus der Mappe, die sie
in die Raststätte mitgenommen hatte, und warf es achtlos
auf den Tisch neben Deans unberührte Muffins. Das Bild
zeigte ihn, wie er sich auf dem Bett lümmelte, ein Knie angezogen, das Hemd über der Brust geöffnet. Genau die
Pose, die er ausgesucht hatte. »Reizvoll«, meinte sie.
»Aber etwas langweilig, nicht wahr?«

Nicht nur langweilig. Auch ein bisschen anrüchig – die
Attitüde zu berechnend, die Miene zu dreist. Also hatte sie
ihn durchschaut. Das missfiel ihm. Trotzdem verstand er
noch immer nicht, warum sie ihm letzte Nacht eine Ab-

fuhr erteilt hatte. Wirkte er nicht mehr auf Frauen? War das möglich? Oder vielleicht hatte er diese besondere Wirkung niemals ausgeübt. Weil die Frauen bereitwillig in seine Arme fielen, hatte er keine Erfahrungen in der Rolle des Eroberers gesammelt. Das musste er ändern. Er studierte wieder die erste Zeichnung, und während er seine entstellten Züge betrachtete, überlegte er, welches Leben er geführt hätte, wäre er mit dem Gesicht geboren worden, das Blue im verpasst hatte. Kein lukrativer Werbevertrag bei End Zone, das stand fest. Schon in der Kindheit hatte ihm seine attraktive äußere Erscheinung alle Türen geöffnet. Theoretisch sah er das ein. Und dieses Porträt wies ihn ganz konkret darauf hin.

»Damit bist du unzufrieden, nicht wahr?« Blues Miene verdüsterte sich. »Ich hätte wissen müssen, dass du es nicht begreifst. Aber ich dachte … Schon gut«, fügte sie hinzu und griff nach dem Blatt.

Bevor sie die Zeichnung berühren konnte, entfernte er sie aus ihrer Reichweite. »Du hast mich nur überrascht, das ist alles. Wahrscheinlich werde ich's nicht über meinen Kamin hängen. Ich bin nicht unzufrieden. Irgendwie ist es – provozierend. Und wie ich gestehen muss, gefällt es mir. Sogar sehr.«

Mit schmalen Augen musterte sie ihn, als wollte sie herausfinden, ob er das ernst meinte. Je länger er mit ihr zusammen war, desto heftiger erregte sie seine Neugier.

»Allzu viel hast du mir nicht von dir erzählt, Blue. Wo bist du aufgewachsen?«

»Da und dort«, antwortete sie und brach ein Stück von ihrem Donut ab.

»Nun komm schon, nach dieser Fahrt werden wir uns nicht wiedersehen. Also spuck deine Geheimnisse aus.«

»Ich heiße Blue. Und wenn du über Geheimnisse reden willst – fang *du* damit an.«

»Da gibt's nicht viel zu sagen. Zu viel Geld. Zu berühmt. Zu attraktiv. Das Leben ist so unfair.«

Damit wollte er sie zum Lächeln bringen. Stattdessen starrte sie ihn so aufmerksam an, dass er sich unbehaglich fühlte.

»Jetzt bist du dran«, forderte er sie hastig heraus.

Erst einmal aß sie ihren Donut. Damit ließ sie sich viel Zeit, und er vermutete, nun würde sie überlegen, was sie ihm verraten sollte. »Also, meine Mutter heißt Virginia Bailey«, begann sie schließlich. »Wahrscheinlich hast du noch nie von ihr gehört. In pazifistischen Kreisen ist sie ziemlich bekannt. Eine Friedensaktivistin.«

»Und was macht sie?«

»Nun, sie organisiert Demonstrationen in der ganzen Welt, und sie wurde schon so oft verhaftet, dass sie's gar nicht mehr zählen kann. Zweimal saß sie in einem Hochsicherheitsgefängnis, weil sie sich auf Abschussrampen für Atomraketen gewagt hat.«

»Wow.«

»Das ist noch längst nicht alles. In den achtziger Jahren starb sie beinahe bei einem Hungerstreik, um gegen die US-Politik in Nicaragua zu protestieren. Und dann ignorierte sie die UNO-Sanktionen, die das Verbot betrafen, Medikamente in den Irak zu bringen.« Ihr Blick ins Leere gerichtet, zerrieb Blue ein paar Glasurkrümel zwischen den Fingern. »Als die Amerikaner 2003 in Bagdad einmarschierten, war sie schon da, mit einer internationalen Friedensgruppe. In einer Hand hielt sie ein Protestschild, mit der anderen verteilte sie Wasserflaschen an die Soldaten. Solange ich denken kann, passt sie ganz genau auf, damit sie nicht mehr als dreitausendeinhundert Dollar verdient und keine Steuern zahlen muss.«

»Also schneidet sie sich ins eigene Fleisch?«

»Sie erträgt den Gedanken nicht, dass man ihr Geld verwenden könnte, um Atombomben zu bauen. In vielen Dingen stimme ich nicht mit ihr überein. Aber ich finde, die Regierung müsste den Steuerzahlern die Möglichkeit geben, selber zu entscheiden, was mit ihrem Geld passieren soll. Wäre es dir nicht lieber, die Millionen, die du Onkel Sam schenkst, würden Schulen und Krankenhäuser finanzieren statt Nuklearwaffen?«

Gewiss, das würde er vorziehen. Spielplätze für größere Kids, Vorschulprogramme für kleinere, kostenlose medizinische Versorgung für NFL-Schiedsrichter. »Was für eine faszinierende Frau, deine Mom«, bemerkte er.

»Eher verrückt, meinst du?«

Dean war zu höflich, um zu nicken.

»Nein, das ist sie nicht, sondern einsame Spitze. Ganz egal, was passiert. Schon zweimal wurde sie für den Friedensnobelpreis nominiert.«

»Also, jetzt bin ich wirklich beeindruckt.« Dean lehnte sich in seinem Sessel zurück. »Und dein Vater?«

Blue tauchte ihre Papierserviette in ein Wasserglas und wischte die Donutglasur von ihren Fingern. »Als er in El Salvador einen Brunnenschacht aushob, kam er bei einem Erdrutsch ums Leben. Einen Monat vor meiner Geburt. Die beiden waren nicht verheiratet.«

Noch etwas, das ihn mit Blue verband. Bisher hatte sie ihm einige Fakten mitgeteilt, ohne private Dinge zu enthüllen. Er streckte die langen Beine aus. »Von wem wurdest du versorgt, während deine Mutter auf Reisen ging, um die Welt zu retten?«

»Ich wuchs bei verschiedenen wohlmeinenden Leuten auf.«

»Nicht besonders angenehm …«

»So schlimm war's nicht. Die meisten waren Hippies – Künstler, ein College-Professor, Sozialpädagogen. Niemals wurde ich geschlagen oder missbraucht. Als ich dreizehn war, lebte ich bei einer Drogendealerin in Houston. Aber um Mom zu verteidigen – sie hatte keine Ahnung, dass Luisa immer noch in dieser Branche tätig war. Und abgesehen von ein paar Typen, die manchmal vorbeifuhren und auf uns schossen, wohnte ich sehr gern bei ihr.«

Dean hoffte, Blue würde nur Witze machen.

»Sechs Monate verbrachte ich in Minnesota bei einem lutherischen Geistlichen. Aber Mom ist eine überzeugte Katholikin. Deshalb vertraute sie mich sehr oft diversen aktivistischen Nonnen an.«

Offenbar war ihre Kindheit noch instabiler als seine eigene gewesen. Kaum zu glauben …

»Zum Glück waren Moms Freunde sehr engagiert, und sie brachten mir eine ganze Menge bei, was anderen Kindern nicht geboten wird.«

»Was denn?«

»Nun ja, Latein, ein bisschen Griechisch. Außerdem kann ich Wände tünchen, fabelhafte Bio-Gemüsegärten anlegen, mit Elektrogeräten umgehen. Und ich bin eine fantastische Köchin. Ich wette, da bist du mir unterlegen.«

Nun, er sprach verdammt gut Spanisch, und mit Elektrogeräten kannte er sich auch aus. Aber er wollte ihr die Freude nicht verderben. »Einmal habe ich in der Rose Bowl gegen Ohio State vier Touchdown-Pässe geschlagen.«

»Und die Herzen der Rose-Prinzessinnen betört …«

Natürlich, sie liebte es, ihn zu hänseln. Aber das tat sie mit so unverhohlenem Vergnügen, dass es niemals bösartig klang. Seltsam. Dean trank seine Kaffeetasse leer. »Da du so oft umgezogen bist, hattest du sicher Probleme in den Schulen.«

»Wenn man ständig das neue Kind ist, entwickelt man ganz besondere Fähigkeiten im zwischenmenschlichen Verhalten.«

»Kann ich mir denken.« Allmählich verstand er, wie Blues Aggressivität entstanden war. »Warst du auf dem College?«

»Nur auf einer kleinen Kunstakademie. Da bekam ich ein Stipendium. Aber nach dem ersten Studienjahr bin ich abgehauen. Trotzdem war's die längste Zeit, die ich an ein und demselben Ort verbrachte.«

»Warum bist du geflohen?«

»Aus reiner Wanderlust, das wurde mir in die Wiege gelegt.«

Daran zweifelte er. Von Natur aus war sie nicht so abgebrüht. Hätte sie eine andere Erziehung genossen, wäre sie längst verheiratet und würde vielleicht in einem Kindergarten arbeiten, wo sie auch ihre eigenen Kids betreute.

Er warf einen Zwanziger auf den Tisch. Als er nicht auf das Wechselgeld wartete, reagierte sie so wütend, wie er geahnt hatte. »Zwei Tassen Kaffee, ein Donut, zwei unberührte Muffins.«

»Reg dich ab.«

Hastig ergriff sie die Muffins. Auf dem Weg zum Parkplatz studierte er die Zeichnungen. Bei diesem Deal schnitt er wirklich nicht so schlecht ab. Für ein paar Mahlzeiten und eine Übernachtung bekam er eine Inspiration zum Nachdenken. Wie oft geschah das schon?

Wie er im Lauf des Tages bemerkte, wurde Blue immer nervöser. Als er an einer Tankstelle hielt, verschwand sie in der Toilette und ließ ihre schäbige schwarze Segeltuchtasche zurück. Er schraubte den Tankverschluss ab und dachte eine Sekunde lang nach. Dann begann er Nachforschungen anzustellen. Er ignorierte das Handy und die Skizzenblöcke und zog die Brieftasche hervor. Darin fand er einen Führerschein aus Arizona – sie war tatsächlich dreißig – Bibliothekskarten aus Seattle und San Francisco, eine Bankcard, achtzehn Dollar und das Foto einer zierlichen Frau in mittleren Jahren, die mit ein paar Straßenkindern vor einem ausgebrannten Haus stand. Obwohl die Frau blond war, glich sie Blue mit ihren teils fein gezeichneten, teils scharfen Zügen. Das musste Virginia Bailey sein. Weiter unten in der Tasche entdeckte er ein Scheckheft und ein Sparbuch von einer Bank in Dallas. Auf dem Scheckkonto lagen vierzehnhundert Dollar, auf dem Sparkonto viel mehr. Dean runzelte die Stirn. Also hatte die Biberlady einiges auf der hohen Kante. Warum erweckte sie den Eindruck, sie wäre pleite?

Während sie zum Auto zurückkam, verstaute er alles wieder in der Tasche und gab sie ihr. »Ich habe Pfefferminzbonbons gesucht.«

»In meiner Brieftasche?«

»Warum solltest du Pfefferminzbonbons in deiner Brieftasche verwahren?«

»Du hast herumgeschnüffelt?« Wie ihre Miene bekundete, hatte sie nichts gegen Schnüffeleien einzuwenden, nur ihr selber durfte man nicht nachspionieren.

Bei dieser Erkenntnis beschloss er, seine eigene Brieftasche stets im Auge zu behalten. »Prada produziert Taschen«, erklärte er auf der Rückfahrt von der Tankstelle zur Autobahn. »Und Gucci auch. Das Ding da sieht aus wie ein Werbegeschenk, eine Beigabe für einen Satz Steckschlüssel oder ein Titten-und-Po-Magazin.«

»Unglaublich, dass du mir nachspionierst!«, fauchte sie empört.

»Ich finde es unglaublich, dass ich letzte Nacht dein Hotelzimmer bezahlen musste. Du bist nämlich gar nicht pleite.«

Diesen Worten folgte ein langes Schweigen. Abrupt wandte sie sich ab und starrte aus dem Autofenster. Ihre zierliche Gestalt, ihre schmalen Schultern, die zarten Ellbogen, die aus dem Ärmel des lächerlich großen schwarzen T-Shirts ragten – all diese Zeichen ihrer Zerbrechlichkeit müssten seinen Beschützerinstinkt wecken. Aber das geschah nicht.

»Vor drei Tagen hat jemand mein Bankkonto abgeräumt«, murmelte sie. »Vorübergehend bin ich *wirklich* pleite.«

»Lass mich raten. Monty, die tückische Schlange.«

Geistesabwesend zupfte sie an ihrem Ohrläppchen. »Ja, genau. Monty, die tückische Schlange.«

Natürlich log sie. Als sie am Vortag über Monty hergefallen war, hatte sie ihre Bankkonten nicht erwähnt. Aber wie ihre unglückliche Miene bezeugte, war sie tatsächlich beraubt worden. Also brauchte die Biberlady nicht nur eine kostlose Fahrt nach Kansas City, sondern vor allem Geld.

Dean bildete sich ein, er wäre der großzügigste Mann auf der Welt. Wenn er sich mit Frauen traf, behandelte er sie wie Königinnen. Und er überschüttete sie mit kostbaren Geschenken, wenn die Beziehung zu Ende ging. Niemals betrog er seine Freundinnen. Und er war ein verdammt rücksichtsvoller Liebhaber. Aber da Blue seinen männlichen Reizen so beharrlich widerstand, hatte er keine Lust, seine Brieftasche zu öffnen. Er musterte ihr zerzaustes Haar, das armselige Outfit. Nein, sie war wirklich kein aufregender Typ. Unter normalen Umständen hätte er sie gar nicht beachtet. Aber am letzten Abend hatte sie ein großes rotes Stoppschild hochgehalten. Und jetzt wurde das Spiel fortgesetzt.

»Was willst du tun?«, fragte er.

»Nun ...« Sie kaute an ihrer Unterlippe. »In Kansas City kenne ich niemanden. Aber in Nashville wohnt eine ehemalige Zimmerkameradin vom College. Wenn du da vorbeifährst ...«

»Was, ich soll dich nach *Nashville* kutschieren?« Das klang fast so, als würde diese Stadt auf dem Mond liegen.

»Wenn's dir nichts ausmacht.«

Gar nichts machte es ihm aus. »Also, ich weiß nicht recht. Nashville – das ist ziemlich weit weg. Außerdem müsste ich alle deine Mahlzeiten und noch ein Hotelzimmer bezahlen. Es sei denn ...«

»O nein, ich schlafe nicht mit dir!«

Dean schenkte ihr ein träges Lächeln. »Denkst du immer nur an Sex? Obwohl ich deine Gefühle nicht verletzen will, muss ich sagen, mit dieser Tour kommst du mir fast verzweifelt vor.«

Ein ganz gemeiner Köder. Natürlich biss sie nicht an. Stattdessen setzte sie eine billige Pilotenbrille auf. Damit sah sie aus wie Rotkäppchen, das eine F-18 kommandierte. »Fahr einfach und sieh hinreißend aus«, empfahl sie ihm. »Du musst dein Gehirn nicht anstrengen, nur um Konversation zu machen.«

Diese Biberlady hatte vielleicht Nerven. So eine Frau hatte er noch nie kennen gelernt.

»Jetzt hör mir mal zu, Blue. Ich sehe nicht nur fabelhaft aus, ich bin auch ein Geschäftsmann. Das bedeutet, dass ich eine Gegenleistung für mein Investment erwarte.« Nun müsste er sich so fies fühlen, wie das klang. Aber dafür amüsierte er sich viel zu sehr.

»Immerhin besitzt du ein Original-Blue-Bailey-Porträt. Außerdem hast du einen Wachtposten für dein Auto und einen Bodyguard, der dir die Fans vom Leib hält. Eigentlich müsstest du *mich* bezahlen. Und dazu werde ich dich auch auffordern. Zweihundert Dollar für die Fahrt nach Nashville.«

Bevor er erklären konnte, was er von dieser Idee hielt, meldete sich das Safe Net.

»*Hi, Boo, hier ist Steph.*«

Blue beugte sich zum Mikrofon vor. »Verdammt, Boo, du elende Ratte! Was hast du mit meinem Höschen gemacht?«

Danach entstand eine lange Pause. Dean warf ihr einen vernichtenden Blick zu. »Jetzt kann ich nicht reden, Steph. Ich ziehe mir gerade ein Hörbuch rein. Gleich wird jemand erstochen.«

Als er das Safe Net ausschaltete, rückte die Biberlady ihre Pilotenbrille zur Nasenspitze hinab und betrachtete ihn über den Rand hinweg. »Tut mir leid, ich habe mich gelangweilt.«

Verblüfft hob er die Brauen. Sie war auf seine Gnade angewiesen. Trotzdem gab sie nicht klein bei. Faszinierend.

Er knipste das Radio an und unterstützte die Gin Blossoms mit einem verdammt guten Trommelwirbel auf dem Lenkrand. Aber Blue versank in ihrer eigenen Welt. Sie verzichtete sogar auf einen Kommentar, als er den Sender

wechselte, weil Jack Patriot schon wieder »Why Not Smile?« säuselte.

Nur mit halbem Ohr hörte sie die Radiomusik im Hintergrund. Dean Robillard erschien ihr so fremdartig, dass er
aus einem anderen Universum stammen könnte. Das dürfte er nicht merken. Hatte er ihr die Lüge über Monty und
die geplünderten Bankkonten abgekauft? Das wusste sie
nicht, denn er verbarg sehr gut, was er dachte. Selbstverständlich würde sie ihm nicht erzählen, dass ihre Mutter
die Missetäterin war.

Virginia war Blues einzige Verwandte. Deshalb hatte
die Tochter ihr eine Vollmacht über alle Konten gegeben.
Bereitwillig kaufte Mom alle ihre Kleider in den billigen
Läden von der Heilsarmee. Wenn sie sich in den Staaten
aufhielt, schlief sie bei Freunden auf der Couch. Nur eine
humanitäre Krise von gigantischen Ausmaßen konnte sie
veranlasst haben, Blues Geld zu klauen. Diesen Diebstahl
hatte Blue am Freitag entdeckt, vor drei Tagen, als sie versucht hatte, ihre Bankcard zu verwenden. Virginia hatte
eine Nachricht auf dem Handy hinterlassen.

»Schätzchen, ich habe nur ein paar Minuten Zeit. Heute muss ich deine Bankkonten angreifen. Ich werde dir
sobald wie möglich schreiben und alles erklären.« Nur
selten verlor Virginia die Beherrschung. Aber die leise
sanfte Stimme hatte brüchig geklungen. »Verzeih mir,
mein Liebling. Ich bin gerade in Kolumbien. Gestern
wurden einige Mädchen, mit denen ich zusammengear-
beitet habe, von diesen bewaffneten Marodeuren gekid-
nappt und – vergewaltigt. Dann wurden sie zum Töten
gezwungen. Das – das darf ich nicht zulassen. Mit deinem Geld kann ich sie freikaufen. Sicher wirst du das für

einen unverzeihlichen Vertrauensbruch halten, mein Liebes. Aber du bist stark. Und andere Menschen sind es nicht. Bitte, vergib mir – und vergiss nicht, wie sehr ich dich liebe.«

Blind starrte Blue die eintönige Kansas-Landschaft an. Seit der Kindheit hatte sie sich nicht mehr so hilflos gefühlt. Ihre Ersparnisse, die einzige Sicherheit, die sie jemals gekannt hatte, wurden als Lösegeld verwendet. Wie sollte sie mit achtzehn Dollar einen neuen Anfang schaffen? Damit konnte sie nicht einmal ihr Werbematerial bezahlen, die Flugblätter. Wenn sie Virginia anrufen und anschreien könnte, würde es ihr etwas besser gehen. Aber Mom besaß kein Telefon. Wenn sie eins brauchte, borgte sie sich einfach eins aus.

Du bist stark. Und andere Menschen sind es nicht. Mit diesen Worten war Blue aufgewachsen. *Du musst nicht in Angst aufwachsen, du kannst deinen eigenen Weg gehen. Niemals musst du fürchten, Soldaten würden in dein Haus einbrechen und dich ins Gefängnis zerren.*

Außerdem musste Blue nicht Angst haben, die Soldaten könnten ihr noch viel mehr antun.

Was ihre Mutter in einem zentralamerikanischen Gefängnis durchgemacht hatte, wollte sie sich gar nicht vorstellen. Ihre sanftmütige, herzensgute Mutter war ein Opfer unaussprechlicher Grausamkeiten geworden. Trotzdem weigerte sie sich, irgendjemanden zu hassen. Jeden Abend betete sie immer noch für die Seelen der Männer, die sie vergewaltigt hatten.

Blue musterte Dean Robillard, der neben ihr am Steuer saß – ein Mann, der seine unwiderstehliche Anziehungskraft ganz selbstverständlich fand. Im Augenblick brauchte sie ihn. Vielleicht war es sogar eine Waffe, dass sie sich *nicht* vor seine Füße geworfen hatte. Allerdings keine besonders wirksame Waffe ... Nun, sie musste einfach nur sein Interesse aufrechterhalten, bis sie in Nashville ankamen.

Am frühen Abend hielten sie in einer Raststätte westlich von St. Louis. Dean sah Blue neben einem Picknicktisch mit ihrem Handy in der Hand stehen. Vorhin hatte sie ihm erklärt, sie würde ihre ehemalige Zimmerkameradin vom College in Nashville anrufen und einen Treffpunkt für den nächsten Tag vereinbaren. Aber jetzt warf sie einfach nur einen Holzkohlengrill an und steckte ihr Handy in die Tasche zurück.

Also war das Spiel noch nicht vorbei. Vor ein paar Stunden hatte er den Fehler begangen, einen Anruf von Rode Frazier entgegenzunehmen, einem früheren Teamkameraden, der sich nach St. Louis zurückgezogen hatte. Rode bestand auf einer Zusammenkunft an diesem Abend, mit ein paar anderen Spielern aus der Gegend. Da er Deans Arsch fünf Saisons lang beschützt hatte, ließ sich das nicht vermeiden, obwohl es seine Pläne betreffend Blue für diese Nacht vereitelte. Aber offensichtlich ging auch bei ihr einiges schief. Mürrisch trottete sie zu ihm zurück. »Probleme?«, fragte er, eine Hüfte an den Wagenschlag des Astons gelehnt.

»Nein, kein Problem.« Sie umfasste den Türgriff. Dann sank ihre Hand hinab. »Okay, vielleicht ein kleines. Das kriege ich schon hin.«

»So, wie du bisher alles hingekriegt hast?«

»Eigentlich könntest du dich ein bisschen hilfreicher zeigen.« Erbost riss sie die Beifahrertür auf und starrte ihn über das Wagendach hinweg an. »Das Telefon meiner

Freundin funktioniert nicht mehr. Offenbar ist sie woanders hingezogen, ohne mich zu informieren.«

Soeben hatte ihm das Schicksal eine unerwartete Gunst erwiesen. Erstaunlich ... Warum fand er es so großartig, dass eine Frau wie Blue Bailey auf seine Barmherzigkeit angewiesen war? »Was wirst du jetzt machen?«

»Irgendwas wird mir schon einfallen.«

Wieder auf der Autobahn, beklagte er Mrs O'Haras Abneigung gegen Telefongespräche. Sonst würde er sie anrufen und ihr mitteilen, er sei auf dem Weg zur Farm und er würde seinen ersten Übernachtungsgast mitbringen.

»Blue, ich habe über deine Schwierigkeiten nachgedacht«, begann er und überholte ein rotes Cabrio. »Was ich dir vorschlage ...«

4

April Robillard schloss ihre E-Mail. Was würde Dean sagen, wenn er von der wahren Identität seiner Haushälterin erfuhr? Entschlossen verdrängte sie den Gedanken.

»Soll ich den Herd anschließen, Susan? Jetzt gleich?«

Nein, du Trottel, da drin wollen wir Geranien pflanzen.

»Ja, schließ ihn an. Möglichst bald.«

Sie stieg über die zerfetzten Reste der Tapete – tanzende Kupferkessel – hinweg. Die hatten die Anstreicher von den Küchenwänden gerissen. Cody, der jünger als ihr Sohn war, war nicht der einzige Arbeiter, der Ausreden fand, um mit ihr zu reden. Obwohl sie zweiundfünfzig war ... Aber das wussten die Jungs nicht, und so scharwenzelten sie dauernd um sie herum. Vielleicht witterten sie immer noch Sex, sobald sie in ihre Nähe kamen. Arme Babys. Jetzt ging sie nicht mehr so freigiebig mit ihren Reizen um. Sie griff nach ihrem iPod, um den Lärm der Handwerker mit ein bisschen klassischem Rock zu übertönen. Aber bevor sie die Stöpsel in die Ohren stecken konnte, schaute Sam, der Vorarbeiter der Zimmermänner, zur Küchentür herein. »Checken Sie mal die Badezimmer im oberen Stockwerk, Susan. Nur damit ich weiß, ob Sie mit ihren erschöpften Fans zufrieden sind.«

Was die erschöpften Fans leisteten, hatte sie schon am Morgen zusammen mit Sam inspiziert. Aber sie folgte ihm in die Halle. Um ihr Ziel zu erreichen, musste sie um einen Kompressor und einen Haufen schmutziger Staubdecken herumgehen. Das Haus war im frühen neunzehnten Jahrhundert errichtet und während der siebziger Jahre des zwanzigsten wieder bewohnt worden. Damals hatte man alle Installationen und elektrischen Leitungen erneuert und eine Klimaanlage eingebaut. Unglücklicherweise gehörten zur Modernisierung auch ein avocadogrünes Bad und eine Kücheneinrichtung in der gleichen Farbe, eine billige Täfelung und goldgelbe, inzwischen abgewetzte, rissige Vinylböden. Seit zwei Monaten widmete sie sich der Aufgabe, jene Geschmacksverirrungen zu entfernen und das Haus so zu gestalten, wie es sein sollte – ein traditionelles Farmhaus, in luxuriösem Stil renoviert.

Durch die neuen Seitenfenster strömte das Sonnenlicht des frühen Nachmittags herein und illuminierte schwebende Staubkörnchen. Mittlerweile waren die schlimmsten Spuren der Umbauarbeiten verschwunden. Aprils Sandalen mit den Strasssteinchen an den Riemen klickten auf dem Hartholzboden der Halle. An ihren Handgelenken klirrten Armreifen. Sogar mitten im Schmutz und in der ganzen Unordnung wollte sie sich selber gefallen. Zu ihrer Rechten lag das Speisezimmer, ein ehemaliger Salon, zur Linken der vergrößerte Wohnraum, der Teil eines späteren Anbaus. Das Haus aus Stein und Holz war im Federal Style konzipiert und wegen zahlreicher Umbauten in ein unerträgliches Mischmasch verwandelt worden. Um es wohnlicher zu gestalten, hatte sie einige Wände einreißen lassen.

»Wenn Sie lange duschen, möchten Sie doch sicher, dass ein netter erschöpfter Fan zu dichte Dampfwolken verhindert«, bemerkte Sam.

Dean liebte ausgiebige, heiße Duschen. Das glaubte sie zu wissen, weil sie sich an seine Teenagerzeit erinnerte. Aber vielleicht hatte er sich inzwischen zu einem dieser Männer entwickelt, die in fünf Minuten duschten und sich anzogen. Wie schmerzlich, so wenig über das einzige Kind zu wissen ... Andererseits müsste sie sich daran inzwischen gewöhnt haben.

Ein paar Stunden später flüchtete sie vor dem Lärm. Als sie durch die Seitentür ins Freie trat, atmete sie den Duft des späten Mainachmittags ein. Von einer benachbarten Farm wehte schwacher Stallgeruch herüber, vermischt mit dem Aroma des Geißblatts, das rings um das renovierte Gebäude wuchs. Tapfer kämpfte es mit wuchernden Taglilien, schlappen Pfingstrosen und einem verspielten Gewirr aus kräftigen Rosenbüschen um seine Existenz. Das alles hatten Farmerinnen gepflanzt. Für anspruchsvolle dekorative Blumen hatten sie keine Zeit gefunden, sie waren zu beschäftigt mit dem Anbau von Mais und Stangenbohnen, die ihre Familien den Winter über ernähren würden.

April blieb stehen und betrachtete den verwilderten Garten, der vor Jahrzehnten angelegt worden war, um dem praktischen Bedürfnis eines ländlichen Haushalts zu genügen. Dahinter, an der Rückfront des Gebäudes, erhob sich ein neuer Betonblock, auf dem eine Veranda entstehen sollte. Sie hatte ihre Initialen – A. R. – in eine Ecke geritzt, winzige Buchstaben, damit etwas Dauerhaftes von ihr zurückblieb. Lächelnd wischte sie eine lange blonde Haarsträhne aus ihrem Gesicht.

Dann eilte sie an der alten Eisenpumpe vorbei, bevor jemand auftauchen konnte, um sie mit überflüssigen Fragen zu belästigen. Die einstige Callaway Farm lag in einem Tal zwischen sanft gerundeten Hügeln. Auf dem Gelände war früher eine ertragreiche Pferdezucht betrieben worden. Jetzt trieben sich nur noch Rehe, Eichhörnchen, Waschbären und Kojoten auf den fünfundsiebzig Morgen herum. Zu dem Anwesen – Weideflächen, Felder, Wälder – gehörten auch ein Stall, ein verfallenes Pächter-Cottage, ein abgeschiedener, von Quellen gespeister Teich. Am Ende eines rissigen Steinplattenwegs lag eine alte Laube voller Weinranken. Daneben stand eine verwitterte Holzbank und erweckte den Eindruck, Wilma Callaway, die letzte Bewohnerin der Farm, wäre hier herausgekommen, wenn sie ihre Arbeit erledigt hatte. Im letzten Jahr war Wilma mit einundneunzig gestorben. Dean hatte die Farm einem entfernten Verwandten abgekauft.

Mittels eines komplizierten Netzwerks aus Kontakten behielt April ihren Sohn im Auge. Auf diese Weise hatte sie erfahren, dass er jemanden brauchte, der die Renovierungsarbeiten beaufsichtigte. Da hatte sie sofort gewusst, was sie tun musste. Nach all den Jahren würde sie endlich ein *Heim* für ihren Sohn einrichten. Leicht war es nicht gewesen, ihre Tätigkeit in L.A. zu beenden – dafür aber erstaunlich leicht, diesen Job einer Haushälterin zu bekommen. Sie hatte ein paar Referenzen gefälscht, einen Rock und einen Pullover bei Talbots gekauft, außerdem ein Stirnband, um ihr langes Haar aus dem Gesicht zu halten. Dann hatte sie eine Geschichte erfunden, die ihre Anwesenheit in East Tennessee erklärte. Nach einem zehnminütigen Bewerbungsgespräch war sie von Deans Immobilienmaklerin engagiert worden.

Eine seltsame Hassliebe verband sie mit der Frau, die sie erfunden hatte, um ihre wahre Identität zu verheimlichen. Sie stellte sich Susan O'Hara als Witwe vor, die jetzt auf eigenen Füßen stand. Verarmt, aber tapfer, besaß Susan keine beruflich verwertbaren Fähigkeiten außer den Kenntnissen, die sie ihrer Mutterschaft und der Buchhaltung in ihrem Haushalt verdankte. Außerdem hatte sie in der Sonntagsschule unterrichtet und ihrem geliebten, mittlerweile verstorbenen Ehemann geholfen, die Renovierung von Häusern zu organisieren.

Aber was ihre Garderobe betraf, musste sich Susans konservativer Geschmack ändern. An ihrem ersten Tag in Garrison erklärte April die Witwe zu einer rundum erneuerten Frau und kehrte zu ihren eigenen Kleidern zurück. Sie liebte es, Vintage-Mode mit schrillen neuen Sachen zu mixen, Designer-Outfits mit Fundstücken aus Discountläden. Letzte Woche war sie in einem Gaultier-Bustier und Banana-Republic-Chinos durch die Stadt gewandert. An diesem Tag trug sie ein imitiertes dunkelbraunes Janis Joplin T-Shirt, eine ingwerfarbene Caprihose und die Sandalen voller Strasssteine.

Nun folgte sie dem Weg, der in den Wald führte. Weiße Veilchen und wilde Möhren begannen zu blühen. Bald sah sie Sonnenflecken auf dem Teich glitzern, zwischen breitblättrigen Kamelien und flammendroten Azaleen. Sie fand ihren Lieblingsplatz am Ufer und zog die Sandalen aus. Auf der anderen Seite des Teichs, hinter Bäumen verborgen, stand das heruntergekommene Pächter-Cottage, in dem sie wohnte.

Sie zog die Knie an und schlang ihre Arme darum. Früher oder später würde Dean das Täuschungsmanöver entdecken. Dann wäre alles vorbei. Natürlich würde er sie nicht anschreien. Das passte nicht zu ihm. Aber seine unausgesprochene Verachtung war noch schlimmer als verletzende Worte. Könnte sie die Renovierung seines Hauses doch nur beenden, *bevor* er das Spiel durchschaute. Vielleicht würde er, wenn er ins Farmhaus zog, wenigstens andeutungsweise spüren, was sie zurücklassen wollte – ihre Liebe, ihr Bedauern.

Leider hielt er nicht viel von Wiedergutmachungen. Darum hatte sie sich vor zehn Jahren bemüht. Aber weil die Narben seiner Wunden unauslöschlich waren, konnte er ihr nicht verzeihen. Diese Wunden hatte *sie* ihm zugefügt. April Robillard, die Queen aller Groupies. Das Mädchen, das so viel von Spaß und Partys verstand. Aber nichts von der Mutterschaft.

»*Hör auf, so über dich selber zu reden*«, mahnte ihr Freund Charlie, wann immer sie über die alten Zeiten diskutierten. »*Niemals warst du ein Groupie, April, sondern eine Muse.*«

Das hatten sie sich alle immer eingeredet. Auf einige traf es wahrscheinlich auch zu. So viele fabelhafte Frauen: Anita Pallenberg, Marianne Faithful, Angie Bowie, BeBe Beull, Lori Maddox und April Robillard. Anita und Marianne waren Keiths und Micks Freundinnen gewesen; Angies Ehe mit David Bowie hatte immerhin eine Weile gedauert; BeBe war mit Steven Tyler liiert; Lori mit Jimmie Page. April war über ein Jahr lang Jack Patriots Geliebte gewesen. All diese Frauen waren klug und schön, zweifellos fähig, in dieser Welt ihren eigenen Weg zu gehen. Aber sie hatten die Männer zu sehr geliebt. Die Männer und deren Musik. Sie streichelten Egos, glätteten gerunzelte Stirnen, übersahen Seitensprünge und amüsierten ihre Liebhaber mit Sex. Ewiger Rock.

»*Glaub mir, April, du warst kein Groupie. Überleg doch, wie viele Jungs du abgewiesen hast!*«

Auf ihre Art war sie wählerisch gewesen. Sie lehnte alle Männer ab, die ihr missfielen, ganz egal, wie hoch ihre Alben in den Charts kletterten. Aber sie klammerte sich an jene, die sie begehrte, übersah die Drogen, die Wutanfälle, die anderen Frauen.

»*Du warst ihre Muse ...*«

Aber eine Muse besaß innere Kräfte – eine Muse verlor nicht so viele Lebensjahre an den Alkohol und an Pot – an Quaaludes, Meskalin und schließlich Kokain. Eine Muse hatte vor allem keine Angst, ihren kleinen Sohn zu verderben. Das fürchtete sie so sehr, dass sie ihn im Stich ließ.

Was sie Dean zugemutet hatte, konnte sie nicht wieder gutmachen. Dafür war es zu spät. Aber sie würde ihm ein richtiges Zuhause verschaffen und dann wieder einmal aus seinem Leben verschwinden.

Den Kopf auf die Knie gelegt, versank sie in der Musik.

Do you remember, when we were young,
And every dream we had felt like the first one?
Baby, why not smile?

Die Farm gehörte zu dem Tal. Als Dean und Blue ankamen, färbte die sinkende Sonne tief hängende Wolken orange, zitronengelb und violett. Wie die Rüschen am Rock einer Cancan-Tänzerin verhüllten sie ringsum die Hügel.

Bei diesem Anblick vergaß Blue alle Sorgen.

Weitläufig und verwittert, erzählte ihr das Haus von ihren amerikanischen Wurzeln, von Saat und Ernte, von Putenbraten zur Feier des Erntedankfests, von Limonade am 4. Juli, von hart arbeitenden Farmerinnen, die Bohnen in angeschlagene weiße Emailleschüsseln schnippelten, von hart arbeitenden Männern, die an der Hintertür den Schlamm von den Stiefeln streiften. Der älteste, größte Teil des Gebäudes bestand aus Stein, mit einer breiten Veranda und hohen Doppelfenstern. Zur Rechten schloss sich ein neuerer Flügel aus Holz an. Mehrere Regentraufen, Schornsteine und Giebel durchbrachen das tief herabgezogene Dach. Offenbar war das keine armselige Farm, sondern ein florierender landwirtschaftlicher Betrieb gewesen.

Während Blue die alten Bäume musterte, den verwilderten Garten, den Stall, die Felder und Weiden, konnte sie sich kein Domizil vorstellen, das schlechter zu einem berühmten Großstadtmenschen wie Dean passen würde. Sie sah ihn zum Stall schlendern, mit den geschmeidigen, lässigen Schritten eines Mannes, der sich in seinem Körper wohl fühlte. Dann richtete sie ihre Aufmerksamkeit wieder auf das Haus.

Sie wünschte, sie wäre unter anderen Umständen hierhergekommen und könnte ihren Aufenthalt auf diesem schönen Fleckchen Erde genießen. Doch die abgeschiedene Lage der Farm erschwerte Blues Situation. Vielleicht würde sie bei einem der Handwerker-Teams, die hier arbeiteten, einen Job finden. Oder sie suchte sich einen in der nächstgelegenen Stadt, die allerdings nur ein winziger Punkt auf der Landkarte war. Nun, sie brauchte nur ein paar hundert Dollar zu verdienen. Sobald sie das Geld beisammen hatte, würde sie nach Nashville aufbrechen, ein billiges Zimmer mieten, einige neue Flugblätter drucken lassen und wieder einmal von vorn anfangen. Wenn sie ihr Leben wieder auf die Reihe kriegen wollte, musste Dean ihr nur erlauben, eine Zeitlang kostenlos hier zu wohnen. Irgendwie würde sie ihn dazu bringen.

Warum er sie auf seine Farm mitgenommen hatte, darüber machte sie sich keine Illusionen. Da sie sich an jenem ersten Abend nicht die Kleider vom Leib gerissen hatte, um sein Verlangen zu stillen, betrachtete er sie als eine Art Herausforderung. Die würde er sofort vergessen, wenn eine der einheimischen Südstaatenschönheiten sein Interesse weckte. Also musste sie andere Mittel und Wege ersinnen, um ihm zu nützen.

In diesem Moment öffnete sich die Haustür, und eine der erstaunlichsten Gestalten, die sie jemals gesehen hatte, trat heraus – hochgewachsen und gertenschlank, mit klassischen, prägnanten Zügen und langen, glatten blonden Haaren. Verwundert erinnerte sich Blue an Fotos von Models in den sechziger und siebziger Jahren, von Mädchen wie Verushka, Jean Shrimpton und Fleur Savagar. Diese Frau übte eine ähnliche Wirkung aus. Rauchig blaue Augen spähten aus einem dramatischen, fast maskulinen Gesicht, das einen starken Charakter bekundete.

Als sie die Verandastufen erreichte, entdeckte Blue zarte Linien um die vollen, sinnlichen Lippen. So jung, wie sie zunächst vermutet hatte, war die Frau nicht mehr, vielleicht Anfang vierzig. Auf schmalen Hüftknochen saßen enge Jeans. Die strategisch platzierten Risse an den Schienbeinen und Knien rührten nicht von langer Abnutzung her, sondern von der kalkulierten Kreativität eines Designers. Metallische Fäden durchzogen das Veloursleder der Schulterklappen eines melonenfarbenen gehäkelten Hemds. An den Haarspangen prangten kupferrote Lederblüten. Welch ein schicker, extravaganter Bohemien-Look. Ein Model? Eine Schauspielerin? Wahrscheinlich eine von Deans Freundinnen. Wenn man so exquisit aussah, kam es auf ein paar Jahre mehr oder weniger nicht an. Obwohl Blue keinen Wert auf die Mode legte, wurde ihr plötzlich bewusst, dass sie ausgebeulte Jeans und ein formloses T-Shirt trug und dass ihr ungekämmtes Haar dringend einen anständigen Schnitt brauchte.

Die Frau warf einen Blick auf den Aston, ein sanftes Lächeln umspielte ihren scharlachroten Mund. »Haben Sie sich verirrt?«

»Nun ja …« Blue versuchte Zeit zu gewinnen. »Geographisch betrachtet, weiß ich, wo ich bin. Aber ehrlich gesagt – mein Leben ist ein einziges Durcheinander.«

Die Frau lachte guttural und erschien Blue seltsam vertraut. »So etwas kenne ich.« Sie stieg die Treppe herab. Und da wuchs das Gefühl der Vertrautheit. »Ich bin Susan O'Hara.«

Was, dieses exotische sexy Geschöpf sollte Deans Haushälterin sein? Unmöglich … »Und ich bin Blue.«

»Oh! Hoffentlich nur vorübergehend.«

In diesem Augenblick wusste Blue Bescheid. *Verdammt!* Das markante Kinn, die blaugrauen Augen, das hellwache Gehirn. *Verdammt, verdammt, verdammt!* »Blue Bailey«, würgte sie hervor. »Es war ein – eh – besonders schlimmer Tag. In Angola.«

Die Frau starrte sie interessiert an. Mit einer vagen Geste fuhr Blues Hand durch die Luft.

»Und Südafrika.«

Stiefelabsätze knirschten im Kies. Als Susan den Kopf zur Seite wandte, erhellte das schwindende Tageslicht goldene und braune Strähnen in ihrem blonden Haar. Sie öffnete die roten Lippen, die zarten Fältchen in den Augenwinkeln vertieften sich. Abrupt verstummten die Stiefelschritte.

Die Beine leicht gespreizt, die Arme verkrampft in die Hüften gestellt, erstarrte Deans Silhouette vor dem Stallgebäude. Susan hätte seine Schwester sein können. Doch das war sie nicht. Auch nicht seine Freundin. Diese Frau mit den meerblauen, von Verzweiflung erfüllten Augen musste die Mutter sein, die er erst an diesem Morgen so brüsk abgetan hatte, statt Blues Frage nach seiner Familie etwas ausführlicher zu beantworten.

Nur für einen kurzen Augenblick hielt er inne. Dann eilte er zur Veranda, ignorierte den Steinplattenweg mit den unebenen Kanten, die abgebrochenen Zähnen glichen, und stürmte durch das wuchernde Gras des Rasens. »Ah, die gottverdammte Mrs O'Hara!«

Erschrocken zuckte Blue zusammen. So würde sie niemals mit ihrer Mutter reden, ganz egal, wie wütend sie sein mochte. Andererseits war ihre Mom immun gegen Verbalinjurien. Diese Frau nicht.

An ihren Handgelenken zitterten klirrende Armreifen, drei zierliche Silberringe fingen das verblassende Sonnenlicht ein, als sie an ihre Kehle griff. Endlos lange Sekunden verstrichen, bevor sie sich wortlos abwandte und ins Haus ging.

Der betörende Charme, den Dean normalerweise so routiniert versprühte, war verflogen. Geistesabwesend stand er da, wie versteinert. Blue verstand sein Bedürfnis, in ein Schneckenhaus zu kriechen. Aber das war der falsche Zeitpunkt für einen Rückzug. »Wäre ich lesbisch«, sagte sie, um die Spannung zu lockern, »würde ich total auf sie abfahren.«

Da verdrängte heißer Zorn die Leere aus seinem Blick. »Besten Dank für das zauberhafte Kompliment!«

»Oh, ich bin nur ehrlich. Auch *meine* Mutter war früher eine Sensation.«

»Wieso weißt du, dass sie meine Mutter ist? Hat sie's dir erzählt?«

»Nein, aber die Ähnlichkeit ist unübersehbar. Obwohl sie erst zwölf gewesen sein muss, als du zur Welt kamst …«

»Klar, ich bin ihr wie aus dem Gesicht geschnitten«, stieß er hervor und stieg die Stufen hinauf.

»Dean ...«

Doch er war bereits im Haus verschwunden.

Wenn Blue die Intoleranz ihrer Mutter gegenüber Gewalttätigkeit auch nicht teilte, was sie mit ihrem wilden Angriff auf Monty bewiesen hatte – der Gedanke, dieses exotische Geschöpf mit den verletzten Augen könnte Deans Wut zum Opfer fallen, erschien ihr unerträglich. Und so folgte sie ihm.

Überall zeigten sich deutliche Anzeichen einer Renovierung. Eine Treppe mit einem unvollendeten Geländer führte an der rechten Seite empor, neben einem mit Plastik verhüllten Eingang, der offenbar den Wohnbereich verbarg. Zur Linken, hinter zwei Sägeböcken, lag das Speisezimmer. Der Geruch von frischer Farbe und neuem Holz erfüllte die Luft. Auf die Suche nach seiner Mutter konzentriert, nahm Dean die Veränderungen nicht wahr.

»Glaub mir«, begann Blue, »ich verstehe problematische Beziehungen zwischen Müttern und Kindern. Aber du bist nicht in der richtigen Stimmung, um so was zu klären. Vielleicht sollten wir erst mal reden.«

»Lieber nicht.« Er schob den Plastikvorhang beiseite und spähte ins Wohnzimmer. Dann hörte er Schritte im oberen Stockwerk und steuerte die Stufen an.

Sie hatte genug eigene Sorgen. Trotzdem blieb sie ihm auf den Fersen, statt ihn einfach gehen zu lassen. »Ich finde nur, du müsstest dich beruhigen, bevor du deine Mom zur Rede stellst.«

»Hau ab!« Inzwischen hatte er den Treppenabsatz nur wenige Schritte vor Blue erreicht.

Hier oben roch es noch stärker nach Farbe. Sie spähte

an seinem breiten Rücken vorbei, in einen verwinkelten Flur, wo alle Türen fehlten. Die Wände waren bereits gestrichen, neue elektrische Anschlüsse warteten auf Steckdosen, und der alte Bretterboden glänzte blank poliert. Über seine Schulter schaute sie in ein Badezimmer, offenbar eben erst renoviert, mit wabenförmigen weißen Kacheln, einer frisch gestrichenen, halbhohen viktorianischen Täfelung, einem antiken Medizinschrank und Armaturen aus Chrom.

Deans Mutter bog um eine Ecke des Flurs, eine metallisch schimmernde Einkaufstasche voller Papiere in der Hand. Herausfordernd hielt sie seinem Blick stand. »Es tut mir nicht leid. Immerhin habe ich härter gearbeitet als eine richtige Haushälterin.«

»Mach, dass du fortkommst«, befahl er mit einer frostigen, stahlharten Stimme, die Blue den Atem raubte.

»Sobald ich alles organisiert habe.«

»Jetzt.« Dean betrat den Flur. »Einfach unglaublich, was du dir erlaubst! Sogar nach deinen Maßstäben!«

»Hör mal, ich habe gute Arbeit geleistet.«

»Pack deine Sachen.«

»Nein, ich kann noch nicht abreisen. Morgen kommen die Männer mit den neuen Platten für die Küchentheken. Außerdem sind die Elektriker und die Maler hier. Ich muss ihnen auf die Finger schauen. Sonst vermasseln sie alles.«

»Das riskiere ich«, fauchte er.

»Sei nicht albern, Dean. Ich wohne im Pächter-Cottage. Also wirst du meine Anwesenheit gar nicht bemerken.«

»Selbst wenn du's versuchst, du kannst dich nicht unsichtbar machen. Pack dein Zeug und verschwinde!« Erbost schob er Blue beiseite und rannte die Stufen hinab.

Die Frau starrte seinem Rücken nach. Dann warf sie

den Kopf in den Nacken und straffte die Schultern. Doch die Last ihres Kummers war zu schwer. Die Einkaufstasche glitt ihr aus der Hand, und sie bückte sich, um sie aufzuheben, was ihr nicht gelang. Stattdessen setzte sie sich auf den Boden und lehnte sich an die Wand. Obwohl sie auf einen dramatischen Tränenausbruch verzichtete, sah sie so unglücklich aus, dass ihr Blues Herz entgegenflog. Seufzend schlang sie ihre Arme um die angezogenen Knie, die Silberringe betonten die schmalen Finger. »Ich wollte ein *Heim* für ihn einrichten. Nur ein einziges Mal.«

An so etwas hätte Blues Mutter nie gedacht. Virginia Bailey verstand sehr viel von Atomwaffensperrverträgen und internationalen Handelsabkommen. Aber sie hatte keine Ahnung, wie man ein Haus wohnlich gestaltete. »Glauben Sie nicht, er ist ein bisschen zu alt dafür?«, fragte sie leise.

»Ja. Zu alt.« Die stumpf geschnittenen blonden Haarspitzen fielen auf das Häkelhemd. »So schrecklich bin ich gar nicht. Jetzt nicht mehr.«

»Unsinn, ich finde Sie nicht schrecklich.«

»Wahrscheinlich glauben Sie, ich hätte es nicht tun sollen. Aber wie Sie sehen, habe ich nichts zu verlieren.«

»Dass Sie unter falschem Namen hierhergekommen sind, war vielleicht nicht der beste Schritt zu einer Versöhnung. Falls das ihr Ziel war.«

Die Frau zog ihre Knie noch enger an die Brust. »Dafür ist es zu spät. Ich wollte einfach nur das Haus für ihn herrichten und verschwinden, bevor er herausfindet, wer Mrs O'Hara ist.« Verlegen lachte sie und hob den Kopf. »Ich bin April Robillard ... Oh, ich habe mich noch gar nicht vorgestellt. Wie unangenehm muss das alles für Sie sein!«

»Nicht so sehr, wie es sollte. Ich bin geradezu besessen

von einer unersättlichen Neugier auf die Probleme anderer.« Als Blue bemerkte, wie etwas Farbe in Aprils bleiche
Wangen zurückkehrte, redete sie weiter. »Normalerweise
kaufe ich keine Klatschzeitungen. Aber wenn ich in einen
Waschsalon gehe und eine herumliegen sehe, springe ich
über die anderen Kunden hinweg und stürze mich darauf.«

Da musste April wieder lachen, doch es klang etwas
zittrig. »Ja, irgendwie ist es faszinierend, herauszufinden,
was andere Menschen verbockt haben.«

»Soll ich Ihnen was bringen? Eine Tasse Tee? Einen
Drink?«

»Würden Sie sich einfach nur ein bisschen zu mir set-
zen? In diesem Haus vermisse ich weibliche Gesellschaft.
Die Jungs, die hier arbeiten, sind großartig – aber eben
Männer.«

Blue spürte, dass es April nicht leicht fiel, um Hilfe zu
bitten. Das verstand sie sehr gut. Über die Treppe wehte
der Duft des neuen Holzes herauf, als sie sich gegenüber
von April auf den Boden kauerte und ein neutrales Ge-
sprächsthema suchte. »Was Sie hier machen, gefällt mir.«

»Nun, bei der Renovierung habe ich mich bemüht, den
rustikalen Stil des alten Hauses zu erhalten. Dean ist so
rastlos. Deshalb möchte ich ihm eine Umgebung bieten, in
der er sich entspannen kann.« Unsicher lächelte sie. »Unser Wiedersehen war wohl nicht der beste Anfang.«

»Nach allem, was ich bisher festgestellt habe, ist Ihr
Sohn sehr anspruchsvoll.«

»Das hat er von mir geerbt.«

Blue strich über die polierten Bodenbretter. Im Sonnenschein glänzten sie wie Honig. »Erstaunlich, was Sie hier
vollbracht haben.«

»Oh, das macht mir Spaß. Wenn Sie wüssten, wie dieses Haus bei meiner Ankunft aussah!«

»Erzählen Sie mir davon«, bat Blue.

Bereitwillig beschrieb April, wie sie das alte Gebäude vorgefunden und was sie verändert hatte. In jedem einzelnen Wort schwang ihre Liebe zu diesem Domizil mit. »Hier oben haben wir schon etwas mehr geschafft als im Erdgeschoss. Die Betten stehen bereits in den Schlafzimmern. Aber ein Großteil der Einrichtung fehlt noch. Bald werde ich mich auf Antiquitätenmärkten umsehen, um die Möbel zu ergänzen, die ich bestellt habe.«

»Wo sind die Türen?«

»Die ließ ich alle aushängen. Sie werden in einer Tischlerei restauriert, weil ich es einfach nicht ertrug, neue Türen auszusuchen.«

In diesem Augenblick hörten sie, wie die Haustür aufschwang. Aprils Miene verdüsterte sich. Hastig stand sie auf. Auch Blue erhob sich, denn sie wollte Mutter und Sohn allein lassen.

»Jetzt muss ich mit dem Bauunternehmer telefonieren«, erklärte April, als Dean die Treppe heraufstieg.

»Spar dir die Mühe, ich werde mich um alles kümmern.«

Ihre Kinnmuskeln spannten sich an. »Und das sagt jemand, der noch nie ein Haus renoviert hat.«

»Keine Bange, das kriege ich schon hin«, entgegnete er mit gepresster Stimme. »Wenn ich irgendwelche Fragen habe, schicke ich dir eine E-Mail.«

»Bevor ich abreise, brauche ich mindestens noch eine Woche, um alles Weitere zu arrangieren.«

»Vergiss es. Morgen musst du verschwinden.« Sein Stiefel auf dem Treppenabsatz versperrte Blues Fluchtweg.

Mit eiskalten Augen starrte er seine Mutter an. »Ich habe ein Zimmer für dich reserviert. Im Hermitage in Nashville. Falls du ein paar Tage dort wohnen willst, schick mir die Rechnung.«

»So schnell kann ich nicht weg, es gibt zu viel zu tun.«

»Das wirst du heute Abend erledigen.« Er ging an April vorbei und spähte ins Bad.

Zum ersten Mal nahm ihre Stimme einen flehenden Klang an. »So schnell kann ich diesen Job nicht aufgeben, Dean. Nach allem, was ich investiert habe ...«

»He, du weißt doch sehr gut, wie man davonläuft. Erinnerst du dich? Kaum sind die Stones in den Staaten gelandet, schon warst du weg. Und Van Halen trat im Madison Garden auf. Hallo, Big Apple! Morgen Abend will ich dich nicht mehr hier sehen.«

Entschlossen hob April ihr Kinn. Trotz ihrer überdurchschnittlichen Größe musste sie zu Dean aufschauen. »Wenn's dunkel ist, fahre ich nicht gern.«

»Früher hast du mir erzählt, auf nächtlichen Straßen würdest du dich am wohlsten fühlen.«

»Weil ich stoned war.«

Bewundernswert, diese unverblümte Antwort, dachte Blue.

»Ach ja, die guten alten Zeiten ...« Deans Mundwinkel verzogen sich zu einem sarkastischen Grinsen, dann stieg er die Treppe hinab.

»Nur noch eine Woche ...« April folgte ihm, ihr rebellischer Geist schien ein wenig zu wanken. »Ist das zu viel verlangt, Dean?«

»Wir bitten einander um gar nichts. Hast du das vergessen? Verdammt, natürlich erinnerst du dich! Immerhin hast du mir das beigebracht.«

»Erlaube mir einfach nur, hier alles herzurichten.«

Blue stand am Treppenabsatz und beobachtete, wie April eine Hand nach Deans Arm ausstreckte und sofort wieder zurückzog. Welch ein trauriger Anblick, sie wagte nicht einmal, ihren eigenen Sohn zu berühren …

»Vom Haus aus siehst du das Pächter-Cottage gar nicht.« April vertrat ihm den Weg und zwang ihn, ihre Anwesenheit zu beachten. »Tagsüber bin ich bei den Arbeitern. Ich werde dir aus dem Weg gehen. Bitte!« Jetzt reckte sie wieder ihr Kinn empor. »Es bedeutet mir so viel.«

Aber ihre flehende Stimme beeindruckte ihn nicht. »Wenn du Geld brauchst, stelle ich dir einen Scheck aus.«

»Nein!« Ihre Nasenflügel bebten. »Auf dein Geld bin ich nicht angewiesen. Das weißt du.«

»Dann haben wir uns nichts mehr zu sagen.«

Blue ertrug es nicht, diese Szene länger mit anzusehen. Schließlich fand sich April mit ihrer Niederlage ab und steckte die zitternden Hände in die Jeanstaschen. »Okay. Viel Spaß auf deiner neuen Farm.«

Mit ihrem tapferen Versuch, ihre Würde zu wahren, erregte sie Blues tiefes Mitleid. Obwohl sie sich sagte, das alles würde sie nichts angehen, sprudelte sie ungeplante, unbedachte Worte hervor.

»Dean, deine Mutter wird bald sterben.«

5

Entsetzt rang April nach Luft, und Dean versteifte sich. »Wovon redest du?«

Blue hatte es symbolisch gemeint, dass April *innerlich* sterben würde. Aber in Deans Gehirn schien es keine Antennen für bildliche Sprechweisen zu geben. Hätte sie bloß den Mund gehalten. Andererseits – konnte es noch schlimmer werden?

Langsam stieg sie die Stufen hinab. »Deine Mutter, eh, die Ärzte …«, stammelte sie. Irgendwie musste sie sich aus der Affäre ziehen. »Dieses Loch in ihrem Herzen … Deine Mutter wird sterben. Das wollte sie dir verheimlichen.«

April riss ihre graublauen Augen auf.

Am Fuß der Treppe angekommen, krallte Blue ihre Finger um das halb fertige Geländer. Okay, vielleicht hatte sie ein bisschen übertrieben. Aber wenn es um Beziehungen zwischen Müttern und Kindern ging, war sie zu verkorkst, um sich zurechnungsfähig zu verhalten.

Das Gesicht aschfahl, wandte sich Dean zu seiner Mutter. »Ist das wahr?«

Obwohl April ihre Lippen bewegte, brachte sie keinen Laut hervor. Schließlich begannen ihre Halsmuskeln zu arbeiten, und sie schluckte krampfhaft. »Nun, vielleicht ist es nicht tödlich.«

»Aber die Ärzte haben Ihnen nichts versprochen«, warf Blue hastig ein.

Dean musterte sie durchdringend. »Wieso weißt du davon?«

Ja, *wieso?* »Ich glaube, deine Mutter hatte nicht vor, mich einzuweihen. Doch sie erlitt da oben einen kleinen Zusammenbruch.«

Das ließ April nicht auf sich sitzen. »Quatsch, das war kein Zusammenbruch. Weder ein kleiner noch ein großer. Nur eine vorübergehende seelische Schwäche ...«

Wehmütig lächelte Blue ihr zu. »Wie tapfer Sie sind!«

April warf ihr einen mörderischen Blick zu. »Darüber will ich nicht sprechen. Und ich wäre Ihnen dankbar, wenn Sie das Thema nicht mehr erwähnen würden.«

»Verzeihen Sie mir, dass ich Ihr Vertrauen missbraucht habe. Aber ich fand es grausam, Ihrem Sohn etwas so Wichtiges zu verschweigen.«

»Das ist nicht *sein* Problem.«

Falls Blue gehofft hatte, Dean würde seine Mutter sofort umarmen und ihr erklären, sie müssten ihre Differenzen endlich beilegen, bereitete er ihr eine bittere Enttäuschung und marschierte zur Haustür hinaus. Während seine Schritte verhallten, setzte sie eine triumphierende Miene auf. »Das hat ganz gut geklappt, nicht wahr? Alles in allem ...«

Offenbar musste April sich mühsam beherrschen, um ihr nicht an die Gurgel zu springen. »Sind Sie wahnsinnig?«

Blue trat vorsichtshalber einen Schritt zurück. »Immerhin sind Sie noch hier.«

Als April beide Hände nach oben streckte, glitzerten die Silberringe, und die Armreifen klingelten. »Damit haben Sie alles noch schlimmer gemacht.«

»Ehrlich gesagt, es sah nicht so aus, als könnte es noch schlimmer werden. Übrigens, so gut wie Ihnen geht es mir

nicht, denn *ich* habe morgen Abend kein bezahltes Hotelzimmer in Nashville.«

Der Motor des Astons heulte auf, die Reifen knirschten
im Kies. »Jetzt wird er erst mal richtig gefeiert.« Aprils
Zorn schien zu verfliegen. »Kostenlose Drinks für alle in
der Bar.«

»Ich dachte, *ich* hätte ein gestörtes Verhältnis zu meiner
Mutter.«

Die graublauen Augen verengten sich. »Wer sind Sie eigentlich?«

Solche Fragen hasste Blue. Virginia würde antworten,
sie sei ein Kind Gottes. Aber Blue bezweifelte, dass der Allmächtige in diesem Augenblick bereit wäre, Virginias
Tochter zu adoptieren. Und wenn sie von Monty und dem
Biberkostüm erzählte, würde sie sicher keine Pluspunkte
sammeln. Zum Glück hatte April bereits eine Erklärung
gefunden.

»Schon gut, mein Sohn übt eine legendäre Wirkung auf
Frauen aus.« Abschätzend wanderte Aprils Blick von dem
zerzausten Pferdeschwanz zu den abgewetzten schwarzen
Motorradstiefeln. »Sie sind wohl kaum der Typ, den er
normalerweise bevorzugt.«

»Um es ausdrücklich zu betonten – mein dreistelliger
Intelligenzquotient hebt mich aus der Masse heraus.«

April folgte ihr bis auf die Verandastufen. »Was zum
Teufel soll ich jetzt machen?«

»Vielleicht könnten Sie versuchen, sich mit Ihrem Sohn
zu versöhnen, während sie auf die Ergebnisse ihrer letzten
ärztlichen Untersuchung warten. Da die moderne Medizin
gerade bei der Behandlung von Herzkrankheiten so ge-
waltige Fortschritte macht, dürfen Sie mit guten Neuigkei-
ten rechnen.«

»Das war eine rhetorische Frage«, erwiderte April trocken.

»Ich habe nur einen Vorschlag gemacht.«

Kurz danach ging April zum Pächter-Cottage, und Blue schlenderte durch die stillen, staubigen Räume.

Nicht einmal die renovierte Küche vermochte sie aufzuheitern. Trotz ihrer ehrenwerten Beweggründe hatte sie nicht das Recht, in der Rolle einer guten Fee zu schwelgen, wenn sich andere Leute mit familiären Problemen herumschlugen.

Am Abend war Dean noch immer nicht zurückgekehrt. Während die Dunkelheit auf das Haus herabsank, gewann Blue die unangenehme Erkenntnis, dass es nur in der Küche und in den Badezimmern elektrisches Licht gab.

Inständig hoffte sie, Dean würde bald auftauchen. So gemütlich das Haus tagsüber auch wirkte, in der Finsternis erschien es ihr unheimlich. Die Plastikvorhänge knisterten wie vertrocknete Gebeine, die Bodenbretter knarrten. Da man alle Türen entfernt hatte, konnte sie sich in keinem Schlafzimmer einschließen. Wenn sie bloß ein Auto besäße. Dann würde sie in die Stadt fahren und in einem Laden herumhängen, der die ganze Nacht geöffnet hatte. Aber sie saß hier fest. Also blieb ihr nichts anderes übrig, als zu schlafen.

Sie wünschte, sie hätte ein Bett gemacht, solange es noch hell gewesen war. Unbehaglich tastete sie sich durch das dunkle Speisezimmer und an einem Stuhl vorbei, zur Notlampe, die ein Zimmermann in die Ecke gestellt hatte. Sobald das Licht aufflammte, tanzten gespenstische Schatten an den Wänden. Blue zog den Stecker heraus und stolperte die Treppe hinauf, hielt sich am Geländer fest und zog das lange gelbe Kabel wie einen Schwanz hinter sich her.

Am verwinkelten Flur reihten sich fünf Schlafzimmer aneinander. Nur zu einem gehörte ein Privatbad mit elektrischem Strom. Von den geisterhaften Geräuschen des alten Hauses genervt, wollte sie die anderen Räume gar nicht erst inspizieren. Aber sie knipste alle funktionstüchtigen Lampen in diesem Stockwerk an.

Aus dem Bad drang nur schwaches Licht ins Zimmer. Das war besser als gar nichts. Sie stellte die Notlampe in eine Ecke und faltete die gestapelte Bettwäsche auseinander, die auf der Matratze lag. Das neue breite Bett hatte ein Kopfende aus geschwungenem Kirschbaumholz, aber kein Fußteil. Außer einer passenden Kommode mit drei Türen war es das einzige Möbelstück, das der Raum enthielt. Sechs nackte Fenster beobachteten Blue mit starren Augen, ein steinerner Kamin bildete ein klaffendes Maul.

Um Dean klarzumachen, dieses Zimmer wäre für diese Nacht schon besetzt, stellte sie die Trittleiter, die ein Handwerker zurückgelassen hatte, vor die Türöffnung. Wenn er hereinkommen wollte, würde ihn dieses Hindernis wohl kaum davon abhalten. Andererseits – warum sollte er? Nachdem er jene erschütternde Neuigkeit über seine Mutter erfahren hatte, war er wohl kaum in verführerischer Stimmung.

Sie ging ins kleine Bad und wusch ihr Gesicht. Da Dean mit ihrem Gepäck davongefahren war, musste sie ihre Zähne mit einem Finger putzen. Sie zog ihren BH durch einen Ärmel des T-Shirts und schlüpfte aus den Stiefeln. Alles andere behielt sie an, falls sie schreiend aus dem Haus flüchten musste. Mit großstädtischen Gespenstern kannte sie sich aus, die strapazierten ihre Nerven nicht so sehr.

Aber in dieser fremden ländlichen Umgebung wusste sie nicht, was ihr drohte. Deshalb ergriff sie die Notlampe, schaltete sie erst aus, als sie ins Bett gekrochen war, und schob sie unter die Decke.

Raschelnd streifte ein Zweig die Hausmauer, irgendetwas ratterte im Kamin. Trieben sich womöglich Fledermäuse in diesem alten Gemäuer herum? *Wo steckt Dean? Und warum gibt es hier keine Türen?*

Sie wünschte, sie hätte April ins Pächter-Cottage begleitet. Dazu war sie leider nicht eingeladen worden. Okay, vielleicht hatte sie sich ein bisschen zu anmaßend verhalten. Aber mit ihrer Hilfe hatte Deans Mutter immerhin etwas Zeit gewonnen. Aus eigener Kraft hätte sie das nicht geschafft. Wie alle schönen Frauen war sie von Natur aus hilflos. Blue versuchte sich in das Gefühl hineinzusteigern, sie wäre schlecht behandelt worden. Doch sie wollte sich nicht selbst belügen. Sie hatte sich in Dinge eingemischt, die sie nichts angingen. Nun, dabei war wenigstens ein *kleiner* Vorteil herausgesprungen – die Sorgen anderer Leute lenkten sie von ihren eigenen ab. Ein Bodenbrett knarrte, der Schornstein stöhnte. Die Finger um den Griff der Notlampe geschlungen, starrte sie die Türöffnung an.

Langsam verstrichen die Minuten. Dann entspannten sich ihre verkrampften Finger allmählich, und sie sank in einen rastlosen Schlummer.

Ein beängstigend ächzendes Bodenbrett riss sie aus dem Schlaf. Abrupt öffnete sie die Augen und sah die Konturen einer bedrohlichen Gestalt, die sich zu ihr neigte. Mit einer zitternden Hand zerrte sie die Notlampe unter der Decke hervor und schwang sie in die Richtung des Eindringlings.

»*Scheiße!*«, zerriss ein vertrauter maskuliner Schrei die

nächtliche Stille. Blues Fingerspitze ertastete den Schalter. Wunderbarerweise war die Glühbirne im Plastikkäfig nicht zersplittert, grelles Licht erfüllte den Raum. Neben dem Bett stand ein wütender millionenschwerer Quarterback mit nacktem Oberkörper. »Verdammt, was bildest du dir eigentlich ein?«

Entrüstet richtete sie sich auf und hielt die Notlampe hoch. »Was, *ich*? Du schleichst hier herein und ...«

»Hör mal, das ist *mein* Haus. Wenn du meinen Wurfarm ruiniert hast, ich schwöre dir ...«

»Ich habe die Leiter vor die Tür gestellt, um sie zu versperren. Wie kannst du es wagen, mich so zu erschrecken? In stockdunkler Nacht ...«

»In stockdunkler Nacht? Das ganze Haus leuchtet wie ein überdimensionaler Christbaum!«

So dumm, die tanzenden Schatten und gaffenden Fenster zu erwähnen, war sie nicht. »Nur ein paar schwache Badezimmerlampen.«

»Und die Küche.« Dean riss ihr die Notlampe aus der Hand. »Gib mir das. Und benimm dich nicht wie ein aufgescheuchtes Huhn.«

»Du hast leicht reden. *Du* wurdest ja nicht im Schlaf überfallen!«

»Unsinn, ich bin nicht über dich hergefallen.« Er schaltete die Lampe aus, schwarze Schatten erfüllten den Raum. Offenbar hatte der gefühllose Kerl das Licht im Badezimmer ausgeknipst.

Als er seine Jeans auszog, hörte sie raschelnden Denimstoff. Hastig zog sie die Knie an. »Du wirst nicht hier schlafen.«

»Das ist mein Zimmer. Und das einzige Bett mit Laken.«

»In diesem Bett liege ich bereits.«

»Und jetzt hast du Gesellschaft«, erwiderte er und kroch unter die Decke.

Blue holte tief Atem und sagte sich, er wäre viel zu eitel, um sie zu attackieren. Wenn sie in der Dunkelheit umhertappte und einen anderen Schlafplatz suchte, würde sie wie ein Volltrottel aussehen. *Nur keine Schwäche zeigen.* »Bleib auf deiner Seite«, mahnte sie, »oder die Konsequenzen werden dir missfallen.«

»Willst du mich mit deinem Schemel erschlagen, kleine Miss Muffet?«

Keine Ahnung, was er meint ... Dann erinnerte sie sich an diese alberne Figur aus einem alten Kinderbuch.

Der Geruch von Zahnpasta, nackter Haut und der Lederpolsterung eines sehr teuren Autos wehte zu ihr herüber. Eigentlich müsste er nach Alkohol stinken. Ein verzweifelter Mann, der um zwei Uhr morgens nach Hause kam, sollte doch betrunken sein. Als sein Bein ihren Schenkel streifte, versteifte sie sich.

»Warum trägst du deine Jeans?«, fragte er.

»Weil mein Gepäck in deinem Auto liegt.«

»Ach ja, stimmt. Du bist immer noch angezogen, weil du fürchtest, der böse Butzemann würde dich umbringen. Was für ein feiges Baby!«

»Damit kannst du mich wirklich nicht beleidigen.«

»Oh, wie erwachsen und abgeklärt!«

»Und *du* bist im Entwicklungsstadium der siebten Schulklasse stecken geblieben«, konterte Blue.

»Wenigstens muss ich nicht im Lampenlicht schlafen.«

»Nun, darüber wirst du vielleicht ganz anders denken, wenn die Fledermäuse aus dem Kamin fliegen.«

»Fledermäuse?« Dean erstarrte.

»O ja, eine ganze Kolonie.«

»Bist du eine Fledermausexpertin?«

»Bevor ich einschlief, hörte ich ein Rascheln. Ein typisches Fledermaus-Geräusch.«

»Das glaube ich dir nicht.« Dean war es gewohnt, quer über einem Bett zu liegen. Und so bohrte sich sein Knie in ihre Wade. In ihrer Naivität hatte sie sich ein bisschen entspannt. »Genauso gut könnte ich neben irgendeiner verdammten Mumie schlafen«, murrte er.

»Wenn uns die Fledermäuse angreifen, wirst du ohnehin nicht schlafen.«

»Meinst du etwa, die könnte ich nicht verscheuchen, wenn ich wollte? In maximal dreißig Sekunden wären sie verschwunden, und wir könnten uns anderen Dingen widmen. Leider hast du heute Nacht Pech, Blue, ich bin zu müde.«

Dachte er tatsächlich an Sex, während seine Mutter dem Tod ins Auge blickte? Der Typ sank ganz gewaltig in ihrer Achtung. »Halt den Mund und schlaf ein.«

»Nun, das wäre *dein* Verlust.«

Draußen frischte der Wind auf, freundschaftlich klopfte ein Zweig ans Fenster. Während Dean tief und gleichmäßig zu atmen begann, krochen Mondstrahlen über den alten Bretterboden, der Kamin seufzte zufrieden.

Dean blieb auf seiner Seite des Betts, Blue auf ihrer. Für eine Weile ...

In einem Haus, das fast keine Türen enthielt, klapperte eine Tür. Widerstrebend öffnete Blue die Augen, aus einem wundervollen erotischen Traum gerissen. Lichtstreifen waren ins Zimmer gekrochen, und sie schloss die Augen wieder, um das Gefühl zärtlicher Finger zurückzuholen, die eine ihrer Brüste umschlossen, einer warmen Hand in ihren Jeans …

Noch eine Tür, die lärmte. An ihre Hüfte presste sich etwas Hartes. Da hob sie wieder die Lider. Neben ihrem Ohr murmelte eine heisere Stimme obszöne Wörter. Nein, das war kein Traum. Eine Hand, die nicht ihr gehörte, umfasste ihre Brust, eine andere bewegte sich in ihren Jeans. Kaltes Entsetzen verscheuchte die letzten Reste ihres Halbschlafs.

»Da sind die Zimmermänner«, rief eine Frau, nicht allzu weit entfernt. »Falls ihr keine unerwartete Gesellschaft braucht, solltet ihr aufstehen.«

Blue rüttelte an Deans Arm. Aber er ließ sich Zeit, bevor er seine Hände aus ihren Kleidern zog. »Wie spät ist es?«

»Sieben«, antwortete April.

Hastig zerrte Blue ihr T-Shirt nach unten und vergrub ihr Gesicht im Kissen.

Wieso war ihr Plan, die Nähe dieses Mannes zu meiden, vereitelt worden?

»Mitten in der Nacht!«, protestierte er.

»Für die Handwerker nicht«, entgegnete April. »Guten Morgen, Blue. Unten in der Küche finden Sie Kaffee und Donuts.«

Verlegen drehte sich Blue zur Seite und winkte ihr mit einer schwachen Geste zu. April winkte zurück. Dann verschwand sie.

»Verdammt«, fluchte Dean und gähnte. Das gefiel Blue ganz und gar nicht. Zumindest könnte er ein kleines bisschen sexuellen Frust bekunden. Sie registrierte, dass sie die Nachwirkungen des Traums noch nicht abgeschüttelt hatte. Von diesem Kerl *konnte* sie nicht angetörnt werden. Nicht einmal im Schlaf.

»Perversling«, fauchte sie und sprang aus dem Bett.

»Lügnerin«, sagte er hinter ihr, und sie drehte sich um.

»Wovon redest du?«

Als er sich aufsetzte, glitt die Decke bis zu seiner Taille hinab. Durch die nackten Fenster strömte Sonnenlicht ins Zimmer, beleuchtete seine Bizeps und vergoldete die Härchen auf seiner Brust. Seufzend rieb er seine lädierte Schulter. »Du hast behauptet – ich zitiere – ›keine Titten‹. Wie sich herausgestellt hat, stimmt das nicht.«

Bedauerlicherweise war sie zu müde, um ihm das mit einem geistreichen Konter heimzuzahlen. Deshalb starrte sie ihn nur an und stapfte ins Bad, wo sie beide Hähne bis zum Anschlag aufdrehte, um ihr Bedürfnis nach einer ungestörten Privatsphäre zu betonen. Als sie ins Schlafzimmer zurückkam, stand Dean vor einem teuren Koffer, den er aufs Bett gelegt hatte. Er trug dunkelblaue Boxershorts. Sonst nichts. Blue stolperte, verfluchte sich stumm, dann erweckte sie den Eindruck, das hätte sie absichtlich getan. »Um Himmels willen, warn mich nächstes Mal! Ich glaube, ich habe einen Herzinfarkt.«

Lässig blickte er über seine Schulter und attackierte sie mit seinem ganzen stoppelbärtigen zerzausten Glamour. »Wieso?«

»Weil du wie ein Werbefoto für Schwulen-Pornos aussiehst.«

»Und du siehst wie eine nationale Katastrophe aus.«

»Genau das ist der Grund, warum ich diese Dusche *zuerst* beanspruche.« Blue steuerte den schäbigen Seesack an, den er in eine Ecke gestellt hatte, öffnete den Reißverschluss und wühlte auf der Suche nach sauberen Kleidern in ihren Sachen. »Wahrscheinlich weigerst du dich, im Flur Wache zu halten, wenn ich im Bad bin?«

»Soll ich dir nicht Gesellschaft leisten?« Das klang eher bedrohlich als verführerisch.

»Erstaunlich ... Ein Superstar wie du kümmert sich um einfache kleine Leute?«

»So bin ich nun einmal.«

»Vergiss es.« Sie ergriff ihre Kleider, ein Handtuch und ein paar Toilettenartikel. Dann floh sie ins Bad. Sobald sie sicher war, er würde ihr nicht folgen, wusch sie ihr Haar und rasierte ihre Beine. Dean wusste nicht, dass der Herzfehler seiner Mutter erfunden war. Trotzdem wirkte er eher kampflustig als besorgt. Was April ihm angetan hatte, interessierte Blue nicht. Schnee von gestern.

Sie schlüpfte in saubere, aber ausgebleichte schwarze Bikershorts, ein weites T-Shirt mit tarnfarbenem Muster und Flip-Flops. Nachdem sie ihr Haar mit Deans Föhn getrocknet hatte, band sie es mit einem roten Gummiring zusammen. Die kurzen Enden ließen sich nicht bändigen und hingen in ihren Nacken hinab. April zuliebe würde sie ein bisschen Lipgloss und Mascara benutzen, wenn diese Kosmetika nicht vor drei Tagen verschwunden wären.

Als sie die Treppe hinabstieg und das Erdgeschoss erreichte, sah sie einen Elektriker im Speisezimmer auf einer Leiter kauern und den antiken Lüster anschließen. Das Wohnzimmer wurde nicht mehr von einem Plastikvorhang verdeckt. Durch die Türöffnung sah sie Dean mit dem Zimmermann reden, der gerade den alten Stuck begutachtete. Offenbar hatte der Hausherr in einem anderen Bad geduscht, denn sein feuchtes Haar begann sich zu kräuseln. Er trug Jeans und ein T-Shirt, das zu seinen Augen passte.

Anscheinend nahm der Wohnraum mit dem gigantischen Kamin die ganze Länge des Hauses ein. Neue Glastüren führten zu einer Betonplatte an der Rückseite des Gebäudes hinaus.

Am letzten Abend war Blue zu entnervt gewesen, um Aprils Leistung zu würdigen. Aber jetzt blieb sie in der Küchentür stehen und sah sich bewundernd um. Die antiken Utensilien und die nostalgisch weißen Furnierholzschränke mit den Türgriffen aus kirschroter Keramik erweckten den Eindruck, sie wäre in die vierziger Jahre des neunzehnten Jahrhunderts zurückgekehrt. In ihrer Fantasie erschien eine Frau in einem frisch gebügelten Baumwollkleid, das Haar zu einem ordentlichen Nackenknoten festgesteckt, die über der Spüle Kartoffeln schälte, während aus dem Radio der Andrews-Sisters-Song »Don't Sit Under the Apple Tree« tönte.

Vermutlich war der große weiße Kühlschrank mit den abgerundeten Ecken eine Reproduktion. Aber der alte weiße Emaille-Gasherd mit den doppelten Backofentüren war echt. Darüber standen Salz- und Pfefferstreuer in einem Regal, mehrere Dosen und eine Nina Mason-Vase voller Wiesenblumen. Die Arbeitsflächen der Theken waren noch nicht eingebaut. Und so sah sie, dass die Furnierholzmöbel keine Originale, aber schöne Nachbildungen waren. Auch der Fliesenboden im schwarzweißen Schachbrettmuster musste neu sein. An der Wand klebten Farbmuster, die verrieten, wie die Küche aussehen würde – sonnengelbe Wände, weiße Schränke, leuchtend rote Akzente.

Don't sit under the apple tree ...

Aus zwei Quellen strömte Licht in den Raum – durch ein breites Fenster über der Spüle und durch schmale Fenster in der abgetrennten Frühstücksnische, in der immer noch die Etiketten der Hersteller klebten. Auf dem Küchentisch aus Chrom mit der kirschroten Resopalplatte lagen einige Papiere neben Donuts-Schachteln und Styroporbechern.

Eine Hand anmutig auf der Lehne eines Wiener Kaffeehausstuhls, in der anderen ein Telefon, stand April mitten im Raum. Sie trug dieselbe Jeans wie am Vortag, dazu ein granatrotes Baby-Doll-Top, silberne Ohrringe und flache Schuhe aus salbeigrünem Schlangenleder. »Um sieben sollten sie hier sein, Sanjay.« Sie nickte Blue zu und zeigte auf die Kaffeekanne. »Dann nehmen Sie eben einen anderen Laster. Bis heute Abend müssen die Thekenplatten eingebaut werden, damit die Anstreicher loslegen können.«

Dean schlenderte in die Küche. Ohne eine Miene zu verziehen ging er zur Donut-Schachtel. Aber als er den Tisch erreichte, tanzte ein Sonnenstrahl von seinen zu Aprils Haaren, und Blue hatte das absurde Gefühl, der Allmächtige hätte einen besonderen Scheinwerfer erschaffen, um diese beiden goldenen Gestalten zu beleuchten.

»Nein, wir werden die Installation *nicht* verschieben«, betonte April. »Also, ich erwarte Sie in einer Stunde.« Dann wählte sie eine andere Nummer, und das Telefon wechselte vom rechten Ohr zum linken. »Oh, hi!« Den Rücken zu Dean und Blue gewandt, senkte sie die Stimme. »In zehn Minuten rufe ich Sie wieder an. Wo sind Sie?«

Dean wanderte in die Frühstücksnische und starrte in den Garten hinaus.

Wider besseres Wissen hoffte Blue, er würde versuchen, das bevorstehende Ableben seiner Mutter zu verkraften.

Inzwischen telefonierte April mit jemand anderem. »Hallo, Dave, hier ist Susan O'Hara. Leider wird sich Sanjay verspäten.«

Nun kam der Elektriker herein, der im Speisezimmer

den Lüster angeschlossen hatte. »Schauen Sie sich das an, Susan.«

Sie bedeutete ihm zu warten, beendete ihr Telefonat und drückte auf die Aus-Taste ihres Handys. »Was ist los?«

»Gerade habe ich im Speisezimmer noch ein paar alte Leitungen gefunden.« Die Augen des Elektrikers schienen sie zu verschlingen. »Die müssen ersetzt werden.«

»Das will ich erst mal sehen«, erwiderte sie und folgte ihm aus der Küche.

Blue schüttete einen Teelöffel Zucker in ihren Kaffee und ging zum Herd, um ihn zu inspizieren. »Wenn sie nicht hier wäre, hättest du Probleme, Dean.«

»Ja, wahrscheinlich hast du Recht.« Bevor er ihr die Schachtel reichte, nahm er den einzigen glasierten Donut heraus, auf den sie bereits ein Auge geworfen hatte.

Eine Bohrmaschine begann zu kreischen. »Unglaublich, diese Küche«, meinte Blue.

»Ganz okay, nehme ich an.«

»Nur okay?« Ihr Daumen strich über die Aufschrift O'Keefe & Merrit an der Ofentür. Irgendwie musste sie Dean aus der Reserve verlocken. »Am liebsten würde ich den ganzen Tag hier verbringen und backen. Vollkornbrot, eine Fruchtpastete …«

»Kannst du wirklich kochen?«

»Natürlich.« Der weiße Emaille-Herd entführte sie in eine andere Ära. Vielleicht war er auch ihr Schlüssel zur Sicherheit.

Aber er verlor das Interesse an ihren Kochkünsten. »Hast du irgendwas in Rosa?«

Blue schaute auf ihre Bikershorts und das tarnfarbene T-Shirt hinab. »Was hast du daran auszusetzen?«

»Nichts, falls du in Kuba einmarschieren willst.«

Gleichmütig zuckte sie die Achseln. »Ich bin kein Mode-Freak.«

»Welch eine Überraschung.«

Blue tat so, als würde sie nachdenken. »Wenn du mich in Rosa sehen möchtest, musst du mir ein bisschen Geld leihen.«

Besonders freundlich wirkte sein Lächeln nicht. Aber wenn sie ihn nicht herausforderte, würde er sie mit einem seiner Betthäschen verwechseln.

Nun kehrte April in die Küche zurück und schaltete ihr Handy ab. Kühl und förmlich teilte sie ihrem Sohn mit: »Der Fahrer ist mit dem Wagen unterwegs. Geh doch mal hinaus und überleg dir, wo er stehen soll.«

»Sicher hast du eine Idee.«

»Das ist *deine* Farm.«

Mit schmalen Augen starrte er sie an. »Mach mir einen Vorschlag.«

»In diesem Wagen gibt es keine Toilette und kein fließendes Wasser. Also sollte er nicht zu weit entfernt stehen.« Sie wandte sich zur Tür und rief in die Halle: »Ist der Installateur schon da, Cody? Ich muss mit ihm reden.«

»Gerade stellt er seinen Laster ab!«, rief Cody zurück.

»Was ist das für ein Wagen?«, fragte Blue, als April verschwand.

»Irgendwas, das *Mrs O'Hara* mir in einer ihrer zahlreichen E-Mails eingeredet hat.« Seine Kaffeetasse und den Donut in den Händen, ging er hinaus. Blue ergriff einen Donut mit Puderzucker und folgte ihm durch die renovierte Waschküche zur Seitentür.

Im Hof angekommen, hielt sie ihm den Donut mit dem Puderzucker hin. »Tauschen wir?«

Nachdem er in den glasierten Donut gebissen hatte,

drückte er ihn in ihre Hand und nahm den gezuckerten entgegen. »Okay.«

»Schon wieder muss ich von den Resten leben, die andere Leute übrig lassen«, seufzte sie.

»Oh, jetzt plagt mich mein Gewissen.« Genüsslich biss er in den gezuckerten Donut.

Sie wanderten um die Rückfront des Gebäudes herum. Mit künstlerischem Kennerblick musterte Blue den verwilderten Garten und stellte sich Blumenbeete vor, vielleicht einen Kräutergarten bei der eisernen Pumpe, Geißblatt an der Hausmauer, eine Leine voller Wäsche, die in der warmen Brise flatterte. *Nur nicht sentimental werden ...*

Dean begutachtete einen schattigen Platz neben dem Garten, und Blue trat an seine Seite. »Ein Planwagen? Ein Wohnwagen?«

»Bald wirst du's sehen.«

»Also weißt du es selber nicht?«

»Nicht direkt.«

»Zeig mir den Stall. Falls da keine Mäuse herumlaufen.«

»Mäuse? Nein, verdammt noch mal. Das ist der einzige Stall im bekannten Universum, wo es keine Mäuse gibt.«

»Schon den ganzen Morgen bist du sarkastisch.«

»Oh, tut mir leid.«

Vielleicht versuchte er, seinen Kummer zu überspielen. Das hoffte sie inständig, um seines Seelenheils willen.

Ein Pritschenwagen fuhr heran und hielt. Auf der Ladefläche stand etwas, das wie ein Vehikel aussah, in schwarze Plastikhüllen gepackt. Blue beobachtete, wie Dean mit dem Fahrer sprach, der ihm schon nach wenigen Sekunden auf die lädierte Schulter schlug und ihn »Boo« nannte. Schließlich kamen sie zur Sache. Von Dean dirigiert, steuerte der Fahrer den Pritschenwagen im Rückwärtsgang zu den Bäumen.

Mit vereinten Kräften luden sie das Vehikel ab und entfernten die Plastikplanen. Der Wagen war rot gestrichen, mit violetten Rädern und goldenen Ornamenten an den Speichen, wie bei einer Drehorgel. An den Seiten prangten gemalte Spindeln, verschlungene Ranken und fantasievolle Blumen, in Hellblau, Indigoblau, Buttergelb und sonnigem Orange. An der Vorderseite, auf einer königsblauen Tür, tanzte ein vergoldetes Einhorn. Zitronengelbe Pfeiler stützten ein gebogenes Dach. In der Seitenwand, die sich ein wenig nach außen neigte, war ein winziges Fenster mit königsblauen Läden eingelassen. Blues Atem stockte. Wie rasend hämmerte ihr Herz gegen die Rippen. Ein Zigeunerwagen. Ein Heim für Wanderer.

»Genau das Richtige für mich«, flüsterte sie.

6

Als der Laster davonrollte, steckte Dean die Daumen in die Gesäßtaschen seiner Jeans. Blue wartete nicht auf ihn. Fasziniert stieg sie auf das hohe Trittbrett des Zigeunerwagens und öffnete die Tür.

In seinem dunkelroten Inneren wirkte er genauso märchenhaft wie außen. Alle Wände und die gewölbte Decke waren mit verschlungenen Ranken, tanzenden Einhörnern und fantasievollen Blumen bemalt. Im Heck enthüllte ein seidener Paisley-Vorhang mit Fransen ein schmales Bett, das Blue an eine Schiffskoje erinnerte. Ein zweiter Schlafplatz nahm den Großteil einer Seitenwand ein, über einem bemalten Bettkasten mit einer Doppeltür. Für den Transport waren kleine Möbelstücke in braunes Papier gewickelt worden.

Ein Miniaturfenster befand sich seitlich über einem Tisch, ein anderes oberhalb des Betts im Hintergrund. An beiden hingen weiße Puppenstubengardinen, die mit violetten Kordeln zusammengebunden waren. Ein gemalter brauner Hase mümmelte über einer Fußleiste an einem Kleebüschel.

So gemütlich, so *perfekt* ... Blue wollte weinen. Das wäre auch geschehen, hätte sie nicht vergessen, wie man Tränen vergoss.

Dean folgte ihr in den Wagen. »Unglaublich.«

»Dafür musst du ein Vermögen gezahlt haben.«

»Sie hat einen guten Preis rausgeschlagen.«

Natürlich wusste Blue, wer *sie* war.

Nur in der Mitte des Wagens, unter der Wölbung des Dachs, konnte er aufrecht stehen. Er begann braunes Papier von einem Tischchen zu entfernen. »In Nashville gibt's jemanden, der solche alten Wohnwagen restauriert. Nachdem ein Kunde dieses Vehikel bestellt hatte, trat er von dem Deal zurück.«

»Warum hast du ihn gekauft? Wie hat April es geschafft, dir das einzureden?«

»Nun, sie hat behauptet, man könnte betrunkene Gäste hineinverfrachten. Und einige meiner Freunde haben Kinder. Ich dachte, der Wagen würde ihnen Spaß machen.«

»Außerdem hast du gefunden, es wäre cool, so was zu besitzen. Der einzige Zigeunerwagen in dieser Gegend …«

Das stritt er nicht ab.

Blue strich über eine Wand. »Offenbar wurde ein Teil dieser Bilder mit Hilfe von Schablonen gemalt. Aber die meisten sind Originale, guter Job.«

Nun schaute er sich um, öffnete den Bettkasten und die Schubladen eines kleinen Einbauschranks und inspizierte einen schmiedeeisernen Wandleuchter in der Gestalt eines Seepferdchens. »Da gibt's elektrische Leitungen. Also brauche ich hier draußen eine Stromquelle. Am besten rede ich mit dem Elektriker.«

Eigentlich wollte Blue den Wagen noch nicht verlassen. Aber Dean hielt ihr die Tür auf, und so folgte sie ihm in den Hof. Dort kauerte der Elektriker vor einem Verteilerkasten, aus dem Radio an seiner Seite tönte ein Five for Fighting-Song.

April stand ein paar Schritte entfernt, ein Notizbuch in der Hand, und studierte den Betonblock an der Rückseite des Hauses. Bisher hatte Dean ihre Abreise nicht erwähnt. Der Five for Fighting-Song verhallte. Dann erklangen die einleitenden Takte von »Farewell, So Long«, einer Jack Patriot-Ballade.

Sofort verlangsamten sich Deans Schritte, ein kaum merklicher Rhythmuswechsel, der Blue nur auffiel, weil seine Mutter den Kopf hob und das Notizbuch zuklappte. »Schalten Sie das aus, Pete.«

Der Elektriker spähte zu ihr hinüber. Aber er gehorchte nicht.

»Okay, schon gut.« April klemmte das Notizbuch unter ihren Arm, verschwand im Haus, und ihr Sohn schlenderte zum vorderen Hof. Offenbar hatte er seinen Plan, mit dem Elektriker zu sprechen, aufgegeben.

Blue wanderte durch den verwilderten Garten. Nun hätte sie sich fragen müssen, wie sie in die Stadt gelangen sollte, um einen Job zu suchen. Stattdessen überdachte sie, was sie soeben beobachtet hatte. »Farewell, So Long« verstummte, »Gilded Lives« von den Moffett Sisters ertönte. Seit Marlis Tod brachten einige Sender die Countryhits der Moffetts, meistens zusammen mit Jack Patriots »Farewell, So Long«. Das fand Blue ziemlich geschmacklos. Immerhin war er schon jahrelang von Marli geschieden gewesen.

Über das alles dachte sie nach, während sie ins Haus zurückkehrte.

Drei Männer bauten in der Küche die Thekenplatten aus schwarzgrauem Speckstein ein. Dabei unterhielten sie sich in einer Sprache, die sie nicht verstand. April saß in der Frühstücksnische. Mit gerunzelter Stirn studierte sie eine Seite ihres Notizbuchs. »Blue, Sie sind doch Künstlerin. Helfen Sie mir. Mit der Mode kenne ich mich aus.

Aber ich habe keine Ahnung, wie man architektonische Einzelheiten zeichnet. Schon gar nicht, wenn ich nicht genau weiß, was ich will.«

Blue hatte gehofft, noch einen Donut zu ergattern. Zu ihrem Leidwesen lagen nur mehr ein paar Krümel zwischen Marmeladenklecksen und Puderzucker in der Schachtel.

»Also, das ist die Veranda«, verkündete April.

Blue setzte sich zu ihr und betrachtete die Skizze im Notizbuch. Während die Handwerker im Hintergrund schwatzten, erklärte April, was sie sich vorstellte. »Die Veranda soll so aussehen, als würde sie zu einer heruntergekommenen Fischerhütte gehören. Durch große Fenster müsste genug Licht ins Haus strömen. Die Wand will ich teilweise täfeln lassen. Aber ich bin mir nicht sicher, wie …«

Nachdem Blue eine Zeitlang überlegt hatte, ergänzte sie die Zeichnung.

»Oh, das gefällt mir!« April lächelte entzückt. »Würden Sie die Fenster etwas genauer skizzieren?«

Blue erfüllte ihr den Wunsch, und April nickte zufrieden.

»Anscheinend sind Sie ein sehr tüchtiges Mädchen«, meinte sie. Inzwischen waren die Arbeiter hinausgegangen, um sich eine Zigarettenpause zu gönnen. »Könnten Sie auch ein paar Zeichnungen für die Inneneinrichtung anfertigen? Aber vielleicht verlange ich zu viel. Ich weiß nicht, wie lange Sie hierbleiben werden und in welcher Beziehung Sie zu meinem Sohn stehen.«

»Sie ist mit mir verlobt«, sagte Dean von der Tür her. Weder Blue noch April hatten seine Schritte gehört. Er stellte seine leere Kaffeetasse auf die Theke neben dem

Herd. Dann ergriff er das Notizbuch. »Sie bleibt genauso lange hier wie ich.«

»Verlobt?«, flüsterte Blue.

»Ja«, bestätigte er, ohne von der Skizze aufzublicken.

Beinahe hätte sie die Augen verdreht. Offenbar sollte das eine Art Racheakt sein. Er wollte seiner Mutter klarmachen, sie würde ihm so wenig bedeuten, dass er sie nicht einmal über seine Heiratspläne informiert hatte. Wie grausam – wo sie doch praktisch auf dem Totenbett lag.

»Herzlichen Glückwunsch.« April legte ihren Bleistift beiseite. »Wie lange kennt ihr euch schon?«

»Lange genug«, erwiderte er.

Blue konnte natürlich nicht vorgeben, was April am Morgen beobachtet hatte, wäre nicht passiert. »Moment mal, die letzte Nacht war nur ein einmaliger Ausrutscher. Damit Sie's wissen, ich war vollständig angezogen.«

Skeptisch hob April die Brauen, und Blue versuchte sittsam den Blick zu senken.

»Mit dreizehn Jahren habe ich ein Keuschheitsgelübde abgelegt.«

»Ein – was?«, fragte April.

»Nein«, seufzte Dean, »sie hat kein Keuschheitsgelübde abgelegt.«

Zufällig hatte Blue genau das getan, aber schon mit dreizehn bezweifelt, dass sie ihr Gelübde einhalten würde. Sie hatte inzwischen ihren Frieden mit Gott geschlossen. Allerdings nicht mit Sister Luke, der Nonne, die sie zu diesem Unsinn überredet hatte. »Wenn Dean auch anderer Meinung ist, ich glaube, eine Hochzeitsnacht sollte etwas *bedeuten*. Deshalb werde ich heute Abend in den Wohnwagen ziehen.«

Dean schnaufte verächtlich, und April schaute Blue prüfend an. Fast eine volle Minute lang. »Sie ist – sehr hübsch.«

»Schon gut«, murmelte er und legte das Notizbuch auf den Tisch. »Du kannst aussprechen, was du wirklich denkst. Glaub mir, ich habe ihr schon viel schlimmere Dinge gesagt.«

»He!«, fauchte Blue.

»Zum ersten Mal sah ich sie bei einem Straßenfest, zur Faschingszeit.« Dean wanderte umher und begutachtete die neuen Thekenplatten. »Da steckte sie ihr Gesicht durch ein Loch in einer dieser Holzfiguren. Verständlicherweise erregte sie meine Aufmerksamkeit. Wie du zugeben musst, ist das ein eindrucksvolles Gesicht. Als ich den Rest von ihr sah, war's zu spät.«

»Ich sitze hier«, erinnerte Blue die beiden. »Vielleicht solltest du meine Anwesenheit berücksichtigen.«

»Also, ich finde, es gibt nichts an ihr zu bemängeln«, sagte April, keineswegs im Brustton der Überzeugung.

»Oh, sie hat so viele wundervolle Vorzüge.« Dean inspizierte die Türangeln eines Schranks. »Deshalb schaue ich nicht so genau hin.«

Da Blue allmählich ahnte, wohin dieses Gespräch führen würde, zwang sie sich zu einer gleichmütigen Miene und strich mit einem Finger über den Puderzucker in der Donut-Schachtel.

»Nicht jeder interessiert sich für Mode, Dean, das ist keine Sünde.« Und das aus dem Mund einer Frau, die sofort vom Tisch aufstehen und über einen Laufsteg schlendern könnte.

»Wenn wir verheiratet sind, darf ich ihre Garderobe aussuchen. Das hat sie mir versprochen.«

»Sind vielleicht Eier da?« Blues Blick schweifte zum Kühlschrank. »Und ein bisschen Käse für ein Omelett?«

Aprils silberne Ohrringe verfingen sich in einer stumpf geschnittenen, glatten blonden Haarsträhne. »Damit müssen Sie leben, Blue. Schon mit drei Jahren bekam er Wutanfälle, wenn seine Unterwäsche nicht perfekt zusammenpasste. In der dritten Klasse trug er nur Sachen von Ocean Pacific. Den Großteil der Highschool absolvierte er in Ralph Lauren. Und ich schwöre, er hat nur Lesen gelernt, weil er die Etiketten seiner Kleidungsstücke entziffern wollte.«

Mit dieser Reise in die Vergangenheit beging sie einen Fehler. Deans Lippen verkniffen sich. »Erstaunlich, wie gut du dich an die Blackout-Jahre erinnerst ...« Er kehrte zu Blue zurück. Besitzergreifend umfassten seine Finger ihre Schultern und weckten einen seltsamen Verdacht. Wollte er ihr die stumme Botschaft vermitteln, er betrachtete sie als Verbündete, die in unwandelbarer Treue zu ihm hielt? Nun, er wusste nicht, dass er einer Frau vom Kaliber Benedict Arnolds auf den Leim ging, jenes Generals, der im Unabhängigkeitskrieg ständig die Seiten gewechselt hatte.

»Falls Dean das noch nicht erwähnt hat«, sagte April, »ich war mal ein Junkie.«

Blue hatte keine Ahnung, wie sie darauf reagieren sollte.

»Und ein Groupie«, fügte April freimütig hinzu. »Dean verbracht seine Kindheit mit Nannys oder in Internaten, damit ich meinen Traum verwirklichen konnte, ständig zu koksen und möglichst viele Rockstars flachzulegen.«

Wie Blue *darauf* reagieren sollte, wusste sie noch weniger. »Eh – wie lange sind Sie schon clean?«

»Seit etwa zehn Jahren. Meistens hatte ich gute Jobs. Seit sieben Jahren arbeite ich selbstständig.«

»Was machen Sie?«

»Ich bin Mode-Stylistin in L.A.«

»Wow! Was genau tun Sie?«

»Um Himmels willen, Blue ...« Dean ergriff seine leere Kaffeetasse und trug sie zur Spüle.

»Nun, ich arbeite für Schauspielerinnen, Ehefrauen von Hollywoodstars, Produktionsleiterinnen – für Leute mit mehr Geld als Geschmack.«

»Klingt ziemlich glamourös.«

»Vor allem muss ich mich diplomatisch verhalten.«

Das verstand Blue. »Wenn Sie einem fünfzigjährigen Seifenopern-Star empfehlen, alle Miniröcke in die Mülltonne zu schmeißen?«

»Nimm dich in Acht, Blue«, warnte Dean. »Jetzt wirst du zu persönlich. April ist zweiundfünfzig. Trotzdem kannst du wetten, dass sie einen Schrank voller Minis hat, in allen Farben.«

Blue musterte die endlos langen Beine seiner Mutter. »Sicher sieht sie in jedem einzelnen fantastisch aus.«

»Fahren wir in die Stadt.« Dean wandte sich von der Spüle ab. »Ich muss was erledigen.«

»Kauft ein paar Lebensmittel ein«, bat April. »Im Cottage habe ich was zu essen. Aber hier gibt's nicht viel.«

»Okay.« Mit Blue im Schlepptau ging er zur Tür.

Schon nach wenigen Minuten meldete sich Blues Gewissen, und sie brach das drückende Schweigen, als Dean den Highway erreichte. »Ich werde deine Mutter nicht belügen. Wenn sie nach der Farbe der Brautjungfernkleider fragt, sage ich ihr die Wahrheit.«

»Kein Problem, danke!«, stieß er bissig hervor, »weil wir nämlich auf Brautjungfern verzichten. Wir brennen nach Vegas durch.«

»Jeder, der mich kennt, weiß ganz genau, dass ich niemals nach Vegas durchbrennen würde.«

»Aber *sie* kennt dich nicht.«

»Dafür kennst *du* mich inzwischen ganz gut. Wenn man in diesem Stil heiratet, gesteht man vor aller Welt ein, man wäre desorganisiert und unfähig, was Besseres zu planen. Und das verbietet mir mein Stolz.«

Um ihre Stimme zu übertönen, schaltete er das Radio ein.

Sie hasste Leute, die irgendwas völlig falsch einschätzten. Besonders Männer. Und sie verabscheute sein Desinteresse an der tödlichen Krankheit seiner Mutter. Da sie ihn bestrafen wollte, stellte sie das Radio leiser. »Schon immer wollte ich nach Hawaii fliegen. Bisher konnte ich mir das nicht leisten. Ich glaube, wir werden dort heiraten. Am Strand eines schicken Hotels bei Sonnenuntergang. Oh, ich bin ja so froh! Endlich habe ich einen reichen Mann gefunden!«

»Wir heiraten nicht!«

»Genau!«, zischte sie. »Und deshalb werde ich deine Mutter nicht belügen.«

»Stehst du auf meiner Gehaltsliste oder nicht?«

Abrupt richtete sie sich auf. »Tue ich das? Reden wir darüber.«

»Jetzt nicht.« Dean schaute so wütend drein, dass sie den Mund hielt.

Sie fuhren an einer leer stehenden Baumwollspinnerei vorbei, die beinahe von üppigem Unkraut verschluckt wurde, dann an einem gepflegten Campingplatz und einem Golfplatz, vor dem ein Plakat »Karaoke-Abende an jedem Freitag« ankündigte. Hier und da standen alte Pflüge oder Wagenräder mit Briefkästen. Blue entschloss sich zu einer raffinierten Attacke auf das Privatleben ihres falschen Bräutigams. »Da wir verlobt sind – meinst du nicht, du solltest mir was über deinen Vater erzählen?«

Fast unmerklich verkrampften sich seine Finger am Lenkrad. »Nein.«

»Ich kann ganz gut zwei und zwei zusammenzählen.«

»Hör auf damit.«

»Nun, das fällt mir schwer. Sobald mir ein Gedanke durch den Sinn geht ...«

Dean warf ihr einen mörderischen Blick zu. »Hör mal, ich rede nicht über meinen Vater. Nicht mit dir. Mit niemandem.«

Nur ein paar Sekunden lang focht sie einen inneren Konflikt aus, bevor sie fortfuhr: »Wenn du seine Identität wirklich geheim halten willst, solltest du nicht diese versteinerte Miene aufsetzen, wann immer Jack Patriots Stimme aus dem Radio dringt.«

Da lockerte er seine Finger und legte sie aufs Lenkrad – ein bisschen *zu* lässig. »Du dramatisierst die Situation. Eine Zeitlang war mein Vater Schlagzeuger in Patriots Band. Das ist alles.«

»Mach mir nichts vor! Anthony Willis war der einzige Schlagzeuger, den diese Band jemals hatte. Und da er ein Farbiger ist ...«

»Vielleicht solltest du die Rock-Geschichte etwas genauer studieren, Babe. Während der Universal Omens-Tournee musste Willis wochenlang pausieren, weil er sich den Arm gebrochen hatte.«

Möglicherweise sagte Dean die Wahrheit. Aber sie

zweifelte daran. April hatte ihre Rock and Roll-Vergangenheit erwähnt. Blue erinnerte sich, wie beide erstarrt waren, als die Rundfunkstation den Song »Farewell, So Long« gesendet hatte. War Dean wirklich Jack Patriots Sohn? Bei dieser Vorstellung schwirrte ihr der Kopf. Seit ihrem zehnten Lebensjahr schwärmte sie für den Rockstar. Ganz egal, wo sie gerade wohnte – sie stapelte seine CDs neben ihrem Bett. Früher hatte sie seine Fotos aus Zeitschriften ausgeschnitten und in Alben geklebt. Wenn sie seine Balladen hörte, fühlte sie sich nicht mehr so einsam.

Ein Straßenschild markierte den Stadtrand von Garrison. Darunter verkündete ein zweites Schild, die Stadt stehe zum Verkauf, und die Interessenten sollten sich bei Nita Garrison melden. Verwirrt spähte Blue über ihre Schulter. »Hast du das gesehen? Wie kann man eine Stadt verkaufen?«

»Vor einer Weile wurde eine über eBay veräußert«, erklärte Dean.

»Ja, das stimmt. Kim Basinger hat diese kleine Stadt in Georgia gekauft. Weißt du noch? Immer wieder vergesse ich, dass wir in den Südstaaten sind. Hier passieren lauter groteske Dinge, die woanders unmöglich wären.«

»Diese Erkenntnis solltest du für dich behalten.«

Sie fuhren an einem Bestattungsinstitut im klassischen griechischen Stil und an einer Kirche vorbei. In der Innenstadt, die aus drei Häuserblocks bestand, sahen die meisten hellbraunen Sandsteingebäude so aus, als wären sie am Anfang des zwanzigsten Jahrhunderts entstanden. Diagonale Parkplätze reihten sich zu beiden Seiten der breiten Hauptstraße aneinander.

Während Dean das Tempo drosselte, entdeckte Blue ein Restaurant, einen Drugstore, einen Secondhand-Laden und eine Bäckerei. Ein ausgestopfter Hirsch, an dessen Geweih ein Schild mit der Aufschrift »Geöffnet« hing, hielt vor dem Eingang eines Antiquitätengeschäfts namens Aunt Myrtle's Attic Wache. Auf der anderen Seite beschatteten alte Bäume einen Park mit einer Sonnenuhr und kugelförmigen weißen Lampenschirmen an schwarzen Eisenpfosten. Dean steuerte den Aston in eine Parklücke vor der Apotheke.

Da Blue seine Bemerkung über ihren Namen auf seiner Gehaltsliste nicht sonderlich ernst nahm, überlegte sie, ob sie in einer so kleinen Stadt einen Job finden würde.

»Ist dir was Sonderbares aufgefallen?«, fragte er, als er den Motor ausschaltete.

»Im Auto oder draußen?«

»Kein Fast Food.«

Sie musterte die pittoreske Hauptstraße. »Am Highway habe ich auch keine Filialen von Restaurantketten gesehen. Obwohl diese Stadt eher winzig ist, müsste sie für NAPA Auto Parts oder Blockbuster reichen. Wo bleiben die denn? Wenn man sich die Autos wegdenkt und die Kleidung der Leute ignoriert, könnte man kaum feststellen, welches Jahr wir gerade haben.«

»Interessant, dass du von Kleidern redest.« Dean musterte ihre schwarzen Bikershorts und das tarnfarbene T-Shirt. »Vermutlich hast du die Bekleidungsvorschriften noch nicht gelesen, die zu deinem neuen Job gehören.«

»Diesen blöden Wisch habe ich weggeworfen. Ist's okay, wenn ich ein paar Schritte hinter dir bleibe?«

Aus der Auslage von »Barb's«, einem Friseur- und Kosmetiksalon neben der Apotheke, spähte ein Frauengesicht. Und bei der Versicherungsagentur an der anderen Straßenseite lugte ein kahlköpfiger Mann an einem Plakat vorbei, das einen Kirchenflohmarkt ankündigte. Blue stellte sich neugierige Blicke entlang der ganzen Hauptstraße vor. In einer so kleinen Stadt würde sich die Anwesenheit des berühmten neuen Nachbarn sehr schnell herumsprechen.

Sie folgte Dean in die Apotheke, wie sie versprochen hatte im gebührenden respektvollen Abstand von drei Schritten, was ihn erneut verärgerte, obwohl er sie selber dazu animiert hatte. Während er im Hintergrund des Ladens verschwand, sprach sie mit der Kassiererin und erfuhr, es würde keine freien Arbeitsplätze geben. Zwei Frauen eilten herein, eine Farbige und eine Weiße. Auch der Mann von der Versicherungsagentur tauchte auf, begleitet von einer älteren Frau mit feuchtem Haar. Danach erschien ein dünner Junge mit einem Namensschild aus Plastik, das ihn als »Steve« auswies.

»Da ist er!«, teilte der Versicherungsagent den anderen mit.

Alle reckten die Hälse und starrten Dean an. Nun stelzte eine Frau in einem hellrosa Kostüm herein. Gelblich graue Highheels klickten auf dem Fliesenboden. Etwa in Blues Alter war sie zu jung für ihre steifen, mit Haarspray fixierten Locken. Aber Blue hatte sicher nicht das Recht, die Frisuren anderer Leute zu kritisieren. Hätte sie Seattle nicht so plötzlich verlassen, wäre sie zum Friseur gegangen. Sie wanderte zu einem kleinen Ladentisch voller Wimperntusche und hörte, wie die Frau Deans Namen mit einem langen, bewundernden Atemzug rief. »O Dean … Gerade habe ich erfahren, dass Sie auf der Farm angekommen sind, und ich wollte hinausfahren, um Sie zu begrüßen.«

Als Blue über die Mascaras hinwegschaute, sah sie, wie

sich Deans verständnislose Miene langsam erhellte. Offenbar erkannte er die Frau. »Freut mich, Sie wiederzusehen, Monica.« In einer Hand hielt er eine Nagelschere und eine Packung Heftpflaster, in der anderen eine Ware, die wie Schuheinlagen mit Gelfüllung aussah. Keine Kondome.

»O Gott, die Stadt ist ganz aus dem Häuschen!«, zirpte Monica. »Natürlich haben alle auf Ihre Ankunft gewartet. Ist Susan O'Hara nicht erstaunlich? Gefällt Ihnen, was sie mit dem Haus gemacht hat?«

»Erstaunlich, gewiss.«

Monicas Augen schienen ihn zu verschlingen. »Hoffentlich bleiben Sie eine Weile hier.«

»Das weiß ich noch nicht, es hängt von verschiedenen Dingen ab.«

»O nein, Sie dürfen nicht abreisen, bevor Sie die großen Macher von Garrison kennen gelernt haben.« Ihre Finger umklammerten seinen Arm. »In ein paar Tagen gebe ich eine kleine Cocktailparty für Sie, dann werden Sie alle treffen. Sicher wird es Ihnen bei uns gefallen.«

Da er an solche Attacken auf seine Privatsphäre gewöhnt war, schreckte er nicht zurück. Zur Kosmetikabteilung gewandt, rief er: »Komm her, Blue, ich möchte dich mit meiner Immobilienmaklerin bekannt machen.«

Blue widerstand dem Impuls, hinter der Mascara in Deckung zu gehen. Vielleicht könnte ihr diese Frau einen Job besorgen. Sie setzte ihr freundlichstes Lächeln auf und ging zu Dean hinüber.

Entschlossen befreite er sich von der besitzergreifenden Hand seiner Maklerin. »Blue, das ist Monica Doyle. Monica, meine Verlobte, Blue Bailey.«

Also wirklich, jetzt übertreibt er's ein bisschen …

»Wir werden in Hawaii heiraten. An einem Strand, bei

Sonnenuntergang. Eigentlich wollte Blue nach Vegas fliegen. Aber für solche spontanen Aktionen bin ich viel zu
gut organisiert.«

Natürlich konnte er seine Verehrerinnen auch ohne eine
imaginäre Verlobte abwehren. Doch er wollte sich offensichtlich nicht mit all den Höschen abplagen, die in seine
Richtung geworfen wurden. Wie Blue zugeben musste,
war sie überrascht. Monicas Züge drohten zu entgleisen.
Hastig verbarg sie ihre Enttäuschung hinter heftig klim-
pernden Wimpern und taxierte das tarnfarbene T-Shirt,
das Blue aus der Waschküche ihres Apartmentgebäudes
geholt hatte, nachdem es einen Monat zuvor ans schwarze
Brett genagelt worden war. »Was für ein süßes kleines
Ding ...«

»Das findet Dean auch«, sagte Blue bescheiden. »Ich
verstehe noch nicht, wie er's geschafft hat, meine Abneigung gegen alternde Sportfreaks zu überwinden.«

Warnend drückte er sie in seine Achselhöhle, die köstlich nach einem teuren maskulinen Deo duftete. Solche
Sprays wurden meistens in phallisch geformten Glasfla-
kons mit Designer-Logos angeboten. »Als wir in die Stadt
gefahren sind, haben wir das Verkaufsschild gesehen. Was
soll das bedeuten?«

Monica kräuselte die glänzenden, mit rotem Konturenstift umrahmten Lippen. »Nun ja, Nita Garrison nervt
wieder mal. Manche Leute sind es einfach nicht wert, dass
man über sie redet. Wir beachten sie gar nicht.«

»Stimmt das?«, fragte Blue. »Wird die Stadt wirklich
verkauft?«

»Je nachdem, wie man den Begriff ›Stadt‹ definiert ...«

Blue wollte sich erkundigen, wie die Bewohner von
Garrison ihre Stadt definierten. Aber da winkte Monica

die Leute zu sich, die im Hintergrund lauerten, und stellte sie dem berühmten Neuankömmling vor.

Zehn Minuten später konnten sie endlich flüchten. »Ich löse die Verlobung«, murrte Blue auf dem Weg zum Auto. »Tut mir leid, aber du bist mir zu anstrengend.«

»Zweifellos ist unsere Liebe stark genug, um solche kleinen Hindernisse auf der Straße des Lebens zu meistern, meine Süße.« Dean blieb vor einem Zeitungskiosk stehen.

»Wenn du mich als deine Verlobte ausgibst, machst du *dich* lächerlich. Nicht mich. Diese Leute sind nicht blind, die merken, wie bizarr wir nebeneinander aussehen.«

»Anscheinend hast du ernsthafte Probleme mit der Selbstachtung«, erwiderte er und suchte in seinen Taschen nach Kleingeld.

»Was, ich? Denk mal nach. Niemand wird glauben, eine Intelligenzbestie wie Blue Bailey würde sich in ein geistiges Leichtgewicht von deiner Sorte verlieben.« Als er sie ignorierte und eine Zeitung ergriff, stellte sie sich direkt vor seine Füße. »Ehe wir die Lebensmittel kaufen, muss ich mir einen Job suchen. Geh doch essen, während ich mich umsehe.«

Dean klemmte die Zeitung unter seinen Arm. »Hab ich das nicht gesagt? Du arbeitest für *mich*.«

»Was soll ich tun?« Blue blinzelte ihn an. »Und wie viel zahlst du mir?«

»Kümmere dich nicht darum.«

Schon den ganzen Vormittag behandelte er sie so unfreundlich, und das missfiel ihr. Schließlich war es nicht ihre Schuld, dass seine Mutter an einer tödlichen Krankheit litt. Okay, es war ihre Schuld. Doch das wusste er nicht, und er durfte sie nicht für Aprils Tragödie bestrafen.

Im Lebensmittelladen angekommen, wurde er erneut von zahllosen Leuten bestürmt. Einer nach dem anderen hieß ihn in Garrison willkommen. Zu allen war er nett und höflich, vom pickeligen jungen Verkäufer bis zu einem gebrechlichen alten Mann mit einer VFW-Kappe, die ihn als einen der »Veterans of Foreign Wars« auswies, als Veteran in Kriegen im Ausland. Die älteren Kids besuchten gerade die Schule. Aber er strich über kahle Babyköpfe, schüttelte die klebrige Faust eines Krabbelkinds und führte ein ermutigendes Gespräch mit einem bezaubernden Dreijährigen namens Reggie, der nicht aufs Töpfchen gehen wollte. Dean verkörperte die erstaunlichste Mischung aus Egozentrik und Anstand, die Blue je begegnet war. Allerdings ließ sein Anstand zu wünschen übrig, was *ihre* Person betraf.

Während er seine PR absolvierte, füllte sie einen Einkaufswagen. In diesem Laden gab es keine allzu große Auswahl, aber sie fand ein paar Grundnahrungsmittel. Vor der Kasse traf sie sich wieder mit Dean. Hilflos beobachtete sie, wie er seine Visa Card zückte. So konnte es nicht weitergehen, sie musste endlich Geld verdienen.

Dean trug die Einkaufstüten in die Küche und überließ es Blue, die Lebensmittel irgendwo zu verstauen. Dann ging er wieder hinaus und fuhr den Aston in den Werkzeugschuppen. Nicht einmal Annabelle wusste über die Identität seines Vaters Bescheid. Und sie war der scharfsinnigste Mensch, den er kannte, übrigens auch der raffinierteste. Deshalb musste er sich in ihrer Gegenwart ganz gewaltig in Acht nehmen.

Nachdem er im Schuppen Platz für sein Auto geschaffen hatte, suchte er einen Spaten und eine Schaufel. Dann begann er das Unkraut rings um die Grundmauern des Hauses zu jäten. Während er den Duft des Geißblatts einatmete, entsann er sich, warum er die Farm gekauft hatte, statt sich seinen Wunschtraum von einem Strandhaus in Südkalifornien zu erfüllen. Weil er sich hier wohlfühlte. Er liebte die alten Gebäude, die Hügel, die das Anwesen schützten. Und er schätzte die Gewissheit, dieses Land würde eine dauerhaftere Aura ausstrahlen als ein Footballspiel. Vor allem schätzte er die Privatsphäre, die ihm ein überfüllter kalifornischer Strand niemals bieten würde. Und wenn er sich nach dem Meer sehnte, konnte er jederzeit zur Küste fliegen.

Was eine Privatsphäre bedeutete, wusste er kaum. Zunächst war er in Internaten aufgewachsen. Auf dem College hatte seine sportliche Karriere schon bald zu öffentlicher Anerkennung geführt. Danach war er ein Profi geworden. Wegen der verdammten End Zone-Plakate erkannten ihn sogar die Leute, die sich nicht für Football begeisterten.

Als er Armreifen klirren hörte, zuckte er zusammen. Bitterer Zorn drehte ihm den Magen um. Würde sie ihm die Freude an der Farm verderben? So wie sie seine Jugend zerstört hatte?

»Ich würde gern ein Landschaftsgärtnerteam engagieren«, sagte seine Mutter.

»Damit werde ich mich befassen, wenn es an der Zeit ist«, erwiderte er und stieß die Schaufel unter einige Stauden. Wie lange sie schon clean war, interessierte ihn nicht. Wann immer er sie anschaute, erinnerte er sich an tränenverschmiertes Make-up, an kaum verständliches Lallen, an das Gewicht ihrer Arme, die um seinen Hals geschlungen waren, an ihre gestammelte Bitte, er möge ihr den Drogenkonsum verzeihen.

»An der frischen Luft warst du immer besonders glücklich.« April trat näher. »Über Pflanzen weiß ich nicht viel. Aber ich glaube, du entwurzelst gerade ein paar Pfingstrosen.«

Nach ihrem früheren Lebensstil müsste sie eigentlich wie Keith Richards aussehen. Aber sie besaß eine makellose Figur, und die Konturen ihres Kinns wirkten etwas zu straff, um den Verdacht einer kosmetischen Korrektur auszuschließen. Sogar ihr langes Haar ärgerte ihn. Um Himmels willen, sie war zweiundfünfzig. Höchste Zeit, die Haare abschneiden zu lassen. Als Teenager war er manchmal zu Keilereien gezwungen worden, wenn seine Klassenkameraden den Arsch seiner Mutter und andere Körperteile nach ihren seltenen Besuchen in den Internaten etwas zu genau beschrieben hatten.

»Ich sterbe nicht«, erklärte sie und grub mit ihrer Fußspitze eine platt gedrückte Konservendose aus.

»Das dachte ich mir schon gestern Abend.« Für diese Lüge würde Blue büßen.

»Ich bin nicht einmal krank, also musst du auf dein großes Freudenfest verzichten.«

»Vielleicht klappt's nächstes Jahr.«

»Blue hat ein sehr gutes Herz«, bemerkte sie, ohne eine Miene zu verziehen. »So ein interessantes Mädchen ... Ganz anders, als ich erwartet hätte.«

Nun wollte sie ihm genauere Informationen entlocken. Darauf ging er nicht ein. »Ja, deshalb habe ich sie gebeten, mich zu heiraten.«

»Diese großen, unschuldigen Augen. Irgendwie ist sie auch sexy.«

Welch ein albernes Klischee ...

»Schön ist sie nicht«, fuhr April fort, »aber faszinierend. Keine Ahnung, woran es liegt. Jedenfalls scheint sie das selber nicht zu wissen.«

»Sie ist eine Katastrophe ...« Sobald er die Worte ausgesprochen hatte, fiel ihm ein, dass er den hingerissenen Bräutigam mimen musste. »Nur weil ich sie liebe, bedeutet das keineswegs, ich wäre blind. Vor allem fühle ich mich zu ihrer Persönlichkeit hingezogen.«

»Das verstehe ich.«

Dean ergriff den Spaten und attackierte das Unkraut rings um einen Rosenbusch. Es musste ein Rosenbusch sein. Zumindest vermutete er das, denn er hatte ein paar Blüten entdeckt.

»Sicher hast du von Marli Moffett gehört«, sagte April.

Der Spaten stieß gegen einen Stein. »Was sich kaum vermeiden ließ. Alle Medien waren voll davon.«

»Wahrscheinlich wird die Tochter bei Marlis Schwester wohnen. So wie ich Jack kenne, wird er wohl kaum viel mehr unternehmen, als einen Scheck auszustellen.«

Dean warf den Spaten beiseite und griff wieder nach der Schaufel.

»Hast du inzwischen gemerkt, dass es keine gute Idee wäre, mich rauszuwerfen?« April spielte mit einem ihrer Armreifen. »Hoffentlich – falls du diesen Sommer auf deiner Farm von deinem gewohnten Komfort umgeben genießen willst ... In drei oder vier Wochen verschwinde ich für immer aus deinem Leben.«

»Das hast du mir schon im November versprochen, als du beim Chargers-Match aufgetaucht bist.«

»Keine Bange, in Zukunft wird so was nicht mehr passieren.«

Dean bohrte die Schaufel ins Erdreich. Dann zerrte er sie wieder heraus. Im Moment gab es nichts an seiner

Mutter auszusetzen, es fiel ihm schwer, ihre Tüchtigkeit mit der drogensüchtigen Frau in Einklang zu bringen, die ihr Kind ständig vernachlässigt hatte. »Warum soll ich dir diesmal glauben?«

»Weil ich es satt habe, mit meinen Schuldgefühlen zu leben. Du wirst mir nie verzeihen. Und ich werde dich nicht mehr darum bitten. Sobald das Haus fertig renoviert und eingerichtet ist, reise ich ab.«

»Wieso machst du das? Wozu diese verdammte Farce?«

Gelangweilt zuckte sie die Achseln, die letzte Frau in der Bar, nachdem der Spaß ein Ende gefunden hatte. »Nun, ich dachte, es würde mich amüsieren.«

»He, Susan!« Einer ihrer Verehrer, der Elektriker, lugte um die Hausecke herum. »Kommen Sie mal?«

Während sie davonging, grub Dean noch einen Stein aus. Seit er merkte, wie viel sie leistete, wusste er, dass er sich selber empfindlicher schaden würde als ihr, wenn er sie wegschickte. Klar, er konnte jederzeit nach Chicago zurückkehren. Aber die Vorstellung, sie würde ihn in die Flucht schlagen, irritierte ihn ganz gewaltig. Vor niemandem rannte er davon, schon gar nicht vor seiner Mutter. Genauso wenig ertrug er den Gedanken, allein mit ihr zu bleiben. Nicht einmal auf einem hundert Morgen großen Grundstück. Deshalb durfte Blue nicht das Weite suchen, denn er brauchte dringend einen Prellbock.

Mit einem gezielten Spatenhieb enthauptete er eine Distel. Dabei stellte er sich Blues Kopf vor. Mit ihrer Lüge über Aprils lebensgefährliche Krankheit hatte sie alle erdenklichen Grenzen überschritten. Obwohl er viele tückische Manipulantinnen kannte, war ihm eine solche Unverschämtheit noch nie untergekommen. Aber bevor er sie zur Rede stellte, sollte sie sich in Sicherheit wiegen.

Am Abend fuhren die Handwerker davon, und Dean hatte einen Großteil des Unkrauts entlang der Grundmauern gejätet, ohne die Gewächse, die er schließlich als Pfingstrosen identifiziert hatte, ernsthaft zu beschädigen. Seine Schulter schmerzte wie die Hölle. Doch das störte ihn nicht. Er war viel zu lange untätig gewesen. Es hatte ihm gut getan, endlich wieder seinen Körper zu gebrauchen.

Er verließ den Werkzeugschuppen, und da wehten ihm verlockende Düfte aus den offenen Küchenfenstern entgegen. Offenbar hatte Blue beschlossen, das Abendessen zu kochen. Aber sie täuschte sich, wenn sie mit seiner Anwesenheit bei einem gemütlichen Dinner rechnete, zu dem sie zweifellos seine Mutter einladen würde.

Auf dem Weg zum Haus dachte er wieder an Marli Moffetts Tod und ihre elfjährige Tochter. Seine Halbschwester. Welch ein irrealer Gedanke. Wie sich ein Waisenkind fühlte, wusste er nur zu gut. Eins stand fest, das arme Mädchen musste lernen, für sich selber zu sorgen, denn von Jack Patriot war gewiss kein Beistand zu erwarten.

7

Riley Patriot bewohnte in Nash-
ville, Tennessee, ein weißes Ziegelhaus mit sechs weißen
Säulen vor dem Eingang, weißen Marmorböden und einem glänzenden weißen Mercedes Benz in der Garage.

Im Wohnzimmer stand ein großes weißes Klavier neben
zwei passenden weißen Sofas auf einem weißen Teppich.
Seit die sechsjährige Riley eine Flasche Grapefruitsaft darauf gegossen hatte, durfte sie diesen Raum nicht mehr betreten. Inzwischen war sie elf. Doch die Mutter hatte ihr
nie verziehen und nichts vergessen. Das betraf nicht nur
den Grapefruitsaft, sondern auch andere Dinge. Nun war
es zu spät. Vor zehn Tagen hatten zahllose Leute ihre
Mom, Marli Moffett, durch die gebrochene Reling am
Oberdeck des Schaufelraddampfers *Old Glory* in den
Cumberland River stürzen sehen. Im Wasser hatte sie sich
an irgendetwas den Kopf angeschlagen. Weil es dunkel gewesen war, hatte man sie nicht rechtzeitig gefunden. Ihre
Tochter war von Ava, ihrem zehntausendsten *Au-pair*-
Mädchen, informiert worden.

Jetzt, anderthalb Wochen später, rannte Riley davon, sie
suchte ihren Bruder.

Obwohl sie sich nur einen Häuserblock von daheim
entfernt hatte, klebte das T-Shirt bereits an ihrer Haut,
deshalb öffnete sie den Reißverschluss ihrer rosa Jacke.
Die lavendelblaue Kordhose war viel zu eng. So schlank

wie ihre Kusine Trinity war sie nicht. Selbst wenn sie kein Gramm Fett am Leib hätte – so zierlich würde sie wegen ihrer grobknochigen Figur niemals wirken. Sie verlagerte den schweren Rucksack auf den anderen Arm. Hätte sie ihr Album zurückgelassen, wäre das Gepäck viel leichter. Aber davon wollte sie sich nicht trennen.

Zu beiden Seiten der Straße lagen Häuser hinter großen Vorgärten, teilweise von hohen Toren verborgen, es gab keine Gehsteige, aber Straßenlampen. So gut es ging, wich sie ihnen aus. Nicht, dass jemand nach ihr fahnden würde. Ihre Beine begannen zu jucken, und sie versuchte sich durch den Kordstoff hindurch zu kratzen. Da wurde es noch schlimmer. Als sie Sals verbeultes rotes Auto am Ende des nächsten Blocks sah, brannte ihre Haut wie Feuer.

Wie ein Volltrottel hatte er unter einer Straßenlampe geparkt. An die Motorhaube gelehnt, rauchte er in kurzen, hektischen Zügen eine Zigarette. Jetzt entdeckte er Riley und schaute sich um. Glaubte er, die Bullen würden jeden Moment auftauchen? »Gib mir das Geld«, verlangte er, sobald sie den Wagen erreichte.

Riley wollte nicht im grellen Licht stehen bleiben, wo sie jeder sehen konnte, der vorbeifuhr. Aber ein Streit würde länger dauern als die Bezahlung. Sie hasste Sal. An manchen Tagen ging er nicht in die Schule, wenn er für die Landschaftsgärtnerei seines Dads arbeitete. Deshalb hatte sie ihn kennen gelernt. Aber das war nicht der Grund, warum sie ihn hasste, sondern weil er an sich herumfummelte, wenn er glaubte, niemand würde ihn beachten. Außerdem spuckte er dauernd auf den Boden und redete obszönes Zeug.

Er war sechzehn, und seit er vor vier Monaten seinen

Führerschein bekommen hatte, bezahlte sie ihn, damit er sie herumkutschierte. Er fuhr miserabel. Leider war sie auf ihn angewiesen, bis sie selber sechzehn wurde. Sie nahm das Geld aus der vorderen Tasche ihres Rucksacks. »Erst mal hundert Dollar. Den Rest kriegst du auf der Farm.« Sie hatte genug alte Filme gesehen. Deshalb wusste sie, wie man gewisse Dienstleistungen honorierte. Nie alles auf einmal.

Sal schien zu überlegen, ob er ihr den Rucksack entreißen sollte. Doch das würde ihm nichts nützen, denn sie hatte das restliche Geld in einem ihrer Socken versteckt. Er zählte die Banknoten, was sie unhöflich fand, denn sie stand direkt vor ihm. Er gab ihr damit unverblümt zu verstehen, er würde ihr einen Betrug zutrauen. Schließlich stopfte er das Geld in seine Jeanstasche. »Wenn mein Alter das rausfindet, poliert er mir die Fresse.«

»Von mir erfährt er nichts. Du bist das einzige Plappermaul.«

»Was hast du mit Ava gemacht?«

»Peter ist bei ihr, die wird nichts merken.«

Vor zwei Monaten war das *Au-pair*, eine Hamburgerin, in die Staaten gezogen. Wann immer sie eine Gelegenheit fand, knutschte sie mit ihrem Freund Peter. Solange Rileys Mom am Leben war, durfte er nicht ins Haus kommen. Aber seit ihrem Tod schlief er fast jede Nacht im Bett des Mädchens. Ava würde das Verschwinden ihres Schützlings erst beim Frühstück bemerken. Vielleicht nicht einmal dann, denn am nächsten Tag fiel die Schule wegen der Lehrerkonferenz aus, die am Ende des Schuljahrs abgehalten wurde. Riley hatte ein Post-it an ihre Tür geklebt mit der Info, sie habe Bauchschmerzen und dürfe nicht geweckt werden.

Sal stieg immer noch nicht in den Wagen. »Hör mal, ich brauche zwei fünfzig. Ich hab zu tanken vergessen.«

Ärgerlich zerrte sie an der Autotür. Aber die war verschlossen. »Ich gebe dir zwanzig Dollar extra«, bot sie ihm an und kratzte ihre Beine.

»Sei nicht so knauserig, wo du doch stinkreich bist.«

»Fünfundzwanzig, Sal. Und dabei bleibt's. Das meine ich ernst. Sooo wichtig ist es mir nun auch wieder nicht.«

Eine faustdicke Lüge. Wenn er sie nicht zur Farm ihres Bruders fuhr, würde sie sich in der Garage einsperren, den Benz ihrer Mom starten – wie man das machte, wusste sie – und darin sitzen bleiben, bis sie erstickte. Niemand könnte sie rausholen. Weder Ava noch ihre Tante Gayle. Nicht einmal ihr Dad. Dem war's ohnehin egal, ob sie starb oder nicht.

Sal schien ihr zu glauben. Endlich sperrte er den Wagen auf. Sie warf ihren Rucksack vor dem Beifahrersitz auf den Boden. Dann stieg sie ein und schnallte sich an. Im Innern des Wagens roch es nach Zigaretten und abgestandenen Hamburgern. Riley zog die Anweisungen für die Fahrt, die sie von MapQuest, dem Online-Routenplaner, bekommen hatte, aus der Reißverschlusstasche ihres Rucksacks.

Ohne sich zu vergewissern, dass kein Auto vorbeikam, fuhr Sal los.

»Pass auf!«, mahnte sie.

»Reg dich ab. Gleich wird's Mitternacht. Um diese Zeit gibt's keinen Verkehr.« Strähniges braunes Haar hing ihm ins Gesicht. Auch an seinem Kinn wuchsen Haare, weil er glaubte, damit sähe er cool aus.

»Du musst zur Interstate 40 fahren.«

»Als ob ich das nicht wüsste!« Sal warf seine Zigarette

zum offenen Fenster hinaus. »Im Radio spielen sie dauernd die Moffett-Sisters-CDs. Sicher wirst du Millionen dafür kriegen, darauf wette ich.«

Sal quatschte immer nur über Geld oder Sex. Über Sex wollte sie auf keinen Fall mit ihm reden, und so gab sie vor, die MapQuest-Papiere zu studieren, obwohl sie die schon auswendig kannte.

»Was für ein Glück du hast!«, meinte er. »Du musst nicht arbeiten und schwimmst trotzdem im Geld.«

»Das kann ich nicht ausgeben, weil es in einem Treuhandfonds festgelegt ist.«

»Aber du kannst alles ausgeben, was dein Dad dir gibt.« Er steuerte das Auto nur mit einer Hand. Darüber beklagte sie sich nicht, sonst würde sie ihn in Wut bringen. »Den habe ich beim Begräbnis gesehen, er hat sogar mit mir geredet. Er ist viel netter als deine Mom. Wirklich. Eines Tages werde ich auch so coole Fummel tragen und in einer schicken Limousine rumfahren.«

Riley mochte es nicht, wenn die Leute über ihren Dad sprachen. Das taten sie ständig. Offenbar bildeten sie sich ein, sie würde sie mit ihm bekannt machen, obwohl sie ihn kaum sah. Nachdem Mom gestorben war, wollte er seine Tochter aufs Chatsworth Girls schicken, wo jeder sie hassen würde, weil sie so fett war. Kein Mädchen würde sich mit ihr anfreunden wollen, höchstens, um an ihren Dad ranzukommen. Jetzt ging sie aufs Kimble, das war kein Internat. Und wenn sie auch dieselbe Klasse besuchte wie ihre Kusine Trinity, war's immer noch besser als eine Schule, in der man übernachten musste. Sie hatte ihren Dad angefleht, er möge ihr erlauben, auf dem Kimble zu bleiben und mit Ava in einem Apartment zu wohnen. Doch davon wollte er nichts wissen.

Deshalb musste sie zu ihrem Bruder fahren.

Eigentlich war er ihr Halbbruder und ein großes Geheimnis. Nur wenige Leute wussten, dass sie mit ihm verwandt war. Riley wüsste auch nichts über das Kind ihres Dad, das vor langer, langer Zeit zur Welt gekommen war, hätte sie nicht zufällig Moms alten Freund davon reden hören. Ihre Mom war eine der Moffett Sisters gewesen, zusammen mit Tante Gayle, Trinitys Mom. Seit ihrem sechzehnten Lebensjahr waren sie zusammen aufgetreten. Aber sie hatten sechs Jahre lang keinen Hit mehr in die Country Charts gebracht. Ihre letzte CD »Everlasting Rainbows« lief auch nicht so toll. Deshalb hatten sie in jener Nacht an Bord des Schaufelraddampfers ein bisschen PR gemacht, vor ein paar Radiotypen auf der Fahrt zu einer Konferenz in Nashville. Und jetzt, nachdem Mom ertrunken war, stand die CD an der Spitze der Charts.

Sie war achtunddreißig gewesen, zwei Jahre älter als die Tante, blond und sehr schlank, mit großen Titten. Genauso wie ihre Schwester. Zwei Wochen vor ihrem Tod war sie zu Tante Gayles Gesichtsdoktor gegangen und hatte sich dieses Zeug in die Lippen spritzen lassen, von dem sie ganz wulstig wurden. Riley fand, damit sähe sie wie ein Fisch aus. Aber Mom hatte ihr geraten, ihre blöden Ansichten für sich zu behalten.

Dazu wäre Riley bereit gewesen, hätte sie vorausgesehen, dass ihre Mutter vom Dampfer fallen und ertrinken würde.

Durch den Rucksackstoff bohrte sich eine Ecke des Sammelalbums in ihren Fußknöchel. Sie wünschte, sie könnte es herausnehmen und die Fotos anschauen. Dabei fühlte sie sich immer etwas besser. Sie griff nach dem Armaturenbrett. »Sei vorsichtig! Da ist eine rote Ampel.«

»Na und? Hier fährt niemand.«

»Wenn du einen Unfall baust, verlierst du deinen Führerschein.«

»Quatsch, ich baue keinen Unfall«, protestierte Sal.
Dann drehte er das Radio lauter und wieder leiser. »Ich
wette, dein Dad hat mindestens zehntausend Mädchen ge-
bumst.«

»Würdest du den Mund halten?« Am liebsten hätte sie
die Augen geschlossen und sich eingebildet, sie wäre woanders. Aber wenn sie nicht auf Sals Fahrweise achtete,
würden sie wahrscheinlich irgendwo dagegenkrachen.

Zum tausendsten Mal fragte sie sich, ob ihr Bruder von
ihrer Existenz wusste. Noch nie war sie so aufgeregt gewesen wie letztes Jahr, als sie von ihm erfahren hatte. Da begann sie heimlich das Album anzulegen, klebte Artikel aus
dem Internet und Zeitungs- und Zeitschriftenausschnitte
hinein.

Auf diesen Fotos sah er so glücklich aus. Anscheinend
dachte er nie was Schlechtes über andere Menschen und
mochte sie alle, selbst wenn sie hässlich, dick und elf Jahre
alt waren. Im letzten Winter hatte sie ihm einen Brief ans
Chicago Stars-Hauptquartier geschickt. Sie bekam keine
Antwort. Doch sie wusste, Leute wie ihr Dad und ihr Bruder bekamen so viel Post, dass sie gar nicht alles lasen.

Als die Stars nach Nashville gekommen waren, um gegen die Titans zu spielen, hatte sie beschlossen, ihn zu treffen. Sie wollte aus dem Haus schleichen und mit einem
Taxi zum Stadion fahren. Dort würde sie feststellen, aus
welcher Tür die Spieler nach dem Match kommen mussten, und auf ihn warten. Sie malte sich aus, wie sie seinen
Namen rufen, wie er sie anschauen und wie sie sagen würde: *Hi, ich bin Riley, deine Schwester.* Da würde er vor lau-

ter Freude übers ganze Gesicht strahlen und ihr vorschlagen, sie sollte bei ihm leben oder wenigstens die Schulferien mit ihm verbringen. Dann hätte sie nicht bei Tante Gayle und Trinity bleiben müssen.

Aber statt das Titans-Footballspiel zu sehen, hatte sie eine Halsentzündung bekommen und eine ganze Woche im Bett gelegen. Seither hatte sie mehrmals im Stars-Hauptquartier angerufen. Doch es war ihr nicht gelungen, der Telefonistin die Nummer ihres Bruders zu entlocken – ganz egal, was sie erzählt hatte.

Nun erreichten sie den Stadtrand von Nashville, und Sal drehte das Radio so laut, dass Rileys Sitz vibrierte. Auch sie mochte laute Musik, aber nicht in dieser Nacht, wo sie so nervös war. Am Tag nach dem Begräbnis hatte sie ein Telefonat ihres Dads belauscht und dadurch von der Farm ihres Bruders erfahren. Sie suchte die kleine Stadt, deren Namen sie gehört hatte, auf der Landkarte. In East Tennessee. Als sie das herausfand, wurde ihr vor lauter Aufregung ganz schwindlig. Ihr Dad hatte nicht erwähnt, wo genau die Farm lag, nur »in der Nähe von Garrison«. Weil sie ihn nicht danach fragen konnte, nutzte sie ihre detektivischen Fähigkeiten.

Sie wusste, man wandte sich an Immobilienmakler, wenn man Häuser oder Farmen kaufen wollte. Denn der alte Freund ihrer Mutter war so ein Makler. Also suchte Riley im Internet die Maklerbüros in der Umgebung von Garrison.

Diese Firmen rief sie der Reihe nach an und behauptete, sie sei vierzehn und würde einen Schulaufsatz über Leute schreiben, die ihre Farmen verkaufen müssten. Die meisten Makler waren richtig nett und erzählten ihr alles Mögliche über die Farmen. Doch die standen immer noch zum

Verkauf, deshalb wusste sie, dass die Farm ihres Bruders nicht dazugehörte.

Aber vor zwei Tagen hatte sie eine Sekretärin erreicht. Die Lady sprach von der Callaway Farm und erklärte, die habe ein berühmter Sportler gekauft, dessen Namen sie nicht nennen dürfe. Immerhin verriet sie, wo die Farm lag. Als Riley fragte, ob der berühmte Sportler gerade dort sei, wurde die Frau misstrauisch und beendete das Telefonat.

Daraus hatte Riley den Schluss gezogen, ihr Bruder würde sich zur Zeit auf der Farm befinden. Zumindest hoffte sie das. Wenn nicht, stand sie vor der Frage, was sie als Nächstes tun sollte.

Ausnahmsweise fuhr Sal gar nicht so übel, vielleicht lag es daran, dass sich die Autobahn schnurgerade dahinzog. »Hast du was zu essen?«, schrie er, um die Musik zu übertönen, und zeigte auf den Rucksack.

So ungern sie ihre Snacks auch mit ihm teilte, wollte sie doch noch weniger, dass er an einer Raststätte hielt. Erstens müsste sie dann alles bezahlen und zweitens würde sie Zeit verlieren. Also holte sie eine Packung Käsecracker hervor und gab sie ihm. »Was hast du deinem Dad gesagt?«

»Der glaubt, ich übernachte bei Joey«, antwortete er und riss die Packung mit den Zähnen auf.

Riley hatte Joey nur ein einziges Mal getroffen. Diesen Jungen fand sie viel netter als Sal. Sie teilte ihm die Nummer der Ausfahrt mit, auf der sie die Interstate verlassen mussten. Danach würde es noch eine ganze Weile dauern, bis sie ihr Ziel erreichten. Sie fürchtete, daran würde er vorbeifahren, wenn sie einschlief. Je länger sie die unterbrochenen weißen Mittelstreifen auf der Fahrbahn anstarrte, desto schwerer fiel es ihr, die Augen offen zu halten …

Plötzlich schreckte sie aus dem Schlaf hoch, als das Auto schlitterte und sich drehte. Ihre Schulter schlug gegen die Beifahrertür, der Gurt schnitt in ihre Brust. Aus dem Radio plärrte 50 Cent, und eine Plakatwand raste auf sie zu. Kreischend übertönte sie die Musik und kannte nur einen einzigen Gedanken – niemals würde sie ihren Bruder sehen und keine Hunde züchten, wenn sie erwachsen war.

Kurz bevor der Wagen gegen die Plakatwand prallte, riss Sal das Lenkrad herum. Mit quietschenden Reifen kam die Karre zum Stehen. Im Licht des Armaturenbretts sah sie sein Gesicht, den geöffneten Mund, die angstvollen Augen weit aufgerissen. Ganz egal, was sie sich mit Moms Benz in der Garage vorgestellt hatte, sie wollte nicht sterben.

Draußen herrschte tiefe Stille. Aber im Innern des Autos rappte 50 Cent, Riley schluchzte, und Sal rang japsend nach Luft. Hinter ihnen lag die Interstate-Ausfahrt. Die Straße war dunkel, bis auf das grelle Licht, das die Plakatwand mit einer Captain G's-Reklame beleuchtete.

So inständig Riley auch wünschte, ihren Bruder zu finden, jetzt wollte sie daheim im Bett liegen. Zwei Uhr fünf, verriet ihr die Uhr am Armaturenbrett.

»Hör auf, wie ein Baby zu flennen!«, murrte Sal. »Lies lieber diese blöden Anweisungen.« Er wendete das Auto auf der dunklen Landstraße.

Da wusste Riley, dass sie die ganze Zeit in die falsche Richtung gefahren waren. Ihre Achselhöhlen schwitzten, das Haar klebte feucht an ihrem Kopf.

Mit bebenden Händen glättete sie die MapQuest-Papiere. Ohne Aufforderung schaltete Sal das Radio ab, und sie las ihm vor, wie er fahren musste. 5,9 Meilen auf der Smoky Hollow Road, dann rechts abbiegen, 1,3 Meilen auf der Callaway Road, an der die Farm lag.

Er ließ sich eine zweite Packung Käsecracker geben, und sie aß selber eine. Weil sie sich so elend fühlte, verspeiste sie auch noch ein paar Rice Krispies. Sie musste dringend pinkeln, aber das konnte sie Sal nicht sagen. Also kniff sie die Beine zusammen und hoffte, sie würden das Ziel bald erreichen. Jetzt fuhr er nicht mehr so schnell wie vorher. Nachdem er beinahe einen Unfall verursacht hätte, umfasste er das Lenkrad mit beiden Händen, das Radio blieb ausgeschaltet. In der Finsternis übersahen sie das Straßenschild, auf das es ankam, verpassten die Smoky Hollow Road und mussten umkehren.

»Warum wippst du dauernd herum?«, fauchte er erbost. Als wäre es *ihre* Schuld, dass er auf der Interstate-Ausfahrt das Tempo nicht gedrosselt hatte.

»Weil wir bald da sind, und weil ich mich darauf freue.« Natürlich verschwieg sie, wie dringend sie pinkeln musste.

Mit angespannt gerunzelter Stirn hielt sie nach dem Schild für die Callaway Road Ausschau. Plötzlich klingelte Sals Handy, und beide zuckten zusammen. »Scheiße.« Mit einiger Mühe zerrte er das Telefon aus seiner Jackentasche und stieß sich den Ellbogen an der Autotür an. »Hallo?« Seine Stimme klang heiser und gepresst.

Sogar auf dem Beifahrersitz hörte sie seinen Dad schreien und fragen, wo zum Teufel Sal stecken würde. »Wenn du nicht sofort nach Hause kommst, rufe ich die Polizei!«

Sal fürchtete sich vor seinem Dad und schien mit den Tränen zu kämpfen. Nachdem er die Aus-Taste seines Handys gedrückt hatte, hielt er mitten auf der Straße und fauchte Riley an: »Gib mir das restliche Geld! Jetzt gleich!«

Voller Angst, er könnte ausflippen, drückte sie sich an die Beifahrertür. »Erst wenn wir da sind.«

Da packte er sie an ihrer Jacke und schüttelte sie. Aus

seinem Mundwinkel quoll Speichel. »Gib's mir, oder du wirst es bereuen!«

Sie riss sich los, aber er erschreckte sie so sehr, dass sie einen Schuh von ihren Füßen streifte. »Hier hab ich's ...«

»Beeil dich! Gib's mir!«

»Bring mich erst zur Farm.«

»Her mit dem Geld, sofort! Sonst schlage ich dich windelweich.«

Das meinte er offensichtlich ernst. Riley zog die Geldscheine aus ihrem Socken. »Sobald wir da sind, kriegst du's.«

»Gib's mir jetzt!«, befahl er und verdrehte ihr Handgelenk. Sie roch Käsecracker in seinem Atem und irgendetwas Säuerliches. »Lass es los!« Gewaltsam zwang er ihre Finger auseinander und entwand ihr das Geld. Dann öffnete er ihren Sicherheitsgurt, griff über sie hinweg und stieß die Beifahrertür auf. »Raus!«

Von kaltem Entsetzen erfüllt, begann sie wieder zu schluchzen. »Bring mich zur Farm! Tu mir das nicht an! Bitte!«

»Steig aus!« Sal versetzte ihr einen kraftvollen Stoß, sie wollte sich an der Tür festhalten, bekam sie aber nicht zu fassen und fiel auf die Straße.

»Wenn du das jemandem erzählst, wird's dir leid tun!«, schrie er und warf ihren Rucksack aus dem Wagen, schloss die Tür und brauste davon.

Reglos lag sie in der Straßenmitte, bis das Motorengeräusch verhallte. Außer ihrem eigenen Schluchzen hörte sie nichts. Das war die dunkelste Nacht ihres Lebens. Hier gab es keine Straßenlichter, so wie in Nashville, sie sah nicht einmal den Mond. Nur einen grauen Fleck hinter den Wolken, der der Mond sein musste.

Als raschelnde Geräusche erklangen, erinnerte sie sich an diesen Film, den sie gesehen hatte. Da sprang ein Kerl aus dem Wald, kidnappte eine junge Frau und brachte sie in sein Haus, wo er ihre Kehle durchschnitt. Bei diesem Gedanken geriet sie in Panik. Sie ergriff ihren Rucksack, sprang auf und rannte über die Straße zu einem Feld.

In ihrem Ellbogen, der auf dem Asphalt aufgeschlagen war, pochte es schmerzhaft. Auch ihr Bein tat weh, und sie musste so dringend pinkeln, dass sie ihre Unterhose ein bisschen nass machte. Mit zusammengebissenen Zähnen zerrte sie am Reißverschluss ihrer Kordhose. Doch die saß so eng, dass Riley eine ganze Weile brauchte, um sie hinab-zustreifen. Während sie sich erleichterte, spähte sie über die Straße in den Wald. Sie fand ein Papiertaschentuch und säuberte sich. Inzwischen konnte sie in der Dunkelheit et-was besser sehen. Obwohl kein böser Mann zwischen den Bäumen hervorschlich, zitterte sie am ganzen Körper.

Nur gut, dass sie sich die MapQuest-Anweisungen ge-merkt hatte. Allzu weit konnte die Callaway Road nicht entfernt sein. Und wenn sie die fand, müsste sie einfach nur 1,3 Meilen bis zur Farm gehen. Keine lange Strecke. Aber sie wusste nicht, in welche Richtung sie sich wenden sollte.

Sie wischte ihre Nase mit dem Jackenärmel ab. Als Sal sie aus dem Auto gestoßen hatte, war sie ein Stück davon-gerollt. Deshalb hatte sie die Orientierung verloren. Be-klommen schaute sie sich nach einem Schild um. Aber weil die Straße bergauf führte, sah sie nur Finsternis. Würde vielleicht ein Auto vorbeifahren? Aber wenn dann ein Kid-napper am Steuer saß? Oder ein Serienkiller?

Waren sie bergauf gefahren, als Sals Dad angerufen hat-te? Sie war sich zwar nicht sicher, doch sie ergriff ihren

Rucksack und machte sich auf den Weg. Hier konnte sie ohnehin nicht bleiben. Beunruhigende Geräusche erfüllten die Nacht, eine gespenstische Eule schrie, Zweige knackten im Wind, raschelnde Lebewesen krochen über den Boden. Hoffentlich keine Schlangen. Vor Schlangen fürchtete sie sich ganz schrecklich. So krampfhaft sie auch dagegen ankämpfte, rang sich doch aus ihrer Kehle ein leises Wimmern.

Ihre Gedanken wanderten zu ihrer Mom. Als Ava ihr die Neuigkeit erzählt hatte, war Riley zum Papierkorb gerannt, um zu erbrechen. Zunächst konnte sie nur an sich selber denken. Was würde mit ihr geschehen?

Aber dann erinnerte sie sich an die albernen Lieder, die Mom ihr vorgesungen hatte. Damals war sie ein süßes kleines Mädchen gewesen. Bevor sie zugenommen und ihre Mutter aufgehört hatte, sie zu mögen. Beim Begräbnis stellte Riley sich vor, wie verzweifelt ihre Mom gewesen sein musste, als sich ihre Lungen mit Wasser gefüllt hatten. Da schluchzte sie so laut, dass Ava sie aus der Kirche führte. Danach sagte ihr Dad, sie dürfe nicht zum Grab gehen. Dagegen protestierte Tante Gayle, und es kam zu einem heftigen Streit. Aber ihr Dad fürchtete sich nicht vor Tante Gayle, so wie alle anderen, und Ava brachte Riley nach Hause. Dort hatte sie ihr erlaubt, alle Pop Tarts aufzuessen, und sie schließlich ins Bett verfrachtet.

Der Wind riss an Rileys zottigen braunen Haaren. Kein glänzendes Blond. Nicht so wie Mom und Tante Gayle und Trinity.

»*Was für hübsche Haare du hast, Riley. Wie ein Filmstar.*«

Sie stellte sich vor, das würde ihr großer Bruder sagen. Sicher wäre er ihr bester Freund.

Je weiter sie bergauf stieg, desto schwerer fiel ihr das Atmen, desto kräftiger drohte der Wind sie zurückzustoßen. Schaute Mom jetzt vom Himmel auf sie herab? Versuchte sie ihr zu helfen? Aber wenn Mom im Himmel war, würde sie mit ihren Freundinnen telefonieren und rauchen.

Rileys Schenkel brannten an den Stellen, wo sie sich aneinanderrieben, und ihre Brust schmerzte. Wenn sie in die richtige Richtung ging, müsste sie inzwischen das Straßenschild sehen.

Der Rucksack erschien ihr so schwer, dass sie ihn hinter sich herziehen musste. Wenn sie hier starb, würde ein Wolf vielleicht ihr Gesicht fressen, bevor irgendjemand die Leiche fand. Dann wüsste niemand, wer sie war – Riley Patriot.

Ehe sie den Grat des Hügels erreichte, entdeckte sie ein verbogenes Metallschild. *Callaway Road.* Auch diese Straße führte bergauf. An den Seiten bröckelte der Asphalt, und sie strauchelte und stürzte. Dabei zerriss die Kordhose, und sie begann zu weinen. Aber sie zwang sich aufzustehen.

Diese Straße verlief nicht so schnurgerade wie die andere. In scharfen Kurven wand sie sich nach oben, und das jagte ihr Angst ein, denn sie wusste nicht, was sich hinter den Biegungen befand.

Würde sie sterben? Das war ihr beinahe schon egal. Aber sie wollte nicht, dass ein Wolf ihr Gesicht fraß. So schleppte sie sich weiter. Endlich erreichte sie den Grat. Sie versuchte hinabzuschauen. Vielleicht würde sie die Farm entdecken. Aber es war zu dunkel. Als sie bergab ging, stießen ihre Zehen gegen die Spitzen der Sneakers.

Nach einer Weile lichtete sich der Wald, und sie sah einen Drahtzaun. Eisig blies ihr der Wind ins Gesicht. Aber sie schwitzte trotzdem unter der dicken rosa Jacke. Sie gewann den Eindruck, sie hätte schon hundert Meilen zurückgelegt. War sie an der Farm vorbeigegangen, ohne es zu merken?

Am Fuß des Hügels sah sie eine Gestalt. Ein Wolf! Wie rasend begann ihr Herz zu schlagen. Sie wartete. So lange war es schon dunkel. Inzwischen musste der Morgen anbrechen. Aber am Himmel erschien noch immer kein Licht. Die Gestalt bewegte sich nicht. Vorsichtig machte sie einen Schritt darauf zu, dann noch einen.

Immer näher kam sie heran, bis sie einen alten Briefkasten erkannte. An der Seite stand irgendetwas. Aber in der Finsternis konnte sie es nicht lesen. Wahrscheinlich war es ohnehin nicht der Name ihres Bruders, denn Leute wie ihr Bruder und ihr Dad ließen niemanden wissen, wo sie wohnten. Doch das musste die Farm sein. Also folgte sie der Straße hinter dem Postkasten.

Diese Straße war die schlimmste von allen, sie war nicht asphaltiert, sondern ein Kiesweg. Große Bäume säumten den Weg, die das Dunkel noch verdichteten. Sie stürzte wieder. Schmerzhaft schürfte der Kies ihre Handballen auf.

Schließlich umrundete sie eine Kurve, hinter der keine Bäume mehr wuchsen, und sie entdeckte ein Haus. In den Fenstern brannte kein Licht. Kein einziges. In ihrem Haus in Nashville gab es Alarmlampen. Wenn jemand einzubrechen versuchte, flammten sie auf. Sie wünschte, so etwas wäre auch in diesem Haus eingebaut. Aber hier draußen auf dem Land kannte man so etwas vermutlich gar nicht.

Den Riemen ihres Rucksacks wieder über der Schulter, stolperte sie weiter und sah noch andere Gebäude. Die

Umrisse eines Stalls. Was sollte sie tun, wenn alle Leute schliefen? Ihre Mom hatte es gehasst, wenn sie im Morgengrauen geweckt worden war. Womöglich war ihr Bruder auch so empfindlich. Schlimmer noch – wenn er gar nicht hier war? Wenn er sich immer noch in Chicago aufhielt? Die ganze Zeit hatte sie versucht, *nicht* daran zu denken.

So oder so, bis zum Morgen musste sie sich irgendwo ausruhen. In den Stall wagte sie sich nicht. Also wandte sie sich zum Haus. Langsam ging sie darauf zu.

8

Durch das winzige Fenster über Blues Kopf drang ein schwacher Lichtschimmer ins Dunkel. Es war noch zu früh, um aufzustehen. Aber unglücklicherweise hatte sie ein großes Glas Wasser getrunken, bevor sie ins Bett gegangen war. Und in dem Zigeunerwagen, so gemütlich er auch sein mochte, gab es keine Toilette.

Noch nie hatte sie in einer so wunderbaren Umgebung geschlafen. Als wäre sie in ein Märchen entführt worden und hätte mit einem blonden Zigeunerprinzen um ein Lagerfeuer getanzt ...

Nein, unmöglich, von *ihm* hatte sie sicher nicht geträumt. Gewiss, Dean war genau der Mann, der eine Frau zu haarsträubenden Fantasien anregen konnte, aber eine Realistin wie Blue ganz sicher nicht. Seit dem letzten Morgen verleitete er sie zu lauter falschen Gedanken, das musste aufhören.

Unter ihren Füßen fühlte sich der blanke Holzboden des Wohnwagens kühl an. Sie hatte in einem orangeroten T-Shirt mit der Aufschrift »Body by Beer« und einer dunkelvioletten, mit Schnürbatik gefärbten Yoga-Hose geschlafen, die noch nie einen Yoga-Kurs gesehen hatte, aber sie war superbequem. Nachdem sie in Flipflops geschlüpft war, trat sie in die Kälte des Tagesanbruchs hinaus. Nur zwitschernde Vögel durchbrachen die Stille – keine Mülltonnen klirrten, keine Sirenen heulten, keine Laster dröhnten. Im Morgenlicht kontrastierten die weißen Küchenschränke und die korallenroten Griffe mit den Thekenplatten aus dunklem Speckstein.

Don't sit under the apple tree ...

Bevor Dean am letzten Abend weggegangen war, hatte er die Türöffnungen aller Badezimmer mit Plastikvorhängen verhüllt. Blue steuerte das Bad an, das im Erdgeschoss hinter der Treppe lag. So wie alle Räume des Hauses war es für den Besitzer konzipiert worden, mit einer hohen Decke und einem erhöhten Waschbecken, seiner Körpergröße angemessen. Sie fragte sich, ob er zu würdigen wusste, wie rücksichtsvoll seine Mutter die Einrichtung gestaltete. Oder tat »Mrs O'Hara« einfach nur, was er ihr aufgetragen hatte?

Während sie wartete, bis das Kaffeewasser kochte, entdeckte sie ein paar Schüsseln in den Geschirrkartons, die erst ausgepackt werden sollten, wenn die Küche gestrichen war. Auf einer der neuen Theken standen saubere Teller und erinnerten sie an ihr Dinner am vergangenen Abend in Aprils Gesellschaft. Dean war mit der Erklärung verschwunden, er habe zu tun. Nach Blues Ansicht hatte er sich mit einer Blondine, einer Brünetten und einer Rothaarigen vergnügt. Als sie den Kühlschrank öffnete, um Milch herauszunehmen, sah sie die stark dezimierten Reste von den kreolischen Krabben. Also musste der exzessive Sex seinen Appetit angeregt haben.

Sie ließ Wasser in die Spüle laufen und wusch ein bisschen Geschirr fürs Frühstück. Um die Ränder der weißen Schüsseln zogen sich rote Streifen, wie auf dem Drillich von Matratzenbezügen, die Tassen waren mit hellroten Kirschenbüscheln verziert. Sie schenkte sich Kaffee ein, fügte etwas Milch hinzu und trug die Tasse durch die Halle zur Haustür. Als sie das Speisezimmer erreichte, blieb sie in der Tür stehen.

Am letzten Abend hatte April erwähnt, diesen Raum würde sie gern mit Landschaftsfresken schmücken lassen, und ihr vorgeschlagen, diese künstlerische Arbeit zu übernehmen. Das hatte Blue entschieden abgelehnt. Sie hatte einige Wände bemalt – kleine Tiere in Klassenzimmern, Logos in Büros, Bibelverse in Küchen. Aber sie weigerte sich, Landschaften zu kreieren. Auf dem College hatte der Professor ihre Bemühungen in diesem Genre verspottet. Und sie hasste alles, was ihre Kompetenz in Frage stellte.

Sie verließ das Haus, nippte an ihrem Kaffee und schlenderte zu den Verandastufen.

Als sie sich zum Stall wandte, um die Vögel auf dem Dach zu beobachten, zuckte sie zusammen und schüttete Kaffee auf ihr Handgelenk. In einer Ecke der Veranda lag eine zusammengekrümmte Gestalt, die tief und fest schlief. Das Mädchen mochte etwa dreizehn sein, hatte den Babyspeck aber noch nicht verloren. Vielleicht ist sie doch jünger, überlegte Blue. Auf der schmutzigen rosa Jacke prangte ein Juicy-Logo. Dazu trug das Kind lavendelblaue Kordjeans voller Schlamm, mit einem V-förmigen Riss am Knie.

Blue leckte den Kaffee von ihrem Handgelenk und musterte die wild zerzausten braunen Locken, die ein fleckiges rundes Gesicht umrahmten.

Seltsam, in welch einer unbequemen Lage die Kleine eingeschlafen war, den Rücken an einen dunkelgrünen Rucksack gelehnt, den sie in die Verandaecke geschoben hatte. Dunkle, kühn geschwungene Brauen und eine gerade Nase, noch nicht ganz ausgewachsen, prägten das olivenfarbene Gesicht, die blau lackierten Fingernägel waren abgebissen. Trotz des Schmutzes sahen die Kleidung und die Turnschuhe teuer aus. Zweifellos ein Großstadtkind. Offenbar war ein wanderlustiger Gast auf Deans Farm aufgetaucht.

Blue stellte ihre Kaffeetasse ab und kniete neben dem Kind nieder. Vorsichtig berührte sie seinen Arm. »He, du«, wisperte sie.

Erschrocken riss das Mädchen die Augen auf, die wie karamellisierter Zucker schimmerten.

»Hab keine Angst«, versuchte Blue das Kind zu beruhigen.

»Guten Morgen.«

Mühsam setzte sich die Kleine auf, morgendliche Heiserkeit intensivierte den weichen Südstaatenakzent. »Ich – ich habe nichts kaputt gemacht.«

»Hier draußen gibt's nicht viel, was du beschädigen könntest.«

Das Mädchen strich die Haare aus den Augen. »Eigentlich wollte ich nicht einschlafen.«

»Was für ein unbequemes Bett du dir ausgesucht hast ...« Vorerst wollte Blue keine Nachforschungen anstellen, weil das Kind so verängstigt wirkte. Sie erhob sich von den Knien. »Willst du frühstücken?«

Die Vorderzähne des Mädchens – etwas zu groß für das kleine Gesicht – gruben sich in die Unterlippe. »Ja, Ma'am. Wenn das okay wäre ...?«

»Oh, ich hatte gehofft, jemand würde mir Gesellschaft leisten. Übrigens, ich heiße Blue.«

Das Kind stand auf und ergriff den Rucksack. »Ich bin Riley. Sind Sie die Haushaltshilfe?«

Offenbar stammte Riley aus besseren Kreisen. »Entweder eine Hilfe oder ein Hindernis«, antwortete Blue, »das hängt von meiner Stimmung ab.«

Um einen ironischen Witz zu würdigen, war Riley noch zu jung. »Ist jemand hier?«

»Ich bin hier.« Blue öffnete die Haustür und bedeutete ihr einzutreten.

Zögernd ging Riley in die Halle und sah sich enttäuscht um. »Da sind ja gar keine Möbel.«

»Nicht allzu viele. Aber die Küche ist schon fast fertig.«

»Wohnt hier niemand?«

Blue beschloss der Frage auszuweichen, solange sie nicht wusste, was das Mädchen auf die Farm geführt hatte. »Oh, ich sterbe vor Hunger. Was möchtest du? Eier oder ein Müsli?«

»Bitte ein Müsli.« Riley folgte ihr zur Küche.

»Da hinten findest du das Bad. Eine Tür gibt's nicht. Aber es dauert noch eine Weile, bis die Anstreicher kommen. Wenn du dich frisch machen willst, wird dich niemand stören.«

Das Kind musterte den Eingang zum Esszimmer und die Treppe, bevor es mit dem Rucksack im Bad verschwand.

Weil Blue warten wollte, bis die Maler ihre Arbeit beenden würden, hatte sie die nicht verderblichen Lebensmittel noch nicht aus den Einkaufstüten genommen. Sie holte einige Müslikartons aus der Speisekammer. Als Riley den Rucksack und ihre Jacke in die Küche schleifte, standen die Packungen neben einem Milchkrug und einer Zuckerdose auf dem Tisch. »Such dir was aus.«

Riley füllte eine Schüssel mit Nüssen, Haferflocken und drei Löffel Zucker. An ihren Wangen klebten nasse Haare. Offensichtlich hatte sie ihr Gesicht gewaschen. Die lavendelblaue Kordhose war zu eng, ebenso das weiße, mit einer glitzernden violetten Aufschrift geschmückte T-Shirt. »Foxy«, las Blue.

Sie briet ein Spiegelei für sich selbst und trug ihren Teller zum Tisch. Ehe sie Fragen stellte, wartete sie, bis das Kind seinen schlimmsten Hunger gestillt hatte. »Ich bin dreißig. Und du?«

»Elf.«

»Ziemlich jung für ein Mädchen, das ganz allein unterwegs ist.«

Riley legte ihren Löffel beiseite. »Nun, ich – ich suche jemanden, einen Verwandten. Das ist kein Bruder oder so«, fuhr sie hastig fort. »Vielleicht ein Vetter, und ich dachte, er könnte hier sein.«

In diesem Moment öffnete sich die Seitentür, Armreifen klirrten, und April kam herein.

»Wir haben Gesellschaft«, verkündete Blue. »Sehen Sie mal, wen ich heute Morgen auf der Veranda fand – im Tiefschlaf. Meine Freundin Riley.«

Als April den Kopf schief legte, ragte ein großer silberner Ohrring aus ihren Haaren. »Auf der Veranda?«

»Ja«, sagte Blue und ließ ihren Toast auf den Teller sinken. »Sie sucht einen Verwandten.«

»Bald müssten die Zimmermänner kommen.« April lächelte Riley an. »Oder gehört dein Verwandter zu den Anstreichern?«

»Nein, er – er arbeitet nicht hier«, stammelte Riley, »er – müsste in diesem Haus wohnen.«

Blues Knie stieß gegen das Tischbein, und Aprils Lächeln erlosch. »Was, er wohnt hier?«

Wortlos nickte das Mädchen.

»Riley …« Aprils Finger umklammerten die Tischkante. »Wie heißt du mit Nachnamen?«

»Den will ich nicht verraten«, flüsterte Riley, über die Müslischüssel gebeugt.

Aus Aprils Gesicht wich alle Farbe. »Du bist Jacks Kind, nicht wahr? Jacks und Marlis Tochter.«

Beinahe hätte Blue nach Luft geschnappt. Gewiss, sie hatte bereits angenommen, Dean wäre Jack Patriots Sohn. Aber diese Vermutung bestätigt zu finden, verblüffte sie. Riley war Patriots Tochter. Und der Verwandte, den sie suchte, konnte nur Dean sein.

Riley zupfte an ihren Haaren, zog sie vors Gesicht und starrte in die Müslischüssel. »Das wissen Sie?«

»Eh – ja«, erwiderte April. »Du wohnst in Nashville. Wie bist du hierhergekommen?«

»Eine Freundin meiner Mom hat mich hergebracht.«

Auf diese offenkundige Lüge ging April nicht ein. »Tut mir leid, dass deine Mutter gestorben ist. Weiß dein Vater, wo du ...« Ihre Miene nahm harte Züge an. »Natürlich nicht, der hat keine Ahnung, oder?«

»Nein. Meistens nicht. Aber er ist sehr nett.«

»Nett ...« April strich über ihre Stirn. »Und wer kümmert sich um dich?«

»Ich habe ein *Au-pair*.«

»Okay.« April ergriff ihr Notizbuch, das sie am letzten Abend auf eine Küchentheke gelegt hatte. »Gib mir ihre Nummer, damit ich sie anrufen kann.«

»Wahrscheinlich liegt sie noch im Bett.«

Aprils Augen drohten Riley zu durchbohren. »Wenn ich sie wecke, wird ihr das sicher nichts ausmachen.«

Unbehaglich wich Riley dem stechenden Blick aus. »Würden Sie mir sagen – wohnt mein – Vetter hier? Das wäre sehr wichtig für mich.«

»Wieso?«, fragte April. »Warum willst du ihn finden?«

»Weil ...« Riley schluckte. »Weil ich ihm von mir erzählen muss.«

Zitternd rang April nach Atem. »So, wie du dir das vorstellst, wird das nicht klappen.«

Das Mädchen starrte sie an. »Wissen Sie, wo er ist?«

»Nein«, entgegnete April etwas zu schnell und wandte sich zu Blue, die immer noch zu verkraften suchte, was sie erfahren hatte.

Dean sah Jack Patriot nicht ähnlich. Aber Riley schon. Der gleiche olivenfarbene Teint, das mahagonibraune Haar, die markante gerade Nase. Von zahllosen Schallplattenhüllen hatten ihr die dunkel umrandeten Karamellaugen entgegengeblickt.

»Während ich mit Riley rede, würden Sie oben nach dem Rechten sehen, Blue?«, bat April.

Blue verstand die Message, sie sollte Dean von seiner Halbschwester fernhalten. In ihrer Kindheit hatte sie das Leid gespürt, das mit tiefen Geheimnissen zusammenhing, und sie glaubte, man dürfte junge Menschen nicht vor der Wahrheit schützen. Doch die Entscheidung lag nicht bei ihr. Sie schob ihren Stuhl zurück.

Bevor sie aufstehen konnte, näherten sich Schritte in der Halle, und April packte Rileys Hand. »Komm, wir gehen hinaus und unterhalten uns.«

Zu spät.

»Ich wittere Kaffee.« Frisch geduscht und unrasiert schlenderte Dean in die Küche und glich einer leger gekleideten Hip Country-Reklame, dem Lifestyle-Magazin *GQ* entsprungen. Zu blauen Bermudas trug er ein hellgelbes T-Shirt mit dem geschwungenen Nike-Logo und lindgrüne Hightech-Sneakers, stromlinienförmig wie Rennautos. Bei Rileys Anblick lächelte er. »Guten Morgen.«

Stocksteif saß sie am Tisch und verschlang ihn mit weit aufgerissenen Augen. April presste eine Hand auf ihre Taille. Als hätte sie Magenschmerzen.

Riley öffnete den Mund. Schließlich gehorchte ihr die Stimme wieder. »Hallo, ich bin Riley.« Ihre Stimme klang wie knisterndes Papier.

»Hi, Riley. Ich bin Dean.«

»Das weiß ich, weil ich ein Sammelalbum habe.«

»Tatsächlich? Was für eins?«

»Mit Fotos von dir.«

»Machst du Witze?« Dean griff nach der Kaffeekanne. »Also bist du ein Footballfan?«

»Nicht direkt.« Sie leckte über ihre trockenen Lippen. »Eher deine Kusine oder so was Ähnliches.«

Ruckartig hob er den Kopf. »Nein, ich habe keine …«

»Riley ist Marli Moffetts Tochter«, erklärte April tonlos.

Ohne ihren durchdringenden Blick von ihm abzuwenden, ergänzte Riley: »Und Jack Patriot ist auch *mein* Dad.« Dean starrte sie an, und ihre Wangen röteten sich. »Das wollte ich nicht sagen!«, beteuerte sie. »Noch nie habe ich irgendwem von dir erzählt, ich schwöre es!«

Wie versteinert stand er da. Anscheinend konnte sich April ebenso wenig bewegen. In den kummervollen Augen des Kindes glänzten Tränen. Diese Qualen ertrug Blue nicht. Entschlossen stand sie auf. »Dean ist gerade erst aus dem Bett gestiegen, Riley. Lass ihm ein bisschen Zeit, damit er richtig aufwachen kann.«

Dean drehte sich zu seiner Mutter um. »Was macht sie hier?«

»Vermutlich hat sie dich gesucht«, erwiderte April und wich zum Herd zurück.

In der Tat, dieses Treffen verlief nicht so, wie Riley sich das ausgemalt hatte. An ihren Wimpern hingen Tränen. »Tut mir leid, ich werde es nie wieder sagen.«

Dean war der *Erwachsene,* er müsste die Kontrolle übernehmen. Aber er stand immer noch reglos da. Blue ging um den Tisch herum zu Riley. »Hier hat jemand noch keinen Kaffee getrunken. Deshalb ist er ein ganz mieser Griesgram. Während er aufwacht, zeige ich dir, wo ich letzte Nacht geschlafen habe. Das wirst du nicht glauben.«

Mit elf Jahren war sie sofort in die Offensive gegangen, wenn jemand versucht hatte, sie irgendwo auszuschließen. Aber Riley war an blinden Gehorsam gewöhnt. Mit gesenktem Kopf griff sie widerstrebend nach ihrem Rucksack und sah aus wie ein wandelndes gebrochenes Herz. Voller Mitleid krampfte sich Blues eigenes Herz zusammen. Ein Arm um die Schultern des Kindes gelegt, führte sie es zur Seitentür. »Erst mal musst du mir erzählen, was du über Zigeuner weißt.«

»Gar nichts«, murmelte Riley.

»Zum Glück weiß ich eine ganze Menge.«

Dean wartete, bis die Tür ins Schloss gefallen war. Innerhalb von vierundzwanzig Stunden hatten ihn zwei Menschen mit dem Geheimnis konfrontiert, das er seit so vielen Jahren hütete. Wütend fuhr er zu April herum. »Was zum Teufel geht hier vor? Hast du gewusst, dass sie kommt?«

»Natürlich nicht. Sie schlief auf der Veranda. Blue hat sie gefunden. Sie muss durchgebrannt sein. Offenbar gibt's nur ein *Au-pair,* das sich um sie kümmert.«

»Heißt das, dieser selbstsüchtige Hurensohn hat sie

knapp zwei Wochen nach dem Tod ihrer Mutter allein gelassen?«

»Wie soll ich das wissen? Dreißig Jahre lang habe ich nicht mehr mit ihm geredet.«

»Unfassbar!«, stieß Dean hervor und zeigte mit dem Finger auf seine Mutter. »Du spürst ihn sofort auf und sagst ihm, er soll noch heute einen seiner Lakaien hierherschicken, der das Kind zu ihm bringen muss.« Da es ihr gründlich missfiel, wenn man sie herumkommandierte, hob sie empört das Kinn. Er ging zur Tür. »Okay, ich rede mit ihr.«

»Tu das nicht!« Ihr eindringlicher Ton hielt ihn zurück. »Ist dir nicht aufgefallen, wie sie dich angeschaut hat? Merkst du nicht, was sie sich wünscht? Halt dich von ihr fern, Dean, es wäre grausam, falsche Hoffnungen zu wecken. Blue und ich werden uns um sie kümmern. Wenn du nicht aufpasst, wird Riley tiefere Gefühle für dich entwickeln. Das musst du verhindern. Es sei denn, du willst für sie sorgen.«

Unfähig, seine Bitterkeit zu verbergen, entgegnete er: »Ah, April Robillard – die grandiose Expertin für Kindererziehung! Wie konnte ich das vergessen?«

Wenn sie es wollte, war sie hart im Nehmen. Herausfordernd warf sie den Kopf in den Nacken. »Nun, immerhin ist was aus dir geworden, nicht wahr?«

Er warf ihr einen vernichtenden Blick zu. Dann verließ er das Haus. Aber auf halbem Weg durch den Hof verlangsamte er seine Schritte. Sie hatte Recht. Deutlich genug hatten Rileys sehnsüchtige Augen verraten, was sie vom ihm erwartete – etwas, das ihr der Vater verweigerte. Dass Jack sie so kurz nach Marlis Tod verlassen hatte, wies in Großbuchstaben auf ihre Zukunft hin – teures Internat und Schulferien in der Obhut erstklassiger Babysitter.

Trotzdem stand ihr ein besseres Leben bevor, als er in diesem Alter geführt hatte. Wehmütig erinnerte er sich an seine Ferien. Die hatte er in Luxusvillen, verlotterten Hotels oder schäbigen Apartments verbracht, je nachdem, wo April mit ihren Liebhabern oder Kokainlieferanten gerade gewesen war. Im Lauf der Zeit wurde ihm alles angeboten, von Marihuana bis zu Whiskey und Nutten. Und er nahm alles an. Um fair zu sein, musste er zugeben, dass April meistens nichts davon gewusst hatte. Aber sie hätte es wissen müssen. So viel hätte sie wissen müssen.

Jetzt war Riley zu ihm geflüchtet. Und wenn er die Sehnsucht in ihrem Blick nicht völlig missdeutete, sollte er ihre *Familie* werden. Diesen Gefallen konnte er ihr nicht tun. Er hatte seine enge Verwandtschaft mit Jack Patriot viel zu lange geheim gehalten, um sie jetzt in alle Welt hinauszuposaunen. Gewiss, sie tat ihm leid, und er wünschte ihr das Allerbeste. Aber sie war Jacks Problem. Nicht seines.

Den Kopf zwischen die Schultern gezogen, stieg er in den Zigeunerwagen. Blue und Riley saßen auf dem ungemachten Bett.

Wie üblich personifizierte Blue eine Fashion-Katastrophe, das spitze Kinderbuch-Gesicht im krassen Kontrast zu einer gebatikten violetten Yoga-Hose, die irgendjemand witzig gefunden haben musste, und einem orangegelben T-Shirt, das groß genug für drei Männer war.

Beschwörend starrte seine Halbschwester ihn an, die Augen von unverhohlener Verzweiflung erfüllt. Ihre Kleidung war zu eng, zu affektiert. Die Aufschrift »Foxy« über den unschuldigen knospenden Brüsten erschien ihm geradezu obszön. Wenn er ihr einzureden versuchte, sie befinde sich im Irrtum, was seine Verwandtschaft mit Jack betraf, würde sie ihm nicht glauben. Und Blue ... Mit der würde er sich später befassen.

Rileys leidvolle Miene weckte zu viele böse Erinnerungen. Deshalb klang seine Stimme schroffer als beabsichtigt. »Wie hast du von mir erfahren?«

Unsicher wandte sie sich zu Blue, weil sie fürchtete, sie hätte bereits zu viel verraten.

Beruhigend tätschelte Blue ihr Knie. »Sag's nur, das ist okay.«

Riley zupfte an den lavendelblauen Rippen ihrer Kordhose. »Also, der Freund meiner Mom hat ihr letztes Jahr von dir erzählt. Zufällig hörte ich zu. Er hat früher für meinen Dad gearbeitet. Aber sie musste ihm schwören, mit niemandem darüber zu sprechen. Nicht einmal mit Tante Gayle.«

»Erstaunlich, dass deine Mom von der Farm wusste«, meinte er, eine Hand gegen die Holzwand des Wohnwagens gestützt.

»Davon wusste sie nichts. Mein Dad hat mit jemandem telefoniert und darüber geredet. Das habe ich gehört.«

Riley scheint sehr viel zu hören, dachte Dean. Wie mochte sein Vater von der Farm erfahren haben? »Gib mir deine Nummer. Ich will in deinem Haus anrufen und den Leuten sagen, dass du okay bist.«

»Da ist nur Ava. Und die mag es nicht, wenn das Telefon so früh am Morgen klingelt. Dann wird Peter wütend.« Riley zupfte blauen Nagellack von ihrem Daumen. »Das ist Avas Freund.«

»Also ist Ava dein *Au-pair*?« *Großartig hast du das hingekriegt, Jack.*

Riley nickte. »So ein hübsches Mädchen.«

»Und furchtbar nachlässig ...«, fügte Blue gedehnt hinzu.

»Wirklich, ich habe niemandem davon erzählt – du weißt schon, Dean«, versicherte Riley ernsthaft. »Das ist ein ganz großes Geheimnis. Und ich glaube, Mom hat auch nichts gesagt.«

Geheimnisse ... In seiner frühen Kindheit hatte Dean geglaubt, Bruce Springsteen wäre sein Vater. April hatte sogar eine fantasievolle Geschichte über Bruce erfunden und behauptet, er habe »Candy's Room« für sie geschrieben. Reines Wunschdenken. Als Dean dreizehn und April total high gewesen war – der Himmel mochte wissen, wovon – hatte sie die Wahrheit ausgeplaudert. Da war seine ohnehin schon chaotische Welt vollends durcheinandergeraten.

Schließlich fand er in Aprils Papieren den Namen von Jacks Anwalt, außerdem einige Fotos von seinen Eltern und Belege für die Alimente, die Patriot regelmäßig zahlte. Ohne seine Mom zu informieren, telefonierte er mit dem Anwalt. Der Kerl versuchte ihn abzuwimmeln. Aber Dean war damals schon genauso hartnäckig gewesen wie jetzt. Nach einer Weile rief Jack ihn an – ein kurzes, unangenehmes Gespräch. Als April das herausfand, unternahm sie eine Sauftour, die eine ganze Woche dauerte.

Die erste Begegnung zwischen Vater und Sohn fand heimlich statt, in einem Bungalow beim Château Marmont während des L.A.-Auftritts der Mud and Madness-Tournee. Jovial bemühte sich Jack, Deans besten Freund zu mimen. Das kaufte der Sohn ihm nicht ab. Danach bestand Jack darauf, ihn regelmäßig zu sehen, diese heimlichen Treffen verliefen immer unerfreulicher.

Mit sechzehn rebellierte Dean, und Jack ließ ihn in

Ruhe, bis sein Sohn an der U.S.C. studierte und sein Gesicht in der *Sports Illustrated* auftauchte. Da rief der Vater wieder an. Aber Dean ignorierte ihn. Trotzdem passte Jack ihn ein paar Mal ab. Manchmal hatte Dean gehört, Jack Patriot sei bei einem Stars-Match gesehen worden.

Nach diesen Erinnerungen kam er wieder zur Sache. »Ich brauche deine Telefonnummer, Riley.«

»Die habe ich vergessen.«

»Du vergisst deine eigene Nummer?«

Hektisch nickte sie.

»Dafür siehst du viel zu clever aus.«

»Nun ja …« Mühsam schluckte sie. »Ich weiß sehr viel über Football. Letztes Jahr hast du dreihundertsechsundvierzig Pässe geschlagen. Du wurdest nur zwölf Mal vom Platz gestellt. Und du hast den Ball siebzehn Mal abgefangen.«

Normalerweise bat er die Leute, ihn mit solchen Fachsimpeleien zu verschonen. Aber er wollte Riley nicht noch mehr aufregen. »Oh, ich bin beeindruckt. Interessant, was du dir alles merken kannst. Und deine Telefonnummer hast du vergessen?«

Sie zog den Rucksack auf ihre Knie. »Da habe ich was für dich. Das habe ich gemacht.« Sie öffnete den Reißverschluss und holte ein blaues Album hervor. Beim Anblick des Einbands, den sie sorgsam verziert hatte, drehte sich sein Magen um. Mit dicker Farbe und Filzstiften hatte sie das blaugoldene Logo der Stars und eine kunstvolle Zehn gemalt, die Nummer seines Trikots. Geflügelte Herzen und Fähnchen, mit »Boo« beschriftet, umrahmten das Kunstwerk. Zu seiner Erleichterung ergriff Blue das Wort, denn er hätte nicht gewusst, was er sagen sollte.

»Sehr hübsch. Du hast gute Arbeit geleistet, Riley.«

»So was kann Trinity besser, die malt viel ordentlicher.«

»Nicht immer weist eine saubere, ordentliche Malerei auf künstlerische Talente hin.«

»Meine Mom sagt, Ordnung ist wichtig. Oder – das hat sie gesagt.«

»Tut mir so leid wegen deiner Mom. Für dich sind das schwere Zeiten, nicht wahr?«

Mit einem abgebissenen Fingernagel strich Riley über ein buntes Herz auf dem Einband des Albums. »Trinity ist meine Kusine, die ist auch elf. Und sehr schön. Tante Gayle ist ihre Mom.«

»Sicher sorgt sich Trinity, wenn sie erfährt, dass du verschwunden bist«, warf Dean ein.

»O nein, die wird sich freuen. Sie hasst mich. Dauernd behauptet sie, ich wäre durchgeknallt.«

»Bist du das?«, fragte Blue.

Dean verstand nicht, warum sie darauf herumritt. Aber sie ignorierte seinen strafenden Blick.

»Vielleicht«, antwortete Riley, und Blue strahlte über das ganze Gesicht.

»Oh, ich auch. Ist das nicht wundervoll? Nur durchgeknallte Leute sind *wirklich* interessant. Meinst du nicht auch? Alle anderen sind so langweilig. Zum Beispiel Trinity. Wenn sie auch gut aussieht, sie ist sicher furchtbar langweilig. Stimmt's?«

Riley blinzelte. »O ja. Sie will immer nur über Jungs reden.«

»Igitt!« Blue schnitt eine maßlos übertriebene Grimasse.

»Oder über Kleider.«

»Noch mal igitt.«

»Und das aus Blue Baileys Mund«, murmelte Dean.

Aber jetzt war Riley total auf Blue fixiert. »Oder sie erklärt mir, man müsste kotzen, damit man nicht so fett wird.«

»Machst du Witze?« Blue rümpfte ihre kleine spitze Nase. »Wieso weiß sie das?«

»Für Tante Gayle ist diese Kotzerei sehr wichtig.«

»Ah, ich verstehe.« Blue warf Dean einen kurzen Blick zu. »Also nehme ich an, auch Tante Gayle ist ganz schrecklich langweilig.«

»Klar. Wenn sie mich sieht, ruft sie immer ›Bussi, Bussi‹, und dann zwingt sie mich, sie zu küssen. Aber sie tut nur so. In Wirklichkeit findet sie mich auch durchgeknallt und viel zu dick.« Riley zupfte am Saum ihres T-Shirts und versuchte es über die kleine Speckrolle zu ziehen, die aus der Kordhose quoll.

»Mit solchen Leuten habe ich einfach nur Mitleid«, betonte Blue ernsthaft. »Damit meine ich diese Leute, die andere ständig kritisieren. Meine Mutter – eine sehr, sehr einflussreiche Frau – hat mir erklärt, auf dieser Welt könnte man nichts leisten, wenn man immer nur an den Menschen herumnörgelt, nur weil sie nicht so aussehen oder sich nicht so benehmen, wie's einem gefällt.«

»Ist Ihre Mom noch am Leben?«

»O ja. Gerade beschützt sie in Südamerika ein paar arme Mädchen vor bösen Männern.« Blues Gesicht nahm grimmige Züge an. *Wahrscheinlich sorgt sie sich um mich.*

»Das klingt gar nicht langweilig.«

»Ja, sie ist eine großartige Frau.«

Klar, dachte Dean, eine großartige Frau, die ihr einziges Kind bei fremden Leuten aufwachsen ließ. Aber wenigstens hatte Virginia Bailey ihre Nächte nicht damit verbracht, zu koksen und Rockstars zu bumsen.

Blue stand auf, ging um ihn herum und nahm ihr Handy vom Tisch. »Würdest du was für mich tun, Riley? Ich verstehe, dass du Dean deine Telefonnummer nicht geben willst. Bis zu einem gewissen Punkt ist es okay, wenn man persönliche Dinge für sich behält. Aber du solltest Ava selber anrufen und ihr sagen, mit dir sei alles in Ordnung.« Sie hielt ihr das Telefon hin, Riley starrte es an, aber sie griff nicht danach. »Mach das doch, bitte!«

Blue mochte wie ein Flüchtling aus dem Märchenreich aussehen. Aber wenn sie wollte, konnte sie die Wirkung eines Armee-Ausbilders ausüben. Dean war nicht überrascht, als Riley das Handy entgegennahm und eine Nummer wählte.

Lächelnd setzte sich Blue zu ihr. Mehrere Sekunden verstrichen. »Hi, Ava, hier ist Riley. Ich bin okay. Jetzt bin ich erwachsen. Also musst du dir keine Sorgen um mich machen. Sag hallo zu Peter.« Dann drückte sie die Aus-Taste und gab Blue das Handy zurück. Ihre Augen, bodenlose Teiche voller Sehnsucht, kehrten zu Dean zurück. »Möchtest du – mein Album sehen?«

Durfte er dieses verletzliche Kind betrügen, indem er falsche Hoffnungen weckte? »Vielleicht später«, erwiderte brüsk. »Jetzt habe ich zu tun.« Zu Blue gewandt, bat er: »Nimm mich in die Arme, bevor ich gehe, meine Süße.«

Zum ersten Mal gehorsam, seit er sie kannte, stand sie auf, und er trat in die Mitte des Wohnwagens, damit sein Kopf nicht gegen die Decke stieß. Blue schlang ihre Arme um seine Taille. Während er überlegte, ob er Gefühle heucheln sollte, musste sie seine Gedanken erraten haben, denn sie kniff ihn durch sein T-Shirt hindurch.

»*Autsch!*«, klagte er.

Lächelnd ließ sie ihn los. »Vergiss mich nicht, Darling.«

Er starrte sie schweigend an, strich über seinen misshandelten Rücken und verließ den Wagen.

Sobald er sich außerhalb der Sichtweite befand, zog er das Handy, das sie ihm zugesteckt hatte, aus der hinteren Tasche seiner Bermuda. Er tippte die Nummer, die Riley gewählt hatte, und hörte die Voicemail einer Versicherungsfirma in Chattanooga.

Ja, das Kind war wirklich clever. Da Blues Handy nun mal verfügbar war, beschloss er die Gelegenheit zu nutzen, um ein bisschen in ihrem Leben herumzuschnüffeln. Er ging die Anrufe durch, bis er das gewünschte Datum fand, wählte die Voicemail und tippte das Passwort, das sie vor ein paar Tagen in seiner Gegenwart eingegeben hatte. Offenbar war sie noch nicht dazu gekommen, ihre Mailbox zu löschen. Interessiert lauschte er der Nachricht ihrer Mutter.

Im Innern des Wohnwagens beobachtete Blue, wie Riley das Album langsam im Rucksack verstaute. »Dass er Ihr Freund ist, wusste ich nicht. Ich dachte, Sie wären die Putzfrau oder so was Ähnliches.«

Blue seufzte. Sogar mit elf Jahren wusste dieses Kind schon Bescheid – natürlich gehörten die Blue Baileys dieser Welt einer anderen Gesellschaftsschicht an als die Dean Robillards. »Offenbar hat er Sie sehr gern«, meinte Riley wehmütig.

»Er hat sich nur gelangweilt.«

In diesem Moment steckte April den Kopf zur Tür herein. »Ich muss was holen, was ich im Cottage vergessen habe. Wollt ihr zwei mich begleiten? Es ist ein sehr hübscher Spaziergang.«

Obwohl Blue noch immer nicht geduscht hatte, hielt sie

es für eine gute Idee, Riley vorerst von Dean fernzuhalten. Und sie nahm an, genau das bezweckte auch April. »O ja, wir Durchgeknallten lieben neue Abenteuer.«

Verblüfft hob April die Brauen und betrat den Zigeunerwagen. »Durchgeknallt?«

»Keine Bange«, sagte Riley höflich, »*Sie* sind nicht durchgeknallt. Dafür sind Sie viel zu hübsch.«

»Hör sofort auf!«, mahnte Blue. »Nur weil jemand fabelhaft aussieht, darf man ihn nicht vorschnell beurteilen. Durchgeknallt sein – das ist ein Geisteszustand. April hat sehr viel Fantasie. Auch *sie* ist in gewisser Weise durchgeknallt.«

»Oh, ich fühle mich geehrt«, bemerkte April trocken. Dann lächelte sie Riley etwas gekünstelt an. »Möchtest du meinen geheimen Teich sehen?«

»Haben Sie einen geheimen Teich?«

»Den werde ich dir gleich zeigen.« Riley ergriff ihren Rucksack. Gemeinsam mit Blue folgte sie April aus dem Wohnwagen.

9

Das verwitterte kleine Cottage lag hinter einem ramponierten Pfahlzaun. Auf dem Wellblechdach häuften sich Kiefernnadeln. Vier dünne Pfosten stützten das Verandadach.

Im Lauf der Jahre war der weiße Anstrich ergraut, die Farbe der Fensterläden hatte sich zu dumpfem Grün verdüstert.

»Wohnen Sie ganz allein hier?«, fragte Riley.

»Erst seit ein paar Monaten«, erwiderte April. »Ich habe eine Eigentumswohnung in L.A.«

Als Blue den silbernen Saab mit dem kalifornischen Nummernschild im Schatten an der Seite des Hauses parken sah, erkannte sie, wie gut eine Mode-Stylistin verdienen musste.

»Haben Sie in der Nacht keine Angst?« Riley erschauerte. »Vor einem Kidnapper oder Serienkiller?«

April führte ihre Begleiterinnen auf die wackelige hölzerne Veranda. »In diesem Leben gibt's genug reale Dinge, die man fürchten muss. Die Chance, dass sich ein Serienkiller hierher verirrt, ist eher gering.«

Von der Tür hatte sich ein Teil des Fliegengitters gelöst. April hatte sie nicht versperrt, und sie betraten ein Wohnzimmer mit einem kahlen Bretterboden. Zerschlissene Spitzengardinen verdeckten die beiden Fenster. An der Tapete mit dem blauen und rosa Heckenrosenmuster verrieten helle rechteckige Flecken, wo früher Bilder gehangen hatten. Der Raum enthielt nur wenige Möbel, ein dick gepolstertes Sofa, über das eine Steppdecke gebreitet war, eine bemalte Kommode mit drei Schubfächern und einen Tisch, auf dem eine alte Messinglampe und eine leere Wasserflasche neben einem Buch und gestapelten Modezeitschriften standen.

»Bis vor etwa sechs Monaten haben hier zwei Mieter gewohnt«, erklärte April auf dem Weg zur Küche im Hintergrund des Hauses. »Ich bin eingezogen, sobald das Cottage entrümpelt und sauber gemacht worden war. Schaut euch um, während ich mein Notizbuch suche.«

Viel gab es nicht zu sehen. Blue und Riley spähten in zwei Schlafzimmer. Im größeren stand ein schönes Bett mit einem verschnörkelten schmiedeeisernen Kopfteil, von dem der weiße Anstrich abblätterte. Antike Boudoir-Lampen mit Schirmen aus geripptem rosa Glas schmückten zwei Nachttischchen, die nicht zueinanderpassten. Auf dem Bett lagen mehrere Kissen und eine lavendelblaue Tagesdecke, in der gleichen Farbe wie die Blumensträußchen an der verblichenen Tapete. Mit einem Teppich und einigen Möbeln hätte das Zimmer in einem Lifestyle-Magazin als Beispiel für pittoresken Flohmarkt-Schick brillieren können.

So hübsch war weder das Bad mit den meergrünen Armaturen noch die Küche mit den abgenutzten Theken und dem ziegelroten Linoleumboden. Immerhin sorgten ein Korb voller Birnen und eine Tonvase mit Wiesenblumen auf dem alten Holztisch für eine gemütliche Atmosphäre.

»Ich kann mein Notizbuch nirgends finden«, seufzte April. »Wahrscheinlich habe ich's irgendwo im Haus liegen lassen. Riley, im Schlafzimmerschrank liegt eine Wolldecke. Würdest du sie holen? Bevor wir zurückgehen, sollten wir uns ein bisschen ans Ufer des Teichs setzen. Ich schenke uns Eistee ein.«

Während Riley bereitwillig ins Schlafzimmer eilte, füllte April drei blaue Gläser mit Eistee, die sie hinaustrugen. Hinter dem Cottage glitzerte der Teich im Sonnenschein. Die langen Zweige der Weiden, die das Ufer säumten, hingen ins Wasser. Zwischen den Rohrkolben schwirrten Libellen umher, an einem umgestürzten Baum, der wie ein Pier in den Teich ragte, schwamm eine Entenfamilie vorbei.

April führte Blue und Riley zu zwei rostigen Liegestühlen aus rotem Metall mit abgerundeten Lehnen.

Misstrauisch musterte das Kind die Wasserfläche. »Gibt's hier Schlangen?«

»Ein paar habe ich schon gesehen. Manchmal sonnen sie sich auf dem Baumstamm.« April sank in einen Liegestuhl, Blue in den anderen. »Dabei sahen sie ruhig und friedlich aus. Wusstest du, dass sich Schlangen ganz weich anfühlen?«

»Was, die haben Sie *angefasst?*«

»Nicht diese hier.«

»Niemals würde ich eine Schlange berühren.« Riley ließ ihren Rucksack und die Decke neben die Liegestühle fallen. »Aber ich mag Hunde. Wenn ich erwachsen bin, werde ich Hunde züchten, auf meiner eigenen Farm.«

»Klingt nett«, meinte April lächelnd.

Das fand auch Blue. Sie stellte sich einen blauen Himmel voller weißer Schäfchenwolken und eine Wiese vor, auf der junge Hündchen fröhlich umhertollten.

Als Riley die Decke im Gras ausbreitete, fragte sie, ohne aufzublicken: »Sie sind Deans Mom, nicht wahr?«

In Aprils Hand erstarrte das Eisteeglas. »Wieso kommst du darauf?«

»Weil ich weiß, dass seine Mom April heißt. Und Blue hat Sie so genannt.«

Bevor April antwortete, nahm sie ganz langsam einen Schluck Tee. »Ja, ich bin seine Mutter.« Sie wollte das Mädchen nicht belügen, und so erklärte sie, die Beziehung zu Dean sei etwas schwierig. Dann erzählte sie mit knappen Worten von der Susan O'Hara-Farce. Für die privaten Probleme prominenter Leute hatte Riley Verständnis, und so gab sie sich mit diesen Informationen zufrieden.

So viele Geheimnisse, dachte Blue und zupfte an ihrem »Body by Beer«-T-Shirt. »Ich habe immer noch nicht geduscht. Aber wenn ich's getan hätte, würden Sie den Unterschied gar nicht bemerken, April. Wie ich aussehe, interessiert mich kein bisschen.«

»Auf *Ihre* Art finden Sie es doch wichtig«, erwiderte April.

»Was meinen Sie?«

»Kleider sind eine großartige Tarnung.«

»Auf die Tarnung kommt's mir nicht an, eher auf meine Bequemlichkeit.« Das stimmte nicht ganz. Aber Blue wollte nicht zu viel verraten.

In diesem Moment läutete Aprils Handy. Sie schaute zum Cottage hinüber und entschuldigte sich. Den Kopf an den Rucksack gelehnt, lag Riley auf der Decke.

Blue beobachtete zwei Enten, die ihr Schwänzchen aus dem Wasser reckten und nach Nahrung suchten. »Wie schön es hier ist!«, bemerkte sie, nachdem April zurückgekehrt war. »Ich wünschte, ich hätte meinen Skizzenblock mitgebracht.«

»Haben Sie eine Ausbildung genossen?«

»Ja und nein.« Blue schilderte ihre akademische Karriere und die Höhepunkte ihrer nicht besonders erfolgreichen Erfahrungen am Kunstinstitut des Colleges. Über den Teich wehte eine sanfte Brise hinweg, Riley war auf der Decke eingeschlafen.

»Vor einer Weile habe ich den Manager ihres Vaters erreicht«, berichtete April, »und vorhin rief er zurück. Er versprach, heute Abend würde jemand hierherkommen und sie abholen.«

Unglaublich, dachte Blue. Da saß sie tatsächlich neben jemandem, der wusste, wie man Jack Patriots Manager erreichte.

April streckte einen Fuß aus, um mit der Spitze ihrer Raffiabast-Sandale einen Löwenzahn zu berühren. »Haben Sie schon einen Hochzeitstermin festgesetzt?«

Obwohl Blue dieses Lügenmärchen nicht aufrechterhalten wollte, widerstrebte es ihr, ein Geständnis abzulegen. Das war Deans Sache. »Darüber haben wir noch gar gesprochen.«

»So viel ich weiß, sind Sie die erste Frau, der er einen Heiratsantrag gemacht hat.«

»Oh, er fühlt sich nur zu mir hingezogen, weil ich anders bin. Sobald der Reiz des Neuen verblasst, wird er aus meinem Leben verschwinden.«

»Glauben Sie das?«

»Allzu viel weiß ich nicht über ihn«, entgegnete Blue wahrheitsgemäß. »Bis heute wusste ich nicht einmal, wer sein Vater ist.«

»Nun, er hasst es, über seine Kindheit zu reden – zumindest über den Teil, der Jack und mich betrifft. Das nehme ich ihm nicht übel. Früher habe ich mich furchtbar verantwortungslos benommen.«

Riley seufzte im Schlaf, und Blue legte ihren Kopf schief. »War es wirklich so schlimm?«

»O ja. Ich hielt mich nicht für ein Groupie, weil ich's nicht mit allen trieb. Aber mit zu vielen. Man verkraftet nur eine gewisse Anzahl von Rockern, bevor man die Kontrolle verliert.«

Blue hätte gern gefragt, wer diese Rocker gewesen waren. Zum Glück besaß sie immer noch eine gewisse Diskretion. Aber Aprils Worte irritierten sie. »Warum zeigt niemand mit dem Finger auf die Rocker, die sich mit Groupies einlassen? Wieso sind immer nur die weiblichen Fans schuld?«

»So ist es nun einmal auf dieser Welt. Manche Frauen schwelgen in ihrer Groupie-Vergangenheit. Darüber hat Pamela Des Barres ganze Bücher geschrieben. Aber für mich war's ganz falsch. Ich erlaubte diesen Kerlen, meinen Körper wie eine Mülltonne zu benutzen. Dazu hat mich niemand gezwungen. Ich gab meine Selbstachtung auf. Dafür schäme ich mich.« April hielt ihr Gesicht in die Sonne. »Auf diesen Lebensstil war ich ganz versessen. Die Musik, die Männer, die Drogen ... Davon ließ ich mich verführen. Ich liebte es, die ganze Nacht in einem Club zu tanzen. Am nächsten Morgen schwänzte ich meinen Model-Job und stieg in ein Privatflugzeug, flog zum anderen Ende des Kontinents und vergaß bequemerweise, dass ich versprochen hatte, meinen Sohn im Internat zu besuchen.« Sie wandte sich zu Blue. »Hätten Sie bloß Deans Gesicht gesehen, wenn ich mein Wort tatsächlich mal gehalten habe und in der Schule aufgetaucht bin! Er schleppte mich von einem Freund zum nächsten, präsentierte mich überall und redete wie ein Wasserfall, hochrot im Gesicht. Offenbar wollte er den Jungs beweisen, dass ich tatsächlich existiere. Damit hörte er auf, nachdem er dreizehn geworden war. Ein kleines Kind verzeiht seiner Mutter fast alles. Aber wenn es älter wird, hat man keine Chance mehr, solche Fehler wiedergutzumachen.«

Blue dachte an ihre eigene Mutter. »Jetzt haben Sie Ihr Leben in Ordnung gebracht, Sie müssten sich großartig fühlen.«

»Was für eine lange Reise das war …«

»Ich glaube, Dean sollte Ihnen verzeihen. Das würde ihm guttun.«

»Nein, da irren Sie sich, Blue. Sie ahnen nicht, was ich ihm zugemutet habe.«

Doch, das konnte Blue sich vorstellen. Vielleicht nicht so, wie April es meinte. Aber sie wusste, wie es war, wenn man unter der Unzuverlässigkeit eines Elternteils litt. »Trotzdem. Irgendwann wird er erkennen, dass Sie ein anderer Mensch geworden sind. Wenigstens müsste er Ihnen eine Chance geben.«

»Halten Sie sich da raus. Gewiss, Sie möchten uns helfen. Obwohl ich Ihre edlen Absichten schätze – Deans Groll gegen mich ist zweifellos berechtigt. Hätte er nicht Mittel und Wege gefunden, sich selbst zu schützen, wäre er nicht der Mann geworden, der er jetzt ist.« April schaute auf ihre Uhr, dann erhob sie sich aus dem Liegestuhl. »Jetzt muss ich mit den Anstreichern reden.«

Blue beugte sich zu Riley hinab, die zusammengerollt auf der Decke lag. »Lassen wir sie schlafen. Ich bleibe hier.«

»Macht Ihnen das nichts aus?«

»Wenn Sie Papier für mich haben, würde ich gern ein bisschen zeichnen.«

»Sicher, das hole ich Ihnen.«

»Und vielleicht darf ich Ihre Badewanne benutzen.«

»Nehmen Sie alles, was Sie brauchen, aus dem Medizin-schränkchen. Deodorant, Zahnpasta ...« Nach einer kurzen Pause fügte April hinzu: »Und Make-up.« Belustigt erwiderte sie Blues Lächeln. »Ich lege ein paar Sachen bereit, die Sie anziehen können.«

Was für Aprils schlanken, geschmeidigen Körper bestimmt war, würde Blue wohl kaum passen. Trotzdem wusste sie das Angebot zu schätzen.

»Auf der Küchentheke liegt mein Autoschlüssel«, erklärte April. »In der Schublade neben meinem Bett finden Sie zwanzig Dollar. Wenn Riley aufwacht, würden Sie dann mit ihr in die Stadt fahren und essen gehen?«

»Sehr gern. Aber ich nehme Ihr Geld nicht.«

»Das setze ich Dean auf die Rechnung. Bitte, Blue. Sie darf ihm nicht mehr begegnen, bis Jacks Chauffeur herkommt.«

Wenn Blue auch bezweifelte, dass es richtig war, die beiden voneinander fernzuhalten, hatte sie sich doch schon viel zu oft in die Angelegenheiten dieser sonderbaren Familie eingemischt. Und so nickte sie widerstrebend. »Also gut.«

April hatte ein Hemd aus zartem rosa Stoff und einen passenden Rock voller Rüschen und Volants aufs Bett gelegt. In aller Eile hatte sie beide Kleidungsstücke mit Klebeband enger gemacht.

In diesem Outfit würde Blue hinreißend aussehen. Viel zu hübsch. Wie ein Betthäschen. Vor diesem Problem stand sie jedes Mal, wenn sie sich herausputzen wollte. Deshalb ließ sie es lieber bleiben. Statt der Kleider, die auf dem Bett lagen, suchte sie ein marineblaues T-Shirt aus, das die violette Yoga-Hose nur geringfügig aufbesserte. Aber sie ertrug es nicht mehr, sich mit ihrem orangegelben »Body by Beer«-T-Shirt in der Öffentlichkeit zu zeigen.

Machtvoll erhob die Eitelkeit ihr hässliches Haupt, und so benutzte sie Aprils Kosmetika – ein bisschen rosa Rouge auf die Wangen, Lipgloss und genug Mascara, um die langen Wimpern zu betonen. Nur ein einziges Mal sollte Dean merken, das sie durchaus fähig war, anständig auszusehen.

»Wenn Sie sich zurechtmachen, sind Sie wirklich hübsch«, sagte Riley, als sie auf dem Beifahrersitz von Aprils Saab saß. »Nicht mehr so unscheinbar.«

»Offenbar warst du zu oft mit dieser grässlichen Trinity zusammen.«

»Nur *Sie* finden sie grässlich. Alle anderen lieben meine Kusine.«

»O nein. Ganz bestimmt nicht. Okay, wahrscheinlich ihre Mom. Alle anderen tun nur so.«

Schuldbewusst grinste Riley. »Wenn Sie so schlecht über Trinity reden, gefällt mir das«, gestand sie, und Blue lachte.

Weil es in Garrison kein Pizza Hut gab, entschieden sie sich für das Josie's, ein Restaurant gegenüber der Apotheke. Die Kneipe war ungemütlich, das Essen lausig. Und es gab auch keine Verdienstmöglichkeiten – Blue hatte sich nach einem Job erkundigt. Aber Riley war begeistert. »In so einem Lokal habe ich noch nie gesessen. Ganz was anderes.«

»Zumindest hat's einen gewissen Charakter.« Blue hatte ein Sandwich mit Speck, Salat und Tomaten bestellt, das mehr Salat als Speck und Tomaten enthielt.

»Was heißt das?«, fragte Riley und zupfte eine durchsichtige Tomatenscheibe von ihrem Burger.

»Es sieht sich selber ähnlich.«

Darüber dachte das Kind eine Weile nach. »So wie Sie.«
»Danke, du auch.«

Riley stopfte Pommes frites in den Mund. »Ehrlich gesagt, ich wäre lieber hübsch.« Sie hatte ihr »Foxy«-T-Shirt anbehalten, aber die schmutzige Kordhose mit zu engen Leinenshorts vertauscht. Über den Bund wölbten sich Speckwülste.

Von der Nische aus, wo sie auf rissigen braunen Vinylbänken saßen, genossen sie eine ungehinderte Aussicht auf grauenhafte Western-Landschaftsbilder an den Wänden in hässlichem Pastellblau. Eine Vitrine enthielt staubige Ballerinenfiguren. An der Decke verteilte ein Ventilator aus falschem hellen Holz den Geruch von minderwertigem Bratfett.

Die Tür öffnete sich. Abrupt verstummte das Stimmengewirr der Mittagsgäste, als eine formidable ältere Frau an einem Stock hereinhinkte. Sie war übergewichtig, zu stark gepudert und eindeutig overdressed, in einer wassermelonenrosa Hose und einer passenden Tunika. Im tiefen V-Ausschnitt funkelten mehrere Goldketten, die Steine an den baumelnden Ohrringen sahen wie echte Diamanten aus. Wahrscheinlich war sie einmal schön gewesen. Doch sie hatte es versäumt, würdevoll zu altern. Die platinblond gefärbte, mit reichlich Haarspray fixierte Lockenpracht musste eine Perücke sein. Ihre Brauen hatte sie mit einem dezenten hellbraunen Stift nachgezogen, aber keine Zurückhaltung geübt, was die schwarze Wimperntusche und den grellblauen Lidschatten betraf. Vielleicht hatte das kleine Muttermal neben ihren rosa Lippen einmal verführerisch gewirkt. Ihr einziges Zugeständnis an das Alter waren braune orthopädische Schuhe, die geschwollene Knöchel stützten.

Ihre Ankunft schien keinen der Gäste zu beglücken. Aber Blue beobachtete sie interessiert. Die Frau schaute sich in dem überfüllten Lokal um.

Verächtlich schweifte ihr Blick über die Leute hinweg und blieb an Blue und Riley hängen. Mehrere Sekunden verstrichen, während sie die beiden ungeniert anstarrte. Schließlich humpelte sie zu ihrem Tisch. Unter der wassermelonenrosa Tunika bebte ein üppiger Busen, von einem erstklassigen BH hochgehalten. »Wer sind Sie?«

»Blue Bailey. Und das ist meine Freundin Riley.«

»Was machen Sie hier?« Ein schwacher Brooklyn-Akzent untermalte die Frage.

»Nun, wir genießen unseren Lunch. Und Sie?«

»Falls Sie es noch nicht bemerkt haben, ich habe eine problematische Hüfte. Wollten Sie mich bitten, Platz zu nehmen?«

Belustigt über die gebieterische Attitüde der alten Frau, lächelte Blue. »Ja, sicher.«

Wie Rileys verängstigte Miene bezeugte, fürchtete sie die Nähe der Frau, und so rutschte Blue auf ihrer Bank beiseite. Aber die dicke Lady stieß das Kind an. »Rück hinüber.« Sie legte eine große Strohtasche auf den Tisch. Dann ließ sie sich umständlich nieder.

Die Kellnerin erschien mit Besteck und einem Glas Eistee. »Gleich serviere ich Ihnen das Übliche.«

Ohne sie zu beachten, konzentrierte sich die Frau auf Blue. »Als ich wissen wollte, was Sie hier machen, meinte ich diese *Stadt*.«

»Wir sind nur zu Besuch hier.«

»Woher kommen Sie?«

»Genau genommen bin ich eine Kosmopolitin. Und Riley stammt aus Nashville.« Blue legte den Kopf schief.

»Nachdem wir uns vorgestellt haben, sollten Sie auch unsere Neugier befriedigen.«

»Hier kennt mich jeder.«

»Wir nicht«, erwiderte Blue, obwohl sie bereits einen gewissen Verdacht geschöpft hatte.

»Natürlich bin ich Nita Garrison, die Besitzerin dieser Stadt.«

»Oh, großartig! Danach wollte ich mich schon erkundigen.«

Die Kellnerin stellte einen Teller mit Hüttenkäse, einer geviertelten Dosenbirne und klein geschnittenem Eisbergsalat auf den Tisch. »Darf ich Ihnen sonst noch was bringen, Mrs Garrison?«, gurrte sie in honigsüßem Ton, den die Abneigung in ihren Augen Lügen strafte.

»Einen zwanzigjährigen Körper«, fauchte die alte Frau.

»Ja, Ma'am«, murmelte die Kellnerin und flüchtete.

Mrs Garrison inspizierte ihre Gabel und stocherte zwischen den Birnenstücken herum, als würde sie einen Wurm darunter suchen.

»Wie kann man eine Stadt besitzen?«, fragte Blue.

»Die habe ich von meinem Mann geerbt. Irgendwie sehen Sie seltsam aus.«

»Das fasse ich als Kompliment auf.«

»Tanzen Sie?«

»Wann immer sich eine Gelegenheit bietet.«

»Ich war früher eine ausgezeichnete Tänzerin. Während der fünfziger Jahre habe ich Unterricht im Arthur Murray Studio in Manhattan gegeben. Einmal bin ich Mr Murray sogar begegnet. Er trat in einer TV-Show auf. Daran werden Sie sich nicht erinnern.« Mit einer arroganten Geste deutete Mrs Garrison an, das müsste an Blues Dummheit liegen, nicht an ihrem Alter.

»Nein, Ma'am«, bestätigte Blue. »Als Sie Garrison von Ihrem Ehemann erbten – erbten Sie die ganze Stadt?«

»Alle nennenswerten Teile«, antwortete die alte Dame und stach die Gabel in den Käse. »Sie wohnen bei diesem blöden Footballspieler, nicht wahr? Der die Callaway Farm gekauft hat.«

»Er ist nicht blöd«, protestierte Riley, »sondern der beste Quarterback in den Vereinigten Staaten.«

»Mit dir habe ich nicht geredet«, zischte Mrs Garrison. »Sei nicht so unhöflich!«

Riley sank beklommen in sich zusammen.

Jetzt fand Blue die Überheblichkeit der alten Frau nicht mehr amüsant. »Riley ist sehr gut erzogen. Und sie hat Recht. Dean mag seine Fehler haben. Aber er ist nicht dumm.«

Wie Rileys sichtliche Verblüffung verriet, war sie es nicht gewöhnt, dass jemand ihre Partei ergriff, das bedrückte Blue. Alle anderen Gäste vergaßen ihre Mahlzeit und lauschten unverhohlen, was ihr nicht entging.

Statt klein beizugeben, plusterte sich Mrs Garrison wie ein empörtes Huhn auf. »Also gehören Sie zu den Leuten, die Kindern *alles* zugestehen, nicht wahr? Die dürfen sich benehmen, wie es ihnen passt, und sagen, was sie wollen. Damit tun Sie diesem Mädchen keinen Gefallen. Schauen Sie es doch an! Ihre kleine Freundin ist zu dick. Trotzdem erlauben Sie ihr, fette Pommes frites zu verschlingen.«

Rileys Gesicht färbte sich feuerrot. Zerknirscht starrte sie die Tischplatte an, und Blue verlor die Geduld. »Riley ist völlig okay. Und sie hat viel bessere Manieren als Sie, Mrs Garrison. Nun wäre ich Ihnen dankbar, wenn Sie sich einen anderen Tisch suchen würden. Wir möchten unseren Lunch ungestört beenden.«

»Nein, ich bleibe hier. Dieses Lokal gehört *mir*.«

Obwohl die Teller noch nicht leer waren, hatte Blue keine Wahl. Sie stand auf. »Also gut. Komm, Riley.«

Unglücklicherweise war das Kind in der Nische gefangen, und Mrs Garrison rührte sich nicht. Höhnisch entblößte sie falsche Zähne voller Lippenstiftflecken. »Ah, Sie sind genauso respektlos wie dieses Balg.«

In wachsendem Zorn zeigte Blue auf den Boden. »Komm da heraus, Riley! Sofort!«

Riley verstand den Sinn der Geste. Irgendwie schaffte sie es, mitsamt ihrem Rucksack unter dem Tisch hindurchzukriechen. Mrs Garrisons Augen verengten sich zu schmalen Schlitzen.

»Moment mal, mir läuft niemand davon! Das wird Ihnen leid tun!«

»Wow, jetzt fürchte ich mich ganz schrecklich. Wie alt oder wie reich Sie sind, ist mir egal. Ich finde Sie einfach widerlich!«

»Das werden Sie bereuen!«

»Wohl kaum!« Blue warf Aprils Zwanziger auf den Tisch, was sie fast umbrachte, da der Lunch nur zwölf fünfzig kostete. Dann schlang sie einen Arm um Rileys Schultern und führte sie aus der Grabesstille des Restaurants.

»Fahren wir jetzt auf die Farm zurück?«, wisperte Riley, sobald sie den Gehsteig betraten.

Eigentlich hatte Blue einen Job suchen wollen. Doch das konnte warten. Sie drückte das Mädchen etwas fester an sich. »Klar. Ärgere dich nicht über den alten Drachen. Diese Frau lebt geradezu von ihrer Gemeinheit. Das habe ich in ihrem Gesicht gelesen.«

»Ja, ich auch.«

Auf dem Weg zum Saab und während der Fahrt bemühte sich Blue weiterhin, Riley zu besänftigen. Das Kind gab ihr die richtigen Antworten. Aber sie spürte, wie schmerzlich es unter Mrs Garrisons grausamen Worten litt.

Noch ehe sie den Stadtrand erreichten, hörte sie eine Sirene heulen und sah einen Streifenwagen im Rückspiegel. Sie hatte das Tempolimit nicht überschritten und keine rote Ampel ignoriert. Deshalb dauerte es eine Weile, bis sie merkte, dass die Polizisten hinter ihr her waren.

Eine Stunde später saß sie im Gefängnis.

10

So schnell wie möglich kamen April und Dean in die Stadt. April legte Blues Führerschein vor und verlangte die Herausgabe ihres Saab. Dean bezahlte die Kaution für Blue. In seinem Aston schrie er sie an: »Nur zwei Stunden lasse ich dich allein. Und was treibst du, verdammt noch mal? Du lässt dich *verhaften!* Beinahe komme ich mir wie in einer Wiederholung von ›I Love Lucy‹ vor.«

»Ich wurde verleumdet!« Schmerzhaft prallte ihre Schulter gegen die Beifahrertür, als er um eine Kurve raste. Vor lauter Wut wollte sie irgendwas verprügeln, am liebsten ihn, weil er ihre Empörung nicht teilte. »Seit wann wird man eingelocht, nur weil man ohne Führerschein fährt? Noch dazu, wenn man einen gültigen Führerschein besitzt?«

»Den du nicht bei dir hattest.«

»Aber die Bullen hätten mir eine Chance geben müssen, ihn zu holen.«

Die Beamten hatten ihre Erklärung akzeptiert, Riley sei eine Freundin der Familie und zu Besuch auf der Farm. Während sie in ihrer Zelle schmorte, saß das Kind im Wartezimmer, trank eine Cola und sah Jerry Springer im TV. Trotzdem musste es ein traumatisches Erlebnis für eine Elfjährige sein. April hatte sie zur Farm gefahren, sobald ihr der Schlüssel des Saab ausgehändigt worden war.

»So was Idiotisches!«, stieß Blue hervor und starrte Dean an, dessen blaugraue Augen die Farbe eines stürmischen Meeres angenommen hatten.

Der Aston brauste um eine weitere Biegung. »Immerhin konntest du keinen Führerschein vorweisen. Und du hast hier in Tennessee ein kalifornisches Auto gefahren, das jemand anderem gehört. Wieso redest du von Verleumdung?«

»Anscheinend haben all diese Modezeitschriften dein Gehirn benebelt. Überleg doch mal! Zehn Minuten nach meinem Streit mit Nita Garrison stoppen mich die Bullen unter dem lahmen Vorwand, sie müssten die Sicherheitsgurte kontrollieren. Wie erklärst du dir das?«

Nun ging sein Zorn in herablassende Belustigung über. »Also hast du dich mit einer alten Lady gezankt? Und die hat dir die Polizei auf den Hals gehetzt?«

»Dieser Xanthippe bist du noch nicht begegnet. Nita Garrison ist hundsgemein, und in dieser Stadt tanzen alle nach ihrer Pfeife.«

»Und du bist eine wandelnde Katastrophe. Seit ich dich von der Straße aufgelesen habe …«

»Nun bausch es nicht so auf! Du bist ein Football-Profi, du hast doch sicher auch schon mal im Knast gesessen.«

»Noch *nie*!«, protestierte er entrüstet.

»Quatsch. Die NFL würde dich gar nicht aufs Spielfeld lassen, wenn du nicht mindestens zweimal wegen tätlicher Angriffe hinter Gittern gesessen hättest. Und wenn du eine Ehefrau oder Freundin verprügelst, kriegst du doppelt so viele Pluspunkte.«

»Das finde ich nicht besonders amüsant.«

Wahrscheinlich war's das auch gar nicht. Aber es baute ihr Selbstwertgefühl auf.

»Fang noch mal von vorn an«, forderte er, »und erzähl mir ganz genau, was mit der alten Lady passiert ist.«

Blue schilderte die Begegnung in allen Einzelheiten. Danach schwieg er eine Weile.

»Gewiss, Nita Garrison hat sich unmöglich benommen«, gab er schließlich zu. »Aber hättest du nicht etwas diplomatischer reagieren können?«

»Nein!«, fauchte sie. »Nur wenige Leute setzen sich für Riley ein. Eigentlich niemand. Es war an der Zeit, ein Exempel zu statuieren.«

Sie erwartete, er würde ihr vorbehaltlos zustimmen. Stattdessen verwandelte er sich in einen enthusiastischen Stadthistoriker. »Ich habe mit den Anstreichern über den geplanten Verkauf von Garrison gesprochen, und jetzt kenne ich die ganze Geschichte.«

Vor ein paar Stunden wäre sie ganz versessen auf diese Story gewesen. Aber jetzt nicht, nicht bevor er ihr Recht gab.

Dean sauste an einem Dodge Neon vorbei, der sich unklugerweise direkt vor ihnen in den Verkehr einordnen wollte.

»Nach dem Sezessionskrieg kaufte ein Abenteurer namens Hiram Garrison ein paar tausend Morgen in dieser Gegend und baute eine Fabrik. Die vergrößerte sein Sohn – dieses leer stehende Ziegelgebäude, das wir auf dem Highway passiert haben – und gründete die Stadt, ohne einen einzigen Morgen zu verscherbeln. Wenn die Leute Häuser kaufen oder ein Geschäft gründen wollten, mussten sie das Land pachten, sogar die Kirchen. Schließlich vererbte er alles seinem Sohn Marshall, dem Ehemann deiner Mrs Garrison.«

»Armer Kerl ...«

»Vor ein paar Jahrzehnten lernte er sie bei einer Reise nach New York kennen. Er war damals fünfzig. Und sie anscheinend ziemlich sexy.«

»Glaub mir, diese Tage sind vorbei.« Die geschichtliche Lektion erregte ihr Misstrauen. Versuchte er Zeit zu gewinnen? Wenn ja, warum?

»Marshall teilte die Abneigung seiner Ahnen, auch nur einen einzigen viertel Morgen zu veräußern. Da das Ehepaar keine Kinder bekam, war Nita die Alleinerbin. Das Land, auf dem die Stadt gebaut wurde, gehört ihr. Ebenso die meisten Unternehmen.«

»Dann ist diese niederträchtige Person viel zu einflussreich.« Blue zog ihren Pferdeschwanz auseinander, damit das Gummiband etwas fester saß. »Hast du rausgefunden, wie viel sie für die Stadt verlangt?«

»Zwanzig Millionen.«

»Also kommt's für mich nicht in Frage.« Sie warf ihm einen Seitenblick zu. »Könntest du dir das leisten?«

»Nur wenn ich meine Baseballkarten-Sammlung verkaufe.«

Wenn sie auch nicht erwartet hatte, er würde sie über sein Vermögen informieren – dieser Sarkasmus war überflüssig.

Als sie eine gerade Strecke erreichten, beschleunigte er das Tempo. Blitzschnell glitt eine Molkerei vorbei. »East Tennessee befindet sich im Aufschwung. Sehr beliebt bei den Rentnern. Ein paar Geschäftsleute aus Memphis bieten Mrs Garrison fünfzehn Millionen an. Das lehnt sie ab. Die Leute glauben, in Wirklichkeit will sie die Stadt gar nicht verkaufen.« Beinahe schlitterte der Aston, als Dean in die Callaway Road bog. »Ohne landesweit vertretene Franchises ist Garrison dem Untergang geweiht – pittoresk, aber heruntergekommen. Die ortsansässigen Geschäftsleute wollen vom malerischen Ambiente profitieren, die alten Häuser ein bisschen herausputzen und Touristen anlocken. Aber Nita weigert sich, mit ihnen zusammenzuarbeiten.«

Als er an der Straße vorbeiraste, die zur Farm führte, richtete Blue sich auf. »He, wohin fährst du?«

»Zu einem abgeschiedenen Plätzchen.« Nun folgte er einer Sandstraße. »Wo wir in Ruhe reden können.«

Ihr Puls beschleunigte sich. »Moment mal, wir unterhalten uns ohnehin. Noch länger will ich nicht reden.«

»Zu spät.« Die holprige Straße endete vor einem rostigen Stacheldrahtzaun, der eine verwilderte Weide abgrenzte. Nachdem Dean den Motor ausgeschaltet hatte, fixierte er Blue mit seinen stürmischen Meeresaugen. »Thema Nummer eins auf der Tagesordnung – Aprils bevorstehender Tod.«

Mühsam schluckte sie. »Wie tragisch …«

Er wartete. Plötzlich verflog sein Charme und ließ den cleveren, hartgesottenen Profi zurück. Das hätte sie voraussehen und sich vorbereiten müssen. Völlig überrumpelt, sah sie keine Möglichkeit, sich zu verteidigen. »Tut mir leid.«

»Oh, wie wir beide wissen, kannst du das besser …« Jedes einzelne Wort zog er in die Länge.

Sie versuchte die Tür zu öffnen, um frische Luft zu atmen. Doch sie war eingesperrt. Das vertraute Gefühl der Hilflosigkeit jagte einen Adrenalinstoß durch ihren Körper.

Aber als ihr instinktiver Kampfgeist schon erwachte, klickte die Türverriegelung. Sie stieg aus, Dean folgte ihr. Langsam wanderte sie zu dem rostigen Zaun. »Ich hätte mich nicht einmischen dürfen. Das weiß ich. Eure Probleme dürften mich nicht interessieren. Aber Riley sah so traurig aus. Und wenn's um Beziehungen zwischen Müttern und Kindern geht, drehe ich einfach durch.«

Unsanft umfasste er ihre Schultern und drehte sie zu sich herum. Seine grimmige Miene kündigte den finalen Countdown an. »Belüg mich nie wieder! Wenn das noch einmal passiert, verschwindest du. Hast du mich verstanden?«

»Das ist unfair. Ich lüge dich sehr gern an, weil das mein Leben leichter macht.«

»Das meine ich ernst. Du hast deine Grenzen überschritten.«

Da gab sie sich geschlagen. »Okay, ich entschuldige mich.« Blue verspürte den seltsamen Impuls, an seinen angespannten Mundwinkeln zu zupfen und seine Lippen zu dem charmanten Lächeln zu arrangieren, an das sie gewöhnt war. »Natürlich bist du wütend auf mich, das ist dein gutes Recht.« Und dann stellte sie eine Frage, die sie sich nicht verkeifen konnte. »Wann hast du es rausgefunden?«

Er ließ ihre Schultern los, blieb aber dicht vor ihr stehen. »Etwa eine halbe Stunde, nachdem ich gestern Abend das Haus verlassen habe.«

»Weiß April, dass du Bescheid weißt?«

»Ja.«

Blue wünschte, April hätte sie darauf hingewiesen.

»Eins muss ich meiner Mutter zugestehen ...« Eindringlich starrte er sie an. »Ich muss nicht fürchten, sie würde meine Bankkonten abräumen.«

In der Ferne kreischte eine Krähe. Blue trat einen Schritt zurück. »Wieso weißt du davon?«

»Nicht nur du mischst dich in die Angelegenheiten anderer Leute ein. Halt dich aus *meinen* heraus. Vielleicht werde ich dann nicht mehr in *deinen* herumwühlen.«

Hätte sie ihm bloß nicht ihr Handy gegeben! Anscheinend hatte er ihre Voicemail inspiziert. Jetzt konnte sie wohl kaum protestieren, obwohl sie es hasste, dass er über Virginia Bescheid wusste.

Er wandte sich ab und betrachtete die Weide. Aus dem hohen Gras flog eine zwitschernde Vogelschar empor.

»Was willst du mit Riley machen?«, fragte sie.

»Unglaublich!«, rief er und fuhr zu ihr herum. »Haben wir nicht soeben darüber gesprochen?«

»Sie ist nicht *deine* Angelegenheit, weil *ich* sie gefunden habe. Erinnerst du dich?«

»Gar nichts werde ich tun. Vor ein paar Stunden hat April mit einem von Mad Jacks Sklaven telefoniert. Jemand wird Riley abholen.«

»Wie eine Ladung Müll.« Blue kehrte zum Auto zurück.

»Das ist sein Stil«, sagte er hinter ihr. »Sein Pflichtbewusstsein beschränkt sich darauf, Schecks auszustellen und Leute zu engagieren, die für ihn die Drecksarbeit erledigen.«

Zögernd drehte sie sich um. Dean stand immer noch vor dem rostigen Stacheldrahtzaun. »Wirst du mit ihr reden?«

»Und was soll ich sagen? Dass *ich* in Zukunft für sie sorgen werde?« Ärgerlich trat er gegen einen rostigen Pfahl. »Das kann ich nicht.«

»Vielleicht wäre sie schon zufrieden, wenn du ihr wenigstens versprechen würdest, mit ihr in Verbindung zu bleiben.«

»Oh, sie wünscht sich viel mehr.« Dean schlenderte zu Blue. »Mach mir nicht noch mehr Schwierigkeiten, okay? Ich habe dich aus dem Knast geholt *und* dein Bußgeld bezahlt.«

Also ging er wieder zum Angriff über. Um seinen Blick zu erwidern, musste sie in die Sonne blinzeln. »Das zahle ich dir sobald wie möglich zurück.«

»Wir müssen noch über den Job verhandeln, den ich dir gebe. Hast du das vergessen?«

»Und wie soll das funktionieren?«

Diese Frage beantwortete er nicht. Aufmerksam musterte er ihre Frisur. »Hast du jemals erwogen, dein Haar einem Profi anzuvertrauen, statt einer Kindergärtnerin mit einer Plastikschere?«

»Zu beschäftigt.«

»Sei nicht so widerborstig.« Seine Finger umfassten ihre Schulter, und als sie in seine halb geschlossenen, leicht verschleierten Augen schaute, wurden ihre Knie weich. Diesen Blick hatte er schon tausend Frauen geschenkt. Das wusste sie. Aber der anstrengende lange Tag hatte ihre Verteidigungsbastionen geschwächt. Völlig wehrlos starrte sie ihn an. Sie erkannte die Gefahr, die von ihm ausging. Zu seiner angeborenen Überzeugung, er hätte ein Recht auf alles, was er wollte, kam noch das Arsenal seiner überwältigenden erotischen Anziehungskraft. Aber obwohl sie wusste, was ihr drohte, rührte sie sich nicht.

Er neigte sich herab, ihre Lippen fanden sich, und der Vogelgesang und das Rascheln der Brise im Gras entschwanden in weite Ferne. Wie aus eigenem Antrieb öffnete Blue den Mund, seine Zunge spielte mit ihrer. In ihrer Brust erwachten köstliche Emotionen.

Immer leidenschaftlicher küsste er sie, vor ihren gesenkten Lidern tanzten blendend helle Farben. So wie alle anderen gab sie sich willenlos hin. Sie ließ sich betören, und das erschreckte sie. Nächtliche Fantasien über einen Zigeunerprinzen waren okay – im Gegensatz zur Realität. Abrupt riss sie sich los und wich schwankend zurück. »*Das* war eine Katastrophe. O Gott, tut mir leid. Hätte ich die Wahrheit erraten, wäre ich nie auf die Idee gekommen, dich mit diesen albernen Schwulitäten zu hänseln.«

Deans Mundwinkel zuckten, und sein Blick glitt so intim über ihren Körper wie die Hand eines Liebhabers. »Hör auf zu kämpfen, Bluebelle, sonst wird mir der Sieg nur noch süßer erscheinen.«

Am liebsten hätte sie einen Eimer kaltes Wasser über ihren Kopf geschüttet. Stattdessen winkte sie lässig ab und wandte sich zur Sandstraße, die zum Haus führte. »Jetzt gehe ich. Ich muss allein sein und ernsthaft mit mir selber reden. Weil ich so unsensibel war ...«

»Tu das. Und ich will allein sein, damit ich mir in Ruhe vorstellen kann, wie du nackt aussiehst.«

Brennend stieg ihr das Blut in die Wangen, und sie beschleunigte ihre Schritte. Zum Glück lag die Farm nur eine knappe Meile entfernt. Hinter ihr heulte der Motor des Astons auf. Sie hörte, wie Dean das Auto wendete. Ein paar Sekunden später hielt er neben ihr, das Fenster an der Fahrerseite öffnete sich. »He, Bluebelle – ich habe was vergessen.«

»Was?«, fragte sie und ging weiter.

Lächelnd setzte er seine Sonnenbrille auf. »Ich muss dir danken, weil du Riley vor der alten Lady in Schutz genommen hast. Das war wirklich nett von dir.«

Und damit brauste er davon.

An diesem Abend rührte Riley das Dinner, das Blue zubereitet hatte, kaum an. »Vermutlich wird Frankie mich holen«, seufzte sie und schob eine Feige beiseite, die neben einer Hühnerkeule und kleinen Klößen lag. »Das ist der Lieblingsbodyguard meines Dads.«

April griff über den Tisch hinweg und drückte Rileys Hand. »Tut mir leid, ich musste ihnen sagen, wo du bist.«

Wortlos senkte Riley den Kopf. Noch eine Enttäuschung in ihrem jungen Leben. Vorhin hatte Blue versucht, das Kind von seinem Kummer mit dem Vorschlag abzulenken, mit ihr Brownies zu backen. Doch das war schiefgelaufen, nachdem Dean die Küche betreten und Rileys eifrige Bitte, ihr Album anzuschauen, brüsk abgelehnt hatte.

Er glaubte, er würde richtig handeln. Aber Riley war sein Fleisch und Blut, und Blue wünschte, er würde seiner Halbschwester wenigstens einen winzigen Winkel in seinem Leben gönnen. Doch sie wusste, wie er reagieren würde, wenn sie ihn bedrängte. Er hatte bereits erklärt, das Kind würde sich viel mehr wünschen, und sie musste ihm Recht geben.

Nur gut, dass er kurz danach weggefahren war. Das verschaffte ihr eine Gelegenheit, ihr inneres Gleichgewicht wiederzufinden und ihre Prioritäten zu überdenken. Natürlich war ihr Leben schon kompliziert genug, auch ohne die unvorteilhafte Aussicht, die Liste von Dean Robillards mühelosen Eroberungen zu ergänzen.

Riley griff nach dem Teller mit den Brownies, die Blue letzten Endes allein gebacken hatte. Dann zog sie ihre Hand zurück. »Diese Frau hat die Wahrheit gesagt«, flüsterte sie, »ich bin viel zu dick.«

Klirrend fiel Aprils Gabel auf den Tisch. »Man sollte

sich auf seine Vorzüge konzentrieren. Wenn du immer nur an deine Fehler denkst, behinderst du dich in deiner Entwicklung. Willst du dein Gehirn mit lauter Unsinn vollstopfen – mit allem, was du an dir selber schlecht findest? Möchtest du nicht lieber stolz auf das Mädchen sein, das du bist?«

Rileys Lippen zitterten. »Aber – aber ich bin erst elf«, stammelte sie.

»Stimmt.« Angelegentlich faltete April ihre Serviette zusammen. »Tut mir leid. Wahrscheinlich habe ich an jemand anderen gedacht ...« Sie schenkte Blue ein übertrieben strahlendes Lächeln. »Ruhen Sie sich jetzt aus, Riley und ich bringen die Küche in Ordnung.«

Letzten Endes arbeiteten alle drei zusammen. April versuchte das Kind mit Storys über Mode und Filmstars aufzuheitern. Ganz nebenbei ließ Riley die Bemerkung fallen, Marli habe ihr immer zu kleine Kleider gekauft, um sie zu beschämen und zum Abnehmen zu animieren. Bald danach verabschiedete sich April und kehrte zum Cottage zurück. Sie hatte Riley aufgefordert, mitzukommen und bei ihr zu bleiben, bis Jacks Bodyguard eintreffen würde. Aber das Mädchen hoffte immer noch, Dean würde vorher auftauchen.

April versprach, sie würde noch einmal ins Haus kommen und Riley Lebewohl sagen. Dann verfrachtete Blue das Kind an den Küchentisch, mit einem Skizzenblock und Wasserfarben.

Unsicher starrte Riley das leere Papier an. »Würden Sie ein paar Hunde für mich zeichnen, die ich ausmalen kann?«

»Warum zeichnest du sie nicht selber?«

»Dafür fehlt mir die Zeit.«

Blue tätschelte ihren Arm und zeichnete vier verschiedene Hunde.

Während Riley sie auszumalen begann, suchte Blue ein paar Kleider heraus und trug sie in den Wohnwagen. Wieder im Haus, betrat sie den Speiseraum und betrachtete die kahlen Wände. Sie stellte sich Landschaftsfresken vor, jenes Genre, um das sie sich auf der Akademie bemüht und das ihr Professor so taktvoll kritisiert hatte.

»Wie eine billige Fälschung. Meinen Sie nicht auch, Blue?«

»Fangen Sie endlich an, über sich selbst hinauszuwachsen – überschreiten Sie Ihre Grenzen.«

»Sicher würde ein Innenarchitekt Ihre Arbeit schätzen«, hatte ihre Professorin noch unverblümter erklärt. *»Aber solche Feld-, Wald- und Wiesenbilder sind keine echte Kunst, kein richtiges Statement. Nur sentimentaler Kitsch – das Werk eines unsicheren Mädchens, das eine romantische Welt sucht, um sich darin zu verkriechen.«*

Bei diesen Worten hatte Blue sich elend gefühlt, nackt und schutzlos. Schließlich gab sie es auf, träumerische Landschaften zu malen, und begann kühne Gebilde aus extravagantem Material zu gestalten, arbeitete mit Motoröl und Plexiglas, Latex, zerbrochenen Bierflaschen, heißem Wachs, sogar mit ihrem eigenen Haar. Ihre Professoren waren begeistert. Aber sie wusste, dass diese Werke nicht ihrem wahren Wesen entsprachen. Vor dem zweiten Studienjahr hatte sie die Akademie verlassen.

Jetzt schienen die leeren Speisezimmerwände sie wieder an jene märchenhaften Orte zu locken, wo das Leben einfach war, wo die Menschen dort blieben, wo sie hingehörten, wo nur gute Dinge geschahen und wo sie sich endlich sicher fühlen würde.

Verärgert über sich selbst, eilte sie hinaus, setzte sich auf die Verandastufen und beobachtete den Sonnenuntergang. Vielleicht war es keine besondere künstlerische Leistung, Kinderporträts zu malen. Aber das konnte sie sehr gut. In jeder Stadt, wo sie kurzfristig gewohnt hatte, wäre es ihr gelungen, ein respektables Geschäft aufzubauen. Doch sie hatte es nie getan. Früher oder später war sie in Panik geraten. Dann musste sie zu neuen Ufern aufbrechen.

An ihrer Wange spürte sie den warmen Verandapfosten, und die Sonne erinnerte sie an eine schimmernde Kupferkugel, die über den Hügeln hing. Sie dachte an Dean und den Kuss. Unter anderen Umständen ... Wenn sie einen Job hätte, ein Apartment, Geld auf der Bank ... Wenn er nicht so außergewöhnlich wäre ... Sinnlose Träume. Und sie hatte zu lange von der Gnade anderer Menschen gelebt, um sich unter seine Kontrolle zu begeben. So lange sie Widerstand leistete, war sie stark. Wenn sie nachgab, würde sie gar nichts mehr besitzen.

Motorengeräusch unterbrach ihre Gedanken. Eine Hand über den Augen, um sie gegen das Sonnenlicht abzuschirmen, sah sie zwei Autos auf der Sandstraße heranfahren, keines der beiden war Deans Aston.

11

Vor dem Farmhaus hielten zwei SUVs mit getönten Fenstern. Die hintere Tür des ersten Wagens schwang auf, und ein schwarz gekleideter Mann stieg aus. Durch sein zottiges dunkles Haar zogen sich graue Fäden, das zerknitterte Gesicht zeigte die Spuren zu vieler Exzesse in zu vielen langen Nächten.

Als er zur Veranda ging, hing sein Revolverschwinger-Arm locker herab, stets bereit, seine Waffe zu ziehen – eine glänzende Fender Custom Telecaster-Gitarre, die er benutzt hatte, um die Welt zu erobern.

Hätte Blue nicht auf den Stufen gesessen, wären ihre Knie eingeknickt. Scheinbar konnte sie keinen einzigen Atemhauch in ihre Lungen zwängen.

Jack Patriot.

Hinter ihm öffneten sich Autotüren, Männer mit Sonnenbrillen kletterten heraus, auch eine langhaarige Frau, eine Designer-Tasche und eine Wasserflasche in den Händen. Sie blieben neben den SUVs stehen. Jetzt klickten Jack Patriots Stiefel auf dem Ziegelweg, und Blue verwandelte sich in die Personifizierung aller kreischender Fans, die ihre Finger in Maschendrahtzäune gekrallt, ihre Körper gegen Polizeibarrikaden gestemmt oder vor einem Fünf-Sterne-Hotel Wache gehalten hatten, in der Hoffnung, einen Blick auf ihr Rock-Idol zu erhaschen. Aber statt zu schreien, brachte sie keinen einzigen Laut hervor.

Knapp acht Schritte von ihr entfernt blieb er stehen. In einem Ohrläppchen glitzerten winzige silberne Totenschädel, unter einer Manschette seines schwarzen, am Kragen offenen Hemds sah sie ein Lederarmband mit einer Silberschnalle. »Ich suche Riley«, sagte er und nickte ihr zu.

Oh, mein Gott, oh, mein Gott, oh, mein Gott – Jack Patriot stand vor ihr, Jack Patriot *redete mit ihr*. Schwankend stand sie auf und rang nach Luft. Sie würgte und begann zu husten. Geduldig wartete er. Im Licht der sinkenden Sonne färbten sich die silbernen Totenköpfe rostrot. Blues Augen begannen zu tränen, und sie presste ihre Finger an den Hals, um ihre verkrampfte Luftröhre zu entspannen.

Da Rockstars Verständnis für entnervte Frauen hatten, ließ er ihr Zeit. Während er wartete, betrachtete er das Haus. Schließlich bat er mit seiner rauchigen, gutturalen Stimme, in der immer noch Reste seines heimischen North Dakota-Akzents mitschwangen, »Würden Sie Riley holen?«

Ehe sie sich zusammenreißen konnte, kam das Kind aus dem Haus. »Hi.«

Nur seine Lippen bewegten sich. »Was soll das alles?«

Riley musterte das schweigende Gefolge neben den SUVs. »Keine Ahnung.«

Während er an einem Ohrläppchen zupfte, verschwand der silberne Totenschädel zwischen seinen Fingern. »Ist dir klar, welche Sorgen wir uns alle gemacht haben?«

Seine Tochter hob den Kopf. »Wer?«

»Nun – alle. Ich.«

Das kaufte sie ihm nicht ab. Wortlos starrte sie die Spitzen ihrer Turnschuhe an.

»Wer ist sonst noch da drin?«

»Niemand. Dean ist weggefahren. April ist in ihr Cottage gegangen.«

»April …« Diesen Namen sprach er aus, als würde er unangenehme Erinnerungen heraufbeschwören. »Pack deine Sachen, wir fahren los.«

»Nein, ich will nicht …«

»Tut mir leid«, erwiderte er kühl.

»Meine Jacke liegt im Cottage.«

»Dann hol sie.«

»Das kann ich nicht. Es ist so dunkel, und ich fürchte mich.«

Zögernd strich er über sein Kinn. »Wo liegt das Cottage?« Riley beschrieb ihm den Weg durch den Wald, und er wandte sich zu Blue. »Kann ich da hinfahren?«

Ja, natürlich. Fahren Sie zum Highway zurück. Bevor Sie ihn erreichen, biegen Sie in eine schmale Sandstraße zur Linken. Die übersieht man leicht. Also halten Sie die Augen offen … Nichts davon brachte sie über die Lippen, und er schaute wieder das Kind an, das die Achseln zuckte. »Weiß ich nicht. Wahrscheinlich.«

Blue musste etwas sagen. Irgendetwas. Aber sie verkraftete es einfach nicht, dass der Mann vor ihr stand, für den sie seit ihrem zehnten Lebensjahr schwärmte. Später würde sie sich fragen, warum er seine Tochter weder umarmt noch geküsst hatte, jetzt versuchte sie einfach nur den Mund zu öffnen.

Zu spät. Er bedeutete Riley und seiner Eskorte zu warten und folgte dem Weg, den das Kind ihm gezeigt hatte. Sobald er zwischen den Bäumen verschwunden war, sank Blue auf die Verandastufen. »Wie blöd ich bin …«

Riley setzte sich zu ihr. »Machen Sie sich nichts draus. An so was ist er gewöhnt.«

Während die Dämmerung hereinbrach, beendete April ihr letztes Telefonat, steckte das Handy in die mit Perlen bestickte Tasche ihrer Jeans und wanderte zum Ufer des Teichs. Sie liebte die abendliche Atmosphäre, die hier herrschte, das leise Plätschern des Wassers, das heisere Quaken der Frösche, begleitet vom Grillenchor. In der Nacht roch der Teich anders, moschusartig und animalisch, wie ein wildes Tier.

»Hallo, April.«

Erschrocken fuhr sie herum. Der Mann, der ihre Welt zerstört hatte, stand vor ihr.

Drei Jahrzehnte lang hatte sie ihn nicht gesehen. Und doch, sogar im schwachen Licht war ihr sein kantiges, von Exzessen gezeichnetes Gesicht so vertraut wie ihr eigenes – die lange Adlernase, die tief liegenden Augen mit der goldbraunen, schwarz geränderten Iris, die dunkle Haut, das prägnante Kinn. Silberfäden durchzogen das Haar, das seinen Kopf früher wie eine Mitternachtswolke umweht hatte. Nun war es kürzer, reichte nur noch bis zum Hemdkragen und wirkte drahtiger, aber immer noch dicht. Dass er die grauen Strähnen nicht färben ließ, verblüffte sie kein bisschen. Er war nicht eitel. Schon immer sehr groß für einen Rocker, erschien er ihr jetzt größer denn je, wegen seines überschlanken Körpers. Die Höhlen unter den hohen Wangenknochen hatten sich vertieft, ebenso wie die Falten rings um die Augen. Jedes einzelne seiner vierundfünfzig Jahre merkte man ihm an.

»He, kleines Mädchen, ist deine Mutter in der Nähe?«

Seine Stimme erinnerte sie an ein Reibeisen, mit Whiskey übergossen. Früher war dieser Mann ihre ganze Welt gewesen. Nur um bei ihm zu sein, hatte sie das Meer überflogen, nur eine Stunde, nachdem sie verständigt worden war. London, Tokio, Westberlin. Ganz egal, wo. Wenn er die Bühnen verlassen hatte, streifte sie Nacht für Nacht das enge, schweißnasse Kostüm von seiner Haut, glättete mit ihren Fingern das lange, feuchte Haar, öffnete ihre Lippen, ihre Schenkel, damit er sich wie ein Gott fühlte.

Aber im Grunde war es nur Rock 'n' Roll gewesen.

Dann die letzte Begegnung an dem Tag, als sie ihm von ihrer Schwangerschaft erzählt hatte … Danach wickelte er alles Weitere über Mittelsmänner ab, inklusive des Vaterschaftstests nach Deans Geburt. So erbittert hatte sie Jack dafür gehasst.

Nun riss sie sich zusammen. »Nur ich und die Frösche. Wie geht es dir?«

»Mein Gehör ist im Eimer. Dagegen lässt sich nichts machen. Ansonsten …«

Sie glaubte nur den ersten Teil seiner Erklärung. »Wenn du auf Whiskey, Zigaretten und Teenager verzichtest, wirst du staunen, wie gut du dich fühlst.« Die Drogen musste sie nicht erwähnen. Jack war einige Jahre früher als sie selbst von der Sucht losgekommen.

Während er zu ihr ging, glitt das Armband aus Leder und Silber an seinem Handgelenk hinab. »Keine Teenager mehr, April. Zigaretten auch nicht. Seit zwei Jahren verkneife ich mir die Qualmerei – ein Höllentrip. Und der Whiskey …« Er zuckte die Achseln.

»Vermutlich braucht ihr vergreisten Rocker wenigstens *ein* Laster.«

»Oh, da habe ich noch ein paar andere. Und du?«

»Vor zwei Jahren bekam ich einen Strafzettel, weil ich zu schnell zu meinem Bibelkurs fuhr. Das war alles.«

»Schwachsinn. Du hast dich verändert. Nicht allzu sehr.«

So leicht hatte er sie nicht immer durchschaut. Aber jetzt war er älter und wahrscheinlich weiser. Sie schüttelte das Haar aus ihrem Gesicht. »Für Laster interessiere ich mich nicht mehr, weil ich alle Hände voll zu tun habe, denn ich muss meinen Lebensunterhalt verdienen.«

»Du siehst fabelhaft aus, April. Wirklich.« Besser als er. In den letzten Jahren hatte er hart gearbeitet, um die Schäden zu reparieren, die er seinem Leichtsinn verdankte. Unzählige Tassen grünen Tee zur Entgiftung, endlose Yoga-Stunden, ein bisschen plastische Chirurgie. »Weißt du noch, wie lächerlich wir vierzigjährige Rocker gefunden haben?«, fragte er und zupfte an einem der kleinen Totenschädel in seinen Ohrläppchen.

»Damals lachten wir allein schon über die Vorstellung, jemand könnte vierzig werden.«

Jack schob eine Hand in seine Hosentasche. »Neulich rief jemand von AARP an, diesem Seniorenmagazin. Ich soll für ein Titelfoto posieren. Zum Teufel mit seiner schwarzen Seele.« Sein schiefes Grinsen hatte sich nicht geändert.

Aber sie wollte keine Erinnerungen mit ihm teilen. »Hast du Riley gesehen?«

»Vor ein paar Minuten.«

»Ein süßes Kind. Blue und ich sind ganz begeistert von deiner Tochter.«

»Wer ist Blue?«

»Deans Verlobte.«

Jack zog seine Hand aus der Hosentasche. »Schätzungsweise ist Riley hergekommen, um ihn kennen zu lernen.«

»Ja. Dean hält sich von ihr fern. Aber sie ist ziemlich hartnäckig.«

»Ich habe Marli nichts von ihm erzählt. Aber letztes

Jahr hatte sie eine Affäre mit meinem ehemaligen Manager. Irgendwie muss sie's ihm rausgekitzelt haben. Bis ich deine Nachricht bekam, wusste ich nicht, dass Riley Bescheid weiß.«

»Für dein Kind sind das schwere Zeiten.«

»Natürlich. Ich hatte einiges zu erledigen. Und Marlis Schwester sollte auf ihre Nichte aufpassen«, fügte er hinzu und schaute zum Cottage hinüber. »Riley sagte, sie hätte ihre Jacke bei dir liegen lassen.«

»Als sie hier war, trug sie keine Jacke.«

»Dann nehme ich an, sie will Zeit gewinnen.« Er griff in seine Hemdtasche und schien Zigaretten zu suchen. »Jetzt könnte ich ein Bier gebrauchen.«

»Tut mir leid, da hast du Pech. Ich bin seit Monaten trocken.«

»Das meinst du nicht ernst.«

»Doch. Inzwischen habe ich meine Todessehnsucht überwunden.«

»Oh, großartig …« Manchmal, wenn er die Leute anschaute, erweckte er den Eindruck, er würde sie tatsächlich sehen. Nun richtete er diesen intensiven Blick auf April. »Wie ich höre, bist du sehr erfolgreich.«

»Ich kann nicht klagen.« Langsam, systematisch und zielstrebig hatte sie ihre Karriere aufgebaut, eine Kundin nach der anderen überzeugt und sich auf niemanden verlassen, nur auf sich selbst. Darauf war sie stolz. »Und Mad Jack? Nachdem du die Rocker-Kriege gewonnen hast, womit vertreibst du dir die Zeit?«

»Die Rocker-Kriege kann man nicht gewinnen. Das weißt du. Immer wieder ein Album, ein Angriff auf die Spitzen der Charts. Und wenn's nicht hinhaut, das unvermeidliche neue Image.« Jack trat ans Ufer, hob ein Steinchen auf und warf es hoch. Plätschernd fiel es in den Teich. »Bevor ich wegfahre, möchte ich Dean sehen.«

»Um in Erinnerungen an schöne Zeiten zu schwelgen? Viel Glück. Dich hasst er fast genauso sehr wie mich.«

»Warum bist du trotzdem hier?«

»Das ist eine lange Geschichte.« Noch etwas, das sie nicht mit ihm teilen wollte.

Seufzend wandte er sich ab. »Was für eine wundervolle Familie wir sind …«

Ehe sie antworten konnte, näherte sich der schwankende Lichtstrahl einer Taschenlampe, und Blue stürmte aus dem Wald. »Riley ist verschwunden!«

Damit es ihr nicht erneut die Sprache verschlug, ignorierte sie Jack Patriot und konzentrierte sich auf April. »Überall habe ich gesucht. Im Haus, im Wohnwagen, im Mäusestall. Sie kann nicht weit gekommen sein …«

»Wann haben Sie Riley zuletzt gesehen?«, fragte April.

»Vielleicht vor einer halben Stunde. Sie sagte, bevor sie abreisen muss, würde sie gern ihr Bild fertig malen. Und ich ging raus, um den Müll zu verbrennen, so wie Sie's mir gezeigt haben. Als ich zurückkam, war sie nicht mehr da. Ich holte Taschenlampen und gab sie den Männern, die mit …« *Mr Patriot* hätte zu lächerlich geklungen. » … die Rileys Vater begleitet haben. Jetzt suchen sie nach ihr.«

»Wie kann sie nur?«, stieß Jack hervor. »Sie ist immer so still. Nie hat sie Ärger gemacht.«

»Vermutlich hat sie Angst«, meinte April. »Nimm mein Auto und fahr die Straße entlang.«

»Okay.«

Nachdem er in den Saab gestiegen war, durchsuchten Blue und April das Cottage. Dann eilten sie zum Farmhaus.

Erfolglos stapfte Jacks Gefolge im Garten herum, während die Frau auf den Stufen der hinteren Veranda saß, eine Zigarette rauchte und mit ihrem Handy telefonierte.

»Da gibt's hundert Schlupfwinkel, wo Riley sich verstecken könnte«, erklärte April. »Vorausgesetzt, sie ist noch auf der Farm.«

»Wo sollte sie denn sonst hingehen?«

Während Blue noch einmal den Wohnwagen inspizierte und dann den Werkzeugschuppen, schaute April im Haus nach. Schließlich trafen sie sich auf der vorderen Veranda.

»Nada«, verkündete Blue.

»Sie hat ihren Rucksack mitgenommen«, berichtete April.

Wenige Minuten später parkte Jack den Saab vor dem Haus und stieg aus. Blue zog sich in die Schatten zurück, um sich nicht noch einmal vor ihrem Idol zu blamieren. Mit diesem Problem müsste sich Dean herumschlagen – nicht *sie*.

»Keine Spur von Riley!«, rief Jack auf dem Weg zur Veranda.

»Ich wette, sie beobachtet das Haus«, sagte April leise. »Sobald du verschwunden bist, wird sie auftauchen.«

»Also gut.« Er strich durch sein drahtiges Haar, dann drehte er sich zu seinen Bodyguards um, die gerade eben den Stall verließen. »Fahren wir los. Ich komme dann zu Fuß zurück.«

Während der SUV davonrollte, trat Blue aus dem Dunkel. »Wo immer sie auch ist, sicher fürchtet sie sich.«

April presste ihre Hände an die Schläfen. »Sollen wir die Polizei anrufen? Den Sheriff?«

»Keine Ahnung. Riley versteckt sich, sie wurde nicht entführt. Und wenn sie einen Streifenwagen sieht ...«

»… wird sie womöglich ausflippen.«

Blue starrte in die Finsternis. »Geben wir ihr noch ein bisschen Zeit, damit sie in Ruhe überlegen kann, was sie tun soll.«

Als die Schweinwerfer des Aston einen Mann einfingen, der am Straßenrand in die Richtung des Farmhauses ging, drosselte Dean das Tempo und schaltete das Fernlicht ein. Da wandte der Mann sich um und hob eine Hand, um seine Augen abzuschirmen.

Dean schaute genauer hin. Unfassbar – Mad Jack Patriot.

Also war er tatsächlich selber hierhergekommen, um Riley abzuholen. Dean hatte ihn einige Jahre lang nicht gesehen, und jetzt – verdammt noch mal – wollte er nicht mit ihm reden. Nur mühsam bezwang er den Impuls, Gas zu geben und an der einsamen Gestalt vorbeizurasen. Schon vor langer Zeit hatte er eine Strategie für alle Begegnungen mit seinem Vater festgelegt, er sah keinen Grund, irgendwas daran zu ändern. Er bremste und ließ das Seitenfenster hinabgleiten. Einen Ellbogen auf die Tür gestützt, zwang er sich zu einer möglichst neutralen Miene. »Jack.«

»Hallo, Dean.« Der Hurensohn nickte ihm zu. »Lange nicht gesehen.«

Auch Dean nickte. Keine Scherze, keine geistreichen Sprüche. Totale Gleichgültigkeit.

Lässig legte Jack eine Hand auf das Autodach. »Ich wollte Riley abholen. Aber nachdem sie kurz mit mir geredet hatte, rannte sie davon.«

»Wirklich?« Das erklärte nicht, warum Jack ganz allein die Straße entlangwanderte. Aber Dean fragte auch gar nicht danach.

»Vermutlich hast du sie nicht gesehen.«

»Nein.«

Das Schweigen zog sich in die Länge. Wenn Dean seinem Vater nicht anbot, ihn zum Farmhaus zu fahren, würde er ihm beweisen, wie sehr er ihn hasste. Trotzdem besann er sich anders.

»Soll ich dich mitnehmen?«

»Nicht nötig«, erwiderte Jack und trat vom Wagen zurück. »Sie soll mich nicht sehen. Deshalb gehe ich lieber zu Fuß.«

»Wie du willst.« Dean schloss das Fenster. Langsam fuhr er weiter. Keine quietschenden Reifen, kein knirschender Kies. Nichts, was das Ausmaß seines Zorns verraten würde. Nachdem er den Wagen vor dem Haus abgestellt hatte, betrat er die Halle. An diesem Tag hatte der Elektriker mehrere Lampen angeschlossen, deshalb gab es endlich genug Licht.

Dean hörte Schritte über seinem Kopf. »Blue?«

»Hier oben.«

Allein schon der Klang ihrer Stimme besänftigte ihn. Sie würde ihn von der Sorge um Riley ablenken, von seinem Groll gegen Jack, würde ihn zum Lächeln bringen, ärgern und antörnen. Ja, sie *musste* ganz einfach bei ihm bleiben.

Er fand sie im zweitgrößten Schlafzimmer, das frisch gestrichen war, hellbeige, mit einem neuen Bett und einer Kommode eingerichtet. Andere Einrichtungsgegenstände gab es nicht, keine Teppiche, keine Vorhänge, keine Sessel. Aber Blue hatte irgendwo eine Schreibtischlampe mit einem Schwanenhals voller Farbspritzer entdeckt und auf die Kommode gestellt. Gerade strich sie eine Decke über dem Laken glatt, das sie über die Matratze gespannt hatte.

213

Als sie sich vorbeugte, hing das T-Shirt lose an ihrem Oberkörper. Aus dem Ponyschwanz hatten sich ein paar Haare gelöst, die sich wie verschüttete Tinte von ihrem hellen Nacken abzeichneten.

Mit bedrückt gerunzelter Stirn blickte sie auf. »Riley ist weggerannt.«

»Das habe ich schon gehört. Vorhin bin ich Jack auf der Straße begegnet.«

»Wie war's?«

»Okay. Kein Aufhebens. Er bedeutet mir nichts.«

Daran zweifelte sie. Aber sie forderte keine Diskussion heraus.

»Sollte nicht irgendjemand nach ihr suchen?«, fragte er.

»Wir haben schon überall nachgesehen. Wenn sie dazu bereit ist, wird sie aufkreuzen.«

»Bist du sicher?«

»Einigermaßen optimistisch. Plan B bedeutet einen Anruf beim Sheriff. Und das würde sie zu sehr erschrecken.«

Nun zwang er sich, eine Möglichkeit zu akzeptieren, die er bisher verdrängt hatte. »Und wenn sie zum Highway gelaufen ist und per Anhalter abhaut?«

»So dumm ist sie nicht. All die Filme, die sie nicht hätte sehen dürfen, flößen ihr eine ausgeprägte Angst vor fremden Leuten ein. Außerdem glauben April und ich, dass sie die Hoffnung auf dich noch nicht aufgegeben hat.«

Um seine Schuldgefühle zu überspielen, schlenderte er zum Fenster. Da draußen war es viel zu dunkel für ein elfjähriges Mädchen, das sich ganz allein herumtrieb.

»Möchtest du den Garten absuchen? In der Küche findest du eine Taschenlampe. Wenn sie dich sieht, kommt sie vielleicht aus ihrem Versteck hervor.« Skeptisch musterte Blue das Zimmer. »Wenn hier wenigstens ein Teppich liegen würde! So spartanisch eingerichtete Räume ist er nicht gewöhnt.«

»*Er?*« Ruckartig hob Dean den Kopf. »Vergiss es, Jack wird nicht hier schlafen.« Erbost stapfte er in den Flur, und Blue folgte ihm.

»Wo denn sonst? Es ist spät geworden, und er hat sein Gefolge weggeschickt. In Garrison gibt's keine Hotels. Solange Riley verschwunden bleibt, wird er ohnehin nicht wegfahren.«

»Rechne lieber nicht damit.« Mit all dem wollte Dean nichts zu tun haben. Wäre er an diesem Morgen bloß abgereist!

Blues Handy läutete, und sie zerrte es aus ihrer Jeanstasche. Angespannt wartete er. »Haben Sie Riley gefunden?«, fragte sie. »Wo war sie?«

Dean holte tief Luft und lehnte sich an den Türrahmen.

»Was? Da haben wir doch nachgesehen.« Sie kehrte ins Schlafzimmer zurück und setzte sich auf die Bettkante. »Ja. Gut. Das werde ich tun.« Sie drückte die Aus-Taste und schaute zu ihm auf. »Entwarnung, April hat deine schlafende Halbschwester im Cottage gefunden, in ihrem Kleiderschrank. Da haben wir uns schon umgesehen. Also muss Riley reingegangen sein, nachdem wir hierhergekommen sind.«

In diesem Moment öffnete sich die Haustür. In der Halle erklangen schwere, gemessene Schritte.

Hastig sprang Blue auf und sprudelte hervor: »April hat gesagt, wir sollen deinem Vater erklären, sie würde Riley heute Nacht im Cottage aufnehmen. Dann kann er hier im Haus schlafen. Es wäre besser, er würde erst morgen mit seiner Tochter reden.«

»Sprich du mit ihm.«

»Lieber nicht, es ist …«

Noch mal Schritte im Erdgeschoss. »Ist da jemand?«, rief Jack.

»Das kann ich nicht«, flüsterte Blue.

»Warum nicht?«

»Weil ich's einfach nicht kann.«

Jacks Stimme drang die Treppe herauf. »Hallo? April?«

»Scheiße.« Blue griff sich an die Kehle. Statt hinunterzugehen, floh sie in Deans Schlafzimmer. Nur wenige Sekunden später – um sich auszuziehen, hätte sie länger gebraucht – rauschte die Dusche. Da merkte er, dass sich das furchtlose Bibermädchen versteckte. Allerdings nicht vor *ihm*.

So lange wie möglich blieb Blue im Bad, putzte ihre Zähne und wusch ihr Gesicht. Auf leisen Sohlen schlich sie ins Schlafzimmer, holte ihre Yoga-Hose und das Body By Beer T-Shirt. Schließlich gelang es ihr, unbemerkt aus dem Haus zu schleichen.

Am nächsten Morgen, falls Jack Patriot immer noch hier wäre, würde dieser Unsinn ein Ende finden. Dann würde sie sich wie eine erwachsene Frau benehmen. Wenigstens hatte seine Ankunft ihr *eigentliches* Problem in den Hintergrund verbannt.

Sie stieg in den Zigeunerwagen und erstarrte. Auch das noch – Besuch von ihrem *eigentlichen* Problem.

Auf dem hinteren Bett lümmelte ein sichtlich missgelaunter Zigeunerprinz, vom goldenen Schein der Öllampe übergossen, die auf dem Tisch stand. Seine Schultern stemmten sich gegen die Seitenwand, ein Knie hatte er angezogen, das andere Bein hing zum Boden hinab. Als er eine Bierflasche an die Lippen hob, rutschte sein T-Shirt nach oben und enthüllte straffe Muskeln über dem Bund der tief sitzenden Jeans. »Ausgerechnet *du*«, spottete er verächtlich.

Natürlich hätte es keinen Sinn, verständnisloses Staunen zu mimen. Warum durchschaute er sie so mühelos, obwohl er sie erst seit wenigen Tagen kannte? Entschlossen hob sie das Kinn. »Ich brauche einfach nur ein bisschen Zeit, um mich dran zu gewöhnen.«

»Wenn du ihn um ein Autogramm bittest, ich schwöre zu Gott ...«

»Dazu müsste ich mit ihm sprechen. Bisher habe ich das nicht geschafft.«

Dean schnaufte und nahm einen Schluck Bier.

»Morgen kriege ich es in den Griff.« Blue schob den Stuhl unter den bemalten Tisch. »Warum bist du hier? Hast du gar nicht mit ihm geredet?«

»Ich habe ihm von Riley erzählt, in die Richtung des beigen Schlafzimmers gezeigt und mich dann höflich entschuldigt, um meine Verlobte zu suchen.«

Misstrauisch starrte sie ihn an. »Hier wirst du nicht schlafen.«

»Du auch nicht. Verdammt will ich sein, wenn er sich einbildet, er hätte mich aus meinem eigenen Haus vertrieben. Diese Genugtuung gönne ich ihm nicht.«

»Trotzdem bist du hier.«

»Nur um dich zu holen. Falls du das vergessen hast, im Farmhaus gibt's keine Türen. Soll er etwa sehen, dass meine Liebste mein Bett nicht teilt?«

»Falls *du das* vergessen hast, ich bin nicht deine Liebste.«

»Vorerst schon.«

»Um deinem Gedächtnis auf die Sprünge zu helfen, ich habe ein Keuschheitsgelübde abgelegt.«

»Zum Teufel mit deinem Keuschheitsgelübde. Arbeitest du für mich oder nicht?«

»Ich bin deine Köchin. Und behaupte bloß nicht, du würdest nichts essen. Gestern Abend bist du über die Reste hergefallen.«

»Okay, aber ich brauche keine Köchin, sondern jemanden, der heute Nacht mit mir schläft.« Dean musterte Blue über die Bierflasche hinweg. »Dafür bezahle ich dich.«

Entgeistert blinzelte sie. »Du bezahlst mich? Damit ich mit dir schlafe?«

»Noch nie hat man mir vorgeworfen, ich sei knauserig.«

»Moment mal ...« Sie presste ihre Hände auf die Brust. »Das ist so ein erhabener Augenblick, den möchte ich genießen.«

»Wo liegt dein Problem?«, fragte er unschuldig.

»Ein Mann, den ich einmal respektiert habe, bietet mir Geld an, weil er mit mir schlafen möchte. Das muss man sich erst einmal auf der Zunge zergehen lassen.«

»Was für eine schmutzige Fantasie du hast, Blue. Ich rede nur vom *Schlafen*.«

»Also gut. So wie wir letztes Mal miteinander *geschlafen* haben?«

»Keine Ahnung, was du meinst.«

»Überall hast du mich angefasst.«

»Reines Wunschdenken.«

»Deine Hände in meinen Jeans ...«

»Die hitzigen Träume einer frustrierten Frau, die nach Sex hungert.«

Nein, sie ließ sich nicht manipulieren. »Du wirst allein schlafen.«

Da stellte er die Bierflasche auf den Boden, verlagerte

sein Gewicht auf eine Hüfte und zog seine Brieftasche hervor. Wortlos nahm er zwei Geldscheine heraus und schwenkte sie durch die Luft.

Zwei Fünfziger.

12

Durch ihr Gehirn schoss ein halbes Dutzend wütender Proteste, bevor sie den offenkundigen Schluss zog: Sie war käuflich. Ja, sie würde sich auf ein Wagnis einlassen. Aber gehörte das nicht zu dem Spiel, das sie spielte? Endlich Geld in ihrer Brieftasche, das rechtfertigte dieses Risiko. Außerdem konnte sie die Chance nutzen, diesem Schurken zu zeigen, dass sie gegen seinen Charme immun war.

Also riss sie ihm das Geld aus der Hand. »Okay, du Ratte, du hast gewonnen«, fauchte sie und stopfte die beiden Scheine in die Gesäßtasche ihrer Jeans. »Aber ich nehme das nur, weil ich habgierig und völlig verzweifelt bin. Und weil dein Zimmer keine Tür hat. Also wirst du deine Gelüste im Zaum halten.«

»Klar …«

»Das meine ich ernst, Dean. Wenn du mir zu nahe trittst…«

»Ich? Und du?« Sein Blick glitt über ihren Körper wie Vanilleeis, das auf heiße Himbeeren floss. »Wie wär's denn *damit*? Das Doppelte oder gar nichts.«

»Wovon redest du?«

»Wenn du mich zuerst berührst, behalte ich die hundert Dollar. Fasse ich dich zuerst an, kriegst du zweihundert. Wenn niemand den Anfang macht, gilt der Deal weiterhin.«

Blue überlegte kurz und entdeckte keine Fallstricke außer der Gefahr, die Nutte, die in ihr schlummerte, würde sich Bahn brechen. Sicher konnte sie das kleine Biest bändigen. »Abgemacht. Nur eins noch ...« In diesem Schlafzimmer würde sie nicht mehr Zeit mit ihm verbringen als nötig. Kein Grund zur Sorge. Sie ergriff die Bierflasche und setzte sich aufs andere Ende des Betts. »Da du ganz furchtbar sauer auf deine Eltern bist, war deine Kindheit vermutlich genauso verkorkst wie meine.«

»Mit einem gewissen Unterschied«, erwiderte er und stupste ihren Fußknöchel mit einer Zehenspitze an. »Ich habe mich davon erholt. Und du bist immer noch seelisch zerrüttet.«

Blue zog ihren Fuß weg. »Trotzdem hast du mich unter all den Frauen auf diesem Planeten zu deiner Braut erwählt.«

»Ach ja ...« Er balancierte wieder auf einer Hüfte und schob seine Brieftasche in die Hosentasche zurück. »Bevor ich das vergesse, vielleicht hast du inzwischen beschlossen, nicht Hawaii, sondern Paris aufzusuchen, um in den heiligen Ehestand zu treten.«

»Warum sollte ich?«

»He, *ich* bin's nicht, der keinen Entschluss fassen kann.«

»Armer Dean. Die zahllosen Frauen abzuwehren, die du in den Bars triffst, muss ein Fulltimejob sein.« Seine Wade streifte ihr Schienbein. »Nur aus Neugier – wieso wimmelst du sie eigentlich ab?«

»Kein Interesse.«

»Also waren sie entweder verheiratet oder nicht mehr ganz taufrisch. Erzähl mir, wie es war, so vernachlässigt aufzuwachsen?«

Nun hatte sie ihm endlich die Laune verdorben. »Das war okay«, murmelte er, die Stirn gefurcht. »Ich hatte mehrere Babysitter, bis ich alt genug für ein exklusives Internat war. Sicher wird dich das enttäuschen, aber ich wurde weder geschlagen, noch musste ich hungern. Außerdem lernte ich Football spielen.«

»Hast du deinen Dad in diesen Jahren jemals gesehen?«

Dean nahm ihr das Bier weg. Bei dieser Bewegung musste er sein Bein von ihrem entfernen. »Darüber will ich wirklich nicht reden.«

Durfte sie sich eine subtile Manipulation erlauben? »Wenn es zu schmerzlich ist ...«

»Wohl kaum. Wer mein Erzeuger ist, erfuhr ich erst mit dreizehn. Vorher nahm ich an, der Boss hätte das grandiose Werk vollbracht.«

»Hast du Bruce Springsteen für deinen Vater gehalten?«

»Der war es nur in Aprils berauschter Fantasie. Zu schade, dass es nicht stimmt.« Er leerte die Flasche und stellte sie klirrend auf den Boden.

»Seltsam, ich kann mir deine Mom gar nicht betrunken vorstellen. Jetzt wirkt sie so kontrolliert. Wusste Jack von Anfang an über dich Bescheid?«

»O ja.«

»Ziemlich mies. Hätte er sich nicht wegen Aprils Schwangerschaft sorgen müssen, schließlich war sie drogensüchtig?«

»Sobald sie über ihren Zustand informiert war, machte sie Schluss mit der Kokserei. Vermutlich hoffte sie, Jack würde sie heiraten.« Er sprang auf und schlüpfte in seine Schuhe. »Verschone mich mit diesen Fragen. Gehen wir.«

»Das habe ich ernst gemeint, Dean.« Widerstrebend erhob sie sich. »Kein intimer Kontakt.«

»Allmählich fühle ich mich gekränkt.«

»Unsinn, du willst mich nur möglichst hart bestrafen, weil ich Aprils Herzfehler erfunden habe.«

»Da wir gerade von *hart* sprechen ...« Er zog sie an sich, die Hand an einer sensitiven Stelle ihrer Wirbelsäule.

Hastig befreite sie sich, stieg aus dem Wohnwagen, und Dean folgte ihr. Sie schaute zum Fenster des vorderen Schlafzimmers hinauf. »Da oben brennt kein Licht mehr.«

»Oh, Mad Jack schon vor Mitternacht im Bett? Eine Premiere.«

Blues Flip-Flops quietschten im feuchten Gras. »Komisch, du siehst ihm gar nicht ähnlich.«

»Danke für das Kompliment, aber er wurde einem Vaterschaftstest unterzogen.«

»Damit wollte ich nicht andeuten ...«

»Können wir über etwas anderes reden?« Er hielt ihr die Seitentür auf. »Zum Beispiel, warum hast du Angst vor Sex?«

»Nur was dich betrifft. Leider bin ich gegen deine Anti-Age-Creme allergisch.«

Sein heiseres Gelächter wehte in die milde Tennessee-Nacht.

Als er aus dem Bad kam, lag sie bereits im Bett. Entschlossen wandte sie ihren Blick von der deutlich sichtbaren Wölbung in seinen waldgrünen End Zone-Boxershorts ab. Aber sie kam nur bis zu seinem Waschbrettbauch und einem Pfeil aus goldenen Härchen. Der zeigte direkt zur gefährlichen Region hinab ...

Kopfschüttelnd inspizierte er den Kissenwall, den sie in der Mitte des Betts errichtet hatte. »Findest du das nicht ein bisschen kindisch?«

»Dafür werde ich mich morgen früh entschuldigen, wenn du auf deiner Seite des Betts bleibst.«

»Falls du glaubst, ich lasse meinen Vater merken, wie unreif du bist, irrst du dich«, erklärte er im Flüsterton, um den unerwünschten Hausgast nicht zu wecken.

»Ich werde schon im Morgengrauen aufwachen, dann entferne ich die Kissen«, versprach sie und dachte an die hundert Dollar.

»So wie gestern Morgen?«

Hatte sie wirklich erst am vergangenen Morgen seine Hand in ihren Jeans gespürt? Er schaltete die angeschlagene weiße Porzellanlampe aus, die April aus dem Cottage herübergebracht hatte. Jetzt drangen Mondstrahlen ins Zimmer und bemalten seinen Körper mit Licht und Schatten. Als er zum Bett kam, erinnerte sich Blue, dass er ein Spieler war. *Für ihn ist es ein Spiel.* Indem sie nein sagte, schwenkte sie ein warnendes grünes Fähnchen.

»*So* unwiderstehlich bist du nun auch wieder nicht.« Dean schlug das Laken zurück und kroch ins Bett. »Weißt du, was ich glaube?« Auf einen Ellbogen gestützt, spähte er über den Kissenwall hinweg. »Du hast Angst vor dir selber. Weil du fürchtest, du könntest deine Finger nicht von mir lassen.«

Also plante er ein kleines Wortgefecht. Aber das erschien ihr wie ein Vorspiel. Um ihn nicht zu reizen, verkniff sie sich eine passende Antwort.

Er legte sich zurück und fuhr sofort wieder hoch. »Das muss ich mir nicht bieten lassen.« Mit einer weit ausholenden Geste fegte er alle Kissen zum Fußende des Betts.

»Moment mal ...« Blue versuchte sich aufzurichten. Aber Deans Gewicht fesselte sie an die Matratze. Sie wappnete sich gegen eine Attacke, doch sie hätte es besser wissen müssen. Ganz sanft drückte er seinen Mund auf ihren. Zum zweiten Mal an diesem Tag begann er ihre Lippen zu verzaubern.

Okay, eine Zeitlang würde sie sich küssen lassen – das konnte er sehr gut. Nur ein paar Minuten.

Seine Hand wanderte unter ihr T-Shirt. Dann fand sein Daumen die Knospe einer Brust. Blue schmeckte Zahnpasta und Sünde. In ihrem Körper breiteten sich hitzige Wellen aus. Drängend presste er seine Erektion an ihren Schenkel.

Ein Spiel. Nur ein Spiel.

Jetzt neigte er den Kopf nach unten. Durch das T-Shirt hindurch saugte er an ihrer Brustwarze. Wenn sie ihre Kleider anbehielt ... So betörend erhitzte seine Zunge die feuchte Baumwolle, und er legte seine Hand zwischen ihre Beine, auf den Stoff der Yoga-Hose. Langsam öffnete sie die Knie. Er reizte sie und spielte mit ihr und glaubte, sie hätten alle Zeit dieser Welt. Aber er spielte zu lange. Ihr Kopf sank nach hinten, das Mondlicht schien in tausend silberne Splitter zu zerspringen. In Blues kaum gedämpften Schrei mischte sich die Antwort seines Stöhnens, und sie spürte, wie er gemeinsam mit ihr erschauerte. Erst als sie zur Besinnung kam, nahm sie etwas Feuchtes an ihrem Schenkel wahr.

Fluchend glitt er von ihr hinab, sprang aus dem Bett und verschwand im Bad. Und Blue lag da – befriedigt, wütend, die Selbstachtung am Boden zerstört. Das war's dann wohl mit ihrer Willenskraft.

Nach einer Weile kam er aus dem Bad zurück. Nackt. Seine sanfte, gedehnte Stimme füllte den Raum. »Sag nichts, kein Wort. Ich mein's ernst. So was Peinliches ist mir nicht mehr passiert, seit ich fünfzehn war.«

Wie *sie* sich fühlte, nachdem sie ihre Würde verloren und seiner Verführungskunst nachgegeben hatte, wusste er nicht. Sie wartete, bis er sich neben ihr ausgestreckt hatte. Dann hob sie den Kopf und schaute ihn an. »He, Speed Racer…«, wisperte sie, rückte zu ihm und hauchte einen bedeutungslosen Kuss auf seine Lippen. »Du schuldest mir noch hundert Dollar.«

Am nächsten Morgen wurde sie von zwitschernden Vögeln geweckt. Um sich vor nächtlichem Kuschelglück zu schützen, hatte sie möglichst weit von Dean entfernt geschlafen. Eines ihrer Beine hing aus dem Bett. Ohne ihn zu stören, stand sie auf. Von weißem Leinen umgeben, schimmerte seine Haut wie Gold, helle Härchen wuchsen auf seiner imposanten muskulösen Brust. Beim Anblick der winzigen Löcher in seinen Ohrläppchen erinnerte sie sich an Jacks silberne Totenschädel. So einen Schmuck würde sie auch seinem Sohn zutrauen. Zwischen seinen Beinen, unter dem Laken, erhob sich eine Wölbung. Das alles könnte ihr gehören, wenn sie ihr Gehirn ausschaltete.

Als sie ins Bad eilte, um zu duschen, rührte er sich nicht. Erfrischend rieselte das Wasser auf ihr Gesicht herab, und sie hoffte, es würde ihr einen klaren Kopf verschaffen. Das war ein neuer Tag. Solange sie kein Aufhebens um die relativ harmlosen Ereignisse der letzten Nacht machte, konnte er keine Pluspunkte auf der Anzeigentafel notieren, die er in seinem Gehirn herumtrug.

Gewiss, sie hatte noch immer keinen Job, aber eine Trumpfkarte. Denn er wollte sie auf der Farm festhalten, damit sie ihn gegen die Leute abschirmte, die in seine Welt eingedrungen waren.

Während sie sich abtrocknete, hörte sie Wasser im Bad

weiter unten am Flur rauschen. Dann kehrte sie ins Schlafzimmer zurück. Das Bett war leer. Hastig schlüpfte sie in
ein ärmelloses schwarzes Shirt aus ihrem Seesack und
Jeans, die sie in der Schenkelmitte abgeschnitten hatte. In
einer der Taschen spürte sie einen Klumpen und entdecke
ihre vermisste Wimperntusche und den Lipgloss. Beides
benutzte sie – nur weil sie Jack Patriot vielleicht begegnen
würde, bevor er nach Nashville fuhr.

Auf dem Weg ins Erdgeschoss roch sie Kaffee. Als sie
die Küche betrat, sah sie Mad Jack am Tisch sitzen und an
einer weißen, mit Kirschen verzierten Tasse nippen. Schon
wieder wurde sie von den leichten Schwindelgefühlen befallen, die Tags zuvor ihre Stimmbänder gelähmt hatten.

Er trug dieselbe Kleidung wie am vergangenen Abend
und Rocker-Bartstoppeln. »Guten Morgen«, grüßte er
und musterte sie mit jenem vertrauten Blick unter halb gesenkten Lidern, der ein Dutzend Plattenhüllen schmückte.

»M-morgen«, würgte sie atemlos hervor.

»Sie sind Blue, nicht wahr?«

»B-Bailey. B-Blue Bailey.«

»Klingt wie dieser alte Song.«

Was er meinte, wusste sie.

Aber ihr Gesicht gefror, und so erklärte er: »›Won't you
come home, Bill Bailey?‹ Dafür sind Sie wahrscheinlich zu
jung. April hat mir erzählt, Sie würden Dean heiraten«,
fügte er hinzu, unfähig, seine Neugier zu verbergen. Hatte
er sie im Bett seines Sohnes gesehen? Oder hatte Dean die
zweihundert Dollar vergeudet? »Haben Sie schon ein Datum festgelegt?«

»Noch nicht«, quiekte sie wie Minnie Mouse.

Jack setzte die kühle Inspektion fort. »Wie haben Sie
ihn kennen gelernt?«

»Eh – bei meiner PR für ein Holzhandelsgeschäft.«

Die Sekunden verstrichen. Als sie merkte, dass sie ihn anstarrte, stolperte sie zu den Einkaufstüten in der Speisekammer. »Ich werde Pfannkuchen backen!«

»Okay.«

In ihren pubertären erotischen Fantasien hatte dieser Mann die Hauptrolle gespielt. Während ihre Klassenkameradinnen ganz verrückt nach Kirk Cameron gewesen waren, hatte sie sich vorgestellt, Deans Vater würde ihr die Unschuld rauben. *Idiotisch.*

Und doch …

Verstohlen taxierte sie ihn, als sie die Speisekammer verließ, die Backmischung für die Pfannkuchen in der Hand. Trotz seiner olivfarbenen Haut war er blass. Vielleicht hatte er sich in der letzten Zeit zu selten an der frischen Luft aufgehalten. Aber er strahlte immer noch den gleichen sexuellen Magnetismus aus wie sein Sohn. Sie öffnete den Karton und beschloss, an diesem Tag würde sie Dean das Leben zur Hölle machen.

Dann konzentrierte sie sich darauf, die Zutaten zu vermengen, ohne die exakten Maße durcheinanderzubringen. Normalerweise backte sie Pfannkuchen mit links. Aber an diesem Morgen wollte sie nichts riskieren, und so arbeitete sie besonders sorgfältig. Jack hatte Mitleid und stellte keine Fragen. Während sie die erste Teigmischung in die neue Pfanne goss, schlenderte Dean in die Küche, betont lässig und arrogant, mit den gleichen Rocker-Bartstoppeln wie sein Dad. Möglicherweise lag das an den Genen. In seinem grünen T-Shirt zeigte sich die perfekte Anzahl von Falten, die Khaki-Cargoshorts verhüllten haargenau den richtigen Teil der kraftvollen Schenkel. Er schaute Jack nicht an. Stattdessen begutachtete er Blue von Kopf bis Fuß. Schließlich blieb sein Blick an ihrem Gesicht hängen. »Make-up. Was ist passiert? Du siehst beinahe wie eine Frau aus.«

»Danke. Du siehst beinahe wie ein Hetero aus.«

Hinter ihrem Rücken begann sein Vater zu kichern. *Oh, mein Gott, ich amüsiere Jack Patriot ...*

Dean neigte sich vor und küsste sie – kühl und ausgiebig und so planmäßig, dass sie sich nicht verwirren ließ. Auf diese Weise leitete er ein neues Spiel ein, jenes spezielle Spiel, das er für seine verhassten Eltern reserviert hatte. Und er ernannte Blue zu seiner Teamkameradin, damit Jack merkte, von jetzt an müsste er sich gegen zwei Widersacher wehren.

Erst nach diesem langen Kuss nahm er die Anwesenheit seines Dads zur Kenntnis und nickte ihm kurz zu. Jack nickte zurück und wandte sich zum Fenster. »Hier ist es wirklich schön. Ich hätte nie gedacht, dass du dich eines Tages zum Farmer entwickeln würdest.«

Da sein Sohn nicht antwortete, brach Blue das drückende Schweigen. »Gleich sind die ersten Pfannkuchen fertig. Geh mal in die Speisekammer, Dean, und nimm den Sirup aus den Einkaufstüten und bring auch die Butter mit.«

»Mit Vergnügen, meine Süße«, beteuerte er und drückte einen weiteren strategischen Kuss auf ihre Stirn.

Sie griff nach den Tellern. Konnte ihr Leben noch unheimlichere Formen annehmen? Ihre Ersparnisse finanzierten die Aktivitäten südamerikanischer Guerillas, sie war zum Schein mit einem berühmten Footballspieler verlobt, obdach- und arbeitslos, *und* sie bereitete ein Frühstück für Mad Jack Patriot zu.

Als Dean aus der Speisekammer zurückkam, zeigte Jack auf Blue. »Wo ist der Verlobungsring?«

»Den ersten, den ich ihr schenken wollte, hasste sie, weil die Steine zu klein waren.« Dean hatte doch tatsächlich den Nerv, in Blues Kinn zu kneifen. »Für meine Süße immer nur das Allerbeste.«

Leise summte sie die Titelmelodie von »Speed Racer« vor sich hin.

Nur weil sie Jack nicht anschaute, gelang es ihr, die Pfannkuchen zu servieren, ohne dass sie auf seinen Knien landeten. Dean aß seine Pfannkuchen im Stehen, eine Hüfte an die Küchentür gelehnt. Dabei plauderte er mit Blue. Hin und wieder richtete er auch eine Bemerkung an Jack, um nicht den Verdacht zu erregen, er würde ihn ignorieren. Diese Strategie kannte sie, denn sie praktizierte sie selber immer wieder. *Zeig niemandem, wie gekränkt du bist.* Wie gut sie ihn verstand, missfiel ihr.

Auch sie aß im Stehen. Würde sie Jack gegenübersitzen, könnte sie keinen Bissen hinunterbringen. Die Seitentür öffnete sich, und April trat ein – in einer Khakihose, einem korallenroten Top mit einer Schleife am Ausschnitt und Sandalen mit regenbogenfarbenem Keilabsatz.

Hinter ihr erschien Riley, das feuchte braune Haar in der Mitte gescheitelt und mit irisierenden blauen Spangen aus der Stirn gehalten, die April arrangiert haben musste. Die widerspenstigen Locken gezähmt, sah sie viel hübscher aus, und die schönen Karamellaugen kamen besser zur Geltung. Das Foxy T-Shirt hatte sie mit einem schwarzen vertauscht – genauso eng und mit den roten Wulstlippen einer Frau bedruckt.

Dean wandte sich ab, um in die Speisekammer zu flüchten.

Sobald Riley ihren Vater entdeckte, erstarrte sie. Jack stand auf. Dann wusste er nicht, wie er reagieren sollte, und so entschied er sich für einen nahe liegenden Kommentar. »Da bist du ja.«

Riley kratzte an einem Rest ihres Nagellacks.

»Gerade habe ich Pfannkuchen gebacken«, verkündete Blue fröhlich.

Ohne Jack oder ihren Sohn anzuschauen, erklärte April: »Wir haben Müsli im Cottage gegessen.«

»Hoffentlich hast du dich bei April bedankt, Riley«, sagte der Mann, der früher ein ganzes Schlagzeug mit einem Fußtritt quer über die Bühne geschleudert und einen Polizisten aufgefordert hatte, sich selber zu ficken.

Ein überflüssiges Glas Erdnussbutter in der Hand, kehrte Dean aus der Speisekammer zurück. Wie Blue vermutete, hielt er sich zum ersten Mal mit beiden Eltern im selben Raum auf. Stocksteif und schweigend stand er da. Obwohl er keinen Schutz brauchte, postierte sie sich an seiner Seite und schlang einen Arm um seine Taille.

Jack griff in seine Tasche. »Nun werde ich Frankie anrufen. Er soll uns abholen.«

»Aber ich will nicht weg«, murmelte Riley. Als er sein Handy hervorholte, stammelte sie: »Und – und ich komme nicht mit.«

Irritiert schaute er von seinem Telefon auf. »Wovon redest du? Du hast bereits eine ganze Woche in der Schule versäumt. Also musst du mit mir zurückfahren.«

Riley hob ihr Kinn. »Nächste Woche fangen die Sommerferien an. Ich habe meine Abschlussarbeit fertiggeschrieben. Die wird Ava für mich abliefern.«

Das hatte er offenbar vergessen, was er geschickt überspielte. »Tante Gayle erwartet dich. In zwei Wochen fährst du mit deiner Kusine in ein Ferienlager. Deine Tante hat alles arrangiert.«

»Das will ich nicht! So ein Ferienlager ist mir zu blöd. Außerdem würde Trinity alle Kinder gegen mich aufhetzen, und die machen sich über mich lustig.« Erbost warf sie ihre rosa Jacke und den Rucksack zu Boden. Auf ihren Wangen glühten rote Flecken. »Wenn du mich zwingst, mit dir nach Nashville zu fahren, werde ich wieder weglaufen. Wie ich das hinkriege, weiß ich.«

Rileys Rebellion brachte ihn aus dem Konzept, was Blue nicht überraschte. Immerhin war es diesem Kind gelungen, sich mitten in der Nacht von Nashville bis zur Farm seines Halbbruders durchzuschlagen. Unter Deans T-Shirt spannten sich die Muskeln an. Besänftigend strich Blue mit ihren Fingerspitzen über seinen Rücken.

»Hör mal, Riley ...« Jack umklammerte das Handy. »Für dich ist das alles sehr schwer. Das verstehe ich. Aber mit der Zeit wird's besser.«

»Wie denn?«

Obwohl er sich sichtlich unwohl fühlte, bemühte er sich tapfer, die Situation zu retten. »Irgendwann wird's nicht mehr so wehtun. Ich weiß, du hast deine Mutter geliebt und ...«

»Nein, ich habe sie nicht geliebt!«, schrie Riley. »Sie fand mich hässlich und dumm. Und sie hat nur Trinity geliebt!«

»Unsinn, sie hat dich sogar sehr geliebt.«

»Wieso weißt du das?«

»Nun ...« Unbehaglich zögerte er. »Ich weiß es eben. Und jetzt will ich nicht mehr mit dir streiten. Du hast mir schon genug Ärger gemacht, und du wirst tun, was ich dir sage.«

»Nein!« In ihren Augen glänzten keine Tränen. Wütend ballte sie die Hände. »Wenn du mich zwingst, nach Hause zu fahren, bringe ich mich um! Das werde ich tun! Und ich weiß auch, wie! Ich werde Moms Pillen finden. Und Tante Gayles Pillen auch. Die schlucke ich alle auf einmal. Und – und ich schneide mir die Pulsadern auf. Und dann werde ich sterben!«

Mad Jack war sichtlich erschüttert, und April zerrte an ihren silbernen Ringen. Da begann Riley zu schluchzen und rannte zu ihr. »Bitte, April, bitte, lass mich bei dir bleiben!«

Instinktiv nahm April das Kind in die Arme.

»April kann nicht für dich sorgen«, protestierte Jack brüsk, »sie hat zu tun.«

Über Rileys Wangen rollten Tränen. Sie starrte die Schleife an Aprils Top an. Doch sie redete mit ihrem Vater. »Dann bleib du hier. Sorg *du* für mich.«

»Das kann ich nicht.«

»Warum nicht? Für zwei Wochen könnest du hier bleiben.« Flehend schaute Riley zu April auf und bewies rührende kindliche Courage. »Wäre das nicht okay, April? Wenn er für zwei Wochen hier bleibt?« Sie befreite sich aus der Umarmung. Unsicher ging sie zu ihrem Vater. »Bis September hast du keinen Auftritt. Ich habe gehört, wie du sagtest, du würdest irgendwohin fahren und an neuen Songs arbeiten. Willst du das nicht hier machen? Oder im Cottage? In Aprils Cottage ist es wirklich sehr ruhig. Da könntest du deine neuen Songs schreiben.«

»Aber es ist nicht mein Cottage, Riley«, widersprach April sanft. »Es gehört Dean. So wie dieses Haus.«

Rileys Kinn zitterte. Verzweifelt richtete sie ihren Blick auf Deans Brust, seine Haut schien unter dem T-Shirt zu brennen. In seinem Kinn zuckte ein Muskel.

»Klar, ich weiß, ich bin furchtbar fett und so …«, flüsterte Riley. »Und ich weiß, du magst mich nicht. Aber ich werde ganz still sein. Und Dad auch.« Nun hob sie ihr Gesicht, und die herzzerreißenden Augen schauten direkt in seine. »Wenn er seine Songs schreibt, achtet er auf niemanden. Ich könnte dir sogar helfen, vielleicht sauber machen und das Geschirr spülen.« Wie versteinert stand Dean da, während Rileys nächste Worte beinahe in Tränen erstickten. »Oder wenn du jemanden brauchst, der dir einen Football hinwirft, damit du trainieren kannst und so … Das würde ich sehr gern versuchen.«

Dean kniff die Lider zusammen und schien kaum zu atmen.

Ungeduldig klappte Jack sein Handy auf. »Jetzt will ich nichts mehr von diesem Unsinn hören, Riley. Du kommst mit mir.«

»Nein!«

Dean riss sich von Blue los, und seine Stimme glich einem zersplitternden Damm aus Packeis. »Bist du so wahnsinnig beschäftigt, dass du deiner Tochter nicht einmal zwei lausige Wochen opfern kannst?«

Sofort verstummte Rileys Schluchzen. April hob langsam den Kopf. Jack rührte sich nicht.

»Um Himmels willen, gerade ist ihre Mutter gestorben! Sie braucht dich. Oder wirst du ihr auch davonlaufen?« Zu spät merkte Dean, was er gesagt hatte, dann stürmte er aus der Küche. Als er die Tür hinter sich zuwarf, klirrten die Fensterscheiben über der Spüle.

In Jacks Schläfe pulsierte eine Ader. Er räusperte sich und trat von einem Fuß auf den anderen. »Also gut, Riley, eine Woche nehme ich mir Zeit. Eine, nicht zwei.«

»Wirklich?« Ungläubig riss sie die Augen auf. »Muss ich nicht weg? Und du bleibst bei mir?«

»Erst mal fahren wir nach Nashville und packen ein paar Sachen. Und du musst mir versprechen, dass du nicht mehr durchbrennst.«

»Ja, das schwöre ich!«

»Am Montag kommen wir zurück. Du solltest dein Wort halten. Wenn du noch mal so was versuchst, schicke ich dich nach Europa in ein Internat, irgendwohin, wo du nicht so leicht davonrennen kannst. Das meine ich ernst, Riley.«

»Nein, ich laufe nicht mehr weg, großes Ehrenwort!«

Jack schob sein Handy in die Tasche zurück, und Riley ließ ihren Blick durch die Küche schweifen, als würde sie den Raum zum ersten Mal sehen.

Nach kurzem Zögern trat April an Blues Seite. »Schauen Sie mal nach, ob er okay ist«, bat sie leise.

13

Nachdem Blue eine Zeitlang nach Dean gesucht hatte, fand sie ihn im Unkraut hinter dem Stall, wo er die rostige Karosserie eines roten Pick-ups anstarrte. Durch das Loch, in dem sich früher die Beifahrertür befunden hatte, sah sie Federn aus der Polsterung der Sitze ragen. Ein paar Libellen flatterten über morschem Holz, abgenutzten Reifen und undefinierbaren landwirtschaftlichen Geräten auf der Ladefläche.

Als sie dem Pfad folgte, den Dean durch das dichte Unkraut gepflügt hatte, und näher kam, entdeckte sie die Reste eines Vogelnests auf dem Lenkrad. »Klar, wenn du dieses Vehikel bewunderst, fällt's dir schwer, deinen Aston *nicht* damit zu vertauschen. Aber ich bin dagegen.«

Seine Hände, die er in die Hüften gestemmt hatte, sanken herab. Mit leeren Augen schaute er sie an. »Die Situation wird immer besser, was?«

»Ab und zu braucht man ein kleines Drama, um das Adrenalin anzukurbeln.« Blue widerstand dem Impuls, ihn noch einmal zu umarmen. »Soeben hat Jack seiner Tochter versprochen, er würde für eine Woche mit ihr hierbleiben. Aber zuerst werden sie das Wochenende in Nashville verbringen. Mal sehen, ob sie zurückkommen.«

Sein Gesicht verzerrte sich. »Wie zum Teufel ist das passiert? All die Jahre bin ich ihm aus dem Weg gegangen. Und jetzt habe ich's in ein paar Sekunden vermasselt.«

»Also, ich fand dich wundervoll. Und das sagt jemand, der liebend gern lauter Fehler an dir bemängelt.«

Nicht einmal die Spur eines Lächelns umspielte seine Lippen. Frustriert trat er gegen einen verrosteten Kotflügel. »Glaubst du, ich habe Riley einen Gefallen getan?«

»O ja, du hast dich für sie eingesetzt …«

»… und ihr noch mehr Schwierigkeiten gemacht. Jack interessiert sich nur für seine Karriere. Jetzt wird Riley dank meiner Dummheit eine weitere Enttäuschung erleiden.«

»Sie war öfter mit ihm zusammen als du. Deshalb kennt sie ihn und wird nicht allzu viel erwarten.«

Dean riss ein morsches Brett aus der Holzverkleidung des Pick-ups und warf es auf die Ladefläche. »Hoffentlich hält sich der Hurensohn von mir fern. Ich wünsche keine Kontakte.«

»Keine Bange. Sicher wird er sich im Hintergrund verkriechen …« Blue zögerte. Wie sollte sie ihre Gedanken in Worte fassen?

Doch er kam ihr zuvor. »Meinst du, ich wüsste nicht, *warum* Riley hier bleiben will? Was Jack angeht, hat sie ihre Hoffnung längst aufgegeben. Wäre ich bloß abgehauen, sobald ich April aus der Haustür kommen sah!«

Blue wollte nicht, dass er sich erinnerte, auf welche Weise sie seine Flucht verhindert hatte. »Betrachten wir's mal aus einer positiven Perspektive«, schlug sie vor und kratzte ein bisschen Rost aus dem Lack des alten Lasters.

»Okay, sehr gern.«

»Zum ersten Mal siehst du deine Eltern zusammen, das ist phänomenal.«

»Träumst du etwa von einer grandiosen Versöhnungsszene?«

»Nein. Aber vielleicht kannst du ein paar Dämonen begraben. Um die brutale Wahrheit auszusprechen – die beiden sind deine Familie, in guten wie in schlechten Zeiten.«

»Da irrst du dich.« Dean begann Unrat einzusammeln, der ringsum zu Boden gefallen war, und häufte alles aufeinander. »Meine Familie ist das *Team*. Seit ich anfing, Football zu spielen. Wenn ich zum Handy greife, würde ein Dutzend Jungs ins nächste Flugzeug steigen und hier aufkreuzen, ohne Fragen zu stellen. Wie viele Leute können das von ihren Verwandten behaupten?«

»Irgendwann wirst du deine Football-Karriere beenden. Was dann?«

»Das spielt keine Rolle, meine Freunde werden immer für mich da sein.« Dean trat gegen die Wagenachse. »Außerdem bleibt mir noch sehr viel Zeit in der Profi-Liga.«

Nicht allzu viel, dachte sie. In Footballer-Kreisen würde er bald zum alten Eisen zählen.

Plötzlich erklang schrilles Hundegebell. Sie spähte über ihre Schulter und sah ein schmutziges weißes Fellknäuel durch das Unkraut heranrasen. Als es die beiden Menschen entdeckte, hielt es abrupt inne, die winzigen Ohren nach hinten gelegt, und kläffte noch lauter. Verfilztes Haar hing ins winzige Gesicht, an den Beinen klebten Kletten. Mit Kennerblick identifizierte sie einen nicht ganz reinrassigen Malteser, einen Hundetyp, der Bonbon heißen und ein Schleifchen am Zottelkopf tragen müsste. Aber dieses kleine Geschöpf war schon lange nicht mehr verhätschelt worden.

Dean kniete nieder. »Wo kommst du denn her, alter Junge?« Da verstummte das Gebell. Misstrauisch starrte das Hündchen ihn an, und er streckte eine Hand aus. »Ein Wunder, dass du nicht von Kojoten gefressen wurdest.«

Den Kopf schief gelegt, kam der Hund zögernd näher und schnüffelte an ihm.

»Kein typischer Farmerhund«, meinte Blue.

»Wahrscheinlich hat ihn jemand ausgesetzt und einfach aus dem Auto geworfen. Dann ist er weggefahren. War's so, mein Kleiner?« Dean wühlte in dem verschmutzten Pelz. »Keine Hundemarke.« Nun strich er über die Rippen des Hundes. »Alle Knochen stehen hervor. Wann hast du zum letzten Mal was gefressen? Mit dem Bastard, der dich so mies behandelt hat, wäre ich gern fünf Minuten in einer dunklen Gasse allein.«

Das Tierchen rollte sich auf den Rücken und spreizte seine, nein *ihre* Beine.

Belustigt musterte Blue die kleine Nutte. »Lass sie wenigstens für Kost und Logis arbeiten, in ihrem gewohnten Gewerbe.«

»Hör nicht auf Rotkäppchen. Die hungert nach Sex. Deshalb ist sie verbittert.« Dean streichelte den eingefallenen Bauch. »Komm mit, Killer. Erst mal musst du was fressen.«

Blue folgte den beiden zum Haus. »Sobald du einen Hund fütterst, wirst du ihn nicht mehr los.«

»Na und? Eine Farm braucht Hunde.«

»Schäferhunde und Collies. Keine Schoßhündchen.«

»Nun, der nette Farmer Dean glaubt, jeder verdient eine Chance.«

»Nur zur Warnung!«, rief sie seinem Rücken zu. »Solche Hunde passen zu Schwulen. Und falls du dich nicht outen möchtest …«

»Halt den Mund, sonst zeige ich dich wegen Verleumdung an.«

Wenigstens lenkte ihn der ausgemergelte kleine Hund

von den dramatischen Ereignissen in seinem neuen Domizil ab, und Blue tat ein Übriges, indem sie ihn hänselte, bis sie den vorderen Hof erreichten.

Die Laster, die eigentlich die Zufahrt blockieren müssten, waren nirgends zu sehen. Weder Hammerschläge noch kreischende Bohrmaschinen störten das Vogelgezwitscher. Erstaunt runzelte Dean die Stirn. »Was ist hier los?«

In diesem Moment kam April aus dem Haus, ihr Handy zwischen den Fingern. Das Hündchen begrüßte sie mit hektischem Gekläff.

»Still!«, mahnte Dean. Sofort erkannte die Hündin seine Autorität und verstummte. Er schaute sich im Hof um. »Wo sind denn alle?«

»Sieht so aus, als wären sie von einer mysteriösen Krankheit befallen worden«, antwortete April und stieg die Verandastufen hinab.

»Alle?«

»Offensichtlich.«

Blue begann zwei und zwei zusammenzuzählen. Was sie vermutete, missfiel ihr. »Doch nicht wegen … Nein, sicher nicht.«

Stöhnend verdrehte April die Augen. »Wir werden boykottiert. Wie haben Sie es bloß geschafft, diese Nita Garrison dermaßen zu erzürnen?«

»Blue hat getan, was nötig war«, stieß Dean hervor.

»Hat da nicht ein Hund gebellt?« Riley rannte auf die Veranda, und das Tierchen geriet außer Rand und Band. Sie sprang die Stufen herab, dann verlangsamte sie ihre Schritte, kniete nieder und streckte vorsichtig eine Hand aus, so wie Dean es getan hatte. »Hi, Hündchen!«

Das schmutzige Fellknäuel musterte sie argwöhnisch.

Dann ließ es sich gnädigerweise streicheln. Riley schaute zu Dean auf, die permanenten Sorgenfalten gruben sich noch tiefer in ihre Stirn. »Gehört sie dir?«

Darüber dachte er nur ein paar Sekunden lang nach. »Warum nicht? Schließlich muss jemand auf der Farm nach dem Rechten sehen, wenn ich nicht da bin.«

»Wie heißt sie?«

»Die kleine Streunerin hat noch keinen Namen.«

»Darf ich sie …« Prüfend betrachtete sie die Hündin. »… vielleicht Puffy nennen?«

»Nun, eh, ich dachte eher an Killer.«

»Also, ich finde, sie sieht eher wie eine Puffy aus.«

Inzwischen konnte Blue ihr Herz nicht länger vor dem zugelaufenen Tierchen verschließen. »Suchen wir was zu fressen für Puffy.«

»Und du siehst zu, dass du den Bauunternehmer ans Telefon kriegst, April«, befahl Dean. »Mit dem will ich sofort reden.«

»Das habe ich schon versucht. Er meldet sich nicht.«

»Dann sollte ich ihm vielleicht einen persönlichen Besuch abstatten.«

April entschied, Puffy müsste von einem Tierarzt entlaust werden. Irgendwie veranlasste sie Jack, den Hund mitzunehmen, als er mit Riley nach Nashville fuhr. Blue bezweifelte insgeheim, dass der Hund sich zu einem Problem im Farmhaus entwickeln würde. Ganz egal, was Jack versprochen hatte, sie glaubte nicht, dass er Wort halten und Riley zurückbringen würde. Zum Abschied drückte sie die Elfjährige ganz fest an sich. »Lass dir von niemandem irgendeine Scheiße einreden. Okay?«

»Soll ich's versuchen?« Eine Antwort mit Fragezeichen.

Blue hatte geplant, per Anhalter in die Stadt zu fahren und einen Job zu suchen. Aber April brauchte Hilfe. Und so verbrachte Blue den restlichen Tag im Haus, um ihren Lebensunterhalt zu verdienen, reinigte die Küchenschränke, arrangierte das Geschirr und richtete einen Wäscheschrank ein. Dean teilte April per E-Mail mit, der Bauunternehmer sei verschwunden. Wegen eines »Notfalls in der Familie«, wie ein Nachbar behauptete.

Am späten Nachmittag meinte April, nun hätte Blue eine Pause nötig, und empfahl ihr einen Spaziergang.

Daraufhin wanderte Blue durch den Wald, folgte dem Bach, der zum Teich führte, und blieb länger weg, als sie beabsichtigt hatte. Bei ihrer Rückkehr fand sie eine Nachricht von Dean auf der Küchentheke.

Meine Süße, am Sonntagabend komme ich zurück. Halt das Bett für mich warm. In Liebe, Dein Verlobter.

PS: Warum hast du Jack erlaubt, meinen Hund wegzubringen?

Blue warf den Zettel in den Mülleimer. Wieder einmal war jemand, der ihr etwas bedeutete, ohne Vorwarnung verschwunden. Und wenn schon? *So* viel bedeutete er ihr nun auch wieder nicht.

Erst Freitagnachmittag. Wohin war er gefahren? Plötzlich wurde sie von einer bösen Ahnung erfasst, rannte nach oben und zog ihre Brieftasche aus dem Seesack. Natürlich. Die hundert Dollar, die er ihr am letzten Abend gegeben hatte, waren verschwunden.

Also wollte ihr liebender Verlobter verhindern, dass sie während seiner Abwesenheit die Flucht ergriff.

Annabelle Granger Champion musterte Dean im Wohnzimmer des geräumigen derzeitigen Domizils im Chicagoer Lincoln Park, das sie mit ihrem Ehemann und zwei Kindern teilte. Nachdem er mit Trevor umhergetollt hatte, ihrem dreijährigen Sohn, der jetzt schlief, lag er immer noch am Boden.

»Irgendwas verschweigst du mir«, sagte Annabelle und lehnte sich in die Sofapolsterung zurück.

»Oh, es gibt sehr viel, das ich dir vorenthalte. Und dabei soll's auch bleiben.«

»Da ich eine professionelle Kupplerin bin, habe ich schon alles gehört.«

»Gut. Dann bist du auf meine Informationen nicht mehr angewiesen.« Er stand auf, schlenderte zur Fensterfront und schaute zur Straße hinaus. Für diesen Abend hatte er einen Rückflug nach Nashville gebucht. Er würde verdammt noch mal an Bord gehen. Niemals würde er sich aus seinen eigenen vier Wänden vertreiben lassen. Und solange Blue als Prellbock fungierte, würde es klappen.

Doch sie war nicht nur ein Prellbock, sie war seine …

Was sie war, wusste er nicht. Eigentlich keine Freundin, obwohl sie ihn besser verstand als manche Leute, die ihn seit Jahren kannten. Und sie amüsierte ihn, wie es sonst niemand verstand. Außerdem – eine Freundin wollte er nicht bumsen. Doch genau das hatte er mit ihr vor.

Okay, er war ein echter Deckhengst. Bei der Erinnerung an die blamable Vorstellung am Donnerstag presste er die Lippen zusammen. Aufreizend hatte er mit ihr gespielt, sie angetörnt, ebenso wie sich selber, ihr heiseres Stöhnen gehört und ihr Zucken gespürt, und da war er verloren gewesen. Seit der ersten Begegnung brachte Blue ihn immer wieder aus der Fassung. Speed Racer, also wirklich. Diese Worte würde sie bei der nächsten Gelegenheit bitter bereuen.

Annabelle starrte ihn an. »Mit dir stimmt was nicht. Da steckt eine Frau dahinter. Schon den ganzen Nachmittag habe ich es gespürt. Sicher ist es diesmal was anderes als die üblichen sexuellen Eskapaden. Du bist ganz durcheinander.«

Mit hochgezogenen Brauen drehte er sich zu ihr um. »Studierst du neuerdings Psychologie?«

»Eine Kupplerin braucht nun mal psychologische Fähigkeiten«, erwiderte sie und wandte sich zu ihrem Mann. »Geh weg, Heath. Solange du hier herumlungerst, erzählt er mir nichts.« Kurz nachdem sie das Eheanbahnungsinstitut ihrer Großmutter übernommen hatte, war sie Deans Agenten begegnet. Heath beauftragte sie, eine schöne, kultivierte Frau für ihn zu finden. Diesen Anforderungen entsprach sie nicht. Aber ihre großen Augen, ihr Temperament und die üppigen roten Locken hatten ihn fasziniert. Jetzt führten sie die beste Ehe in Deans Bekanntenkreis.

Da Heath seine Feinde zu verschlingen pflegte, hatte man ihm den Spitznamen »Python« verpasst. Nun verzog er seine Lippen zu einem Schlangenlächeln. Er sah gut aus, war etwa so groß wie Dean, mit einem akademischen Grad von einer Elite-Universität und der Mentalität eines Straßenhändlers. »*Mir* vertraut er alles an, Annabelle. Abgesehen von dir bin ich sein engster Freund.«

Spöttisch verdrehte Dean die Augen. »Die Innigkeit deiner Freundschaft hängt einzig und allein von den Unsummen ab, die ich dem Champion Sports Management in den Rachen schiebe.«

»Da hast du's, Heath!«, rief Annabelle fröhlich. Zu Dean gewandt fuhr sie fort: »Unter uns gesagt, du treibst meinen Ehemann zum Wahnsinn, weil du so unberechenbar bist.«

Heath drückte seine schlafende kleine Tochter in seine Halsbeuge. »Aber, aber, Annabelle, kein Bettgeflüster vor meinem verunsicherten Klienten.«

Wie Dean die beiden liebte … Nun ja, er liebte Annabelle, doch er wusste auch, dass seine beruflichen Belange bei Heath in den besten Händen waren.

Sobald Annabelle interessante Informationen witterte, glich sie einem Spürhund. »So verwirrt warst du noch nie, Dean. Ich habe fünf Pfund abgenommen. Das hast du nicht einmal bemerkt. Warum bist du so nervös? Wer ist sie?«

»Reg dich ab, mit mir stimmt alles. Wenn du jemanden ärgern willst, halt dich an den Python. Weißt du, dass er fünfzehn Prozent für den Eau-de-Cologne-Deal rausschlagen will?«

»Klar, ich wünsche mir ein neues Auto«, erwiderte sie. »Hör auf, mir auszuweichen, Dean! Du hast jemanden kennen gelernt.«

»Vor knapp zwei Wochen habe ich Chicago verlassen, Annabelle. Bis ich auf der Farm ankam, verbrachte ich die meiste Zeit in meinem Aston. Wie sollte ich jemanden kennen lernen?«

»Das weiß ich nicht.« Sie stellte ihre nackten Füße auf den Boden. »Übrigens, so etwas dürfte nicht passieren, wenn ich nicht in deiner Nähe bin und dir keine Ratschläge geben kann. Leider lässt du dich zu leicht vom äußeren Schein beeindrucken. Damit sage ich nicht, du wärst oberflächlich. Das bist du nicht. Es ist nur – immer wieder fällst du auf oberflächliche Reize herein, immer bist du enttäuscht, wenn die Frauen deine Erwartungen nicht erfüllen. Allerdings habe ich für einige deiner Verflossenen ausgezeichnete Partien arrangiert.«

Wohin dieses Gespräch führen würde, wusste Dean

ganz genau, er versuchte sich aus der Affäre zu ziehen. »Nun, Heath? Hat Phoebe schon Gary Candliss unter Vertrag? Als ich mit Kevin sprach, hörte sich das wie ein abgeschlossener Deal an.«

Aber Annabelle ließ sich nicht beirren. »Wenn ich dich mit einer Frau bekannt mache, die *perfekt* zu dir passt, gibst du ihr keine Chance. Erinnerst du dich, was mit Julie Sherwin passiert ist?«

»Schon wieder«, murmelte Heath.

Annabelle ignorierte ihn. »So eine intelligente, erfolgreiche, schöne Frau – eine der nettesten Personen, die ich kenne. Du hast sie nach zwei Dates fallen lassen.«

»Weil sie alles wörtlich nahm, was ich sagte. Wie du zugeben musst, ist das verdammt unangenehm. Und da ich an ihren Nerven zerrte, brachte sie keinen Bissen hinunter. Nicht, dass sie besonders viel isst. Jedenfalls war's ein Gnadenakt, der armen Frau den Laufpass zu geben.«

»Dauernd tust du den Frauen so was an. Ich weiß, du willst es nicht. Trotzdem passiert es regelmäßig. Das liegt an deinem Aussehen, Dean. Bisher bist du, außer Heath, mein schwierigster Klient.«

»O nein, ich bin nicht dein Klient«, protestierte Dean. »Ich zahle dir keinen Cent.«

»Für dich arbeite ich kostenlos«, zirpte sie so selbstzufrieden, dass beide Männer lachten.

Dean nahm den Schlüssel seines Mietwagens vom Couchtisch. »Hör mal, Annabelle, ich bin fürs Wochenende in die Stadt gekommen, um ein paar Sachen zu packen, die ich auf die Farm schicken will. Außerdem muss ich mich um die Geschäfte kümmern, die dein Mann mir aufhalst. In meinem Leben finden keine weltbewegenden Ereignisse statt.«

Welch eine Lüge.

Auf der Fahrt zum Flughafen dachte er an Blue und überlegte, wie leicht es ihm gefallen war, einem niederträchtigen Impuls nachzugeben. Und wozu? Die Plünderung ihrer Brieftasche garantierte ihm keineswegs, dass sie auf der Farm blieb. Wenn sie verschwinden wollte, würde sie das tun, selbst wenn sie auf einer Parkbank schlafen musste. Bisher hatte sie ihren Aufenthalt nur verlängert, weil so viel geschehen war.

Hoffentlich hatte April sie am Wochenende zu diesem Antiquitätenmarkt in Knoxville geschleppt, denn wenn Blue bei seiner Ankunft auf der Farm abgereist wäre ... Nein, das wollte er sich gar nicht vorstellen.

Blue saß auf den Verandastufen, die zweite Montagmorgen-Kaffeetasse in der Hand, und versuchte entspannt zu wirken, als sie Dean heranradeln sah. Vorhin hatte sie seinen Autoschlüssel auf der Küchentheke entdeckt. Doch er war nicht zum Wohnwagen gekommen. Jetzt begegnete sie ihm zum ersten Mal seit dem letzten Freitag. Er fuhr ein stahlgraues Hightech-Rennrad, das Lance Armstrong auf den Champs-Elysées alle Ehre gemacht hätte. Großartig sah er aus, fast futuristisch. Zweifellos könnte er in einem Millionen-Dollar-Sciencefiction-Film mitspielen. Im aerodynamischen Silberhelm spiegelte sich das Sonnenlicht, unter hautengen Biker-Shorts vibrierten die kraftvollen Muskeln seiner Schenkel. Bei diesem Anblick spürte sie eine seltsame Schwäche in ihren eigenen Schenkeln und eine unerwünschte schmerzliche Sehnsucht in ihrem Herzen.

Nun folgte er dem alten Ziegelweg. Es war erst kurz nach acht Uhr, aber nach dem glänzenden Schweiß an seinem Hals und dem feuchten grünen T-Shirt zu urteilen, das an seiner imposanten Brust klebte, musste er ziemlich lange trainiert haben.

Blue zwang sich, ihre Emotionen unter Kontrolle zu bringen. »Wie nett«, bemerkte sie und wies mit dem Kinn auf das Fahrrad. »Wie lange hast du dein Training geschwänzt?«

»Was für vollmundige Worte, wenn man bedenkt, dass du in einer Spielzeugkiste wohnst …« Dean bremste, schwang ein Bein über das Rad und schob es zu ihr. »An diesem Wochenende habe ich beschlossen, den Müßiggang zu beenden und wieder in Form zu kommen.«

Blue blinzelte. »Warst du denn *nicht* in Form?«

»Sagen wir mal, seit dem Ende der Saison habe ich's ein bisschen schleifen lassen.« Er nahm seinen Helm ab und hängte ihn über die Lenkstange. »Übrigens werde ich in dem hinteren Schlafzimmer ein Fitnessstudio einrichten. Natürlich darf ich nicht mit Schlabberbauch und Übergewicht im Trainingscamp auftauchen.«

»Deshalb musst du dir keine Sorgen machen.«

Lächelnd strich er mit den Fingern durch sein verschwitztes, platt gedrücktes Haar und arrangierte es zu einer zerzausten sexy Frisur.

»April hat mir Fotos von den Gemälden und Antiquitäten gemailt, die ihr zwei in Knoxville aufgestöbert habt. War nett von dir, meine Mom zu begleiten, vielen Dank. Sicher passen diese Sachen großartig zu den neuen Möbeln, die ich bestellt habe.«

Blue hatte ernsthaft erwogen, ihren Stolz zu überwinden und April um eine kleine Leihgabe zu bitten. Im exklusiven Knoxville hätte sie sicher neue Aufträge bekommen und das Geld bald zurückzahlen können. Doch sie hatte sich anders besonnen. Wie ein Kind, das mit Streich-hölzern spielt, war sie zur Farm zurückgekehrt. Nun musste sie abwarten, was geschehen würde.

»Wie war dein Wochenende?« Irgendwie schaffte sie es, ihre Tasse abzustellen, ohne den Kaffee zu verschütten.

»Alkohol und zügelloser Sex. Und *dein* Wochenende?«

»So ähnlich.«

Jetzt lächelte er wieder. »Ich bin nach Chicago geflogen. Dort musste ich ein paar Geschäfte erledigen. Annabelle war die einzige Frau, mit der ich zusammen war. Falls dich das interessiert.«

»Sogar sehr.« Blue kräuselte die Lippen. »Als würde ich mich drum scheren ...«

Dean nahm eine Wasserflasche aus dem Fahrradkorb und zeigte zum Stall hinüber. »Nur zu deiner Information – ich habe zwei Fahrräder gekauft. Das zweite ist ein kleine-rer Hybrid. Das kannst du benutzen, wann immer du willst.«

Um ihn mit einem vernichtenden Blick zu strafen, stand sie auf. »Dafür würde ich dir danken. Aber seit mein Nut-tenhonorar aus meiner Brieftasche verschwunden ist, fällt es mir schwer, dankbare Gefühle aufzubringen. Weißt du zufällig, was mit diesem Geld passiert ist?«

»Ja, tut mir leid.« Einen Fuß auf der untersten Veranda-stufe, nahm er einen Schluck aus der Flasche. »Ich habe ein bisschen Kleingeld gebraucht.«

»Tatsächlich? Fünfzigdollarscheine sind kein Kleingeld.«

»In meiner Welt schon«, erwiderte er und schraubte den Verschluss auf den Flaschenhals.

»Verdammt, wie widerwärtig du bist! Wäre ich bloß in Knoxville geblieben.«

»Warum hast du's nicht getan?«

Blue schlenderte die Stufen hinab. Zumindest hoffte sie, ihr Gang würde wie ein Schlendern aussehen. »Weil ich auf Jacks Rückkehr hoffe. Diese einzigartige Chance muss ich nutzen. Vielleicht fasse ich Mut und bitte ihn um ein Autogramm.«

»Leider wirst du gar keine Zeit dafür finden.« Dean warf ihr einen kühlen Blick zu. »Da du mich im Bett befriedigen musst, hast du einen Fulltimejob.«

Das Fantasiebild, das seine Worte heraufbeschworen, überwältigte sie dermaßen, dass er bereits den halben Weg zum Stall zurückgelegt hatte, bevor ihr die Stimme wieder gehorchte. »He, Dean!« Er spähte über seine Schulter, und sie beschattete ihre Augen mit einer Hand, um sie vor dem grellen Sonnenlicht zu schützen. »Wenn du's wirklich noch einmal versuchen willst, gib mir rechtzeitig Bescheid. Dann werde ich drei Minuten in meinem Terminkalender eintragen.«

Damit brachte sie ihn nicht zum Lachen. Nicht, dass sie das erwartet hätte. Aber mit so einem drohenden Blick hatte sie auch nicht gerechnet. Als hätte sie soeben die letzten Takte der Nationalhymne gesungen und ein brandneues Match begonnen.

Etwas später hörte sie ihn davonfahren. Während sie die Küche aufräumte, kam April in alten Kleidern und mit einem Berg Staubdecken über dem Arm zu ihr. »Offenbar hat Dean den Bauunternehmer am Freitag nicht erreicht, denn der Typ ist heute Morgen nicht aufgetaucht. Ich will nicht den ganzen Tag hier rumsitzen und warten, bis seine Jungs die Küche in Angriff nehmen. Im Werkzeugschuppen stehen die Farbtöpfe. Hilfst du mir?« Inzwischen hatten sie Freundschaft geschlossen.

»Klar.«

Kaum hatten sie die erforderlichen Utensilien bereitgestellt, führte April schon wieder eines ihrer mysteriösen Telefongespräche. Das Handy am Ohr, ging sie auf die Veranda. Dann kehrte sie in die Küche zurück und schaltete das Radio ein.

Während Gwen Stefani »Hollaback Girl« schrillte, stellte sich heraus, dass Aprils Tanzkünste ihre handwerklichen Fähigkeiten übertrafen, und so organisierte Blue den Job und traf die nötigen Vorbereitungen.

Dabei hörte sie ein Auto vorfahren. Ein paar Minuten später spazierte Jack Patriot herein, in abgetragenen Jeans und einem engen »Scorched«-T-Shirt von seiner letzten Tournee. Weil Blue nicht mit seiner Rückkehr gerechnet hatte, stolperte sie, obwohl ihre Beine gar kein Hindernis überwinden mussten. Kurz bevor sie in den Eimer mit den Farbrollern gestiegen wäre, hielt er sie fest. April, die gerade ein paar nicht ganz jugendfreie Verrenkungen im Takt von »Baby Got Back« vollführte, hörte sofort zu tanzen auf.

»Habt ihr irgendeine Ahnung, wie ihr das hinkriegen wollt?« Jack stellte Blue auf die Füße.

»Eh – ja – ich – o Gott …«, stammelte Blue und errötete von den Haarwurzeln bis zu den Zehenspitzen. *Soeben hatte er sie berührt!* »Tut mir leid. Sicher haben Ihnen schon viele Leute gesagt, sie wären Ihr Fan Nummer eins. Aber ich bin's wirklich.« Verlegen presste sie eine Hand auf ihre heiße Wange. »Ich – nun ja – ich hatte eine etwas unstete Kindheit. Ständig war ich auf Achse. Und Ihre Songs waren immer dabei, ganz egal, wo ich gerade wohnte.« Nachdem sie angefangen hatte, konnte sie ihren Wortschwall nicht mehr stoppen, obwohl er zur Kaffeekanne ging. »Ich habe alle Ihre Alben, sogar ›Outta My Way‹, das von den Kritikern verrissen wurde. Natürlich haben sie sich geirrt, denn es ist ganz wundervoll. ›Screams‹ gehört zu meinen Lieblingssongs. Damals hatte ich das Gefühl, Sie würden mitten in mein Herz schauen und – o Scheiße, ich weiß, ich fasle wie ein Volltrottel. Aber wann passiert es schon in der realen Welt, dass man Jack Patriot trifft? Ich meine, wie soll man darauf reagieren?«

»Vielleicht könnte ich Ihren Arm mit einem Autogramm verzieren«, schlug er vor und verrührte einen Löffel Zucker in seinem Kaffee.

»Das würden Sie *wirklich* tun?«

»Nein«, erwiderte er und lachte. »Damit wäre Dean sicher nicht einverstanden.«

Blue leckte über ihre Lippen. »Wohl kaum.«

Zu April gewandt, fragte er: »Fällt dir eine andere Möglichkeit ein?«

Sie warf ihr langes Haar in den Nacken. »Schlaf mit ihm, Blue, das wird dich sofort auf den Boden der Tatsachen zurückholen. Dieser Mann ist eine *riesige* Enttäuschung.«

Langsam verzogen sich seine Mundwinkel zu einem breiten Grinsen. »Was das Wort *riesig* angeht, stimme ich dir zu.«

April schaute zwischen seine Beine. »Manche Dinge kann ein Mann nicht kaufen, egal, wie reich er ist.«

An den Türrahmen gelehnt, ließ er einen aufreizenden Blick über ihren Körper schweifen. »Scharfzüngige Frauen erhitzen mein Blut. Gib mir ein Blatt Papier, April. Gleich wird mir ein neuer Song zufliegen.«

Die Luft zwischen den beiden schien erotisch zu knistern. Wenn sie auch über fünfzig waren – die Lust erregter

Teenager erfüllte die Atmosphäre in der Küche. Halb und halb erwartete Blue, die Wände würden zu schwitzen anfangen. Sie floh zur Seitentür und stolperte prompt über die Staubtücher.

Mit diesem Missgeschick brach sie den Bann. April wandte sich ab, und Jack inspizierte die Farbtöpfe. »Lasst mich meine Sachen auspacken, dann helfe ich euch.«

»Wissen Sie, wie man Wände streicht?«, fragte Blue.

»Mein Dad war Zimmermann. In meiner Kindheit habe ich oft auf Baustellen gearbeitet.«

»Ich sehe erst mal nach Riley.« April eilte an ihm vorbei, durchquerte die Halle, und Blue schluckte.

Unfassbar, sie würde gemeinsam mit Jack Patriot eine Küche streichen. Mit jeder Minute wurde ihr Leben fantastischer.

14

Als Dean am Nachmittag zurückkam, beobachtete er, wie April und Jack schweigend zwei gegenüberliegende Küchenwände strichen. Im Hintergrund plärrte Coldplay. April war von Kopf bis Fuß mit hellgelber Farbe bespritzt. Aber Jack hatte nur an den Händen ein paar Flecken.

Bis gestern hatte Dean seine Eltern noch nie zusammen gesehen. Jetzt strichen sie seine verdammte Küche. Er ging davon, um Blue zu suchen. Unterwegs holte er sein Blackberry hervor und checkte die Nachrichten. Die letzte hatte April ihm vor zehn Minuten geschickt. *Wir haben nur noch einen Kanister mit gelber Farbe. Kauf noch einen.*

Er fand Blue im Speiseraum, wo sie die Zimmerdecke strich. Einen Farbroller hochgereckt, glich sie einem Rotkäppchen im Taschenformat. Ihr beklecktes grünes T-Shirt hing bis zu den Hüften hinab und verhüllte den zierlichen Körper, den sie ihm so beharrlich vorenthielt. Nicht mehr lange. Er zeigte mit dem Daumen in die Richtung der Küche. »Was passiert da drin?«

»Genau das, was du siehst.« Als sie ein paar Schritte zur Seite trat, raschelte das Plastikmaterial der gestapelten Staubdecken unter ihren Füßen. »Zum Glück weiß Jack, wie man mit einem Pinsel umgeht. Aber auf April musste ich wie ein Habicht aufpassen.«

»Warum hast du die beiden nicht daran gehindert?«

»Solange kein Ehering an meinem Finger steckt, habe ich in diesem Haus nichts zu sagen.« Sie legte den Farbroller beiseite und studierte die breiteste Wand. »Übrigens, April hat mich gebeten, dieses Zimmer mit Fresken zu schmücken.«

Das schien sie nicht sonderlich zu begeistern. Aber ihm gefiel der Gedanke, sie würde Fresken malen, viel besser als die Pinselei seiner Eltern in der Küche. Außerdem müsste sie wegen dieses Auftrags länger hierbleiben. »Meine PR-Leute werden dir die besten Fotos meiner Football-Actions schicken. Such das Schmeichelhafteste aus und nimm's als Vorlage.«

Wie er gehofft hatte, lächelte sie. Aber dann runzelte sie die Stirn. »Ich male keine Landschaften mehr.«

»Schade.« Dean öffnete seine Brieftasche und nahm zwei Geldscheine heraus. »Da sind die hundert Dollar, die ich mir geliehen habe. Und die Summe, die ich bei dieser unklugen Wette verlor. Damit dürften meine Schulden beglichen sein.«

Wie er erwartet hatte, stürzte sie sich nicht auf das Geld. Stattdessen starrte sie es an.

»Ein Deal ist ein Deal«, betonte er in aller Unschuld. »Diese Dollars hast du dir ehrlich verdient.« Als sie die Banknoten noch immer nicht nahm, stopfte er sie in die Brusttasche des schlabberigen T-Shirts und ließ seine Finger unnötig lange drin. Viel war unter dem Baumwollstoff nicht zu spüren. Aber es genügte ihm, er brauchte nur noch ungehinderten Zugang.

»Ja, ein Deal – cher ein Pakt mit dem Teufel«, murmelte sie missmutig. Dean verhehlte seinen Triumph, während sie das Geld hervorholte, inspizierte und dann in *seine* Bruttasche steckte – unglücklicherweise, ohne ihre Finger eine Weile drin zu lassen. »Gib's diesem Wohltätigkeitsverein, der die Frauen von der Straße fernhält.«

Arme Biberlady. Bei jener Wette hätte er ihr schon vorher sagen können, dass ihre Skrupel sie davon abhalten würden, die Dollars zu nehmen. Aber wenn er dumm wäre, hätte er schließlich keine Profi-Karriere auf dem Footballplatz gemacht.

Blue wandte sich wieder zu den Wänden. »Falls dir eine atemberaubende künstlerische Vision vorschwebt, wirst du eine bittere Enttäuschung erleben. Meine Landschaftsgemälde sind miserabel.«

»Solange du keine Klein-Mädchen-Träume darstellst, bin ich zufrieden. Keine Balletttänzerinnen, keine alten Damen mit Sonnenschirmen. Und keine toten Hasen auf Tellern.«

»Darum musst du dich nicht sorgen. Für mich wären Balletttänzerinnen und tote Hasen viel zu kreativ.« Entschlossen kehrte sie ihm den Rücken. »Das mache ich nicht, dafür ist das Leben zu kurz.«

Nachdem sie ihm die Idee in den Kopf gesetzt hatte, gab er sich nicht so leicht geschlagen. Aber er würde eine Zeitlang warten, ehe er sie bedrängte. »Wo ist mein Hund?«

Blue knetete ihre verkrampfte Schulter. »Wahrscheinlich genießt deine wackere Gefährtin Puffy mit Riley ein Picknick im Hinterhof.«

Auf dem Weg zur Tür drehte er sich noch einmal um. »Das wollte ich dir erzählen, weil du die Türen doch so schmerzlich vermisst: Bevor ich nach Chicago flog, besuchte ich den Mann, der sie restauriert. Der wohnt im benachbarten County, außerhalb der Boykott-Reichweite, und ich habe ihn zur Eile angetrieben. Also müssten die Türen bald geliefert werden.«

Ihre Augen funkelten. »Hast du ihn bestochen?«

»Nur motiviert, mit einem kleinen Bonus.«

»So einfach kann das Leben sein, wenn man im Geld schwimmt.«

»Und wenn man ein geborener Charmeur ist. Vergiss das nicht.«

»Wie könnte ich? Das Einzige, das wir beide gemeinsam haben.«

Er lächelte. »Hoffentlich lässt sich die Schlafzimmertür gut schließen. Das finde ich sehr wichtig.«

Als er aus Garrison zurückkam, wo er den Farbkanister gekauft hatte, war es fünf Uhr nachmittags. Im Haus war es still, die Küche war bis auf die Frühstücksecke hellgelb gestrichen, Jacks schwarzer SUV war verschwunden. Also musste er mit Riley weggefahren sein, um sie zum Dinner auszuführen. Im Lauf des Tages war Dean seiner Familie aus dem Weg gegangen, und das würde er auch in Zukunft tun. Er roch frische Farbe und neues Holz.

Eigentlich hatte er sich einen Bungalow zwischen Palmen mit Aussicht auf den Pazifik vorgestellt. Aber er liebte dieses Farmhaus und das hundert Morgen große Anwesen. Er wäre wunschlos glücklich, sobald er seine Hausgäste losgeworden war – alle außer Blue. An diesem Wochenende hatte er sie vermisst, sie durfte noch lange nicht abreisen.

Während er den Farbkanister in die Küche stellte, hörte er eine Dusche rauschen. Er holte einige Einkaufstüten aus seinem Auto. Dann trug er sie nach oben ins Schlafzimmer, stellte sie neben seinen Koffer auf dem Boden und schaute zur Badezimmertür, vor der Blues zerknüllte, mit Farbe bekleckste Kleider lagen. Nur ein Perversling würde den Plastikvorhang beiseiteziehen, den er auf ihr Drängen an der Tür befestigt hatte. Niemand hatte ihn jemals beschuldigt, er sei pervers. Also rührte er den Vorhang nicht an und wartete wie ein Gentleman, bis sie herauskommen würde.

Hoffentlich nackt.

Das Wasser hörte zu plätschern auf, und Dean zog sein T-Shirt aus – eine dreiste Taktik. Aber seine Brust gefiel ihr. Er starrte den flatternden Plastikvorhang an und ermahnte sich, keine übertriebenen Hoffnungen zu schöpfen. Womöglich würde sie in ihrem Kampf- und Tarn-Outfit erscheinen.

Doch er hatte Glück. Nur ein weißes Badetuch, das in den Achselhöhlen festgeklemmt war, umhüllte ihren Körper. Nicht annähernd so erfreulich wie nackt. Aber wenigstens sah er ihre Beine. Sein Blick folgte den Wassertropfen, die an den Innenseiten ihrer schlanken Schenkel herabbrannten.

»Raus!« Gebieterisch zeigte sie zum Flur, eine provozierte Nixe.

»*Mein* Zimmer.«

»Das ich mir angeeignet habe.«

»Mit welchem Recht?«

»Schau im Gesetzbuch nach, da gibt's genug Paragraphen. Raus.«

»Ich muss duschen.«

»Nur zu.« Einladend wies sie auf die Badezimmertür. »Ich werde dich nicht stören.«

»Allmählich sorge ich mich um dich«, seufzte er, schlenderte lässig zu ihr und roch sein Lieblingsshampoo. An ihr duftete es viel besser. Ihr nasses Haar klebte am Kopf. In ihren Augen verriet ein Flackern, dass er sie nervös machte – sehr gut. Ganz langsam ließ er seinen Blick über ihre zierliche Gestalt wandern. »Das meine ich ernst, Blue. Ich fürchte, du bist frigid.«

»Tatsächlich?«

Er ging um sie herum, betrachtete den zarten feuchten Nacken, über dem sich das Haar teilte, die sanft gerundeten schmalen Schultern. »Hast du schon mal daran gedacht, einen Sexualtherapeuten zu konsultieren? Vielleicht sollten wir zusammen hingehen.«

Da musste sie grinsen. »Seit ich fünfzehn war und ein Junge in mein Höschen fassen wollte, hat mir niemand mehr gesagt, ich sei frigid. Jetzt fühle ich mich wieder wie ein Kind … Nein, warte, es geht vor allem um dich.«

»Stimmt.« Dean berührte ihre Schulter mit einer Fingerspitze. Zu seiner Genugtuung bekam sie eine Gänsehaut. »Warum sollen wir uns an einen Therapeuten wenden, wenn wir diese Funktionsstörungen sofort beseitigen können?«

»Bedenk doch, welche Kluft wir überbrücken müssten! Du – wahnsinnig attraktiv, dem Müßiggang verfallen – ich, eine intelligente Frau, die hart arbeitet.«

»So viel ich weiß, ziehen sich Gegensätze an.«

Ihr Hohngelächter bekundete, dass er es wieder einmal vermasselt hatte. Statt sein Ziel anzusteuern, ließ er sich auf ein Wortgefecht ein. Diesen taktischen Fehler würde er sicher nicht begehen, hätte er gelernt, wie man Frauen verführte.

»Willst du nicht mit dieser Besserwisserei aufhören und dich auf unser Date vorbereiten?«, fragte er.

»Haben wir ein Date?«

Dean zeigte auf die Tüten. »Such dir aus, was du anziehen willst.«

»Hast du mir Kleider gekauft?«

»Glaubst du etwa, ich würde dir erlauben, selber neue Sachen zu kaufen?«

Stöhnend verdrehte sie die Augen. »Du bist einfach unmöglich.«

»Bald werde ich dir meine Qualitäten beweisen.« Höchste Zeit, ihr klarzumachen, wer hier der Boss war. Lächelnd ergriff er den Hosenbund seiner Shorts. »Oder vielleicht möchtest du in die Duschkabine spähen und dich sofort davon überzeugen.«

Gegen ihren Willen starrte sie seine Hand an, die mit dem Reißverschluss spielte, und es dauerte eine Weile, bis sie aufschaute. Als sie schließlich den Kopf hob, warf er ihr jenen herablassenden Blick zu, mit dem er Footballer-Grünschnäbel bedachte, wenn sie dummes Zeug redeten. Dann verschwand er im Bad.

Sie sah den Plastikvorhang hinter ihm herabfallen. Was für ein teuflischer Kerl. Ihre Finger zuckten. Am liebsten hätte sie das Handtuch abgeschüttelt und wäre ins Bad gelaufen, dann würde sie ihn herausfordern. Dean stellte eine einmalige Chance dar, sie würde mit einem Profi spielen.

Hätte ihre Mutter nicht ausgerechnet diesen Zeitpunkt gewählt, um die Bankkonten zu plündern, würde Blue ihre Abneigung gegen bedeutungslosen Sex überwinden und das Risiko eingehen.

Sie trat gegen die Tüten und widerstand der Versuchung, hineinzuschauen und herauszufinden, was er gekauft hatte. Stattdessen schlüpfte sie in saubere Jeans und ihr frisch gewaschenes schwarzes T-Shirt und ging ins Badezimmer am Flur, wo sie ihr Haar halb trocken föhnte und zu einem Pferdeschwanz zusammenband.

Nach kurzem Zögern benutzte sie ihren Lipgloss und die Wimperntusche, dann stieg sie die Treppe hinab, um Dean auf der Veranda zu erwarten. Wären sie ein richtiges Paar, würde sie jetzt auf dem Bett sitzen und beobachten, wie er sich anzog. Welch ein traumhafter Anblick das wäre. Bedauernd seufzte sie und betrachtete die verwilderte Weide. Nächstes Jahr um diese Zeit würden Pferde hier grasen, und sie würde es nicht sehen.

Im Rekordtempo kam Dean zu ihr. An seinen Fingern hing ein lavendelblaues Nichts. Wortlos ließ er das Top von einer Hand in die andere gleiten und ließ es für sich selbst sprechen. Von der Spätnachmittagssonne beleuchtet, glitzerten Silberfäden und glichen Bläschen im Schaum blauer Meereswellen. Wie das Pendel eines Hypnotiseurs schwankte der zarte Stoff hin und her.

Endlich begann er zu reden. »Ich glaube, du hast nicht den richtigen BH. In den Clubs habe ich Mädchen mit solchen Tops gesehen. Die trugen BHs mit Spitzenträgern, manchmal in kontrastierenden Farben. Rosa – ja, das wäre nett. Oh, verdammt!« Er schüttelte den Kopf. »Jetzt habe ich uns beide in Verlegenheit gebracht.« Ohne auch nur ein kleines bisschen verlegen zu wirken, hielt er ihr das Geschenk vor die Nase. »Ich wollte dir was aus Leder kaufen, mit Spikes. Aber ich schwöre dir, falls es in dieser Gegend einen S&M-Laden gibt, ich habe ihn nicht gefunden.«

Sie hatte den Garten Eden betreten. Diesmal war es Adam, der ihr den gefährlichen Apfel reichte. »Geh weg.«

»Wenn du Angst hast, deine Weiblichkeit zu akzeptieren, würde ich das verstehen.«

Sie war müde und hungrig und tat sich selber leid. Sonst hätte sie sich nicht ködern lassen. »Okay!« Sie griff nach dem traumhaften Top. »Um das hinzukriegen, hast du ein Y-Chromosom eingebüßt!«

Ins Schlafzimmer zurückgekehrt, riss sie sich das T-Shirt vom Leib und streifte die lavendelblaue Versuchung über den Kopf. Anmutig flatterten Rüschen am Saum und berührten den Hosenbund der Jeans. Über den Schultern prangten zierliche Schleifen. Daneben zeigten sich die BH-Träger. Er hatte Recht. Natürlich. Wenn's um verführerische Dessous ging, war er ein Experte. Zum Glück trug sie einen hellblauen BH. Wenn er auch nicht aus Spitzen bestand, war er wenigstens nicht weiß. Diese Sünde würde Mister Vogue unverzeihlich finden.

»In einer dieser Tüten findest du einen Rock!«, rief er die Treppe hinauf. »Falls du die Jeans ausziehen möchtest.«

Aber sie ignorierte ihn, vertauschte die Sandalen mit ihren abgewetzten schwarzen Biker-Stiefeln und ging nach unten.

»Kindisch«, meinte er beim Anblick ihrer Fußbekleidung.

»Fahren wir los oder nicht?«

»Noch nie ist mir eine Frau begegnet, die sich so hartnäckig gegen ihre Weiblichkeit gewehrt hat. Wenn du zu diesem Seelenklempner gehst ...«

»Fang nicht schon wieder damit an. Ich will fahren. Heute bin ich mal dran.« Blue streckte ihre Hand aus. Beinahe stockte ihr Atem, als er ihr widerstandslos den Autoschlüssel gab.

»Klar, du willst deine maskuline Seite betonen.«

Für einen einzigen Tag hatte er sich zu viele Verbalattacken erlaubt. Aber die Aussicht, den Aston zu chauffieren, beglückte sie so sehr, dass sie auf einen Protest verzichtete.

Das Auto benahm sich traumhaft. Oft genug hatte sie beobachtet, wie Dean das Getriebe behandelte, und er stöhnte nur ein paar Mal, bevor sie die Gangschaltung beherrschte. »Fahr zur Stadt«, sagte er, als sie den Highway erreichten. »Bevor wir essen, möchte ich Nita Garrison einen unhöflichen Besuch abstatten.«

»Jetzt?«

»Glaubst du allen Ernstes, ich lasse mir ihre Arroganz gefallen? Nicht mein Stil, Bluebell.«

»Vielleicht sehe ich das falsch, aber ich fürchte, es wäre nicht allzu günstig, wenn ich dich zu Mrs Garrison begleiten würde.«

»Deshalb wirst du im Wagen warten, während ich den alten Drachen umgarne.« Ohne Vorwarnung griff er zum Fahrersitz herüber und begann mit Blues Ohrläppchen zu spielen. Seine Finger waren unglaublich zartfühlend. Beinahe verlor sie die Kontrolle über den Aston. Als sie den Mund öffnete, um ihm zu empfehlen, seine Hand bei sich zu behalten, steckte er etwas in das winzige Loch, und sie spähte in den Rückspiegel. Ein violetter Tropfen zwinkerte ihr zu. »Da siehst du, wie wichtig Accessoires sind. Wenn wir anhalten, mache ich den zweiten Ohrring fest.«

»Du hast mir Ohrringe gekauft?«

»Das musste ich. Weil ich Angst hatte, du würdest dich mit Radmuttern schmücken.«

Plötzlich hatte sie ihren eigenen Mode-Stylisten, sie würde April gar nicht brauchen. Erriet er ihre Gedankengänge? Die Widersprüche in seinem Wesen steigerten die Faszination, die er auf sie ausübte. Ein so betont maskuliner Mann durfte schöne Dinge nicht so sehr lieben. Eher etwas Bodenständiges. Sie hasste es, wenn sich jemand weigerte, in bestimmte Schubladen zu passen. Dadurch wurde das Leben viel zu kompliziert.

»Leider sind es keine echten Steine«, fügte er hinzu. »Mein Kreditkartenkonto war schon überzogen.«

Echt oder nicht, Blue fand die Ohrringe zauberhaft.

Nita Garrisons stattliche Residenz lag an einer Allee, zwei Häuserblocks von der City entfernt, sie war aus dem gleichen hellbraunen Stein erbaut wie die Bank und die katholische Kirche, mit tief herabgezogenem Dach und einer formidablen Fassade im italienischen Stil. Aus den neuen großen Giebeldreiecken ragten Doppelfenster heraus – vier im Erdgeschoss, fünf im Oberstock. Beinahe wirkte der Garten *zu* gepflegt, mit symmetrisch angeordneten Blumenbeeten und sorgsam gestutzten Hecken. Blue stoppte den Aston vor dem Eingang. »Gemütlich wie ein Gefängnis.«

»Heute war ich schon mal hier. Aber sie war nicht daheim.« Deans Arm streifte ihren Nacken, und sein Daumen streichelte ihre Wange, während er den anderen Ohrring in ihrem Ohrläppchen befestigte. Unwillkürlich erschauerte sie. Das fühlte sich noch intimer an als Sex.

Um den Bann zu brechen, schlug sie vor: »Wenn du heute Abend einen dieser violetten Tropfen tragen willst – ich leihe ihn dir sehr gern.«

Statt den Angriff zu kontern, rieb er ihr Ohrläppchen behutsam zwischen den Fingern. »Sehr hübsch.«

Wenn er sie nicht sofort losließ, würde sie vor lauter Lust vergehen. Zu ihrer Erleichterung öffnete er den Wagenschlag und stieg aus.

Dann neigte er sich herab und schaute sie an. »Wenn ich rauskomme, sollte das Auto immer noch hier stehen.«

»Keine Bange.« Blue zupfte an einem ihrer violetten

Ohrringe. »Natürlich werde ich dich nicht im Stich lassen. Wenn ich mich langweile, fahre ich vielleicht einmal um den Block.«

»Besser nicht.« Warnend formte er eine Pistole mit seinem Finger und zielte auf ihre Brust.

Im komfortablen Fahrersitz zurückgelehnt, sah sie ihn zur Haustür gehen. Eine Gardine flatterte an einem Fenster. Dean drückte auf den Klingelknopf und wartete. Als sich nichts rührte, läutete er ein zweites Mal. Noch immer nichts. Schließlich hämmerte er mit einer Faust gegen die Tür, und Blue runzelte die Stirn. Das würde Nita Garrison nicht gefallen. Hatte er Blues Festnahme vergessen? Erst vor vier Tagen …

Nach einer Weile stieg er die Eingangstufen herab. Aber ihre Erleichterung war nur von kurzer Dauer, denn statt die Hoffnung aufzugeben, ging er zur Seite des Hauses. Weil Nita eine alte Frau war, glaubte er offenbar, er könnte sie in die Enge treiben. Wahrscheinlich hatte sie schon ihre Privatpolizei verständigt. Garrison war nicht Chicago, sondern der Stoff, aus dem Yankee-Albträume bestanden – eine kleine Südstaatenstadt mit ihren eigenen Gesetzen. Wenn Dean hinter Gittern landete, müsste Blue auf ihr Dinner verzichten. Dann durchzuckte sie ein ebenso erschreckender Gedanke. Würde man sein schönes Auto konfiszieren?

Entschlossen sprang sie aus dem Aston. Wenn sie Dean nicht zurückhielt, würde sein Luxusschlitten bei einer dieser Polizei-Versteigerungen ein würdeloses Schicksal erleiden. Seit Jahren war er es gewohnt, dass sein berühmter Name jede Tür aufsperrte. Deshalb fühlte er sich unbesiegbar. Aber er unterschätzte die Macht dieser Frau.

Blue folgte ihm auf einem Steinplattenweg zur Seite des Hauses, wo er in ein Fenster spähte. »Tu das nicht!«

»Warum nicht? Sie ist da drin. Das weiß ich, weil ich Pech und Schwefel rieche.«

»Offensichtlich will sie nicht mit dir reden.«

»Aber ich mit ihr.« Dean bog um die Ecke. Zähneknirschend eilte sie hinter ihm her.

Vor der Garage, die aus demselben hellbraunen Stein wie das Haus bestand, erstreckte sich eine quadratische Rasenfläche, von penibel gestutzten Hecken umrahmt. Keine Blume ließ sich blicken, nur ein leeres Vogelbad aus Beton. Ohne Blues Protest zu beachten, stieg Dean die vier Stufen zur Hintertür hinauf, über der ein kleines Vordach von kunstvoll gemeißelten Säulen gestützt wurde.

Als er die Klinke hinabdrückte und die Tür aufstieß, fauchte Blue: »Sie wird die Polizei auf dich hetzen! Gib mir deine Brieftasche, bevor du verhaftet wirst!«

Dean warf einen kurzen Blick über die Schulter. »Was willst du mit meiner Brieftasche?«

»Essen gehen.«

»Also, das ist brutal, sogar nach *deinen* Maßstäben.« Er steckte den Kopf durch die Tür. Sekundenlang bellte ein Hund, dann verstummte er. »Mrs Garrison! Hier ist Dean Robillard. Ihre Hintertür war nicht verschlossen.« Ohne Zögern ging er hinein.

Blue starrte die offene Tür an. Dann sank sie auf die Stufen hinab. Nicht einmal die Polizei von Garrison konnte sie festnehmen, wenn sie hier draußen blieb. Oder? Die Ellbogen auf die Knie gestützt, wartete sie.

»Was bilden Sie sich ein?« Eine klagende weibliche Stimme durchbrach die Abendstille. »Verschwinden Sie!«

»Obwohl das eine kleine Stadt ist, Mrs Garrison«, erwiderte Dean, »sollten Sie alle Ihre Türen zusperren.«

Jetzt erhob sich die Stimme in eine unerträglich hohe

Lage, und Blue entdeckte erneut einen Brooklyn-Akzent.

»Haben Sie mich nicht verstanden? Raus mit Ihnen!«

»Wenn wir geredet haben.«

»Mit Ihnen rede ich nicht. Was machen Sie da draußen, Mädchen?«

Blue fuhr herum und sah Mrs Garrison auf der Schwelle stehen, das Gesicht geschminkt, mit der Platinperücke, in einer weiten blauen Jerseyhose und einer passenden Tunika. Über dem U-Boot-Ausschnitt schimmerte ein goldener Anhänger. An diesem Abend quollen die Fußknöchel aus abgetragenen magentaroten Pantoffeln.

»Fragen Sie lieber, was ich *nicht* mache ...« Blue kam sofort zur Sache. »Wie Sie sehen, bin ich nicht unbefugt in Ihr Haus eingedrungen.«

»Weil sie sich vor Ihnen fürchtet«, erklärte ein unsichtbarer Dean. »Ich nicht.«

Beide Hände auf ihren Gehstock gestützt, neigte sich Mrs Garrison vor und musterte Blue, als wäre sie eine Küchenschabe.

Widerstrebend stand Blue auf. »Auch ich fürchte mich nicht vor Ihnen. Aber seit dem Frühstück habe ich nichts mehr gegessen. In diesem Gefängnis sah ich nur einen Automaten und ...«

Verächtlich schnaufte Mrs Garrison und humpelte zu Dean zurück. »Sie haben einen großen Fehler begangen, Mr Superman.«

»Daran ist er nicht schuld.« Blue spähte ins Haus. »Nach all den vielen Schlägen auf seinen Kopf.« Jetzt siegte ihre Neugier, und sie überquerte die Schwelle.

Im Gegensatz zur strengen Fassade wirkte das Innere des Hauses unordentlich, ein vollgestopftes Durcheinander. Neben der Hintertür stapelten sich Zeitungen, und der goldgefleckte Boden aus Keramikfliesen war offenbar schon lange nicht mehr geschrubbt worden. Auf einem Tisch aus der französischen Provence häuften sich Briefe zwischen einer leeren Müslischüssel, einer Kaffeetasse und einer Bananenschale. Wenn sich der Schmutz auch in Grenzen hielt, erfüllte eine stickige Atmosphäre die Luft. In diesem Haushalt fehlte eine fürsorgliche Hand. Ein alter, überfütterter schwarzer Labrador mit ergrautem Maul lag in einer Ecke, wo sich die golden gestreifte Tapete von der Wand löste. In der Küche erzeugten vergoldete Stühle und ein kleiner Kristalllüster ein kitschiges Las Vegas-Ambiente.

Drohend hob Nita ihren Gehstock. »Ich rufe die Cops!«

Da verlor Blue die Geduld. »Nur zur Warnung, Mrs Garrison. Auf den ersten Blick sieht Dean wie ein netter Junge aus. Aber um Sie auf die grausame Wahrheit hinzuweisen – in der NFL gibt's keinen einzigen Spieler, der nicht ein halbes Tier wäre. Das überspielt er nur ein bisschen besser als die meisten anderen.«

»Glauben Sie wirklich, Sie können mich erschrecken?«, spottete Nita. »Ich bin auf der Straße aufgewachsen, meine Süße.«

»Nun, ich informiere Sie nur über die Situation. Sie haben Dean geärgert, Ma'am. Und das ist gar nicht gut.«

»Das ist *meine* Stadt. Hier kann er mir nichts antun.«

»Da irren Sie sich.« Blue ging an Dean vorbei, der sich bückte und den alten schwarzen Labrador streichelte. »Wissen Sie, diese Footballspieler haben ihre eigenen Gesetze. Klar, Sie sind's gewöhnt, die Polizei von Garrison in ihre Tasche zu stecken. Was Sie sich letzte Woche erlaubt haben, war wirklich ein ganz mieser Trick. Aber sobald Dean anfängt, den Bullen Autogramme zu geben und ein

Dutzend Eintrittskarten für sein nächstes Match zu verteilen, werden sie sich nicht einmal an Ihren Namen erinnern.«

Eins musste Blue der alten Xanthippe zugestehen. Statt zurückzuschrecken, lächelte sie Dean an. »Meinen Sie, das wird funktionieren?«

Achselzuckend richtete er sich auf. »Ich mag Cops. Also werde ich sie mal auf dem Revier besuchen. Aber ehrlich gesagt, mich interessiert viel mehr, was meine Anwälte von Ihrem kleinen Boykott halten werden.«

»Anwälte!«, stieß sie geringschätzig hervor. Dann wandte sie sich wieder zu Blue, die das unfair fand. Immerhin versuchte sie zwischen den gegnerischen Parteien zu vermitteln. »Werden Sie sich für Ihre Frechheit in der letzten Woche entschuldigen?«

»Werden Sie sich bei Riley entschuldigen?«

»Weil ich die Wahrheit gesagt habe? Nach meiner Ansicht darf man Kinder nicht zu sehr verwöhnen. Leute von Ihrem Kaliber wollen alle kleinen Probleme dieser dreisten Kids lösen. Deshalb werden sie niemals lernen, für sich selber zu sorgen.«

»Vor Kurzem hat *dieses* Kind seine Mutter verloren«, mischte sich Dean mit täuschend sanfter Stimme ein.

»Seit wann ist das Leben fair?« Mrs Garrisons tückische Augen verengten sich, was die Falten im blauen Lidschatten vertiefte. »Wie es auf dieser Welt zugeht, sollte man schon in jungen Jahren begreifen. In Rileys Alter habe ich auf der Feuerleiter geschlafen, um meinem Stiefvater zu entrinnen.« Ihre Hüfte stieß gegen den Tisch, und die Kaffeetasse fiel zu Boden, gefolgt von einem Stapel Wurfsendungen. Mit einer vagen Geste zeigte sie auf die Bescherung. »In dieser Stadt ist niemand mehr bereit, ein bisschen Hausarbeit zu erledigen. Jetzt gehen alle schwarzen Mädchen aufs College.«

Dean rieb sich das Kinn. »Zum Teufel mit Abe Lincoln.«

Nur mühsam verkniff sich Blue ein Lächeln.

Nita musterte ihn von oben bis unten. »Also ein cleverer Junge, was?«

»Ja, Ma'am.«

Wie ihre Kennermiene verriet, hatte sie schon sehr viele attraktive Männer gesehen. Aber ihr Verhalten wirkte keineswegs kokett. »Tanzen Sie?«

»Dafür verstehen wir uns nicht gut genug.«

Ihre Lippen verkniffen sich. »Jahrelang habe ich bei Arthur Murray in Manhattan Unterricht gegeben. Bei mir lernten die Schüler, wie man in Ballsälen tanzt. Damals war ich sehr schön.« Wie ein angewiderter Blick in Blues Richtung bekundete, fand sie diese junge Frau ziemlich unscheinbar. »Wenn Sie ihn anhimmeln, verschwenden Sie nur Ihre Zeit, Mädchen. Für Mr Robillard sind Sie viel zu hässlich.«

»Moment mal!« Empört hob Dean die Brauen.

»Genau das ist es, was ihm so an mir gefällt«, fiel Blue ihm ins Wort, »ich stehle ihm kein Rampenlicht.«

Seufzend resignierte er.

»Was für eine Närrin Sie sind!«, höhnte Nita. »Solche Männer habe ich mein Leben lang gekannt. Letzten Endes entscheiden sie sich immer für Frauen von *meiner* Sorte. So, wie ich früher mal war. Große Titten, blondes Haar, lange Beine.«

Damit traf sie den Nagel auf den Kopf, aber Blue gab sich nicht kampflos geschlagen. »Es sei denn, die Männer sind Transvestiten. Dann brauchen sie tolerante Frauen.«

»Gibst du mir Bescheid, wenn du fertig bist?«, bat Dean.

»Wer sind Sie eigentlich?« Die alte Frau starrte Blue an und feuerte die Frage wie eine Stinkbombe ab.

»Porträtmalerin. Hunde und Kinder.«

»Ach, tatsächlich?« In den trüben Augen flammte wachsendes Interesse auf. »Nun, vielleicht werde ich Sie beauftragen, Tango zu malen.« Sie wies mit ihrem Kinn auf den alten Hund. »Ja, das werde ich tun. Morgen können Sie anfangen.«

»Tut mir leid, sie hat schon einen Job, Mrs Garrison«, verkündete Dean. »Sie arbeitet für mich.«

»Überall in dieser Stadt haben Sie herumerzählt, sie sei Ihre Verlobte.«

»Das ist sie auch. Und sie wird Ihnen zweifellos versichern, dass ich ein Fulltimejob bin.«

»Unsinn! Sie führen sie nur an der Nase herum, damit sie weiterhin mit Ihnen schläft. Sobald Sie sich mit ihr langweilen, werden Sie ihr den Laufpass geben.«

Das gefiel ihm ganz und gar nicht. »Diese Beleidigung nehme ich nur aus Respekt vor Ihrem Alter hin, Mrs Garrison. Und jetzt haben Sie vierundzwanzig Stunden Zeit, um Ihren Boykott zu widerrufen.«

Gleichmütig ignorierte sie ihn und wandte sich wieder zu Blue. »Kommen Sie morgen um ein Uhr hierher und fangen Sie an, Tango zu porträtieren. Sobald Sie auftauchen, werde ich die Männer anweisen, wieder in Mr Robillards Farmhaus zu arbeiten.«

»Normalerweise erpresst man seine Mitmenschen etwas subtiler«, meinte Blue.

»Für Subtilitäten bin ich zu alt. Ich weiß, was ich will. Und wie ich's kriege.«

»In diesem Fall kriegen Sie eine Menge Ärger, Mrs Garrison«, warnte Dean, packte Blues Ellbogen und dirigierte sie zur Tür hinaus.

Als sie wieder im Auto saßen, sagte Dean nicht viel und befahl Blue nur, nie wieder in Mrs Garrisons Nähe zu geraten. Da sie sich nicht gern herumkommandieren ließ, war sie versucht, eine Diskussion über gewisse Prinzipien zu beginnen. Aber die alte Frau sollte ihr keinen weiteren Kummer bereiten. Außerdem wollte sie den Abend genießen.

Sie hielten vor einem blau gestrichenen ebenerdigen Schindelgebäude. Über dem Eingang hing ein gelbes Schild mit der Aufschrift »Barn Grill«. »Ich dachte, das wäre ein richtiger Stall«, sagte Blue auf dem Weg zur Tür.

»Bei meinem ersten Besuch nahm ich das auch an. Dann fand ich heraus, dass der derzeitige Besitzer das für einen guten Witz hielt. In den achtziger Jahren hieß das Lokal ›Walt's Bar and Grill‹. Und dann wurde es im Tennessee-Dialekt abgekürzt.«

»Und so ist ›Barn Grill‹ daraus geworden. Okay, ich hab's kapiert.«

Im Foyer wehten ihnen die Klänge von Tim McGraws »Don't Take the Girl« entgegen. Ein Aquarium stand vor einer dunkelbraunen Gitterwand. Darin schimmerte ein mondgelbes Märchenschloss auf fluoreszierenden blauen Steinen. Das große Restaurant war in zwei Räume unterteilt, mit einer Bar im vorderen Bereich. Unter zwei Tiffany-Lampenschirmimitaten füllte ein Barkeeper, der wie Chris Rock aussah, zwei Bierkrüge.

»He, Boo«, rief er, sobald er Dean erkannte.

Die Gäste an der Theke drehten sich auf ihren Hockern

um. Blitzartig erwachten sie zum Leben, alle redeten durcheinander.

»Hallo, Boo, wo waren Sie denn das ganze Wochenende?«

»Fabelhaft, dieses Hemd.«

»Neulich haben wir uns über die nächste Saison unterhalten und ...«

»Nach Charlies Meinung sollten Sie sich mehr um den Angriff kümmern.«

Die Leute erweckten den Eindruck, als würden sie ihn schon seit einer Ewigkeit kennen, obwohl er Blue erzählt hatte, er sei erst zweimal hier gewesen. Angesichts dieser Vertraulichkeit war sie froh, dass sie *nicht* zur Prominenz zählte.

»Normalereise rede ich gern mit euch Jungs über Football. Aber heute Abend habe ich meiner Verlobten versprochen, darauf zu verzichten.« Dean legte einen Arm um ihre Schultern. »Für uns ist's ein Jubiläum. Ihr wisst ja, wie sentimental die Ladys sind.«

»Was für ein Jubiläum?«, fragte das Chris Rock-Double.

»Vor sechs Monaten spürte mich mein kleiner Liebling auf und zeeeeerrte mich nach Hause.«

Während die Männer schallend lachten, ging Dean mit Blue an der Theke vorbei, zum hinteren Teil des Lokals.

»Was, ich habe dich nach Hause *gezeeeerrt*? Wann hast du deine Yankee-Staatsbürgerschaft aufgegeben?«

»Als ich ein Landbesitzer in den Südstaaten wurde. Seither drücke ich mich automatisch zweisprachig aus.«

Eine halbhohe Wand aus braunem Gitterwerk und eine Reihe Chianti-Strohflaschen trennten das Restaurant von der Bar.

»Wirklich nette Jungs da vorn an der Theke«, meinte Dean, führte Blue zu einem freien Tisch und rückte ihr den Stuhl zurecht. »Einer ist ein County-Richter, der Große der Highschool-Direktor und der Glatzkopf ein schwuler Friseur, der sich schon vor langer Zeit geoutet hat. Oh, ich liebe den Süden.«

»Ja, hier sind verrückte Typen am besten aufgehoben.« Blue griff über das rote Vinyl-Tischtuch hinweg und nahm ein paar Salzkräcker aus einem Korb. »Erstaunlich, dass du hier bedient wirst. Ist Nita Garrisons Stern im Sinken?«

»Dieses Lokal liegt außerhalb der Stadtgrenze, auf einem Grund und Boden, der ihr *nicht* gehört. Außerdem scheinen sich die meisten Leute an die Devise zu halten: Was sie nicht weiß, macht sie nicht heiß.«

»Wirst du wirklich deine Anwälte auf sie ansetzen?«

»Das weiß ich noch nicht. Die gute Neuigkeit – ich werde gewinnen. Und die schlechte – es wird Monate dauern.«

»Ich werde Tango nicht malen.«

»Natürlich nicht, verdammt noch mal.«

Blue verzichtete auf weitere altbackene Kräcker. Sogar an diesem Montagabend waren drei Viertel der Tische besetzt, und die meisten Gäste starrten zu ihr herüber. Warum, erriet sie mühelos. »Wirklich gut besucht, dieses Lokal – für einen Montagabend.«

»Viel Auswahl gibt's hier nicht. Am Montag kann man sich zwischen dem Barn Grill oder Bibellesungen im Second Baptist entscheiden. Oder vielleicht ist das Second Baptist am Dienstag dran. In dieser Stadt ist der Terminplan für die Bibellesungen komplizierter als die Tricks der Stars an den Angriffslinien.«

»Hier gefällt's dir, nicht wahr? Nicht nur auf der Farm fühlst du dich wohl. Auch das Kleinstadtleben hat's dir angetan.«

»Mal was anderes.«

Die Kellnerin legte die Speisekarten auf den Tisch. Bei Deans Anblick verzog sich ihre mürrische Miene zu einem schmachtenden Lächeln. »Hallo, ich heiße Marie, ich werde Sie heute Abend bedienen.«

Irritiert wünschte Blue, jemand würde ein Gesetz erlassen, dass es Kellnerinnen in einem Lokal mit Tabascoflaschen auf dem Tisch untersagte, sich vorzustellen.

»Freut mich, Sie kennen zu lernen, Marie«, erwiderte der frisch gebackene Südstaatler gedehnt. »Was würden Sie mir empfehlen?«

Ohne Blue zu beachten, las Marie die Speisekarte nur für *ihn* vor. Dean entschied sich für das Barbecue-Huhn mit Salat, Blue für gebratenen Wels mit einer Beilage, die »schmutzige Kartoffeln« hieß. Die entpuppten sich als eine Mischung aus Püree und saurer Sahne mit Pilzen, die in einer Sauce erstickten. Während sie ihr Essen verschlang, entfernte Dean die Haut von seinem Huhn und strich nur einen winzigen Butterklecks auf seine gebackene Kartoffel. Ein Dessert lehnte er ab. Immer wieder schwatzte er freundlich mit verschiedenen Stadtbewohnern, die seine Mahlzeit unterbrachen. Allen stellte er Blue als seine Verlobte vor. Endlich waren sie für ein paar Minuten allein, und sie musterte ihn interessiert über ein üppiges, klebriges Kuchenstück hinweg. »Wie wirst du den Leuten unsere geplatzte Verlobung erklären, wenn ich abgereist bin?«

»Gar nicht. Soweit es diese Stadt angeht, bleibe ich verlobt, bis es einen triftigen Grund gibt, nicht mehr verlobt zu sein.«

»Sobald dir eine atemberaubende, vollbusige, mäßig intelligente Zwanzigjährige ins Auge fällt.«

Dean inspizierte Blues Dessert. »Wohin stopfst du das alles?«

»Seit dem Frühstück habe ich nichts gegessen. Bitte, Dean, ich meine es ernst. Du darfst unsere Verlobung nicht lösen, indem du mir eine tödliche Krankheit andichtest oder behauptest, du hättest mich mit einem anderen Mann ertappt. Oder mit einer Frau«, ergänzte sie hastig. »Versprich mir das!«

»Nur aus reiner, obszöner Neugier – hast du's schon mal mit einer Frau getrieben?«

»Weich mir nicht aus! Ich warte auf dein Versprechen.«

»Okay, ich werde sagen, du hättest mich sitzen lassen.«

»Als würde dir das irgendwer glauben!« Blue steckte noch einen Kuchenbissen in den Mund. »Ist dir das jemals passiert?«

»Was? Dass ich verlassen wurde? Klar.«

»Wann?«

»Irgendwann. Daran erinnere ich mich nicht genau.«

»Ich wette, keine einzige Frau hat dir den Laufpass gegeben.«

»Doch. Da bin ich mir sicher.« Dean nippte an seinem Bier und dachte nach. »Jetzt fällt's mir ein – Annabelle hat mich abserviert.«

»Die Ehefrau deines Agenten? Hast du nicht gesagt, ihr wärt nie zusammen gewesen?«

»Das stimmt. Damals behauptete sie, ich sei unreif. Wie ich gestehen muss, hatte sie Recht. Deshalb weigerte sie sich, mit mir auszugehen.«

»Und wieso erzählst du mir, sie hätte dich abserviert? Wie passt das zusammen?«

»He, versuchen wir doch gemeinsam, das rauszufinden.«

Sie lächelte, und er lächelte zurück. Irgendwas in ihrem Innern begann zu schmelzen, zusammen mit dem letzten Stück des klebrigen Kuchens. Erschrocken entschuldigte sie sich und floh zur Toilette.

Da fingen die Schwierigkeiten an.

15

Die Frau war ihr schon früher aufgefallen. Grobknochig, mit verbittertem, stark geschminktem Gesicht und gefärbten schwarzen Locken, saß sie einem grauhaarigen Mann gegenüber. Immer wieder bestellten sie neue Drinks. Im Gegensatz zu vielen anderen Gästen waren sie nicht zu Dean gekommen. Aber die Frau hatte seine Begleiterin ein paar Mal durchdringend angestarrt.

Als Blue jetzt am Tisch der beiden vorbeiging, lallte die Frau: »Kommen Sie mal her, Kleine, damit wir plaudern können!«

Blue ignorierte sie und betrat die Damentoilette. Sobald sie sich in einer Kabine eingeschlossen hatte, wurde gegen die Tür gehämmert, und dieselbe aggressive Stimme erklang. »Was ist los, Schätzchen? Sind Sie sich etwa zu gut dafür, mit mir zu reden?«

Ehe Blue der Frau erklären konnte, mit Betrunkenen würde sie sich nicht abgeben, hörte sie eine andere, sehr vertraute Stimme. »Lassen Sie die Lady in Ruhe.« Dean, der Charmeur, hatte sich in den General verwandelt, der an absoluten Gehorsam gewöhnt war.

»Rühren Sie mich nicht an, Arschloch«, kreischte die Frau, »oder ich schreie, Sie würden mich vergewaltigen!«

»Nein, das werden Sie nicht!« Blue eilte aus der Kabine. »Was für Probleme haben Sie denn?«

Die Frau stand im grellen gelben Licht beim Waschbecken. Zu ihrer Linken füllten Deans breite Schultern den Türrahmen. Ihr höhnisches Grinsen, die herausfordernd vorgeschobene Hüfte, der schiefgelegte Kopf – dies alles signalisierte ihren Groll gegen die ganze Welt, ihr Leid, für das sie Blue verantwortlich machte. »Dass Sie an mir vorbeistolziert sind – *das* ist mein Problem!«

Blue hole tief Luft. »Offenbar sind Sie betrunken.«

»Na und? Den ganzen Abend sitzen Sie da und tun so, als wären Sie was Besseres! Nur weil Sie mit diesem Scheißkerl bumsen.«

Empört trat Blue vor. Aber Dean umfing ihre Taille. »Tu's nicht, sie ist es nicht wert.«

Blue wollte die Frau nicht attackieren, sondern ihr nur die Meinung geigen. »Lass mich los, Dean.«

»Verstecken Sie sich hinter Ihrem grandiosen Freund?«, spottete die Frau, während er Blue zur Seite schob.

»Ich verstecke mich hinter niemandem!«, fauchte Blue und zerrte an dem starken Arm, von dem sie sich nicht befreien konnte.

In diesem Moment erschien der grauhaarige Mann, der am Tisch der Frau gesessen hatte, mit breitem Brustkorb, eingefallenen Wangen und Bizepsen unter den kurzen T-Shirt-Ärmeln, die tätowierten Fässern glichen.

Da sich die Frau auf Blue konzentrierte, bemerkte sie seine Ankunft nicht. »Sicher will Ihr hochgestochener, stinkreicher Freund verhindern, dass ich Sie grün und blau schlage. Dann würden Sie nicht mehr so nett aussehen, wenn er Sie heute Nacht fickt.«

Mit gerunzelter Stirn begegnete Dean ihrem Blick im Spiegel. »Was für ein dreckiges Mundwerk Sie haben ...«

Irgendjemand in der kleinen Schar, die sich hinter dem

Graukopf versammelt hatte, hielt rücksichtsvoll die Toilettentür auf, damit niemand diese interessanten Ereignisse versäumte.

Unbehaglich beugte sich der Grauhaarige vor. »Was machst du hier, Karen Ann?«

»Das werde ich Ihnen erklären«, zischte Blue. »Sie will sich mit mir prügeln, weil sie ihr Leben vermasselt hat und allen anderen Leuten die Schuld an ihrem Elend gibt.«

Schwankend klammerte sich die Frau an den Rand des Waschbeckens. »Für meinen Lebensunterhalt arbeite ich, Sie miese Nutte. Von niemandem lasse ich mir was schenken. Wie oft mussten Sie diesem Scheißkerl einen blasen, damit er Ihr Dinner bezahlt?«

Da ließ Dean seinen Arm sinken. »Zeig's ihr, Blue.«

Was soll ich ihr zeigen? Blue schluckte, als Karen Ann auf sie zutorkelte.

Sie war einen Kopf größer und mindestens dreißig Pfund schwerer als Blue, aber sternhagelvoll. »Kommen Sie her, Schätzchen! Mal sehen, ob Sie genauso gut kämpfen können, wie Sie an Schwänzen lutschen.«

»Jetzt reicht's!«, stieß Blue hervor. Warum Karen Ann ihr den Krieg erklärt hatte, wusste sie nicht, und es war ihr auch egal. Sie stürmte über den Fliesenboden. »Dafür werden Sie sich entschuldigen, Lady!«

»Fahren Sie zur Hölle!« Die Finger zu Krallen gekrümmt, griff die Frau nach den Haaren ihrer Gegnerin. Blue duckte sich blitzschnell und rammte ihr den Kopf in den Bauch. Stöhnend sank Karen Ann zu Boden.

»Verdammt, heb deinen Arsch hoch!« Der Graukopf sprang vor, aber Dean versperrte ihm den Weg. »Halten Sie sich da raus.«

»Wer zwingt mich dazu?«

Deans Lippen verzogen sich zur bedrohlichen Imitation eines Lächelns. »Wollen Sie es wirklich mit mir aufnehmen? Genügt es nicht, dass meine Braut Ihre Freundin soeben in den Hintern getreten hat?«

Was nicht ganz stimmte. Blues Kopfstoß hatte erstaunlich zielsicher den Solarplexus der betrunkenen Frau getroffen. Nun lag Karen Ann zusammengekrümmt am Boden und rang nach Atem.

»Darum haben Sie gebeten, Arschloch!« Der Graukopf schwang seine Faust.

Ohne die Füße zu bewegen, parierte Dean die Attacke. Das Publikum jubelte, darunter auch der County-Richter, wie Blue feststellte. Taumelnd prallte der Grauhaarige gegen den Türrahmen. Die Augen verengt, ging er zum zweiten Angriff über. Dean trat zur Seite, sein Widersacher flog gegen den Handtuchspender. Doch er fand sein Gleichgewicht sofort wieder und stürzte sich erneut auf Dean.

Diesmal hatte er Glück und traf die lädierte Schulter, was Dean gar nicht gefiel. Hastig sprang Blue aus dem Weg, denn ihr falscher Verlobter hörte zu spielen auf und machte Ernst.

Von einem blamablen Triumphgefühl erfasst, beobachtete sie seinen effektiven Gegenangriff. Nur wenige Dinge im Leben waren so schwarz und weiß wie diese Szene. Als sie die Gerechtigkeit siegen sah, ging ihr ein sonderbarer Wunsch durch den Sinn. Wenn Dean – so ungeheuer stark, mit schnellen Reflexen und einer seltsamen Ritterlichkeit – die Welt vor allem Bösen retten könnte, müsste sich Virginia Bailey nicht mehr darum bemühen.

Sein Opfer wollte sich auf den Rücken wälzen, aber es kam nicht weit. Inzwischen war Karen Ann in eine Kabine gekrochen, um sich zu übergeben. Der Friseur und der

Barkeeper zogen den Graukopf auf die Beine, und einer der beiden gab ihm ein Papiertuch, mit dem er seine blutige Nase abwischte. Dann führten sie ihn zur Tür hinaus. Blue trat an Deans Seite.

Von einem aufgeschürften Ellbogen und einem Schmutzfleck auf den Designer-Jeans abgesehen, hatte er anscheinend keinen Schaden erlitten. »Das war wirklich amüsant«, meinte er und musterte sie von oben bis unten. »Bist du okay?«

Ihr Kampf war vorbei gewesen, ehe er richtig begonnen hatte. Aber sie wusste seine Fürsorge zu schätzen. »Ja.«

Schließlich verstummten die würgenden Geräusche in der Kabine, und der Geschäftsführer ging hinein. Nach einer Weile kam er von einer leichenblassen, wankenden Karen Ann begleitet wieder heraus. »Wenn ihr zwei vor fremden Leuten den Eindruck erweckt, das wäre eine miese Säuferkneipe, gefällt uns das ganz und gar nicht«, beschwerte er sich und bahnte ihr einen Weg durch die Zuschauermenge. »Willst du dein Leben lang mit jeder kleinen Frau Streit suchen, nur weil sie dich an deine Schwester erinnert?«

Blue und Dean wechselten einen Blick.

Nachdem das betrunkene Paar das Lokal verlassen hatte, bestanden Gary, der Friseur, der Geschäftsführer sowie eine Frau namens Syl, die einen Secondhand-Laden betrieb, energisch darauf, Blue und Dean zu einem Drink einzuladen. Bald erfuhren die beiden, der grauhaarige Ronnie sei zwar strohdumm, aber kein übler Kerl. Und Karen Ann sei einfach unmöglich, was ihre schlecht gefärbten Locken mit den gespaltenen Haarspitzen eindeutig beweisen würden. Übrigens sei sie schon bösartig gewesen, bevor ihre hübsche, zierliche kleine Schwester ihr den

Ehemann abspenstig gemacht habe. Mit dem war sie abgehauen und – noch schlimmer – auch mit Karen Anns rotem Pickup.

»Dieses Auto hat sie geliebt«, bemerkte Richter Pete Haskins.

Wie sich herausstellte, war Lyla etwa so groß wie Blue und hatte ebenfalls dunkles Haar, aber eine schickere Frisur, worauf Gary taktvoll hinwies.

»Wem sagen Sie das?«, murmelte Dean.

»Vor ein paar Wochen legte sich Karen Ann mit Margo Gilbert an«, erzählte Syl. »Die sieht Lyla längst nicht so ähnlich wie Blue.«

Kurz bevor Blue und Dean aufbrachen, versprach der Barkeeper, der Chris Rock glich und in Wirklichkeit Jason hieß, er würde Ronnie oder Karen Ann nie wieder was zu trinken geben. Nicht einmal am Mittwoch beim italienischen All You Can Eat-Buffet, Ronnies Lieblings-Event.

Der Geruch von Scotch kitzelte Aprils Nase, als sie an der Bar Platz nahm. Jetzt brauchte sie einen Drink und eine Zigarette. Genau in dieser Reihenfolge.

Nur heute.

»Ein Club Soda mit Schuss«, wandte sie sich an den hübschen jungen Barkeeper und sog den Rauch fremder Zigaretten in ihre Lungen. »Und tun Sie mir den Gefallen, servieren Sie's in einem Martini-Glas.«

Lächelnd ließ er seine Kinderaugen über ihr Gesicht wandern. »Was immer Sie sich wünschen, kriegen Sie, Ma'am.«

Inzwischen nicht mehr, dachte sie und schaute auf ihre flachen lachsrosa Marc Jacobs-Schuhe hinab. An einem Fußballen entwickelte sich eine Entzündung. *Mein Leben in Schuhen.* Überdimensionale Plateausohlen, Stiefel in allen Größen und Formen, Stilettos, Stilettos und nochmals Stilettos. Und jetzt? Flache Sohlen.

An diesem Abend hatte sie der Farm entfliehen müssen, weg von Deans Verachtung, vor allem aber weg von Jack. Um die ersehnte Einsamkeit in diesem exklusiven Steakhouse zu finden, war sie ins benachbarte County gefahren. Obwohl sie nicht geplant hatte, vor der Mahlzeit die halb leere Bar zu besuchen, war sie von einer alten Gewohnheit hierhergetrieben worden.

Den ganzen Tag hatte sie sich wie ein selbst gestrickter Pullover gefühlt, der stückweise aufgetrennt wurde. Sie hatte nicht geglaubt, irgendetwas könnte noch schlimmer sein als Deans Ankunft. Aber die Stunden mit Jack in der Küche, wo sie die Wände strichen, weckten so viele hässliche Emotionen, die ihre hart erkämpfte Gelassenheit bedrohten. Glücklicherweise interessierte sich Jack ebenso wenig für eine Konversation wie sie. Um jede Verständigung unmöglich zu machen, hatten sie das Radio in voller Lautstärke laufen lassen.

Jeder in der Bar registrierte Aprils Ankunft. Während schlechte Musik dudelte, wie in einem dieser Aufzüge, wurde sie von zwei japanischen Geschäftsmännern taxiert. *Tut mir leid, Jungs, mit flotten Dreiern gebe ich mich nicht mehr ab.* Ein Kerl Ende vierzig zwinkerte ihr anzüglich zu. *Nicht dein Glückstag heute.*

Würde sie nach all der harten Arbeit, nach der langwierigen seelischen Genesung erneut in Jack Patriots Bann geraten? Es war ihre Dummheit gewesen, ihr Wahnsinn, der Beginn ihres Ruins. Würde das noch einmal passieren? Nein, ganz sicher nicht. *Heutzutage kontrolliere ich die Männer, ich lasse mich nicht mehr kontrollieren.*

»Wollen Sie wirklich keinen Doppelten?«, fragte der attraktive Barkeeper.

»Nein, ich muss noch fahren.«

Grinsend goss er einen weiteren Schuss ins Club Soda. »Wenn Sie noch irgendwas brauchen, geben Sie mir Bescheid.«

»Danke, das werde ich tun.«

In solchen Bars und Clubs hatte sie ihr Leben verloren. Manchmal musste sie in solche Etablissements zurückkehren, um sich daran zu erinnern, dass jenes bekiffte Partygirl, das eifrig bestrebt war, sich mit jedem begehrenswerten Mann zu erniedrigen, nicht mehr existierte. Trotzdem waren diese Exkursionen gefährlich. Das schummrige Licht, klirrende Eiswürfel, das verlockende Aroma von Alkohol. Zum Glück war das keine besonders aufregende Bar. Dank der erbärmlichen Instrumentalversion von »Start Me Up«, die an ihren Nerven zerrte, war sie auch nicht versucht, länger hierzubleiben. Wer immer so eine Scheiße aufnahm, müsste im Knast landen.

In ihrer Tasche vibrierte das Handy. Sie checkte den Anrufer und meldete sich hastig. »Mark!«

»O Gott, April, ich brauche dich so sehr ...«

Kurz vor Mitternacht parkte sie vor ihrem Cottage. In alten Zeiten würde die Party jetzt erst anfangen. Aber jetzt wollte sie nur noch schlafen. Sie stieg aus dem Saab und hörte Musik, die hinter dem Haus hervorwehte. Eine einsame Gitarre, ein vertrauter heiserer Bariton.

When you are alone at night,
Do you ever think about me, darling?
Like I think about you?

Mittlerweile klang die Stimme etwas rauer, die Worte

schienen sich mühsamer aus der Kehle zu ringen. Als würde er es nicht ertragen, sie loszulassen. Sie trug ihre Handtasche ins Cottage. Einige Sekunden lang stand sie reglos da. Die Augen geschlossen, lauschte sie und versuchte, sich in den Griff zu kriegen. Dann tat sie, was sie immer getan hatte, sie folgte der Musik.

Er saß am dunklen Teich. Statt einen der Liegestühle mit den stählernen Armstützen zu benutzen, hatte er einen Küchenstuhl mit gerader Lehne herausgeschleppt. Nicht weit von seinen Füßen entfernt, im dichten Gras, brannte eine klobige Kerze auf einer Untertasse. Im flackernden Licht notierte er den Text seines neuen Songs auf einem Blatt Papier, das daneben lag.

Baby, if you ever knew
The heartache that you've put me through,
You'd cry,
Cry like I do.

Die Jahre glitten davon. So wie in ihrer Erinnerung neigte er sich über die Gitarre, streichelte, verführte und entflammte das Instrument. Der Kerzenschein tanzte über die Lesebrille, die auf dem Papier lag. Inzwischen hatte sich der wilde, langhaarige Rock and Roll-Rebell ihrer Jugend in einen älteren Gentleman verwandelt. Sie könnte – und sollte – ins Haus zurückgehen. Aber die Musik war so süß.

Do you ever wish for rain
So you don't feel alone again?
Do you ever wish the sun away?

Nun sah er sie. Aber er hörte nicht zu spielen auf. So wie früher liebkoste die Melodie ihre Haut, wie warmes, heilsames Öl.

Während der letzte Akkord in der Finsternis verhallte, legte er seine Hand aufs Knie. »Was meinst du?«

Das wilde Mädchen von damals wäre vor seinen Füßen ins Gras gesunken und hätte ihn angefleht, den Refrain noch einmal zu spielen. Vielleicht hätte sie erklärt, er müsse die Takte am Ende des ersten Verses ändern, und sie würde sich eine Hammond B3-Orgel im Chor vorstellen. Doch die erwachsene Frau zuckte die Achseln. »Vintage Patriot.«

Eine grausamere Antwort hätte sie nicht geben können. Jacks fanatisches Bestreben, neue musikalische Wege zu gehen, war legendär, ebenso wie seine Verachtung für träge Rock-Idole, die immer nur ihre alten Tricks wiederholten. »Findest du?«

»Ein guter Song. Das weißt du ohnehin.«

Als er sich hinabneigte, um die Gitarre in ihren Kasten zurückzulegen, zeichnete der Kerzenschimmer die Konturen seiner langen Nase nach. »Erinnerst du dich, wie's früher war? Wenn du einen Song gehört hast, wusstest du sofort, ob er gut oder schlecht war. Meine Musik hast du viel besser verstanden als ich.«

Die Arme vor der Brust verschränkt, blickte sie über den Teich hinweg. »Diese Songs will ich nicht mehr hören, weil sie zu viele Dinge heraufbeschwören, die ich hinter mir gelassen habe.«

Wie Zigarettenrauch schwebte seine Stimme zu ihr. »Ist die ganze Wildheit verschwunden, April?«

»Vollkommen. Jetzt bin ich eine langweilige L.A.-Karrierefrau.«

»Nicht einmal, wenn du es versuchen würdest, wärst du langweilig.«

Bleierne Müdigkeit belastete ihre Seele. »Warum bist du nicht drüben im Haus?«

»Weil ich gern hier am Wasser schreibe.«

»Mit der Côte d'Azur lässt es sich nicht vergleichen. Wie ich höre, besitzt du dort ein Haus.«

»Unter anderem.«

Nein, unmöglich. Ihre Arme sanken hinab. »Geh weg, Jack. Ich will dich nicht hier haben. Nirgendwo in meiner Nähe.«

»Das müsste eigentlich *ich* sagen.«

»Zweifellos bist du imstande, für dich selber zu sorgen.« Die alte Bitterkeit brach sich Bahn. »Welch eine Ironie! In all den Jahren, wann immer ich mit dir reden wollte, hast du keinen einzigen Anruf entgegengenommen. Und jetzt, wo du der letzte Mensch auf der Welt bist, mit dem ich …«

»Das konnte ich nicht, April. Ich konnte einfach nicht mit dir reden. Für mich warst du ein Gift.«

»Ein Gift, dem du die beste Musik deines Lebens verdankst.«

»Und die schlechteste.« Jack stand auf. »Erinnerst du dich an jene Tage? Damals spülte ich zahllose Pillen mit Wodka hinunter.«

»Schon bevor wir uns kennen lernten, warst du tablettensüchtig.«

»Ich mache dir keine Vorwürfe. Nur eins muss ich betonen, weil mich diese wahnsinnige Eifersucht verfolgt hat, wurde es noch schlimmer. Ganz egal, mit welchen Männern ich zusammen war, und das galt sogar für meine eigene Band, ständig musste ich mich fragen, mit wem du's gerade treibst.«

Atemlos ballte sie die Hände. »Ich habe dich geliebt!«

»Alle hast du geliebt, April. Solange sie dich mit ihrer Rockmusik umgarnten.«

Nein, das stimmte nicht. Er war der Einzige gewesen,

den sie wirklich geliebt hatte. Doch sie würde jene alten, fehlgeleiteten Gefühle nicht verteidigen. Und sie würde ihm nicht erlauben, sie zu beschämen. Was seine sexuellen Abenteuer betraf, stand er ihr in nichts nach.

»Ich habe meine eigenen Dämonen bekämpft«, fügte er hinzu. »Mit deinen konnte ich mich nicht auch noch herumschlagen. Erinnerst du dich an die hässlichen Szenen? Nicht nur unsere. Ich prügelte mich mit Fans und Fotografen. Innerlich verbrannte ich.«

Er hatte sie in dieses Feuer hineingezerrt.

Jack wanderte an ihr vorbei zum Ufer. Nur an der Art, wie er sich bewegte, mit der gleichen geschmeidigen, langbeinigen Anmut wie sein Sohn, erkannte man die Verwandtschaft. Sie sahen sich nicht ähnlich, weil Dean nach Aprils blonden nordischen Ahnen geriet. Mit seinem dunklen Haar war Jack ein Nachtgeschöpf, schwarz wie die Sünde.

Krampfhaft schluckte sie und sagte leise: »Wir haben zusammen einen Sohn. Darüber wollte ich mit dir reden, das hätte ich so dringend gebraucht.«

»Ja, ich weiß. Aber ich musste mich von dir fernhalten. Davon hing mein Überleben ab.«

»Vielleicht am Anfang. Aber später? Was war da?«

Er drehte sich um und hielt ihrem Blick stand. »Solange ich die Schecks für dich unterschrieb, fühlte ich mich schuldlos.«

»Diesen Vaterschaftstest habe ich dir nie verziehen.«

Sein Gelächter klang scharf und ätzend. »Red keinen Unsinn! Bei wie vielen Lügen habe ich dich ertappt? Du warst wild und zügellos.«

»Dean musste für das alles büßen.«

»Ja, offensichtlich.«

Seufzend rieb sie ihre Arme. Warum drängte sich die Vergangenheit in die Gegenwart? Das hatte sie so satt … *Immer nur so tun als ob – bis es vielleicht Wirklichkeit wird.* »Wo ist Riley?«

»Sie schläft.«

»Drinnen?« Sie wandte sich zu den Fenstern des Cottage.

»Nein, im Farmhaus.«

»Sind Dean und Blue nicht weggefahren?«

»Doch.« Jack ergriff den Küchenstuhl, um ihn ins Cottage zurückzutragen.

»Also hast du Riley allein gelassen?«

»Das sagte ich doch«, erwiderte er auf dem Weg zur Hintertür. »Sie schläft.«

»Und wenn sie aufwacht?«

Er beschleunigte seine Schritte. »Sicher nicht.«

»Woher willst du das wissen?« April folgte ihm. »Eine verängstigte Elfjährige darf man nicht in einem so großen Haus allein lassen. Schon gar nicht mitten in der Nacht.«

Er ertrug es nicht, wenn er in die Defensive gedrängt wurde. Erbost rammte er den Stuhl ins Gras. »Was soll ihr denn passieren? Hier ist sie sicherer als in der Stadt.«

»So fühlt sie sich aber nicht.«

»Wahrscheinlich kann ich mein eigenes Kind besser beurteilen als du.«

»Du hast überhaupt keine Ahnung, was du mit ihr anfangen sollst.«

»Das werde ich herausfinden.«

»Beeil dich. Glaub mir, die Zeit läuft dir davon.«

»Ah, die grandiose Expertin. Verdankst du deiner Mutterschaft so viele wertvolle Erfahrungen?«

»Allerdings, Jack!« Heißer Zorn grub eine weitere Furche in die steinige Landschaft ihrer Gelassenheit. »Von solchen Dingen verstehe ich sehr viel, weil ich alle nur erdenklichen Fehler gemacht habe.«

»Genau.« Jack ergriff den Stuhl und stapfte ins Cottage.

Da brach die Furche auseinander und verwandelte sich in einen Abgrund. Nur ein einziger Mensch besaß das Recht, sie zu verdammen. Das war Dean. »Wage es bloß nicht, mich zu verurteilen!«, schrie sie und stürmte hinter ihm her. »Ausgerechnet *du*!«

Unbeeindruckt starrte er sie an. »Von dir muss ich mir wohl kaum sagen lassen, wie ich meine Tochter behandeln soll.«

»Aber du weißt es nicht.« Riley hatte eine besondere Seite in ihrem Wesen berührt. Deshalb durfte sie nicht klein beigeben. Auf keinen Fall, wenn die Zukunft des kleinen Mädchens auf dem Spiel stand, und wenn sich Jack so verständnislos verhielt. »Das Leben bietet einem nur selten zweite Chancen. Und *du* hast eine. Leider wirst du's vermasseln. Das sehe ich deutlich voraus. Mr Rockstar ist dreiundfünfzig Jahre alt und immer noch zu selbstsüchtig, um die Bedürfnisse eines armen kleinen Kindes zu erfüllen.«

»Versuch bloß nicht, deine Sünden auf *mich* abzuwälzen.« Harte, unnachgiebige Worte. Aber seine Stimme klang unsicher, da wusste sie, dass sie einen wunden Punkt getroffen hatte. Er rückte den Stuhl unter den Küchentisch und eilte an ihr vorbei. Krachend fiel die Tür hinter ihm ins Schloss. Durch das Fenster beobachtete sie, wie er seinen Gitarrenkasten ergriff und sich über die Kerzenflamme beugte.

Sekunden später lag tiefes Dunkel über dem Ufer des Teichs.

Dean genoss es, mit anzusehen, wie viel Freude Blue an seinem Aston fand. Auf der Fahrt zum Farmhaus saß sie wieder am Steuer. »Eins musst du mir noch einmal erklären«, bat sie. »Wieso wusstest du, das ich beim Kampf mit einer Neurotikerin, die zwei Köpfe größer ist als ich und fünfzig Pfund schwerer, keine Querschnittslähmung erleiden würde?«

»Übertreib nicht so maßlos. Vielleicht einen halben Kopf und dreißig Pfund. Ich habe deinen Kampfgeist schon beobachtet. Außerdem war sie nicht neurotisch, sondern sturzbesoffen. Sie konnte sich kaum noch auf den Beinen halten.«

»Trotzdem …«

»Jedenfalls musste man ihr Manieren beibringen. Dafür fühlte ich mich nicht zuständig. In solchen Situationen sollte man sich auf Teamwork verlassen.« Dean grinste. »Wie du zugeben musst, hat es dir auch Spaß gemacht.«

»So was hasse ich.«

»Dagegen bist du machtlos, Blue – eine geborene Kämpfernatur.«

Dieses Kompliment gefiel ihr. Das merkte er ihr an. Er stieg aus und öffnete das Tor des Stalls, damit sie den Aston parken konnte. Allmählich verstand er ihr sonderbares Seelenleben. Während sie aufgewachsen war, hatte sie sich auf niemanden verlassen können, nur auf sich selbst. Deshalb legte sie so großen Wert auf ihre Unabhängigkeit, und deshalb ertrug sie es nicht, sich enger an ihn zu binden. Seine früheren Freundinnen hatten Dinners in luxuriösen Restaurants und teure Geschenke für selbstverständlich gehalten. Aber Blue ärgerte sich sogar über die billigen Ohrringe. Immer wieder hatte er beobachtet, wie sie verstohlen in den Rückspiegel gespäht hatte. Offensichtlich gefiel ihr der Schmuck. Aber sie würde ihm das Geschenk sofort zurückgeben, wenn sie wüsste, wie sie es anstellen könnte, ohne ihre Würde zu verlieren.

Wie sollte er eine Frau behandeln, die so wenig von ihm wollte, und von der er so viel wollte?

Sie fuhr den Aston in den Stall und stieg aus. An diesem Tag hatte er mehrere Schubkarrenladungen mit alten Futtersäcken und anderem Unrat herausbefördert, um Platz für das Auto zu schaffen. Gegen die Tauben, die im Dachgebälk nisteten und ihren Dreck herabfallen ließen, konnte er nicht viel tun und nur eine Plane über das Auto breiten. Aber sobald er eine Garage baute, wäre das Problem gelöst. Er schloss das Tor, und Blue kam zu ihm. An ihren Ohren wippte violettes Glas. Am liebsten hätte er das ganze kleine Mädchen in seine Tasche gesteckt.

»Daran bist du gewöhnt, nicht wahr?«, fragte sie. »Nicht nur an Schlägereien, auch an Fremde, die dich zu Drinks einladen und Freundschaft mit dir schließen möchten. Es scheint dich nicht einmal zu stören.«

»Da man mir obszöne Summen zahlt, obwohl ich praktisch nichts dafür tue, habe ich kein Recht, irgendjemanden vor den Kopf zu stoßen.«

Dean erwartete, sie würde zustimmen. Das tat sie nicht. Stattdessen musterte sie ihn so eindringlich, dass er den Eindruck gewann, sie wüsste ganz genau, welche Qualen er erduldet hatte. Außerhalb der Saison schaute er sich so viele Aufzeichnungen von Matches an, dass sie ihn bis in den Schlaf verfolgten.

»Glaub mir, Profisport ist reine Unterhaltung. Wer das aus den Augen verliert, macht sich was vor.«

»Manchmal muss es ziemlich nervig sein.«

»Allerdings. Aber du wirst keine Klagen von mir hören.«

»Das ist es ja, was mir so an dir gefällt.« Blue drückte seinen Arm, eine freundschaftliche Geste, die ihn irritierte.

»In der Football-Branche hat man mehr Vor- als Nachteile«, behauptete er etwas zu aggressiv. »Und die Leute erkennen die Stars. Selbst wenn sich der Ruhm in Grenzen hält, ist man niemals einsam.«

Sie zog ihre Hand weg. »Offenbar warst du nie ein Außenseiter. Wie man sich in einer solchen Situation fühlt, weißt du nicht. Oder?« Seufzend schüttelte sie den Kopf. »Tut mir leid. So, wie du aufgewachsen bist – natürlich weißt du es. Das hätte ich nicht sagen dürfen.« Sie strich über ihre Wange. »Welch ein alberner Fauxpas. Nur weil ich so müde bin. Bis morgen.«

»Warte, ich …«

Aber sie eilte bereits zum Wohnwagen. In der Dunkelheit funkelten die Perlen auf ihrem lavendelblauen Top wie winzige Sterne.

Er wollte mit ihr diskutieren und betonen, dass er kein Mitleid brauchte. Doch er war noch keiner Frau nachgelaufen. Blue Bailey würde ihn nicht veranlassen, damit anzufangen. Also ging er ins Haus.

Drinnen herrschte tiefe Stille. Er wanderte ins Wohnzimmer, dann trat er durch die Glastür auf den Betonblock, der eines Tages die hintere Veranda sein sollte. Auf der großen Fläche warteten gestapelte Bretter auf die Zimmermänner.

Dean versuchte den Anblick der Sterne zu genießen. Aber dagegen wehrte sich sein Herz. Auf dieser Farm hatte er Zuflucht gesucht. Hier wollte er sich erholen und entspannen. Aber nun schliefen Mad Jack und Riley im oberen Stockwerk. Nur Blue könnte den verletzlichen Teil seines Wesens schützen. Plötzlich war alles in seinem Leben aus dem Gleichgewicht geraten. Er wusste nicht, was er dagegen unternehmen sollte. Er war es nicht gewohnt, sich unsicher zu fühlen. Bedrückt kehrte er ins Haus zurück und ging zu den Stufen.

Was er auf dem Treppenabsatz sah, ließ ihn erstarren.

16

Zusammengekrümmt saß Riley auf der obersten Stufe, ein Schlachtmesser in der kleinen Faust, Puffy an ihrer Seite. Noch schlechter hätte die Waffe zu dem Pyjama, der mit rosa Herzen bedruckt war, und zu dem runden Kindergesicht gar nicht passen können.

Damit wollte er nichts zu tun haben. Warum war Blue nicht hier? Sie wüsste, wie man mit Riley umgehen musste, und würde genau das Richtige sagen. Schließlich zwang er sich, die Treppe hinaufzusteigen. Oben angekommen, wies er mit dem Kinn auf das Messer. »Was hast du damit vor?«

»Ich – ich habe Geräusche gehört«, stammelte Riley und zog ihre Knie noch enger an die Brust. »Da dachte ich, vielleicht hat sich ein Mörder hereingeschlichen oder so …«

»Das war nur ich.« Dean beugte sich hinab und nahm ihr das Messer aus der Hand.

Mittlerweile viel sauberer und besser genährt als am Freitag, ächzte Puffy und schloss die Augen.

»Aber ich habe schon was gehört, bevor du gekommen bist.« Riley starrte das Messer an. Fürchtete sie etwa, er würde sie damit attackieren? »Um elf Uhr zweiunddreißig. Ich habe einen Wecker in meinen Rucksack gepackt.«

»Sitzt du schon seit zwei Stunden hier?«

»Ich glaube, ich bin aufgewacht, als Dad das Haus verlassen hat.«

»Ist er nicht hier?«

»Wahrscheinlich besucht er April.«

Um sich vorzustellen, was Mad Jack und die liebe alte Mom trieben, musste Dean seine Fantasie nicht übermäßig strapazieren. Er lief den Flur entlang und warf das Messer auf das Bett seines Vaters. *Soll er sich doch den Kopf zerbrechen, wie es dahin geraten ist ...*

Als er zum Treppensatz zurückkehrte, saß Riley immer noch an derselben Stelle, die Arme um ihre Knie geschlungen. Sogar der Hund hatte sie verlassen. »Nachdem Dad weggegangen war, hörte ich ein Knarren. Ich dachte, jemand würde einbrechen. Vielleicht mit einer Waffe ...«

»In einem so alten Haus knarrt es oft. Woher hast du das Messer?«

»Das habe ich aus der Küche geholt, bevor ich in mein Schlafzimmer gegangen bin. Daheim haben wir eine Alarmanlage. Hier ist sicher keine.«

Zwei Stunden lang hatte sie hier mit einem Schlachtmesser in der Hand gekauert. Allein schon der Gedanke brachte ihn in Wut. »Geh wieder schlafen«, sagte er schroffer, als er beabsichtigt hatte. »Jetzt bin ich ja hier.«

Sie nickte. Aber sie rührte sich nicht.

»Was ist los?«, fragte er.

Riley zupfte an einem Fingernagel. »Nichts.«

Wütend auf Blue, die ihm nicht beistand, und über das unpassende Amüsement seiner verhassten Eltern, ließ er seinen Frust an dem Kind aus. »Sag mir, was los ist, Riley. Leider kann ich deine Gedanken nicht lesen.«

»Ich habe nichts zu sagen.«

Trotzdem rührte sie sich immer noch nicht. Warum ging sie nicht ins Bett? Auf dem Footballplatz hatte er mit dem tollpatschigsten Anfänger Geduld, aber jetzt drohte er sie zu verlieren. »Doch! Spuck's endlich aus!«

»Ich – will nichts.«

»Gut, dann bleib hier sitzen.«

»Ja …« Ihr Kopf sank hinab, die wirren Locken hingen ihr ins Gesicht, und ihre Hilflosigkeit wirkte wie ein Strick, der ihn in die dunkelsten Winkel seiner Kindheit zurückzerrte. Schmerzhaft krampfte sich sein Herz zusammen.

»Von Jack darfst du außer Geld nichts erwarten. Niemals wird er für dich da sein. Falls du irgendwas erreichen möchtest, musst du selbst dafür sorgen, denn er wird deine Kämpfe nicht ausfechten. Und wenn du nicht für dich selber einstehst, wird die Welt über dich hinwegrollen.«

»Okay, ich versuch's«, flüsterte sie mit gepresster Stimme. Am Freitagmorgen, in der Küche, hatte sie sich energisch behauptet und dem Vater ihren Willen aufgezwungen. Was Jacks Sohn nie gelungen war … Jetzt ertrug er es nicht, Riley so verzweifelt zu sehen. »Das sagst du nur, weil du glaubst, ich will es hören.«

»Tut mir leid.«

»Aber es soll dir nicht leid tun. Verdammt noch mal, verrat mir, was du willst!«

Ihre kleinen Schultern bebten. Dann brach es aus ihr hervor: »Würdest du nachsehen, ob sich ein Mörder in meinem Zimmer versteckt?«

Stöhnend verdrehte er die Augen.

Eine Träne tropfte auf Rileys Pyjamahose, direkt auf ein rosa Herz neben dem Schriftzug »Kiss Me Stupid«.

War er nicht der mieseste Scheißkerl, der je gelebt hatte? Noch länger durfte er sich nicht so verhalten und sie abwimmeln, nur weil sie ein Ärgernis war, also setzte er sich zu ihr. Die Hündin trottete aus seinem Schlafzimmer und zwängte sich dazwischen.

Seit er erwachsen war, verhinderte er, dass ihn die Last seiner Kindheit niederdrückte. Nur auf dem Footballplatz öffnete er jenen Dampfkessel und ließ seinen wilden Emotionen freien Lauf. Und jetzt gestattete er seinem Zorn, einen kleinen Menschen zu verletzen, der es am allerwenigsten verdiente. Ohne Skrupel zu verspüren, hatte er dieses sensible, wehrlose Kind bestraft, weil es ihn an sein eigenes einstiges Elend erinnerte. »Was für ein Idiot ich bin ...«, sagte er leise. »Ich hätte dich nicht anschreien dürfen.«

»Schon gut.«

»Nein, es ist gar nicht gut. Ich war wütend auf dich. Und auf mich selber. Und auf Jack. Du hast wirklich nichts falsch gemacht.«

Beinahe spürte er, wie sie seine Worte in sich aufnahm und durch ihr kompliziertes Gehirn laufen ließ. Suchte sie die Schuld immer noch bei sich selber? Das war unerträglich.

»Los, Riley, schlag mir deine Faust ins Gesicht.«

Da hob sie das Kinn, die Augen entsetzt aufgerissen. »O nein, das könnte ich niemals tun.«

»Natürlich kannst du's. So was machen – Schwestern, wenn sich ihre Brüder wie Volltrottel benehmen.« Solche Worte auszusprechen, fiel ihm nicht leicht. Aber er wollte sich nicht mehr wie ein egoistisches Arschloch aufführen, er musste seine Verantwortung endlich akzeptieren.

Ungläubig öffnete sie die Lippen. Würde er sich doch noch zu ihr bekennen? In ihren tränennassen Augen erschien ein Hoffnungsschimmer. So inständig wünschte sie sich, er würde ihre Träume erfüllen. »Du bist kein Volltrottel.«

Jetzt durfte er nichts vermasseln. Sonst könnte er nie mehr in den Spiegel schauen. Er legte seinen Arm um ihre

Schultern. Sofort versteifte sie sich, als fürchtete sie, er würde von ihr wegrücken, wenn sie sich bewegte. Schon jetzt begann sie ihn zu beanspruchen. Resignierend umfing er sie etwas fester. »Wie sich ein großer Bruder verhalten soll, weiß ich nicht, Riley. Im Herzen bin ich noch ein Kind.«

»Das bin ich auch«, erwiderte sie ernsthaft.

»Wirklich, ich wollte dich nicht anschreien. Ich war nur – besorgt. Was du durchmachst, verstehe ich.« Mehr konnte er nicht sagen. *Noch* nicht. Und so stand er auf und zog sie mit sich hoch. »Nun werden wir dein Zimmer nach Mördern absuchen, und danach kannst du beruhigt einschlafen.«

»Oh, ich fühle mich schon jetzt viel besser. Und ich glaube, da drin sind gar keine Mörder.«

»Das glaube ich auch. Trotzdem werden wir nachschauen. Nur zur Sicherheit.« Dann kam ihm eine Idee, eine alberne Möglichkeit, den Kummer wieder gutzumachen, den er ihr bereitet hatte. »Aber ich muss dich warnen. Manchmal sind die großen Brüder, die ich kenne, ziemlich gemein zu ihren Schwestern.«

»Was meinst du?«

»Zum Beispiel öffnen sie die Schränke ihrer Schwestern und schreien, als hätten sie ein Monstrum entdeckt. Nur um sie zu erschrecken.«

Ein Lächeln umspielte ihre Mundwinkel und funkelte in ihren Augen. »So was würdest du nicht tun.«

Grinsend hob er die Brauen. »Vielleicht doch. Wenn du mir nicht zuvorkommst ...«

Das ließ sie sich nicht zweimal sagen. Schreiend rannte sie in ihr Schlafzimmer. Plötzlich hatte er eine Schwester, ob es ihm passte oder nicht.

Bald mischte sich auch Puffys Gebell in den Radau. Wegen des allgemeinen Durcheinanders überhörte Dean die schnellen Schritte, die ihm folgten. Ehe er wusste, wie ihm geschah, traf eine harte Faust seinen Rücken. Er verlor das Gleichgewicht und stürzte zu Boden. Als er sich umdrehte, sah er seinen Vater vor sich stehen, das Gesicht vor Zorn verzerrt. »Rühr sie bloß nicht an!«

Jack packte Riley, die jetzt in echter Angst kreischte, während die Hündin immer schriller kläffte und um beide herumhüpfte. »Alles okay«, beteuerte er und presste sie an sich. »Nie wieder lasse ich ihn in deine Nähe.« Zärtlich streichelte er ihr zerzaustes Haar. »Das verspreche ich dir. Pack deine Sachen, wir reisen sofort ab.«

In Deans Brust ballten sich Wut, Verbitterung und Hass. Dieses Chaos bestimmte seit zu vielen Tagen sein Leben. Seufzend stand er auf. Riley umklammerte Jacks Hemd, schnappte nach Luft, versuchte zu sprechen, doch sie war zu hysterisch, um Worte zu finden.

Als Dean den Widerwillen in der Miene seines Vaters las, empfand er eine seltsame Genugtuung. *Sehr gut, jetzt kommt alles ans Licht.*

»Verschwinde!«, fuhr Jack ihn an.

Am liebsten hätte Dean ihn niedergeschlagen. Aber Riley hielt immer noch das Hemd ihres Dads fest. Endlich gehorchte ihr die Stimme wieder. »Nein, Dean hat nichts ... Alles war meine Schuld ... Weil er das Messer sah ...«

»Welches Messer?«, stieß Jack hervor und umfasste ihren Kopf mit beiden Händen.

»Das habe ich aus der Küche geholt«, japste sie.

»Was hast du mit einem Messer gemacht?«, überschrie er den Lärm der bellenden Hündin.

»Also, es war – ich dachte …«

»Sie hatte Angst«, erklärte Dean.

Ehe er seinen Worten Nachdruck verleihen konnte, sprudelte Riley hervor: »Ich wachte auf, niemand war im Haus, da habe ich mich gefürchtet …«

Dean hörte nicht mehr zu und ging in sein Schlafzimmer. Soeben war er auf seine empfindliche Schulter gefallen, die nach der Keilerei mit Ronnie immer noch schmerzte. Zwei Kämpfe an einem Abend. Brillant. Während er zwei Tylenol-Tabletten schluckte, verstummte das Gekläff. Er zog sich aus, ging ins Bad und drehte den Duschhahn auf. So heiß, wie er es aushielt, ließ er das Wasser über seinen Körper fließen.

Ins Zimmer zurückgekehrt, sah er seinen Vater umherwandern. Im Haus war es still geworden. Wahrscheinlich schliefen Riley und Puffy. »Ich will mit dir reden«, sagte Jack und wies mit dem Kopf in die Richtung des Flurs. »Unten.« Ohne eine Antwort abzuwarten, verließ er den Raum.

Dean ließ das Handtuch fallen, das er um seine Hüften geschlungen hatte, und schob seine nassen Beine in Jeans. Höchste Zeit, gewisse Dinge zu klären. Er fand Jack im Wohnzimmer, die Hände in den Hosentaschen.

»Als ich sie schreien hörte«, begann Jack und starrte aus dem Fenster, »nahm ich das Allerschlimmste an.«

»Verdammt, erinnerst du dich, dass *du* sie allein gelassen hast? Guter Job, Jack.«

»Ja, ich weiß, ich hab's verbockt.« Jack wandte sich zu seinem Sohn. »Seit Marlis Tod versuche ich Riley näherzukommen. Und manchmal mache ich dabei was falsch. So wie heute Abend. Wenn das passiert, tue ich mein Bestes, um das Kind zu entschädigen.«

»Bewundernswert. Ich bin beeindruckt.«

»Hast du noch nie in deinem Leben einen Fehler begangen?«

»Doch. In der letzten Saison ließ ich siebzehn Pässe abfangen.«

»Unsinn, du weißt, was ich meine.«

Dean steckte einen Daumen in den Hosenbund seiner
Jeans. »Nun, ich habe eine schlechte Gewohnheit, ich
kriege dauernd Strafzettel wegen Überschreitung des Tem-
polimits, und ich kann ein sarkastischer Hurensohn sein.
Aber ich habe noch keine einzige Freundin geschwängert,
falls du *darauf* hinauswillst. Von *mir* laufen keine Bastar-
de herum. Und obwohl es mir peinlich ist, das zu erwähnen, gehöre ich anscheinend nicht in deine Kategorie.«
Jack zuckte zusammen. Damit gab sich sein Sohn nicht zufrieden, er wollte ihn am Boden zerstört sehen. »Damit du
das endlich begreifst – ich erlaube dir nur Riley zuliebe,
hier zu wohnen. Für mich bist du nur ein Samenspender,
Kumpel. Also halt dich von mir fern.«

Unbeirrt trat Jack näher zu ihm. »Kein Problem, das
kann ich sehr gut. Ich sage es nur ein einziges Mal. Okay,
du hast es ziemlich schlecht getroffen mit deinen Eltern,
das bedaure ich mehr, als ich es in Worte fassen kann.
Nachdem ich von Aprils Schwangerschaft erfahren hatte,
rannte ich so schnell wie möglich davon. Hätte die Entscheidung bei mir gelegen, wärst du nie geboren worden.
Denk dran, wenn du deine Mom das nächste Mal spüren
lässt, wie sehr du sie hasst.«

So elend Dean sich auch fühlte, er hielt dem höhnischen
Blick seines Vaters stand.

»Damals war ich dreiundzwanzig, Mann«, betonte
Jack. »Zu jung für eine solche Verantwortung. Ich wollte

einfach nur Musik machen, koksen und Mädchen flachlegen. Also hat sich mein Anwalt um dich gekümmert, wenn April verhindert war. Er engagierte Nannys für dich, für den Fall, dass deine Mutter zu viele weiße Pulverlinien schnupfen oder vergessen würde, heimzukommen, nachdem sie einen glamourösen Rocker eine ganze Nacht lang in Goldlamé amüsiert hatte. Außerdem informierte sich mein Anwalt regelmäßig über deine schulischen Leistungen. Wenn du krank wurdest, rief die Internatsleitung *ihn* an, nicht mich. Weil ich zu beschäftigt war, dachte ich gar nicht an deine Existenz.«

Dean konnte kaum atmen, und Jack kräuselte die Lippen.

»Aber du darfst deine Rache genießen – *Kumpel*. Für den Rest meines Lebens muss ich den Mann sehen, der du geworden bist, und der niemals seinen ersten Atemzug getan hätte, wäre es nach mir gegangen. Diese Erkenntnis wird mich stets verfolgen. Ist das nicht cool?«

Diese Tortur ertrug Dean nicht länger, er wandte sich ab. Jack feuerte noch ein letztes Geschoss in seinen Rücken. »Eins verspreche ich dir. Niemals werde ich dich um Verzeihung bitten. Wenigstens das tue ich für dich.«

Dean stürmte in die Halle und zur Haustür hinaus. Ehe ihm bewusst wurde, wohin ihn seine Schritte führten, erreichte er den Wohnwagen.

Blue war eben erst eingeschlafen, als die Tür ihres friedlichen Domizils aufflog. Gähnend tastete sie nach ihrer Taschenlampe, es dauerte eine Weile, bis sie den Schalter fand und das helle Licht aufflammte. Seine Brust war nackt, seine Augen glitzerten wie mitternächtliches Eis. »Kein Wort!«, warnte er und warf die Tür so vehement hinter sich zu, dass der ganze Wohnwagen zitterte. »Kein einziges Wort.«

Unter anderen Umständen hätte sie protestiert. Aber er sah so gequält aus – so großartig –, dass es ihr vorerst die Sprache verschlug. Sie sank in ihre Kissen zurück, in ihren gemütlichen Hafen, wo sie sich nicht mehr sicher fühlte. Offensichtlich hatte irgendetwas seinen Zorn erregt – ausnahmsweise nicht *sie*. Sein Kopf stieß gegen das Wagendach. Ein wütender Fluch erklang, gefolgt von einem heftigen Windstoß, der das kleine Vehikel schüttelte.

»Eh …« Blue leckte über ihre Lippen. »Wahrscheinlich sollte man den Namen des Allmächtigen nicht so blasphemisch erwähnen, wenn ein Unwetter droht.«

»Bist du nackt?«, fragte er.

»Im Augenblick nicht.«

»Dann zieh alles aus, welchen hässlichen Fummel du auch immer trägst.« Durch das Fenster drangen Mondstrahlen herein und teilten Deans Gesicht in markante helle Flächen und rätselhafte Schatten. »Jetzt hast du lange genug mit mir gespielt. Hör endlich damit auf.«

»Einfach so?«

»Einfach so«, wiederholte er entschieden. »Gib mir, was du anhast. Oder ich hol's mir.«

Hätte ein anderer Mann so mit ihr geredet, hätte sie ihn entrüstet angeschrien. Aber er war ein besonderer Mann. Irgendetwas hatte seine glanzvolle Fassade zerrissen. Und er litt. Obwohl sie arbeitslos, mittellos und obdachlos war – jetzt brauchte *er* Hilfe. Nicht, dass er es zugeben würde. Das passte nicht zu diesem Spiel.

Letzte Woche hatte er eine pointierte Diskussion über Vaterschaftstests und ein gesundes Sexualleben angefangen.

Deshalb wusste er Bescheid.

»Ja, aber ...« Sie gestand nicht, warum sie die Pille nahm, nämlich nicht aus sexuellen Gründen, sondern wegen ihres Teints.

Er ging zur Kommode, öffnete die unterste Schublade und nahm eine Packung Kondome heraus, die sie darin verwahrte. Sie hasste sein planmäßiges Verhalten, andererseits wusste sie seine Vernunft zu schätzen.

»Nun mach schon!« Er warf die Kondome zur Seite, entwand ihr die Taschenlampe und zerrte die Decke von ihrem Körper. Im grellen Lichtstrahl starrte er ihr Body by Beer-T-Shirt an. »Eigentlich sollte man meinen, inzwischen hätte ich meine Erwartungen heruntergeschraubt. Aber ich bin immer wieder schockiert.«

»Zeig mich doch bei der Mode-Polizei an.«

»Und wenn ich das Gesetz in meine eigenen Hände nehme?«

Würde er ihr die Kleider vom Leib reißen? Dagegen wappnete sie sich. Oder hoffte sie darauf? Aber er enttäuschte sie, indem er den Lichtstrahl über ihre nackten Beine gleiten ließ. »Sehr hübsch, Blue, die solltest du öfter zeigen.«

»Ziemlich kurz.«

»Und süß. Jedenfalls genügen sie meinen Ansprüchen.« Dean schob den Saum ihres T-Shirts hoch. Nur ein kleines bisschen, gerade weit genug, dass er das einzige andere Kleidungsstück entblößte, das sie trug – eine fantasielose hautfarbene hüfthohe Unterhose. »Bald werde ich dir einen Tanga kaufen. In Rot.«

»Den du niemals sehen wirst.«

»Sei nicht albern.« Langsam ließ er den Lichtstrahl von einer Hüfte zur anderen und dann zur Mitte gleiten.

»Wenn ich das tue …«

»Oh, du wirst es tun.«

»*Wenn* ich's tue, dann nur einmal. Ich liege oben.«

»Oben, unten, auf der Seite – ich werde dir Positionen zeigen, die du noch nicht einmal in deinen kühnsten Träumen gesehen hast.«

Erotische Feuerströme schienen ihr Blut zu erhitzen, und sie krümmte die Zehen.

»Aber zuerst …« Er drückte die Taschenlampe auf ihren Venusberg. Sekundenlang rieb er den harten Zylinder auf dem Nylonstoff der Unterhose hin und her. Dann benutzte er das hintere Ende der Lampe, um das T-Shirt weiter nach oben zu streifen. Das kalte Plastikmaterial blieb zwischen ihren Brüsten liegen, das Licht erhellte ihren Bauch. Durch den weichen Baumwollstoff hindurch umfasste er eine ihrer Brüste. »Ich kann es kaum erwarten, das zu kosten.«

Beinahe stöhnte sie. Ihre Libido nahm keine Rücksicht auf ihre Sexualpolitik.

»Welchen Teil von dir soll ich zuerst entblößen?« Der Lichtstrahl tanzte über sie hinweg. Wie hypnotisiert beobachtete sie ihn und wartete ab, wo er landen würde. Spielerisch glitt er über ihre bedeckten Brüste, die nackte Taille, die Unterhose. Plötzlich stach er mitten in ihre Augen. Sie blinzelte, die Matratze sank hinab, und Deans Hüfte, von Jeansstoff umhüllt, berührte ihre, als er die Taschenlampe auf das Bett warf. »Fangen wir damit an.«

Sein Atem streichelte ihre Wange, sein Mund fand ihren, und sie verlor sich im verrücktesten Kuss, den sie jemals erlebt hatte. Eben noch sanft, in der nächsten Sekunde hart, leidenschaftlich und drängend. Er neckte und quälte sie, forderte und versöhnte sie. Unwillkürlich schlang sie die Arme um seinen Hals. Aber er wich ihr aus.

»Tu das nicht!«, befahl er heiser. »Ich durchschaue deine Tricks.«

Welche Tricks?

»Du willst mich ablenken. Aber das funktioniert nicht.« Er zog das T-Shirt über ihren Kopf und warf es beiseite. Jetzt hatte sie nur noch ihre Unterhose an. Dean richtete den Strahl der Taschenlampe auf ihre Brüste. Gar nicht so übel, wenn man Körbchengröße A trägt, entschied sie. Klein und prall reckte sich ihr Busen empor. Bereit für alles, was auf ihn zukam.

Und das war sein Mund.

Als er an ihr saugte, rieb sich seine nackte Brust an ihren Rippen, und sie grub die Finger in die Matratze. Er nahm sich Zeit, benutzte seine Lippen, seine Zunge. Die behutsame Liebkosung seiner Zähne reizte sie so sehr, dass sie es nicht mehr ertrug. Entschlossen schob sie seinen Kopf weg.

»Wie schnell dein Verlangen erwacht«, flüsterte er, und sein heißer Atem erregte ihre feuchte Haut. Dann steckte er einen Daumen in ihre Unterhose, zog sie aus, warf sie zu Boden und stand auf.

Unter dem Laken schimmerte die Taschenlampe nur ganz schwach, und so sah Blue nicht, was er unter den Jeans trug. Sie griff nach dem Licht. Dann hielt sie inne. Dean war stets das Objekt der Begierde, verfolgt und verwöhnt. Jetzt sollte er *sie* beglücken. Ihre Hand kroch unter das Laken, schaltete die Lampe aus, tiefes Dunkel erfüllte den Wohnwagen. Fasziniert von diesem seltsamen erotischen Spiel, vom Reiz des Neuen, fühlte sie sich willenlos. Doch die Finsternis bedeutete, dass sie Dean an etwas erinnern musste – es war Blue Bailey, mit der er sich befasste, keine gesichtslose Frau. »Viel Glück.« Nur mühsam rangen sich die Worte aus ihrer Kehle. »Ich bin sehr schwer zu befriedigen, wenn sich nicht mindestens zwei Männer um mich kümmern.«

»Nur in deinen schmutzigen Träumen.« Mit leisem Rascheln fiel die Jeans zu Boden. »Wo ist die Taschenlampe?« Während er danach suchte, berührte er ihre Hüfte. Er knipste die Lampe wieder an, holte sie unter dem Laken hervor und beleuchtete Blues nackten Körper, die Brüste, den Bauch, die Schenkel. Dort blieb das Licht haften. »Öffne deine Beine, meine Süße«, bat er leise, »zeig mir alles.«

Das war zu viel. Beinahe wurde ihr schwindlig. Dean spreizte ihre widerstandslosen Beine, die kalte Taschenlampe kühlte die Innenseiten ihrer Schenkel.

»Perfekt«, flüsterte er und genoss den Anblick.

Danach kannte sie keine Gedanken mehr, nur Gefühle. Forschende Finger, suchende Lippen. Ihre eigenen Hände erkundeten alles, was sie schon so lange liebkosen wollte.

Ihr zarter Körper nahm ihn mit reizvoller Gegenwehr auf. Sanfter Moschus, weicher Samt. Langsam bewegten sie sich. Die Taschenlampe fiel zu Boden. Ganz tief drang er in sie ein, zog sich zurück, füllte sie erneut aus. Sie bäumte sich auf, forderte ihn heraus, bekämpfte ihn, und schließlich akzeptierte sie seine Leidenschaft.

In einer Umgebung ohne Badezimmer Liebe zu machen, war keineswegs so romantisch, wie es erscheinen mochte. »Wie konnten die Pioniere so was ertragen?«, klagte Blue. »Ich muss mich waschen.«

»Benutz dein T-Shirt. Morgen kannst du's verbrennen. Großer Gott, bitte ...«

»Wenn du noch ein Wort über mein T-Shirt sagst ...«

»Gib's mir.«

»He, pass auf, wo du ...« Blues Atem stockte, als er ihr T-Shirt einem fantasievollen Zweck zuführte.

Auch beim zweiten Mal schaffte sie es nicht, obenauf zu liegen. Erst beim dritten Mal übernahm sie die Kontrolle. Zumindest glaubte sie das, weil sie sich die Taschenlampe angeeignet hatte. In Wirklichkeit fühlte sie sich leicht benebelt und wusste nicht, wer wen beglückte und wie die Konsequenzen aussehen würden. Nur eins stand fest, nie wieder würde sie ihn »Speed Racer« nennen.

Irgendwann schliefen sie ein. Für Deans lange Beine war die Koje im Wohnwagen zu klein. Trotzdem blieb er bei Blue, einen Arm um ihre Schultern geschlungen.

Schon am frühen Morgen erwachte sie. So vorsichtig wie möglich kroch sie über Dean hinweg. Als sie innehielt, um ihn zu betrachten, wurde ihr Herz von heißer Zärtlichkeit erfüllt. Schwaches Tageslicht erhellte seinen Rücken, zeichnete die Konturen der Muskeln und Sehnen nach. Ihr Leben lang hatte sie sich mit dem Zweitbesten begnügen müssen. Letzte Nacht nicht.

Sie suchte ihre Kleider zusammen und eilte ins Haus, wo sie blitzschnell duschte, Jeans und ein T-Shirt anzog. Dann stopfte sie ein paar Sachen, die sie brauchen würde, in die Taschen. Auf dem Weg nach draußen warf sie einen Blick zum Zigeunerwagen im Schatten der Bäume. Dean war der selbstlose, kühne Liebhaber, von dem sie stets geträumt hatte. Keinen einzigen Moment dieser Nacht würde sie jemals bereuen.

Aber jetzt war die Zeit süßer Träume vorbei. Sie holte das kleinere Fahrrad aus dem Stall und steuerte den Highway an. Bei jeder Steigung glaubte sie, ein Gebirge zu erklimmen. Noch bevor sie die Stadt erreichte, schmerzten ihre Lungen. Als sie den letzten Grat überquerte und die Abfahrt nach Garrison begann, hatten sich ihre Beine in verkochte Spaghetti verwandelt.

Wie sich herausstellte, war auch Nita Garrison eine Frühaufsteherin. Blue stand in der vollgestopften Küche und beobachtete die Hausherrin, die auf einer getoasteten Waffel herumstocherte. »Für eine Leinwand, einen Meter im Quadrat, verlange ich vierhundert Dollar. Zweihundert im Voraus. Akzeptieren Sie's, oder lassen Sie's bleiben.«

»Peanuts«, erwiderte Nita. »Eigentlich hatte ich mit einer größeren Summe gerechnet.«

»Außerdem müssen Sie mir für meine Arbeit einen Raum zur Verfügung stellen.« Blue verdrängte alle Erinnerungen an den Zigeunerwagen. »Bevor ich anfange, will ich Tango besser kennen lernen, um seine wahre Persönlichkeit einzufangen.«

Der Hund öffnete ein schweres Lid, starrte sie mit einem wässerigen Auge an, und Nitas Kopf fuhr so schnell herum, dass Blue fürchtete, die Perücke würde herunterfallen. »Was, Sie wollen hier malen? In meinem Haus?«

Es war das Letzte, was Blue wünschte, aber unvermeidlich nach allem, was geschehen war. »Ja, sonst kann ich Ihnen kein erstklassiges Kunstwerk anbieten.«

Mit einem knotigen Finger, an dem Diamanten und Rubine glitzerten, zeigte Nita zum Herd. »Glauben Sie bloß nicht, Sie könnten Ihr ganzes Zeug in der Küche ausbreiten.«

»Sicher wäre Ihre Küche in meiner Obhut viel besser dran.«

Nita warf Blue einen berechnenden Blick zu, der nichts Gutes verhieß. »Bringen Sie mir meinen rosa Pullover. Der liegt oben im Schlafzimmer. Und vergreifen Sie sich nicht an meinem Schmuck. Wenn Sie irgendwas anrühren, werde ich das merken.«

In Gedanken schnitt Blue das schwarze Herz der alten Frau mit einem scharfen Messer auseinander und ging durch das vollgeräumte Wohnzimmer zur Treppe. Um das Porträt zu vollenden, würde sie nur eine Woche brauchen und dann abreisen. Sie hatte schon Schlimmeres überlebt als ein paar Tage in Nita Garrisons Gesellschaft. Jedenfalls war das der schnellste Weg, der sie aus dieser Gegend führen würde. Im oberen Stock waren alle Türen bis auf eine geschlossen, dadurch wirkte der Flur nicht ganz so chaotisch wie die Räume im Erdgeschoss. Allerdings musste der rosa Plüschteppich dringend gesaugt werden, und im Kristallglas der Deckenleuchten hatten sich tote Insekten angesammelt.

Nitas Schlafzimmer – mit einer goldrosa Tapete, weißen Möbeln und rosa Vorhängen – erinnerte Blue an ein Bestattungsinstitut in Las Vegas. Sie nahm den rosa Pullover von einem vergoldeten Stuhl und trug ihn nach unten, durch das weißgoldene Wohnzimmer mit den glanzlosen Kristalllüstern, einem rosa Teppichboden und einer mit Velours bezogenen Chaiselongue.

Mühselig hinkte Nita zur Küchentür, die geschwollenen Fußknöchel in Schnürschuhe gepresst, und hielt Blue einen Schlüsselbund hin. »Bevor Sie zu arbeiten anfangen, fahren Sie mich ...«

»Bitte sagen Sie nicht ›Piggly Wiggly‹.«

Offenbar hatte Nita den Film »Miss Daisy und ihr Chauffeur« nie gesehen, denn sie verstand die Anspielung nicht. »In Garrison gibt's kein Piggly Wiggly. Diese Ladenketten halte ich von meiner Stadt fern. Wenn Sie Ihr Geld haben wollen, müssen Sie mich zur Bank bringen.«

»Bevor ich Sie irgendwohin fahre, rufen Sie Ihre Vasallen an, und sagen Sie ihnen, sie sollen wieder in Deans Haus arbeiten.«

»Später.«

»Nein, jetzt. Ich helfe Ihnen, die Telefonnummern rauszusuchen.«

Nita überraschte Blue, indem sie nur kurz protestierte. Aber dann brauchte sie eine Stunde für die Telefonate. Zwischendurch befahl sie Blue, alle Papierkörbe zu leeren, ihre Magen-Darm-Tabletten zu suchen und mehrere alte Schachteln in den gruseligen Keller zu tragen.

Schließlich saß Blue am Steuer eines sportlichen, drei Jahre alten roten Corvette Roadsters.

»Sie haben sicher eine Limousine erwartet«, schnaufte Nita auf dem Beifahrersitz. »Oder einen Crown Victoria – jedenfalls ein Auto, das zu einer alten Lady passt.«

»Eher einen Besenstiel«, murmelte Blue und inspizierte das verstaubte Armaturenbrett. »Wie lange hat dieses Vehikel unbenutzt in der Garage gestanden?«

»Wegen meiner Hüfte kann ich nicht mehr fahren. Aber ich starte einmal pro Woche den Motor, damit die Batterie nicht den Geist aufgibt.«

»Wenn Sie das machen, sollten Sie das Garagentor schließen. Dreißig Minuten müssten genügen.«

Wortlos fletschte Nita die Zähne.

»Und wie kommen Sie von einem Ort zum anderen?«, fragte Blue.

»Chauncey Crole, dieser Narr, besitzt eine Karre, die in dieser Stadt als Taxi fungiert. Leider spuckt er dauernd aus dem Fenster. Das dreht mir den Magen um. Früher hat seine Frau den Garrison-Frauenclub geleitet. Die haben mich alle gehasst. Von Anfang an.«

»Erstaunlich.« Blue bog in die Hauptstraße.

»Aber ich habe mich gerächt.«

»Erzählen Sie mir bloß nicht, Sie hätten die Kinder der Leute verspeist.«

»Offenbar fällt Ihnen zu jedem Thema ein schlechter Witz ein. Parken Sie vor der Apotheke.«

Blue wünschte, sie hätte den Mund gehalten. Sicher wäre es eine nette Abwechslung gewesen, etwas mehr über Nitas Beziehung zu den ehrbaren Bewohnerinnen von Garrison zu erfahren. »Wollten Sie nicht in die Bank gehen?«

»Zuerst müssen Sie ein Rezept für mich einlösen.«

»Ich bin Künstlerin. Nicht Ihr Mädchen für alles.«

»Aber ich brauche mein Medikament. Oder finden Sie es zu mühsam, einer alten Frau ein paar Pillen zu besorgen?«

Blues Stimmung sank allmählich auf den Nullpunkt. Nach einem Stopp im Drugstore, an dessen Schaufensterscheibe ein deutlich sichtbares Schild mit der Aufschrift »Wir liefern ins Haus« klebte, wurde sie gezwungen, im Lebensmittelladen Hundefutter und All Bran zu kaufen, dann *eine* Banane und *einen* Muffin in der Bäckerei. Schließlich musste sie die Zeit totschlagen, während Nita sich im »Barb's« maniküren ließ.

Diese Atempause nutzte Blue, um auf eigene Kosten eine Banane, einen Muffin und einen Becher Kaffee zu erstehen, was ihre letzten zwölf Dollar um drei dezimierte. Sie löste den Deckel von dem Plastikbecher und wartete, bis ein silberner Dodge Ram-Laster vorbeifuhr, damit sie die Straße überqueren konnte.

Aber er fuhr nicht vorbei. Stattdessen bremste er und hielt vor einem Hydranten. Die Tür schwang auf, vertrau-

te Schwulenstiefel erschienen, gefolgt von ebenso vertrauten langen Beinen in Jeans.

Hastig überspielte sie ein leichtes Schwindelgefühl mit
einer gerunzelten Stirn und starrte den silbernen Laster an.
»Sag bloß nicht ...«

17

»Wo zum Teufel warst du?« Dean trug einen biskuitfarbenen Cowboyhut und eine High-tech-Sonnenbrille mit einem Gestell aus mattem Aluminium und gelben Gläsern. Vor ein paar Stunden war er ihr Liebhaber gewesen. Deshalb markierte er jetzt eine wandelnde, sprechende Straßensperre auf dem Highway ihres Lebens. Am Anfang hatte sie ihm nur kleine Teilchen von ihrer Person zugebilligt, aber letzte Nacht ein ziemlich großes Stück, und das würde sie sich jetzt zurückholen. Er warf den Wagenschlag des Lasters zu. »Wenn du heute Morgen radeln wolltest, hättest du mich wecken sollen. Ich müsste ohnehin trainieren.«

»Gehört dieser Dodge dir?«

»Ohne Laster kann man nicht auf einer Farm wohnen.« Aus mehreren Ladentüren lugten neugierige Köpfe. Dean packte Blues Arm und zog sie zur Seitenwand des silbernen Vehikels. »Was treibst du hier? Du hast mir nicht einmal eine Nachricht hinterlassen. Natürlich habe ich mir Sorgen gemacht.«

Blue stellte sich auf die Zehenspitzen und küsste sein kampflustiges Kinn. »Da ich keine andere Möglichkeit hatte, um in die Stadt zu gelangen und meinen neuen Job anzutreten, musste ich mir das Fahrrad ausleihen. Ich gebe es dir zurück.«

»Was für ein Job ist das?« Dean riss die Sonnenbrille

von der Nase, seine Augen verengten sich. »Willst du mir etwa erzählen …?«

Blue zeigte mit dem Kaffeebecher zur anderen Straßenseite, wo der Corvette Roadster parkte. »So schlimm ist es gar nicht. Zumindest hat sie ein fabelhaftes Auto.«

»Diesen Hund wirst du *nicht* malen.«

»Ich muss meinen Lebensunterhalt verdienen. Mit meiner derzeitigen Barschaft könnte ich nicht einmal bezahlen, was du bei McDonald's als Trinkgeld verschleuderst.«

»Noch nie ist mir eine so geldgierige Person begegnet.« Er setzte seine Sonnenbrille wieder auf. »Das musst du dir abgewöhnen, Blue. Du bist viel zu sehr aufs Geld fixiert.«

»Sobald ich Milliardärin bin, höre ich damit auf.«

Dean zog seine Brieftasche hervor, nahm ein Banknotenbündel heraus und steckte es in Blues Jeanstasche. »Soeben hat sich deine Barschaft vermehrt. Also, wo ist das Fahrrad? Wir haben zu tun.«

Statt zu antworten, zerrte sie das Geld aus ihrer Hosentasche. Lauter Fünfziger. Ihr zynisches Grinsen starrte sie aus gelben Brillengläsern an. »Wofür?«

»Was meinst du denn – wofür? Selbstverständlich für dich.«

»Das dachte ich mir. Aber womit habe ich das verdient?«

Worauf sie hinauswollte, wusste er. Doch er war ein Meister in der Kunst, Touchdown-Pässe mit dem falschen Fuß zu spielen, und jetzt feuerte er einen ab. »Immerhin hast du das ganze Wochenende in Knoxville verbracht und Möbel für mich ausgesucht.«

»Oh, ich habe April nur geholfen, was auszuwählen. Dafür wurde ich großzügig entschädigt, mit köstlichen Mahlzeiten, einem luxuriösen Hotelzimmer und einer

Massage. Übrigens, vielen Dank, ich fühlte mich himmlisch.«

»Du bist meine Köchin.«

»Bisher hast du nur drei Pfannkuchen und diverse Reste gegessen.«

»Und du hast meine Küche gestrichen.«

»Nur einen Teil. Und die Decke des Esszimmers.«

»Da siehst du's.«

»Seit über einer Woche beherbergst und ernährst du mich und fährst mich herum. Also sind wir fast quitt.«

»Führst du Buch? Was ist mit dem Fresko, das du im Speisezimmer malen wirst? Genauer ausgedrückt, mit den *Fresken*. Ich will vier. Auf jeder Wand eine. Noch heute wird Heath einen verdammten Vertrag aufsetzen.«

Blue schob die Dollars in seine Hemdtasche. »Hör auf, mich zu manipulieren! Du interessierst dich gar nicht für Wandgemälde, das war Aprils Idee.«

»Ja, und ich habe ihrem Vorschlag sofort zugestimmt. Jetzt bin ich ganz begeistert. Zudem ist das eine perfekte Lösung des finanziellen Problems, das du erfunden hast. Aber aus irgendwelchen Gründen sträubst du dich dagegen. Warum? Erklär mir das. Wieso weigerst du dich, Fresken für einen Mann zu malen, dem du verpflichtet bist?«

»Weil ich es nicht will.«

»Ich biete dir einen großartigen Job, der dir viel besser gefallen müsste, als für diese verrücke alte Schachtel zu arbeiten.«

»Spar dir die Mühe, okay? Bis jetzt habe ich dir nur einen einzigen richtigen Dienst erwiesen, und zwar letzte Nacht. Sogar ein Schwachkopf wie du sollte begreifen, dass ich danach kein Geld von dir nehmen kann.«

Dean hatte tatsächlich den Nerv zu grinsen. »Haben

wir im selben Bett gelegen? Wenn ich mich recht entsinne, habe *ich* diesen verdammten Dienst geleistet. Möchtest du alles auf geschäftlicher Ebene abwickeln? Sehr gut, dann wirst du mich bezahlen. Am besten schicke ich dir eine Rechnung. Über tausend Dollar! Ja, genau – du schuldest mir einen Riesen. Für erstklassigen Service.«

»Tausend Dollar? Als ob es das wert gewesen wäre! Um in Fahrt zu kommen, musste ich dauernd an meine Verflossenen denken.«

Damit versetzte sie seinem Ego nicht den erhofften Schlag, der die Diskussion beenden würde, denn er begann schallend zu lachen. Unglücklicherweise klang das Gelächter nicht gemein, was ihr eine gewisse Genugtuung verschafft hätte, sondern amüsiert.

»Hallo, Mädchen!« Blue zuckte zusammen, als sie Nita vor dem Barb's stehen sah, die frisch lackierten scharlachroten Fingernägel um den Gehstock gekrallt. »Kommen Sie her, helfen Sie mir über die Straße!«

Dean schenkte der alten Lady ein unaufrichtiges Lächeln. »Guten Morgen, Mrs Garrison.«

»Guten Morgen, Deke.«

»Ich heiße Dean, Ma'am.«

»Und wenn schon ...« Nita hielt Blue, die zu ihr geeilt war, ihre Handtasche hin. »Tragen Sie das. Ziemlich schwer, das Ding. Und passen Sie auf meine Fingernägel auf! Hoffentlich haben Sie mein Benzin nicht verschwendet, während ich da drin war.«

Dean hakte seine Daumen in die Jeanstaschen. »Wenn ich sehe, wir gut ihr zwei euch inzwischen versteht, fühle ich mich gleich viel besser.«

»Aber ihr Auto parkt hier«, wandte Blue ein und ergriff Nitas Ellbogen, um sie über die Straße zu führen.

»Ich habe Augen im Kopf … Schon gut, bleiben wir auf dieser Seite.«

»Vor der Rückfahrt zur Farm mache ich einen kleinen Umweg über Mrs Garrisons Haus, Blue, und hole dein Rad!«, rief Dean. »Schönen Tag noch!«

Blue ignorierte ihn.

»Bringen Sie mich nach Hause«, verlangte Nita, als sie auf den Beifahrersitz sank.

»Und die Bank?«

»Dafür bin ich jetzt zu müde. Ich werde Ihnen einen Scheck ausschreiben.«

Nur drei Tage, sagte sich Blue und warf einen verstohlenen Blick auf den silbernen Laster. Daneben stand Dean, einen Fuß auf dem Hydranten. Eine Südstaatenschönheit hing an seinem Arm.

Im Haus angekommen, wurde Blue beauftragt, mit Tango spazieren zu gehen. Da er fast lahm und tausend Jahre alt war, ließ sie ihn im Schatten einiger Hortensien dösen und setzte sich auf die Gehsteigkante, außerhalb der Sichtweite von Nitas Küchenfenstern. Entschlossen verdrängte sie alle Gedanken an die Zukunft.

Die alte Frau befahl ihr, den Lunch vorzubereiten. Aber zuerst musste Blue die Küche sauber machen. Während sie den letzten Kochtopf abtrocknete, hielt ein silberner Dodge Ram in der Gasse hinter dem Haus. Sie trat ans Fenster und beobachtete, wie Dean ausstieg, das Fahrrad holte, das sie an der Hintertür abgestellt hatte, und in den Laster lud. Grinsend wandte er sich zum Fenster und tippte an seinen Cowboyhut.

Zuerst hörte Jack die Musik, dann sah er April. Es war dunkel, kurz nach zehn Uhr, und sie saß auf der durchhängenden Veranda des Cottages, wo sie unter einer verbogenen Metalllampe ihre Zehennägel lackierte. Die Jahre lösten sich in Nichts auf. In ihrem engen schwarzen Top und den rosa Shorts sah sie genauso aus wie die Zwanzigjährige, an die er sich so lebhaft erinnerte. Von diesem Anblick verwirrt, passte er nicht auf, wohin er trat, und stolperte über eine Wurzel innerhalb des morschen Pfahlzauns.

April schaute auf. Sie senkte sofort wieder den Kopf. Am gestrigen Abend hatte er sie schändlich behandelt. Das würde sie nicht vergessen.

Den ganzen Tag hatte sie die Handwerker, die endlich erschienen waren, gnadenlos herumkommandiert. Sie stritt mit einem Installateur, beaufsichtigte die Leute, die Möbel aus einem Laster luden, und ging Jack geflissentlich aus dem Weg. Eine fremde April. Nur die Blicke der Männer, die ihr folgten, waren ihm vertraut gewesen.

Nun blieb er vor den hölzernen Stufen stehen und lauschte der schrillen Musik. April saß in einem alten Adirondack-Sessel, einen Fuß hatte sie hochgezogen.

»Was hörst du da?«, frage Jack.

»Skullhead Julie«, antwortete sie, ohne ihre Zehen aus den Augen zu lassen.

»Wer ist das?«

»Eine alternative Group aus L.A.« Als sie sich vorbeugte, um das Radio leiser zu drehen, fiel das lange Haar über ihr Gesicht. Die meisten Frauen ihres Alters bevorzugten kürzere Haare. Doch sie hatte sich nie nach irgendwelchen Trends gerichtet. Während alle anderen wilde Farrah-Locken getragen hatten, war sie mit einem brutalen symmetrischen Schnitt aufgetaucht. Die Frisur betonte ihre faszinierenden blauen Augen. Prompt hatte sie im Mittelpunkt der allgemeinen Aufmerksamkeit gestanden.

»Schon immer warst du die Erste, die neue Talente erkannt hat«, sagte er.

»Heutzutage kümmere ich mich nicht mehr darum.«

»Das bezweifle ich.«

Sie blies auf ihre Zehennägel. Noch ein Vorwand, um ihn abzuwimmeln. »Falls du Riley holen willst, bist du zu spät dran. Sie war müde. Jetzt schläft sie im Gästezimmer.«

An diesem Tag hatte er seine Tochter kaum gesehen. Den ganzen Vormittag war sie April auf Schritt und Tritt gefolgt. Nachmittags fuhr sie mit Dean auf einem violetten Rad davon, das er aus seinem neuen Laster gehoben hatte. Das Gesicht hochrot und verschwitzt, aber überglücklich, war sie zurückgekehrt. Eigentlich hätte *er* ihr ein Fahrrad kaufen müssen. Doch er hatte nicht daran gedacht.

April steckte den winzigen Pinsel in das Nagellackfläschchen zurück. »Erstaunlich, wie lange du gebraucht hast, um hierherzukommen … Ich hätte Aufputschmittel in ihre Milch schütten oder Storys über deine ruchlose Vergangenheit erzählen können.«

»Sei nicht so bockig«, mahnte er und stellte einen Fuß auf die unterste Stufe. »Ich wollte dich um Entschuldigung bitten, weil ich mich gestern Abend so mies benommen habe.«

»Nur zu.«

»Soeben habe ich's getan.«

»Sonst fällt dir nichts ein?«

Diese Strafe hatte er verdient. Trotzdem lächelte er, als er die Treppe hinaufstieg. »Soll ich zu Kreuze kriechen?«

»Immerhin wär's ein lobenswerter Anfang.«

»Wie man das macht, weiß ich nicht. Die Leute sind mir viel zu oft in den *Arsch* gekrochen.«

»Versuch es einfach mal.«

»Wie wär's, wenn ich erst mal eingestehe, dass du Recht hattest? Ich weiß wirklich nicht, was ich mit Riley machen soll. Deshalb fühle ich mich wie ein Idiot, mein Gewissen plagt mich, und ich habe meinen Frust an dir ausgelassen.«

»Verheißungsvoll. Und jetzt sag alles andere.«

»Gib mir einen Tipp.«

»Du hast panische Angst. Und du brauchst in dieser Woche meine Hilfe.«

»Ja, das auch.« Trotz ihres Kampfgeistes wusste er, dass er sie verletzt hatte. In letzter Zeit schien er sehr viele Menschen zu kränken. Er schaute zum Wald hinüber, wo Glühwürmchen zu leuchten begannen. Als er sich an einen dünnen Verandapfosten lehnte, blätterte Farbe unter seinem Ellbogen ab. »Genau jetzt würde ich alles für eine Zigarette geben.«

April ließ den Fuß sinken und hob den anderen hoch. »Auf die Zigaretten kann ich leicht verzichten. Auf die anderen Drogen übrigens auch. Aber der Alkohol fehlt mir. Schrecklich, der Gedanke, mein restliches Leben ohne ein Glas Wein oder eine Margarita zu ertragen ...«

»Vielleicht hast du's jetzt im Griff.«

»Nein, ich bin Alkoholikerin«, erklärte sie mit einer Ehrlichkeit, die ihn bestürzte. »Deshalb darf ich nie wieder trinken. Nur ab und zu, ein ganz kleines bisschen.«

Im Cottage klingelte ihr Handy. Hastig schraubte sie das Nagellackfläschchen zu, sprang auf und lief ins Haus. Als die Tür hinter ihr zufiel, schob er seine Hände in die Hosentaschen. An diesem Tag hatte er Baupläne für die Veranda des Farmhauses gefunden. Die hatte April auf dem Küchentisch liegen lassen. Sein Dad war Zimmermann gewesen, und er war mit zahllosen Blaupausen und herumliegenden Werkzeugen aufgewachsen. Aber er entsann sich nicht, wann er zum letzten Mal einen Hammer in der Hand gehalten hatte.

Er spähte durch das Fliegengitter ins leere Wohnzimmer und hörte Aprils gedämpfte Stimme. Zum Teufel damit. Er trat ein. An einen Küchenschrank gelehnt, eine Hand über der Stirn, kehrte sie ihm den Rücken zu. »Wie wichtig ich das nehme, weißt du«, sagte sie so leise, dass er die Worte kaum verstand. »Ruf mich morgen wieder an, okay?«

Zu viele Jahrzehnte waren vergangen, so dass er den alten Stachel der Eifersucht nicht mehr spürte. Er entdeckte eine Broschüre, die auf der Theke lag. Als er danach griff, drückte sie die Aus-Taste des Handys und zeigte damit auf das Heft in seiner Hand. »Bei dieser Gruppe arbeite ich freiwillig mit.«

»Heart Gallery? Nie davon gehört.«

»Diesen Verein haben Fotografen gegründet. In ihrer freien Zeit knipsen sie beeindruckende Porträts von Kindern, die zur Adoption freigegeben wurden und bei Pflegeeltern leben. Diese Bilder zeigen wir in mehreren Galerien. Sie wirken persönlicher als die lieblosen Schnappschüsse vom Sozialamt. Dank dieser Ausstellungen haben schon viele Kinder Familien gefunden.«

»Wie lange machst du das schon?«

»Etwa fünf Jahre.« April ging auf die Veranda zurück. »Anfangs kümmerte ich mich ums Styling für die Fotos – ich zog den Kids Kleider an, die ihren Charakter betonten, beschaffte die nötigen Requisiten und munterte die Kleinen auf, damit sie sich nicht unsicher fühlten. Inzwischen fotografiere ich sie manchmal selber. Zumindest, bis ich hierherkam. Wie sehr ich diesen Job liebte …«

Jack steckte die kleine Broschüre ein und folgte ihr nach

draußen. Sekundenlang war er versucht zu fragen, mit wem sie telefoniert habe. Doch er tat es nicht. »Erstaunlich, dass du nie geheiratet hast.«

Achselzuckend setzte sie sich wieder in den Adirondack-Sessel und ergriff das Nagellackfläschchen. »Als ich clean genug für eine Ehe war, hat's mich nicht mehr interessiert.«

»Dass du ohne einen Mann lebst, kann ich mir gar nicht vorstellen«, sagte er unverblümt.

»Versuch bloß nicht, mir irgendwelche Informationen zu entlocken.«

»Das will ich gar nicht. Ich möchte nur herausfinden, wer du jetzt bist.«

»Und wie viele Liebhaber ich hatte«, ergänzte sie freimütig.

»Mag sein.«

»Also willst du wissen, ob ich immer noch das böse Mädchen bin, das zahllose anständige Männer in den Ruin treibt, weil sie zu schwach sind, ihren Hosenschlitz geschlossen zu lassen.«

»Wenn du's so ausdrückst ...«

April blies auf einen frisch lackierten Zehennagel. »Wer ist die Brünette, die ich letzte Woche in deinem Gefolge sah? Deine Kammerdienerin?«

»Eine tüchtige Assistentin, die ich noch nie nackt gesehen habe. Meinst du's jetzt ernst mit deinen Mitmenschen?«

»Sehr ernst. Vor allem mit mir selber.«

»Gut.«

»Erzähl mir von Marli.« Sie wischte einen Nagellackfleck von ihrem Finger. »Wie lange wart ihr verheiratet? Fünf Minuten?«

»Anderthalb Jahre. Schnee von gestern. Ich war vierzig und dachte, es wäre an der Zeit, eine Familie zu gründen. Sie war jung, schön, süß. Zumindest dachte ich das damals. Ich liebte ihre Stimme, die gefällt mir immer noch. Erst nach der Hochzeit tauchten die Dämonen auf, und wir stellten fest, dass wir alles aneinander hassten. Mit meinem Sarkasmus konnte diese Frau nichts anfangen. Aber ich zog auch gewisse Vorteile aus dieser Ehe. Immerhin habe ich Riley.«

Nach der Scheidung hatte er die sensationsgierigen Medien mit zwei langfristigen Beziehungen erfreut. Mit beiden Frauen war er glücklich gewesen. Aber irgendetwas hatte ihm gefehlt. Und da er eine gescheiterte Ehe hinter sich hatte, wollte er keine zweite eingehen.

April lackierte den letzten Zehennagel. Dann verschloss sie das Nagellackfläschchen und streckte die langen Beine aus. »Schick Riley nicht weg, Jack. Nicht in dieses Ferienlager, nicht zu Marlis Schwester. Schon gar nicht in dieses Internat, wenn der Herbst beginnt. Nimm sie zu dir.«

»Unmöglich. Bald beginnt meine Tournee. Was soll ich denn tun? Soll ich sie in einem Hotelzimmer einsperren?«

»Lass dir was einfallen.«

»Offenbar traust du mir viel zu.« Jack starrte den altersschwachen Zaun an. »Hat Riley dir von der letzten Nacht erzählt? Mit Dean …«

Ruckartig hob sie den Kopf, eine Löwenmutter, die drohende Gefahren für ihr Junges witterte. »Was?«

Er setzte sich auf die oberste Verandastufe und schilderte die Ereignisse in allen Einzelheiten. »Natürlich will ich mich nicht rausreden. Aber Riley schrie wie am Spieß. Und er lief ihr nach.«

»Niemals würde er ihr etwas antun.« April stand auf.

»Unglaublich, dass du über ihn hergefallen bist! Sei froh, dass er dir nicht deinen dummen Hals gebrochen hat.«

Damit hatte sie völlig Recht. Obwohl er regelmäßig im Fitnessstudio trainierte, um für seine hyperdynamischen Konzerte – sein Markenzeichen – in Form zu bleiben, war er einem einunddreißigjährigen Profi-Athleten wohl kaum gewachsen. »Das ist noch nicht alles.« Langsam erhob er sich von den Stufen. »Danach führten Dean und ich ein Gespräch. Zumindest habe *ich* geredet und alle meine Sünden aufgezählt. In schonungsloser Offenheit. Sicher muss ich nicht erwähnen, wie begeistert er war.«

»Lass ihn in Ruhe, Jack«, bat sie müde. »Wir beide haben ihm schon genug beschissene Katastrophen zugemutet.«

»Ja«, bestätigte er und schaute zur Tür. »Ich will Riley nicht wecken. Ist es okay, wenn sie heute Nacht bei dir schläft?«

»Klar.« Sie wandte sich ab, ging zur Tür, und er stieg die Stufen hinab. Beinahe – nicht ganz. »Bist du kein bisschen neugierig?«, fragte er und drehte sich zu ihr um. »Möchtest du nicht wissen, wie es jetzt mit uns wäre?«

Aprils Hand erstarrte auf der Klinke. Bis sie antwortete, dauerte es eine Weile.

Ihre Stimme klang wie Stahl. »Überhaupt nicht.«

Riley hörte nicht, was ihr Dad mit April besprach. Aber die Stimmen weckten sie. Da fühlte sie sich geborgen in ihrem Bett, im Wissen, dass sie miteinander redeten. Sie hatten Dean gezeugt. Also mussten sie sich einmal geliebt haben. Ihre Wade juckte, und sie kratzte sich mit ihrem großen Zeh.

Diesen wunderbaren Tag hatte sie in vollen Zügen genossen und ganz vergessen, traurig zu sein. April hatte ihr coole Jobs gegeben – zum Beispiel Blumen für einen Strauß zu sammeln und den Anstreichern Drinks zu servieren. Am Nachmittag war sie mit Dean Rad gefahren. Auf dem holprigen Kies fiel ihr das ziemlich schwer. Aber er hatte sie kein einziges Mal verspottet und gesagt, am nächsten Tag sollte sie ihm einen Football zuwerfen, damit er trainieren könnte. Allein schon der Gedanke machte sie nervös. Trotzdem freute sie sich darauf. Sie vermisste Blue. Aber als sie Dean nach ihr gefragt hatte, war er ihr ausgewichen und hatte von was anderem geredet. Hoffentlich würden sich die beiden nicht trennen. Ständig hatte ihre Mom mit irgendwem Schluss gemacht.

Sie hörte April im Cottage herumgehen und zog das Laken bis an ihr Kinn. Ganz still lag sie da, falls April nach ihr sehen würde. Das tat sie manchmal. Riley hatte es stets bemerkt.

Im Lauf der nächsten Tage war Blue froh, dass Dean sie nicht behelligte. Um mit Nita fertig zu werden, brauchte sie ihre ganze innere Kraft. Trotzdem sehnte sie sich nach ihm. Sie hoffte, auch er würde sie vermissen. Aber warum sollte er? Was er wollte, hatte er bekommen.

Ein sentimentales, altmodisches Gefühl der Einsamkeit erfüllte ihr Herz.

Nita hatte beschlossen, sie würde sich gemeinsam mit Tango porträtieren lassen. Aber Blue sollte sie so malen, wie sie früher war, nicht so, wie sie jetzt aussah.

Deshalb musste Blue in alten Fotoalben und Zeitungsausschnitten wühlen. Immer wieder tippte Nita mit einem knallroten Fingernagel auf die einzelnen Seiten und zeigte ihr die Unzulänglichkeiten diverser Personen, die zusammen mit ihr fotografiert worden waren – eine Tanzlehrerin, eine schlampige Wohngenossin, und all die Männer, die sie enttäuscht hatten.

»Mögen Sie denn *niemanden?*«, fragte Blue eines Samstagmorgens frustriert, während sie im weißgoldenen Wohnzimmer saßen, von Fotoalben umringt.

»Früher mochte ich sie alle«, entgegnete Nita und blätterte mit einem knotigen Finger eine Seite um. »Ich war so naiv. Und ich hatte keine Ahnung von der wahren menschlichen Natur.«

Obwohl Blues Ungeduld wuchs, weil sie die Arbeit an dem Porträt nicht beginnen konnte, faszinierte sie Nitas Lebensweg von der Teenagerzeit in Brooklyn während des Kriegs bis zu den oft erwähnten Fünfziger- und frühen Sechzigerjahren, in denen sie Tanzunterricht gegeben hatte. Für kurze Zeit war sie mit einem Schauspieler verheiratet gewesen, den sie »Trinker« nannte, hatte Kosmetika verkauft, als Model auf Handelsmessen und als Garderobiere in diversen exklusiven New Yorker Restaurants gearbeitet.

In den frühen Siebzigerjahren hatte sie Marshall Garrison kennen gelernt und geheiratet. Ein Hochzeitsfoto zeigte eine wohlgeformte Frau mit hochgetürmtem platinblondem Haar, farbenfrohem Augen-Make-up und hellrosa Lippen. Anbetend blickte sie zu einem distinguierten älteren Mann in einem weißen Anzug auf. Ihre Hüften waren schlank, die Beine lang, und sie besaß eine straffe, faltenlose Haut. Genau der Frauentyp, der den Männern die Köpfe verdrehte. »Er dachte, ich wäre zweiunddreißig«, erklärte Nita, »er selbst war fünfzig. In Wirklichkeit war ich vierzig, und ich hatte schreckliche Angst, was er tun würde, wenn er die Wahrheit herausgefunden hätte. Aber er war verrückt nach mir, es interessierte ihn gar nicht.«

»Auf diesem Bild sehen Sie so glücklich aus, Nita. Was ist dann geschehen?«

»Ich kam nach Garrison.«

Während Blue in dem Album blätterte, beobachtete sie, wie Nitas freundliches Lächeln allmählich zu einer verbitterten Grimasse überging. »Wann wurde dieses Foto aufgenommen?«

»Oh, das war unsere Weihnachtsparty im zweiten Jahr unserer Ehe. Inzwischen hatte ich die Illusion verloren, ich könnte die Liebe aller Menschen gewinnen.«

Deutlich genug zeigten die angewiderten Mienen der weiblichen Partygäste, was sie von dem dreisten Eindringling aus Brooklyn hielten, von dieser Abenteurerin mit den großen Ohrringen, die einen viel zu kurzen Rock trug und den begehrenswertesten Junggesellen von Garrison eingefangen hatte. Auf der nächsten Seite sah Blue ein Foto von Nita, die ganz allein auf einer Gartenparty herumstand, die Lippen zu einem starren Lächeln verzogen.

»Ihr Mann war sehr attraktiv«, meinte Blue und zeigte auf ein Porträt von Marshall.

»Das wusste er auch.«

»Mochten Sie nicht einmal *ihn*?«

»Als ich seine Frau wurde, hielt ich ihn für einen Mann mit starkem Rückgrat.«

»Das haben Sie wahrscheinlich gebrochen und sein Blut ausgesaugt.«

Verächtlich kräuselte Nita die Lippen und saugte an ihren Zähnen – ihrer Lieblingsmethode, um Missbilligung auszudrücken. Dieses unangenehme schmatzende Geräusch irritierte Blue immer wieder.

»Holen Sie meine Lupe«, forderte Nita. »Ich will feststellen, ob auf diesem Bild Bertie Johnsons Leberfleck zu sehen ist. Nie habe ich eine hässlichere Frau gekannt. Ausgerechnet *sie* war so dreist, meine Garderobe zu kritisieren. Allen Leuten erzählte sie, ich würde mich zu protzig anziehen. Das habe ich ihr heimgezahlt.«

»Mit einem Messer oder einem Revolver?«

Schmatz. Schmatz. »Als ihr Mann seinen Job verlor. Das gefiel dieser aufgeblasenen Person ganz und gar nicht. Als ich sie zwang, die Toilettendeckel zwei Mal zu putzen, flippte sie fast aus.«

Nur zu gut konnte Blue sich vorstellen, wie Nita die bedauernswerte Bertie Johnson gequält hatte. *Genauso wie mich seit vier Tagen.*

Nita bestand auf selbst gebackenen Keksen, befahl ihr ständig, hinter Tango herzuwischen, und beauftragte sie sogar, eine Putzfrau zu engagieren – eine problematische Aufgabe, weil niemand in diesem Haus arbeiten wollte.

Entschlossen klappte Blue das Album zu. »Jetzt habe ich genug gesehen, ich kann zu malen anfangen. Meine Skizzen sind fertig. Wenn Sie mich heute Nachmittag allein lassen, werde ich sicher Fortschritte machen.«

Nita wollte nicht nur ihr eigenes Ebenbild auf dem Porträt sehen – sie entschied sich auch für ein größeres Format, weil es im Foyer hängen sollte. Also hatte Blue eine entsprechende Leinwand bestellt und ihr Honorar erhöht. Bald würde sie genug Geld besitzen, um in irgendeiner Stadt einen neuen Anfang zu wagen. Falls sie Garrison jemals verlassen würde, was Nita offensichtlich zu verhindern suchte.

»Glauben Sie denn, Sie kriegen ein anständiges Bild hin, wenn sie dauernd diesem Footballspieler nachweinen?«

»Unsinn ...« Seit sie Dean am Dienstag auf der Straße begegnet war, hatte sie ihn nicht mehr gesehen – und ihn auch nicht angetroffen, als sie zur Farm gefahren war, um ein paar Sachen zu holen.

Nita griff nach ihrem Gehstock. »Blicken Sie der Realität ins Auge, Sie arrogantes Mädchen. Ihre sogenannte Verlobung ist beendet. Natürlich wünscht sich ein Mann viel mehr, als Sie zu bieten haben.«

»Woran Sie mich ständig erinnern …«

Nita musterte sie herablassend. »Schauen Sie doch nur in den Spiegel.«

»Werden Sie eigentlich jemals sterben?«

Nitas Lippen verkniffen sich, und sie saugte besonders geräuschvoll an ihren Vorderzähnen. »Zweifellos hat er Ihr Herz gebrochen, und Sie wollen's nicht zugeben.«

»Nein, er hat mein Herz *nicht* gebrochen. Nur zu Ihrer Information – *ich* nutze die Männer aus, und ich lasse mich nicht von *ihnen* benutzen.«

»Ach ja, eine typische Mata Hari.«

Blue packte zwei Fotoalben. »Jetzt gehe ich in mein Zimmer und mache mich an die Arbeit. Stören Sie mich nicht.«

»Bevor Sie mir den Lunch serviert haben, gehen Sie nirgendwohin. Ich möchte ein gegrilltes Käsesandwich. Mit Velveeta. Nicht mit diesem miesen Zeug, das Sie gekauft haben.«

»Das heißt Cheddar.«

»Wie auch immer, es schmeckt mir nicht.«

Seufzend betrat Blue die Küche. Als sie den Kühlschrank öffnete, klopfte es an der Hintertür, und ihr Puls beschleunigte sich.

Sie rannte zur Tür, öffnete sie und sah April und Riley auf der Schwelle stehen. Obwohl sie sich freute, die beiden zu sehen, war sie ein bisschen enttäuscht. »Kommt herein, ich habe euch so vermisst.«

»Und wir dich.« April tätschelte ihre Wange. »Vor allem deine Kochkunst. Wir wollten schon gestern vorbeikommen. Aber ich musste im Haus die Stellung halten.«

»Wie hübsch du aussiehst …« Blue umarmte das Kind. Seit sie Riley zuletzt gesehen hatte, waren die formlosen langen Locken von einem schicken Kurzhaarschnitt ersetzt worden, der ihr ovales Gesicht betonte. Statt der zu engen affektierten Kleider trug sie bequeme Khakishorts und ein schlichtes grünes Top, das gut zu ihrer Augenfarbe und dem Oliventeint passte. Inzwischen wirkte sie nicht mehr so blass.

»Wer ist da?« Die alte Frau humpelte in die Küche und musterte April geringschätzig. »Wer sind Sie?«

Stöhnend schnitt Blue eine Grimasse. »Bin ich die Einzige, die ein Höllenfeuer knistern hört?«

April setzte ihr freundlichstes Lächeln auf. »Dean Robillards Haushälterin.«

»Stellen Sie sich vor, dauernd weint Blue Ihrem Boss nach«, verkündete Nita höhnisch. »Der hat sie kein einziges Mal besucht. Trotzdem glaubt sie immer noch, sie wäre mit ihm verlobt.«

»Quatsch, ich weine nicht …«, begann Blue zu widersprechen.

»Welch ein Jammer! Die Ärmste lebt in einer Märchenwelt und bildet sich ein, Prince Charming würde sie von ihrem Leiden erlösen.« Nun spielte Nita mit einer ihrer drei Halsketten und wandte sich zu der Elfjährigen. »Wie heißt du doch gleich? Irgendein komischer Name …«

»Riley.«

»Das klingt wie der Name eines Jungen.«

Bevor Blue die alte Lady zurechtweisen konnte, erwiderte das Kind: »Mag sein. Aber viel besser als Trinity.«

»Wenn du meinst ... Hätte ich jemals eine Tochter bekommen, würde sie Jennifer heißen.« Nita wies mit ihrem Gehstock zur Tür. »Komm mit mir ins Wohnzimmer, ich brauche ein gesundes Augenpaar. Lies mir mein Horoskop vor. Leider konnte ich niemand anderen darum bitten«, fügte sie mit einem bitterbösen Blick in Blues Richtung hinzu.

»Riley besucht *mich*«, betonte Blue. »Sie bleibt hier.«

»Jetzt verwöhnen Sie das Kind schon wieder!« Kopfschüttelnd wandte sich die alte Frau zu Riley. »Wie ein Baby behandelt sie dich.«

»O nein ...«, murmelte Riley und inspizierte ihre Sandalen.

»Nun?«, rief Nita gebieterisch. »Kommst du mit mir oder nicht?«

Unsicher kaute Riley an ihrer Unterlippe. »Ja, ich denke schon.«

»Moment mal!«, protestierte Blue und legte einen Arm um Rileys Schultern. »Du bleibst bei mir.«

Zu ihrem Entsetzen zögerte Riley nur kurz, als sie sich von der Umarmung befreite. »Ich fürchte mich nicht vor ihr.«

»Warum sollte sie auch?« Nitas Nasenflügel bebten. »Wo ich Kinder doch so gern mag!«

»Zum *Dinner*!«, konterte Blue.

Erbost saugte Nita an ihren Zähnen. Dann herrschte sie Riley an: »Warum stehst du hier herum?«

»Halt!«, fauchte Blue, als das Kind der alten Frau ins Wohnzimmer folgte. »Du bist mein Gast, Riley, nicht ihrer.«

»Das weiß ich«, erwiderte Riley resignierend. »Aber ich glaube, ich muss mit ihr gehen.«

Blue wechselte einen Blick mit April, die ihr fast unmerklich zunickte.

Energisch stemmte Blue ihre Hände in die Hüften und zeigte auf Nita. »Wenn Sie meine Freundin nur ein einziges Mal beleidigen, zünde ich heute Abend Ihr Bett an, sobald Sie eingeschlafen sind. Riley, du wirst mir ganz genau erzählen, was sie gesagt hat.«

»Eh ...« Riley räusperte sich nervös. »Okay.«

Nita wandte sich empört zu April. »Hören Sie, wie Blue mit mir redet? Sie sind meine Zeugin. Wenn mir irgendwas zustößt, rufen Sie die Polizei. Und du, Riley, hoffentlich sabberst du nicht, wenn du mir was vorliest. Das ertrage ich nicht.«

»Nein, Ma'am.«

»Sprich lauter. Steh nicht so bucklig da. Du musst noch lernen, wie man sich bewegt.«

Blue wartete vergeblich auf einen Hilfe suchenden Blick der Elfjährigen.

Nach einem tiefen Atemzug straffte Riley die Schultern und marschierte ins Wohnzimmer.

»Was immer sie sagt, nimm's dir nicht zu Herzen!«, rief Blue ihr nach. »Sie ist hundsgemein!«

Endlich verstummte das Schmatzen.

Blue starrte April an. »Warum gehorcht sie dem alten Drachen?«

»Keine Bange, Riley erprobt nur ihr neues Selbstbewusstsein. Gestern Abend, nach Einbruch der Dunkelheit, unternahm sie einen überflüssigen Spaziergang mit Puffy. Als sie heute Morgen eine Schlange am Ufer des Teichs entdeckte, ging sie darauf zu, um sie genauer zu betrachten. Obwohl sie kreidebleich war.« April sank in den Sessel, auf den Blue zeigte. »Oh, das bedrückt mich ganz

schrecklich. Sie war mutig genug, um aus Nashville weg-
zulaufen. Was für eine haarsträubende Geschichte dahin-
tersteckt, ahnst du gar nicht. Und sie hat sich gegen ihren
Vater behauptet. Aber sie glaubt immer noch, sie würde
sich vor allem fürchten.«

»So ein wundervolles Kind …« Blue spähte ins Wohnzimmer, um sich zu vergewissern, dass Riley noch lebte.
Dann holte sie die Keksdose aus einem Schrank und stellte
sie auf den Küchentisch.

»Wie hältst du es aus, bei dieser Frau zu wohnen?«
April biss in einen der Zuckerkekse, die Blue gebacken
hatte.

»Zum Glück habe ich ein ziemlich dickes Fell.« Blue
nahm selbst einen Keks und setzte sich April gegenüber
auf einen vergoldeten Stuhl. »So ein erstaunliches kleines
Mädchen …«

»Wahrscheinlich hängen diese Mutproben mit Dean zusammen. Heute hörte ich ihn mit ihr reden. Dabei ging es
um ihr Selbstvertrauen.«

Ein goldener Elefant war in die Küche gewandert. »Also
hat er sie endlich akzeptiert?«

»Ja.« April schilderte, was Dienstagnacht geschehen
war.

Vor dem Liebesakt im Zigeunerwagen … Blue wusste,
er war unglücklich gewesen. Jetzt verstand sie die Hinter-
gründe. Sie brach eine Ecke von ihrem Keks ab und wechselte das Thema. »Wie läuft's im Farmhaus?«

April streckte ihren geschmeidigen Körper. »Inzwischen
haben die Anstreicher ihre Arbeit beendet, und die Möbel
werden geliefert. Aber die Jungs, die eigentlich die Veranda bauen sollten, haben wegen Nitas Boykott einen anderen Job angenommen. Deshalb können sie erst in zwei

Wochen zurückkommen. Ob du's glaubst oder nicht, Jack hat am Mittwoch angefangen, das Geländer zu bauen.«

»Jack?«

»Wenn er Hilfe braucht, schreit er Dean an. Heute haben sie den ganzen Nachmittag gemeinsam gearbeitet und kaum ein Wort gewechselt.« Stöhnend griff April nach einem zweiten Keks. »O Gott, diese Dinger schmecken einfach köstlich. Warum du mit Dean gestritten hast, weiß ich nicht. Aber ich wünschte, du würdest zurückkommen und wieder für uns kochen. Allmählich haben Riley und ich die ewigen Müslis und Sandwiches satt.«

Wenn es bloß so einfach wäre ... »Sobald das Porträt fertig ist, verlasse ich Garrison.«

Enttäuscht runzelte April die Stirn, was Blue richtig nett fand. »Also ist deine Verlobung mit Dean offiziell gelöst?«

»Wir waren nie verlobt. Vor zwei Wochen las er mich auf dem Highway außerhalb von Denver auf.« Blue erzählte von Monty und dem Biberkostüm.

Das alles schien April nicht sonderlich zu überraschen. »Was für ein interessantes Leben du führst ...«

Mittlerweile hatte Riley im Wohnzimmer Mrs Garrisons Horoskop vorgelesen. Darin wurde eine romantische Begegnung prophezeit, was die Elfjährige so verlegen machte, dass sie etwas anderes erfinden wollte. Aber ihr fiel nichts ein. Lieber würde sie bei April und Blue in der Küche sitzen ... Aber Dean hatte ihr eingeschärft, sie dürfe den Leuten nicht zeigen, wie sehr sie sich vor ihnen fürchtete. Sie sollte beobachten, wie gut Blue auf sich selber aufpasste, und diesem Beispiel folgen – natürlich, ohne irgendjemanden zu verprügeln. Nur wenn es unumgänglich sei. Mrs Garrison packte die Zeitung, als glaube sie, Riley würde sie stehlen. »Sag mal, diese Frau in der Küche. Ich dachte, sie würde Susan heißen. Das habe ich in der Stadt gehört.«

Außer Blue wusste niemand, wer Deans Mutter war. »Ich glaube, ihr zweiter Vorname lautet April.«

»Bist du mit ihr verwandt? Was machst du auf der Farm?«

Riley strich über die Armstütze des Sofas und wünschte, sie könnte Mrs Garrison erzählen, dass Dean Robillard ihr Bruder war. »Nun ja, April ist eine Freundin der Familie. Und irgendwie meine Stiefmutter.«

»Hm.« Mrs Garrison starrte sie an. »Heute siehst du besser aus als letzte Woche.«

Damit meinte sie die Frisur des Kindes. April war mit Riley zum Friseur gegangen und hatte ihr ein paar neue Sachen zum Anziehen gekauft.

Obwohl Riley erst vor einer Woche auf der Farm eingetroffen war, hatte sie abgenommen, denn sie fand nicht mehr so viel Zeit, Süßigkeiten und Junkfood in sich hineinzustopfen, um ihre Langeweile zu überspielen. Außerdem musste sie zu Fuß gehen, wenn sie April im Cottage besuchen wollte, und für Puffy sorgen. Beim Radfahren strengte sie sich gewaltig an. Und neuerdings half sie Dean bei seinem Footballtraining. Manchmal hoffte sie, er würde einfach mit ihr beisammensitzen und reden. Aber er wollte immer irgendwas *tun*. Vielleicht litt er an einem Aufmerksamkeitsdefizitsyndrom, so wie ihr Schulkamerad Benny Phaler. Oder es hing einfach nur damit zusammen, dass er ein Junge und ein Footballspieler war.

»Weil ich beim Friseur war«, erklärte sie. »Im Farmhaus liegt nicht so viel Fastfood herum. Und ich bin jeden Tag Rad gefahren.«

Angewidert verzog Mrs Garrison die Lippen, und Riley sah die rosa Lippenstiftfarbe, die sich in den Falten festgesetzt hatte. »Damals im Josie's war Blue wütend auf mich, nur weil ich sagte, du seist zu fett.«

Die Finger im Schoß ineinandergeschlungen, erinnerte sich Riley an Deans Ermahnung, sie müsse für sich selber einstehen. »Ja, ich weiß, dass ich zu dick bin. Aber Sie haben meine Gefühle verletzt.«

»Dann darfst du nicht so empfindlich sein, wenn du merkst, dass jemand einen schlechten Tag hat. Übrigens, jetzt kommst du mir gar nicht mehr so dick vor, und ich finde es gut, dass du etwas dagegen tust.«

»Nicht mit Absicht.«

»Nun, das spielt keine Rolle. Du solltest tanzen lernen, da würdest du dich besser bewegen. Früher habe ich Tanzunterricht gegeben.«

»Ein paar Wochen lang bin ich in die Ballettschule gegangen. Aber da konnte ich nicht mit den anderen Mädchen mithalten, also gab ich's auf.«

»Du hättest dabeibleiben sollen.«

»Aber die Lehrerin erklärte meinem *Au-pair*, ich sei ein hoffnungsloser Fall.«

»Und das hast du dir gefallen lassen? Wo war dein Stolz?«

»Ich habe keinen.«

»Höchste Zeit, dass du ein bisschen Selbstwertgefühl entwickelst! Hol das Buch da drüben, leg es auf deinen Kopf und geh herum.«

Das wollte Riley nicht. Trotzdem stand sie gehorsam auf, nahm das Buch vom Tisch und legte es auf ihren Kopf. Sekunden später fiel es herunter. Sie hob es auf und versuchte es noch einmal. Ohne Erfolg.

»Streck deine Daumen waagrecht nach vorn«, befahl Mrs Garrison, »das wird deine Brust öffnen, und es hilft dir, deine Schultern gerade zu halten.«

Riley folgte der Aufforderung und fühlte sich sofort etwas größer und erwachsener. Als sie das Buch wieder auf dem Kopf platzierte, blieb es liegen.

»Na also! Endlich siehst du wie eine selbstbewusste junge Dame aus. Von jetzt an wirst du in dieser Haltung gehen. Hast du verstanden?«

»Ja, Ma'am.«

April schaute zur Tür herein. »Komm, Riley, jetzt müssen wir zurückfahren.«

Prompt rutschte das Buch wieder herunter, und Riley hob es auf.

Mrs Garrisons Augen verengten sich, als wollte sie wieder etwas Gemeines sagen – zum Beispiel, Riley sei nicht nur fett, sondern auch ungeschickt. Stattdessen fragte sie: »Möchtest du einen Job haben, Mädchen?«

»Einen Job?«

»Hast du Watte in den Ohren? Komm nächste Woche wieder hierher und geh mit Tango spazieren. Dafür ist Blue nicht zu gebrauchen. Sie behauptet, er hätte genug Bewegung. Aber sie führt ihn nur zur Straßenecke und lässt ihn schlafen.«

»Weil er zu alt ist, um herumzulaufen!«, rief Blue aus der Küche.

Zwischen Mrs Garrisons Augen entstanden tiefe Furchen. Vielleicht dachte sie, auch sie wäre zu alt für Spaziergänge. Mit dieser Miene jagte sie dem Kind wieder Angst ein. Andererseits freute sich Riley, weil die Lady ihr versichert hatte, nun würde sie selbstbewusster wirken.

April, Dean und Dad sagten ständig nette Dinge zu ihr.

Doch die wollten sie nur aufmuntern. Deshalb glaubte sie ihnen nicht. Aber Mrs Garrison hatte kein persönliches Interesse an ihr. Deshalb konnte man ernst nehmen, was sie gesagt hatte. Riley beschloss, auch im Farmhaus mit einem Buch zu üben.

»Bringen Sie mir meine Handtasche, Blue!«, verlangte Mrs Garrison.

»Steckt ein Revolver drin?«

Riley fand es unglaublich, wie Blue mit der alten Dame redete. Offenbar brauchte Mrs Garrison sie wirklich dringend, sonst würde sie ihr die Tür weisen. Ob Blue das wusste?

Als Mrs Garrison ihre Tasche erhalten hatte, nahm sie einen Fünf-Dollar-Schein heraus und gab ihn dem Mädchen. »Kauf dir bloß keine Süßigkeiten oder sonst was Kalorienreiches!«

Von ihrem Dad bekam Riley immer Zwanziger, sie brauchte kein Geld. Aber es wäre unhöflich, das Geschenk abzulehnen. »Danke, Ma'am.«

»Vergiss nicht, was ich über deine Körperhaltung gesagt habe.« Mrs Garrison schloss ihre Handtasche. »Nächste Woche wird Blue zur Farm fahren und dich abholen.«

»Ob ich dann noch da bin, weiß ich nicht«, wandte Riley ein. Ihr Dad hatte nicht erwähnt, wann sie abreisen würden. Und sie wagte keine Fragen zu stellen. Denn sie wünschte sich nichts sehnlicher, als den Rest ihres Lebens auf der Farm zu verbringen.

Auf der Rückfahrt tätschelte April das Knie des Kindes. Dabei sagte sie nichts. Seit sie Riley kannte, strich sie ihr immer wieder übers Haar und umarmte sie. Oder sie tanzte mit ihr. Manchmal benahm sie sich wie Rileys Mom.

Aber sie redete nicht ständig von Kalorien und Männern. Außerdem hatte Marli nie so vulgär geflucht wie April.

Riley mochte es, wie April roch, nach Blumen und Holz und Notizpapier. Wenn sie es auch niemals aussprechen würde, mit April war sie sogar lieber zusammen als mit Dean, denn bei ihr musste sie nicht dauernd hinter einem Football herlaufen.

Träumerisch lächelte Riley, obwohl sie genug Sorgen hatte. Sie konnte es kaum erwarten, ihrem Bruder zu erzählen, sie sei mit Mrs Garrison allein gewesen und habe sich fast gar nicht gefürchtet.

18

Vermutlich war Blues Schlafzimmer im ersten Stock das kleinste im ganzen Haus. Aber es lag am weitesten vom Zimmer ihrer Arbeitgeberin entfernt, und der winzige Balkon ging zum hinteren Garten hinaus. Die Beine gekreuzt, an das Bett mit der geblümten Decke gelehnt, saß sie auf dem rosa Plüschteppich und studierte die Zeichnung, die sie soeben vollendet hatte. Nitas Augen erinnerten sie an ein Frettchen. Das würde sie ändern. Oder vielleicht auch nicht.

Mitternacht, verriet ihr die vergoldete Uhr auf dem Nachttischchen. In ihrer Fantasie sah sie den Zigeunerwagen unter den Bäumen, stellte sich ein flackerndes Licht hinter dem Fenster vor. Ihr Heim ...

Doch dieser Wohnwagen war nicht ihr Heim. Bald würde sie ihn nicht mehr vermissen, so wie sie alle anderen Orte, die sie verließ, aus ihrer Gefühlswelt zu verbannen pflegte. Und die Menschen, die da und dort zurückgeblieben waren.

Irgendetwas stieß gegen die Balkontür, und Blue zuckte zusammen. Als sie sich umdrehte, sah sie eine dunkle Gestalt. Ihr Herz pochte schneller, von widersprüchlichen Emotionen erfüllt – erwartungsvolle Freude, Angst und Zorn. Atemlos sprang sie hoch, lief zur Glastür und riss sie auf. »Was machst du hier? Beinahe hätte mich der Schlag getroffen.«

»So wirke ich auf alle Frauen.« Dean betrat das Zimmer, duftete würzig und exotisch, während sie nach Spaghettisauce roch. Die Augen zusammengekniffen, musterte er ihr zerknittertes Goodyear-T-Shirt mit den alten Farbflecken auf dem Logo. An diesem Morgen war sie nicht einmal dazu gekommen, ihr Haar zu waschen, weil Nita mit ihrem Gehstock an die Badezimmertür geklopft und das Frühstück verlangt hatte. Trotzdem schien er den Raum kritischer zu betrachten als Blues äußere Erscheinung. »Wo sind deine Barbie-Puppen?«

»Hättest du mich doch angerufen! Oder noch besser – hättest du mich bloß weiterhin ignoriert!« Jetzt führte sie sich wie eine beleidigte Exfreundin auf. Aber es kränkte sie, dass er ihr aus dem Weg gegangen war, obwohl sie sich das doch gewünscht hatte.

»Was für eine nette Begrüßung ...« Er trug verblichene Jeans mit einer Knopfleiste am Hosenverschluss und ein offenbar maßgeschneidertes schwarzes Hemd mit einem plissierten Vorderteil, wie bei einem Smoking-Hemd. Wer außer Dean würde auf die Idee kommen, solche Gegensätze zu kombinieren?

»Wieso weißt du, dass das mein Zimmer ist?«

Er schob einen Finger unter einen hochgekrempelten Ärmel ihres T-Shirts und zog ihn herab. »Weil es das einzige ist, wo noch Licht brennt.«

Wäre es nicht so spät, hätte Nita ihre Geduld nicht so übermäßig strapaziert, und hätte sie Dean nicht so schmerzlich vermisst, würde sie ihre verletzten Gefühle besser verbergen. Erbost entriss sie ihm ihren Arm. »Die ganze Woche hast du mich geschnitten. Jetzt tauchst du plötzlich mitten in der Nacht auf. Geh weg!«

»Das würdest du mir übel nehmen.«

»Raus mit dir!«

Dean schaute sie mit seinen träumerischen blauen Augen an, sein Daumen strich über ihre Wange. »Du siehst erschöpft aus. Hast du's endlich satt?«

»Allerdings«, gab sie zu und wandte ihren Blick vom sonnengebräunten V seines offenen Hemdkragens ab.

»Gut, dann erlaube ich dir, auf die Farm zurückzukommen.«

Sie konnte nicht anders, sie saugte an ihren Zähnen, und Dean kräuselte die Lippen. »Bist du wieder mal bockig?«

»Wie man sich anders benimmt, weiß ich gar nicht.« Blue ergriff einen sauberen Wäschestapel und stopfte ihn in eine Kommode. »Geh doch! Ich habe dich nicht hierher eingeladen und keine Lust, mit dir zu streiten.«

»Ganz was Neues ...« Dean sank in einen dick gepolsterten Sessel voller rosa Rüschen. Darin müsste er albern aussehen. Stattdessen wirkte er noch maskuliner. »Hör zu, Blue, ich werfe dir nicht vor, du wärst selbstsüchtig. Aber du solltest ausnahmsweise mal an andere Leute denken.« Er streckte die langen Beine aus und kreuzte die Fußknöchel. »Zum Beispiel an Riley. Seit du verschwunden bist, hat sie keine einzige anständige Mahlzeit bekommen.«

»Stell eine Köchin ein.« Sie kniete nieder und ordnete die Skizzen, die auf dem Teppich lagen.

»Nein, das geht nicht, solange Jack da ist. Er hat beschlossen, die verdammte Veranda zu bauen. Bisher haben die Handwerker ihn nicht erkannt, weil er seine eigene Gesellschaft vorzieht. Und niemand erwartet, einen Rock-Star auf einer Leiter zu sehen, einen Hammer in der Hand. Aber wenn ich eine Frau einstelle, wäre sofort der Teufel los.«

Blue zog einen Bleistift unter seinem Stiefelabsatz hervor. »Bald wird Jack mit Riley abreisen, und du musst dich nicht mehr mit solchen Problemen befassen.«

»Da bin ich mir nicht so sicher«, erwiderte er und zog die Beine an. »Es fällt mir schwer, dich um einen Gefallen zu bitten. Aber wir brauchen wirklich ein bisschen Hilfe.«

»Ich habe schon einen Job ...«

»... der dich den letzten Nerv kostet«, unterbrach er sie und stand auf.

Während sie zu ihm emporschaute, schien sich der winzige Raum noch zu verkleinern. Sie musste ihn loswerden, und da gab es eine effektvolle Methode. »Wie viel zahlst du mir?«

Sie nahm an, er würde Dollarscheine aus der Tasche ziehen. Dann könnte sie ihn hinauswerfen, dachte Blue. Aber statt ihre Erwartungen zu erfüllen, berührte er ein Pflaster an seinem Daumen. »Nichts. Ich bitte dich um einen Gefallen, ein richtiges Sonntagsdinner, gute alte Hausmannskost.«

Einfach so. Wie raffiniert er an ihre Moral appellierte ...

»Klar, das ist ziemlich viel verlangt. Aber wir alle wüssten es zu schätzen. Wenn du mir eine Einkaufsliste gibst, besorge ich alles.«

So sicher war sie gewesen, er würde ihr Geld anbieten, und sie könnte ihm sein Sonntagsdinner um die Ohren hauen. Doch er hatte sie ausmanövriert. Nun würde sie sich unhöflich fühlen, wenn sie ihm den Wunsch abschlug. Seufzend erhob sie sich von den Knien und legte die Skizzen aufs Bett. Wie sie die Farm vermisste ... Sie wollte mit Riley reden, die neuen Möbel begutachten, mit Puffy spazieren gehen und sich vor Jack blamieren. An so vielen

Dingen wollte sie teilhaben. Ihre alte Schwäche – der Versuch, irgendwohin zu gehören, wo sie nichts zu suchen hatte ... »Werden sie alle da sein?«

In Deans Kinn bebte ein Muskel. »Möchtest du dich wieder vor Mad Jack lächerlich machen?«

»Inzwischen bin ich etwas reifer.«

»Oh, natürlich.« Er nahm die Skizzen vom Bett. »Ja, alle werden da sein. Sag mir, was du brauchst.«

So lange sie bei der Gruppe blieb, würde sie's schaffen. In Gedanken ging sie den Inhalt der Speisekammer durch und zählte einige Lebensmittel auf, die er sich nicht notierte. Er hielt ihre letzte Zeichnung hoch.

»Großartig. Aber ich dachte, du sollst den Hund malen.«

»Inzwischen will Nita ebenfalls verewigt werden.« In Wirklichkeit brauchte die alte Frau kein Porträt, sondern eine Dienerin. »Fährst du jetzt nach Hause?«

»Nein, sicher nicht.« Sein Blick schweifte zum Bett.

»Soll ich mich ausziehen, nur weil du aus lauter Langeweile auf meinen Balkon geklettert bist?«, fragte sie, die Hände in die Hüften gestemmt. »O nein.«

Zwischen Deans Brauen entstand eine Furche. »Also stört es dich tatsächlich, dass ich so lange nicht bei dir war. Deshalb bist du sauer.« Sein ausgestreckter Zeigefinger wies auf ihr Gesicht. »Nicht nur du hast einen Grund dazu.«

»Was habe ich dir denn angetan? Ich brauchte einen Job. Und erzähl mir nicht, ich hätte einen bei *dir*. Das stimmt nämlich nicht.«

»Ich habe mich auf dich verlassen. Und du bist davongelaufen. Offenbar interessieren dich meine Gefühle nicht.«

Obwohl sein Zorn echt wirkte, glaubte sie ihm nicht. »Du bist privilegiert, verwöhnt und durchaus fähig, allein mit deinen Hausgästen fertig zu werden. Was mich *wirklich* stört, ist, dass du nicht verschwindest.« Entschlossen marschierte sie zur Balkontür, um ihn hinauszuwerfen. Dann erschien in ihrer Fantasie ein beklemmendes Bild – Deans verkrümmter Körper am Boden, beide Beine gebrochen – sie wich zurück.

»Was *mich* wirklich stört«, sagte er hinter ihr, »ist meine enttäuschte Hoffnung, ich könnte mich auf dich verlassen.«

Das Kinn hoch erhoben, bekämpfte sie ihr schlechtes Gewissen und durchquerte das Zimmer. »Geh zur Vordertür raus. Und mach keinen Lärm, sonst muss ich es bitter büßen.«

Dean starrte sie verächtlich an. Dann vertrat er ihr den Weg und öffnete selber die Zimmertür. Blue folgte ihm auf den rosa Teppichboden des Flurs, am grässlichen Bild eines venezianischen Kanals vorbei und die Stufen hinab, damit sie die Haustür hinter ihm versperren konnte.

Am Fuß der Treppe blieb er plötzlich stehen und drehte sich um.

Blue stand eine Stufe höher, ihre Blicke trafen sich. Im Licht des staubigen Kristalllüsters erschien ihr Deans Gesicht vertraut und mysteriös zugleich. Sie redete sich ein, sie würde ihn verstehen. Aber wie konnte sie? Er lebte zwischen den Sternen, sie auf der Erde.

Als er die Hände hob und seine Finger in ihr Haar schlang, rührte sie sich nicht. Das lockere Gummiband, das ihren Pferdeschwanz kaum zusammengehalten hatte, löste sich.

Dann verschloss ein betörender Kuss ihren Mund. Da

348

vergaß sie alles, was sie über sich selbst wusste, und schlang die Arme um seinen Hals. Den Kopf schief gelegt, öffnete sie die Lippen, und er umfasste ihre Hüften, die sie an seinen rieb. Abrupt ließ er sie los, so dass ihr schwindlig wurde. Sie musste sich am Geländer festhalten. Das merkte er natürlich. Sie schüttelte ihr Haar, und das Gummiband flog davon. »So sehr langweilst du dich mit dir selber.«

»Keineswegs.« Deans leise Stimme klang wie Schmirgelpapier. »Was ich fühle ...« Seine Hand streichelte ihren nackten Schenkel direkt unter den Shorts. »Was ich *wirklich* fühle, ist ein heißer, verlockender kleiner Körper.«

In ihrem Innern explodierten Funken. Sie leckte über ihre Lippen und schmeckte ihn. »Tut mir leid. Nachdem ich dich ausprobiert habe, ist meine Neugier befriedigt, und ich bin nicht mehr interessiert. Nichts für ungut.«

Sein Blick hielt ihren fest. Langsam ließ er seine Finger über ihre Brüste gleiten. »Alles klar, ich bin nicht beleidigt.«

Während ihre Haut immer heftiger prickelte, schenkte er ihr ein nicht allzu freundliches Lächeln, wandte sich ab und verließ das Haus.

Als sie am nächsten Morgen vor die Tür trat, um die Sonntagszeitung für Nita zu holen, fühlte sie sich verkatert. Letzte Nacht hatte Dean versucht, die Regeln zu ändern. Es stand ihm nicht zu, ihr zu grollen, nur weil sie ihn nicht so hingerissen anbetete wie die restliche Bevölkerung. Wenn sie heute zur Farm fuhr, musste sie ihm das Leben möglichst schwer machen.

Sie bückte sich, hob die Zeitung auf, und da hörte sie ein Zischen auf der anderen Seite der Hecke. Verwundert

hob sie den Kopf und erkannte Syl, die Besitzerin des Se-
condhand-Ladens, die sie durch eine Brille mit roten Gläsern fixierte. Die Frau hatte kurzes, grau meliertes Haar
und schmale Lippen, mit einem dunkelroten Konturenstift
vergrößert.

Nach der Keilerei im Barn Grill hatte Blue den Humor
dieser Lady geschätzt. Aber jetzt bekundete Syl coole
Sachlichkeit, zischte wie ein Gartenschlauch und winkte
sie zu sich. »Kommen Sie her, wir müssen mit Ihnen reden.«

Die Zeitung unter den Arm geklemmt, folgte Blue ihr
zur Straße. Auf der gegenüberliegenden Seite parkte ein
goldener Impala. Zwei Frauen stiegen aus – Monica Doyle, die Immobilienmaklerin, und eine Afroamerikanerin,
die Syl als Penny Winters vorstellte, die Inhaberin des Antiquitätengeschäfts Aunt Myrtle's Attic.

»Schon die ganze Woche versuchen wir Sie zu erreichen,
Blue«, begann Syl, von den beiden Frauen flankiert. »Aber
jedes Mal, wenn Sie in der Stadt auftauchen, ist *sie* dabei.
Deshalb beschlossen wir, Ihnen hier beim Haus aufzulau-
ern, bevor wir in die Kirche gehen.«

»Wie jeder weiß, kriegt Nita einen Anfall, wenn sie
nicht sofort ihre Sonntagszeitung bekommt.« Monica zog
ein Papiertaschentuch aus ihrer marineblau-gelben Vera
Bradley-Handtasche, die zu ihrem eleganten blauen Kostüm passte. »Helfen Sie uns, Blue, Sie sind unsere letzte
Hoffnung. Nutzen Sie Ihren Einfluss auf diese Furie.«

»Leider habe ich nicht den geringsten Einfluss auf Mrs
Garrison«, erwiderte Blue. »Sie kann mich nicht ausste-
hen.«

»Wenn das stimmt ...« Penny befingerte das goldene
Kreuz im Ausschnitt ihres roten Kleides. »... dann hätte

sie Ihnen schon längst den Laufpass gegeben. So wie allen anderen Leuten.«

»Ich wohne erst seit vier Tagen bei ihr.«

»Ein erstaunlicher Rekord.« Anmutig putzte Monica ihre Nase. »Wie sie normalerweise mit ihren Mitmenschen umgeht, ahnen Sie nicht.«

Doch, das wusste Blue sehr gut.

»Machen Sie ihr klar, dass sie Garrison Grows unterstützen muss.« Syl schob ihre rote Brille zur Nasenspitze hinab. »Nur so können wir diese Stadt retten.«

Blue erfuhr, dass Garrison Grows ein Projekt war, das sich die führenden Bürger ausgedacht hatten, um die Stadt zu revitalisieren.

»Dauernd fahren hier Touristen durch, auf dem Weg zu den Smokies«, erklärte Monica. »Aber hier gibt's kein anständiges Restaurant, kein Hotel, kaum Einkaufsmöglichkeiten. Deshalb legt hier niemand eine Pause ein. Wenn Nita unser Projekt unterstützt, lässt sich das alles ändern.«

Penny zupfte an einem kleinen schwarzen Knopf zwischen ihren Brüsten. »Da sich keine nationalen Unternehmen hier ansiedeln, können wir den Vorteil des Nostalgiefaktors nutzen und Garrison so gestalten, wie sich die Leute amerikanische Kleinstädte vorstellen, bevor sich diese Fastfoodketten überall breitgemacht haben.«

»Natürlich weigert sich Nita, mit uns zu kooperieren«, seufzte Monica und hängte ihre Tasche an die Schulter.

»Es wäre so einfach, Touristen hierher zu locken, wenn Nita uns erlauben würde, ein paar Verbesserungen vorzunehmen«, meinte Syl. »Dafür müsste Nita nicht einmal einen Cent bezahlen.«

»Seit fünf Jahren versucht Syl, neben ihrem Secondhand-Laden ein Souvenirgeschäft zu eröffnen«, sagte Penny. »Aber Nita vermietet ihr dieses Haus nicht, weil sie Syls Mutter gehasst hat.«

Während die Kirchenglocken bimmelten, erläuterten die Frauen einige Einzelheiten des Garrison Grows-Projekts. Dazu gehörte eine Frühstückspension, die Verwandlung des Josie's in ein gutes Restaurant, und ein gewisser Andy Berillo sollte seine Bäckerei um ein Kaffeehaus erweitern.

»Nita behauptet, Kaffeehäuser wären nur für Kommunisten da«, bemerkte Syl ärgerlich. »Was sollte denn ein Kommunist in East Tennessee machen?«

Empört verschränkte Monica die Arme vor der Brust. »Und wer kümmert sich heutzutage noch um Kommunisten?«

»Diese alte Hexe will uns nur unter die Nase reiben, was sie von uns hält«, warf Penny ein. »So ungern ich auch schlecht über irgendwen rede, sie will Garrison aus lauter Bosheit in den Ruin treiben.«

Blue erinnerte sich an die Fotos, die Nita kurz nach ihrer Ankunft in dieser Stadt zeigten – eine unglückliche Miene, die so inständig um Anerkennung flehte. Würde sie sich jetzt anders verhalten, wenn die Frauen sie damals willkommen geheißen hätten? Ganz egal, was Nita sagte – Blue glaubte nicht, dass sie die Stadt verkaufen wollte. Vielleicht hasste sie Garrison. Aber wohin sollte sie sich wenden?

Beschwörend legte Syl eine Hand auf Blues Arm. »Mit uns redet sie nicht. Nur mit Ihnen. Sagen Sie ihr, von den geplanten Veränderungen würde auch sie profitieren und ein Vermögen einheimsen. Sie liebt Geld.«

»Wenn ich könnte, würde ich Ihnen gern helfen«, beteuerte Blue. »Aber Mrs Garrison duldet mich nur in ihrem Haus, um mich zu quälen. Sie hört nicht auf mich.«

»Versuchen Sie's«, drängte Penny. »Das ist alles, worum wir Sie bitten.«

»Bemühen Sie sich«, verlangte Monica etwas energischer.

Am Nachmittag bekam Nita einen Wutanfall, weil Blue verkündete, sie würde zur Farm fahren. Aber Blue gab nicht nach. Um vier verließ sie verfolgt von der Drohung, die Polizei würde sie abfangen, das Haus, setzte sich in den Roadster und brauste davon.

Seit ihrem letzten Aufenthalt auf der Farm waren die Weiden gemäht und der Zaun, der sie einfriedete, repariert worden. Sie parkte neben dem Stall, neben Jacks SUV. Als sie den Hof durchquerte, flatterte ihr Pferdeschwanz in einer warmen Brise. Riley stürmte ihr entgegen. Beim Anblick ihres strahlenden Lächelns konnte Blue kaum glauben, dass dies das traurige kleine Mädchen war, das vor einer Woche auf der Veranda geschlafen hatte.

»Weißt du was, Blue?«, quietschte sie. »Morgen fahren wir noch nicht nach Nashville! Dad sagt, wir bleiben noch ein paar Tage länger hier, weil er an der Veranda arbeiten will.«

»Großartig, Riley, das freut mich.«

Riley zog Blue zur Haustür. »Gehen wir rein, April will dir alles zeigen. Stell dir vor, April hat Puffy irgendeinen Käse gegeben. Jetzt furzt der Hund dauernd, und das stinkt fürchterlich. Daran gibt Dean mir die Schuld. Aber ich war's nicht.«

»Klar.« Blue grinste. »Schieb's nur auf das wehrlose Tierchen.«

»Nein, wirklich! Ich mag gar keinen Käse.«

Lachend umarmte Blue das Kind.

April und Puffy erwarteten sie an der Haustür. Drinnen schimmerte der neue eierschalenfarbene Anstrich der Halle im Sonnenschein des Spätnachmittags. Ein Läufer mit erdfarbenen Mustern bedeckte den Boden. »Da siehst du, wie grandios dieses Bild aussieht!« April zeigte auf das grelle abstrakte Gemälde, das Blue in einer Knoxville-Galerie entdeckt hatte. »Natürlich hattest du Recht, man kann Antiquitäten sehr gut mit zeitgenössischer Kunst mischen.« Unter dem Bild stand eine Kommode mit einem Tablett aus Holz und Messing, auf dem Deans Brieftasche und ein Schlüsselbund lagen, neben einem seiner Kinderfotos. Darauf trug er eine kurze Hose und einen überdimensionalen Footballhelm, der bis zu seinem Schlüsselbein reichte. Ein schmiedeeiserner Kleiderständer wartete neben der Kommode auf seine Jacken. In einem rustikalen Korb lagen Sneakers und ein Football. Ein robuster Mahagonistuhl mit geschnitzter Lehne bot einen bequemen Platz, um Joggingschuhe anzuziehen oder die Post durchzusehen.

»Alles hast du auf *ihn* abgestimmt«, konstatierte Blue. »Hat er das eigentlich bemerkt?«

»Das bezweifle ich«, antwortete April.

Blue trat vor einen ovalen Wandspiegel in einem geschnitzten Holzrahmen. »Jetzt braucht er nur noch ein Regal für seine Feuchtigkeitscreme und die Wimpernzange.«

»Benimm dich! Ist dir noch gar nicht aufgefallen, dass er niemals in einen Spiegel schaut?«

»Doch. Aber ich verrate ihm nicht, dass ich das festgestellt habe.«

Auch das restliche Haus fand Blue wundervoll, vor allem das Wohnzimmer mit dem buttergelben Anstrich und dem großen orientalischen Teppich. Die alten Landschaftsgemälde, die sie im Hintergrund eines Antiquitätenladens aufgestöbert hatte, bildeten einen faszinierenden Kontrast zu dem modernen Werk, das über dem Kamin hing. Inzwischen standen auch die abgewetzten ledernen Clubsessel da, die April ausgesucht hatte, ebenso ein geschnitzter Schrank aus Nussbaumholz, der eine Stereoanlage enthielt, ein großer Couchtisch mit Schubladen für Fernbedienungen und Computerspiele.

In diesem Raum waren ebenfalls Fotos von Dean verteilt, manche mit Freunden aus Kindertagen, andere aus seiner Teenagerzeit und den College-Jahren. Irgendwie konnte Blue nicht glauben, dass es *seine* Idee war, diese Bilder aufzustellen.

Unbewusst passte Dean seine Hammerschläge der Black-Eyed-Peas-Musik an, die aus der Küche drang. Fast den ganzen Tag hatte er zusammen mit Jack an der Veranda gearbeitet. Die Seitenwände waren bereits errichtet worden, am nächsten Tag würden sie sich das Dach vornehmen. Er schaute zum Küchenfenster. Bei ihrer Ankunft hatte Blue ihm nur zugenickt, war aber nicht zu ihm gegangen. Und er betrat natürlich nicht das Haus. Weil er letzte Nacht die Kontrolle verloren hatte, ärgerte er sich immer noch.

Wenigstens befand sie sich wieder auf seinem Grund und Boden, und der Heimvorteil war nicht zu unterschätzen. Blue liebte die Farm. Wenn sie zu stur war, um wieder hierherzuziehen, würde er ihr zumindest vor Augen führen, was sie verpasste. So oder so, er würde kriegen, was er wollte – eine heiße Affäre, die sie beide verdienten.

Drinnen drehte jemand die Musik lauter. April und Riley sollten Blue eigentlich bei den Vorbereitungen zum Dinner helfen. Aber seine Mutter kochte nicht gern. Als er hineinspähte, beobachtete er, wie sie Riley von den Kartoffeln wegzerrte, die geschält werden sollten, und mit ihr tanzte. Blue stellte eine Rührschüssel beiseite und gesellte sich hinzu. Wie eine Elfe hüpfte sie umher, mit wippendem Pferdeschwanz, und schwenkte die Arme durch die Luft. Wäre sie allein, würde er vielleicht hineingehen und mit ihr tanzen. Aber nicht, wenn April da drin herumhing.

»Hast du nicht mit Blue Schluss gemacht?« Jacks Stimme riss ihn aus seinen Gedanken. Abgesehen von der Bitte, ein Werkzeug herüberzureichen oder ein Stück Sperrholz festzuhalten, hatten sie den ganzen Nachmittag kein Wort gewechselt.

»Nicht direkt«, entgegnete Dean und hämmerte noch einen Nagel ins Holz. »Momentan befinden wir uns in einer Übergangsphase.«

»Und wohin soll die führen?«

»Das versuchen wir rauszukriegen.«

»Scheiße.« Jack wischte mit einem Hemdsärmel über sein Gesicht. »Offensichtlich meinst du es nicht ernst mit ihr, für dich ist sie nur eine kleine Abwechslung.«

Das deutete auch Blue immer wieder an, seit sie sich kannten. Wie Dean zugeben musste, steckte ein Körnchen Wahrheit drin. Hätte er sie in einer Bar getroffen, wäre sie ihm gar nicht aufgefallen. Weil sie nicht zu ihm gekommen wäre. Da so viele schöne Frauen seine Aufmerksamkeit erregen wollten – wie sollte er eine bemerken, die das *nicht* tat?

»Geh vorsichtig mit ihr um«, mahnte Jack. »Wenn sie auch auf cool macht – ihre Augen verraten sie.«

Dean fuhr mit seinem T-Shirt-Ärmel über die Stirn. »Jetzt verwechselst du die Realität mit den Texten deiner Songs, Jack. Blue weiß ganz genau, was läuft.«

»Wahrscheinlich kennst du sie besser als ich«, meinte sein Vater achselzuckend.

Danach schwiegen sie, bis Dean ins Haus ging, um zu duschen.

Jack schaute seinem Sohn nach und wischte den Schweiß von seiner Stirn. Obwohl er geplant hatte, nur eine Woche auf der Farm zu bleiben, würde er vorerst nicht abreisen. April tat auf ihre Weise Buße und er auf seine, indem er zusammen mit Dean die Veranda baute.

Während er aufgewachsen war, hatte er jeden Sommer mit seinem Dad verbracht und ihm bei der Arbeit geholfen. Nun wiederholte sich die Situation mit Dean. Nicht, dass sich der Junge um so ein Vater-Sohn-Ritual scherte. Aber für Jack war es wichtig. Er liebte es, mit anzusehen, wie die Veranda Gestalt annahm. Alles stabil und gediegen. Darauf wäre sein Alter stolz gewesen.

In diesem Augenblick öffnete Blue das Küchenfenster, und er beobachtete Aprils graziöse, sinnliche Bewegungen, das lange Haar, das ihren Kopf wie tausend Messerklingen umwehte.

»So gut wie du dürfte niemand tanzen können, der über dreißig ist«, hörte er Blue sagen, als die Musik verhallte.

Nun erklang Rileys atemlose, japsende Stimme. Offenbar hatte sie sich bei dem Versuch, mit Aprils Temperament mitzuhalten, völlig verausgabt. »Dad ist schon vierundfünfzig und tanzt großartig. Zumindest auf der Bühne. Ich glaube nicht, dass er auch woanders tanzt.«

»Früher hat er das getan.« April strich ihr langes Haar

aus dem Gesicht. »Nach seinen Konzerten besuchten wir Clubs, die etwas abseits lagen. Dort tanzten wir bis zur Sperrstunde. Manchmal wurden diese Lokale nur für ihn geöffnet. Von all den Männern, mit denen ich im Lauf der Jahre tanzte, war er ...« Abrupt verstummte sie, dann zuckte sie die Schultern und beugte sich hinab, um den Hund zu streicheln. Sekunden später läutete ihr Handy. Bevor sie sich meldete, verließ sie die Küche.

Am vergangenen Tag hatte er sie einen der Anrufer »Mark« nennen hören. Davor war es ein »Brad« gewesen. Immer noch dieselbe alte April. Und immer noch kalt und abweisend, wenn er in ihre Nähe kam. Trotzdem wollte er mit ihr schlafen, ihre Fassade durchdringen und herausfinden, woher sie ihre innere Kraft nahm.

Er hatte Termine in New York, und er würde sie bitten, während seiner Abwesenheit ein paar Tage auf Riley aufzupassen. Bedenkenlos würde er ihr sein Kind anvertrauen. Aber sich selbst nicht ...

Als Dean nach der Dusche ins Erdgeschoss zurückkehrte, hämmerte jemand gegen die Haustür. Er öffnete sie und sah Nita Garrison auf der Veranda stehen. Hinter ihr fuhr eine staubige schwarze Limousine davon. Er wandte sich zur Küche. »He, Blue, du hast Besuch!«

Nita schlug ihren Gehstock auf sein Knie. Automatisch wich er zurück, und sie trat ein. Blue eilte aus der Küche, von den köstlichen Aromen ihrer Kochkunst gefolgt. »O Gott, nein!«, stöhnte sie beim Anblick der alten Frau.

»Warum haben Sie Ihre Schuhe auf meinen Stufen stehen lassen?«, fauchte Nita. »Darüber bin ich gestolpert und die ganze Treppe runtergefallen. Ein Glück, dass ich mir nicht den Hals gebrochen habe!«

»Ich habe meine Schuhe nicht auf den Stufen stehen lassen, und Sie lügen, wenn Sie behaupten, Sie wären gestürzt. Wie sind Sie hierhergekommen?«

»Mit Chauncey Crole, diesem alten Narren. Während der ganzen Fahrt hat er aus dem Fenster gespuckt.« Nita schnupperte. »Oh, ich rieche ein Brathuhn. Für *mich* kochen Sie so was nie.«

»Weil ich im Mülleimer keinen Platz für die Knochen finde.«

Nita lutschte an ihren Zähnen und drosch den Stock wieder gegen Deans Schienbein, nachdem er in Gelächter ausgebrochen war. »Jetzt will ich mich setzen. Von diesem Sturz tut mir alles weh.«

Riley kam aus der Küche gerannt, und Puffy trottete hinter ihr her. »Hi, Mrs Garrison. Heute habe ich mit einem Buch trainiert.«

»Zeig mir, ob du Fortschritte gemacht hast. Aber such erst einen Sessel für mich. Ich muss mich von einem schrecklichen Sturz erholen.«

»Kommen Sie, gehen wir ins Wohnzimmer«, schlug Riley vor und führte Nita davon.

Blue wischte Mehl von ihrer Wange. Ohne Dean anzuschauen, murmelte sie: »Ich werde April bitten, noch ein Gedeck aufzulegen.«

»O nein, diese Frau wird *nicht* mit uns essen.«

»Dann überleg mal, wie du sie loswerden willst. Glaub mir, das ist schwerer als du vermutest.«

Dean folgte ihr in die Küche und protestierte wortreich. Aber Blue scheuchte ihn hinaus. Dann spähte er ins Wohnzimmer und sah gefranste gelbe Platzdeckchen auf einem antiken Duncan-Phyfe-Tisch, altmodisches blauweißes Geschirr aus einem englischen Landgasthof, eine Schüssel voller schimmernder Steine, die Riley gesammelt hatte, und eine Vase mit gelben Blumen. Nur Blues Fresken fehlten noch, um die Ausstattung des Raums zu vollenden. April ignorierte ihn, während sie Gläser mit Eistee füllte. Und so versuchte er Blue in der Küche zu helfen. Doch er stand nur im Weg herum.

Frisch geduscht schlenderte Jack herein, und Blue ließ ihren Holzlöffel fallen.

»Hallo, Blue. Freut mich, Sie wiederzusehen.« Jack nahm eine Bierflasche aus dem Kühlschrank.

»Eh – hi …«, stammelte sie und warf die Mehltüte um, als sie den Kochlöffel aufhob.

Dean ergriff ein paar Papiertücher. »Heute Abend haben wir unerwartete Gesellschaft, Jack. Also musst du dich rar machen.« Sein Kinn wies in Blues Richtung. »Sicher wird dein Fan Nummer eins dir was vom Dinner aufheben.«

»Leider kann ich mich immer nur kurzfristig verstecken.« Jacks Blick folgte April. Das schien sie nicht zu bemerken. »Deine Farm ist Privatbesitz. Selbst wenn die Leute herausfinden, dass ich hier bin, kommen sie nicht an mich ran.«

Aber Dean hatte zwanzig Jahre lang alles vermieden, was ihn mit Jack Patriot in Verbindung bringen konnte. Auf keinen Fall durfte Nita Garrison in der Stadt ausposaunen, wo sich der Rockstar gerade aufhielt.

»Heute war Dad in diesem Bierladen«, berichtete Riley von der Tür her. »Er trug seinen Arbeitsanzug und keine Ohrstecker. Deshalb hat ihn niemand erkannt.«

»Wer hat wen nicht erkannt?« Nita tauchte hinter ihr auf. »Meinst du diesen Footballspieler? Dass der hier ist, weiß doch jeder.« Nun entdeckte sie Jack. »Und wer sind *Sie?*«

»Das ist mein Dad«, sagte Riley hastig. »Er heißt– Mr Weasley. Mr Ron Weasley.«

»Was macht er hier?«

»Nun, er ist – eh – Aprils Freund.«

April blinzelte und zeigte zum Speisezimmer. »Hoffentlich essen Sie mit uns, Mrs Garrison.«

»Als würde sie sich daran hindern lassen«, schnaufte Blue.

»Ja, sehr gern«, antwortete Nita. »Gib mir deinen Arm, Riley, damit ich nicht wieder hinfalle.«

»Mrs Garrison findet Riley dumm«, sagte das Kind zu niemandem im Besonderen.

»Unsinn, ich finde dich nicht dumm«, widersprach Nita. »Nur deinen Namen. Und für den kannst du nichts.« Anklagend starrte sie Jack an.

»Das war die Idee ihrer Mutter«, verteidigte er sich. »Ich wollte sie ›Rachel‹ taufen.«

»Nach meiner Ansicht würde ›Jennifer‹ viel besser zu ihr passen.« Nita schob Riley aus der Küche.

»Wer zum Teufel ist denn *das?*«, wandte sich Jack an Blue.

»Manche Leute nennen sie Satan, andere Beelzebub. Wahrscheinlich hat sie sehr viele Namen.«

»Das ist Blues Arbeitgeberin«, erklärte Dean grinsend.

»Wie schön für Sie, Blue«, sagte Jack.

Seufzend nahm sie eine Auflaufform mit überbackenem Spargel aus dem Herd, und alle trugen Servierplatten ins Speisezimmer. Als Blue die alte Frau am Kopfende des Tisches sitzen sah, verengten sich ihre Augen. Riley hatte links von Nita Platz genommen. Hastig setzte sich Dean ans andere Ende, möglichst weit von seinem unerwünschten Gast entfernt. Fast ebenso schnell stellte Jack die

Schüssel mit dem warmen Kartoffelsalat ab und sank auf den Stuhl neben seiner Tochter. Für April und Blue blieben nur zwei Plätze übrig, einer am unteren Ende des Tisches, rechts von Nita, der andere neben Dean.

Beide rannten zu ihm, und April holte einen kleinen Vorsprung heraus. Aber Blue spielte foul und stieß sie mit der Hüfte an, brachte sie aus dem Gleichgewicht und ließ sich auf den angestrebten Stuhl fallen. »Touchdown ...«

»Wie unfair du bist!«, zischte April.

»Kinder ...«, murmelte Jack.

Das lange Haar in den Nacken geworfen, stolzierte April davon und setzte sich neben Nita, die sich bei Riley über Blue beschwerte und die Szene verpasst hatte. Die Servierplatten wurden herumgereicht.

Nachdem April ihren Teller gefüllt hatte, beobachtete Dean verblüfft, wie sie sekundenlang den Kopf senkte. Was war passiert?

»Für dich nur ein Brötchen, Riley«, entschied Nita und nahm sich selber zwei. »Wenn du zu viel isst, nimmst du wieder zu.«

Blue öffnete den Mund und wollte das Kind verteidigen. Aber Riley wusste sich zu helfen. »Ja, ich weiß. Jetzt bin ich nicht mehr so hungrig wie früher.«

Während Dean die Tischrunde musterte, sah er die Travestie einer amerikanischen Familie. Wie eine Illustration von Norman Rockwell. Eine Grandma, die keine Grandma war. Eltern, die keine Eltern waren. Blue, die zu keiner definierbaren Rolle passte – wenn sie nicht gerade in Mad Jacks Hintern kroch. Natürlich schanzte sie ihm das größte Stück vom Brathuhn zu. Und als er versehentlich seine Gabel fallen ließ, lief sie sofort in die Küche, um eine andere zu holen.

Dean entsann sich, wie er vor vielen Jahren an den Esstischen seiner Freunde gesessen hatte, voller Sehnsucht nach einer eigenen Familie. Wäre er bloß vorsichtiger mit seinen Wünschen gewesen ...

Alle lobten Blues Kochkünste. Nur Nita nörgelte, zum Spargel würde Butter gehören. Das Huhn war knusprig und saftig, der warme Kartoffelsalat mit köstlichen gebratenen Speckstreifen garniert und raffiniert angemacht.

Nach Blues Ansicht könnten die selbst gebackenen Brötchen besser gewürzt sein. Aber ihren Tischgenossen schmeckten sie großartig.

»Früher hat Mrs Garrison Tanzunterricht gegeben«, verkündete Riley.

»Das wissen wir«, betonten Blue und Dean wie aus einem Mund.

Nita schaute Jack an. »Irgendwie kommen Sie mir bekannt vor.«

»Wirklich?« Jack betupfte seine Lippen mit einer Serviette.

»Wie heißen Sie doch gleich?«

»Ron Weasley«, sagte Riley in ihr Milchglas.

Sehr clever, dachte Dean, zwinkerte ihr verstohlen zu und hoffte, Nita würde sich nicht allzu gut mit »Harry Potter« auskennen. Er erwartete, die alte Frau würde weitere Fragen stellen.

Das tat sie nicht. »Schultern!«, mahnte sie stattdessen, und Riley saß sofort kerzengerade auf ihrem Stuhl. Prüfend glitt Nitas Blick zwischen April und Dean hin und her. »Sie beide sehen sich ähnlich.«

»Finden Sie?« April nahm sich noch eine Spargelstange.

»Sind Sie verwandt?«

Deans Nerven spannten sich an.

Aber seine kleine Schwester hatte sich zur Hüterin der Familiengeheimnisse ernannt. »Mrs Garrison bringt mir eine gute Körperhaltung bei. Jetzt kann ich schon mit einem Buch auf dem Kopf herumgehen.«

Nita zeigte mit ihrem dritten Brötchen auf Blue. »So einen Unterricht würde auch jemand anderer brauchen.«

Erbost pflanzte Blue ihre Ellbogen auf den Tisch, und Nita lächelte triumphierend. »Da sieht man, wie kindisch sie ist!«

Dean grinste. Natürlich benahm sich Blue kindisch. Doch sie sah so süß dabei aus – das Gesicht voller Mehl, eine tintenschwarze Haarsträhne im Nacken, mit rebellischer Miene. Wie konnte eine dermaßen chaotische Frau so reizvoll wirken?

Nun richtete Nita ihre Aufmerksamkeit auf Dean. »Diese Footballspieler kriegen eine Menge Geld. Und sie tun nichts dafür.«

»Sogar sehr viel«, widersprach er.

»Dean arbeitet wirklich hart«, erklärte Blue entrüstet. »Als Quarterback muss er sich nicht nur physisch, sondern auch mental anstrengen.«

»Schon seit drei Jahren spielt er in der Pro Bowl«, ergänzte Riley eifrig.

»Ich wette, ich bin noch reicher als Sie, Mr Robillard«, prahlte Nita.

»Mag sein.« Dean taxierte sie über eine Hühnerkeule hinweg. »Wie groß ist Ihr Vermögen?«

»Das verrate ich nicht.«

»Dann werden wir's niemals erfahren«, meinte er lächelnd.

Da Jack alle beide kaufen oder verkaufen könnte, lachte er amüsiert.

Nita saugte einen Speiserest von ihren Zähnen und starrte ihn an. »Und was machen *Sie?*«

»Im Augenblick baue ich Deans Veranda.«

»Schauen Sie sich nächste Woche mal meine Fensterbretter an. Das Holz ist morsch.«

»Tut mir leid«, erwiderte er, ohne mit der Wimper zu zucken, »mit Fenstern befasse ich mich nicht.«

April lächelte ihn an. Und Jack lächelte zurück. Zwischen den beiden entstanden intime Vibrationen, die alle anderen Anwesenden spürten. Es dauerte nur ein paar Sekunden. Aber es entging niemandem.

19

Nach dem Dinner kündigte Nita an, sie würde im Wohnzimmer warten, bis Blue die Küche in Ordnung gebracht habe und sie heimfahren könne. April stand sofort auf. »Geh nur, Blue, ich mache sauber.«

Aber Dean wollte sich nicht so schnell von Blue trennen. Bisher hatte die kleine Dinnerparty nur den Zweck erfüllt, ihn daran zu erinnern, wie sehr er sie vermisste – tagsüber als Kumpel, nachts als Bettgefährtin. Das musste sich ändern. »Heute Abend will ich den Müll verbrennen. Hilfst du mir, ihn rauszutragen, bevor du mit Mrs Garrison wegfährst?«

Riley tat ihr Bestes, um seinen Plan zu vereiteln. »Das mache *ich*.«

»Moment mal!« April begann die Teller einzusammeln. »Diesen Küchendienst übernehme ich nur, um *Blue* zu entlasten, sonst niemanden.«

»Immer mit der Ruhe«, sagte Jack. »Den ganzen Tag haben Dean und ich auf der Veranda gearbeitet. Jetzt verdienen wir eine Erholungspause.«

Dean runzelte die Stirn. *Jack und ich – ein Team? Nicht in tausend Jahren.* Entschlossen packte er eine der Servierplatten. »Alles klar.«

»Okay, ich stelle das Geschirr in die Spülmaschine.« Riley sprang auf.

»Such die Musik aus«, schlug April vor, »guten Rock.«

»Wenn's Musik gibt, helfe ich dir auch«, entschied Blue. Während Riley die alte Frau ins Wohnzimmer führte, räumten die anderen den Tisch ab. Dann holte sie ihren iPod und stöpselte ihn in Aprils Dockingstation.

»Hoffentlich kommt da kein Bubble Gum raus«, wandte Jack ein. »Radiohead wäre erträglich. Oder vielleicht Wilco?«

»Oder Bon Jovi.« April blickte von der Spüle auf, und Jack starrte sie an. Gleichmütig zuckte sie die Achseln. »Eins meiner Laster. Dafür entschuldige ich mich nicht.«

»*Mein* Laster ist Ricky Martin«, gab Blue zu, und alle schauten Dean an.

Aber er weigerte sich, an diesen vertraulichen Familiengeständnissen teilzunehmen, und Blue sprang für ihn ein. »Sicher Clay Aiken. Nicht wahr?«

Da Nita nicht ausgeschlossen werden wollte, humpelte sie in die Küche. »Bobby Vinton mochte ich immer am liebsten. Und Fabian. Der war richtig scharf«, fügte sie hinzu und setzte sich an den Tisch.

Riley ging zur geöffneten Geschirrspülmaschine. »Mir gefällt Patsy Cline ganz besonders gut. Mom hatte alle ihre CDs. Aber in der Schule machen sich die Kids über mich lustig, weil sie nicht wissen, wer sie ist.«

»Offenbar hast du einen guten Geschmack«, lobte Jack.

»Und *dein* Laster?«, fragte April.

»Ganz einfach«, hörte Dean sich sagen, »sein Laster bist du, April. Hab ich Recht?«

Drückendes Schweigen erfüllte die Küche, und Dean fühlte sich grässlich. Er war es gewöhnt, eine Party zu beleben, statt sie zu vermasseln.

»Entschuldigt uns …« Blue räusperte sich. »Jetzt müssen Dean und ich den Müll verbrennen.«

»Bevor Sie irgendwohin gehen, Mr Football«, sagte Nita, »will ich wissen, welche Absichten Sie mit meiner Blue haben.«

»Würde mich bitte jemand erschießen?«, stöhnte Blue.

»Meine Beziehung zu Blue ist Privatsache, Mrs Garrison«, erklärte Dean und zerrte den Mülleimer unter dem Spülbecken hervor.

»Natürlich, das bilden Sie sich ein«, konterte die alte Lady.

April und Jack unterbrachen ihre Tätigkeit, um die Ereignisse zu beobachten. Nur zu gern überließen sie Nita die Drecksarbeit. Dean schob Blue zur Seitentür. »Entschuldigt uns.«

So leicht kam er nicht davon. »Ich weiß, dass Sie nicht mehr verlobt sind«, forderte Nita ihn heraus. »Wahrscheinlich hatten Sie niemals vor, das Mädchen zu heiraten. Sie nehmen nur, was Sie kriegen. So sind die Männer, Riley. Alle.«

»Ja, Ma'am.«

»Nicht *alle* Männer!«, versicherte Jack seiner Tochter. »Aber Mrs Garrison hat gar nicht so Unrecht.«

Ärgerlich legte Dean seine freie Hand auf Blues Arm. »Sie kann für sich selber sorgen.«

»Eben nicht«, protestierte Nita. »Sie ist eine wandelnde Katastrophe. Deshalb muss jemand auf sie aufpassen.«

Das war zu viel für Blue. »Was mit mir passiert, ist Ihnen doch völlig egal, Mrs Garrison. Sie wollen nur Unruhe stiften.«

»Seien Sie nicht so frech!«

»Unsere Verlobung besteht immer noch, Mrs Garrison«, behauptete Dean. »Gehen wir, Blue.«

Riley sprang vor. »Darf ich eure Brautjungfer sein?«

»Wir sind nicht wirklich verlobt«, fühlte sich Blue verpflichtet, das Kind zu informieren. »Das erzählt Dean nur, weil er es amüsant findet.«

Aber Dean wollte nicht auf die Vorteile verzichten, die er aus der Scheinverlobung zog. »Selbstverständlich sind wir verlobt. Blue schmollt nur.«

Gebieterisch klopfte Nita mit ihrem Stock auf den Boden. »Geh mit mir ins Wohnzimmer, Riley. Die Gesellschaft gewisser Leute solltest du meiden. Ich zeige dir ein paar Übungen, die deine Beinmuskeln kräftigen werden. Dann kannst du Ballettunterricht nehmen.«

»Das will ich nicht«, murmelte Riley. »Ich möchte Gitarre spielen lernen.«

»Tatsächlich?« Jack stellte den Kochtopf, den er gerade abtrocknete, auf den Tisch.

»O ja. Mom sagte immer, das würde sie mir beibringen. Aber sie hat's nie getan.«

»Sicher hast du ein paar grundlegende Akkorde bei ihr gelernt.«

»Nein, ich durfte ihre Gitarren nicht einmal anfassen.«

Jacks Gesicht nahm grimmige Züge an. »Komm mit mir. Mein Instrument liegt im Cottage. Holen wir's.«

»Wirklich? Lässt du mich auf deiner Gitarre spielen?«

»Dieses verdammte Ding schenke ich dir.«

Da strahlte sie, als hätte er ihr eine Diamantentiara auf den Kopf gesetzt. Er warf das Geschirrtuch beiseite, und Dean schubste Blue nach draußen. Ohne die geringsten Skrupel lieferte er April der alten Frau aus.

»Ich schmolle nicht«, fauchte Blue, während sie die Seitenveranda überquerten. »Das hättest du nicht sagen sollen. Es ist unfair, falsche Hoffnungen in Riley zu wecken. Nun glaubt sie, sie könnte unsere Brautjungfer werden.«

»Zweifellos wird sie die Enttäuschung überleben.«
Dean stapfte zu dem Ölfass, in dem sie den Müll zu verbrennen pflegten. Inzwischen war es randvoll. Er zündete
ein Streichholz aus der Schachtel an, die April in einem
Plastikbeutel verwahrte, und warf es in die Tonne. »Warum verschwinden sie nicht? Jack hängt immer noch hier
herum, April wird erst abreisen, wenn Riley nicht mehr da
ist. Und jetzt bringt die alte Hexe das Fass zum Überlau-
fen. Ich will sie alle loswerden – alle außer dir.«

»So einfach ist das nicht.«

Nein, es war nicht einfach. Als der Abfall Feuer fing,
trat Dean zurück, setzte sich ins Gras und beobachtete die
Flammen. In dieser Woche hatte er Rileys Selbstvertrauen
wachsen sehen. Auf ihren Wangen – sie hatte sich viel zu
selten im Freien aufgehalten – erschien etwas Farbe. Und
die Kleider, die April ihr gekauft hatte, waren ihr schon
fast zu groß. Er liebte es, auf der Veranda zu arbeiten, obwohl Jack ihm dabei half. Jedes Mal, wenn er einen Nagel
ins Holz hämmerte, gewann er den Eindruck, er würde
dem alten Farmhaus seinen Stempel aufdrücken. Und
Blue …

Nun ging sie zu ihm. Er hob zerknülltes Zellophan auf,
das zu Boden gefallen war, und versuchte es ins Feuer zu
werfen.

Blue beobachtete, wie das Zellophan vor der Tonne im
Gras landete. Aber Dean schien es nicht zu stören, dass er
das Ziel verfehlt hatte. Sein düsteres Profil bildete eine faszinierende Silhouette vor dem Dämmerlicht.

Zögernd setzte sie sich zu ihm, entdeckte ein weiteres
Pflaster an seiner Hand und berührte es. »Noch ein Unfall
bei den Bauarbeiten?«

Er stützte einen Ellbogen auf sein Knie. »Und eine Beule am Kopf.«

»Wie kommst du mit deinem Mitarbeiter zurecht?«

»Er redet nicht mit mir, und ich rede nicht mit ihm.«

Die Beine gekreuzt, schaute sie ins Feuer. »Er sollte wenigstens zugeben, was du seinetwegen durchmachen musstest.«

»Das hat er bereits getan.« Dean wandte sich zu ihr. »Hast du mit deiner Mutter solche Gespräche geführt?«

Blue zupfte an einem Grashalm. »Bei ihr war's immer was anderes.« Die Flammen knisterten. »Irgendwie ist sie wie – Jesus. Dürfte Jesu Tochter ihm vorwerfen, er habe ihre Kindheit ruiniert, weil er ständig herumrannte, um die Seelen fremder Leute zu retten?«

»Aber deine Mom ist nicht Jesus. Und wenn man Kinder kriegt, sollte man sie betreuen oder zur Adoption freigeben.«

Würde er seine Kinder großziehen? Der Gedanke, er würde daheim bei der Familie bleiben, während sie um die Welt zog, deprimierte Blue.

Was sie dachte, sprach sie nicht aus. Er legte einen Arm um ihre Schultern und erhitzte ihr Blut. O Gott, sie hatte es satt, sich immer nur mit dem Zweitbesten zu begnügen. Ein einziges Mal in ihrem Leben wollte sie ein gefährliches, extravagantes Abenteuer genießen. Der Nachtwind riss an ihrem Haar. Entschlossen erhob sie sich auf die Knie und küsste Dean. Später würde sie ihn in die Schranken weisen, jetzt zählte nur dieser Augenblick.

Eine weitere Ermutigung brauchte er nicht. Leidenschaftlich erwiderte er den Kuss, dann taumelten sie hinter den Stall und sanken ins hohe Gras, außerhalb der Sichtweite des Hauses.

Warum sie sich anders besonnen hatte, wusste er nicht. Aber danach fragte er auch gar nicht, weil sie die Finger in seinen Hosenbund schob.

»Das will ich nicht tun«, flüsterte sie und öffnete seine Jeans.

»Manchmal muss man seinem Team Zugeständnisse machen.«

Dean streifte ihre Shorts mitsamt dem Höschen zu ihren Knöcheln hinab, kniete nieder und saugte an ihr. Wie süß und würzig sie schmeckte, wie sie seine Sinne berauschte … Lange, bevor er genug hatte, verging sie vor heißer Lust. Er legte sich auf den Rücken und zog sie auf seine Brust, um sie vor dem stacheligen Unkraut zu schützen, das sein Hinterteil kratzte. Ein kleines Opfer für den Lohn, den er erhielt, als er endlich mit ihrem warmen, zitternden Körper verschmolz.

Mit zusammengebissenen Zähnen umklammerte sie seinen Kopf mit beiden Händen. »Untersteh dich, mich zu drängen!«

Was sie sich wünschte, verstand er. Doch sie war so eng, so feucht, und er hatte zu lange gewartet. Die Finger in ihre Hüften gekrallt, zog er sie fester an sich und schwelgte in seiner Erfüllung.

Danach fürchtete er, sie würde ihre Faust in sein Gesicht schlagen. Also hielt er sie auf seinem Körper fest und schlang eines ihrer Beine um seine Hüfte. Verzehrend küsste er sie und schob eine Hand zwischen ihre Schenkel. Sie bebte immer noch und weckte das bezwingende Bedürfnis, sie vor allen Gefahren dieser Welt zu schützen. Langsam und aufreizend bewegte er seine Finger.

Als ihr Verlangen gestillt war, streichelte er ihr Haar, das sich aus dem zerzausten Pferdeschwanz gelöst hatte.

»Nur um dein Gedächtnis aufzufrischen …« Unter dem T-Shirt liebkoste er ihren Rücken. »Vor einiger Zeit hast du behauptet, ich würde dich nicht antörnen.«

Ihre Zähne gruben sich in sein Schlüsselbein. »Tust du auch nicht, zumindest nicht im rationalen Teil meiner Persönlichkeit. Unglücklicherweise gibt's auch verruchte Teile. Und die törnst du eindeutig an.«

Noch war er nicht mit ihr fertig. Und so begann er die verruchten Teile zu stimulieren. Aber sie glitt von ihm herunter ins Gras hinab.

»Wir können nicht die ganze Nacht Unzucht treiben.«

Grinsend schüttelte er den Kopf. Unzucht, also wirklich!

Sie trug immer noch ihr T-Shirt. Aber ihr restlicher Körper war nackt. Sie tastete nach ihrem Höschen und bot ihm einen ungehinderten Ausblick auf ihre gerundete Kehrseite. »Wahrscheinlich hat nur Riley nicht erraten, was wir tun.« Sie fand die Unterhose, stand auf, um sie anzuziehen, und besaß doch tatsächlich die Frechheit, ihn spöttisch anzulächeln. »Okay, Boo, ich habe beschlossen, eine Affäre mit dir anzufangen – eine kurze, unsittliche Liaison. Ganz einfach, ich benutze dich. Also verschone mich mit irgendwelchen Gefühlen. Was du denkst, ist mir egal, und deine Emotionen interessieren mich ebenso wenig. Nur dein Körper. Bist du damit einverstanden? Oder nicht?«

Noch nie hatte er eine so entnervende Frau gekannt – Landplage und elfenhaftes Rotkäppchen in einer Person. Hastig packte er ihre Shorts, bevor sie danach greifen konnte. »Und wie entschädigst du mich für die Erniedrigung, benutzt zu werden?«

Da vertiefte sich das Hohnlächeln. »Du hast mich, das Objekt deiner Begierde.«

»Also gut.« Dean tat so, als würde er darüber nachdenken. »Noch ein paar solche Mahlzeiten wie heute Abend, und ich gehe auf deinen Vorschlag ein.« Sein Finger schlüpfte ins Gummiband ihres Höschens.

Jack zog einen Stuhl unter dem Tisch in der Küche des Cottages hervor und begann seine alte Martin-Gitarre zu stimmen. Mit diesem Instrument hatte er »Born in Sin« aufgenommen. Jetzt bereute er, dass er es so impulsiv verschenkt hatte. All die Dellen und Kratzer repräsentierten die letzten fünfundzwanzig Jahre seines Lebens.

Aber er war wütend, weil Marli das Kind niemals in die Nähe ihrer Gitarren gelassen hatte. Etwas so Wichtiges hätte er bemerken müssen. Doch er hatte den bequemen Zustand seiner Ahnungslosigkeit bevorzugt.

Riley rückte einen Stuhl heran und setzte sich neben ihn. Hingerissen betrachtete sie das abgenutzte Instrument. »Gehört diese Gitarre wirklich mir?«

»O ja.« Sofort verflog seine Reue.

»So ein wundervolles Geschenk habe ich noch nie bekommen.« Ihre träumerische Miene verengte Jacks Kehle.

»Hättest du mir gesagt, du würdest dir eine Gitarre wünschen. Dann hätte ich dir eine geschickt.«

Riley murmelte etwas Unverständliches.

»Was? Ich verstehe dich nicht.«

»Das habe ich dir gesagt. Am Telefon. Aber du warst unterwegs. Sicher hast du nicht richtig zugehört.«

Daran erinnerte er sich nicht. Doch er hatte diese unerfreulichen Telefonate nur selten beachtet. Er schickte ihr regelmäßig Geschenke – Computer, Spiele, Bücher und CDs – aber er suchte sie niemals selber aus. »Tut mir leid, Riley. Anscheinend habe ich's überhört.«

»Das ist schon okay.«

Wie er im Lauf der letzten zehn Tage herausgefunden hatte, gehörte es zu ihren Gewohnheiten, alles Mögliche okay zu finden, selbst wenn es das ganz und gar nicht war. Vieles an ihr hätte ihm viel früher auffallen müssen. Aber solange er ihre Rechnungen bezahlte und dafür sorgte, dass sie eine gute Schule besuchte, hatte er geglaubt, er würde alle seine väterlichen Pflichten erfüllen. Hätte er mehr getan, wäre sein Lebensstil zu sehr beeinträchtigt worden.

»Die meisten Grundtöne kenne ich«, erklärte sie. »Nur das F ist schwer zu spielen.« Aufmerksam schaute sie zu, während er die Gitarre stimmte. Alles, was er tat, prägte sie sich ein. »Ein bisschen habe ich mir aus dem Internet runtergeladen. Und eine Zeitlang ließ mich Trinity auf ihrer Gitarre üben. Aber dann musste ich sie ihr zurückgeben.«

»Oh, Trinity besitzt eine Gitarre?«

»Ja, eine Larrivee. Sie nahm nur fünf Unterrichtsstunden. Danach gab sie's auf. Sie findet Gitarren langweilig. Aber ich wette, Tante Gayle wird sie zwingen, wieder damit anzufangen. Jetzt, wo Mom tot ist, braucht Tante Gayle eine neue Partnerin. Und sie meint, eines Tages könnte Trinity so werden wie die Judds. Nur viel schöner.«

Bei Marlis Begräbnis hatte er Trinity gesehen. Sogar als kleines Mädchen war sie unwiderstehlich, ein Engel mit rosigen Wangen, blonden Locken und großen blauen Augen. Soweit er sich erinnerte, weinte sie nur selten, und sie schlief ein, wann immer man das von ihr erwartete. Ihre Babynahrung hatte sie stets bei sich behalten, statt sie auszuspucken – so wie Riley. Als seine Tochter einen Monat alt gewesen war, hatte er eine Tournee arrangiert – heilfroh, das mondgesichtige brüllende Baby zurückzulassen. Wie man es trösten musste, wusste er nicht. Außerdem nutzte er jede Gelegenheit, einer Ehe zu entfliehen, die von Anfang an zum Scheitern verurteilt gewesen war. Manchmal hatte er geglaubt, er wäre ein besserer Vater geworden, hätte er ein so entzückendes Kind wie Trinity bekommen. Seit zehn Tagen dachte er anders darüber.

»Immerhin war's nett von deiner Kusine, dir ihre Gitarre zu leihen«, meinte er. »Aber das hat sie wohl kaum freiwillig getan.«

»Wir haben einen Deal ausgehandelt.«

»Was für einen?«

»Das will ich dir nicht erzählen.«

»Verrat's mir trotzdem.«

»Muss ich?«

»Wenn ich dir zeigen soll, wie man das F spielt ...«

Riley starrte die Stelle unter dem Schallloch an, wo Jacks Finger die Politur abgewetzt hatten. »Okay. Ich behauptete, Trinity sei bei mir, wenn sie in Wirklichkeit mit ihrem Freund zusammen war. Und ich musste für die beiden Zigaretten kaufen.«

»Was? Sie ist erst elf!«

»Aber ihr Freund ist vierzehn. Und Trinity ist sehr reif für ihr Alter.«

»O ja, zweifellos. Gayle muss dieses Mädchen einsperren. Das werde ich ihr sagen.«

»Bitte nicht! Dann würde Trinity mich noch mehr hassen.«

»Hoffentlich, dann wird sie sich von dir fernhalten.« Über die Einzelheiten hatte er noch nicht nachgedacht, und so verschwieg er, was er beabsichtigte. Riley würde die dreiste Prinzessin Trinity ohnehin nur noch selten sehen. Auf keinen Fall durfte seine Tochter in Gayles fragwürdiger Obhut bleiben. Natürlich würde Riley nur widerstrebend ein Internat besuchen. Aber er wollte seine Tourneen so planen, dass sie die Schulferien bei ihm verbringen konnte. Dann würde sie sich nicht so verlassen fühlen. »Wie bist du an Zigaretten rangekommen?«

»Die hat mir dieser Junge besorgt, der ein paar Mal in unser Haus gekommen ist, um irgendwas zu reparieren.«

Anscheinend hatte sie solche Bestechungsmethoden zu einer Überlebenstechnik entwickelt. Das beschämte ihn. »Hat niemand auf dich aufgepasst?«

»Ich kann auf mich selber aufpassen. Weil ich's lernen musste.«

»Das hätte man dir ersparen sollen.« Unglaublich, Marli hatte ihr sogar etwas so Wichtiges wie eine eigene Gitarre verweigert. »Hast du deiner Mutter erklärt, wie gern du Gitarre spielen würdest?«

»Ich hab's versucht.«

Vermutlich so unbeholfen, wie sie mit ihm zu reden versuchte. Aber wie konnte er Marlis mangelndes Interesse an ihrer Tochter verübeln, wenn er sich genauso verantwortungslos benommen hatte?

»Zeigst du mir jetzt das F?«, bat Riley.

Er demonstrierte, wie man nur die zwei oberen Saiten berührte. Für kleine Hände war das einfacher. Schließlich reichte er ihr das Instrument, und sie wischte ihre Hände an den Shorts ab.

»Gehört sie jetzt *wirklich* mir?«

»Wirklich und wahrhaftig. Ich könnte sie niemandem schenken, der sie eher verdienen würde.« Plötzlich meinte er jedes Wort ernst.

Sie drückte die Gitarre an sich, und er reichte ihr ein Plektrum. »Probier's mal.«

Lächelnd beobachtete er, wie sie das Plättchen zwischen die Lippen steckte – genauso, wie er das tat – und das Instrument zurechtrückte. Als es die richtige Position einnahm, nahm sie das Plättchen aus dem Mund. Aufmerksam starrte sie ihre linke Hand an und zupfte ein F, so wie er ihr das gezeigt hatte. Das schaffte sie auf Anhieb. Dann spielte sie die anderen Grundtöne.

»Das machst du wirklich gut«, lobte Jack, und sie strahlte über das ganze Gesicht.

»Weil ich geübt habe.«

»Wie denn? Ich dachte, du hättest Trinity die Gitarre zurückgeben müssen.«

»Ja. Aber ich bastelte eine aus Karton. Damit konnte ich mir die richtigen Fingerstellungen einprägen.«

Sein Herz krampfte sich zusammen, und er stand auf. »Gleich bin ich wieder da.«

Er verschwand im Badezimmer, setzte sich auf den Wannenrand und stützte seinen Kopf in die Hände. So viel Geld besaß er – Autos, Häuser, Räume voller Schallplatten aus Gold und Platin. Das alles gehörte ihm, und seine Tochter war gezwungen gewesen, auf einer Gitarre aus Pappe zu üben.

Darüber würde er mit April reden. Früher hatte ihn diese Frau zum Wahnsinn getrieben. Aber jetzt war sie anscheinend der einzige Mensch auf der Welt, den er um Rat bitten konnte.

20

Schwül und heiß sank der Juni auf East Tennessee herab. Blue öffnete jede Nacht ihre Balkontür, Dean schlich zu ihr, und sie schwelgten in ihrer heimlichen Affäre. Manchmal schienen nur wenige Minuten zu verstreichen, nachdem er sie vom Barn Grill zu Mrs Garrisons Haus gefahren und höflich zur Vordertür begleitet hatte. Jeder Widerstand war zwecklos, obwohl sie wusste, dass sie mit dem Feuer spielte. Aber jetzt brauchte sie ihn nicht mehr wegen eines Jobs oder eines Dachs über dem Kopf, und so beschloss sie das Risiko einzugehen. In ein paar Wochen würde sie ohnehin aus seinem Leben verschwinden.

Eines Nachts saß er nackt in ihrem Bett, von Kissen gestützt.

»Du siehst aus, als würdest du gern reden«, meinte sie.

»Gerade wollte ich sagen ...«

»Keine Gespräche, okay?« Sie drehte sich zur Seite und zog ihm das Laken weg. »Weil ich nur Sex von dir will. Ich bin die Traumfrau aller Männer.«

»Eher ein Albtraum von gewaltigen Dimensionen.« Dean schleuderte das Laken beiseite, zerrte Blue quer über seine Hüften, so dass sie bäuchlings auf ihm lag, und gab ihrem Hinterteil einen unsanften Klaps.« Offenbar hast du was vergessen – ich bin größer und stärker als du.« Noch ein Klaps, gefolgt von einer zärtlichen Liebkosung.

»Und ich verspeise kleine Mädchen wie dich zum Früh-stück.«

Blue blickte über ihre Schulter zu ihm auf. »Ein Früh-stück gibt's erst in acht Stunden.«

Grinsend drehte er sie auf den Rücken. »Wie wär's mit einem kleinen nächtlichen Snack?«

»Überlegen Sie sich das gut, bevor Sie mich auf den Arm nehmen, Miss Bailey«, mahnte Nita ein paar Tage später, nachdem Blue erklärt hatte, sie müsse das Porträt vollen-den und könne den Schokoladenkuchen, den ihre Arbeit-geberin verlangt hatte, nicht backen. »Dieser sogenannte Zimmermann ... Halten Sie mich für blöd? Wer das ist, wusste ich, sobald ich ihn sah. Nämlich Jack Patriot. Und was Deans Haushälterin betrifft, dass sie seine Mutter ist, merkt doch jeder Idiot. Falls Sie mich daran hindern wol-len, meine Freunde von der Presse zu informieren, gehen Sie jetzt in die Küche und backen den Kuchen.«

»Sie haben keine Freunde bei der Presse oder sonst wo, Ma'am. Von Riley abgesehen. Warum sie es mit Ihnen aus-hält, weiß nur der Himmel. Übrigens, so eine Erpressung kann sehr leicht nach hinten losgehen. Wenn Sie nicht den Mund halten, erzähle ich allen Leuten von den Papieren, die ich neulich fand, als ich Ihren Schreibtisch sauber machte.«

»Wovon reden Sie?«

»Von dem Geld, das Sie anonym an die Olsons schick-ten, die bei einem Feuer alles verloren hatten. Von dem neuen Auto, das mysteriöserweise auf der Zufahrt einer Frau erschien, nachdem ihr Mann gestorben war und sie alle ihre Kinder allein ernähren musste. Oder von den Apo-thekenrechnungen mehrerer bedürftiger Familien, die wie durch ein Wunder bezahlt wurden. Diese Liste könnte ich fortsetzen. Sollen alle Leute erfahren, dass die böse Hexe von Garrison, Tennessee, ein Herz aus Gold besitzt?«

»Keine Ahnung, was Sie meinen ...« Nita hinkte aus dem Zimmer. Bei jedem Schritt bestrafte ihr Stock den Teppich.

Wieder einmal hatte Blue eine Schlacht gegen den alten Drachen gewonnen. Trotzdem backte sie den Kuchen. Von all den Menschen, bei denen sie im Lauf der Jahre gewohnt hatte, war Nita die Erste, die sie bei sich behalten wollte.

In dieser Nacht saß Dean mit gekreuzten Beinen am Fußende von Blues Bett, eine Wade über einem nackten Schenkel. Während sie sich von einem besonders aufwühlenden Liebesakt erholten, massierte er ihren Fuß, der unter dem Laken hervorragte, strich über den Spann, und sie stöhnte leise.

Besorgt hielt er inne. »Wirst du dich schon wieder übergeben?«

»Nein, das war vor drei Tagen«, erwiderte sie und bewegte ihren Fuß, um ihm zu bedeuten, er sollte die Massage fortsetzen. »Mit den Krabben aus dem Josie's stimmte irgendwas nicht. Das habe ich sofort gemerkt. Aber Nita behauptete steif und fest, sie wären okay.«

Sein Daumen fuhr etwas zu hart über den Spann. »Und dann hast du die ganze Nacht abwechselnd über der Klomuschel gehangen und dich den Flur entlanggeschleppt, um die alte Schachtel zu versorgen. Nur ein einziges Mal möchte ich erleben, dass du zum Telefon greifst und mich um Hilfe bittest.«

Geflissentlich überhörte sie den vorwurfsvollen Klang seiner Stimme. »Da ich alles unter Kontrolle hatte, musste ich dich nicht belästigen.«

»Hast du Angst, ich würde unsittliche Gegenleistungen fordern, wenn ich dir helfe?« Seine Finger gruben sich in ihre Zehenballen. »Nicht alle Kämpfe in diesem Leben muss man allein austragen, Blue. Manchmal braucht man ein Team.«

Nicht in *ihrem* Leben. Das war ein Solo-Match. Vom Anfang bis zum Ende. Entschlossen wehrte sie sich gegen eine beklemmende Mischung aus bösen Ahnungen, Verzweiflung und Panik. Vor fast einem Monat hatte sie Dean kennen gelernt – jetzt war es an der Zeit, neue Ufer anzusteuern. Nitas Porträt war fast fertig. Und Blue würde keine hilflose alte Lady ihrem Schicksal überlassen. Ein paar Tage zuvor hatte sie eine wunderbare Haushälterin eingestellt. Diese Frau, die sechs Kinder großgezogen hatte, war überaus tüchtig und immun gegen Beleidigungen ihrer Arbeitgeberin.

Also sah Blue keinen Grund, noch länger in Garrison zu bleiben, außer der Tatsache, dass sie sich von Dean trennen müsste. Er war der Liebhaber ihrer Träume. Fantasievoll, großzügig, leidenschaftlich. Sie konnte gar nicht genug von ihm bekommen.

An diesem Abend verdrängte sie alle anderen Gedanken. Missbilligend musterte sie seinen schwarzen End Zone-Slip. »Warum hast du das angezogen? Ich sehe dich lieber nackt.«

»Das habe ich gemerkt.« Dean massierte sie etwas sanfter, als er einen magischen Punkt in ihrer sensitiven Kniebeuge entdeckte. »So ein wildes Mädchen bist du. Wenn ich eine Unterhose trage, habe ich wenigstens ein paar Minuten Ruhe.«

Unentwegt fixierte sie den End Zone-Slip. »Ich glaube, inzwischen hat sich der Donnergott Thor erholt.«

»Okay, die Halbzeitpause ist beendet.« Dean riss ihr das Laken weg. »Ich bin zu neuen Taten bereit.«

Jack hob eine Reisetasche aus dem Kofferraum seines Autos, das er beim Stall geparkt hatte. In all den Jahren seiner Karriere hatte er sein Gepäck niemals selbst getragen. Seit zwei Wochen tat er es wieder, wann immer er die Farm verließ, um einen kurzen Trip nach New York oder einen längeren zur Westküste zu unternehmen. Die Tourneepläne nahmen Gestalt an. Am Vortag hatte er die Marketing-Taktik abgesegnet und an diesem Tag ein bisschen PR für sein neues Album gemacht.

Glücklicherweise war der County-Flughafen groß genug für seinen Privatjet, und so konnte er problemlos ab- und anreisen. Von seinem Piloten abgeschirmt, schaffte er es sogar, unerkannt sein Auto zu erreichen.

Auf Deans Wunsch sollte Riley im Farmhaus bleiben, bis er in einem Monat zum Trainingslager der Stars aufbrechen würde. Das bedeutete, dass April ihre Rückkehr nach L.A. verschob, was ihm gründlich missfiel. Das wusste Jack. Offenbar brachten sie seiner Tochter zuliebe alle gewisse Opfer.

Da es fast sieben Uhr abends war, hatten die Handwerker die Farm schon verlassen. Er stellte seine Reisetasche neben die Seitentür, dann ging er hinter das Haus, um herauszufinden, ob der Elektriker die Leitung für den Ventilator über der Veranda angeschlossen hatte. Mittlerweile waren die Seitenwände und das Dach gebaut worden, der Geruch frischen Holzes hieß ihn willkommen.

Plötzlich hörte er eine weibliche Stimme – so rein, so süß, so perfekt in der Intonation, dass er zu träumen glaubte.

Do you remember when we were young,
And we'd awake just to see the sun?
Baby, why not smile?
Jack vergaß zu atmen.
I know that life is cruel
You know that better than I do.

Sie besaß die Stimme eines traurigen Engels. In die tau-
frische Unschuld mischte sich die Melancholie bitterer Ent-
täuschungen. Er stellte sich jungfräulich weiße Federn vor,
an den Spitzen gebrochen, eine verrutschte Gloriole. Beim
abschließenden Refrain improvisierte sie, ihr Sopran stieg
eine Oktave höher, traf das Herz jedes einzelnen Tons. Der
Umfang ihrer Stimme übertraf seinen rauen Rockerbari-
ton. Fasziniert folgte er der Musik zur Seite der Veranda.

An die Grundmauer gelehnt, seine alte Martin im Schoß,
saß sie am Boden. Der Hund lag zusammengerollt neben
ihr. Inzwischen war ihr Babyspeck geschmolzen, schimmernde braune Locken streiften ihre Wange. So wie Jack
bräunte sie sehr schnell, trotz des Sunblockers, den April
ihr gegeben hatte. Ihre ganze Konzentration galt der Mühe,
die richtigen Gitarrensaiten zu treffen, so dass der sublime
Gesang beinahe wie eine nachträgliche Idee wirkte.

Bisher hatte sie seine Anwesenheit nicht bemerkt. Als die
letzten Takte von »Why Not Smile« verhallten, wandte sie
sich zu dem Hund. »Okay, was soll ich jetzt spielen?«

Puffy gähnte.

»Was für ein tolles Publikum ...« Sie spielte die einlei-
tenden Töne von »Down and Dirty«, einem der größten
Moffett-Hits. Unter ihren Händen gewann die alberne
Country-Melodie ein reizvolles nervöses Flair. Er hörte
Marlis Gurren, mit Blues-Anklängen gefärbt, und sein ei-
genes gedehntes Timbre. Aber Rileys Stimme gehörte ihr

allein. Von beiden Eltern hatte sie das Beste übernommen und ihren eigenen Stil daraus entwickelt. Schließlich entdeckte Puffy den Neuankömmling und begrüßte ihn mit schrillem Gekläff.

Mitten in einer Phrase glitten Rileys Hände von der Gitarre, und er sah ihre Bestürzung. Ein Instinkt ermahnte ihn zur Vorsicht. »Anscheinend hast du fleißig geübt, das macht sich bezahlt.« Er ging um einen kleinen Berg aus Holzsplittern herum. Hier musste endlich jemand sauber machen.

Als fürchtete sie immer noch, er könnte ihr das Instrument wieder wegnehmen, drückte sie es fester an ihre Brust. »Ich dachte, du kommst erst am späten Abend zurück.«

»Weil ich dich vermisst habe, bin ich schon früher da.«

Das glaubte sie ihm nicht. Aber es stimmte. Auch April hatte ihm gefehlt, obwohl er dieses Gefühl bekämpfte. Auf perverse Weise vermisste er sogar die Eifersucht, die er empfand, wenn er Dean mit Riley spielen sah, sein Gelächter mit Blue, sogar seine Wortgefechte mit der alten Lady.

Er setzte sich zu dem einzigen Kind, das er hatte, dem kleinen Mädchen, das eine so tiefe, unbeholfene Liebe in ihm weckte. »Wie kommst du mit dem F zurecht?«

»Okay.«

Jack hob einen Nagel auf, der ins Gras gefallen war. »Weißt du, was für eine fabelhafte Stimme du hast?«

Statt zu antworten, zuckte sie nur die Achseln.

Plötzlich erinnerte er sich an ein kurzes Telefongespräch mit Marli, irgendwann im letzten Jahr. *Ihr Lehrer sagt, sie hat eine schöne Stimme. Aber die habe ich nie gehört. Und du weißt ja, wie die Leute einem schmeicheln, wenn man prominent ist. Sogar mein Kind benutzen sie, um an mich ranzukommen.*

Noch ein Fehler, den er bereute. Blindlings hatte er geglaubt, Riley wäre bei seiner Exfrau besser aufgehoben als bei ihm. Obwohl er gewusst hatte, wie selbstsüchtig Marli gewesen war. Er drehte den Nagel hin und her. »Sprich mit mir, Riley.«

»Worüber?«

»Über deinen Gesang.«

»Da gibt's nichts zu sagen.«

»Unsinn! Du hast eine traumhafte Stimme. Aber als ich dich bat, mit mir zu singen, wolltest du nicht. Dachtest du, ich wäre nicht interessiert?«

»Das bin immer noch *ich*.«

»Was meinst du?«

»Dass ich singen kann, macht keinen Unterschied.«

»Keine Ahnung, was das bedeutet ...« Jack warf den Nagel auf die Holzspäne. »Das verstehe ich nicht, Riley. Sag mir, was du denkst.«

»Nichts.«

»Hör mal, ich bin dein Vater, und ich liebe dich. Also müsstest du mit mir reden.«

Unverhohlene Skepsis verdunkelte die Augen, die seinen so sehr glichen. Mit Worten würde er sie nicht von seinen Gefühlen überzeugen. Die Gitarre in den Händen, sprang sie auf. Die Shorts, die April ihr gekauft hatte, rutschten an den Hüften hinab. »Jetzt muss ich Puffy füttern.«

Während sie davonrannte, lehnte er sich an die Grundmauer der Veranda. Sie glaubte nicht an seine Liebe. Warum sollte sie auch?

Ein paar Minuten später joggte April aus dem Wald, in einem roten Sport-BH und hautengen Trainingsshorts. Nur wenn andere Leute dabei waren, fühlte sie sich in Jacks Nähe wohl. Der Rhythmus ihrer Schritte stockte, und er erwartete, sie würde umkehren. Aber sie kam zu ihm. Die straffen Muskeln ihrer schimmernden nackten Taille erhitzten sein Blut. Sekundenlang rang sie nach Atem. »Ich dachte, du würdest erst heute Nacht zurückkommen.«

Als er aufstand, knackten seine Knie. »Hast du nicht behauptet, nur Versager würden Sport betreiben? Weil sie keine kreativeren Möglichkeiten kennen, um ihre Zeit zu vergeuden?«

»Früher habe ich viel Unsinn geredet.«

Jack riss seinen Blick von den Schweißtropfen zwischen ihren Brüsten los. »Lass dich nicht bei deinem Training stören.«

»Gerade wollte ich mich abkühlen.«

»Ich begleite dich nach Hause.«

Auf dem Weg zum Cottage erkundigte sie sich nach der Tournee. Früher hätte sie wissen wollen, welche Frauen mit der Band durchs Land gezogen waren und wo sie übernachtet hatten. Jetzt stellte sie die Frage einer Geschäftsfrau nach ausverkauften Hallen und dem Vorverkauf. Sie wanderten am frisch gestrichenen weißen Holzzaun vorbei, der die gemähte Wiese umgab.

»Heute hörte ich Dean mit Riley reden«, sagte Jack. »Im nächsten Frühling will er Pferde kaufen.«

»Die hat er schon immer geliebt.« Er blieb stehen und stellte einen Fuß auf eine Holzstange. »Wusstest du, dass Riley singen kann?«

»Hast du's eben erst herausgefunden?«

Warum mussten ihn alle Leute ständig auf seine Versäumnisse hinweisen? Die hatte er längst erkannt. »Was meinst du denn?«

April deutete einen Fausthieb auf seine Halsschlagader an. »Letzte Woche hörte ich sie zum ersten Mal singen«,

erklärte sie und stützte sich auf den Zaun. »Seltsamerweise versteckte sie sich hinter der Weinlaube. Ich bekam eine
Gänsehaut.«

»Hast du mit ihr darüber gesprochen?«

»Dazu gab sie mir keine Gelegenheit. Sobald sie mich
entdeckte, verstummte sie und flehte mich an, dir nichts zu
erzählen.«

Das verstand er nicht. »Warum will sie das vor mir verheimlichen?«

»Keine Ahnung. Vielleicht hat sie mit Dean darüber geredet.«

»Würdest du ihn fragen? Mir zuliebe?«

»Mach doch deine Drecksarbeit selber.«

»Mit mir spricht er nicht. Das weißt du doch. Diese verdammte Veranda haben wir tagelang gebaut und höchstens zwanzig Sätze gewechselt.«

»In der Küche liegt mein BlackBerry. Schick ihm eine E-
Mail.«

Er nahm seinen Fuß von der Stange. »Ist das nicht erbärmlich?«

»Immerhin bemühst du dich, Jack. Auch darauf
kommt's an.«

Doch er wünschte sich mehr. Von Dean, von Riley. Von
April. Er sehnte sich nach allem, was sie ihm früher so
großzügig geschenkt hatte.

Behutsam strich er über ihre weiche Wange. »April …«

Da schüttelte sie den Kopf und ging davon.

Dean fand die E-Mail über Rileys Gesang erst am nächsten
Tag, es dauerte eine Weile, bis er merkte, dass die Nachricht nicht von April, sondern von Jack stammte. Hastig
überflog er sie, dann tippte er eine Antwort.

Find's doch selber raus.

Während er um das Haus herumging, dachte er an Blue. Das tat er immer öfter. So viele Frauen glaubten, sie müssten sich wie Pornostars benehmen, um ihn zu reizen. Das alles wirkte so falsch. Aber Blue schien nicht viele Pornos zu sehen. Sie war ein bisschen ungeschickt, total geerdet, impulsiv, amüsant. Und immer sie selbst – im Bett so unberechenbar wie außerhalb. Aber er traute ihr nicht. Und verdammt, er würde sich niemals auf sie verlassen.

An der Seitenwand der Veranda lehnte die Leiter. Er rückte sie zurecht, um das Dach zu überprüfen. In einem Monat würde er im Trainingslager erwartet, er hatte immer nur eine kurzfristige Affäre geplant. Gut so, denn Blue war von Natur aus eine Einzelgängerin. Nächste Woche wollte er mit ihr zu einem Reitstall fahren. Aber nur der Himmel mochte wissen, ob sie dann noch hier wäre. Eines Nachts würde er auf den Balkon klettern und sie nicht mehr antreffen.

Während er den Gürtel mit seinen Werkzeugen um die Taille schnallte und die Leiter hinaufstieg, gewann er eine wichtige Erkenntnis. Wenn sie ihm auch ihren Körper schenkte – alles andere enthielt sie ihm vor. Und das gefiel ihm nicht.

Zwei Abende später schlenderte Jack zum Teich, sah April barfuß am Ufer tanzen, und seine Nackenhaare sträubten sich. Nur das Rascheln des Schilfs und das Zirpen der Grillen begleiteten ihre anmutigen Schritte. Sie schwenkte ihre Arme durch die Luft, wie ein goldener Schleier umflatterte das Haar ihren Kopf. Und ihre Hüften, diese verführerischen Hüften, sandten ein sexuelles Telegramm aus – *gib's mir, Baby … gib's mir, Baby …*

Heiß und drängend schoss das Blut zwischen seine Schenkel. Obwohl keine Musik erklang, wirkte die Tänzerin verzaubert, überirdisch schön – und verrückt. April, mit den Augen einer Göttin und dem Schmollmund eines Kätzchens. In den Siebzigerjahren hatte dieses Mädchen die Rock and Roll-Götter beglückt. Diese zerstörerische Amazone, die am Wasserrand umherhüpfte, kannte er in- und auswendig. Ihre Exzesse, ihre wilden Forderungen, ihre sexuelle Kühnheit. Welch ein berauschendes Gift für einen dreiundzwanzigjährigen Jungen! Der existierte schon längst nicht mehr. Alle seine Wünsche hatte sie damals erfüllt. Jetzt würde sie nur noch ihrem eigenen Willen gehorchen.

Während sie sich in einem imaginären Rhythmus wiegte, reflektierte ein Kopfhörer das Licht, das aus der Hintertür des Cottages drang. Also bildete sie sich die Musik nicht ein, sie tanzte nach einem Song, der aus ihrem iPod tönte. Einfach nur eine Frau in mittleren Jahren, die ihre Beine schwang. Aber diese Erkenntnis brach den Bann keineswegs.

Ihre Hüften zuckten im Trommelwirbel des Finales, und ein letztes Mal schimmerte ihr Haar, dann sanken die Arme hinunter, und sie nahm den Kopfhörer ab. Lautlos kehrte Jack in den Wald zurück.

21

Bevor Blue das Haus verließ, betrachtete sie ihr vollendetes Werk. Auf diesem Porträt trug Nita ein eisblaues Ballkleid, für ein Tanzfest in den Fünfzigerjahren erstanden, und die toupierte Hochfrisur der Sechzigerjahre, die ihre Diamantenohrringe, Marshalls Hochzeitsgeschenk aus den Siebzigerjahren, gut zur Geltung brachte.

Schlank und glamourös stand sie da, mit makellosem Teint und dramatischem Make-up. Blue hatte sie auf einer imaginären grandiosen Treppe postiert und zu ihren Füßen Tango, der nur eine untergeordnete Rolle in der Bildkomposition spielte. Das war Nitas Wunsch gewesen.

»Gar nicht so übel, wie ich dachte«, hatte sie gesagt, als sie zum ersten Mal vor das Gemälde trat, das an der golden gemusterten Tapete in der Halle hing. Wie das gemeint war, wusste Blue natürlich. Nita *liebte* das Porträt.

Blue freute sich, dass es ihr so perfekt gelungen war, Nitas Fantasiebild von ihrer eigenen Person einzufangen – das Sexkätzchen-Funkeln im Blick, das verlockende Lächeln der rosa geschminkten Lippen, genau die richtige Platin-Nuance der hochgetürmten Haare. Immer wieder sah sie die Hausherrin in der Halle stehen und das Gemälde bewundern, einen sehnsüchtigen Glanz in den alten, von Falten umgebenen Augen.

Nun war Blues Brieftasche prall gefüllt. Deshalb konnte sie Garrison jederzeit verlassen.

Nita tauchte hinter ihr auf, und sie fuhren zum Sonntagsdinner auf die Farm. Während Dean und Riley Burger grillten, bereitete Blue gebackene Bohnen und einen Wassermelonensalat mit frischer Minze und Zitronensaft zu.

Bei der Mahlzeit machte Dean ihr Vorwürfe, weil sie sich weigerte, die Fresken zu malen. Empört bezichtigte er sie der Undankbarkeit, der künstlerischen Feigheit und des Hochverrats. Das alles konnte sie gelassen ignorieren. Bis April das Wort ergriff. »Wie sehr du dieses Haus liebst, weiß ich, Blue. Es überrascht mich, dass du ihm nicht deinen Stempel aufdrücken willst.«

Eine Gänsehaut bildete sich an Blues Armen. Während sich die anderen zweite Portionen nahmen, stand ihr Entschluss fest. Diese Fresken musste sie malen – nicht um dem Haus ihren Stempel aufzudrücken, sondern wegen *Dean*. Die Wandgemälde würden mehrere Jahrzehnte überleben. Wann immer er den Speiseraum betrat, würde er sich an Blue erinnern. Ihre Augenfarbe oder ihren Namen mochte er vergessen. Aber nicht *sie*, solange die Fresken existierten. Sie schob das Essen auf ihrem Teller herum, der Appetit war ihr vergangen. »Also gut, ich mach's.«

Von Aprils Gabel fiel eine kleine Wassermelonenscheibe. »Wirklich? Hast du dich endgültig entschieden?«

»Ja, aber ich habe dich gewarnt, meine Landschaftsbilder sind ...«

»Beschissen.« Dean grinste. »Das wissen wir. Alles klar, Bluebelle.«

Nita blickte von ihren gebackenen Bohnen auf. Zu Blues Entsetzen protestierte sie nicht. »Solange Sie mir jeden Morgen ein Frühstück servieren und abends rechtzeitig zurückkommen, um mein Dinner vorzubereiten, ist es mir egal, was Sie treiben.«

»Von jetzt an wird Blue wieder im Zigeunerwagen wohnen«, verkündete Dean freundlich. »Das ist bequemer für sie.«

»Bequemer für *Sie,* meinen Sie wohl?«, erwidert Nita. »Blue ist zwar leichtsinnig, aber nicht blöd.«

Das hätte Blue korrigieren müssen. Sie war leichtsinnig *und* blöd. Je länger sie hierblieb, desto schwerer würde ihr der Abschied fallen. Das wusste sie aus trauriger Erfahrung. Trotzdem blickte sie den Tatsachen ins Auge. Wenn sie abreiste, würde sie Dean schmerzlich vermissen. Doch sie hatte die Trennung von Menschen, die ihr etwas bedeuteten, oft genug geübt. Bald würde sie den Kummer überwinden.

»Für dich gibt's keinen einzigen Grund, noch länger in diesem Mausoleum zu wohnen«, sagte Dean am nächsten Abend beim Dinner im Barn Grill. »Du wirst jeden Tag auf der Farm arbeiten. Und ich weiß, wie wohl du dich im Zigeunerwagen fühlst. Ich kaufe dir sogar einen Nachttopf.«

O ja, sie würde sehr gern wieder in den Wohnwagen ziehen, den Sommerregen auf das Dach prasseln hören, wenn sie einschlief, die nackten Füße ins feuchte Gras graben, wenn sie am Morgen hinausstieg, und sich jede Nacht an Dean schmiegen. Alles, was sie nach der Abreise vermissen würde, wünschte sie sich. Sie stellte ihr Bierglas beiseite, ohne daran zu nippen. »Soll ich etwa auf den Anblick meines Romeos verzichten, der jeden Abend auf meinen Balkon klettert, um den Lohn für seine Kühnheit zu verlangen?«

»Irgendwann werde ich mir den Hals brechen.«

Unwahrscheinlich. Ohne Romeos Wissen hatte sie Chauncey Cole, der auch als Handlanger von Garrison fungierte, den Auftrag erteilt, das Geländer zu reparieren.

Syl kam zum Tisch, denn sie wollte sich über Blues Fortschritte bei dem Versuch informieren, Nita für das Garrison Grows-Projekt zu begeistern.

Wieder einmal versuchte Blue ihr klarzumachen, es sei hoffnungslos. »Wenn ich sage, es ist Morgen, sagt sie, es ist Nacht. Und wann immer ich das Thema anschneide, mache ich es noch schlimmer.«

Syl stibitzte ein paar von Blues Pommes frites. Rhythmisch wackelte sie mit dem Hintern, als Trace Adkins »Honkytonk Badonkadonk« anstimmte. »Sie brauchen eine positive Ausstrahlung. Sagen Sie's ihr, Dean. Ohne positive Ausstrahlung erreicht man gar nichts.«

»Ja, das stimmt, Syl«, bestätigte Dean und schaute Blue durchdringend an. »Eine positive Ausstrahlung ist der Schlüssel zum Erfolg.«

Unbehaglich dachte Blue an die Fresken. Wenn sie die malte, würde sie eine Schicht ihrer Haut abstreifen, nicht auf angenehme Weise, wie nach einem Sonnenbrand, sondern auf schmerzliche Art, denn die Haut würde noch leben.

»Geben Sie bloß nicht auf, Blue«, mahnte Syl. »Bedenken Sie, das Wohl der ganzen Stadt hängt von Ihnen ab. Sie sind unsere letzte Hoffnung.«

Während sie davonging, legte Dean ein Stück Flussbarsch von seinem auf Blues Teller. »Zum Glück sind die Leute so sehr damit beschäftigt, dich zu nerven, dass sie mich gar nicht beachten. Endlich kann ich meine Mahlzeiten ungestört genießen.«

Kurz danach ging Blue in die Damentoilette, wo sie von Karen Ann in die Enge getrieben wurde. Obwohl man der trunksüchtigen Frau im Barn Grill keinen Alkohol mehr servierte, hatte sich ihre Persönlichkeit nur geringfügig gebessert. »Hinter Ihrem Rücken bumst der Scheißkerl alle Nutten in dieser Stadt, Blue. Hoffentlich wissen Sie das.«

»Klar. Und hoffentlich wissen *Sie*, dass ich hinter *Ihrem* Rücken mit Ronnie bumse.«

»Dumme Kuh!«

»Begreifen Sie's nicht, Karen Ann?«, seufzte Blue und riss ein Papiertuch aus dem Handtuchspender. »Nicht *ich* habe Ihren Trans Am gestohlen, das war Ihre *Schwester*. Und *ich* bin die Frau, die Sie in den Hintern getreten hat. Erinnern Sie sich?«

»Nur weil ich besoffen war.« Karen Ann stützte eine Hand in die magere Hüfte. »Werden Sie die alte Hexe dazu bringen, diese Stadt aus ihren Klauen zu lassen? Ronnie und ich würden gern eine Imbissbude eröffnen.«

»Da kann ich gar nichts machen, weil sie mich hasst.«

»Na und? Ich hasse Sie auch. Aber das bedeutet keineswegs, dass Sie anderen Leute Ihre Hilfe verweigern müssen.«

Wortlos drückte Blue ein feuchtes Papiertuch in Karen Anns Hand und kehrte ins Lokal zurück.

Am letzten Junitag lud Blue ihre Malutensilien in den Kofferraum von Deans Aston, steuerte ihn im Rückwärtsgang aus Nitas Garage und fuhr zur Farm. Statt Garrison zu verlassen, würde sie Fresken im Speisezimmer malen. Vor lauter Nervosität hatte sie nicht frühstücken können. Als sie ihre Sachen ins Haus trug, knurrte ihr Magen. Allein schon der Anblick der leeren Wände trieb ihr den Schweiß aus allen Poren.

Alle außer Dean steckten ihre Köpfe zur Tür herein, um sie zu stören, während sie ihre Vorbereitungen traf. Sogar Jack tauchte auf. In den letzten Wochen hatte sie ihn ein halbes Dutzend Mal gesehen. Trotzdem stolperte sie über die Trittleiter.

»Tut mir leid«, entschuldigte er sich, »ich dachte, Sie hätten meine Schritte gehört.«

»Das hätte nichts genützt«, seufzte sie. »Offenbar ist es mein Schicksal, mich zu blamieren, sobald ich Sie sehe.«

Grinsend nahm er sie in die Arme.

»Großartig«, murrte sie. »Jetzt kann ich dieses T-Shirt nie mehr waschen. Und es ist mein Lieblingsfummel.«

Nachdem er davongegangen war, klebte sie ihre Skizzen an die Fenster- und Türrahmen, um sich bei der Arbeit daran zu orientieren. Mit einem grauen Wasserfarbenstift begann sie die Konturen auf die Wände zu zeichnen – Hügel und Wälder, den Teich, eine gemähte Weide.

Als sie gerade einen Zaun markierte, hörte sie ein Auto vorfahren und schaute hinaus. »Um Himmels willen ...« Sie rannte auf die Veranda und beobachtete, wie Nita ihren schweren Körper vom Fahrersitz des roten Corvette hochstemmte. Auch April musste das Auto gehört haben, denn sie spähte über Blues Schulter und murmelte einen deftigen Fluch.

»Was machen Sie hier?«, rief Blue. »Ich dachte, Sie können nicht mehr fahren.«

»Natürlich kann ich fahren«, fauchte Nita. »Wenn ich nicht fahren könnte, hätte ich kein Auto.« Ihr Stock zeigte auf den Ziegelweg. »Was stimmt denn nicht mit gutem, stabilem Beton? Auf diesen holprigen Steinen wird sich noch irgendjemand das Genick brechen. Wo ist Riley? Wieso hilft sie mir nicht?«

»Da bin ich , Mrs Garrison.« Riley stürmte aus dem Haus, ausnahmsweise ohne ihre Gitarre im Schlepptau. »Leider hat Blue mir nicht erzählt, dass Sie uns besuchen würden.«

»Oh, Blue weiß gar nichts, die bildet sich nur ein, sie wäre über alles informiert.«

»Über meinem Haupt liegt ein Fluch«, stöhnte Blue. »Was habe ich nur verbrochen, um das zu verdienen?«

Riley führte Nita ins Haus und wunschgemäß zum Küchentisch. »Diesmal habe ich meinen Lunch mitgebracht.« Die alte Dame nahm ein Sandwich, das Blue am Morgen zubereitet hatte, aus ihrer Handtasche. »Weil ich niemandem zur Last fallen will.«

»Natürlich sind Sie keine Belastung«, beteuerte Riley. »Wenn Sie gegessen haben, lese ich Ihnen das Horoskop vor und spiele auf meiner Gitarre.«

»Du solltest lieber deine Ballettschritte üben.«

»Das werde ich tun. Wenn ich Gitarre gespielt habe.«

Großer Gott. Blue knirschte mit den Zähnen. »Was machen Sie hier?«

»Weißt du zufällig, ob's hier Miracle Whip gibt, Riley? Nur weil Blue kein Miracle Whip mag, glaubt sie, allen anderen Leuten würde es auch nicht schmecken. So ist sie nun einmal.« Riley holte ein Glas aus dem Kühlschrank, und Nita bestrich ein Sandwich mit Salatsauce. Dann bat sie April um ein Glas Eistee. »Nicht dieses Instantzeug. Und viel Zucker.« Großzügig hielt sie dem Kind die Hälfte des Sandwiches hin.

»Nein, danke, ich mag Miracle Whip auch nicht.«

»Offenbar entwickelst du einen ziemlich heiklen Gaumen.«

»April hat gesagt, sie würde immer nur essen, was ihr schmeckt.«

»Für sie ist das in Ordnung. Aber schau dich doch an! Nur weil du früher zu fett warst, musst du nicht magersüchtig werden.«

»Lassen Sie Riley in Ruhe, Mrs Garrison«, verlangte April in entschiedenem Ton. »Sie wird nicht magersüchtig. Sie will nur selber bestimmen, was sie isst und was nicht.«

Nita räusperte sich erbost. Aber April war die einzige Person, mit der sie nicht streiten wollte.

Von der beklemmenden Ahnung erfüllt, Nita würde von jetzt an jeden Tag auf der Farm verbringen, kehrte Blue ins Speisezimmer zurück.

Am späten Nachmittag kam Dean herein, schmutzig und verschwitzt nach der harten Arbeit auf der Veranda. Nach Blues Meinung bestand ein großer Unterschied zwischen einem schwitzenden Mann, der nicht regelmäßig badete, und einem schwitzenden Mann, der erst an diesem Morgen geduscht hatte. Ersterer war widerwärtig, Letzterer eben nicht. Einerseits wollte sie sich nicht an seine nasse Brust schmiegen, andererseits schon.

»Deine ständige Begleiterin hält gerade ein Schläfchen im Wohnzimmer«, erklärte er, ohne zu merken, welche Wirkung er mitsamt seinem feuchten T-Shirt auf sie ausübte. »Wirklich, diese Frau ist noch dreister als du.«

»Deshalb verstehen wir uns ja so großartig.«

Dean begutachtete die Skizzen, die sie an die Tür- und Fensterrahmen geklebt hatte. Dann richtete er seine Aufmerksamkeit auf die Wand. Soeben hatte sie einen Himmel zu malen begonnen. »Was für ein gewaltiges Projekt! Wieso weißt du, wo du anfangen sollst?«

»Von oben nach unten, von hell zu dunkel, vom Hintergrund zum Vordergrund, erst die weichen Konturen, dann die harten.« Blue stieg von der Trittleiter. »Aber dass ich mich mit der Technik auskenne, heißt noch lange nicht, dass dir mein Werk gefallen wird. Meine Landschaftsbilder sind …«

»Zauberhafte Scheiße, ich weiß. Ich wünschte, du würdest dir deshalb keine Sorgen machen.« Er reichte ihr eine Rolle Klebeband, die sie fallen gelassen hatte, und studierte die Farbtöpfe auf ihrem fahrbaren Metalltischchen. »Arbeitest du mit Latexfarben?«

»Auch mit Emaillelack und Ölfarben. Und mit Acryl, weil's am schnellsten trocknet. Direkt aus der Tube, wenn die Farben besonders intensiv werden sollen.«

»Und der Beutel mit Katzenstreu, den ich aus dem Auto geholt habe …«

»Damit reibe ich das klebrige Terpentin von meinen Fingern, wenn ich die Pinsel gereinigt habe, und …«

Riley stürmte mit ihrer Gitarre ins Zimmer. »Gerade hat Mrs Garrison mir erzählt, in zwei Wochen hätte sie Geburtstag. Und sie konnte noch nie eine Geburtstagsparty feiern. Marshall hat ihr immer nur Schmuck geschenkt. Wollen wir eine Überraschungsparty für sie geben, Dean? Bitte, Blue! Du müsstest einen Kuchen backen. Und Hotdogs machen …«

»Nein!«

»Nein!«

Missbilligend runzelte Riley die Stirn. »Findet ihr nicht, dass ihr ziemlich gemein seid?«

»Doch«, erwiderte Dean. »Aber das ist mir egal. Für diese Frau veranstalte ich keine Party.«

»Dann mach du es, Blue. In ihrem Haus.«

»Das wüsste sie nicht zu würdigen. Wörter wie ›würdigen‹ fehlen in ihrem Vokabular.« Blue ergriff einen Plastikbecher, in den sie Farbe gegossen hatte, und stieg auf die Leiter.

»Wenn die Leute sie nicht so gemein behandeln würden, wäre sie vielleicht selber nicht so gemein!«, schrie Riley und rannte aus dem Zimmer.

Blue schaute ihr nach. »Allmählich benimmt sich unser kleines Mädchen wie ein ganz normales lästiges Balg.«

»Ja, ich weiß. Ist das nicht wundervoll?«

»Allerdings.«

Auch Dean verschwand, weil er wegfahren und sich ein paar Pferde anschauen wollte. Blue tauchte ihren Pinsel in weiße Farbe. Nach einer Weile kehrte Riley zurück, immer noch die Gitarre in der Hand. »Ich wette, sie kriegt nicht einmal Glückwunschkarten.«

»Okay, ich schicke ihr eine Karte, ich backe einen Kuchen, und wir feiern mit ihr.«

»Aber es wäre besser, wenn wir einige Leute einladen würden.«

Als Riley wieder zu Nita eilte, hatte Blue eine interessante Idee, eine willkommene Abwechslung von der bangen Frage, was an den Wänden Gestalt annehmen würde – oder auch nicht. Sie dachte kurz nach, dann rief sie Syl im Secondhand-Laden an.

»Was, die Stadt soll an Nitas Geburtstag eine Überraschungsparty geben?«, stöhnte Syl, nachdem Blue ihr Anliegen erklärt hatte. »Und die sollen wir in zwei Wochen organisieren?«

»Dieses Problem lässt sich lösen. Viel schwieriger wird es, den Leuten klarzumachen, dass sie die Party besuchen müssen.«

»Meinen Sie wirklich, so ein Fest könnte sie etwas gnädiger stimmen? Wird sie unser Projekt unterstützen?«

»Wahrscheinlich nicht. Aber niemand hat eine bessere Idee. Und manchmal geschieht ein Wunder. Deshalb würde sich ein Versuch lohnen.«

»Also, ich weiß nicht recht ... Okay, ich rede mit Monica und Penny.«

Eine halbe Stunde später rief Syl zurück.

»Also gut, wir machen's«, sagte sie, ohne auch nur den geringsten Enthusiasmus zu bekunden. »Sorgen Sie bloß dafür, dass sie auch aufkreuzt.«

»Das garantiere ich Ihnen. Und wenn ich sie erschießen und ihre Leiche zur Party schleppen muss.«

Nach einem halben Dutzend weiterer Unterbrechungen, die meisten von Nita verursacht, hängte Blue ein paar von den schweren blauen Plastikplanen, die ein Handwerker zurückgelassen hatte, vor die beiden Türöffnungen des Speiseraums und ergänzte sie mit zwei Schildern. *Kein Zutritt. Jedes Zuwiderhandeln wird mit dem Tod bestraft.*

Da sie schon nervös genug war, brauchte sie niemanden, der über ihre Schulter spähte, während sie arbeitete. Am Ende des Tages zwang sie alle Anwesenden, bei ihren iPods, Gitarren, Tango, Puffy und gewissen Dolce-&-Gabanna-Stiefeln zu schwören, das Speisezimmer erst wieder zu betreten, wenn die Fresken fertig waren.

Spätabends ging sie in Nitas Schlafzimmer, als die alte Dame gerade ihre Perücke abnahm und schütteres graues Haar enthüllte. Blue setzte sich auf die Bettkante. »Heute habe ich ein interessantes Telefongespräch geführt. Das dürfte ich Ihnen eigentlich nicht erzählen. Aber Sie würden ohnehin Wind davon kriegen und mit mir schimpfen, weil ich's Ihnen verheimlicht habe.«

Nita begann ihre Kopfhaut zu bürsten. Unter ihrem geöffneten Kimono schimmerte ihr Lieblingsnachthemd aus rotem Satin. »Was für ein Telefongespräch?«

»Oh, es ist unglaublich!«, seufzte Blue und warf die Arme hoch. »Stellen Sie sich vor, ein paar Idioten planen eine Überraschungsparty an Ihrem Geburtstag. Nur keine Bange. Das werde ich verhindern.« Sie nahm die neueste Ausgabe des *Star* vom Fußende des Betts und begann scheinbar fasziniert darin zu blättern. »Wahrscheinlich haben ein paar jüngere Leute gehört, wie mies Sie bei Ihrer Ankunft in Garrison behandelt wurden. Das möchten sie wiedergutmachen. Als ob das möglich wäre! Mit einer Party im Park, einem Riesenkuchen, Luftballons und blöden Festreden von irgendwelchen Typen, die Sie hassen. Da habe ich sofort einen Riegel vorgeschoben. Keine Party.«

Ausnahmsweise war Nita sprachlos. Blue blätterte unschuldig in der Zeitung. Schließlich legte die alte Frau ihre Bürste beiseite und verknotete den Gürtel des Kimonos. »Es wäre vielleicht ganz interessant.«

»O nein.« Blue unterdrückte ein Lächeln. »Eher unheimlich. Das werden Sie nicht zulassen.« Sie warf den *Star* auf die Bettdecke. »Nur weil die Stadtbewohner endlich einsehen, wie schändlich sie sich damals benommen haben, werden Sie nicht aufhören, das ganze Gesindel zu ignorieren.«

»Aber ich dachte, Sie stehen auf der Seite dieser Leute«, entgegnete Nita. »Dauernd erzählen Sie mir, ich würde alle beleidigen und ich müsste ihnen erlauben, Läden zu eröffnen, in denen übrigens niemand kaufen wird. Und eine Frühstückspension, in der kein Mensch jemals absteigen würde.«

»Mit so was kann man gute Geschäfte machen. Aber Sie sind offensichtlich zu alt, um die Gesetze der modernen Wirtschaft zu begreifen.«

Nita saugte ausgiebig an ihren Zähnen. Dann zischte sie: »Rufen Sie die Leute sofort an und sagen Sie ihnen, sie sollen ihre große Party geben. Je größer, desto besser! Das habe ich verdient. Höchste Zeit, dass sie's endlich einsehen!«

»Nein, ich kann unmöglich anrufen. Es soll ja eine *Überraschungs*party werden.«

»Glauben Sie, ich kann keine Überraschung heucheln?«

Blue diskutierte noch eine Weile mit ihr, und Nita beharrte entschieden auf ihrem Standpunkt.

Im Großen und Ganzen hatte Blue gute Arbeit geleistet. Was die Fresken betraf, sah es etwas anders aus. Im Lauf der nächsten Tage verwarf sie eine Skizze nach der anderen, und schließlich riss sie alle von den Tür- und Fensterrahmen.

Dean schlug ihr vor, den 4. Juli mit einer Wanderung in den Smokies zu feiern. Mit seinen langen Beinen und seiner endlosen Fitness bewältigte er den steilen Weg mühelos und musste immer wieder auf Blue warten. Aber er trieb sie nicht zur Eile an. Stattdessen versichert er ihr, er würde das langsame Tempo vorziehen, weil er sein Haargel nicht mit Schweiß tränken wollte. Obwohl sie keine Spur von Gel auf seinem Kopf entdeckte, erwähnte sie es nicht, denn er war so nett zu ihr. Sie hasste es, wenn er nett war. Bei einem Picknick versuchte sie einen Streit vom Zaun zu brechen. Da zerrte er sie in den Schatten bei einem Wasserfall und küsste sie, bis sie keine Luft bekam und nicht mehr klar denken konnte.

»Lehn dich an den Baum«, murmelte er heiser.

Durch die silbernen Gläser seiner neuesten Millionen-Dollar-Sonnenbrille sah sie seine Augen nicht. Aber der betörende bedrohliche Zug um seinen Mund ließ sie erschauern. »Wovon redest du?«

»Nun hast du mich lange genug in deinem Bann festgehalten, Lady. Spielen wir ›Ausbruch aus dem Gefängnis‹.«

»Eh...« Blue leckte über ihre Lippen. »Klingt beängstigend.«

»Das ist es auch. Falls du davonlaufen willst – was dann passiert, würde dir nicht gefallen. Dreh dich zu dem Baum um.«

Nur um ihn zu testen, war sie versucht, die Flucht zu ergreifen. Aber die Idee mit dem Baum war zu verführerisch. Seit dem Beginn ihrer erotischen Beziehung hatten sie verschiedene Dominanz- und Unterwerfungsspiele ausprobiert. Dadurch blieb alles leicht und locker, genauso, wie sie es wollte. »Welchen Baum meinst du?«

»Das darf sich die Gefangene aussuchen. Deine *letzte* Chance, bevor ich das Kommando übernehme.«

Blue brauchte etwas zu lange, um die Muskeln unter seinem T-Shirt zu bewundern.

Ungeduldig verschränkte er die Arme vor der Brust. »Muss ich mich wiederholen?«

»Erst mal will ich meinen Anwalt anrufen.«

»Hier draußen bin *ich* das Gesetz.«

Irgendwie schaffte er es immer noch, sie zu verblüffen. Sie war allein mit einem hundertachtzig Pfund schweren Alpha-Männchen. Und sie hatte sich noch nie so sicher, so erregt gefühlt. »Tu mir nicht weh.«

Dean nahm seine Sonnenbrille ab und legte sie langsam zusammen. »Nun, das hängt davon ab, ob du meine Befehle befolgst.«

Mit weichen Knien, von wachsender Lust geschwächt, ging sie zu einem hohen, von einem Moosteppich umgebenen roten Ahornbaum. Nicht einmal das Plätschern des nahen Wasserfalls konnte sie abkühlen. Wenn das vorbei war, würde sie es Dean heimzahlen. Aber erst mal wollte sie nur den Augenblick genießen.

Achtlos warf er seine Sonnenbrille beiseite und drehte Blue zu dem Baum herum. »Leg deine Hände auf den Stamm und nimm sie erst weg, wenn ich's dir sage.«

Zögernd hob sie die Arme. Die raue Rinde an ihrer Haut steigerte das Gefühl erotischer Gefahr. »Eh – was soll das alles, Sir?«

»Soeben fand ein Ausbruch aus dem Hochsicherheitsfrauengefängnis auf der anderen Seite dieses Grats statt.«

»Ach, das …« Wieso hatte ein Football-Superstar so viel Fantasie? »Aber ich bin nur eine unschuldige Bergsteigerin.«

»Dann wird's Ihnen ja nichts ausmachen, wenn ich Sie durchsuche.«

»Das erlaube ich nur, um meine Unschuld zu beweisen.«

»Sehr vernünftig. Spreizen Sie die Beine.«

Gehorsam schob sie die Schenkel auseinander. Nur ein kleines bisschen. Dean kniete hinter ihr nieder und spreizte ihre Beine etwas weiter. Während er ihre Socken nach unten streifte und ihre Fußknöchel mit seinen Fingern umspannte, streifte sein stoppelbärtiges Kinn die Innenseiten ihrer Schenkel. Sein Daumen berührte die kleine Vertiefung unter dem Sprunggelenk und entflammte eine erogene Zone, von der sie bisher nichts gewusst hatte.

Dann ließ er sich viel Zeit dabei, über ihre nackten Beine zu streichen. Sie bekam eine Gänsehaut und erwartete, er würde den Saum ihrer Shorts umfassen. Doch sie wurde enttäuscht, denn er schob ihr T-Shirt nach oben.

»Ah, ein Gefängnis-Tattoo«, knurrte er. »Genau das dachte ich mir.«

»Bei einem Picknick im Garten der Sonntagsschule betrank ich mich, und als ich erwachte ...«

Seine Finger glitten am Hosenbund ihrer Shorts entlang. »Sparen Sie sich den Atem. Was das bedeutet, wissen Sie, nicht wahr?«

»Nie wieder Picknicks in der Sonntagsschule?«

»Eine Leibesvisitation.«

»O nein, bitte nicht!«

»Wehren Sie sich nicht, sonst muss ich Gewalt anwenden.« Seine Hände wanderten unter ihr T-Shirt, zogen den BH nach oben, und seine Daumen spielten mit den Brustwarzen. Stöhnend ließ sie die Arme sinken.

Dean kniff in die empfindsamen Knospen. »Habe ich gesagt, dass Sie sich bewegen dürfen?«

»Tut mir leid ...« Würde sie vor sexueller Ekstase sterben? Irgendwie gelang es ihr, die bebenden Arme wieder zu heben.

Dean öffnete den Reißverschluss der Shorts und schob sie mitsamt dem Slip zu ihren Fußknöcheln hinab. Zitternd spürte sie die kühle Luft auf der nackten Haut. Sie presste ihre Wange an den rauen Baumstamm, während er mit ihren Hinterbacken spielte, mit den Fingern durch den Spalt fuhr und erprobte, wie lange sie diese lasterhafte Szene dulden würde.

Sehr lange …

Schließlich konnte sie vor lauter Begierde kaum noch stehen, und da hörte sie das Geräusch seines Reißverschlusses. »Ein einziges Mal darfst du hinschauen«, flüstere er heiser, drehte sie zu sich herum und befreite sie von ihren Shorts und der Unterhose. Heiße Leidenschaft verschleierte seine halb geschlossenen Augen. Als wäre sie federleicht, hob er sie hoch und lehnte sie an den Baumstamm, schob ihre Beine auseinander und trat dazwischen. Sie umklammerte seine Hüften mit ihren Schenkeln, schlang beide Arme um seinen starken Hals. Mit behutsamen Fingern öffnete er ihre weibliche Zone, prüfte ihre Erregung und beanspruchte, was ihm ohnehin gehörte.

Obwohl er voller Kraft und ganz tief in sie eindrang, sorgte er dafür, dass die Rinde ihren Rücken nicht aufschürfte. Das Gesicht in seiner Halsbeuge vergraben, atmete sie seinen Duft ein und erreichte ihren Höhepunkt schon lange, bevor sie es wünschte. Doch er erwartete viel mehr von ihr. Nur ein paar Sekunden lang gönnte er ihr eine Ruhepause, bevor er sich in ihr bewegte, sie vollends ausfüllte, herausforderte und drängte, gemeinsam mit ihm einen zweiten Gipfel zu genießen.

Neben dem Ahorn strömte der Wasserfall vorbei, das kristallklare Rauschen mischte sich mit Blues Stöhnen, mit Deans heiseren Befehlen und geflüsterten Koseworten. Dann verschmolzen seine Lippen mit ihren, ein überwältigender Kuss erstickte seine Stimme.

Ein Aufbäumen, eine Explosion – und sie glaubte mit dem Wasserfall zu zerfließen.

Danach gingen sie schweigend den Weg hinab, Dean ein paar Schritte vor Blue, und sie erschreckte sich selbst, als sie plötzlich zu weinen begann. Wieder einmal hatte die alte Sehnsucht, irgendwo hinzugehören, in ihrem Herzen Wurzeln geschlagen.

Dean beschleunigte seine Schritte, sein Vorsprung vergrößerte sich. Nur zu gut verstand sie ihn. Er wechselte seine Beziehungen so wie andere Leute ihre Kleider. Freundinnen, Liebhaberinnen. So einfach war das für ihn. Wann immer eine Beziehung zu Ende ging, hofften unzählige Frauen, die Lücke in seinem Leben zu füllen.

Jetzt drehte er sich um und rief ihr irgendetwas zu – anscheinend, dass er Appetit auf etwas anderes bekommen hatte. Sie zwang sich zu lachen. Doch die Freude an dem Liebesakt war verflogen. Was als albernes Sexspiel angefangen hatte, hinterließ ein beklemmendes Gefühl der Hilflosigkeit, das sie in ihre Kindheit zurückversetzte.

Am nächsten Tag traf ein Brief von Virginia ein. Als Blue den Umschlag öffnete, fiel ein Foto heraus. Sechs Schulmädchen in schmutzigen Kleidern lächelten unter Tränen und posierten vor einem schlichten Holzgebäude im Dschungel. In der Mitte stand ihre Mutter – erschöpft, aber triumphierend. An den Rand hatte sie eine schlichte Nachricht geschrieben. *Sie sind in Sicherheit. Danke.*

Blue starrte das Bild minutenlang an. Und während sie sich die Gesichter der Mädchen einprägte, die ihr Geld gerettet hatte, schwand aller Groll dahin.

Am Donnerstagnachmittag, vier Tage nach der Wanderung in den Smokies und zwei Tage vor Nitas Geburtstagsparty, vollendete Blue die Fresken. Mittlerweile glichen sie den Originalskizzen nicht mehr, auch nicht den kitschigen Landschaften ihres Studienjahres. Sie waren ganz anders – völlig falsch. Doch sie konnte und wollte nichts daran ändern.

Alle Anwesenden hatten sich an Blues Verbot gehalten, das Speisezimmer zu betreten. Am nächsten Morgen sollte die grandiose Enthüllung stattfinden. Sie wischte einen Schweißtropfen von ihrer Stirn. Diesen Morgen hatte die Klimaanlage im Farmhaus ihren Geist aufgegeben. Trotz des tragbaren Ventilators und der geöffneten Fenster fühlte sie sich erhitzt, ihr war übel, und sie geriet beinahe in Panik. Wenn … Nein, daran wollte sie erst nach Nitas Party denken. Sie schlüpfte aus ihrem feuchten T-Shirt und wich ein paar Schritte zurück, um ihre katastrophalen, völlig verfehlten Werke zu inspizieren. Noch nie hatte sie eines ihrer Bilder inniger geliebt.

Nur eins blieb noch zu tun. Während sie ein paar harte Konturen mit einem Leinentuch verwischte, hörte sie ein Auto vorfahren. Sie spähte durch das offene Fenster und sah zwei weiße Großraumlimousinen vor dem Haus parken. Jetzt öffneten sich die Türen, und mehrere erstaunliche Leute stiegen aus – die Männer groß und kräftig gebaut, die Frauen schick und attraktiv. Trotz der Unterschiede in Hautfarben und Frisuren hätte die ganze Schar aus einer Klonfabrik für die Jungen und Reichen stammen können. Auf den Haaren steckten teure Sonnenbrillen, an Handgelenken baumelten Designertaschen, elegante Kleider zeigten mehr, als sie verhüllten. Soeben war Dean Robillards *richtiges* Leben eingetroffen.

Dean war auf einem Pferd ausgeritten, das er sich geliehen hatte, April und Riley erledigten irgendwelche Besorgungen, Jack verkroch sich im Cottage, um an einem Song zu arbeiten. Nita war ausnahmsweise daheim geblieben.

Blue zog ihr T-Shirt wieder an, zerrte das Gummiband

aus dem zerzausten Gebilde, das von ihrem Pferdeschwanz übrig geblieben war, kämmte das verschwitzte
Haar mit ihren Fingern und band es zu einem etwas or-
dentlicheren Arrangement zusammen. Während sie den
Plastikvorhang beiseite schob und in die Halle ging, drangen weibliche Stimmen durch die Haustür herein.

»So rustikal ... Das habe ich nicht erwartet.«

»Da gibt es sogar einen Stall.«

»Pass auf, wo du hintrittst, Mädchen. Wenn ich auch
keine Kühe sehe, die könnten jederzeit auftauchen.«

»O ja, Boo weiß, wie man lebt«, meinte einer der Männer. »So eine Farm würde ich auch gern kaufen.«

Als Blue die Veranda erreichte, war ihr viel zu deutlich
bewusst, wie sie in ihrem verschmutzten T-Shirt, faden-
scheinigen Shorts und Gummistiefeln voller Farbspritzer
aussah. Die Frauen gönnten ihr kaum einen Blick. Aber
ein Mann mit einem Hals wie ein Baumstamm und unglaublich breiten Schultern wandte sich zu ihr. »Ist Dean
da?«

»Nein, er reitet gerade aus. In einer Stunde müsste er
zurückkommen.« Blue wischte ihre schmutzigen Handflä-
chen an den Shorts ab. »Leider funktioniert die Klimaanlage nicht. Am besten gehen Sie zur hinteren Veranda und
warten dort auf Dean.«

Sie folgten ihr durch das Haus. Auf der Veranda mit
dem neuen Schieferboden, den frisch geweißten Seitenwänden und dem hohen Dach war es angenehm kühl, eine
willkommene Erholung nach der stickigen Luft im Speisezimmer. Drei riesige Fenster in den Seitenwänden warfen
Licht und Schatten auf die Korbsessel und den schwarzen
schmiedeeisernen Tisch, der vor ein paar Tagen geliefert
worden war. Inmitten der eleganten Ausstattung sorgten

Kissen in verschiedenen Grüntönen für eine gemütliche Atmosphäre.

Weder die vier Männer noch die fünf Frauen stellten sich vor. Aber Blue schnappte einige Namen auf – Larry, Tyrell, Tamika.

Und Courtney, eine hochgewachsene, bildschöne Brünette, die anscheinend zu keinem der Jungs gehörte. Warum, fand Blue bald heraus.

»Sobald das Trainingscamp vorbei ist, muss Dean mit mir ein Wochenende in San Fran verbringen«, entschied Courtney und warf ihr glänzendes Haar in den Nacken. »Dort war's am letzten Valentinstag so amüsant. Ich verdiene ein bisschen Spaß, bevor ich mich mit diesen neuen Viertklässlern abplage.«

Großartig – Courtney war nicht einmal ein dummes Betthäschen.

Trotz der kühlen Brise, die der Deckenventilator erzeugte, begannen die Frauen über die Hitze zu jammern. Da sie annahmen, Blue wäre die Haushälterin, verlangten sie Eistee, Diätcola und möglichst kaltes Mineralwasser. Wenig später bereitete sie Hotdogs zu, schnitt Käse in Scheiben und belegte Sandwiches mit kaltem Braten. Einer der Männer wollte das Fernsehprogramm lesen, ein anderer Tylenol-Tabletten schlucken. Lächelnd teilte sie einer hübschen Rothaarigen mit, in Garrison gebe es noch keine Thai-Snacks.

Während sie in der Speisekammer nach Kartoffelchips suchte, tauchte April auf und brachte ihr mehrere Einkaufstüten. »Bei unserer Ankunft sahen Riley und ich, dass Dean Besuch hat, und so fuhr ich zum Cottage, um sie abzusetzen. Dort bleiben wir, bis die Luft rein ist.«

»Warum versteckt ihr euch? Das finde ich nicht richtig.«

»Oh, ich schon. Außerdem will Jack mir seinen neuen Song vorspielen.«

Inständig wünschte Blue, sie könnte im Cottage Jack Patriots neuen Song hören, statt Deans Freunde zu bedienen.

Als Dean endlich erschien, sprangen alle aus den Korbsesseln, um ihn zu begrüßen. Obwohl er nach Pferd und Schweiß roch, sank Courtney, die sich eben noch über den schwachen Stallgestank beschwert hatte, an seine Brust. »O Dean, Baby! Überraschung! Wir dachten schon, du würdest dich niemals blicken lassen.«

»Hi, Boo, nettes Haus hast du da.«

Dean schaute nicht einmal sekundenlang in Blues Richtung. Und so zog sie sich in die Küche zurück, um die verderblichen Lebensmittel in den Kühlschrank zu räumen. Ein paar Minuten später folgte er ihr. »Hallo, danke für deine Hilfe. Jetzt will ich nur rasch duschen, dann komme ich sofort wieder herunter.«

Nachdem er verschwunden war, überlegte sie, ob sie seine Freunde weiterhin bedienen oder an der Party teilnehmen sollte. Sie schloss die Kühlschranktür. Zum Teufel damit, sie würde lieber arbeiten.

Aber bevor sie zu ihren Fresken zurückkehren konnte, schlenderte eine Frau namens Roshaun in die Küche und fragte nach Eiscreme. Also nahm Blue neue Teller aus dem Schrank und stellte die benutzten in die Geschirrspülmaschine. Ein frisch geduschter Dean eilte an ihr vorbei. »Nochmals vielen Dank, Blue, du bist ein Engel …« Kurz danach hörte sie ihn auf der Veranda mit seinen Freunden lachen.

Reglos stand sie da und betrachtete die Küche, die sie so sehr liebte. Das war's dann wohl. Doch sie musste sich vergewissern. Mit zitternden Händen trug sie ein Tablett mit zwei warmen Dosen Diätcola und der letzten kalten Bierflasche.

Courtney hatte einen Arm um Deans Taille geschlungen, eine ihrer schimmernden Haarsträhnen hing am Ärmel seines grauen Polohemds. In ihren Highheels war sie fast so groß wie er. »Vor Andys und Sherilyns Party musst du rechtzeitig zurückkommen, Boo, weil ich den beiden versprochen habe, dass wir kommen.«

Er gehört mir, hätte Blue beinahe protestiert. Nein, das stimmte nicht. Zu ihr gehörte niemand. Niemand hatte jemals zu ihr gehört. Sie ging mit dem Tablett auf ihn zu, und ihre Blicke trafen sich. Oh, diese vertrauten blauen Augen, die so oft in ihre gelacht hatten ... Sie wollte erklären, sie habe das letzte eisgekühlte Bier für ihn aufgehoben. Aber ehe sie den Mund öffnen konnte, schaute er weg, als wäre sie unsichtbar.

In ihrer Kehle bildete sich ein harter Klumpen. Sie stellte das Tablett auf den Tisch und floh ins Haus. Blindlings rannte sie ins Speisezimmer. Fröhliches Gelächter wehte hinter ihr her. Hastig begann sie ihre Pinsel zu reinigen, arbeitete mechanisch, schraubte Deckel auf Farbtöpfe, sammelte ihre Utensilien ein und faltete die Plastiktücher zusammen, eifrig bestrebt, alles in Ordnung zu bringen, damit sie nicht mehr zurückkommen musste. Ein Plastikvorhang raschelte, und Courtney trat ein.

Offenbar konnte sie das Schild mit der Aufschrift *Kein Zutritt* nicht lesen, obwohl sie Lehrerin war. »Ein kleiner Notfall ...«, verkündete sie, ohne die Wandgemälde zu beachten. »Vorhin sind unsere Fahrer weggefahren, um irgendwo zu essen, und ich kriege einen riesigen Pickel im Gesicht. Leider habe ich keinen Abdeckstift bei mir. Würden Sie in die Stadt fahren und einen kaufen? Vielleicht bringen Sie bei der Gelegenheit noch ein paar Flaschen Mineralwasser mit.« Sie wandte sich ab. »Mal sehen, ob die anderen auch was wollen ...«

Blue schob die Plastiktücher aus dem Weg und beschloss, Dean noch eine Chance zu geben.

Aber es war Courtney, die zurückkam, einen Hundert-Dollar-Schein zwischen den Fingern. »Also, ein Abdeckstift, Mineralwasser, drei Packungen Chips. Behalten Sie das Wechselgeld«, fügte sie hinzu und drückte die Banknote in Blues Hand. »Danke, Schätzchen.«

Durch Blues Gehirn zuckte ein Dutzend Szenarien. Doch sie suchte eins aus, das ihr ermöglichte, ihre Würde zu wahren.

Eine Stunde später kehrte sie zurück, warf den Abdeckstift und die Chips auf eine Küchentheke, stellte die Mineralwasserflaschen daneben und legte das Wechselgeld dazu. Sie machte im Speisezimmer sauber und rückte die Möbel an ihre angestammten Plätze, lud ihre Sachen in Nitas Auto und riss die Plastikvorhänge von den Türöffnungen. Wenn man etwas beenden musste, das niemals hätte beginnen dürfen, gab es keinen besseren Zeitpunkt als jetzt.

Bevor sie das Haus verließ, gönnte sie den Fresken einen letzten Blick und sah sie in realistischem Licht – sentimentale Scheiße.

22

Dean stand am Rand des Weges und sah sie tanzen. Alle drei. Hinter dem Cottage, unter den Sternen. Aus einem Gettoblaster auf den Verandastufen dröhnte Musik. Während er seinem Vater zuschaute, erkannte er die genetische Ursache seiner eigenen athletischen Veranlagung.

In Videos hatte er Jack schon öfter tanzen sehen. Auch in Livekonzerten, die er notgedrungen von seinen Klassenkameraden gezwungen besucht hatte. Aber jetzt beobachtete er eine ganz andere Szene. Er erinnerte sich an einen idiotischen Rock-Kritiker, der Jack Patriot mit Mick Jagger verglichen hatte. Aber Jack nahm niemals jene extravaganten, androgynen Posen ein. Stattdessen schien er aus purer männlicher Kraft zu bestehen.

Riley, die längst im Bett liegen müsste, hopste ungeschickt um ihren Dad herum, von der Energie eines jungen Hündchens erfüllt, über die Dean gelächelt hätte, wäre er nicht so unglücklich gewesen.

Anmutig schwebte April hin und her. Um ihre Hüften flatterte ein langer Rock aus hauchdünner Gaze. Das Gesicht emporgewandt, hob sie die Arme. Ihre Lippen formten einen sinnlichen Schmollmund. Da sah er wieder die leichtfertige, selbstzerstörerische Mutter seiner Kindheit, von Rock 'n' Roll-Göttern versklavt.

Als Riley keine Luft mehr bekam, sank sie neben Puffy

ins Gras. Aprils und Jacks Blicke tauchten ineinander. Mit vehementen, fordernden Gesten reagierte er auf ihren eleganten Hüftschwung. Ihre Armreifen spiegelten das Licht der Verandalampe wider. Wie eine untrennbare Einheit bewegten sie sich und erweckten den Eindruck, sie hätten jahrzehntelang zusammen getanzt. Aprils Lippen glänzten feucht. Jack schenkte ihr ein höhnisches Rocker-Lächeln.

An diesem Abend war Dean nur hierhergekommen, weil April seine E-Mails nicht mehr beantwortete. Jetzt beobachtete er, wie sich die beiden Menschen, die ihn gezeugt hatten, gegenseitig antörnten. Welch ein perfektes Ende eines beschissenen Tages. Courtney war eine Landplage. Zum Glück hatten die anderen Frauen die lästige Klette nach Nashville zum Shopping geschleppt. Die Männer waren noch länger auf der Veranda geblieben.

Viel zu lange. Er wollte mit Blue reden. Aber als er Nita Garrisons Haus erreichte, waren alle Fenster dunkel. Trotzdem kletterte er zum Balkon hinauf, doch die Tür war verschlossen. Durch die Glasscheibe sah er Blues leeres Bett. Ein heißer Schmerz hatte sein Herz erfüllt. Dann war die Vernunft zurückgekehrt. Nein, vor Nitas Party am Samstag würde sie nicht abreisen. Am nächsten Morgen würde er alles in Ordnung bringen. So gut es ging.

Nach der Bergtour am 4. Juli hatte sich alles geändert.

Irgendetwas war bei dem albernen kleinen Sexspiel schiefgelaufen. Zunächst hatte er Blues unbeholfenen Versuch, eine terrorisierte Frau zu mimen, amüsant gefunden. Während sie sich aneinandergeklammert hatten, war eine überwältigende Zärtlichkeit in seiner Brust entstanden – ein völlig neues Gefühl, das er nicht erforschen wollte.

Nun kam Riley wieder zu Atem und tanzte weiter. Dean stand außerhalb des Lichtkreises. Von seiner Familie entfernt. So wie er es wollte.

Jack näherte sich seiner Tochter, und sie tat ihr Bestes, um ihm zu imponieren, demonstrierte ihr ganzes Repertoire eifriger, tollpatschiger Bewegungen. Grinsend tanzte April davon. Ihr Rock wirbelte, sie hob den Kopf, drehte sich im Kreis. Und da entdecke sie ihren Sohn.

Ohne ihren Rhythmus zu unterbrechen, streckte sie eine Hand aus.

Reglos blieb er stehen. Sie tanzte zu ihm, schwang den Arm hoch, wollte ihn in den Familienkreis locken. Plötzlich fühlte er sich wie gelähmt und schwindlig, ein Gefangener seiner DNA, und die Musik schien ihn zu umschlingen, an einen Ort zu zerren, wo er nicht sein wollte. Die doppelte Spirale der genetischen Materie bildete eine ererbte Last, die er in den Sport gesteuert hatte. Jetzt versuchte diese komplizierte Struktur nach ihm zu greifen, zur Quelle zurückzuziehen. Zum Tanz.

Dad wand sich, Mom winkte ihm.

Entschlossen wandte er sich von beiden ab und ging zum Farmhaus.

Als April abrupt zu tanzen aufhörte, lachte Jack. »Schau doch, Riley, wir strengen sie zu sehr an.«

Er hatte Dean nicht gesehen, und April zwang sich zu lächeln. Endlich hatten Vater und Tochter Spaß miteinander. Das wollte sie nicht mit ihrem Kummer verderben. »Ich bin durstig. Jetzt hole ich uns was zu trinken.«

In der Küche angekommen, schloss sie die Augen. Deans Gesicht hatte ihr tiefen Kummer verraten, keine Verachtung. Er hatte sich gewünscht, mit ihnen zu tanzen.

Das spürte sie. Aber er war unfähig, den ersten Schritt zu tun.

Sie füllte zwei Gläser mit Orangensaft, für Riley und sich selbst. Deans Gefühle konnte sie nicht kontrollieren, nur ihre eigenen. *Loslassen und zum Himmel fliegen.* Für Jack schenkte sie Eistee ein. Sicher würde er lieber ein Bier trinken. Nun, darauf musste er verzichten. An diesem Abend hatte sie ihn nicht erwartet. Sie hatte mit Riley hinter dem Cottage gesessen. Während sie über Jungs redeten, hörten sie ein altes Prince-Album. Da tauchte Jack auf, und ehe sie wusste, wie ihr geschah, tanzten sie alle. Es hatte sich einfach ergeben.

Schon immer waren April und Jack ein perfektes Tanzpaar gewesen. Von der gleichen Energie erfüllt, bevorzugten sie denselben Stil. Im Bann der Musik musste sie nicht an die Dummheit einer einundfünfzigjährigen Frau denken, die sich nach wie vor von Jack Patriot faszinieren ließ. Jetzt erklang eine Ballade.

Sie trug die Drinks hinaus, blieb auf den Verandastufen stehen und beobachtete, wie Jack einen langsamen Tanz mit Riley versuchte.

»Das kann ich nicht«, protestierte das Kind.

»Steig auf meine Füße.«

»Nein, dafür bin ich zu schwer. Ich würde deine Zehen zerquetschen.«

»Was, ein mageres Huhn wie du? Das werden meine Zehen verkraften. Komm schon!«, befahl er und nahm sie in die Arme. Vorsichtig platzierte sie ihre nackten Füße auf seinen Sneakers. So klein wirkte sie neben ihm, so hübsch mit ihren dunklen Locken, den leuchtenden Augen, der goldenen Haut, April hatte sich rettungslos in sie verliebt.

Sie setzte sich auf die Treppe und schaute den beiden zu.

In ihrer Kindheit hatte sie einmal ein kleines Mädchen mit seinem Vater tanzen sehen. Aprils Dad hatte sie wie ein Ärgernis behandelt. Manchmal schloss sie sich in der Toilette ein, um unbemerkt zu weinen. Doch sie rächte sich, als sie älter wurde, und schenkte zahllosen Jungs die Liebe, die er ihr verweigerte.

Einer davon war Jack Patriot gewesen.

Da Riley ein ausgeprägtes Rhythmusgefühl besaß, wuchs ihr Selbstvertrauen. Bald stieg sie von Jacks Schuhen hinab, versuchte ihre eigenen Schritte, er überforderte sie nicht mit komplizierten Experimenten. Am Ende der Ballade wirbelte er sie herum und nannte sie einen Champion. Von leichten Schwindelgefühlen erfasst, lächelte sie stolz. April brachte ihnen die Drinks.

Als die Gläser leer waren, meinte Jack, nun müsste Riley ins Bett, und führte sie zum Farmhaus. Zu rastlos, um ins Haus zu gehen, holte April eine Decke und breitete sie im Gras aus, legte sich darauf und betrachtete die Sterne. In vier Tagen wollte Blue abreisen, Dean in anderthalb Wochen. Sie selbst würde nach L.A. zurückkehren und sich in die Arbeit stürzen. Die nötigen Kräfte würde sie aus der Gewissheit ziehen, dass sie endlich gelernt hatte, ihre Seele zu retten.

»Dean ist daheim«, sagte die vertraute heisere Stimme. »Also habe ich Riley nicht allein gelassen.«

Verwirrt hob sie den Kopf und sah Jack über die Wiese herankommen. »Ich dachte, du würdest im Bett liegen.«

»So alt bin ich noch nicht.« Er schlenderte zum Gettoblaster und inspizierte die CDs, die daneben auf den Verandastufen lagen. In diesem Moment begann Lucinda Williams »Like a Rose« zu singen. Jack ging zur Decke zurück und streckte eine Hand aus. »Tanz mit mir.«

»Keine gute Idee, Jack.«

»Dank einiger schlechter Ideen hatten wir unsere schönsten Zeiten. Benimm dich nicht wie eine alte Lady.«

Solche Ermahnungen hasste sie, das wusste er. Prompt stand sie auf. »Wenn du mich betatschst ...«

Ein Piratengrinsen entblößte seine Zähne. Dann zog er sie an sich. »Mad Jack betatscht nur Häschen unter dreißig. Andererseits, da es dunkel ist ...«

»Halt den Mund und fang zu tanzen an.«

Früher hatte er nach Sex und Zigaretten gerochen, jetzt atmete sie Eiche, Bergamotte und Nachtluft ein. Auch sein Körper fühlte sich nicht mehr an wie der dünne Junge, den sie damals gekannt hatte. Er war immer noch schlank. Aber er hatte Muskeln entwickelt. Seine Wangen wirkten nicht mehr so hohl wie bei seiner Ankunft auf der Farm. Lucindas romantischer Text hüllte sie beide ein. Immer näher rückten sie zueinander, bis ihre Körper sich fast berührten. Bald schlang sie ihre Arme um seinen Hals, und er umfing ihre Taille etwas fester. Sie schmiegte sich an ihn, fühlte seine Erektion. Aber damit bedrängte er sie nicht, er verlangte nichts von ihr.

April ging in der Musik auf. Von wachsender Erregung erfüllt, glaubte sie durch ein warmes Meer zu schwimmen. Jack strich das Haar aus ihrem Nacken und presste seine Lippen hinter ihr Ohr. Da wandte sie das Gesicht zu ihm und ließ sich küssen. Es war ein süßer, bezaubernder Kuss, viel bezwingender als die einstigen trunkenen Küsse. Schließlich trennten sie sich, und die Bitte in seinen Augen zerbrach ihren Traum. Sie schüttelte den Kopf.

»Warum nicht?«, flüsterte er und streichelte ihre Wange.

»Weil ich keine One-Night-Stands mehr ertrage.«

»Nicht nur eine Nacht. Das verspreche ich dir.« Sein Daumen liebkoste ihre Schläfe. »Stellst du dir nicht vor, wie es wäre?«

Viel öfter, als er ahnte. »Oh, ich denke an viele Dinge, die mir nicht guttun würden.«

»Bist du sicher? Wir sind keine Kinder.«

Entschlossen trat sie zurück. »Jetzt fahre ich nicht mehr auf attraktive Rocker ab.«

»April …«

Auf den Verandastufen klingelte ihr Handy. *Gott sei Dank.* Sie wandte sich ab.

»Willst du dich wirklich melden?«

»Das muss ich …« Sie ging zur Treppe und drückte ihren Handrücken auf die Lippen. Um den Kuss wegzuwischen? Oder um ihn festzukleben? »Hallo?«

»Hi, April, hier ist Ed.«

»Endlich, Ed, ich habe schon auf deinen Anruf gewartet«, erwiderte sie und eilte ins Cottage.

Bevor sie die Aus-Taste drückte, verstrich eine halbe Stunde. Dann ging sie hinaus, um ihre Sachen ins Haus zu holen. Zu ihrer Verblüffung war Jack immer noch da, lag auf der Decke und schaute zu den Sternen empor, ein Knie angezogen, einen Arm hinter dem Kopf. Dass er geblieben war, stimmte sie viel zu glücklich.

»Erzähl mir von ihm«, bat er, ohne sie anzuschauen.

Sie hörte den kalten Unterton in seiner Stimme und erinnerte sich an die alten Explosionen seiner Eifersucht. Hätte sie nicht aufgegeben, Spiele mit ihm zu treiben, würde sie ihn zum Teufel schicken. Doch sie setzte sich auf die Decke. In weichen Falten drapierte sie ihren Rock um die Knie. »Von *ihnen.*«

»Wie viele?«

»Im Augenblick? Drei.«

Als er sich zu ihr drehte, wappnete sie sich gegen einen Angriff, der jedoch nicht erfolgte. »Also keine Liebhaber.«

Keine Frage, sondern eine Feststellung. »Woher weißt du das?«

»Weil ich's eben weiß.«

»Ständig rufen mich Männer an.«

»Warum?«

In seinen Augen las sie nur Neugier. Entweder interessierte ihn nicht, mit wem sie so lange und so oft telefonierte. Oder er begann die Frau zu verstehen, die sie geworden war. »Ich bin eine Drogensüchtige und eine Alkoholikerin, mitten im Genesungsprozess«, erklärte sie und streckte sich auf der Decke aus. »Seit Jahren gehöre ich den Anonymen Alkoholikern an. Zur Zeit betreue ich drei Männer und eine Frau, alle in L.A. Natürlich ist es schwierig, für die Leute zu sorgen, wenn ich so weit weg bin. Aber sie wollen sich keinem anderen Betreuer anvertrauen.«

»Das ist verständlich. Sicher machst du deine Sache sehr gut.« Auf einen Ellbogen gestützt, schaute er sie an. »Über die Trennung von dir bin ich niemals hinweggekommen. Weißt du das?«

Was er sagte, musste sie realistisch einschätzen, nicht so, wie sie es sehen wollte. »Um mich geht's dir nicht, sondern um deine Schuldgefühle, die Dean geweckt hat.«

»Diesen Unterschied kenne ich. Glaub mir, du bist die einzige Frau, die ich niemals vergessen konnte.«

Während sie in seine Augen starrte, neigte er sich herab und küsste sie wieder. Unter seinem Mund wurden ihre Lippen weich und nachgiebig. Doch dann spürte sie seine Hand zwischen ihren Beinen und entsann sich, dass seine Gefühle für sie stets in seiner Hose begonnen und geendet hatten. Und so schob sie ihn weg und stand auf. »Was ich vorhin sagte, war ernst gemeint – so etwas mache ich nicht mehr.«

»Willst du mir einreden, du hättest keinen Sex?«

»Keinen Sex mit *Rockern*«, betonte sie und ging zur Verandatreppe, um die Musik abzuschalten und ihre Sachen einzusammeln. »Seit ich clean bin, hatte ich drei längere Beziehungen. Mit einem Cop, einem TV-Produzenten und einem Fotografen, der mich in die Heart Gallery einführte. Lauter großartige Jungs. Keiner sang auch nur einen einzigen Takt. Nicht einmal beim Karaoke.«

Im Dunkel sah sie sein sanftes, spöttisches Lächeln. Auch er stand auf. »Arme April. Also verzichtest du auf all die heiße Rocker-Liebe.«

»Weil ich mich selbst respektiere. Vielleicht mehr, als du es jemals getan hast.«

»Gewiss, für dich war ich eine bittere Enttäuschung. Aber dieses Spiel habe ich längst aufgegeben und mich an richtige Beziehungen gewöhnt.« Er hob die Decke auf und trug sie zur Veranda. »Das haben wir beide nie versucht. Vielleicht sollten wir's nachholen.«

Entgeistert schaute sie ihn an, und er legte die Decke in ihre Hände. Dann hauchte er einen Kuss auf ihre Wange und ließ sie allein.

Am nächsten Morgen, um Punkt sieben Uhr, parkte Dean seinen silbernen Laster hinter Nitas Haus. Dass er Blue am Vortag so schmerzlich verletzt hatte, tat ihm in der Seele weh. Nur aus einem einzigen Grund hatte er sie ausgeschlossen, um ihr die Fragen seiner Freunde zu ersparen. Und wie sollte er ihnen erklären, was sie ihm bedeutete, wenn er das nicht einmal selber wusste? Natürlich erkannte er den Unterschied zwischen einer guten Freundin und einer Geliebten. Aber beides in einer Person? Ein Rätsel …

Als er zur Hintertür ging, flog eine Taube aus Nitas Vogelbad. Ohne anzuklopfen, trat er ein. Die alte Frau saß am Küchentisch, in einem grell geblümten Morgenmantel, die üppige platinblonde Perücke auf dem Kopf. »Ich rufe die Polizei!«, zischte sie. »Und dann lasse ich Sie wegen Einbruchs verhaften.«

Dean bückte sich und kraulte einen komatösen Tango hinter den Ohren. »Darf ich Sie erst mal um eine Tasse Kaffee bitten?«

»Erst kurz nach sieben! Hätten Sie doch angeklopft!«

»Dazu hatte ich keine Lust. So wie *Sie* keine Lust haben, an meine Tür zu klopfen, wenn Sie in *mein* Haus kommen.«

»Lügner! Immer klopfe ich an. Übrigens, Blue schläft noch. Also verschwinden Sie, und fallen Sie ihr nicht auf die Nerven.«

»Immer noch?«, fragte er und füllte zwei Tassen mit Nitas tintenschwarzem Kaffee. »Was macht sie am helllichten Tag im Bett?«

»Das geht Sie nichts an.« Ärgerlich zeigte sie mit einem magentarot bemalten Fingernagel auf seinen Kopf. »Sie brechen ihr das Herz. Und das ist Ihnen völlig egal.«

»Unsinn, Blue ist nicht verzweifelt, sondern wütend.« Er stieg über Tango hinweg. »Lassen Sie uns eine Weile allein.«

Der Stuhl knarrte, als sie vom Tisch wegrückte. »Ein guter Rat, Mr Football. An Ihrer Stelle würde ich mir anschauen, was sie unter ihrem Waschbecken versteckt.«

Ohne sie zu beachten, stieg er die Treppe hinauf.

Die Stimmen, die aus dem Erdgeschoss heraufdrangen, überraschten Blue nicht. Durch die Balkontür schien helles Sonnenlicht ins Zimmer. Sie hätte es nicht ertragen, Dean über das Geländer steigen zu sehen. Deshalb hatte sie die Nacht in dem Raum neben Nitas Schlafzimmer verbracht. Jetzt würde er seinen ganzen Charme versprühen, um sie wieder zu umgarnen.

Viel Glück, alter Junge. Sie schloss den Reißverschluss ihrer Jeans, dann setzte sie sich aufs Bett. Während sie ihre Sandalen anzog, erschien er in der Tür. Blond, umwerfend, unwiderstehlich. Sie riss an einem Sandalenriemen. »Morgen findet Nitas Party statt, und ich habe alle Hände voll zu tun. Jetzt will ich nicht mit dir reden.«

Dean stellte eine Kaffeetasse auf ihren Nachttisch. »Klar, du bist sauer.«

Sauer war nur ein Teil von ihr, der keine Geheimnisse hütete. »Später, Dean. Richtige Männer vermeiden solche Diskussionen.«

»Erspar mir diese Scheiße.« Sein gebieterischer Ton ließ sie zusammenzucken. Wie üblich. »Was gestern passiert ist, war nicht persönlich gemeint. Nicht so, wie du glaubst.«

»Aber es fühlte sich sehr persönlich an.«

»Vermutlich bildest du dir ein, ich hätte dich meinen Freunden nicht vorgestellt, weil mir dein schäbiges Outfit und deine mürrische Miene peinlich waren. Aber das ist nicht wahr.«

»Bemüh dich nicht«, erwiderte sie und sprang vom Bett auf. »Ich bin nicht der Frauentyp, mit dem Malibu-Dean normalerweise rumhängt. Das wussten deine Freunde. Und du wolltest unangenehmen Fragen ausweichen.«

»Hältst du mich wirklich für so kleinkariert?«

»O nein. Ich glaube, im Grunde deines Herzens bist du ein Gentleman. Deshalb wolltest du nicht erzählen, dass ich einfach nur ein Kumpel bin, der mit dir schlafen darf.«

»Hör mal, du bist viel mehr als ein Kumpel, Blue – eine der besten Freundinnen, die ich jemals hatte.«

»Also, ein *Kumpel!*«

Seufzend fuhr er mit allen Fingern durch sein Haar. »Ich wollte dich nicht verletzen. Aber mit uns beiden, das sollte privat bleiben.«

»So wie alle anderen Dinge in deinem Leben. Hast du's überhaupt noch im Griff?«

»Begreifst du denn nicht, wie man sich fühlt, wenn man dauernd im Blickpunkt der Öffentlichkeit steht? Ich muss vorsichtig sein.«

Erbost packte sie die Kaffeetasse und zerrte ihre Handtasche vom Fußende des Betts. »Heißt das, ich gehöre zu deinen schmutzigen kleinen Geheimnissen?«

»Wie kannst du so was sagen!«

Diese Diskussion ertrug sie nicht länger. Wegen ihres eigenen Geheimnisses. »Okay, um es kurz zu machen, heute ist Freitag. Morgen feiert Nita ihre Party. Am Sonntag muss ich noch einiges erledigen. Und am Montagmorgen verschwinde ich für immer, ins Nirgendwo.«

Deans Brauen zogen sich zusammen. »Was soll der Scheiß?«

»Warum regst du dich auf? Weil *ich* an deiner Stelle Schluss mache?« All die Emotionen, die sie vor ihm verbergen wollte – Trauer, Angst, Schmerz – , drohten ihre angeberische Schauspielerei zu durchbrechen. Aber sie kämpfte dagegen an. »So schön ist das Leben, Boo. Ich habe ein tolles Auto gemietet und einen brandneuen Straßenatlas gekauft. Klar, du warst eine amüsante Abwechslung. Doch jetzt muss ich weiterziehen, es ist wieder einmal so weit.«

Mit diesem Spiel hatte er nicht gerechnet. Seine Hände ballten sich. »Offenbar brauchst du noch einige Zeit, um erwachsen zu werden.« Seine Worte erschienen ihr so eisig, dass sie halb und halb erwartete, um seine Lippen würde sich eine Dampfwolke bilden. »Das werden wir morgen auf Nitas Party klären. Vielleicht schaffst du es dann, wie ein vernünftiges menschliches Wesen zu denken.« Mit langen Schritten eilte er aus dem Zimmer.

Blue sank aufs Bett zurück. In ihrer maßlosen Dummheit wünschte sie, er hätte sie an seine Brust gezogen und um Verzeihung gebeten. Oder er hätte wenigstens irgendwas über die Fresken gesagt, bevor er davongerannt war. Inzwischen musste er sie gesehen haben.

Am Vortag war ein Kuvert in Nitas Briefkasten geworfen worden, mit einem von April ausgestellten Scheck. Das Honorar für die Wandgemälde. Nur ein Scheck. Keine einzige persönliche Zeile. April und Dean besaßen einen ausgezeichneten Geschmack. Natürlich hassten sie die Bilder. Das hatte sie vorausgesehen, aber irgendwie trotzdem gehofft, sie würden ihnen gefallen.

Dean marschierte über den rosa Teppichboden des Flurs. Wenn er sich auf das Bedürfnis konzentrierte, Blues Hals umzudrehen, musste er sein idiotisches Verhalten nicht bereuen. Ja, er hatte sie zutiefst verletzt. Und er hasste diese Erkenntnis. Offenbar glaubte sie wirklich, er wäre zu verlegen gewesen, um sie seinen Freunden vorzustellen. Das stimmte nicht. Hätten sie sich Zeit genommen, mit ihr zu reden, statt sie wie einen Dienstboten zu behandeln, wären sie begeistert von ihr gewesen. Aber niemand – schon gar nicht seine Teamkameraden – würden etwas so Privates, Intimes wie seine Beziehung zu Blue in die Mangel nehmen. Das alles war so *neu* für ihn. Verdammt, er kannte sie noch nicht einmal zwei Monate lang.

Und jetzt wollte sie die Flucht ergreifen. Schon die ganze Zeit hatte er das gewusst – er konnte sich nicht auf sie verlassen. Aber nachdem er sich am Vortag so schändlich aufgeführt hatte, war es nicht so einfach, die Schuld in ihre Schuhe zu schieben.

Am Treppenabsatz erinnerte er sich an Nitas Worte. Die alte Frau liebte es, Unruhe zu stiften. Aber auf ihre verrückte Art mochte sie Blue. Und so kehrte er um.

In Blues Badezimmer sah er rosa Kacheln und einen rosa Fliesenboden. Auf dem Duschvorhang tanzten gedruckte Champagnerflaschen, am Handtuchhalter hing ein Badetuch, immer noch feucht von ihrer Morgendusche. Dean kniete vor dem Waschbecken nieder, öffnete das Schränkchen, das darunter stand, und starrte eine kleine in Zellophan gewickelte Schachtel an.

Hinter ihm erklangen Schritte. »Was machst du da?«, rief sie.

Als sein Gehirn registrierte, was er sah, rauschte das Blut in seinen Ohren. Er griff nach der Schachtel. Irgendwie gelang es ihm, aufzustehen.

»Gib mir das!«, kreischte sie.

»Hast du nicht gesagt, du würdest die Pille nehmen?«

»Ja ...«

Außerdem hatten sie Kondome benutzt. Nicht immer ...

Mit großen Augen schaute sie zu ihm auf, die Wangen leichenblass. Er hielt den Schwangerschaftstest hoch. »Vermutlich gehört das nicht Nita.«

Sie bemühte sich ohne Erfolg um eine rebellische Miene.

Und dann senkte sie die Wimpern. »Vor ein paar Wochen hatte ich diese Lebensmittelvergiftung von Nitas Krabben. Ich musste mich übergeben und spuckte die Pille dabei aus. Damals dachte ich mir nichts dabei.«

Unter seinen Füßen schien der Boden zu schwanken. »Heißt das, weil du ein einziges Mal die Pille rausgekotzt hast, könntest du schwanger sein?«

»Immerhin ist es möglich. Letzte Woche wäre meine Periode fällig gewesen. Ich verstand nicht, warum sie ausblieb. Dann erinnerte ich mich daran, was mit dieser Pille passiert ist.«

Mit zitternden Fingern drehte er die Schachtel hin und her. »Dieses Ding hast du noch nicht geöffnet.«

»Morgen ... Erst mal will ich Nitas Party hinter mich bringen.«

»Nein.« Er zog sie ins Badezimmer und warf die Tür zu. »Heute.« Seine Finger fühlten sich taub an. »Sofort.« Entschlossen riss er die Schachtel auf.

Blue kannte ihn gut genug. Schon wieder ein Kampf, den sie nicht gewinnen konnte. »Warte draußen im Flur.«

»Ganz sicher nicht.«

»Gerade war ich auf der Toilette ...«

»Versuch's noch einmal.« Seine Hände, normalerweise so geschickt, brauchten erstaunlich lange, um die Gebrauchsanweisung zu entfalten.

»Dreh dich um!«, verlangte sie.

»Sei nicht albern, Blue. Das werden wir jetzt erledigen. Gemeinsam.«

Wortlos ergriff sie die Schachtel, wandte sich zur Toilettenmuschel, er beobachtete sie. Und wartete. Endlich war's geschafft. In der Gebrauchsanweisung stand, das Ergebnis würde sich in drei Minuten zeigen. Dean starrte auf seine Rolex. Da gab es drei Zifferblätter. Eins davon war ein Tachometer. Aber er interessierte sich nur für die langsame Kreisbahn des Sekundenzeigers. Während eine halbe Ewigkeit verstrich, schwirrten hundert Gedanken durch seinen Kopf, die er nicht ordnen konnte, nicht ordnen wollte.

»Ist es jetzt so weit?«, fragte Blue.

Aus allen Poren brach ihm der Schweiß. Er blinzelte und nickte.

»Schau *du* nach«, wisperte sie.

Mit feuchten Fingern ergriff er das Stäbchen und studierte es. Schließlich hob er den Kopf und erwiderte ihren Blick. »Du bist nicht schwanger.«

Ausdruckslos nickte sie. »Sehr gut. Und jetzt geh.«

Zwei Stunden lang fuhr er ziellos herum und landete in einer Nebenstraße. Er parkte am Straßenrand, auf bröckelndem Asphalt, und stieg aus dem Laster. Noch nicht einmal zehn Uhr. Ein heißer, schwüler Tag kündigte sich an. Als er Wasser plätschern hörte, folgte er dem Geräusch in den Wald und zu einem Bach. Eine verrostete Öltonne lag im Wasser, zwischen alten Autoreifen, Bettfedern, dem zertrümmerten Teil eines Leitungsmastes und anderem Abfall. Grauenhaft, dass manche Leute ihren Mist einfach wegwarfen …

Er watete in den Bach und begann den Müll herauszutragen. Bald waren seine Sneakers durchtränkt, die Shorts voller Schlamm und Ölflecken. Er rutschte auf den bemoosten glitschigen Steinen aus, eine Fontäne spritzte an seinem Körper hoch. Doch das kalte Wasser fühlte sich gut an. Er wünschte, der Unrat würde den Bach verstopfen und er könnte den ganzen Tag hier verbringen. Doch es dauerte nicht lange, bis die Wellen wieder ungehindert dahinströmten. Seine Welt war eingestürzt.

Als er ins Auto stieg, konnte er kaum atmen. Wenn er auf die Farm zurückkehrte, würde er einen langen Spaziergang unternehmen, um wieder einen klaren Kopf zu bekommen. Aber das klappte nicht. An der Abzweigung bog er in die schmale Sandstraße, die zum Cottage führte.

Zögernd stieg er aus, Gitarrenklänge wehten ihm entgegen. Jack saß auf einem Küchenstuhl vor der Tür, die Gitarre an der Brust, die nackten Füße auf dem Geländer der Veranda. Zu einem Dreitagebart trug er ein Virgin Records T-Shirt und schwarze Sportshorts. Deans schlammige Socken waren zu den Knöcheln hinabgerutscht. Während er zur Veranda ging, quietschten seine nassen Sneakers.

In Jacks Augen erschien der gewohnte Argwohn. Aber er spielte weiter auf seiner Martin. »Wie siehst *du* denn aus? Hast du bei einem Schlammcatchen mitgemacht?«

»Ist sonst niemand da?«

Jack ließ ein paar Mollakkorde erklingen. »Nur ich. Riley ist mit ihrem Rad weggefahren. Und April joggt. Bald müssten sie zurückkommen.«

Um April oder Riley zu sehen, war Dean nicht hierhergefahren. Er blieb am Fuß der Treppe stehen. Unsicher begann er zu sprechen: »Blue und ich sind nicht verlobt. Vor zwei Monaten habe ich sie außerhalb von Denver am Straßenrand aufgelesen.«

»Das hat April mir erzählt. Schade, ich mag Blue sehr gern. Immer wieder bringt sie mich zum Lachen.«

»Heute Morgen war ich bei ihr.« Dean rieb getrockneten Schlamm von seinen Fußknöcheln. »Vor etwa zwei Stunden.« Schmerzhaft krampfte sich sein Magen zusam-

men, und er versuchte tief durchzuatmen. »Sie dachte, sie
wäre schwanger.«

»Und?« Jack hörte zu spielen auf. »Ist sie's?«

Ein Vogel zwitscherte auf dem Wellblechdach. »Nein.«

»Gratuliere.«

Dean schob die Hände in die feuchten Taschen seiner
Shorts und zog sie wieder heraus. »Also, dieser Schwangerschaftstest ... Da muss man ... Vielleicht weißt du's ohnehin. Man muss drei Minuten auf das Ergebnis warten.«

»So?«

»Während ich wartete, gingen mir all diese Gedanken
durch den Kopf.«

»Verständlich.«

Als Dean auf die Veranda stieg, knarrten die Stufen.
»Zum Beispiel, wie ich die ärztliche Versorgung für Blue
arrangieren sollte. Ob ich meinen Anwalt oder meinen
Agenten beauftragen müsste, alles Weitere abzuwickeln,
die Alimente und so ... Und wie ich's aus den Medien
raushalten könnte. Das alles kennst du ja.«

Jack stand auf und lehnte die Gitarre an den Stuhl.
»Klar, eine typische Panikreaktion. Daran erinnere ich
mich.«

»Wie alt warst du bei deiner Panikreaktion? Vierundzwanzig? Ich bin einunddreißig.«

»Dreiundzwanzig. Im Grunde ist das einerlei. Wenn du
Blue nicht heiraten willst, hättest du dir was ausdenken
müssen.«

»Aber die beiden Fälle lassen sich nicht vergleichen.
April war verrückt. Das ist Blue wohl kaum ...« Dean
wollte verstummen. Doch er konnte es nicht. »Sie sagte,
ich hätte eins meiner schmutzigen kleinen Geheimnisse
aus ihr gemacht.«

»So etwas begreifen die Leute nicht, die niemals im Rampenlicht gestanden haben.«

»Genau das habe ich ihr erklärt.« Dean rieb seinen brennenden Magen. »Aber diese drei Minuten. Was ich alles dachte. Der Plan, den ich geschmiedet habe, der Anwalt und die Alimente ...«

»In solchen Momenten kommen einem alle möglichen beschissenen Gedanken. Vergiss es.«

»Meinst du, das könnte ich? Wie der Vater, so der Sohn?« Dean glaubte, er hätte seine Seele geöffnet.

Aber Jack grinste spöttisch. »Stell dich bloß nicht auf eine Stufe mit mir, du musst dich nicht herabwürdigen. Ich habe dich zusammen mit Riley gesehen. Wäre Blue schwanger, würdest du deinem Kind nicht den Rücken kehren. Von Anfang an wärst du für das Baby da, und du würdest es aufwachsen sehen.«

Nun müsste ich dieses Gespräch beenden. Deans Knie knickten ein, und er sank auf die Verandastufen hinab. »Warum hast du dich damals so verhalten, Jack?«

»Was glaubst du denn, zum Teufel?« Jacks Stimme triefte vor Hohn. »Dir zuliebe könnte ich's beschönigen. Um die Wahrheit zu gestehen, ich wusste nicht, wie ich mit April umgehen sollte. Und ich wollte mich nicht mit dir belasten. Ich war ein Rockstar, mein Junge, eine amerikanische Ikone. Viel zu sehr beschäftigt. Ich gab Interviews, ließ von allen Leuten meinen Arsch ablecken. Um mich wie ein Vater zu benehmen, hätte ich erwachsen werden müssen.«

Deans Hände hingen zwischen den Knien, dann zupfte er einen Teil des abblätternden Anstrichs vom Treppenabsatz. »Aber das hat sich geändert, nicht wahr?«

»Nie.«

»Red keinen Unsinn!« Dean sprang auf. »Nur zu gut erinnere ich mich an die Vater-Sohn-Begegnungen, als ich dreizehn oder vierzehn war. Damals wolltest du die verlorenen Jahre wettmachen. Und ich habe dir gleichsam ins Gesicht gespuckt.«

»Hör mal …«, begann Jack und griff nach der Gitarre. »Ich arbeite gerade an einem Song. Nur weil du den alten Müll ausgraben willst, muss ich nicht auch noch eine Schaufel holen.«

»Sag mir nur eins … Wenn du jene Entscheidung noch einmal treffen könntest …«

»Das ist unmöglich, also nerv mich nicht damit.«

»Aber *wenn* …«

»Dann würde ich dich deiner Mutter wegnehmen!«, stieß Jack hervor. »Wie gefällt dir das? Und wenn du bei mir wärst, würde ich rausfinden, was ein Vater tun muss. Glücklicherweise ist das nicht passiert, denn du hast dich ohne mich großartig entwickelt. Auf so einen Sohn wäre jeder Mann stolz. Bist du jetzt zufrieden? Oder sollen wir uns verdammt noch mal umarmen?«

Endlich lockerten sich die Knoten in Deans Magen, und er konnte wieder befreit atmen.

Jack stellte die Gitarre wieder ab. »Mit mir wirst du nur Frieden schließen, wenn du dich auch mit deiner Mutter aussöhnst. Das hätte sie verdient.«

»So einfach ist es nicht«, erwiderte Dean und rieb die schlammige Spitze eines Turnschuhs an einer Stufenkante.

»Jedenfalls einfacher, als den alten Müll auszubuddeln.«

Wortlos wandte Dean sich ab und ging zu seinem Laster.

434

Er ließ die schmutzigen Sneakers und Socken auf der Veranda zurück. Wie üblich hatte niemand daran gedacht, die Haustür zu versperren. Drinnen war es kühl und still. Ein Korb in der Halle enthielt seine Schuhe. Am Kleiderständer hingen seine Kappen, neben dem Messingtablett, auf das er seine Schlüssel und sein Kleingeld warf, stand ein gerahmtes Foto. Das Bild zeigte den acht- oder neunjährigen Dean – eine knochige nackte Brust, knubbelige Knie und dünne Beine unter Shorts, ein Footballhelm auf dem kleinen Kopf. Diesen Schnappschuss hatte April an einem Sommertag in Venice Beach geknipst. Dort hatten sie eine Zeitlang gewohnt. Im ganzen Haus waren seine Kinderbilder verteilt – Fotos, an die er sich nicht einmal erinnerte.

Am letzten Abend hatte Riley ihn gedrängt, die Wandgemälde zu begutachten. Doch er hatte sich geweigert. Wenn er diese Fresken zum ersten Mal sah, sollte Blue dabei sein. Nun ging er am Speiseraum vorbei, ohne hineinzuspähen, und betrat das Wohnzimmer. Die wuchtigen Sofas eigneten sich perfekt für einen hochgewachsenen Mann, der Fernseher war so postiert, dass der Bildschirm kein Licht reflektierte, wenn er sich die Videos seiner Matches anschaute. Auf dem Couchtisch lag eine schützende Glasplatte. Deshalb musste er keine Untersätze für seine Drinks verwenden. In diversen Schubladen würde er alles finden, was er brauchen mochte – Bücher, Fernbedienungen, Nagelscheren. Keines der Betten im Oberstock war mit Fußenden versehen. Und die Anordnung der Waschbecken in den Badezimmern entsprach seiner Körpergröße. Die Duschkabinen waren geräumig. An extra langen Handtuchhaltern hingen die überdimensionalen Badetücher, die er bevorzugte. Für all das hatte April gesorgt. In seinen Ohren wisperte das Echo ihres trunkenen Schluchzens. *Sei mir nicht böse, Baby. Bald wird's besser. Das verspreche ich dir. Sag mir, dass du mich liebst, Baby. Wenn du mir das sagst, werde ich nie mehr trinken, ich schwöre es ...*

Niemals wäre die Frau, die ihn mit ihrer überspannten, sprunghaften Liebe fast erstickt hatte, imstande gewesen, diese komfortable Oase zu gestalten.

Dieser Morgen hatte ihm zu viel abverlangt. Nun musste er die wirren Gefühle erst einmal verarbeiten. Aber dazu hatte er jahrelang Zeit gehabt. Und was hatte es ihm genützt? Durch die Glastür sah er April die Verandastufen heraufsteigen.

Die Veranda hatten Dean und Jack gebaut, aber nach den Plänen seiner Mom, mit hoher Decke, Bogenfenstern in den Seitenwänden und einem Schieferboden, der sogar an heißen Tagen kühl blieb.

Um sich vom Lauftraining zu erholen, presste sie die Handkanten in ihr Kreuz. An ihrem Körper glänzte Schweiß. Sie trug schwarze Shorts und ein bauchfreies blaues Racerback-Top. Ihr langes Haar hatte sie zu einem stilvollen Pferdeschwanz zusammengebunden. Nicht so schlampig wie Blue.

Nun müsste er duschen, eine Weile allein sein und dann mit Blue reden, die alles verstand. Stattdessen öffnete er die Glastür. Lautlos betrat er die Veranda.

Trotz der Temperatur von über dreißig Grad fühlten sich die Fliesen kalt unter seinen nackten Sohlen an. Seine Mutter wandte ihm den Rücken zu. Am letzten Abend hatte er die Sessel beiseitegerückt und den Boden mit einem Gartenschlauch gespritzt. Jetzt schob April sie wieder unter den Tisch. Dean ging zu dem CD-Player, der auf einem schmiedeeisernen schwarzen Gestell stand. Welches

Album gerade in dem Gerät steckte, interessierte ihn nicht. Wenn es *ihr* gehörte, war es okay. Er drückte auf die Start-Taste.

Als Musik aus den kleinen Lautsprechern tönte, fuhr April herum. Überrascht öffnete sie die Lippen, sah seine derangierte äußere Erscheinung und wollte etwas sagen. Doch er kam ihr zuvor. »Tanzen wir?«

Sie starrte ihn an, schmerzliche Sekunden verstrichen. Weil ihm nicht einfiel, wie er das Schweigen brechen sollte, bewegte er sich im Takt – die Füße, die Hüften, die Schultern. Reglos stand sie da, und er streckte eine Hand aus. Aber seine Mom – diese Frau, die automatisch tanzte, wenn andere Leute gingen – hatte offenbar vergessen, wie man auch nur einen Finger rührte.

»Das kannst du«, flüsterte er.

Unsicher rang sie nach Luft. Halb ein Lachen, halb ein Schluchzen. Dann straffte sie ihren Rücken, hob die Arme und gab sich der Musik hin.

Sie tanzten, bis der Schweiß in Strömen an ihren Körpern herabrann. Von Rock bis zu Hip-Hop, in allen Stilen verausgabten sie sich und suchten einander zu übertrumpfen. An Aprils Nacken klebten Haarsträhnen, von Deans Beinen floss Schlamm auf die Fliesen. Nicht zum ersten Mal tanzten sie miteinander. Er erinnerte sich an seine Kindheit. Da hatte sie ihn manchmal von seinen Video-Spielen oder vom Fernseher weggeholt, sogar von seinem Frühstück, wenn sie erst am Morgen heimgekommen war. O ja, es hatte auch gute Zeiten gegeben.

Mitten in einem Song brach die Musik ab. Eine Krähe zerriss die Stille, und sie drehten sich zu einer erbosten Riley um. Ihre Hände in die Hüften gestemmt, stand sie neben dem stummen CD-Player. »Das war zu laut!«

»Hi, stell's wieder an!«, rief April.

»Was treibt ihr eigentlich? Jetzt geht's auf Mittag zu, um diese Zeit tanzt man nicht.«

»Oh, man kann immer tanzen«, konterte Dean. »Was meinst du, April? Lassen wir die kleine Schwester mitmachen?«

April reckte ihre Nase in die Luft. »Wenn sie es kann ... Daran zweifle ich.«

»Und ob ich's kann!«, fauchte Riley. »Aber ich will was essen. Und ihr zwei stinkt!«

Achselzuckend wandte sich Dean zu April. »Du hast Recht. Das schafft sie nicht.«

»Wer sagt denn so was?«, kreischte Riley und runzelte wütend die Stirn.

Dean und April starrten sie an, sie starrte zurück.

Dann schaltete sie den CD-Player wieder ein, und sie tanzten alle zusammen.

23

Sorgfältig strich Blue mit einem Rougepinsel über ihre Wange. Das zarte Rosa passte gut zur ihrem glänzenden neuen Lippenstift und der dunklen Mascara. Außerdem trug sie ein bisschen Kajal über den Wimpern und rauchgrauen Lidschatten auf. Sie sah fantastisch aus.

An diesem Tag ging's um Stolz, nicht um Schönheit. Bevor sie Garrison verließ, musste sie Dean etwas beweisen.

Auf dem Weg zur Badezimmertür sah sie die leere Schachtel vom Schwangerschaftstest im Abfalleimer liegen. Sie war nicht schwanger. Großartig. Fabelhaft. Solange sie ein Nomadenleben führte, konnte sie die Verantwortung für ein Kind nicht übernehmen. Wahrscheinlich würde sie nie ein Baby bekommen. Und das war gut so. Wenigstens würde sie einem Kind niemals zumuten, was sie selber durchgemacht hatte.

Und doch – sie spürte eine neue Leere in ihrem Inneren. Noch etwas, das sie verkraften musste. Sie ging zu Nitas Zimmer. Um ihre Knie flatterte der Saum des schulterfreien Sommerkleides, das sie für die Party gekauft hatte – sonnengelb, mit Rüschen am Rock und einer Korsage, die das Beste aus ihrem Busen machte. Die neuen violetten Sandaletten waren mit Satinbändern verziert, um die Knöchel zu zierlichen Schleifen gebunden. Dazu passten die amethystfarbenen Ohrringe, die Dean ihr geschenkt hatte, und die dem ganzen Outfit ein schickes feminines Flair verliehen.

Nita spreizte sich ein letztes Mal vor dem Spiegel. In einem fließenden hellrosa Kaftan, mit der riesigen blonden Perücke und den diamantenen Ohrgehängen glich sie einem Festzugswagen, der von einem exklusiven Bordell gesponsert wurde. Aber irgendwie schaffte sie es, majestätisch zu wirken.

»Gehen wir, Sonnenschein«, sagte Blue von der Tür her. »Und vergessen Sie nicht, Überraschung zu heucheln.«

»Dazu muss ich Sie nur anschauen«, erwiderte Nita und musterte sie von Kopf bis Fuß.

»Nun ja, es war an der Zeit ...«

»Allerdings.« Nita berührte Blues Locken. »Hätten Sie bloß auf mich gehört und Garys Salon schon früher beehrt.«

»Wenn ich auf Sie gehört hätte, wäre ich jetzt blond.«

Nita schnaufte. »Nur so ein Gedanke ...«

Seit jener ersten Begegnung im Barn Grill hatte Gary es kaum erwarten können, Blues Haare zwischen die Finger zu kriegen. Sobald sie in seinem Sessel saß, kürzte er das Haar dramatisch bis zu den Ohrläppchen. Die Augen hatte er mit Ponyfransen betont, das Gesicht mit gestuften Strähnen umrahmt. Nach ihrem Geschmack war die Frisur zu niedlich, erfüllte aber den angestrebten Zweck.

»Von Anfang an hätten Sie sich besser zurechtmachen müssen«, meinte Nita. »Für diesen Footballspieler. Dann hätte er die Beziehung vielleicht ernst genommen.«

»Er nimmt mich ernst.«

»Oh, Sie wissen ganz genau, wovon ich rede. Er hätte sich in Sie verliebt. So wie Sie sich in ihn.«

»Ich bin verrückt nach ihm, nicht verliebt – ein himmelweiter Unterschied. Übrigens, ich verliebe mich nie.«

Das alles verstand Nita nicht. Blue wollte mit hoch erhobenem Haupt abreisen. Deshalb durfte Dean nicht das geringste Bedauern empfinden, wenn er sich später an sie erinnerte.

Sie führte die alte Frau aus dem Haus. Während sie das Auto im Rückwärtsgang aus der Garage steuerte, überprüfte Nita ihren Lippenstift im Spiegel an der Sonnenblende. »Warum lassen Sie sich von diesem Footballstar aus der Stadt vertreiben? Dafür sollten Sie sich schämen. Sie gehören nach Garrison und sollten bleiben, statt durch die Welt zu gondeln.«

»In dieser Stadt kann ich nichts verdienen.«

»Was ich Ihnen zahlen würde, habe ich schon erwähnt. Viel mehr, als sie mit Ihren albernen kleinen Bildern einnehmen würden.«

»Aber ich male meine albernen kleinen Bilder sehr gern. Die ziehe ich einer qualvollen Sklaverei vor.«

»So, wie Sie mit mir umspringen, versklaven Sie *mich*«, konterte Nita. »In Ihrer Sturheit merken Sie gar nicht, was für eine goldene Chance Sie verpassen. Ich werde nicht bis in alle Ewigkeit leben. Wie Sie wissen, habe ich sonst niemanden, dem ich was vererben kann.«

»Da Sie zu den Untoten zählen, werden Sie uns alle überleben.«

»Machen Sie nur Ihre dummen Witze! Jedenfalls bin ich ein paar Millionen wert. Jede einzelne könnte eines Tages Ihnen gehören.«

»Ich will Ihre Millionen nicht. Wenn Sie auch nur einen Funken Anstand besäßen, würden Sie Ihr Geld der Stadt vermachen. Was *ich* will, ist nur weg von Garrison!« Bevor Blue in die Church Street bog, hielt sie vor einem Stoppschild. Sie würden pünktlich zur Party erscheinen. »Denken Sie daran, seien Sie höflich.«

»Nachdem ich bei Arthur Murray gearbeitet habe, weiß ich, wie man sich höflich benimmt.«

»Am besten bewegen Sie einfach nur die Lippen und lassen mich reden.«

Nitas Schnaufen klang beinahe wie ein Lachen. Da merkte Blue, wie sehr sie den alten Drachen vermissen würde. Bei Nita konnte sie einfach sie selbst sein – die alte übellaunige Blue.

So wie bei Dean.

Über der Church Street hing ein Banner voller Ballons mit der Aufschrift: »Alles Gute zum dreiundsiebzigsten Geburtstag, Mrs G.« Wie Dean wusste, war Nita bereits sechsundsiebzig. Zweifellos steckte Blue hinter diesem Täuschungsmanöver.

Etwa hundert Leute hatten sich pflichtbewusst im Park versammelt. In der Brise schwankten noch mehr Ballons, vereint mit roten, weißen und blauen Wimpeln, die von der Feier am 4. Juli übrig geblieben waren. Soeben beendete eine zerlumpte Teenagerband in schwarzen T-Shirts mit passendem Eyeliner eine Punkrock-Version von »Happy Birthday«. Blue hatte Dean erzählt, das sei die Garagenband von Syls Neffen, die einzige Gruppe, die an diesem Tag auftreten wollte.

Im vorderen Teil des Parks, nahe einem kleinen Rosengarten, hatte Nita bereits den Geburtstagskuchen von der Größe eines Sportplatzes angeschnitten. Dean hatte die Festtagsreden verpasst. Aber nach den Mienen aller Anwesenden zu schließen, waren sie nicht sonderlich bemerkenswert gewesen. Über den Büfetts mit Punsch- und Eisteekrügen hingen noch mehr Wimpel. Er sah April und Riley beim Kuchentisch stehen und mit einer gelb gekleideten Frau reden. Als ein paar Einheimische nach ihm riefen, winkte er ihnen. Unentwegt hielt er nach Blue Ausschau.

Der vergangene Tag war einer der schlimmsten und besten seines Lebens gewesen. Erst die schreckliche Diskussion mit Blue; dann das schmerzliche, aber befreiende Gespräch mit Jack; und schließlich der Tanzmarathon mit April. Danach hatte er nicht viel mit seiner Mutter geredet. Es war auch nicht zu einer »verdammten Umarmung« gekommen, wie Jack es ausgedrückt hatte. Aber einiges war anders geworden, das wussten sie beide. Wie sich die neue Beziehung gestalten würde, konnte er noch nicht ahnen. Nur eins stand fest, er musste endlich erwachsen werden und die Frau kennen lernen, in die sich seine Mutter verwandelt hatte.

Wieder einmal schaute er sich im Park um. Doch er entdeckte Blue noch immer nicht. Er musste dringend mit ihr sprechen, irgendwie alles in Ordnung bringen. Nita trug ihren Teller zu einem Sessel, der für sie reserviert war, während Syl und Penny Winters die Kuchenstücke in der Menschenmenge verteilten. Indigniert warf Nita empörte Blicke auf den Leadsänger der Garagenband, der eine durchgeknallte Version von Paul McCartneys »You say it's your birthday« zum Besten gab. Riley und die Frau in Gelb kehrten Dean den Rücken zu. Als April auf die Musiker zeigte, schlenderte Riley zum Podium, auf dem sie spielten.

In diesem Moment wurde er von Syl entdeckt, die gerade ein Kuchenstück auf einen Pappteller legte. »Kommen Sie her, Dean! Bald werden die Glasurrosen schmelzen.

Los, Blue, holen Sie ihn! Hier haben Sie ein besonderes Stück mit seinem Namen.«

Verwirrt schaute er sich um, aber er konnte Blue nirgends sehen. Da wandte sich die kleine Frau in Gelb zu ihm, und er erlebte den ersten Tiefschlag der Saison. »Blue?«

Nur sekundenlang erschien sie ihm so verletzlich wie das Kind, als das er sie mehrmals vorwurfsvoll bezeichnet hatte. Dann hob sie das Kinn. »Ja, ich weiß, ich bin verdammt niedlich. Tu mir einen Gefallen, reden wir nicht darüber.«

Nein, nicht niedlich. Viel besser. Als versierte Mode-Stylistin hatte April das Bibermädchen in eine Laufstegschönheit verwandelt. Das Kleid saß perfekt. Genau die richtige Länge. Ideal für Blues zierliche Figur. Wie angegossen umschloss die Korsage die zarten Kurven, und die fashionablen violetten Sandaletten mit den Keilabsätzen betonten die schmalen Fußknöchel. So hatte er sich Blue immer vorgestellt. Der erstklassige Haarschnitt betonte das fein gezeichnete Gesicht, das Make-up wirkte schmeichelhaft und ultrafeminin. Natürlich hatte er immer gewusst, wie fabelhaft sie aussehen konnte. Jetzt war es soweit. Sie wirkte viel aparter als all die anderen schönen, stilvollen, sexy Frauen, die er kannte. Aber er hasste dieses zauberhafte Geschöpf, er wollte *seine* Blue zurückhaben.

Als ihm die Stimme endlich wieder gehorchte, kam das falsche Wort über seine Lippen. »Warum?«

»Weil ich es satt hatte, dass alle Leute sagen, *du* wärst hübsch.«

Nicht einmal ein falsches Lächeln brachte er zustande. Am liebsten hätte er sie in ihren grässlichen Fummel zurückgestopft und die zierlichen kleinen Sandalen auf den

Müll geworfen. Blue war Blue. Einzigartig. Diese ganzen Attrappen brauchte sie nicht. Aber sie würde ihn für verrückt halten, wenn er damit herausplatzte. Und so strich er über einen schmalen Träger an ihrer Schulter. »April versteht was von ihrem Geschäft.«

»Komisch. Das sagte sie über *dich*, als sie mich sah. Sie dachte, *du* hättest mich herausgeputzt.«

- »Hast du das selber hingekriegt?«

»Ich bin Künstlerin, Boo. Für mich war das nur eine weitere Leinwand. Keine besonders interessante. Jetzt geh ich zu Nita und versuche, sie zu umgarnen. Bisher hat sie noch niemanden erstochen. Aber der Nachmittag ist noch jung.«

»Erst muss ich mit dir reden. Über gestern.«

Blue versteifte sich sofort. »Tut mir leid, ich kann sie nicht allein lassen. Wie sie ist, weißt du ja.«

»Eine Stunde. Dann hole ich dich.«

Doch sie ging bereits davon. April winkte ihm über Rileys Kopf hinweg zu. In seinem Gehirn öffnete sich die alte Truhe seiner Ressentiments. Aber als er hineinschaute, sah er nur Staub. Wenn er wollte, konnte er jetzt zu seiner Mutter gehen, einfach nur, um mit ihr zu schwatzen.

Und genau das tat er. Sie hatte für die Party Jeans gewählt, dazu einen Cowboyhut aus Stroh und ein enges Top, das wie ein Vintage-Pucci-Teil aussah. Seufzend zeigte sie auf die Band. »Wenn der Bass lange genug übt, wird er vielleicht ein ganz nettes Mittelmaß erreichen.«

»Hast du Blue gesehen, Dean?«, piepste Riley an ihrer Seite. »Zuerst habe ich sie gar nicht erkannt. Jetzt schaut sie richtig erwachsen aus.«

»Nur eine Illusion«, entgegnete Dean mit verkniffenen Lippen.

»Nach meiner Ansicht nicht.« April spähte unter der Krempe ihres Cowboyhuts hervor. »Und die Männer, die ihre Aufmerksamkeit erregen wollen, stimmen mir sicher zu. Das scheint sie nicht wahrzunehmen. Normalerweise entgeht unserer Blue nicht viel.«

»Sie ist *meine* Blue«, hörte er sich sagen.

Interessiert hob April die Brauen. »Was? Deine Blue? Dieselbe Frau, die in zwei Tagen die Stadt verlassen wird?«

»Nein, sie bleibt hier.«

»Sei bloß vorsichtig«, mahnte sie besorgt.

In diesem Moment näherte sich ein Mann mit einer in die Stirn gezogenen Baseballkappe und einer überdimensionalen silbernen Pilotenbrille. Verblüfft zuckte Riley zusammen. »Hi, Dad, ich dachte, du würdest nicht kommen.«

»Doch, das habe ich dir doch gesagt.«

»Ja, ich weiß, aber ...«

»Aber ich habe dich so oft im Stich gelassen, dass du mir nicht glauben wolltest.« Seine Ohrstecker und Armbänder hatte er im Farmhaus zurückgelassen, er trug ein unauffälliges olivgrünes T-Shirt und Leinenshorts. Nur dieses berühmte Profil konnte er nicht tarnen, und eine Frau, die ein Baby im Arm hielt, musterte ihn neugierig.

Plötzlich entwickelte April ein intensives Interesse an der Band. Aber Deans Gehirn war in diesem Augenblick nicht aufnahmefähig, und so merkte er nicht, was zwischen seinen Eltern vorging.

»Ist das Blue, die gerade zu uns kommt?«, wollte Jack wissen.

»Sieht sie nicht toll aus?«, fragte Riley ernsthaft. »Sie ist eine fabelhafte Malerin. Dean will sich die Gemälde im

Speiseraum noch immer nicht anschauen. Sag's ihm doch, Dad! Sag ihm, wie schön sie sind.«

»Nun, sie sind – anders.«

Bevor Dean fragen konnte, was sein Vater meinte, blieb Blue vor ihm stehen.

»Wow«, murmelte Jack, »Sie sind ja eine *Frau*.«

Wie immer, wenn er sie ansprach, errötete sie. »Nur vo-rübergehend. Zu viel Mühe.« Jack grinste, und sie wandte sich zu Riley. »Verzeih mir die unangenehme Nachricht, die ich dir übermitteln muss, Nita will dich sehen.« Durch eine Lücke in der Menschenmenge beobachtete Dean, wie Nita vehement winkte, und Blue runzelte die Stirn. »Sie muss sich beruhigen, sonst wird sie einen Herzinfarkt er-leiden. Wenn's soweit ist, würde ich vorschlagen, *keine* Ambulanz zu rufen.«

»So was sagt Blue dauernd«, vertraute Riley den ande-ren an. »Aber sie liebt Mrs Garrison.«

»Hast du schon wieder was getrunken, junge Lady? Habe ich dir das nicht verboten?« Blue packte Rileys Arm und zog sie mit sich.

»Offenbar kriegt ihr Gesellschaft«, sagte Jack. »Da ver-dünnisiere ich mich lieber.«

Während er davoneilte, steuerten Richter Haskins und Tim Taylor, der Highschool-Direktor, auf Dean zu. »He, Boo«, begann der Richter, unfähig, seinen Blick von April loszureißen. »Wie nett, dass Sie an unserer Party teilneh-men und Ihre Pflicht eines Bürgers von Garrison erfüllen.«

»Obwohl das unangenehm ist«, ergänzte Tim. »Dafür musste ich ein Tennisturnier opfern.«

Beide Männer starrten April an.

Eine Zeitlang herrschte angespanntes Schweigen, dann streckte der Direktor seine Hand aus. »Tim Taylor.«

Damit hätte Dean rechnen müssen. Da April Lokale wie das Barn Grill mied, kannte sie die beiden noch nicht. Lächelnd ergriff sie Tims Hand. »Hi, ich bin Susan ...«

»Nein, das ist meine Mutter«, fiel Dean ihr ins Wort. »April Robillard.«

Aprils Finger zuckten. Beide Männer schüttelten ihr die Hand, und unter der Krempe des Cowboyhuts glänzten Tränen in ihren Augen. »Tut mir leid ...« Hektisch schwenkte sie eine Hand vor ihrem Gesicht. »Eine Allergie. Damit plage ich mich jeden Sommer herum.«

Besitzergreifend legte Dean eine Hand auf ihre Schulter. Das hatte er nicht geplant. So weit hatte er noch gar nicht gedacht. Aber jetzt kam es ihm so vor, als hätte er das wichtigste Match der Saison gewonnen. »Meine Mutter hat Undercover-Arbeit für mich geleistet. Unter dem Namen Susan O'Hara.«

Natürlich verlangte das einige Erklärungen, die Dean spontan erfand, während April blinzelte und einen allergischen Husten imitierte. Nachdem die Männer endlich verschwunden waren, fuhr sie zu ihm herum. »Kein einziges sentimentales Wort! Oder ich breche völlig zusammen.«

»Okay, gehen wir Kuchen essen.« Mit einem Stück Kuchen würde er seine eigene Allergie bekämpfen.

Schließlich gelang es April, die Flucht zu ergreifen. Sie fand einen abgeschiedenen schattigen Platz hinter einer Hecke am anderen Ende des Parks, sank ins Gras, lehnte sich an einen Zaun und ließ ihren Tränen freien Lauf. Endlich hatte sie ihren Sohn zurückgewonnen. Gewiss, eine Zeitlang müsste sie die neue Atmosphäre noch testen. Aber sie waren beide hartnäckig und energisch. Und so bezweifelte sie nicht, dass sie es schaffen würden.

In der Ferne stimmte der Leadsänger der Garagenband einen leidvollen Rap an. Jack bog um die Ecke des Gebüschs und kam in ihr Versteck. »Stopf diesem Jungen das Maul, bevor er unschuldige Kinder verletzt.« Als er sich zu ihr setzte, gab er vor, ihre geröteten Augen nicht zu bemerken.

»Du musst mir versprechen, niemals zu rappen.«

»Nur in der Dusche. Allerdings …«

»Schwör's mir!«

»Okay.« Er griff nach ihrer Hand, die sie ihm nicht entzog. »Vorhin sah ich dich mit Dean.«

Sofort begannen ihre Augen wieder zu brennen. »Er stellte mich den Leuten als seine Mutter vor. Und – es war – einfach wundervoll.«

»Das hat er wirklich getan?« Jack lächelte. »Freut mich.«

»Ich hoffe, eines Tages werdet auch ihr beide …«

»Daran arbeiten wir.« Sein Daumen strich über ihre Handfläche. »Inzwischen habe ich über deine Aversion gegen One-Night-Stands nachgedacht. Um es kurz zu machen – wir werden miteinander ausgehen wie ganz normale Erwachsene.«

»Das willst du?«

»Neulich erzählte ich dir, ich hätte mich an richtige Beziehungen gewöhnt. Und jetzt, wo Riley bei mir bleibt, brauche ich einen festen Wohnsitz. Am besten in L.A.« Er spielte mit ihren Fingern und weckte eine süße, wehmütige Sehnsucht. »Übrigens, das ist unser erstes Date. Dann habe ich bessere Chancen, bei unserem nächsten Treffen etwas weiter zu gehen.«

»Sehr subtil.« Eigentlich dürfte sie nicht lachen.

»Bei dir könnte ich nicht einmal subtil sein, wenn ich's

versuchte.« In seinen Augen erlosch die Belustigung. »April, ich begehre dich. Alles von dir. Ich will dich sehen und berühren und schmecken. Und in dir sein. Alles will ich.«

Da entzog sie ihm ihre Hand. »Und was dann?«

»Wir fangen wieder von vorn an.«

»Dafür hat der liebe Gott Groupies erschaffen, Jack. Ich persönlich wünsche mir eine solidere Basis.«

»April …«

Aber sie stand auf, eilte davon und suchte Riley.

Endlich war es Dean gelungen, Blue von den Stadtbewohnern loszueisen und um die Straßenecke zu führen, in einen alten Friedhof bei der Baptistenkirche. Er zog sie in den Schatten eines besonders imposanten Monuments, eines Obelisken aus schwarzem Granit, auf dem Marshall Garrisons Name stand.

Vergeblich versuchte sie ihre Nervosität zu verbergen. »Wie haben alle Leute herausgefunden, dass April deine Mutter ist? Sie sind ganz aus dem Häuschen.«

»Über April reden wir nicht, sondern über gestern.«

»Ja, was für eine Erleichterung, nicht wahr?«, murmelte sie und wich seinem Blick aus. »Kannst du dir *mich* mit einem *Baby* vorstellen?«

Ja, seltsamerweise. Blue wäre eine großartige Mutter, eine leidenschaftliche Beschützerin und eine fabelhafte Spielkameradin. Aber er verdrängte das Fantasiebild. »Eigentlich meine ich deinen idiotischen Plan, am Montag abzureisen.«

»Warum ist das idiotisch? Niemand findet es idiotisch, dass du nächsten Freitag in Richtung Trainingslager abhaust. Warum ist so was für dich okay? Und für mich nicht?«

Neuerdings sah sie viel zu erwachsen aus. Deshalb fiel es ihm schwer, ihren logischen Argumenten zu widersprechen. Inständig wünschte er sich sein Rotkäppchen zurück. »Weil wir beide noch nicht miteinander fertig sind. Es gibt keinen Grund, eine Affäre, die uns Spaß macht, so überstürzt zu beenden.«

»Oh, wir sind fertig. Ich bin eine Zigeunerin. Für mich ist es an der Zeit weiterzuziehen.«

»Gut. Am besten begleitest du mich, wenn ich nach Chicago zurückfahre. Da wird's dir gefallen.«

Blue strich über eine Kante des Marshall-Monuments. »Im Herbst ist es dort zu kalt.«

»Kein Problem. In meinem Haus gibt's mehrere Kamine. Und die Heizung funktioniert ausgezeichnet. Du kannst sofort einziehen.«

Wen diese Worte mehr überraschten, sie oder ihn selbst, wusste er nicht. Unbewegt stand sie vor ihm. Dann bebten die violetten Ohrringe. »Ich soll zu dir ziehen?«

»Warum nicht?«

»Also willst du, dass wir *zusammenleben*?«

Noch nie hatte eine Frau mit ihm zusammengelebt. Aber der Gedanke, sein Domizil mit Blue zu teilen, war verlockend. »Klar. Warum überrascht dich das so?«

»Vor zwei Tagen wolltest du mich nicht einmal deinen Freunden vorstellen. Und jetzt soll ich bei dir wohnen?« So abweisend wie sonst sah sie nicht aus. Vielleicht lag es am Kleid oder den weichen Locken, die ihr spitzes kleines Gesicht umrahmten. Oder am Kummer in den Rotkäppchenaugen.

Dean strich eine seidige Haarsträhne hinter ihr Ohr. »Vor zwei Tagen war ich verwirrt. Jetzt bin ich das nicht mehr.«

»Oh, ich verstehe«, erwiderte sie und riss sich los. »Endlich sehe ich respektabel genug aus, und du kannst mich in der Öffentlichkeit herumzeigen.«

»Wie du aussiehst, hat nichts damit zu tun«, protestierte er ärgerlich.

»Wirklich nicht?« Sie schaute direkt in seine Augen. »Irgendwie fällt es mir schwer, das zu glauben.«

»Für was für einen Trottel hältst du mich eigentlich?« Bevor sie antworten konnte, fuhr er hastig fort: »Ich will dir Chicago zeigen. Das ist alles. Und ich möchte die Chance haben, über uns nachzudenken, ohne dass eine Uhr tickt.«

»Moment mal, hier bin *ich* es, die *denkt*. Du bist nur der Typ, der in Kaufhäusern rumsteht und Parfumproben verteilt.«

»Hör auf, jedes wichtige Thema mit einem blöden Witz abzuwürgen!«

»Und das aus deinem Mund.«

Offenbar funktionierte die Taktik nicht, die er anwandte, er spürte, wie seine coole Gelassenheit verflog. Also flüchtete er auf sicheres Terrain. »Außerdem müssen wir unseren Deal abwickeln. Ich habe dich für die Fresken bezahlt, aber dein Werk noch nicht abgesegnet.«

Seufzend strich sie über ihre Schläfe. »Ich wusste, dass du die Bilder hasst. Nun, ich habe dich gewarnt.«

»Wie kann ich sie hassen? Ich habe sie noch gar nicht gesehen.«

Verwirrt hob sie die Brauen. »Schon vor zwei Tagen habe ich die Plastikvorhänge abgenommen.«

»Trotzdem habe ich nicht ins Esszimmer geschaut. *Du* solltest mir die Fresken zeigen. Erinnerst du dich? Das gehört zu unserem Abkommen. Nach allem, was ich in diese

Wandmalereien investiert habe, verdiene ich es, sie im Beisein der Künstlerin zu inspizieren.«

»Jetzt versuchst du mich zu manipulieren.«

»Ein Geschäft ist ein Geschäft, Blue. Anscheinend musst du noch sehr viel lernen.«

»Okay!«, zischte sie. »Morgen komme ich vorbei.«

»Heute Abend. Ich habe lange genug gewartet.«

»Aber du musst die Bilder im Tageslicht sehen.«

»Warum? Meistens werde ich abends in diesem Zimmer essen.«

Blue wandte sich vom schwarzen Grabmahl und von Dean ab und ging zur Pforte. »Jetzt muss ich Nita nach Hause bringen. Ich habe keine Zeit, um deine Wünsche zu erfüllen.«

»Um acht hole ich dich ab.«

»Nein, ich fahre selber.« Als sie den Friedhof verließ, umwehte der Rüschenrock ihre Knie.

Eine Zeitlang wanderte er zwischen den Gräbern umher und versuchte einen klaren Kopf zu bekommen. Sie hatte ihm ein ganz besonderes Angebot entlockt, das war noch keiner Frau gelungen. Dann hatte sie es einfach abgetan, als würde es nichts bedeuten. Dauernd versuchte sie den Quarterback zu spielen. Mit lausigem Erfolg. Nicht einmal auf sich selber konnte sie aufpassen, schon gar nicht auf das Team. Irgendwie musste er das ändern. Allzu viel Zeit blieb ihm nicht mehr.

Riley warf einen Stapel Pappteller in den Mülleimer und setzte sich wieder zu Mrs Garrison.

Nun gingen die meisten Leute nach Hause. Aber es war eine wundervolle Party und Mrs Garrison war überraschend höflich zu allen Gratulanten gewesen. Riley wusste, wie sehr sich die alte Frau freute, weil so viele Menschen gekommen waren und mit ihr geredet hatten. »Haben Sie gemerkt, wie nett sie heute alle zu Ihnen waren?«, fragte sie, nur um sicherzugehen.

»Klar, die wissen, auf welcher Seite ihr Brot mit Butter bestrichen ist.« An Mrs Garrisons Zähnen zeigte sich Lippenstift. Aber das erwähnte Riley nicht, weil sie an etwas anderes dachte. »Blue hat mir erklärt, was in dieser Stadt passiert. Auch Garrison gehört zu Amerika. Ich finde, Sie sollten den Leuten erlauben, ihre Läden und Hotels zu eröffnen.« Nach einer kurzen Pause fügte sie hinzu: »Außerdem finde ich, Sie müssten den kleinen Mädchen kostenlos Ballettunterricht geben.«

»Was, Ballettunterricht? Wer würde denn zu mir kommen? Heutzutage interessieren sich die Kids nur noch für Hip-Hop.«

»Ein paar würden gern Ballett lernen.« An diesem Tag hatte sie zwei nette Mädchen aus der Aufbauschule kennen gelernt. Dadurch war sie auf diese Idee gekommen.

»Offenbar hast du gründlich über alles nachgedacht, was *ich* tun sollte. Und was könntest *du* für *mich* tun? Das ist mein Geburtstag, und ich habe nur eine einzige Bitte geäußert.«

Riley seufzte. Hätte sie dieses Thema bloß nicht angeschnitten. »Nein, ich kann nicht in der Öffentlichkeit singen. Und ich spiele nicht gut genug Gitarre.«

»Blödsinn. Wie oft habe ich dir Ballettstunden gegeben? Also solltest du mir diesen kleinen Gefallen tun.«

»Für mich ist das kein kleiner Gefallen!«

»Du singst viel besser als diese Rowdys von der Band. Noch nie im Leben habe ich einen so schrecklichen Lärm gehört.«

»Okay, ich singe für Sie in Ihrem Haus. Nur wir beide.«

»Meinst du, ich hatte keine Angst, als ich zum ersten Mal in der Öffentlichkeit getanzt habe? Vor lauter Lampenfieber fiel ich fast in Ohnmacht. Aber das hat mich nicht an meinem Auftritt gehindert.«

»Ich habe meine Gitarre nicht bei mir.«

»Oh, die Jungs da drüben haben Gitarren.« Sie wies in die Richtung der Band.

»Aber die sind elektrisch ...«

»Eine davon nicht.«

Seltsam, dachte Riley. Hatte Nita tatsächlich bemerkt, dass der Leadgitarrist sein elektrisches Instrument gegen ein akustisches ausgetauscht hatte, um »Time of Your Life« von Green Day's zu vergewaltigen? »Unmöglich, ich kann nicht zu fremden Leuten gehen und mir eine Gitarre ausleihen. Die würden mir auch gar keine geben.«

»Mal sehen.«

Zu Rileys Entsetzen stemmte sich Nita von der Bank hoch. Mittlerweile hielt sich nur noch die Hälfte der Partygäste im Park auf. Hauptsächlich Familien, die ihre Kinder spielen ließen, und ein paar Teenager hingen herum.

Gerade kam Dean durch den Seiteneingang des Parks herein, und Riley rannte ihm über das Gras entgegen. »Stell dir vor, Mrs Garrison will, dass ich was singe. Sie sagt, das ist ihr Geburtstagsgeschenk.« Wie sie wusste, mochte er Mrs Garrison nicht, und sie erwartete, er würde in Wut geraten. Aber er schien an etwas anders zu denken.

»Machst du's?«

»Nein! Das schaffe ich nicht. Hier sind immer noch so viele Leute.«

Dean spähte über ihren Kopf hinweg, als würde er jemanden suchen. »Nicht allzu viele.«

»Nein, vor Publikum kann ich nicht singen.«

»Aber du hast Mrs Garrison und mir schon was vorgesungen.«

»Das war was anderes. Was Privates. Vor Fremden singe ich nicht.«

Endlich schien er ihr seine ungeteilte Aufmerksamkeit zu schenken. »Du kannst nicht vor Fremden singen? Willst du nicht, weil dein Vater da ist?«

Vor einer Weile hatte sie ihm ihre Gefühle erklärt und das Versprechen abgenommen, er würde nicht mehr darüber reden. Und jetzt brach er sein Wort. Hätte sie bloß den Mund gehalten. »Das verstehst du nicht.«

»Doch, sehr gut.« Dean legte einen Arm um ihre Schultern. »Tut mir leid, Riley. Diese Entscheidung liegt bei dir.«

»In meinem Alter hättest du auch nicht vor so vielen Leuten gesungen.«

»So gut wie du kann ich nicht singen.«

»Doch, sogar sehr gut.«

»Jack bemüht sich wirklich, alles wieder gutzumachen. Wenn du singst, wird das nichts an seinen Gefühlen für dich ändern.«

»Das weißt du nicht.«

»Und du auch nicht. Vielleicht ist es an der Zeit, dich zu vergewissern.«

»Nicht nötig, ich weiß es ohnehin.«

Sein Lächeln wirkte etwas gezwungen, und sie dachte, sie hätte ihn enttäuscht. »Also gut«, erwiderte er, »ich rede mal mit der alten Schachtel. Vielleicht lässt sie dich in Ruhe.«

Während er zu Mrs Garrison ging, wurde Riley fast schwindlig. In früheren Zeiten, bevor sie auf die Farm gekommen war, hatte sie immer für sich selber eingestanden. Jetzt trat Dean für sie ein – so wie an dem Tag, als ihr Dad sie nach Nashville hatte zurückbringen wollen. Und er war nicht der Einzige. April und Blue nahmen sie vor Mrs Garrison in Schutz, obwohl das eigentlich überflüssig war. Und als Dad in jener Nacht geglaubt hatte, Dean würde über sie herfallen, war er sofort zu einem Kampf bereit gewesen.

Mrs Garrison sprach gerade mit dem Leadsänger, als Dean bei ihr stehen blieb. Nervös biss Riley in einen Fingernagel. Ihr Dad lehnte allein an einem Zaun. Aber die Leute schauten ihn immer wieder komisch an. April half einigen Frauen, Ordnung zu machen, und Blue wickelte den Rest des Geburtstagskuchens, den die alte Dame nach Hause mitnehmen sollte, in Alufolie.

Vor ein paar Tagen hatte Mrs Garrison gesagt, wenn man sein Licht unter den Scheffel stellte, würde es erlöschen. Riley müsse ihrer wahren Persönlichkeit treu bleiben. Sonst würde sie zu einem Nichts schrumpfen. Ihre Achselhöhlen waren feucht. Beinahe hätte sie sich übergeben. Wenn sie sang und alles verbockte… Sie starrte ihren Dad an. Schlimmer noch, wenn sie es nicht wagte …

Jack richtete sich auf, als er seine Tochter zum Mikrophon der Band gehen sah, eine Gitarre im Arm. Trotz der Entfernung bemerkte er ihre Angst. Würde sie tatsächlich spielen und singen?

»Ich heiße Riley«, wisperte sie ins Mikrophon.

So klein und hilflos erschien sie ihm. Warum sie das tat, wusste er nicht. Nur eins stand fest, er würde nicht erlauben, dass man sie verletzte. Er eilte zum Podium. Aber da fing sie schon zu spielen an. Niemand hatte sich die Mühe gemacht, die Lautsprecheranlage einzuschalten. Zunächst wurde Riley ignoriert, aber Jack hörte die leisen Einleitungstakte und erkannte »Why Not Smile?«. Dann begann sie zu singen, und sein Herz krampfte sich zusammen.

Do you remember when we were young,
And every dream we had felt like the first one?

Ob sie seinen Song vermasselte, war ihm egal. Jedenfalls musste er da hinaufsteigen, das war kein Lied für eine Elfjährige, sie durfte sich nicht blamieren.

I don't expect you to understand
With everything you've seen. I'm not asking for that.

Ihre ausdruckvolle, sanfte Stimme bildete einen so prägnanten Kontrast zu dem unsäglichen Gejohle der Band, dass die Leute verstummten. Wenn sie lachten, würde sie zusammenbrechen. Er beschleunigte seine Schritte. Aber da kam April zu ihm und hielt ihn zurück. »Hör ihr zu, Jack.«

Das tat er.

I know that life is cruel.
You know that better than I do.

Nun zupfte sie an falschen Saiten. Trotzdem geriet ihre Stimme nicht ins Wanken.

Baby, why not smile?
Baby, why not smile?
Baby, why not smile?

Die Menge schwieg, das spöttische Grinsen der Bandmitglieder erstarb. Eigentlich müsste es lächerlich wirken, wenn ein kleines Mädchen den Text eines Erwachsenen sang. Aber niemand lachte. In Jacks Interpretation war »Why Not Smile?« eine wütende Konfrontation. Riley beschwor das Bild einer verwundeten Seele herauf.

Am Ende des Songs traf sie ein F statt eines C's. Auf die Saiten konzentriert, hatte sie keinen Blickkontakt mit dem Publikum gesucht. Nun zuckte sie verwirrt zusammen, als begeisterter Applaus erklang. Jack erwartete, sie würde flüchten. Doch sie trat näher an das Mikrophon heran und flüsterte: »Dieser Song war ein Geburtstagsgeschenk für meine Freundin, Mrs Garrison.«

Einige Leute forderten eine Zugabe. Lächelnd beobachteten Dean und Blue, wie Riley das Schlagstäbchen in den Mund steckte und das Instrument stimmte. Ohne Rücksicht auf Copyrights oder die Geheimnisse, die sich stets um die Neuerscheinung eines Jack Patriot-Albums rankten, begann sie »Cry Like I Do« vorzutragen, den Song, an dem er im Cottage gearbeitet hatte. Noch stolzer hätte er gar nicht sein können. Danach klatschte das Publikum wieder, und sie sang »Down and Dirty« von den Moffett Sisters. Er merkte, dass sie diesen Song nicht wegen des Textes gewählt hatte, sondern weil sie glaubte, die Begleitmusik zu beherrschen.

Diesmal verneigte sie sich und gab die Gitarre dem Besitzer zurück, ignorierte die Bitte um eine weitere Zugabe und verließ das Podium. Wie eine arrivierte Künstlerin war sie clever genug, um ihre Darbietung zu beenden, solange man noch mehr von ihr hören wollte.

Dean lief zu seiner kleinen Schwester und blieb an ihrer Seite, während sie von Leuten umringt wurde, die ihr gratulierten. Dabei fiel es ihr sichtlich schwer, ihnen in die Augen zu schauen. Nita lächelte so selbstgefällig, als hätte sie gesungen, Blue strahlte über das ganze Gesicht, und April kämpfte mit Freudentränen.

Vergeblich suchte Jack die Aufmerksamkeit seiner Tochter auf sich zu lenken. Er erinnerte sich an die E-Mail,

die er Dean geschickt hatte, verblüfft über Rileys Heim-
lichtuerei um ihren Gesang. Was mochte dahinterstecken?

Find's doch selber raus, hatte Dean geantwortet.

Damals hatte Jack geglaubt, Riley würde fürchten, er
könnte ihr seine Liebe entziehen, wenn sie nicht gut genug
sang. Aber jetzt verstand er sie etwas besser. Wie wundervoll sie sang, wusste sie, und sie wünschte sich etwas ganz
anderes.

Während die Leute davongingen, starrten ihn einige unverhohlen an. Jemand fotografierte ihn, und eine ältere
Frau sprach ihn an. »Verzeihen Sie, sind Sie – Jack Patriot?«

Das hatte Dean kommen sehen. Sofort eilte er seinem
Vater zu Hilfe. »Lassen Sie ihn in Ruhe.«

»Unglaublich, ein so großer Star in unserer Stadt …«,
stammelte die Frau errötend. »Was machen Sie hier, Mr
Patriot?«

»Nun, ich fühlte mich sehr wohl in dieser Gegend«, erwiderte Jack, spähte an ihr vorbei und stellte fest, dass Riley von Nita und Blue bewacht wurde.

»Jack ist mein Freund, er wohnt bei mir auf der Farm«,
erklärte Dean. »Was ihm an Garrison besonders gut gefällt ist die Privatsphäre, die er hier genießt.«

»Ja, das verstehe ich.«

Irgendwie gelang es ihm, alle anderen Neugierigen abzuwimmeln. Blue und April führten Nita zum Roadster,
Dean zog Riley mit sanfter Gewalt in die Richtung ihres
Vater. Dann verschwand er und ließ ihr keine Wahl. Wohl
oder übel musste sie zu Jack gehen.

Sie sah so verängstigt aus, dass Deans Herz mit allen
beiden litt. Hatte er soeben falsch gehandelt? Für solche
Bedenken war es zu spät.

Als Jack den Scheitel des Kindes küsste, roch er den Geburtstagskuchen. »Dein Auftritt war große Klasse. Aber ich wünsche mir eine Tochter, keinen Teeny-Rockstar.«

Ruckartig hob sie den Kopf und starrte ungläubig in seine Augen. Sein Atem stockte. »Wirklich?«, hauchte sie.

So viel hatte er in diesem Sommer erreicht. Jetzt konnte der kleinste falsche Schritt alles verderben. »Das soll nicht heißen, ich hätte was dagegen, dass du singst. Diese Entscheidung liegt bei dir. Wie auch immer, du musst einen klaren Kopf behalten. Du hast eine erstaunliche Stimme. Aber deine wahren Freunde sind die Menschen, die dich auch lieben würden, wenn du keinen einzigen richtigen Ton triffst.« Nach einer kurzen Pause fuhr er fort. »Zum Beispiel ich.«

Verwirrt riss sie die goldbraunen Augen auf, die seinen so sehr glichen.

»Und Dean und April«, ergänzte er. »Blue. Sogar Mrs Garrison.« Gewiss, er trug ein bisschen zu dick auf. Doch er wollte ihr klarmachen, worum es ging. »Um die Freundschaft oder die Liebe der Leute zu gewinnen, musst du nicht singen.«

»Das weißt du ganz genau«, wisperte sie, und er gab vor, er würde sie missverstehen.

»Seit Jahren bin ich im Geschäft, ich habe so ziemlich alles gesehen.«

Riley begann sich zu sorgen. »Kann ich wieder vor Publikum singen? Wenn ich nicht mehr so oft die falschen Gitarrensaiten treffe?«

»Nur solange du willst. Und nur, wenn du niemandem erlaubst, dich nach deiner Stimme zu beurteilen.«

»Das schwöre ich.«

»Okay«, murmelte er und zog sie an sich. »Ich liebe dich, Riley.«

»Und ich liebe dich, Dad«, beteuerte sie, eine Wange an seine Brust gepresst.

Zum ersten Mal hatte sie diese Worte ausgesprochen.

Arm in Arm gingen sie zum Auto. Bevor sie es erreichten, fragte sie: »Könnten wir über meine Zukunft reden? Nicht übers Singen – über die Schule, wo ich wohnen werde und so ...«

Da wusste er, was er tun musste. »Zu spät, mein Entschluss steht bereits fest.«

Sofort kehrte die alte Unsicherheit in ihre Augen zurück. »O nein, das ist unfair.«

»Ich bin dein Dad, und ich bestimme, wie es weiter geht. Obwohl ich es hasse, die schlechte Neuigkeit zu erwähnen, Baby – ich lasse dich nie mehr in Tante Gayles und Trinitys Nähe, und wenn du mich noch so verzweifelt drum anflehst.«

»Wirklich nicht?«, würgte sie hervor.

»Die Einzelheiten habe ich mir noch nicht überlegt. Jedenfalls ziehen wir beide nach L.A. Dort suchen wir eine gute Schule für dich. Kein Internat, weil ich dich im Auge behalten möchte. Wir stellen eine nette Haushälterin ein. Dann hast du Gesellschaft, wenn ich verreisen muss. Manchmal wirst du April sehen. Was das betrifft, gibt's einiges zu klären. Nun, wie gefällt dir meine Idee?«

»So was *Wundervolles* ist mir noch nie passiert!«

»Mir auch nicht.« Lächelnd stieg er in seinen SUV. Rock 'n' Roll konnte einem helfen, jung zu bleiben. Aber es hatte auch gewisse Vorteile, wenn man endlich erwachsen wurde.

24

Eine Stunde später kam Blue auf der Farm an. Statt des gelben Sommerkleids trug sie ein schlichtes weißes Tanktop und neue Khakishorts, die ihr erstaunlicherweise *passten*. Dean hoffte, Jack und Riley würden vorerst nicht aufkreuzen.

»Das will ich nicht tun«, sagte sie, als sie die Halle betrat.

Dean widerstand der Versuchung, sie zu küssen. Stattdessen schloss er die Haustür. »Am besten bringst du's möglichst schnell hinter dich. Geh vor mir ins Esszimmer und knips alle Lampen an, dann kann ich den schaurigen Effekt genießen, sobald ich dir folge.«

Nicht einmal den Schatten eines Lächelns konnte er ihr entlocken, er fand es seltsam, sie so nervös zu sehen.

»Du hast Recht«, stimmte sie zu und ging in ihren neuen violetten Sandalen an ihm vorbei. Am liebsten hätte er diese verdammten Schuhe in den Abfalleimer geworfen und ihr die alten Flipflops angezogen, die Puffy zerkaut hatte. Im Speiseraum flammte Licht auf. »Du wirst die Fresken hassen«, prophezeite sie.

»Das hast du bereits erwähnt.« Dean grinste. »Vielleicht sollte ich mich erst mal betrinken.« Er schlenderte ins Zimmer, und sein Lächeln erlosch.

Auf vieles war er vorbereitet gewesen – auf *das* nicht. Blue hatte eine Waldlichtung voller Nebel und bizarrer

Gebilde gemalt. Zwischen den Blättern fragiler Bäume schimmerten senfgelbe Lichtstrahlen. Eine Schaukel aus Blumenranken hing an einem geschwungenen Ast. Auf einer Wiese am Rand eines Fantasieteichs wuchsen Blumen, die es in der Natur nicht gab, rings um einen Zigeunerwagen.

Was er sagen sollte, wusste er nicht, und so fiel ihm prompt was Falsches ein. »Ist das ein Märchenreich?«

»Nur ein kleines …« Blue starrte zu der winzigen Kreatur hinauf, die über einem Fenster kauerte und herabspähte. Dann schlug sie die Hände vors Gesicht. »Ja, ich weiß, es ist grauenhaft, und ich wollte es nicht. Aber mein Pinsel lief mir einfach davon. Diese Figur hätte ich übermalen müssen. Und die anderen auch …«

»Gibt's noch mehr?«

»Auf den ersten Blick sieht man sie nicht.« Sie sank in einen Sessel zwischen den Fenstern. »Tut mir so leid«, wisperte sie. »So war's nicht geplant. Das ist ein *Esszimmer*. Und solche Bilder gehören in ein Kinderzimmer oder in eine Vorschule. Aber die Wände waren so perfekt, das Licht wirkte so exquisit, und ich wusste nicht, wie sehr ich mir wünschte, das zu malen.«

Anscheinend konnte er seinen Blick nicht von den Fresken losreißen. Wohin er auch schaute, überall entdeckte er etwas Neues. Am Himmel flog ein Vogel dahin, einen bebänderten Korb im Schnabel. Ein Regenbogen wölbte sich über einem Türrahmen, eine Wolke mit dem pausbackigen Gesicht einer alten Frau schaute auf den Zigeunerwagen herab. An der größten Wand tauchte ein Einhorn seine Nase in den Teich.

Kein Wunder, dass Riley diese Gemälde liebte. Und kein Wunder, dass April so beunruhigt gewesen war, als er sich danach erkundigt hatte. Wie konnte seine hartgesottene, scharfzüngige Blue etwas so Magisches, Traumhaftes schaffen?

Weil sie nicht hartgesotten war, hinter dieser Fassade verschanzte sie sich nur, um zu überleben. In ihrer Seele war sie feinfühlig, so verletzlich wie die Tautropfen, die sie auf Glockenblumen gemalt hatte.

Sie strich durch ihre Locken und stützte die Stirn in ihre Hände. »Schrecklich, nicht wahr? Das wusste ich schon, während ich malte. Trotzdem konnte ich es nicht verhindern. Irgendetwas in mir brach sich Bahn, und das alles strömte heraus. Natürlich gebe ich dir den Scheck zurück. Wenn du ein paar Monate wartest, zahle ich, was immer es kostet, diese Wände neu streichen zu lassen.«

Spontan kniete er vor Blue nieder und zog ihr die Hände vom Gesicht. »Hier wird nichts geändert«, entschied er und schaute eindringlich in ihre Augen. »Ich liebe deine Bilder.«

Und ich liebe dich.

Diese Erkenntnis durchfuhr ihn so leicht und mühelos wie ein Lufthauch. Als er den Aston auf dem Highway außerhalb von Denver gestoppt hatte, war er seinem Schicksal begegnet. Blue forderte ihn heraus, faszinierte und erregte ihn – o Gott, wie sehr sie ihn erregte. Zudem verstand sie ihn. Und er verstand sie ebenso gut. Diese Fresken zeigten ihm die Träumerin, die sich in ihr verbarg, die ihm am Montagmorgen davonlaufen wollte.

»Mach mir nichts vor«, bat sie. »Ich sagte doch, du würdest die Bilder abscheulich finden. Hätten deine Freunde das alles gesehen ...«

»*Wenn* meine Freunde das sehen, musst du dich nicht

um mangelnden Gesprächsstoff am Esstisch sorgen, das steht fest.«

»Sie werden dich für verrückt halten.«

Sicher nicht, wenn sie dich kennen gelernt haben.

So ernsthaft, wie er sie noch nie gesehen hatte, erwiderte sie seinen Blick und schlang die Finger in sein Haar. »Du hast ein unbeirrbares Stilgefühl, Dean. Die Atmosphäre dieses Hauses ist total maskulin. Also weißt du, dass die Wandgemälde nicht dazu passen.«

»Nein, natürlich nicht. Aber sie sind unglaublich schön.« *Wie du.* »Habe ich dir schon mal gesagt, wie erstaunlich du bist?«

Forschend betrachtete sie sein Gesicht, und allmählich verwandelte sich ihr Kummer in Verblüffung. »Sie gefallen dir wirklich, nicht wahr? Das behauptest du nicht, weil du nett sein willst.«

»In wichtigen Dingen habe ich dich nie belogen. Die Fresken sind wundervoll – *du* bist wundervoll.«

Nun begann er sie zu küssen, die Augenwinkel, die Wangen, den Bogen in der Oberlippe. Der Raum zog beide in einen Zauberbann. Bald lag sie in seinen Armen. Er hob sie hoch, trug sie aus dem Haus, von einer magischen Welt in eine andere, in den Hafen des Zigeunerwagens. Von gemalten Ranken und fantasievollen Blumen umgeben, liebten sie sich. Schweigend. Zärtlich. Ein vollkommenes Glück. Endlich gehörte Blue *ihm.*

Für das leere Kissen, das er am nächsten Morgen neben sich sah, machte er sich selbst verantwortlich, weil er noch immer keinen Nachttopf gekauft hatte. Er zog seine Shorts und das T-Shirt an. Hoffentlich hatte Blue Kaffee gekocht, denn er wollte mit ihr auf der Veranda sitzen, eine ganze Kanne trinken und über den Rest des Lebens reden. Aber als er den Hof durchquerte, war der rote Corvette verschwunden. Er rannte ins Haus, wo ihn das klingelnde Telefon begrüßte.

»Kommen Sie sofort her!«, kreischte Nita, nachdem er sich gemeldet hatte. »Blue fährt weg!«

»Was meinen Sie?«

»Offenbar hat sie uns reingelegt und gesagt, sie würde erst am Montag abreisen. Aber sie hat die ganze Zeit geplant, schon heute abzuhauen. Vorhin wurde sie von Chauncey Crole abgeholt, der sie zu ihrem Mietwagen brachte. Jetzt ist sie in die Garage gegangen, um ihre Sachen im Kofferraum zu verstauen. Oh, ich wusste ja, dass irgendwas nicht stimmt. Sie war so …«

Aber Dean hörte nicht mehr zu. Atemlos stürmte er zu seinem Laster.

Fünfzehn Minuten später bog er in die Gasse hinter Nitas Haus und hielt mit quietschenden Reifen bei den Mülltonnen. Blue stand vor dem geöffneten Kofferraum eines brandneuen Corollas. Trotz der Hitze trug sie ein langärmeliges schwarzes T-Shirt, Jeans und ihre Biker-Stiefel. Hätte er ein Lederhalsband mit Spikes gesehen, wäre er nicht überrascht gewesen. Das Einzige, was an dieser Frau feminin wirkte, war die neue Frisur mit den seidenweichen Locken. Wütend sprang er aus dem Laster. »Was soll das?«

Blue ließ einen Karton mit Malsachen in den Kofferraum fallen. Auf dem Rücksitz lagen bereits einige Gepäckstücke. Ausdruckslos drehte sie sich zu Dean um. »In meiner Kindheit musste ich oft genug Abschied nehmen. Das tue ich mir nicht mehr an.«

Noch nie hatte er einer Frau wehgetan. Aber in diesem

Moment wollte er Blue schütteln, bis ihre Zähne klapperten. »Du bist wahnsinnig!«, schrie er und lief zu ihr. »Weißt du das? Ich liebe dich!«

»Ja, ja, ich liebe dich auch.« Ungerührt warf sie ihren Seesack in den Kofferraum.

»Das meine ich ernst, Blue. Wir gehören zusammen. Schon letzte Nacht wollte ich dir sagen, was ich für dich empfinde. Aber du bist immer so nervös. Deshalb wollte ich es vorsichtig angehen, um dich nicht in die Flucht zu schlagen.«

Eine Hand in die Hüfte gestemmt, machte sie wieder auf knallhart und cool, was ihr nicht ganz gelang. »Red keinen Unsinn, du liebst mich nicht.«

»Fällt es dir so schwer, das zu glauben?«

»Ja, du bist Dean Robillard. Und ich bin Blue Bailey. Du trägst Designer-Labels, ich bin mit einem Wal-Mart-Schnäppchen glücklich. Ich bin eine Vagabundin, du hast eine fabelhafte Karriere gemacht. Willst du noch mehr hören?« Krachend schloss sie den Deckel des Kofferraums.

»So eine oberflächliche Scheiße.«

»Wohl kaum.« Blue nahm eine billige schwarze Sonnenbrille aus der Handtasche, die auf dem Autodach lag, und verbarg ihre Augen hinter undurchsichtigen Gläsern. Plötzlich verflog ihre kühle Gelassenheit, ihre Unterlippe begann zu zittern. »In diesem Sommer hat sich dein Leben verändert, Boo. Dabei habe ich dir geholfen. Jede einzelne Minute dieser letzten sieben Wochen habe ich genossen. Aber das ist nicht mein wirkliches Leben. Ich bin Alice in deinem Wunderland gewesen.«

Wie hilflos er sich fühlte – das hasste er. »Glaub mir, ich kenne den Unterschied zwischen der Wirklichkeit und der

Fantasie besser als du, nach meinem Speisezimmer zu schließen. Wie talentiert du bist, ahnst du gar nicht!«

»Danke.«

»Du liebst mich, Blue.«

Kampflustig hob sie ihr Kinn. »Okay, ich bin verrückt nach dir. Aber ich verliebe mich *nie*.«

»Doch. Das willst du dir nur nicht eingestehen, weil du zu feige bist. Schon vor Jahren hat Blue Bailey ihre Courage verloren, und sie *versucht* nur, große Töne zu spucken.«

Dean wartete auf einen Angriff. Aber sie senkte den Kopf und grub eine Stiefelspitze in den Kies. »Ich bin Realistin. Eines Tages wirst du mir danken.«

Jetzt schwand der letzte Rest ihres Selbstvertrauens dahin. Die Demonstration ihrer inneren Kraft war nur Theater gewesen, die harte Fassade zerbröckelt, die Angst und Schmerz verhüllt hatte. Erfolglos zwang er sich zur Ruhe. »Diese Entscheidung kann ich dir nicht abnehmen, Blue. Entweder bringst du den Mut auf, ein Risiko einzugehen. Oder eben nicht.«

»Tut mir leid.«

»Wenn du gehst, werde ich dir nicht nachlaufen.«

»Das verstehe ich.«

Was nun geschah, konnte er einfach nicht glauben. Während er sie ins Auto steigen sah, erwartete er immer noch, sie würde den nötigen Mut aufbieten. Aber sie startete den Motor. In der Ferne bellte ein Hund. Im Rückwärtsgang fuhr sie aus der Garage in die Gasse hinaus. Eine Biene schwirrte an ihm vorbei, zu ein paar Malven, und Blue fuhr davon. Schweren Herzens wartet er ab, ob sie anhalten und umkehren würde. Das tat sie nicht.

Die Hintertür flog auf, Nita hinkte die Stufen herab.

Über ihrem knallroten Nachthemd flatterte ein Morgenmantel. Bevor sie ihn erreichte, flüchtete er in seinen Laster. Im Hintergrund seines Gehirns pochte etwas Unvor-
stellbares, dass er zu verdrängen suchte. Aber während er
die Straße entlangraste, hämmerte es immer stärker. Hatte
Blue die Wahrheit gesagt? War er der Einzige, der sich verliebt hatte?

Stimmt es wirklich, fragte sich Blue, als sie ein letztes Mal
durch die Church Street fuhr. War sie feige? Sie nahm die
Sonnenbrille ab und wischte mit dem Handrücken über
ihre Augen. Offenbar glaubte Dean, er würde sie lieben.
Sonst hätte er es nicht gesagt. Aber so viele Menschen
hatten behauptet, sie zu lieben, und sie dann im Stich gelassen. Natürlich würde Dean sich nicht anders verhalten. Solche Männer passten nicht zu Frauen von ihrer
Sorte.

Von Anfang an hatte sie gewusst, diese Affäre würde sie
in Gefahr bringen. Obwohl sie so fest entschlossen gewesen war, ihre Emotionen zu kontrollieren, hatte sie ihr
Herz verschenkt. Vielleicht würde sie Deans Liebesworte
eines Tages als süße Erinnerung betrachten. Aber jetzt
bohrten sie sich wie tausend rostige Messer in ihre Brust.

Unaufhaltsam rollten Tränen über ihre Wangen. Würde
sie jemals diese schmerzliche Anklage vergessen? *Schon
vor Jahren hat Blue Bailey ihre Courage verloren, sie versucht nur, große Töne zu spucken.*

Das verstand er einfach nicht. So sehr sie sich auch um
die Menschen bemüht hatte, die ihr wichtig gewesen waren, hatte keiner sie genug geliebt, um sie bei sich zu behalten. Kein Einziger …

Krampfhaft rang sie nach Luft. Das Straßenschild, das

den Stadtrand von Garrison ankündigte, flog an ihr vorbei, und sie tastete in ihrer Handtasche nach einem Papiertaschentuch. Nachdem sie ihre Nase geputzt hatte, begann sie ihre Seele zu analysieren und sah eine Frau, die ihr Leben von Angst und Leid bestimmen ließ.

Zögernd nahm sie den Fuß vom Gaspedal. Nein, auf diese Weise würde sie die Stadt nicht verlassen. Dean war kein Narr. Sicher schenkte er sein Herz nicht irgendwem. War sie wirklich zu verkorkst, um wahre Liebe zu erkennen? Oder einfach nur realistisch? Sie suchte nach einer Stelle, wo sie wenden konnte. Bevor sie eine fand, hörte sie die Sirene.

Eine Stunde später saß sie an einem grauen Stahltisch und starrte Byron Wesley an, den Polizeichef. »Nein, ich habe Nitas Diamantenhalsband nicht gestohlen«, sagte sie vermutlich zum hundertsten Mal. »Das hat sie in meine Handtasche gesteckt.«

Der Chief spähte an ihrem Kopf vorbei zum Fernseher, wo gerade »Meet the Press« über den Bildschirm flimmerte. »Warum sollte sie das tun?«

»Um mich in Garrison festzuhalten. Das habe ich Ihnen doch erklärt.« Frustriert schlug sie mit der Faust auf den Schreibtisch. »Ich will einen Anwalt!«

»Am Sonntagmorgen spielt Hal Cates immer Golf.« Der Beamte nahm einen Zahnstocher aus dem Mund. »Aber Sie können eine Nachricht für ihn hinterlassen.«

»Hal Cates ist Nitas Anwalt.«

»Ja, und der einzige in der Stadt.«

Was bedeutete, dass Blue mit April telefonieren musste.

Aber April meldete sich nicht, und Blue konnte sich nicht an Jack wenden, weil sie seine Nummer nicht hatte.

Nita hatte sie hinter Gitter gebracht und würde wohl kaum die Kaution zahlen. Also blieb nur Dean übrig.

»Sperren Sie mich ein«, sagte sie zum Deputy, »ich muss nachdenken.«

»Holst du sie raus?«, fragte Jack am Montagnachmittag, einen Tag nach Blues Verhaftung. Ebenso wie Dean stand er auf einer Leiter, während sie eine Stallwand weiß tünchten.

»Nein.« Dean wischte den Schweiß aus seinen Augen.

»Weißt du, was du tust?« April schaute von dem Fensterladen zu ihm auf, den sie gerade strich. An dem Tuch, das sie um ihr Haar gebunden hatte, glänzten weiße Farbflecken.

»Klar. Und ich will nicht darüber reden.« So sicher war er sich nicht. Nur eins wusste er, Blue war nicht stark genug, um sich in diesem Spiel zu behaupten. Hätte Nita sie nicht aufgehalten, wäre sie über alle Berge. Nun konnte er sich entweder betrinken, oder er würde den verdammten Stall streichen, bis er zu müde war, um den Schmerz in seinem Herzen zu spüren.

»Ich vermisse sie«, sagte Jack.

Wütend zerstörte Dean ein Spinnennetz auf seinem Farbroller.

Nun erklang Rileys Piepsstimme. »Ich glaube nicht, dass nur Blue und Dean miteinander streiten. Wahrscheinlich zankst du dich auch mit April, Dad.«

Das hatte Dean auch schon bemerkt. Schon den ganzen Tag waren sich Jack und April mit coolem Gleichmut begegnet. Am Vortag, als alle vier beisammen gesessen und versucht hatten, ihre Geheimnisse zu enthüllen, war zwischen April und Jack kein einziges Wort gewechselt worden. Stattdessen hatten sie ihre Kommentare immer nur an Dean oder Riley gerichtet.

»April und ich streiten nicht«, widersprach Jack, ohne sich von dem Holz abzuwenden, das er tünchte.

»Doch, ich glaube schon«, beharrte Riley. »Gestern habt ihr nicht miteinander geredet. Und niemand hat getanzt.«

»Manchmal müssen wir arbeiten«, erklärte April. »Man kann nicht immer nur tanzen.«

Da kam Riley zur Sache. »Ich finde, ihr solltet endlich heiraten.«

»Riley!« Deans Mutter, die niemals in Verlegenheit geriet, lief feuerrot an. Was Jack dachte, ließ er sich nicht anmerken.

»Wenn ihr heiratet«, fuhr Riley fort, »wäre Dean kein Ba… Ihr wisst schon, was ich meine«, wisperte sie. »Kein Bastard mehr.«

»Dein Vater ist ein Bastard«, fauchte April. »Aber nicht Dean.«

»Also wirklich, das war nicht nett«, mahnte Riley und hob Puffy vom Boden auf.

»April ist sauer auf mich«, verkündete Jack und tauchte seinen Farbroller in den Eimer, der an seiner Leiter hing. »Obwohl ich nichts weiter verbrochen habe, als ihr vorzuschlagen, wir sollten uns mal treffen.«

Entschlossen verdrängte Dean seinen eigenen Kummer und schaute nach unten. »Verschwinde, Riley.«

»Nein, das will ich nicht.«

»Aber ich muss mit meinen Eltern reden. Über Dinge, die nur Erwachsene was angehen. Später erzähle ich dir alles. Das verspreche ich.«

Ein paar Sekunden lang dachte sie nach, dann ging sie mit Puffy zum Haus.

»Ich will mich nicht mit ihm treffen«, zischte April, sobald das Kind verschwunden war. »Glaub mir, Dean, das ist nur ein kaum verhohlener Versuch, mich ins Bett zu kriegen. Nicht, dass ich mich heutzutage immer noch für unwiderstehlich halte. Aber mach *ihm* das mal klar.«

»Bitte!«, stöhnte Dean. »Nicht vor eurem Sohn!«

April zeigte mit dem Pinsel auf Jack. An ihrem Arm rann Farbe hinab. »Du liebst Herausforderungen. Aber die werde ich dir nicht bieten. Ganz was Neues, nicht wahr?«

So sehr es Dean auch anwiderte, diese Diskussion über das Sexualleben seiner Eltern zu hören – oder über das nicht existente Sexualleben –, zwang er sich, auszuharren.

»Warum kannst du die Vergangenheit nicht abschütteln, April?«, stieß Jack hervor.

Immer neue Beleidigungen schleuderte der eine dem anderen ins Gesicht. Eifrig bestrebt, sich selbst zu schützen, merkten sie nicht, wie tief sie einander verletzten. Aber Dean spürte es deutlich genug. Er stieg die Leiter hinab. Nur weil sein eigenes Leben ein Schlamassel war, bedeutete das keineswegs, er würde nicht erkennen, was andere Menschen tun mussten. »Für mich wäre es sehr wichtig, dass ihr beide euch mögt. Aber darin liegt mein Problem. Ich weiß, ihr wollt nicht, dass ich mich wie ein Fehler fühle. Und allmählich strengt es euch zu sehr an, in meiner Nähe gute Miene zum bösen Spiel zu machen.«

Welch ein primitiver Köder, den Blue sofort durchschaut hätte. Aber sie saß wegen Diebstahls im Gefängnis, weil Nita ein Halsband in die Handtasche geschmuggelt hatte.

Abrupt verstummten seine Eltern, von heftigen Schuldgefühlen geplagt.

Dann ließ April ihren Pinsel fallen. »Ein Fehler? Hast du dich jemals wie ein Fehler gefühlt?«

Auch Jack kletterte die Leiter herab und trat an ihre Seite. Jetzt bildeten die beiden eine Einheit. »Nein, du warst ein Wunder – kein *Fehler*.«

»Also, ich weiß nicht so recht …« Dean verrieb etwas Farbe auf seiner Hand. »Wenn man Eltern hat, die einander hassen …«

»Unsinn, wir hassen uns nicht«, widersprach Jack in scharfem Ton. »Nicht einmal in unserer schlimmsten Zeit haben wir uns gehasst.«

»Das war damals. Seither sind einige Jahre vergangen. Und ich … Schon gut, darüber rege ich mich nicht mehr auf. Ich bin zufrieden mit allem, was ich kriege. Wenn ihr meine Matches sehen wollt, schicke ich euch Tickets für Plätze, die möglichst weit auseinanderliegen.«

Jetzt hätte Blue die Augen verdreht. Aber April presste eine Hand an ihre Brust und hinterließ einen Farbfleck. »O Dean … Das musst du nicht tun, wir können auch nebeneinander sitzen.«

»Tatsächlich?«, fragte er und mimte maßloses Staunen. »Würdest du mir das erklären? Ich bin nämlich völlig verwirrt. Habe ich eine Familie oder nicht?«

Seufzend riss sie das Tuch von ihrem Kopf. »Ich liebe deinen Vater, so verrückt das auch sein mag. Damals habe ich ihn geliebt, und ich liebe ihn immer noch. Aber deshalb darf er noch lange nicht auftauchen und wieder aus meinem Leben verschwinden – ganz, wie's ihm passt.« Eigentlich wirkte sie eher streitsüchtig als liebevoll, und Dean war nicht überrascht, als Jack in die Offensive ging.

»Wenn du mich liebst, warum zum Teufel machst du's mir dann so schwer?«

Dieser alte Mann meisterte die Situation nicht so gut, wie er sollte. Dean schlang einen Arm um die Schultern seiner Mutter. »Weil sie keinen Bock mehr auf lockere Beziehungen hat. Und was anderes würdest du ihr nicht bieten. Stimmt's, April?« Er wandte sich wieder zu seinem Vater. »Ein paar Mal wirst du sie zum Dinner einladen und dann ihre Existenz vergessen.«

»Blödsinn!«, fauchte Jack. »Auf welcher Seite stehst du denn?«

Da musste Dean nicht lange überlegen. »Auf ihrer.«

»Oh, besten Dank!« In Jacks Ohrläppchen wackelte ein silberner Totenkopf, als sein Kopf zum Haus wies. »Jetzt solltest du auch verschwinden. Deine Mutter und ich haben was zu besprechen.«

»Ja, Sir.« Dean schnappte sich eine Mineralwasserflasche und eilte davon. Sehr gut, er wollte ohnehin allein sein.

Jack packte Aprils Arm und zog sie in den Stall, wo sie ungestört diskutieren konnten. Nicht nur die Mittagshitze erwärmte sein Blut. Er glaubte zu brennen – vor Gewissensqualen, vor Angst, vor Lust, vor Hoffnung. In der staubigen Luft des Stalls lag immer noch der Geruch von Heu und Pferdemist.

Entschlossen drängte er April gegen die Wand einer Box. »Sag nie wieder, ich wollte nur Sex von dir!«, verlangte er und schüttelte sie unsanft. »Hast du mich verstanden? Ich liebe dich. Wie sollte ich dich *nicht* lieben? Früher warst du mein zweites Ich, jetzt wünsche ich mir eine Zukunft mit dir. Und ich finde, du hättest mir erlauben sollen, das alles selber zu klären, statt unserem Sohn einzureden, ich wäre ein mieser Schuft.«

April wirkte nicht sonderlich beeindruckt. »Wann hast du gemerkt, dass du mich liebst?«

»Sofort.« Er las die Skepsis in ihren Augen. »Vielleicht nicht in der ersten Nacht.«

»Gestern?«

Er wollte lügen, doch er konnte es nicht. »Mein Herz wusste es sofort. Aber mein Gehirn musste sich erst einmal daran gewöhnen.« Zärtlich strich er über ihre Wange. »Du warst viel tapferer als ich. Sobald du das draußen gesagt hast, fiel es mir wie Schuppen von den Augen, und ich verstand endlich, was in mir drin ist.«

»Und das wäre …«

»Ein Herz voller Liebe zu dir, meine süße April.«

Vor lauter Rührung verschlug es ihr fast die Sprache. Doch sie war stark. Sie schaute direkt in seine Augen. »Sag mir noch mehr.«

»Ich werde einen Song für dich schreiben.«

»Das hast du schon getan. Wer könnte den hinreißenden Text von der ›Blonden Schönheit im Leichensack‹ vergessen?«

Lächelnd ließ er ihr Haar durch seine Finger gleiten. »Diesmal schreibe ich einen netten Song für dich. Glaub mir, April, ich liebe dich. Du hast mir meine Tochter und meinen Sohn zurückgegeben. Vor diesen letzten Wochen lebte ich in einer Welt, wo alle Farben ineinanderflossen. Dann sah ich dich wieder, und alles begann zu leuchten. Du bist ein magisches, unerwartetes Geschenk. Und wenn ich dich verliere, werde ich das nicht überleben.«

Er nahm an, sie würde immer noch Widerstand leisten. Stattdessen lächelte sie sanft, ihre Hände glitten zum Hosenbund ihrer Shorts hinab. »Okay. Ich gebe mich geschlagen. Zieh dich aus.«

Da lachte er schallend und zog sie tiefer in den Stall hinein. Sie fanden eine alte Decke. Hastig schlüpften sie aus den verschwitzten, mit Farbe bespritzten Kleidern. Beide Körper hatten die straffe Glätte der Jugend verloren. Aber Aprils weichere Konturen gefielen ihm, und sie genoss seinen Anblick, als wäre er immer noch dreiundzwanzig.

Nein, er würde sie nicht enttäuschen. Er sank mit ihr auf die Decke hinab, und sie küssten sich eine halbe Ewigkeit lang. Liebevoll erforschte er ihre Kurven, während Lichtstreifen durch die Gitterstäbe des Stalls hereindrangen und dünne Bänder wie goldene Fesseln über seine und ihre Haut warfen.

Als sie die süße Qual nicht länger ertrugen, legte er sich behutsam auf April, und sie öffnete die Beine, um ihn in sich aufzunehmen. Sie war feucht und eng. Auf dem harten Boden des Stalls mussten sie einige Unannehmlichkeiten verkraften. Dafür würden sie am nächsten Tag büßen. Doch das störte sie nicht.

Langsam begann er sich zu bewegen. Liebe in der Missionarsstellung. Schlichte, reine Zärtlichkeit. Ohne das wilde Temperament der Jugend fanden sie genug Zeit, einander in offenherzige Augen zu schauen, um wortlose Botschaften auszutauschen, stumme Gelübde abzulegen. Harmonisch passte sich April seinem Rhythmus an, gemeinsam *rockten* sie, schwebten empor, und danach schwelgten sie im Wunder, das sie erlebt hatten.

»Jetzt hast du mir das Gefühl gegeben, ich wäre wieder eine Jungfrau«, flüsterte sie.

»Und du hast mir vorgegaukelt, ich wäre Superman.«

Eingehüllt im erdhaften Geruch von Sex und Staub, von Schweiß und längst vergessenen Pferden, hielten sie einander umschlungen. Auf dem harten Boden schmerzten ihre

Gelenke. Aber die Herzen jubelten. Aprils schönes langes Haar streifte Jacks Körper, als sie sich auf einen Ellbogen stützte und seine Brust küsste.

»Was tun wir jetzt, meine Liebste?«, fragte er und strich über ihren Rücken.

Lächelnd schaute sie ihn durch den goldenen Schleier ihrer Haare an. »Eins nach dem anderen, mein Liebster.«

Die Gefangenschaft war nicht so alptraumhaft, wie Blue befürchtet hatte.

»Wirklich schön, diese Sonnenblumen« meinte der Deputy Carl Dawks und zupfte an seinen Shorts. »Die Libellen sind einfach zauberhaft.«

Blue wischte ihren Pinsel mit einem Lappen ab und ging zum Ende des Flurs, um die Proportionen abzuschätzen. »Insekten male ich besonders gern. Ich werde auch eine Spinne hinzufügen.«

»Also, ich weiß nicht recht ... Die Leute haben was gegen Spinnen.«

»*Meine* Spinne müsste ihnen gefallen. Das Spinnennetz wird so aussehen, als würde es aus lauter Pailletten bestehen.«

»Was für fanatische Ideen Sie haben, Blue ... « Die Augen zusammengekniffen, studierte Carl das Wandgemälde aus einem neuen Blickwinkel. »Chief Wesley meint, Sie müssten Totenschädel und gekreuzte Gebeine in unserem Flur malen, damit die Leute ermahnt werden, dem Gesetz zu gehorchen. Ich habe ihm gesagt, das würden Sie ablehnen.«

»Sehr gut.« Ihr Aufenthalt im Gefängnis war seltsam friedlich gewesen. Solange sie nicht an Dean dachte. Nachdem sie begonnen hatte zu malen, was sie wollte, stürmten die Ideen so schnell auf sie ein, dass sie gar nicht alle festhalten konnte.

Carl wanderte ins Büro. Am Sonntag war sie verhaftet worden. Und jetzt, am Donnerstag, wurde sie noch immer nicht freigelassen. Seit dem Montagnachmittag bemalte sie die Wände des Gefängnisflurs. Außerdem hatte sie in der Polizeiküche Lasagne für das ganze Personal gekocht und am Vortag für ein paar Stunden den Telefondienst übernommen, weil Lorraine, die Sekretärin, an einer Blasenentzündung erkrankt war.

Bisher hatte sie Besuch von April und Syl bekommen, von Penny Winters, dem Friseur Gary, der Immobilienmaklerin Monica und Jason, dem Barkeeper im Barn Grill. Alle bemitleideten Blue. Aber von April abgesehen, schien niemand ihre Freilassung zu wünschen, solange Nita ihre Unterstützung des Projekts Garrison Grows nicht schriftlich bestätigte. Das war die Trumpfkarte, die Nita ausgespielt hatte, um Blues Festnahme zu veranlassen.

Blue war wütend auf die alte Frau – und zutiefst gerührt.

Wer sie nicht besuchte, war Dean. Er hatte angekündigt, er würde ihr nicht folgen. Er pflegte keine leeren Drohungen auszustoßen.

Chief Wesley steckte seinen Kopf in den Flur. »He, Blue, gerade habe ich gehört, Lamont Daily würde auf eine Tasse Kaffee vorbeikommen.«

»Wer ist Lamont Daily?«

»Der County Sheriff.«

»Okay.« Sie legte den Pinsel beiseite, wischte ihre Hände ab und kehrte in die unverschlossene Zelle zurück. Derzeit war sie der einzige Häftling. Nur Ronnie Archer hatte ein paar Stunden hinter Gittern verbracht, nachdem er von Carl wegen Fahrens ohne Führerschein geschnappt worden war. Karen Ann hatte die Kaution für den Menschen bezahlt, den sie liebte. Im Gegensatz zu Dean. Die Kaution für Ronnie hatte allerdings auch nur zweihundert Dollar betragen.

In ihrer Gefängniszelle fand sie genug Ruhe und Muße, um über ihr Leben nachzudenken und dieses ganze Chaos zu analysieren. Syl hatte ihr einen Polstersessel und eine Stehlampe aus Messing geschickt, Monica versorgte sie mit Büchern und Zeitschriften. Und den Bishops – dem Ehepaar, das bald eine Frühstückspension eröffnen würde – verdankte sie saubere Bettwäsche und flauschige Handtücher. Nichts davon konnte sie unbeschwert genießen. Am nächsten Tag würde Dean zum Trainingslager fliegen – höchste Zeit für einen Ausbruch.

Eine perfekte Mondsichel schien vom mitternächtlichen Himmel auf das Farmhaus herab. Nachdem Blue neben dem frisch gestrichenen Stall geparkt hatte, ging sie zur Seitentür und fand sie verschlossen. Auch die Vordertür … Kalte Angst stieg in ihr auf. War Dean schon abgereist? Aber als sie den Hinterhof erreichte, hörte sie die Hollywoodschaukel auf der Veranda knarren und sah eine breitschultrige Gestalt darauf sitzen. Sie stieg die Stufen hinauf. In seinem Glas klirrten Eiswürfel. Er schaute sie an. Aber er sagte kein Wort.

Unsicher schlang sie ihre Finger ineinander. »Ich habe Nitas Halsband nicht gestohlen.«

»Das habe ich auch nicht vermutet.« Die Schaukel knarrte wieder.

»Was für alle anderen ebenfalls gilt, inklusive Nita.«

Sein Arm lag auf der gepolsterten Lehne. »Keine Ahnung, wie viele deiner Verfassungsrechte verletzt wurden ... Vielleicht solltest du diese Leute verklagen.«

»Das werde ich nicht tun, und Nita weiß es.« Sie ging zu dem kleinen schmiedeeisernen Tisch neben der Hollywoodschaukel.

»An deiner Stelle würde ich ihnen die Hölle heiß machen.«

»Weil du dich dieser Gemeinde nicht so verbunden fühlst wie ich.«

Nun bekam seine Coolness Risse. »Wenn du den Stadtbewohnern so nahe stehst, warum bist du dann davongelaufen?«

»Weil ...«

»Ganz klar.« Dean knallte sein Glas auf den Tisch. »Weil du vor allem fliehst, was dir wichtig ist.«

Unfähig, sich zu verteidigen, nickte sie. »Ja, ich bin ein Feigling.« Sie hasste es, ihre Gefühle zu offenbaren. Aber das war Dean. Und sie hatte ihm wehgetan. »Nun, im Lauf der Jahre haben viele gute Menschen für mich gesorgt.«

»Und alle haben dich im Stich gelassen, das weiß ich.« Wie seine Miene verriet, war ihm das egal. Sie ergriff sein Glas, nahm einen großen Schluck und würgte. Normalerweise trank er nichts Stärkeres als Bier. Aber das war Whiskey.

Er stand auf und knipste die neue Stehlampe an. Störte es ihn, in der Dunkelheit mit ihr allein zu sein? Inzwischen waren seine Bartstoppeln sichtlich gewachsen und nicht mehr fashionable. Sein Haar klebte flach am Kopf. Über einen Arm zog sich ein weißer Farbfleck. Trotzdem könnte er immer noch für eine End Zone-Reklame posieren.

»Erstaunlich, dass sie dich rausgelassen haben«, bemerkte er. »So viel ich gehört habe, sollte das erst passieren, wenn Nita nächste Woche diese Papiere unterzeichnet.«

»Genau genommen wurde ich nicht freigelassen, ich bin ausgebrochen.«

Damit weckte sie sein Interesse. »Und was bedeutet das?«

»Wenn ich Chief Wesleys Auto zurückbringe, bevor er morgen seinen Dienst antritt, wird's ihm gar nicht auffallen. Unter uns gesagt, er lässt die Dinge ziemlich schleifen.«

Dean riss ihr das Glas aus der Hand. »Also bist du aus dem Knast ausgebrochen? *Und* du hast einen Streifenwagen gestohlen?«

»So dumm bin ich nun auch wieder nicht. Es ist das Privatauto des Chiefs, ein Buick Lucerne. Und ich hab's mir nur ausgeliehen.«

»Ohne ihn zu informieren«, betonte er und nippte an seinem Whiskey.

»Sicher wird ihm das nichts ausmachen.« Plötzlich ärgerte sie sich, weil sie so schlecht behandelt wurde. Sie sank in den Korbsessel gegenüber von der Hollywoodschaukel. »Warum hast du meine Kaution nicht bezahlt?«

»Ganz einfach, weil Wesley fünfzigtausend Dollar verlangt.«

»So viel gibst du für deine Haarpflegemittel aus.«

»Außerdem besteht in deinem Fall erhöhte Fluchtgefahr.«

»Du wolltest morgen nach Chicago fliegen, ohne mich noch mal zu sehen. Du lässt mich hier verrotten.«

»Keine Bange, du wirst nicht verrotten.« Dean setzte

sich wieder auf die Hollywoodschaukel. »Gestern Vormittag hat Chief Wesley dich zu diesem Seniorenverein Golden Agers geschickt. Da hast du den alten Leuten gezeigt, wie man mit Ölfarben malt.«

»Das gehört zu seinem Resozialisierungsprogramm.« Die Hände im Schoß gefaltet, fragte sie: »Du warst froh über meine Verhaftung, nicht wahr?«

Langsam nahm er noch einen Schluck Whiskey, als müsste er nachdenken. »Im Grunde spielt's keine Rolle, oder? Hätte Nita nicht dazwischengefunkt, wärst du längst verschwunden.«

»Ich wünschte, du hättest mich wenigstens besucht.«

»Bei unserem letzten Gespräch hast du deine Gefühle deutlich bekundet.«

»Davon lässt du dich beeinflussen?« Sie konnte kaum atmen.

»Warum bist du gekommen, Blue?« Seine Stimme klang müde. »Willst du das Messer noch tiefer in die Wunde bohren?«

»Traust du mir das zu?«

»Nun, ich glaube, du hast getan, was du tun musstest. Daran nehme ich mir ein Beispiel.«

Blue sank in sich zusammen. »Kein Wunder, dass ich einen gewissen Argwohn entwickelt habe, was meine zwischenmenschlichen Beziehungen angeht ...«

»Offenbar hast du sehr viele Probleme – Vertrauensprobleme, künstlerische Probleme, zudem Probleme mit deiner knallharten Fassade, die du ständig vortäuschst, modische Probleme ...« Deans Lippen kräuselten sich. »Moment mal, die gehören zu dieser falschen Fassade.«

»Als ich verhaftet wurde, wollte ich gerade umkehren!«, platzte sie heraus.

»Klar.«

»Das ist wahr.« An die Möglichkeit, er könnte ihr nicht glauben, hatte sie gar nicht gedacht. »Was du in der Gasse hinter Nitas Haus sagtest – damit hattest du Recht.« Nach einem tiefen Atemzug fügte sie hinzu: »Ich liebe dich.«

»Was?« Er trank sein Glas leer, die Eiswürfel klirrten.

»Wirklich, ich liebe dich.«

»Und warum hört sich das so an, als würdest du dich übergeben?«

»Weil ich mich noch nicht an den Gedanken gewöhnt habe.« Sie liebte Dean Robillard. Sie wusste, sie musste dieses erschreckende Wagnis eingehen. »In letzter Zeit hatte ich viel Zeit, um nachzudenken, und …« Ihr Mund war so trocken, dass sie die Worte nur mühsam hervorstieß. »Okay, ich begleite dich nach Chicago. Leben wir eine Weile zusammen, warten wir ab, wie es funktioniert.«

Diesem Vorschlag folgte eisiges Schweigen. Blues Nerven begannen zu flattern.

»Der Deal ist nicht mehr aktuell.«

»Aber – erst vor vier Tagen …«

»Auch ich hatte Zeit, um nachzudenken.«

»Oh, ich wusste es ja, genau das würde passieren.« Blue sprang frustriert auf. »Für dich war ich nur eine amüsante Abwechslung.«

»Soeben hast du bestätigt, was ich von dir halte, ich kann dir nicht trauen.«

Am liebsten hätte sie in sein Gesicht geschlagen. »Wieso nicht? Ich bin der vertrauenswürdigste Mensch von der Welt. Frag meine Freunde!«

»Die Freunde, mit denen du telefonierst, weil du nie länger als ein paar Monate in ein und derselben Stadt bleibst?«

»Vorhin habe ich gesagt, ich würde dich nach Chicago begleiten.«

»Nicht nur du brauchst eine gewisse Sicherheit. Ich habe sehr lange gewartet, bis ich für die Liebe bereit war. Keine Ahnung, warum ich mich ausgerechnet in dich verknallt habe! Vielleicht gehört das zu den boshaften Streichen, die uns der Allmächtige manchmal spielt. Wie auch immer, ich will nicht jeden Morgen aufwachen und mich fragen, ob du noch da bist.«

Blue fühlte sich elend. »Was sollen wir tun?«

Herausfordernd starrte er sie an. »Sag *du's* mir.«

»Das habe ich doch schon getan. Fangen wir mit Chicago an.«

»Ja, natürlich, das würde dir gefallen«, spottete er. »In einer neuen Umgebung blühst du immer auf. Es fällt dir nur schwer, irgendwo Wurzeln zu schlagen.« Damit nahm er ihr den Wind aus den Segeln. Er stand auf. »Okay, wir leben in Chicago zusammen, ich mache dich mit meinen Freunden bekannt, wir amüsieren uns, wir streiten. Ein Monat vergeht, noch einer. Und dann ...« Ausdrucksvoll zuckte er die Achseln.

»Dann wachst du eines Morgens auf, und ich bin verschwunden.«

»Während der Saison bin ich oft unterwegs. Stell dir vor, wie dich das nerven würde. Und die Frauen – die stürzen sich auf alles, was ein Footballtrikot trägt. Was machst du, wenn du einen Lippenstiftfleck an meinem Hemdkragen findest?«

»Solange ich keinen auf deiner Unterhose finde, werde ich es ertragen.«

Nicht einmal ein schwaches Grinsen. »Anscheinend verstehst du mich nicht, Blue. Dauernd sind die Frauen hinter mir her. Und es widerspricht meiner Natur, einfach wegzugehen, ohne sie wenigstens anzulächeln und ihre schönen Haare oder Augen oder sonst was zu bewundern. Da fühlen sie sich gut. Und ich fühle mich auch gut. So bin ich nun mal.«

Der geborene Charmeur. Wie sie ihn liebte.

»Niemals würde ich dich betrügen.« Eindringlich schaute er in ihr Gesicht. »Auch das gehört zu meiner Natur. Aber wie solltest du mir glauben, wenn du auf einen Beweis dafür wartest, dass ich dich nicht liebe, dass ich genauso bin wie die anderen, die dich enttäuscht haben? Ich kann nicht auf alles achten, was ich tue oder sage, aus lauter Angst, du würdest davonlaufen. Nicht nur *deine* Seele hat Narben abgekriegt.«

Seine unwiderlegbare Logik beunruhigte sie. »Muss ich mir einen Platz im Team Robillard *verdienen? Ist es das?«

Sie erwartete, er würde protestieren. Stattdessen stimmte er zu. »Ja, das ist es wohl.«

In ihrer Kindheit hatte sie stets zu beweisen versucht, sie wäre der Liebe ihrer Mitmenschen würdig, und immer wieder Fehlschläge erlitten. Heißer Zorn schnürte ihr die Kehle zu, und sie wollte ihn zum Teufel jagen. Aber irgendetwas in seiner Miene hinderte sie daran – die mitleiderregende Verletzlichkeit eines Mannes, der alles hatte. In diesem Moment erkannte sie, was sie tun musste. Vielleicht würde es klappen oder auch nicht. Würde sie dem Begriff »gebrochenes Herz« eine neue Bedeutung verleihen? »Ich bleibe hier.«

Dean legte den Kopf schief, als hätte er sich verhört.

»Alles klar, das Team Bailey bleibt hier. Auf der Farm. Allein.« Ihre Gedanken überschlugen sich. »Du musst mich nicht einmal besuchen. Wir sehen uns erst wieder …« Atemlos suchte sie nach einem geeigneten Zeitpunkt. »Beim Erntedankfest.« *Wenn ich dann noch da bin – wenn du mich immer noch willst.* »Ich werde beobachten, wie sich die Bäume verfärben, malen und mich an Nita rächen, für alles, was sie mir angetan hat. Vielleicht helfe ich Syl, den neuen Souvenirladen einzurichten oder …« Ihre Stimme brach. »Seien wir doch ehrlich zueinander. Sonst gerate ich in Panik und fahre davon.«

»Also willst du auf der Farm wohnen?«

Will ich das? Irgendwie schaffte sie es zu nicken. Das musste sie tun, für sie beide, vor allem für sich selbst. Sie war ihrer Ziellosigkeit müde, und sie fürchtete die Person, zu der sie sich entwickeln könnte, wenn sie weiterhin durch die Welt zog – eine Frau, deren unbedeutendes Leben in den Kofferraum eines Autos passte. »Ja, ich versuch es.«

»Oh, du *versuchst* es?« Wie ein Messer schnitt seine Stimme in ihre Brust.

»Was verlangst du denn von mir?«, klagte sie.

Der Mann aus Stahl schob sein Kinn vor. »Sei so entschlossen, wie du vorgibst zu sein.«

»Glaubst du, ich *bin's* nicht?«

Seine Lippen verkniffen sich, und eine böse Ahnung stieg in ihr auf. »Nicht entschlossen genug. Verdoppeln wir die Einsätze.« Hoch aufgerichtet stand er vor ihr. »Das Team Robillard wird die Farm nicht besuchen, nicht einmal anrufen und auch keine E-Mails schicken. Also muss das Team Robillard jeden Tag von seinem Glauben leben.« Gnadenlos fuhr er fort: »Du wirst nicht wissen, wo ich mich herumtreibe und mit wem ich zusammen bin, ob ich dich vermisse oder betrüge, ob ich überlege, wie ich endgültig mit dir Schluss machen könnte.« Einige Sekunden lang schwieg er. Als er wieder sprach, war die Aggression verflogen, seine Stimme schien ihre Haut zu streicheln. »Du wirst den Eindruck gewinnen, ich würde dich im Stich lassen. So wie alle anderen.«

Obwohl sie seine Zärtlichkeit spürte, war sie zu verunsichert, um darauf einzugehen. »Jetzt muss ich ins Gefängnis zurück ...«

»Blue ...« Behutsam berührte er ihre Schulter.

Aber sie rannte ins nächtliche Dunkel und stolperte über das Gras zu Chief Wesleys Auto.

Alles verlangte er von ihr. Und er würde ihr nichts dafür geben. Nichts außer seinem Herzen, das ihr noch unsicherer erschien als ihr eigenes.

25

Zunächst malte Blue mehrere Zigeunerwagen. Manche standen auf abgeschiedenen Wiesen, andere fuhren über Landstraßen zu fernen Minaretten und vergoldeten Zwiebeltürmen. Dann entstand ein magisches Dorf, aus der Vogelperspektive betrachtet, mit gewundenen Straßen, tanzenden weißen Pferden und Elfen, die da und dort auf Schornsteinen kauerten.

Wie eine Besessene malte sie. Sobald eine Leinwand vollendet war, nahm sie sich eine neue vor. Sie schlief kaum, aß nur wenig. Alle ihre Bilder lagerte sie in einer Abstellkammer des Farmhauses.

»Du stellst dein Licht unter den Scheffel, genauso wie Riley es getan hat«, überschrie Nita eines Sonntagnachmittags den Lärm im Barn Grill. Eine goldene Septembersonne erhellte das Lokal. Seit Deans Rückkehr nach Chicago waren zwei Monate verstrichen. »Wenn du nicht den Mut aufbringst, deine Werke in der Öffentlichkeit zu präsentieren, verlierst du meinen Respekt.«

»O Gott, das wird mich um den Schlaf bringen«, erwiderte Blue. »Und tu nicht so, als hätte niemand diese Bilder gesehen. Ich weiß, du schickst Dean regelmäßig Kopien von den Digitalfotos, die ich nur mache, weil du mich dazu zwingst.«

»Unfassbar, dass Dean und seine Eltern ihre Story an ein so vulgäres Klatschblatt verkauft haben! Beim Anblick dieser Schlagzeile bekam ich fast einen Herzanfall. ›Football-star – Jack Patriots uneheliches Kind.‹ Eigentlich müssten sie eine gewisse Würde wahren.«

»Das vulgäre Klatschblatt hat ihnen die höchste Summe geboten. Übrigens abonnierst du es seit Jahren.«

»Nun, das spielt keine Rolle«, schnaufte Nita.

Die Titelstory war in der zweiten Augustwoche erschienen.

Kurz danach hatten Dean und seine Eltern ein TV-Interview gegeben. April erklärte Blue, ihr Sohn habe auf Nitas Geburtstagsparty beschlossen, seine Geheimnisse zu enthüllen. Darüber sei Jack tief gerührt gewesen. Das Geld für die Story spendeten sie verschiedenen Organisationen, die Familien für Problemkinder suchten. Dagegen hatte nur Riley protestiert. Sie hätte eine finanzielle Unterstützung junger Hunde bevorzugt.

Mit allen außer Dean hatte Blue telefoniert. April erzählte nicht viel über ihn. Und Blue wollte keine Fragen stellen.

Nita zupfte an einem Rubinohrring. »Falls dich meine Meinung interessiert – die ganze Welt ist verrückt. Gestern haben vier Wohnwagen die Parkplätze vor der neuen Buchhandlung okkupiert. Sicher werden wir bald an jeder Ecke ein McDonald's haben. Übrigens, warum du den Mitgliedern des Garrison-Frauenclubs gesagt hast, von jetzt an könnten sie sich in meinem Haus treffen, werde ich nie verstehen.«

»Und ich begreife nicht, warum du plötzlich mit dieser grässlichen Gladys Prader befreundet bist, die du früher gehasst hast. Wollt ihr vielleicht einen Hexenzirkel gründen?«

Nita saugte so heftig an ihrem Gebiss, dass Blue fürchtete, die alte Frau würde einen Schneidezahn verschlucken.

In diesem Moment kam Tim Taylor zu ihnen. »Das Match fängt gleich an. Mal sehen, ob die Stars endlich was zu Stande bringen.« Er zeigte auf das große TV-Gerät, das der Geschäftsführer des Barn Grill angeschafft hatte, damit die Gäste jeden Sonntagnachmittag die Spiele der Stars verfolgen konnten. »Und kneifen Sie nicht jedes Mal die Augen zusammen, wenn Dean hinfällt. Sonst sehen Sie wie ein Weichei aus.«

»Kümmern Sie sich um ihren eigenen Kram!«, zischte Nita.

Seufzend legte Blue den Kopf auf die Schulter der alten Lady. Nach einer Weile sagte sie so leise, dass nur Nita die Worte hörte: »Das halte ich nicht mehr lange aus.«

Nita tätschelte ihre Hand, strich mit knotigen Fingerknöcheln über ihre Wange und stieß sie schließlich in die Rippen. »Sitz gerade, oder du kriegst einen Buckel.«

Im Oktober besserten sich Deans Leistungen auf dem Spielfeld, seine Laune nicht. Blue wohnte nach wie vor im Farmhaus. Aber niemand wusste, wie lange sie noch bleiben würde. Die magischen, farbenfrohen Gemälde vom Zigeunerwagen und exotischen fernen Orten, deren Fotos Nita überall herumzeigte, wirkten keineswegs ermutigend, denn sie bezeugten ihre Wanderlust. Inzwischen war die Aufregung über Deans nahe Verwandtschaft mit Jack Patriot verebbt. Zumindest ein Mitglied seiner Familie besuchte jedes seiner Footballspiele, je nachdem, wie es sich mit schulischen oder beruflichen Pflichten vereinbaren ließ. Er liebte sie alle.

Doch die Leere in seinem Innern wuchs. Mit jedem Tag

schien sich Blue weiter von ihm zu entfernen. Immer wieder griff er zum Telefon, um sie anzurufen. Doch jedes Mal legte er wieder auf. Sie hatte seine Nummer, und *sie* war es, die etwas beweisen sollte, nicht er. Also musste *sie* den ersten Schritt tun.

An einem regnerischen Montagmorgen Ende Oktober öffnete er die Chicago Sun Times und rang nach Atem. Ein großes Farbfoto zeigte ihn im Waterworks, seinem Lieblingstanzclub, zusammen mit einem Model, das er letztes Jahr ein paar Mal getroffen hatte. In einer Hand hielt er ein Bier, sein anderer Arm umschlang die Taille der Frau, die ihn leidenschaftlich küsste.

Anscheinend kamen sich Dean Robillard und seine Exfreundin, Model Ally Treebow, neulich im Waterworks sehr nahe. Jetzt, wo die beiden wieder zusammen sind – wird der Quarterback der Stars endlich den Status des begehrenswertesten Junggesellen von Chicago aufgeben?

In seinen Ohren rauschte das Blut. Darauf hatte Blue gewartet. Als er nach dem Telefon griff, warf er seinen Kaffee um. Sein Entschluss, keinen Kontakt mit ihr aufzunehmen, war vergessen. Aber sie meldete sich nicht. Er begann Nachrichten auf ihrem Anrufbeantworter zu hinterlassen. Keine Reaktion. Schließlich rief er Nita an. Da sie alle Chicagoer Zeitungen abonniert hatte, würde Blue das Foto sehen.

Auch Nita meldete sich nicht. In einer Stunde musste er im Hauptquartier der Stars am obligatorischen Montagmorgentraining teilnehmen. Trotzdem sprang er ins Auto, raste zum O'Hare-Flughafen, und auf der Fahrt gestand er sich endlich die Wahrheit ein.

In dieser Partnerschaft war nicht nur Blue verkorkst. Während sie ihren Kampfgeist nutzte, um sich die Leute vom Leib zu halten, erreichte er mit seiner Freundlichkeit den gleichen Zweck. Auf dem Footballplatz mochte er furchtlos sein – im wirklichen Leben war er ein Feigling. Ständig hielt er sich zurück. In seiner Angst zu verlieren, setzte er sich lieber freiwillig auf die Bank, statt das Spiel zu beenden. Hätte er sie bloß nach Chicago mitgenommen. Sicher wäre es besser gewesen, die Trennung zu riskieren, als sich einfach aus dem Staub zu machen. Nun musste er endlich erwachsen werden.

Wegen eines Schneesturms in Tennessee fiel der nächste Flug aus. Erst am späten Nachmittag landete Dean im kalten, verregneten Nashville. Er mietete ein Auto und fuhr nach Garrison. Unterwegs sah er umgestürzte Bäume und Arbeiter, die beschädigte Stromleitungen reparierten. Schließlich bog er in die schlammige Straße zur Farm ein. Trotz der kahlen Bäume, der nassen braunen Wiesen und seiner Magenschmerzen hatte er das Gefühl, heimzukehren. Beim Anblick des Lichts hinter den Wohnzimmerfenstern konnte er zum ersten Mal, seit er am Morgen die Zeitung aufgeschlagen hatte, befreit atmen.

Er ließ das Auto beim Stall stehen und rannte durch den Regen zur Seitentür. Da sie verschlossen war, musste er sie mit seinem Schlüssel aufsperren. »Blue?« Er zog die nassen Schuhe aus, behielt aber den Mantel an, während er durch das eiskalte Haus eilte.

Neben der Spüle stand kein schmutziges Geschirr, auf den Küchentheken lagen keine geöffneten Cräcker-Packungen. Alles makellos sauber … Über seinen Rücken rann ein Schauer. Das Haus fühlte sich verlassen an.

»Blue!« Er lief ins Wohnzimmer. Doch das Licht, das er durch die Fenster gesehen hatte, stammte vom Lämpchen einer Digitaluhr. »Blue!«, rief er, stürmte die Treppe hinauf und nahm immer zwei Stufen auf einmal.

Noch bevor er sein Schlafzimmer erreicht hatte, wusste er, was er sehen würde. Sie war verschwunden, ihre Kleider hingen nicht in seinem Schrank. Und die Schubladen, die ihre T-Shirts und die Unterwäsche hätten enthalten müssen, waren leer. In der Duschkabine lag eine unbenutzte, noch eingepackte Seife in der kleinen Schale, und die einzigen Toilettenartikel im Badezimmerschränkchen gehörten ihm. Mit schweren Beinen betrat er den Raum, den Jack bewohnt hatte. Blue hatte erwähnt, wegen des günstigen Lichts würde sie gern hier arbeiten. Nicht einmal eine einzige Farbtube war zurückgeblieben.

Dean stieg die Treppe hinab. Bei ihrem offenbar überstürzten Aufbruch hatte sie ein Sweatshirt in der Halle vergessen und ein Buch im Wohnzimmer liegen lassen. Aber im Kühlschrank standen keine Kirschjoghurts mehr – ihre Lieblingsspeise. Er kehrte ins Wohnzimmer zurück. Blicklos starrte er das Standby-Licht des Fernsehers an. Er hatte gewürfelt und verloren.

Plötzlich läutete sein Handy, und er zog es aus der Manteltasche. April meldete sich und wollte wissen, wo er steckte. In seinem Chicagoer Haus hatte sie ihn nicht erreicht. Als er die Sorge aus ihrer Stimme heraushörte, stützte er seine Stirn in die freie Hand.

»Mom, sie ist nicht da«, sagte er heiser. »Sie ist weggelaufen.«

Irgendwann schlief er auf der Couch ein. Im Hintergrund dröhnte QVC. Erst am nächsten Vormittag erwachte er, mit steifem Nacken und flauem Magen. Das Haus war immer noch kalt, Regen trommelte auf das Dach. Mit schwankenden Beinen ging er in die Küche und kochte Kaffee. Brennend rann die schwarze Brühe durch seine Kehle.

Wie ein trostloses Vakuum erstreckte sich sein restliches Leben vor seinem geistigen Auge. Er fürchtete die Rückfahrt zum Flughafen. All diese Meilen – und nichts anderes zu tun, als seine Fehlschläge zu zählen. Am Sonntag würden die Stars gegen die Steelers spielen. Er musste Videos studieren, eine Strategie planen. Das alles interessierte ihn nicht im Mindesten. Er zwang sich zu duschen, aber für eine Rasur fehlte ihm die Energie. Seine leeren Augen starrten ihn aus dem Spiegel an. In diesem Sommer hatte er seine Familie gefunden und jetzt seine Seelenkameradin verloren. Ein Handtuch um die Taille geschlungen, tappte er blindlings ins Schlafzimmer.

Die Beine gekreuzt, saß Blue mitten auf dem Bett. Verwirrt taumelte er zurück.

»He, du«, sagte sie leise.

Seine Knie wurden weich. So lange hatte er sie nicht gesehen und dabei ganz vergessen, wie schön sie war. Kurze Locken streiften die äußeren Winkel ihrer Brombeeraugen. Zu einer Wickelbluse aus grünem Jersey trug sie Jeans, die sich eng an ihre schmalen Hüften schmiegten. Neben dem Bett lagen dunkelgrüne Ballerinas am Boden. Statt verzweifelt zu wirken, schien sie seinen Anblick zu genießen, und ihr Lächeln wirkte fast scheu.

Da traf es ihn wie ein Donnerschlag. Nach all den Qualen dieses letzten Tages. *Sie hat das Foto nicht gesehen!* Vielleicht waren die Zeitungen wegen des Schneesturms nicht nach Garrison gelangt. Aber warum war sie dann ausgezogen?

»Hast du mir mitgeteilt, dass du kommen würdest, Dean?«

»Eh – ein oder zwei Nachrichten auf deinem Anrufbeantworter ...« Mindestens ein Dutzend.

»Tut mir leid, ich habe mein Handy irgendwo liegen lassen.« Forschend schaute sie ihn an.

Er wollte sie küssen, bis beiden der Atem ausging. Doch das konnte er nicht. Noch nicht. Vielleicht nie mehr. »Wo sind deine Sachen?«

»Was meinst du?« Verwundert legte sie den Kopf schief.

»Deine Kleider, deine Farben?« Unwillkürlich hob er seine Stimme. »Deine Bodylotion? Deine verdammten Joghurts? *Wo ist das alles?*«

Sie starrte ihn an, als würde sie an seinem Verstand zweifeln. »Überall.«

»Nein, eben nicht!«

Langsam und etwas ungeschickt faltete sie ihre Beine auseinander. »Ich habe im Cottage gemalt. Jetzt benutze ich keine Acrylfarben mehr, sondern Öl. Wenn ich da drüben male, muss ich nachts keine unangenehmen Dämpfe einatmen.«

»Warum hast du mir das nicht gesagt?« O Gott, er schrie. Mühsam zwang er sich zur Ruhe. »Hier gibt's *nichts zu essen*!«

»Weil ich im Cottage esse. Sonst muss ich immer hin und her laufen, wenn ich hungrig bin.«

Dean atmete ein paar Mal tief durch, um seine Adrenalinexplosion zu bekämpfen. »Und deine Kleider? Die sind verschwunden.«

»Nein«, erwiderte sie, immer noch verwirrt. »Ich habe meine Sachen in Rileys Zimmer gebracht. Ohne dich konnte ich nicht ertragen, hier zu schlafen. Lach mich nur aus ...«

»Sei versichert, zum Lachen ist mir wirklich nicht zu-

mute.« Er ließ die Hände sinken, die er in die Hüften gestützt hatte. »Verzichtest du neuerdings auf deine Körper-
pflege?« Er musste sich vergewissern. »Seltsamerweise ist
meine Dusche unbenutzt.«

Sie schwang die Beine über seine Bettkante. »Das andere Bad liegt näher bei Rileys Zimmer. Fühlst du dich nicht
gut? Allmählich machst du mir Angst.«

Auf den Gedanken, die anderen Badezimmer zu inspizieren oder im Cottage nachzuschauen, war er gar nicht
gekommen. Weil er nur gesehen hatte, was seine Erwar-
tung bestätigen würde – eine unzuverlässige Frau. In
Wirklichkeit war *er* unzuverlässig gewesen, nicht bereit,
sein Herz aufs Spiel zu setzen. Nun bemühte er sich um
eine neue Perspektive. »Wo warst du gestern?«

»In Atlanta. Dauernd liegt Nita mir wegen meiner Bilder in den Ohren. Da ist dieser fabelhafte Kunsthändler,
der ...« Besorgt unterbrach sie sich. »Das erzähle ich dir
später. Haben sie dich auf die Bank gesetzt? Ist es das, was
dich so bedrückt?« Empört schnappte sie nach Luft. »Wie
konnten sie nur? Hast du so schlecht gespielt?«

»Nein, sie haben mich nicht auf die Bank gesetzt.«
Dean strich mit allen Fingern durch sein feuchtes Haar. Im
Schlafzimmer war es eisig kalt, eine Gänsehaut überzog
seinen ganzen Körper, und nichts war geklärt. Gar nichts.
»Ich muss dir was erzählen. Hör erst mal zu, bevor du aus-
flippst. Versprich mir das.«

»O Gott, du hast einen Gehirntumor!« Ihr Atem stockte. »Die ganze Zeit, während ich mich hier verkroch ...«

»Verdammt, ich habe keinen Gehirntumor!«, stieß er
hervor. »Gestern erschien ein Foto von mir in der Zeitung.
Das wurde bei einer Benefizgala für die Krebsforschung
geknipst. Da war ich letzte Woche.«

Blue nickte. »Vorhin war ich bei Nita. Sie hat's mir gezeigt.«

»Also hast du's gesehen?«

»Ja.« Sie starrte ihn immer noch an, als wäre er geistesgestört.

»Meinst du das Foto in der gestrigen *Sun Times*-Ausgabe?« Zögernd ging er zu ihr. »Auf dem ich eine Frau küsse?«

Endlich umwölkte sich ihre Miene. »Wer war das eigentlich? Dieses Biest müsste ich in den Arsch treten.«

Vielleicht hatte er im Lauf seiner Karriere zu viele Gehirnerschütterungen erlitten, denn ihm wurde ganz schwindlig, er musste sich auf die Bettkante setzen.

»Glaub mir, Nita war wütend.« Blue warf ihre Arme in die Luft und begann umherzuwandern. »Obwohl sie angefangen hat, dich zu mögen, hält sie immer noch alle Männer für Abschaum.«

»Du nicht?«

»Nicht alle. Aber erinnere mich nicht an Monty, den grandiosen Versager. Weißt du, dass er den Nerv hatte, mich anzurufen und ...«

»Monty ist mir egal!«, fiel er ihr ins Wort und sprang auf. »Ich will dir von diesem Foto erzählen!«

Ärgerlich zuckte sie die Achseln. »Also gut.«

Das verstand er nicht. War Blue nicht die Frau, die jeden Morgen mit der Angst erwachte, irgendjemand hätte sie wieder im Stich gelassen? Er verknotete sein Handtuch, das von seinen Hüften zu rutschen drohte, etwas fester. »Nun, ich stand an der Bar, als diese Frau zu mir kam. Letztes Jahr hatten wir uns ein paar Mal getroffen – nichts Ernstes. Aber sie war betrunken und warf sich an meine Brust. Buchstäblich. Damit sie nicht umfiel, musste ich sie festhalten.«

»Hättest du sie fallen lassen. Manche Leute haben einfach keinen Respekt vor deiner Intimsphäre.«

Warum musste sie ihn mit diesem coolen Blick nerven? »Aber ich habe mich von ihr küssen lassen und sie nicht weggestoßen.«

»Das verstehe ich. Du wolltest sie nicht in Verlegenheit bringen. Immerhin standen all die vielen Leute um euch herum und …«

»Genau. Ihre Freunde, meine Freunde, zahllose Fremde und dieser verdammte Fotograf. Aber sobald sie mich losließ, zog ich sie beiseite, und wir führten ein kurzes Gespräch über unsere Beziehung, die nicht existiert. Dann dachte ich nicht mehr daran, bis ich gestern die Zeitung aufschlug. Ich versuchte dich anzurufen, aber …«

Prüfend schaute sie ihn an, und ihre Brauen zogen sich zusammen. »Bist du hierhergeflogen, weil du dachtest, ich würde wegen dieser Lappalie weglaufen?«

»Hör mal, ich habe *eine andere Frau geküsst*!«

»Also hast du wirklich geglaubt, ich würde wegen dieses blöden Fotos abhauen? Nach allem, was ich durchgemacht habe, um dir was zu *beweisen*!« Aus ihren Augen schienen Brombeerfunken zu sprühen. »Was für ein Idiot du bist!«, kreischte sie und stürmte aus dem Schlafzimmer.

Das *glaubte* er einfach nicht. Hätte *er* ein Foto gesehen, auf dem Blue einen anderen Mann küsste, würde er die Welt in Stücke reißen. Er rannte in den Flur und hinter ihr her. Mit jeder Sekunde fühlte sich das nasse Handtuch, das seine Hüften umhüllte, noch kälter an. »Heißt das, du hattest gar keine Angst, ich würde herumhuren?«

»Nein!« Sie wollte die Stufen hinablaufen. Aber sie hielt am Treppenabsatz inne und fuhr herum. »Erwartest du wirklich, ich würde jedes Mal ausflippen, wenn sich eine

Frau an deinen Hals hängt? Dann wäre ich noch vor dem Ende der Flitterwochen ein nervöses Wrack. Allerdings wenn's direkt vor meinen Augen passiert ...«

Dean erstarrte. »War das ein Heiratsantrag?«

Wütend umklammerte sie das Treppengeländer. »Hast du ein Problem damit?«

Da erstrahlte die Anzeigentafel in hellem Licht. Jubelnd wollte er sich mit dieser Welt, dem besten aller Teamkameraden, auf dem Spielfeld wälzen. »O Gott, ich liebe dich!«

»Was mich kein bisschen beeindruckt!«, fauchte sie und stapfte die Treppe hinab. »Warum glaube ich an dich, während du ...? Nach allem, was ich durchgemacht habe, und nachdem ich deinetwegen mein ganzes Leben geändert habe, vertraust du mir nicht?«

Klugerweise entschied er, dies wäre der falsche Zeitpunkt, um eine Diskussion über ihre Vergangenheit zu beginnen. Außerdem gab er ihr Recht, er musste ihr erzählen, was er über sich selbst herausgefunden hatte, aber nicht jetzt. Er folgte ihr in die Halle hinab. »Weil ich ein unsicherer Trottel bin und zu gut aussehe?«

»Bingo!« Blue blieb neben dem Kleiderständer stehen. »In dieser Beziehung habe ich dir zu viel Spielraum gelassen. Offensichtlich wird's Zeit, dass *ich* die Führung übernehme.«

»Würdest du dich erst mal ausziehen?« Zwischen ihren Brauen bildete sich eine steile Falte. So leicht würde er ihrem Zorn nicht entrinnen. Hastig änderte er seine Taktik. »Wo hast du dieses Outfit her?«

»Das hat April für mich bestellt. Mit so was kann ich mich nicht befassen.« Ihre Locken wippten. »Und ich bin viel zu *sauer,* um mich auszuziehen.«

»Das verstehe ich natürlich. Ich habe dir einiges angetan.« In seiner Brust entstand ein wunderbarer Seelenfrieden, der nur von der kraftvollen Erektion gestört wurde, die nicht einmal von dem kalten, feuchten Handtuch entmutigt wurde. »Erzähl mir von Atlanta, meine Süße.«

Anscheinend war das ein genialer Schachzug, denn sie vergaß vorübergehend, dass er ein verunsicherter liebeskranker Idiot war. »O Dean, es war fantastisch. Dieser Mann ist der berühmteste Kunsthändler in den Südstaaten. Dauernd faselte Nita von meinen Gemälden. Damit machte sie mich so wahnsinnig, dass ich ihm schließlich ein paar Fotos schickte. Am nächsten Tag rief er mich an und wollte alle meine Werke sehen.«

»Und du konntest nicht zum Telefon greifen und mich über so was Wichtiges informieren?«

»Du hattest andere Sorgen. Also ehrlich, Dean, wenn dich die Offensive der Stars nicht besser beschützt ...«

»Blue ...« Allmählich verlor er die Geduld.

»Jedenfalls, es war großartig. Er wird eine Ausstellung für mich organisieren. Du glaubst nicht, welche Preise er verlangen will.«

Genug war genug. »Diesen Termin werden wir berücksichtigen, wenn wir das Hochzeitsdatum festsetzen.« Mit zwei langen Schritten war er bei ihr, riss sie in die Arme und küsste sie so leidenschaftlich, wie er es monatelang erträumt hatte. Und sie erwiderte den Kuss. Verdammt, ja, das tat sie! »Sobald die Saison vorbei ist, heiraten wir.«

»Okay.«

»Mehr hast du nicht zu sagen?«

Liebevoll umfasste sie sein Kinn. »Du bist ein sehr standhafter Mann, Dean Robillard. Das wurde mir immer klarer, während ich meine Bilder malte. Weißt du, was ich sonst noch herausfand?« Ihr Finger strich über seine Unterlippe. »Genauso standhaft bin ich auch, loyal und unerschütterlich.« Als er sie noch fester an sich zog, schmiegte sie ihre Wange an seine Brust. »Du hast gesagt, ich müsse irgendwo Wurzeln schlagen. Damit hattest du Recht. Es war zu einfach, glücklich zu sein, während wir beisammen waren. Wahrscheinlich wollte ich gerade deshalb Schwierigkeiten machen. Und dann half mir das Bewusstsein, dass ich jetzt eine richtige Familie habe. Jetzt fürchte ich mich nicht mehr.«

»Das freut mich. April ist ...«

»Oh, nicht April«, unterbrach sie ihn und hob ihr Gesicht zu ihm empor. »Sie gehört zu meinen liebsten Freundinnen. Aber schauen wir den Tatsachen ins Auge, bei ihr wirst immer *du* an erster Stelle stehen.« Entschuldigend lächelte sie ihn an. »Und Nita – sie liebt mich bedingungslos. Glaub mir, sie wird mich nur verlassen, wenn ihr jemand einen Pfahl ins Herz stößt.« Nachdenklich fügte sie hinzu: »Trotzdem würde ich lieber April bitten, unsere Hochzeit auszurichten. Wärst du damit einverstanden? Ich selber würde alles vermasseln. Außerdem habe ich keine Zeit dafür, weil ich malen möchte.«

»Willst du nicht einmal deine eigene Hochzeit planen?«

»Ehrlich gesagt, ich interessiere mich nicht besonders für Hochzeiten.« Mit träumerischen Augen sah sie zu ihm auf. »Andererseits, mit dem Mann verheiratet zu sein, den ich liebe – das interessiert mich sogar sehr.« Fordernd küsste er sie, bis sie ihn atemlos wegschob. »Noch länger ertrage ich das nicht. Warte hier!«

Sie rannte die Treppe hinauf, und obwohl ihm eine Erkältung drohte, harrte er tapfer aus. Um sich zu wärmen, wanderte er umher und entdeckte weitere magische Kreaturen an den Wänden des Speisezimmers, zum Beispiel einen Drachen mit gütiger Miene. Am Fenster des Zigeunerwagens standen die Silhouetten zweier winziger Gestalten.

Als er Schritte hörte, drehte er sich um. Von den schwarzen Biker-Stiefeln abgesehen, trug sie nur einen rosa Spitzen-BH und ein passendes Höschen. Seine Blue in Rosa. Unfassbar. Endlich hatte sie den Mut gefunden, feminine Outfits zu tragen und sanfte Bilder zu malen.

»Laufen wir um die Wette!«, rief sie herausfordernd, stürmte in die Küche und zur Seitentür. Unter dem knappen Slip schimmerten ihre kleinen Hinterbacken wie halbierte Pfirsiche. Ein paar Sekunden verlor er, weil er sie hingerissen anstarrte. Aber er holte sie auf halbem Weg durch den Hof ein. Inzwischen war der Nieselregen wieder in einen heftigen Schneeregen übergegangen. Das Handtuch glitt von Deans Taille. Splitternackt und barfuß, fror er erbärmlich. Blue holte wieder einen Vorsprung heraus und erreichte die Tür des Wohnwagens zuerst. Lachend drehte sie sich um, so übermütig wie einer der Kobolde, die sie gemalt hatte. In ihrem Haar funkelten Eistropfen, unter dem feuchten BH zeichneten sich die dunklen Knospen ihrer Brüste ab.

Zitternd folgte er ihr in den kalten Wohnwagen. Sie schlüpfte aus den Stiefeln, und er streifte das regennasse rosa Höschen nach unten. Dann sanken sie in die schmale Koje. Sie landete auf ihm, und er zog die Steppdecke über beide fröstelnden Körper und die Köpfe. In ihrer finsteren Höhle wärmten sie einander mit Küssen und Liebkosungen.

Der Schneeregen rieselte auf das gewölbte Dach und klopfte an die kleinen Fenster. Geschützt und geborgen lagen sie beisammen.

Epilog

Wahrscheinlich wurden Smokings nur erfunden, damit Dean Robillard einen tragen kann, dachte Blue, als sie im Februar vor dem Altar standen. Er sah so fabelhaft aus, dass sie ihn in Gedanken auszog, um sich nicht einschüchtern zu lassen.

Aber auch sie wirkte erstaunlich attraktiv in ihrem Vera Wang-Brautkleid, das April ausgesucht hatte. Der künftigen Schwiegermutter diesen Job anzuvertrauen, war Blues zweitklügste Entscheidung gewesen, nach dem Entschluss, diesen Mann zu heiraten, der sich ebenso unsicher gefühlt hatte wie sie selbst.

Viele hundert weiße Orchideen, vom anderen Ende der Welt eingeflogen, schmückten den Altarraum. Auf den hellblauen Schleifen an den Kirchenbänken und den Podesten mit den Blumenarrangements glitzerten aufgestickte Kristalle. Deans Freunde und Teamkameraden und die neuen Freunde aus Garrison füllten das Kirchenschiff. Dank dem überragenden Quarterback hatten die Stars die AFC-Meisterschaft nur knapp verpasst, ein triumphaler Erfolg nach dem vermasselten Saisonbeginn.

An Deans anderer Seite stand sein Trauzeuge Jack, wie der Sohn in einem erstklassig geschnittenen Smoking. Doch der Vater hatte das Outfit mit Ohrringen aus Silber und Jettperlen aufgepeppt. Das eisblaue Kleid der Brautjungfer April war etwas seriöser als das Strandkleid, das sie bereits für ihre bevorstehende Hochzeit auf Hawaii gewählt hatte. An diesem Fest sollten nur die Familie und die engsten Freunde teilnehmen. Riley durfte ihre beste Schulfreundin mitbringen, damit sie die Gesellschaft einer Altersgenossin genießen konnte. Dean hatte seinen Eltern bereits das Gelände rings um den Teich zur Hochzeit geschenkt. Bald würden sie das alte Cottage abreißen lassen und ein Ferienhaus bauen.

»Wer übergibt diese Frau diesem Mann zur Ehe?«

Nita erhob sich in der ersten Kirchenbank, eine majestätische Erscheinung in einem fließenden blauen Kaftan. »Ich!«, verkündete sie in einem Ton, der keinen Widerspruch duldete.

Voller Stolz war sie an Blues Seite durch den Mittelgang gehinkt – für beide ein perfektes Arrangement, denn Virginia hielt sich immer noch in Kolumbien auf, um für das Wahlrecht unterprivilegierter Bevölkerungsgruppen zu kämpfen. Dean hatte ihr ein Handy geschickt, seither telefonierte sie etwas öfter mit ihrer Tochter.

Auch Riley stand von der vorderen Bank auf, bildhübsch und glücklich in einem hellblauen Kleid und mit weißen Rosenknospen im dunklen Haar. Jack ergriff seine Gitarre und begleitete sie zu dem Song, den sie gemeinsam für die Zeremonie geschrieben hatten. Zunächst erfüllte nur die glockenklare Kinderstimme das Kirchenschiff. Als Jack ebenfalls zu singen begann, raschelten mehrere Taschentücher.

Nun war es an der Zeit, das Ehegelübde zu sprechen. Dean wandte sich zu Blue, die Augen voller Liebe, und sie wusste, ihr Blick würde die gleichen Gefühle ausdrücken. Nur Schönheit und Freude hüllte beide ein, Kerzenflammen und Orchideen, Verwandte und Freunde. Blue stellte sich auf die Zehenspitzen. »Dank deiner Mom erlebst du die Hochzeit, von der du schon als kleines Mädchen geträumt hast.«

Deans schallendes Gelächter war ein Grund mehr, warum sie diesen Mann über alles liebte.

Die Hochzeitsnacht verbrachten sie allein im Farmhaus. Am nächsten Morgen würden sie mit Deans Privatjet zu seinem Haus in Südfrankreich fliegen, wo sie die Flitterwochen verleben würden. Aber jetzt genossen sie erst einmal ihr gemütliches Wohnzimmer und lagen nackt auf mehreren Steppdecken, vor dem knisternden Kaminfeuer.

Blue schob ihr Knie zwischen Deans Schenkel. »Für zwei Kerle, die sich ständig über Umarmungen zwischen Männern lustig machen, habt ihr heute ziemlich dick aufgetragen, du und Jack.«

Grinsend presste er seine Lippen in ihr Haar. »Immerhin haben wir uns nicht geprügelt, was du von dir wohl kaum behaupten kannst.«

»Meine Schuld war das nicht. Wie sollte ich denn ahnen, dass Karen Ann unseren Hochzeitsempfang stören würde?«

»Ich wette, sie wird sich nie wieder auf eine Hochzeitstorte stürzen, nachdem du über zwei bullige Footballverteidiger hinweggesprungen bist, um ihr Manieren beizubringen.«

»Am besten gefiel mir Aprils Schrei. ›Nein, Blue, du trägst Vera Wang!‹«

Dean stimmte in ihr Gelächter ein. »Und mir gefiel am besten, wie Annabelle ihre Fäuste schwang und dir beistand.«

Hingebungsvoll küssten sie sich, es dauerte eine Weile, bis sie ihr Gespräch fortsetzten.

»Nun muss ich mich erst mal dran gewöhnen, dass ich mit einer reichen Frau verheiratet bin«, gestand Dean.

»Allzu schwer wird dir das nicht fallen.« Blues Gemälde verkauften sich großartig und wurden ihr gleichsam aus den Händen gerissen. Dafür interessierten sich vor allem Leute, die nicht viel von Kunst verstanden, aber genau wussten, was ihnen gefiel. Mit ihrer Arbeit inspirierte sie Dean zu einer Idee, wie er seine Zukunft nach der Footballkarriere gestalten konnte. Danach hatte er schon lange gesucht. Zusammen mit April wollte er eine extravagante Modelinie vermarkten, die auf Blues Designs basierte. Im nächsten Jahr würde seine Mom das Geschäft mit einigen Basics eröffnen. Wenn Dean den Profisport an den Nagel hängte, hofften sie ihre Angebote um Möbel und Innenarchitektur zu erweitern. Da beide ein untrügliches Stilgefühl besaßen und Dean ein ausgezeichneter Geschäftsmann war, zweifelte Blue nicht am Erfolg des Unternehmens.

Dean betrachtete das große Ölgemälde, das eine Wand des Wohnraums beherrschte und ihn bewogen hatte, die Hochzeitsnacht hier und nicht im Schlafzimmer zu zelebrieren. Zärtlich streichelte er Blues Schulter. »Ich glaube, noch nie hat ein Bräutigam ein schöneres Hochzeitsgeschenk bekommen.«

»Das sah ich in einem Traum«, erklärte sie und schmiegte ihr Gesicht in seine Halsbeuge. » Während ich daran arbeitete, schlief ich kaum.«

Sie hatte die Farm gemalt. Aber wie alle ihre Werke zeigte das Bild nicht die Realität, sondern eine magische Welt im Frühling und Sommer, im Herbst und im Winter.

Die Mauern des Hauses waren geöffnet, und man beobachtete, was darin geschah.

In einem Zimmer saßen sie alle um einen Weihnachtsbaum herum, in einem anderen blies eine alte Frau Geburtstagskerzen aus. Junge Hündchen tollten in der Küche umher. Im Hinterhof fand eine Superbowl-Siegesparty statt. Und auf einer nahen grünen Wiese feierte die Gemeinde von Garrison den 4. Juli. Am Rand der vorderen Veranda kauerte eine winzige Gestalt in einem Biberkostüm ohne Kopf auf einem Halloween-Kürbis. Ein ausgetretener Weg führte vom Farmhaus zum Teich, wo ein Vater und eine Tochter am Ufer Gitarre spielten und eine Frau mit langem blonden Haar ihre Arme zum Himmel emporhob. Auf der Weide grasten Pferde, fantasievolle Vögel bevölkerten das Dach des Stalls. Über dem Haus schwebte ein Heißluftballon mit einem Korb, aus dem zwei lächelnde Babys spähten – geborene Charmeure.

Deans Ehering glänzte im Feuerschein, als er auf die linke Seite des Gemäldes wies. »Außer dem Ballon gefällt mir diese Szene am besten.«

Mühelos erkannte Blue, was er meinte. »Ja, das dachte ich mir.«

Unter einem dichten Baldachin aus grünen Ästen stand der Zigeunerwagen. Dicke Ranken umwanden die Räder. In der Nähe hielten sich Blue und Dean an den Händen, und alle Menschen, die sie liebten, tanzten um sie herum.

Anmerkung der Autorin

Ich weiß, man hält die Schriftstellerei für einen einsamen Job. Aber so viele Leute unterstützen und ermutigen mich, dass ich einen ganz anderen Eindruck gewonnen habe. Ich danke den Leserinnen und Lesern, die mir wundervolle E-Mails schicken und mir im SEP Bulletin Board auf susanelizabethphillips. com Gesellschaft leisten. Dadurch lernte ich Beverly Taylor kennen, die so freundlich war, ihr umfangreiches Wissen über East Tennessee mit mir zu teilen. (»Nein, Susan, du darfst diese Region nicht ›Eastern Tennessee‹ nennen.«) Außerdem danke ich Adele San Miguel für ihre Einblicke in die Tennessee-Lebensart und Dr. Bob Miller, der mich wieder einmal über typische Footballspieler-Verletzungen informierte. Einige Lehrer halfen mir, elfjährige Kinder zu verstehen, zum Beispiel Kelly LeSage und meine liebe Freundin Susan Doenges. Zudem taten zauberhafte vierte und fünfte Schulklassen ihr Bestes, um meinen Horizont zu erweitern. Ich danke euch allen.

Für die emotionale Unterstützung war an erster Stelle mein Ehemann Bill zuständig; dann meine Schwester Lydia; meine wunderbaren Söhne; und die nettesten Schwiegertöchter von der Welt, Dana Phillips und Gloria Taylor. Jeden Tag danke ich dem Himmel für meine begabten, amüsanten, einfühlsamen Schriftsteller-Freunde – insbesondere Jill Barnett, Jennifer Crusie, Jennifer Greene,

Kirstin Hannah, Jayne Ann Krentz, Jill Marie Landis, Cathie Linz, Lindsay Longford, Suzette Van, Julie Wachowski. Auch den Buchhändlern und Bibliothekaren, die immer wieder neue Leser und Leserinnen auf meine Romane hinweisen, bin ich zu Dank verpflichtet. Das weiß ich sehr zu schätzen.

Auf beruflicher Ebene steht mir das tüchtigste Team von der Welt bei, der Mitarbeiterstab von William Morrow and Aveon Books. Hauptsächlich möchte ich meine Lektorin Carrie Feron hervorheben. Es ist mir eine Freude, mit vielen außergewöhnlichen Experten zusammenzuarbeiten – in der künstlerischen Abteilung, im Lektorat, im Marketing, in der Herstellung, in der PR und im Verkauf. Ja, ich weiß, wie glücklich ich bin. Steve Axelrod ist mein Agent, seit er zur Schule ging – eine großartige Partnerschaft. Und meine kompetente Assistentin Sharon Mitchell weiß immer über alles Bescheid. Ohne sie wäre ich verloren.

Schließlich danke ich ganz besonders herzlich meinem Sohn Zach Phillips, der mir erlaubte, zwei seiner Songs zu verwenden, »Why Not Smile?« (Copyright 2006) und »Cry Like I Do« (Copyright 2003). Zach, du bist ein echter Rocker.

Susan Elizabeth Phillips

Liebe Leserinnen und Leser,

ihr liebt Bücher und verbringt eure Freizeit am liebsten zwischen den Seiten? Wir auch! Wir zeigen euch unsere liebsten Neuerscheinungen, führen euch hinter die Verlagskulissen und geben euch ganz besondere Einblicke bei unseren AutorInnen zu Hause. Lasst euch inspirieren, wir freuen uns auf euch.

Euer

Blanvalet Verlag